곤지왕

고대사 최대의
미스터리

곤지왕

진현석 지음

백제

왜

고대사의 베일에 가려졌던 인물, '곤지'.

백제와 왜, 두 나라의 운명을 뒤흔든
곤지왕의 위대한 여정이 드라마로 새롭게 펼쳐집니다.

★★★★★
출간과 동시에
드라마화 확정!
★★★★★

제작사 서문

　우리가 소설《곤지왕》을 발간하기로 한 것은, 단순히 하나의 역사적 인물을 조명하려는 것 이상이었습니다. 널리 알려져 있지는 않지만 고대 백제사에서 가장 미스터리한 인물인 곤지에 대한 새로운 탐구와 그로 인해 백제와 일본이 어떻게 문화적, 정치적으로 교류하고, 발전하였는지 역사를 되짚어 살펴보고자 했기 때문입니다.

　곤지라는 인물은 '백제'와 '왜'의 역사에서 아주 중요한 역할을 했음에도 불구하고, 그에 대한 구체적이고 심도 있는 연구와 논의는 상대적으로 부족했습니다. 그의 생애는 주로 전설이나 신화 속에 묻혀 있고, 여러 설들이 혼재되어 있기 때문에 그 이야기의 진위 여부를 파악하기 어려웠고, 정리된 이야기가 없으니 많은 사람들은 곤지에 대해 잘 알지 못했습니다. 그래서 우리는 이 소설을 통해 곤지라는 인물이 가지고 있는 역사적 미스터리와 '곤지왕'이라 불릴 정도로 역사적 무게감을 가진 그에 대하여 보다 많은 사람들이 관심을 가지게 되기를 바랍니다.

　곤지는《삼국사기》와《일본서기》에 모두 등장하며, 백제와 고구려, 신라 삼국뿐만 아니라 일본 역사를 포함한 국제적인 격동의 시대에서 아주 중요한 연결 고리였던 인물입니다. 이 소설은 곤지가 그 시대의 정치적 지형에 어떤 영향을 미쳤는지, 그의 전략과 리더십이 두 나라의 역사에 어떤 깊은 흔적을 남겼는지를 탐구합니다. 또한, 그가 남긴 유산과 업적을 오늘

날의 시각에서 다시 되돌아보며, 곤지라는 인물을 통해 그를 포함한 역사적 인물들이 그 시대를 살아간 진정성에 대한 새로운 관점을 제시하고자 했습니다.

　이 책은 두껍고 읽기 쉽지 않은 책일 것입니다. 현대 독자들이 선호하는 일목요연하고 빠른 전개보다는, 곤지의 삶을 끈기 있게 따라가며 들여다보려 노력했습니다. 읽기 조금 불편하더라도, 역사를 왜곡하지 않고 곤지의 진면목을 온전히 전달하고, 그가 이룬 역사적 성취를 정확히 이해하려면 이야기를 충분히 풀어내야 한다고 믿었습니다. 신화와 역사적 사실이 얽혀 있는 곤지의 이야기는 학문적 연구와 통찰력 있는 접근이 필요하지만, 우선 우리는 독자들이 부담 없이 곤지에 몰입할 수 있도록 자연스러운 흐름을 만들기 위해 노력했습니다.

　더 나아가, 소설 《곤지왕》은 향후 저희들이 드라마로도 제작할 예정입니다. 고대 삼국과 일본을 오가며 치열하게 인생을 살아 낸 곤지의 이야기를 시청각 매체로 옮겨, 우리나라뿐 아니라 많은 세계인들에게 전달해서 오래 기억되게 하고자 합니다. 그의 인생이 함축하고 있는 역사적 중요성을 널리 알리고, 곤지의 이야기가 오래된 전설이나 신화를 넘어 오늘날에도 중요한 문화적 자원과 교훈으로 다가가길 바랍니다.

　마지막으로, 이 소설을 집필하는 데 많은 지원과 조언을 아끼지 않으신 곤지 일족의 후손이자 소중한 멘토인 곤 키누코(昆・絹子) 상께 깊은 감사의 말씀을 전합니다. 이 책이 곤지왕의 진정성과 그의 위대한 업적이 현대 독자들에게 새로운 영감을 주기를 진심으로 바랍니다.

작가 서문

역사의 매 순간은 그저 아무렇지 않게 흘러가는 작은 풍경의 변화가 아니다. 꽃내음을 맡으려거든 온 신경을 다 사용하여 그 기둥이 되고자 하는 몸통의 허리마저 움직여 숙여야 한다. 흘러가는 구름을 보는 것도, 넘실대는 바다를 바라보는 것도 그 어느 하나 함부로 쓰지 않는 움직임이 없기 마련이다.

하물며 매 순간 치열하게 살아야 했던 그 옛날 선조들의 삶은 지금의 우리를 위한 희로애락의 씨앗이자 발판이 된 초석의 움직임인 것이다.

역사는 그런 것이다. 모든 것 하나하나 의미 있는 움직임이었다는 것을 감히 말할 수 있다.

어느 달 밝은 날 풀벌레 소리가 은은히 들리는 그때 그 어둑한 시간에 나는 담배 한 개비를 물어 피우다가 생각 없이 물끄러미 바라본 책장에서 문득 푸른 책 한 권을 보았다. 그다지 눈에 띄는 책은 아니었지만 그 무엇보다도 강렬한 인상을 뽐내고 있는 책이었다.

《삼국사기》

그것은 그렇게 내 눈에 호기심이라는 매력으로 다가왔다.

어림잡아도 수천 년을 훌쩍 지나 보내온 한반도의 역사를 기록한 책, 그중에서도 삼국의 시대는 그야말로 우리 민족의 격동의 세월이 살아 꿈틀거렸던 시작점의 시대가 분명했다.

무언가에 이끌리듯 나는 그 책을 펼쳤고, 작은 서재에 앉아 천천히 훑어 읽어 내려갔다.

수일, 수십 일 그리고 한 달이 거의 다 되었을 때, 나는 한 가지 사실을 알게 되었다. 그것은 내 머리에 강렬히 들어왔고, 고개를 갸웃거리게 만들기에 충분했다.

미스터리하다.

《삼국사기》에는 종종 이 나라가 등장한다. 바로 '왜'.

그렇다. 지금의 일본. 우리가 가장 쉽고 자주 접하는 나라. 가깝지만 먼 이웃이라는 그 말이 정확하게 들어맞는 나라이다.

그렇게 호기심을 자극하는 한일의 관계도를 유심히 보다 보니 한 가지 사실을 알 수 있었고, 그 사실은 굉장히 흥미로웠다.

고구려, 백제, 신라 삼국 중 일본과 가장 관계성이 높았던 나라가 바로 백제인 것이다. 특히 백제의 기록에서 더욱 눈길이 가는 시기가 있었으니 나는 여지껏 듣고 본 것 중에 이것을 가장 으뜸으로 미스터리하다 생각하기 시작했다.

지금으로부터 약 천오백 년 전, 연이은 백제 왕들의 알 수 없는 죽음과 흔들리는 정세에 국가의 존망이 걸릴 만큼 위기의 순간이 찾아온 적이 있었다. 사라질 뻔했던 나라, 그러나 그럼에도 불구하고 단 두 명의 왕에 의해 그 백제가 용이 승천하는 것마냥 뛰어올라 황금의 시대를 맞았다.

동성왕과 무령왕, 특히 무령왕은 유일하게 삼국의 왕들 가운데 그 기록이 뚜렷하게 남아 현재까지 알려져 있다. 그 두 명의 왕은 어떻게 백제를 일으켜 세울 수 있었을까 의문이 들기 시작했다.

그렇게 무령왕의 기록을 살피다 흘러들어온 다른 역사서 하나가 바로

《일본서기》였다. 나는 무령왕과 동성왕의 연대의 기록을 《삼국사기》뿐만이 아니라 《일본서기》에서도 찾을 수 있었다. 그리고 그 기록의 시작점은 실로 어마어마했고 놀라웠다.

백제의 부흥을 일으킨 두 왕의 바로 위에는 '곤지'라는 접점의 인물이 있었다.

곤지. 곤지는 누구일까….

부여경 곤지. 그는 《삼국사기》에 따르면 단 한 줄도 정확히 나와 있지 않을 만큼 그 존재가 미미했다. 그러나, 《일본서기》에는 그렇지 않았으니 그는 동성왕과 무령왕의 아비이자 백제의 21대 왕인 개로의 동생이었으며 일본 내에서 상당한 예우를 받았고 그 영향력을 무시할 수 없는 수준이었다.

그러나 두 기록을 교차해 보다 보면 특이한 점이 끊이질 않고 줄줄이 이어져 맴돌았으니, 그것은 아마도 우리가 미처 알지 못한 전혀 다른 사실관계가 두 기록 사이에 서로 얽혀 있을 가능성이 존재할 수도 있기 때문일 것이라 생각이 들었다. 예를 들어, 《일본서기》에선 개로가 아우 곤지를 왜로 보내 일을 맡기려 하는데 떠나는 곤지에게 자신의 임신한 아내를 딸려보낸 것이다. 개로왕은 왜 자신의 임신한 아내를 아우에게 맡겨 떠나보냈을까….

또 하나의 풀리지 않는 수수께끼는 《일본서기》의 말을 따르자면 무령이 첫째, 동성이 둘째였으며 둘은 곤지와 함께 일본에서 자란 것이다. 하지만 《삼국사기》로 보자면 둘째인 동성이 첫째인 무령보다 먼저 왕이 되었다. 어찌 그런 일이 있을 수 있었을까…. 여기서 생각을 해 볼 수 있는 점은 하나이다. 만일 동성이 개로의 아들, 즉 적장자라면 가능할 법한 얘기다. 그렇다면 개로의 비가 낳은 아이가 동성일까….

이 미스터리한 궁금증과 더불어 당시 백제는 왜(야마토)와 어찌 그리 가까울 수 있었으며, 또한, 동성과 무령이 곤지와 함께 일본에서 머물렀다는 사실이 흥미로웠다.

동성과 무령은 백제의 왕이 되기 전까지 그 존재가 드러난 기록이 없다. 심지어 무령은 40년간이나 드러나지 않았다. 그리고 그들의 아비라 하는 곤지의 기록도 찾을 수 없었다. 모든 것을 종합해 보아도 그저 신기하고 풀리지 않는 의문투성이었다.

나는 문득 백제와 일본의 역사적 관계는 어쩌면 백제의 부흥을 이끈 동성과 무령의 아비인 곤지로부터 나왔을지도 모르며 바로 그가 비밀을 풀 열쇠를 쥐고 있지 않을까 생각되었다. 그리하여 나는 그들의 이야기를 하나씩 맞춰 보고자 펜을 들기로 결심을 했다.

결심을 하고 얼마 지나지 않은 어느 날, 그런 날을 여태 본 적이 있는지 모르겠다. 해가 빠르게 기울며 붉은 저녁 노을빛이 하늘과 땅 전체를 덮으려 할 때, 하얀 구름이 그 모든 것을 덮지 못하게 막았다. 곧이어 보랏빛이 주황빛과 은은하게 섞이며 어둑하고 푸르스름한 하늘 안에서 절묘하게 어우러져 비쳐 보이기 시작했다.

가만히 넋을 놓고 그 광경을 바라보다 문득 그런 생각이 들었다. 그 비밀스러운 열쇠를 쥐고 있는 곤지가 하늘에서 저 화려한 옷을 걸치고선 바라보고 있는 것은 아닐까….

그 파스텔 하늘을 올려다본 그날, 나의 펜은 멈춤 없이 곤지와 함께하길 바랐다.

작가 *진현석*

목차

제작사 서문 • 4

작가 서문 • 6

1. 지고 뜸은 항상 도니, 그러하였다 • 15
2. 땅이 울린다, 백제의 땅이 울린다 • 71
3. 용이 구슬을 놓았는데 봉황이 뒤따르는 것이 신비롭도다 • 129
4. 그 피는 백제를 살릴 피인지 • 189
5. 칼날 같은 비는 파란 하늘을 내치고, 파란 하늘은 왜로 향한다 • 245
6. 백제에서 온 하늘이 은덕을 내리다 • 315
7. 꾐과 꾀임이 난무하니 어지럽기 그지없도다 • 397
8. 반격은 소리 없이 웅크려 때를 맞추어야 함이 마땅하니 • 457
9. 도래, 천 년의 기반을 위하여 띄운 화살은 왜로 향하고 • 531
10. 장엄한 마무리는 위대한 시작을 위한 초석일 뿐 • 617

뚜껑을 열지 말라 하였으나,
새어 나오는 것은 독이었으니…

1. 지고 뜸은 항상 도니, 그러하였다

430년, 비유 3년 가을.

칠흑같이 어두운 밤, 구름에 드리워진 달빛이 은은하게 미추홀의 앞바다를 옅게 비추니 그 해수면이 평소와는 다르게 탁했다. 잔잔하지도 그렇다고 거세지도 않은, 적당한 물결에 배는 충분히 사람이 견딜 만큼의 흔들림으로 울렁거렸고, 파도는 간질거리듯 넘실댔다. 그 소리가 적막한 사방에 유일하게 비명을 지르며 아우성치니 귀로 듣는 모든 이들이 할 말을 잃고 신경만 곤두세울 수밖에 없었다. 육지와 바다는 그만큼 다른 것이었다.

안개가 걷히기를 기다리는 마음은 모두가 같으리라. 하지만 어찌 된 일인지 구름은 점점 머리 위로 몰려들었고 그만큼 달은 애써 힘을 내어 봐도 빛을 차츰 잃어 가기 시작했다.

안개가 자욱해지는 것이 한 치 앞도 내다볼 수 없을 지경이었다. 더불어 육지는커녕 점점 검게 변하는 바닷물에 그 공포감이 선박 주위를 감싸며 빠르게 조여 왔다.

단 하나의 느슨함 없이 갑옷을 팽팽히 맞춰 갖춘 노장군은 가슴까지 내려오는 수염을 쓸며 투구를 쓴 채 하늘을 올려다보았다. 사방이 컴컴했지만 그나마 아직 희미하게나마 빛이란 것을 느낄 수 있는 하늘이 어둠 속 바다의 유일한 통로이자 창구였다.

휘청거리지 않으려 갑판의 나무 지지대를 한 손으로 잡고 있던 노장군이 한참 동안 구름이 흘러가는 모습을 살피던 때, 뒤에서 인기척이 들렸다.

"상좌평 나으리, 이제 그만 선실로 들어가 눈을 붙이시는 것이 어떨까 싶습니다."

철퍽대는 파도소리에 갑판을 걷는 발걸음 소리도 묻혀 버려 말소리가 들리기 전까지는 그 인기척을 가늠조차 할 수 없는 상태였다.

"날이 좋지 않구나…. 비바람이 몰아치기 전에 도착하면 좋으련만…."

노장군의 목소리는 근심으로 가득 차 있었다. 그도 그럴 것이 고작 두어 번 눈을 깜빡였을 뿐인데 해풍이 조금 더 빠르게 불어 몸을 차게 만들기 시작했다.

"벌써 달 하나가 지고 떴으니 내일이면 도착을 하지 않을까 싶습니다. 게다가 요 근래 풍속도 빨라 속도가 곱절은 빨라진 것 같사오니 비바람이 시작되어도 능히 뭍에 도착할 수 있을 것입니다."

젊은 목소리의 사내 역시 갑옷으로 무장한 채 노장군의 뒤에서 서서 잠깐 하늘을 바라보며 말했다. 그는 침착하고 낮은 목소리로 말했다. 그 말의 부드러움이 비단으로 파도를 포개어 덮는 것과도 같았으니 노장군을 안심시키기에 충분했다.

배 경험이라면 누구 못지않게, 아니 어찌 보면 가장 많다고도 자부할 수 있는 노장군도 젊은 장수의 침착함에 감탄했다. 궂은 날씨에 바다를 건넌다는 것은 웬만한 담력으론 여간 쉽지 않은 일이었다.

"네가 옆에 있는 것이 마치 폭우에도 형태를 잃지 않고 견고히 지키고 선 든든한 성과도 같구나."

"과찬이시옵니다."

노장군은 굳이 뒤를 돌아보지 않아도 누구의 음성인지 알 수 있었기에 한동안 조금 더 움직이는 구름을 물끄러미 바라보았다.

안개가 점점 짙어지니 마치 하얀 구름을 타고 앞으로 나아가는 것 같았다. 맑은 날이라면 알 수 없는 그런 것이었다.

"도착하면 처를 만나러 가야겠다. 보고 싶구나. 몸도 불편할 터인데 거동은 어떤지 궁금하기도 하고…."

어느새 수염을 쓸던 손을 휑하니 어색하게 아래로 내려 늘어뜨리고 있었다. 수없이 많은 날들을 명확히 보냈다. 여지껏 하나하나 의미 없는 몸짓은 없었지만 이번만큼은 갈피를 잡을 수 없이 공허한 몸짓이 아닐 수가 없었다.

"그러셔야지요. 또한 어라하께서도 몹시 기다리고 계실 것입니다."

젊은 장수의 잔잔한 말에 노장군은 흔들리는 배 위에서도 휘청거리지 않고 뒤를 돌며 미소를 지어 보였다. 그 미소를 마지막 희미한 한 줄기 달빛이 비추어 보여 주고 있었다.

"그렇구나, 그래."

어느새 해풍이 거세어지기 시작하며 안개 사이로 축축한 물방울들이 갑판 위를 빠르게 적시고 있었다. 노장군과 젊은 장수는 처음 서로가 섰던 거리만큼 반대로 걸음을 옮겨 선실로 들어갔다.

한 시진도 되지 않아 모래 흩뿌리는 소리가 들리더니 비가 내리기 시작했고 파도는 좀 전보다 더 거세어졌다. 꿀렁이는 배가 검고 광활한 신의 영역에서 나오려고 안간힘을 쓰는 것이 안쓰럽게 보일 따름이었다.

흐르는 구름의 속도와 파도 냄새에 노장군은 이것이 금방 지나갈 것이란 것을 짐작할 수 있었다.

흐린 날씨 때문에 날이 밝아 오는 시간이 평소보다 한참이 걸렸지만 밤새 오던 비는 멈추었다. 하지만 안개는 그렇게 호락호락하게 물러서지 않을 심산인가 보다. 허나 그 안개도 점점 커다랗게 다가오는 육지의 형태는 어찌 끝까지 감출 수 없는 모양이었다.

희뿌연 안개 사이로 뭍이 보였다. 젊은 장수는 뜬눈으로 밤을 지새웠는지 한 치의 망설임과 굼뜸 없이 선실 자리에서 벌떡 일어나 갑판 가장 앞쪽에 걸어가 섰다.

앞쪽에 나루터가 보이기 시작했고 그 주변으로 풀과 나무숲들이 생명의 존재임을 수줍게 알리며 흔들어 반겼다.

젊은 장수는 두리번거리며 주변을 살폈다. 미간에 힘을 주어 한참을 둘러보다가 뒤를 돌아 외쳤다.

"도착했다. 미추홀이다! 어서 하선 준비를 하거라."

장수의 말에 선실에서 그리고 갑판 뒤쪽에서 선원들과 병사들이 일사불란하게 움직이기 시작했다. 그리고 얼마 지나지 않아 천천히 노장군이 선실에서 나왔다.

"미추홀이구나."

"예, 그렇사옵니다. 한 치의 오차도 없사옵니다. 감격스러울 따름입니다."

"몇 번이고 도해했던 길이다. 오는 구간구간마다 적절히 닻을 움직이는 것이 관건이니 그리 크게 걱정하진 않았다."

노장군은 흡족한 미소를 지으며 바삐 움직이는 병사들과 선원들을 바라보다가 다시 고갤 돌려 시선을 육지로 돌렸다.

"정말 상좌평 나으리의 깊은 뜻과 지혜에 탄복을 금치 못할 따름이옵니다."

장수는 고개를 숙였고 노장군은 깊게 숨을 들이마셨다. 풀내음과 흙내음이 뒤섞인 쓸쓸함이 달게 가슴으로 들어오니 그리 기쁠 수가 없었다.

한 짐 가득히 십여 명의 선원들이 각기 남송에서 가져온 물건들을 나누어 졌고 인원이 모자라 들지 못하는 나머지 것들도 필요함에 따라 수 명의 병사들이 나누어 지었다.

이른 아침에 당도를 했지만 안개가 자욱해 날이 선명히 밝지 않으니 언제 또 덮칠지 모르는 악천후를 대비해 서둘러 걸음을 옮겨야 했다.

젊은 장수의 지휘 아래에 선원들과 병사들은 차례로 줄을 지어 저만치 앞에 보이는 목책성으로 막 발걸음을 내딛었다.

"모두 걸음을 재촉해 미추홀 목책성으로 먼저 들어간다!"

강인하고 단단한 음성에 그 명을 달가워하지 않는 자들이 하나도 없었으니 젊은 장수의 통솔력이 남달랐다.

'나라에 너만 한 장수도 드물 것이구나….'

가장 마지막 행렬의 끝에 선 노장군은 말에 올라타 거리를 두며 천천히 이동했다.

수풀을 헤집고 나아갈 필요는 없었다. 이미 익숙한 길에 풀과 작은 나무들은 몸을 낮춰 일행들의 길을 터 주고 있었다. 방해될 것 없이 간다면 두 시진이면 도착을 할 것이었지만, 점점 자욱이 끼는 안개가 문제였다.

가장 앞서 말을 타고 지체 없이 길을 터 가는 젊은 장수와는 다르게 노장군은 가장 뒤에서 따라가다가 잠시 멈춰 섰다.

스삭거리는 소리가 예사롭지 않았다. 그냥 바람에 풀과 나뭇잎들이 흔들리는 소리가 아님을 알아챘다. 노장군은 가만히 움직임을 멈추고 주위를 둘러보며 오감을 기울였다.

스삭이는 풀 맞대는 소리가 가깝고 빨라지기 시작한 순간 노장군은 직감적으로 눈치를 챘다. 저만치 앞서가는 병사들과 선원들은 태연히 걷고 있는 걸 보니 저쪽은 아무 일도 없는 듯했다. 그러면 단 하나, 자신의 주위에 뭔가 있다는 것이 분명했다.

눈을 부릅뜨고 매섭게 주위를 살피던 노장군의 눈에 풀색과는 다른 짙은 검은색 의복을 걸친 팔 하나가 열 보 앞쪽 우거진 나무 기둥 사이로 삐져나와 보였다. 노장군이 얼른 그 주변을 자세히 살피니 이상하게도 불어오는 바람과는 반대로 잎들이 가볍게 흔들리고 있었다. 직감적으로 하나가 아닌 여럿이 근처에 있음을 노장군은 알았다.

미심쩍은 곳에서 시선을 거두지 않은 채 숨을 낮고 깊게 들이마신 노장군은 옆구리에 찬 칼을 최대한 소리 나지 않게 슬며시 뺐다. 그러나 스르릉, 칼이 뽑히는 소리는 불어오는 바람과 흔들리는 나뭇잎 소리, 마지막 계절을 아쉬워하며 작별을 고하는 풀벌레 울음을 모두 삼켜 버렸다.

그 순간이었다. 노장군의 칼이 빼어짐과 동시에 수풀에서 일곱의 괴한들이 소리 없이 모습을 나타내며 튀어 올랐다.

노장군은 당황했지만 순간 뇌리에 스치는 생각은 크게 소리를 내지 말아야 한다는 것뿐이었다. 이유는 간단했다. 크게 소리를 내어 이상함을 알리면 가던 모든 이들이 걸음을 멈출 것이고, 그렇게 되면 우왕좌왕하다가 완수해야 할 임무를 지체하게 될 터였다.

어떤 이들인지 정확히 알 수는 없었지만 예사 놈들이 아닌 것만은 짐작할 수 있었다. 수많은 전투의 경험을 가진 자신에 대적해 고작 일곱밖에 없다는 것은 그만큼 자신이 있는 것일 터. 그렇다면 만에 하나 잘못했다간 앞선 병사들과 선원들이 크게 다칠 수도 있는 노릇이었다.

일제히 칼을 빼어든 괴한들은 검은 복면으로 얼굴을 가렸으며 몸 전체에도 검은 복장을 입고 있었다.

"웬 놈들이냐?"

칼 끝을 괴한들에게 향해 들이밀며 노장군은 묵직하게 물었다. 어찌나 매서웠는지 주변은 겨울도 아닌데 한기가 서리는 것 같았다. 하지만 날카로운 살기를 뿜어내는 괴한들도 만만치 않았다. 마치 독을 품은 이무기와 같이 검은 기운을 뿜어내고 있으니 그야말로 일촉즉발의 상황이 아닐 수가 없어 보였다.

"이제 그만 거두러 왔소."

괴한 중 제법 덩치가 큰 녀석이 한 발 앞으로 나서며 칼을 들어 올려 노장군에게 겨누었다.

"거둔다? 내 숨을 말이냐?"

"그렇소."

"거둔다는 것은 산 채로 잡을 생각은 없는 모양이구나."

전혀 기세가 꺾이지 않는 노장군의 덤덤한 말에 괴한들은 긴장하여 저마다 잡고 있던 칼자루를 더욱 세게 움켜쥐었다.

"너무 늦었소. 순순히 말에서 내려 칼을 버린다면 목을 베더라도 그 육신의 장사는 온전히 치러 주도록 하겠소."

섬뜩하기 그지없는 말이었다. 상좌평인 자신을 이렇게 욕보이는 것은 그리 많은 경우의 수가 아니었다. 풀어 보자면 단 두 가지의 경우다.

"고구려군이냐?"

"말할 수 없소….'"

노장군은 말의 고삐를 꽉 움켜쥐었다. 혹시라도 좁은 숲길에서 칼이 서로 오간다면, 말이 다쳐 쓰러지거나 흥분해 날뛰어 낙마할 것이 분명했다.

그러나 운이 좋아 말이 상처 없이 앞이나 뒤로 달린다면 차례로 대적해 쓰러뜨릴 수 있을 것이었다. 좁은 곳에서는 그것이 가장 좋은 방법이다.

"그럼… 그놈 짓이냐?"

노장군의 말이 끝나자마자 두 명의 괴한이 양옆으로 달려들어 칼을 휘둘렀다. 그들은 기합 소리도 내지 않고 자연스레 물 흐르듯 차례로 공격했다.

"기꺼이 칼춤을 추어 주마!"

입술을 꽉 깨문 노장군의 눈은 시뻘건 불이 이글이글 타오르듯 빨갛게 충혈되었고 양옆과 앞에서 공격해 들어오는 칼들을 자신의 묵직한 칼로 쳐 막아 냈다.

수십 번의 칼 부딪히는 소리가 생전 듣도 보도 못한 이름 모를 악기와도 같이 가락을 뽑아내기 시작하였다.

"이얏!"

한껏 힘을 낸 노장군의 칼이 번개처럼 허공을 가로질러 사선으로 두 번 휘두르니, 움찔거리며 기세에 눌린 괴한들이 한 발짝 물러났다. 노장군은 그 틈을 놓치지 않고 말의 고삐를 부여잡고 말머리를 돌려 뒤로 달렸다. 앞으로 달릴 순 없었다. 저만치 앞에는 이제 눈에 보이지는 않지만 자신의 병사들이 목책성으로 이동하고 있기 때문이다. 시간을 벌어야 했다.

"내 전장에서 잔뼈가 굵은 몸이다. 명망 있는 장수 두셋도 거뜬히 이겨 냄을 알지 못하는 너희들이 불쌍할 뿐이구나! 이랴!"

노장군이 말과 함께 세차게 뒤로 달려 뻥 뚫린 나루터 근처로 장소를 옮기려 할 때, 괴한 중 한 명이 아주 엷게 휘파람을 불었다. 그러자 갑자기 저만치 뒤에서 두 명의 괴한이 양옆에서 튀어나와 몸을 일으켜 쇠줄을 힘껏 잡아당겼다.

히이잉!

"으악!"

말이 요란한 울음소리를 내며 쇠줄에 걸려 자빠졌고 노장군은 말 앞으로 몸이 붕 뜬 채 허공을 가르다 땅바닥으로 고꾸라졌다.

어찌나 꽉 고삐를 부여잡았는지 떨어지면서 고삐줄이 끊어졌고 끊어진 고삐줄 반을 손에 덜렁 쥔 채 고꾸라진 몸을 크게 굴렸다.

생각할 시간, 아니 몸을 추스릴 시간도 없었다. 노장군은 넘어져 다친 왼쪽 어깨를 부여잡고 재빨리 일어나 몰려오는 괴한들에 맞서 싸웠다.

"하나씩 차례로 보내 주마!"

이를 바득 갈며 노장군은 온 힘을 짜 내어 안개 속에서도 강렬한 빛을 뿜어내는 묵직한 칼을 수십 차례, 아니 수백 차례 휘둘렀다. 그러자 맞서 칼을 휘두르며 싸우던 괴한들이 도리어 당황하기 시작했다.

노장군의 칼이 두세 번 자신들의 칼과 힘차게 맞닿을 때마다 그들의 칼은 힘을 점점 잃어 가며 흔들렸고 급기야 아홉의 괴한들의 칼 중 여섯은 부러져 버렸다.

"무례함에 자비는 없다!"

신들린 손놀림으로 수백 번의 경합을 끝내고 예닐곱 번의 큰 휘두름으로 여섯의 괴한을 베었다. 노장군의 칼이 어찌나 깊숙히 괴한들의 몸을 관통하고 베었는지 그들은 충격에 비명도 지르지 못하고 쓰러졌다.

노장군의 얼굴은 피범벅이 되었고 흐르는 핏물 사이로 미소를 지으며 허연 치아를 드러내니 괴한들에겐 악귀와도 같아 보였다. 하지만 괴한들도 만만치 않았다. 숨을 헐떡이는 노장군이 지쳐 가고 있다는 것을 알았다. 덩치가 큰 대장 같은 녀석이 칼자루를 쥔 노장군의 손을 보았다. 손은 한눈에도 심하게 떨리고 있었다.

녀석이 양옆의 무리에게 눈짓을 보내자 알아차린 두 명의 괴한이 다시 덤벼들었다.

그러나 너무 얕본 것인가. 노장군은 쓰러질 듯하면서도 끝까지 버텼고 결국엔 두 명의 괴한의 칼도 날려 버렸다. 그리고 왼쪽의 한 놈을 힘겹게 베어 쓰러트리고 오른쪽으로 몸을 돌리려는 그때, 바람을 가르는 기분 나쁜 날카로운 소리와 함께 노장군의 배와 어깨에 화살이 들어와 몸을 뚫었다.

뒤에서 상황을 지켜보던 대장 격의 괴한이 아주 근거리에서 활을 당겨 쏜 것이었다. 큰 몸짓으로 온 힘을 다해 활시위를 당겨 쏘았으니 날아가는 화살의 힘은 어마어마했고 마치 나무 기둥이 노장군의 몸을 뚫는 것처럼 뭉뚝하고 둔탁한 소리가 몸에 울려 퍼졌다.

"헙…!"

노장군의 몸이 뒤로 튕겨져 나갔고 쥐고 있던 칼을 놓치고 말았다. 그리고 바위가 빠개지는 소리를 내며 노장군은 고개를 들지 못하고 쓰러졌다.

노장군의 눈은 미쳐 감길 틈도 없이 핏발이 선 채 하늘을 향해 노려본 그대로 뜨여 있었고, 입에선 피가 한 움큼씩 연달아 멈춤 없이 흘러나왔다.

거의 죽음의 문턱까지 갔던, 노장군의 오른쪽에 있던 괴한은 힘이 빠졌는지 그 자리에 털썩 주저앉았고 활을 거둔 덩치 큰 괴한은 노장군이 떨군 칼을 주우러 걸음을 옮겼다.

괴한이 든 노장군의 칼은 수백 번의 경합에도 전혀 날이 나간 흔적이 보이질 않았고 오히려 흠뻑 적셔진 핏물이 날의 영롱한 빛과 더해져 신비한 붉은빛을 뿜어내고 있었다. 더욱이 놀랍게도 그 검의 무게가 상당했다.

"이것을 들고 싸우다니…. 나이에 비해 상당하구나."

온통 피범벅이 된 검을 들고 쓰러져 드러누운 노장군의 곁으로 다가선 괴한은 땀에 젖은 손으로 복면을 내렸다.

괴한의 입술에는 작은 점이 나 있었고 벌어진 입 사이로 보이는 치아 중 한 개가 검게 그을린 듯 변색되어 있었다.

고개를 들어 숨을 크게 들이마신 덩치의 괴한이 자신의 칼을 힘껏 노장군의 가슴에 찔러 넣으려는 찰나, 어디선가 둔탁한 소리와 함께 사람의 비명 소리가 들렸다.

"아악! 헤엑!"

괴한은 갑작스러운 기척에 놀라 소리가 들린 쪽을 바라보며 잠시 고개를 갸우뚱거렸다.

"아이고! 아닙니다. 못 봤습니다, 저는!"

저만치 떨어진 풀숲에서 한 사내가 요상한 옷을 걸쳐입고 데굴데굴 굴러 자갈과 모래밭 위로 자빠졌다. 그러곤 놀란 얼굴과 울상을 짓는 얼굴을 하며 괴한과 노장군의 모습을 번갈아 보았다.

괴한은 얼른 자신의 복면을 위로 올려 황급히 얼굴을 가리더니 거침없이 사내 쪽으로 다가가기 시작했다. 그러자 사내는 잠시 주춤주춤 뒷걸음질을 치더니 벌떡 일어나 미친 듯이 달리기 시작했다.

"거기 서라!"

괴한이 당황해하며 사내를 쫓았다.

"아니! 아니라고요! 저는 아무것도 못 봤다구요!"

미친 듯이 외치며 빠르게 달려 도망가던 사내는 몸을 돌려 다시 풀숲으로 들어가 내달리기 시작했다.

괴한도 속도를 높여 풀숲으로 따라 들어갔고 어느새 풀숲에서는 바람에 흔들리는 풀잎보다 더 심하게 요동치는 풀잎들이 앞서거니 뒤서거니 생겨나기 시작했다.

자욱했던 안개가 조금씩 걷히고 해가 잠깐 구름을 물리치고 우뚝 섰을 때, 멍하니 그 광경을 지켜보며 주저앉아 있던 다른 괴한이 자신의 부러진 칼을 바닥에서 주워 천천히 일어나 비틀거리며 노장군에게로 갔다.

숨을 헐떡인 채 상처난 팔을 움켜쥐며 잠시 물끄러미 쓰러진 노장군을 바라보다가 한 손에 쥔 부러진 칼날을 세차게 노장군의 목에 찔러 넣으려던 순간, 갑자기 고개가 뒤로 순식간에 젖혀지면서 허리가 활처럼 휨과 동시에 뒤로 벌러덩 자빠졌다.

"야! 이씨…! 좀 더 당기라고! 당겨!"

"당기고 있어!"

"이거 놓치면 우리다 죽는 거야! 끊어질 때까지 당겨!"

반들반들한 머리의 두 사내가 있는 힘껏 괴한의 목에 걸린 줄을 뒤로 당겼다.

"더? 더?"

"모르겠어! 이제 안 움직이는 것 같은데…."

두 명의 사내가 힘껏 줄을 당겨 목을 조를 때, 허둥지둥하며 주위를 살피던 같은 모습의 또 다른 사내 한 명이 조심스레 괴한의 앞으로 다가가 움직임이 있는지 살폈다.

"주… 죽은 것 같아! 되… 되지 않을까?"

살피던 사내의 말에 뒤의 두 사내가 마지막 젖 먹던 힘을 다해 힘껏 한 번 더 당겼다.

"정말? 정말이야? 움직이지 않지?"

"그… 그렇다니까!"

"우와…!"

그제서야 당겼던 줄을 놓고 뒤로 벌렁 자빠진 두 사내는 헐레벌떡 일어나 축 늘어진 괴한의 앞으로 서 살폈다.

"가리개 벗겨 봐."

괴한의 가리개를 조심스럽게 벗기자 세 사내는 놀라며 뒷걸음질 쳤다.

"혀가… 혀가 나왔어…."

"이 정도면 죽은 거야."

사내들이 조용히 그리고 조심스럽게 괴한의 모습을 훑다가 갑자기 생각이 났는지 급히 뒤를 돌아 쓰러진 노장군 쪽으로 다가갔다.

"뭐야? 어떻게 된 거야? 죽은 거야?"

사내들은 노장군의 뜬눈을 보고 흠칫 놀랐으나, 미동도 없는 그의 몸을 서서히 뒤지기 시작했다. 혹여 아까 달아난 괴한이 다시 나타나지 않을까 두려운 듯, 사라진 풀숲을 힐끔거리며 경계를 늦추지 않았다. 그러다가 한 사내가 노장군의 품에서 무언가 꺼내더니 유심히 보았다. 그리고 잠시 후, 놀라 물건을 떨어트리며 곁에 있던 두 사내를 번갈아 쳐다보았다.

"뭐… 뭐야?"

"왜 그래? 뭔데?"

멍한 표정의 사내의 얼굴에 덩달아 기가 죽고 겁을 먹은 두 사내들이 침을 꼴깍 삼키며 물었다.

"자… 자…"

멍한 표정의 사내는 말을 잇지 못했다. 그 광경을 그저 어리둥절하게 지켜볼 수밖에 없던 두 사내들이 궁금함을 이기지 못하고 멍하니 안절부절

못하는 사내가 들고 있던 그 무언가를 홱 낚아챘다.

"장군님!"

"자… 장군님이야! 틀림없다고!"

단발의 탄식을 뱉어 낸 세 사내는 행여나 누가 볼까 노장군의 몸을 서로 나눠 들고 얼른 자신들이 나온 숲으로 끌고 들어갔다.

바람이 거세어진 만큼 급격히 날씨가 흐려지더니 구름이 갑자기 비를 한 바가지 뿌려 대며 나루터는 물론이고 사방의 풀숲마저 세차게 적셨다.

세 명의 사내들만이 노장군의 상태를 걱정하며 안절부절못하는 것이 아니었으니 그것은 앞서 목책성으로 들어가려고 병사들과 선원들을 인솔하던 젊은 장수도 마찬가지였다.

그리 긴 줄도 아니었기에 한 번만 돌아보고 살피어도 노장군이 보이지 않는다는 것쯤은 금방 알 수 있었지만 젊은 장수는 자신보다 경험이 많은 노장군을 걱정하지 않았었다. 그보다 노장군이 명한 대로 날이 다시 험해지기 전에 한시라도 빨리 미추홀 목책성으로 들어가는 것이 급선무였다.

하지만, 일행들이 거의 그 문 앞에 다다랐을 때 마지막 짐을 이고 가는 이가 눈에 보이는 것과 동시에 노장군의 모습이 어디에도 보이지 않는다는 것을 알아챘다.

"마지막까지 속도를 조금 높여 곧장 들어가도록 하라."

젊은 장수는 손짓과 깃발을 흔들며 바로 앞 목책성 보초병들에게 아군임을 알렸고 그 문을 열도록 했다. 그리고 문이 열리는 것을 봄과 동시에 말머리를 돌려 마지막 병사에게로 다가갔다.

"네 뒤에 장군님은 어디 계시느냐?"

마지막 짐을 이고 가는 병사는 막 내리기 시작한 비에 흠뻑 젖은 얼굴을 손으로 한 번 쓸어 닦고는 지친 기색을 내비치며 젊은 장수의 말에 뒤를 돌아보았다. 가쁜 숨을 몰아쉬는 것이 자신의 몸 하나 챙기기 어려워 보였다.

"예? 아… 그게."

병사는 당혹스러웠다. 줄기차게 앞만 보고 걷다가 이제 와서 뒤를 보니 그제서야 희미하게나마 들리던 말발굽 소리가 들리지 않는 것을 깨달았다. 그저 자신들이 즈려밟고 왔던 풀잎들과 이름 모를 잡초들이 질퍽대는 묽은 흙들과 섞여 엉켜붙은 자리만 확인할 수 있었다.

"아무 소리나 기척도 듣지 못했느냐?"

젊은 장수 역시 당혹스럽긴 마찬가지였다.

"예… 그저 앞만 보고 걸음을 옮기느라…. 미처 돌아보지 못했습니다. 감히 어르신을 돌아 마주 볼 수도 없어서…."

병사의 음성에 그 떨림이 나무가 흔들댐과 같았고 젊은 장수의 눈은 그에 맞춰 요동을 치기 시작했다. 느낌이 좋지 않았기에 장수는 얼른 깃발의 표를 걷어 낸 후, 뾰족히 솟은 깃대만을 꼬나 쥐고 말고삐를 잡아당겨 뒤를 돌았다. 스산하기 이를 데 없는, 안개가 자욱히 낀 지나온 뒷길을 유심히 바라보다가 말했다.

"너희는 끝까지 완벽하게 성으로 들어가 내가 올 때까지 기다리도록 하라."

낮고 간결한 음성에는 엄한 기운이 서려 있었다. 병사도 그것을 느꼈기에 당황스러워하면서도 한 치의 머뭇거림도 없이 고개를 끄덕였다.

젊은 장수는 말의 배를 힘껏 차고 이럇 소리를 내며 부리나케 뒤로 달리기 시작했다.

꼬나 쥔 깃대가 으스러질 것만 같았고 젊은 장수는 마치 귀신과도 같이 단숨에 그 자취를 안개 속으로 감췄다.

엄청나게 쏟아지는 폭우에 비유는 하늘을 가만히 올려다보았다. 구름이 회색으로 가득 하늘을 메웠는데 순식간에 검은 형태를 띠기 시작했다.

주위에는 그 어떠한 생물의 소리도 나지 않았다. 그저 땅바닥이 쪼개질 것 같은 둔탁한 소리만이 귓가에 가득 찼다.

"어라하, 날이 조금씩 차가워지니 그만 안으로 들어가심이 어떨까 싶습니다."

언제 왔는지 노장군의 아내, 청령부인이 비유의 곁에 다가서서 옥구슬이 부드럽게 그릇에 굴러가는 듯한 음성으로 말을 건넸다.

"하늘이 갑자기 변했습니다. 숙부께서 오실 때가 되었는데 그 소식이 어느 한 곳에서도 들릴 기미가 보이지 않네요."

비유의 하얀 도포 자락이 비에 젖어 무게를 더했으니 그 걱정이 발끝까지 닿는 듯했다.

"그분은 기별 없이 하시는 일은 하나도 없으십니다. 날이 좋지 않으니 잠시 지체되는 것뿐, 곧 소식이 들려올 것이옵니다. 너무 심려치 마시옵소서."

"그렇지요. 수해 동안 우리를 지켜 주신 분인데 괜한 걱정으로 부인에게 심려를 끼쳐 드려 죄송합니다."

고개를 숙여 예를 갖추고 있는 청령을 물끄러미 바라본 비유는 불룩 튀어나온 청령의 배를 걱정스러운 눈으로 바라보았다. 거동이 불편해 보이는 것을 모를 리가 없는 비유는 청령의 앞으로 손을 내밀어 궁 안으로 들어갈 것을 권유했다.

"몸도 좋지 않을 터인데 부인의 말대로 그만 들어가도록 하는 게 좋겠습니다."

비유는 먼저 걸음을 옮겼고 청령은 시녀 한 명의 부축을 받아 뒤따라 발걸음을 옮겼다.

가을비는 꽤나 차가웠고 그것은 겨울이 머지 않았음을 알리는 신호가 분명했다. 허나 아직은 여전히 푸릇한 나무들이 널리 한성 밖으로 보였으니 땅이 비옥하고 좋음이 커다란 축복이지 않을 수 없었다. 붉게 물든 나무들도 하나둘씩 생겨나니 한 해가 곧 지나갈 일이 머지 않아 보였다.

청령을 처소에 들여보낸 비유는 궁전 소정전(회의소)에 들었다. 미리 양 옆으로 사열해 있던 문무대신들이 비유의 등장과 함께 머리를 조아렸다.

젖은 도포 자락 그대로 어좌에 앉아 그들을 둘러보니 침묵에 얹힌 무거운 공기가 주변을 감쌌다.

잠시간의 적막을 깨고 비유가 말했다.

"고구려가 남쪽 평양으로 내려와 우리 백제와 그 거리가 가까워졌으니 언제고 위험이 들이닥칠지 모를 일이오. 신라는 상황이 어떻소?"

"고구려의 기세가 아무리 좋다고 한들 이제 막 성을 옮긴 지 세 해밖에 되지 않아 어지러울 것이라 생각되옵니다. 또한 신라는 그 형색이 한데로 뭉치지 못하여 단합력이 부족하니 언제든지 능히 저희 백제에게 모든 전투의 승산이 있음을 확신하는 바이옵니다. 또한 바다 건너 왜에서 동쪽 변경을 자주 견제하니 크게 근심을 가지실 일은 없을 것으로 아뢰옵니다."

비유의 물음에 가장 먼저 답한 것은 가장 앞줄에 있던 달솔 해수였다. 해수는 그 눈매가 가늘고 눈썹마저 가늘었으며 입술도 가늘고 길게 뻗어 참으로 얕게 보였다. 하지만 그의 이복 형 병관좌평 해구와 머릿속이 닮았으니 언변 또한 남달랐다.

 해수의 말에 막힘이 없고 자신감이 충만하게 차 있었으니 누구도 그 말을 선뜻 반박하려는 자가 없었지만, 단 한 사람, 은솔 진순만은 달랐다.

 "어찌 그리 마음 편히 아무런 준비를 갖추지 않을 수 있단 말입니까? 어라하, 감히 아뢰옵기를 고구려의 평양 천도는 오래전부터 그 소문이 돌아 이미 열 해가 지났으니 충분히 언제라도 공격을 해 온다 한들 무리는 아닐 것이옵니다. 또한 신라는 그 형세가 갖춰져 있지 않다고는 하나 이미 고구려에게 한참을 굽혀 많은 물자와 기술을 지원받았습니다. 그리고 왜와의 끊임없는 일전으로 전투의 경험이 나날이 늘어나니 작정하고 덤빈다면 우리 백제가 이긴다 한들 그 타격이 만만치 않을 것이옵니다."

 진순 역시 막힘없이 말을 이어 나가며 해수의 의견에 반박했다. 해수는 진순을, 진순은 해수를 서로 노려보았다.

 이것은 뒷줄에 자리한 진씨들과 앞줄에 자리한 해씨들의 보이지 않는 기싸움이었다. 진씨 가문은 선대 전지, 영 어라하부터 권력을 잡기 시작한 해씨들이 달갑지 않았다.

 해수와 진순의 대립에 비유는 아무 답도 하지 않았다. 그저 그들의 모양새를 허탈한 심정으로 지켜보고만 있었다.

 '병관좌평 해구와 내법좌평 여출이 자리에 없으니 그야말로 말여지하(엉망진창)구나.'

 지끈거리는 머리를 한 손으로 가만히 문지르며 비유는 눈을 감았다. 그 모습을 보지 못했는지 아니면 보고도 무시를 하는 것인지 해수가 다시 말을 거들었다.

 "괜한 불안을 조성하여 어라하를 비롯, 모든 백성들에게 공포감을 심어 주는 그대는 과연 어느 나라 대신이오? 이제 곧 겨울이 닥쳐오니 곡식을 풀어 민심을 살리는 일이 우선인데 섣불리 위험을 조장하여 어쩌자는 게요?"

해수가 손가락을 날카롭게 치켜들며 진순을 향해 일침을 날렸다. 하지만 진순은 표정 하나 바뀌지 않고 콧방귀를 뀐 채 해수를 집어삼킬 듯 노려보며 대꾸했다.

"불안이라? 어찌 근심 없는 소리로 태평성대를 이룬 것마냥 이리 쉽게 논한단 말이오? 신라에게 수십 년간 그리 불편한 일을 겪고도 모른 척한단 말이오? 더군다나 고구려는 지금 코앞에 와 있소! 사방에서 적들이 거리를 좁혀 오는데 진심으로 백성들을 편안케 할 거라면 곡식뿐만 아니라 나라의 방비를 단단히 해야 할 것임을 왜 모르오? 수해 전 많은 인원을 동원해 사구성을 쌓았던 이유를 알지 못하오? 무엇을 위해 우리가 그토록 힘들게 성을 쌓았는지 또 그 상대가 누구인지 결코 간과해서는 아니 되오."

진순은 해수를 거의 꾸짖듯이 다그쳤다. 그리고 재빨리 고갤 돌려 무릎을 꿇고 비유 앞에서 간청을 했으니 그의 목소리는 조금의 떨림도 없었고 정확했다.

"어라하! 날이 더 추워 움직임이 여의치 않을 때를 대비하여 지금이라도 한성 북쪽과 또한 신라와의 접경지역에 군사를 배치하여 그 방어를 두텁게 해야 하옵니다. 그것은 곡식을 풀어 백성들을 살피시는 것과 마찬가지로 중요한 일이옵니다."

진순의 말을 잠자코 듣고 있던 비유는 감았던 눈을 지그시 떠 줄지어 서 있는 전체 대신들을 쭈욱 살펴보았다. 마침 해수 역시 진순의 옆으로 가 무릎을 꿇고 고개를 숙이며 입을 열었다.

"어라하! 진순의 말에 그와 같이 명을 내리신다면 이는 곧 다가올 엄동

설한에 병사들의 사기만 떨어질 것이옵니다. 차라리 백성들에게 자비를 베풀고 날이 따듯해진 후 군사를 중원한다면 기꺼이 백성들도 어라하의 뜻을 기쁜 마음으로 따를 것으로 생각치 않을 수 없사옵니다."

"그만들 하시오. 둘의 뜻은 잘 알겠소. 내 상좌평이 오시면 두 의견을 다 의논해 보겠소. 다들 이만 물러들 가시오."

당장의 결정이 아닌, 뜻밖의 답에 해수와 진순은 잠시 머뭇거렸지만 심히 예상치 못했던 일은 아니었다. 딱 떨어지는 일이 아니라면 비유는 줄곧 상좌평과 논의를 하곤 했으니 말이다.

비유는 더 이상 해수와 진순에게 눈길을 주지 않고 자리에서 일어나 소정전을 빠져나갔다.

어찌 보면 해수와 진순 둘 모두가 맞는 말이라면 맞는 말이었다. 하지만 그 말에는 내포하는 의미가 전혀 달랐으니 어느 누가 정확히 옳다고 말할 수 없었다. 다만 확실한 것은 해수와 진순의 기싸움은 단순히 그 둘뿐만이 아닌 뒤에 있는 그들의 세력들도 함께 기싸움을 벌이고 있다는 것이다.

비유가 퇴청을 하자 해수가 자리에서 벌떡 일어나 아직 천천히 예를 갖추며 일어서던 진순을 향해 비꼬듯 말했다.

"그런 생각으로 수십 년간 진씨들은 백제 땅에 피가 마르지 않게 했음에도 불구하고 또 그렇게 할 심산인가 봅니다. 권력을 잃은 것이 분하오? 쯧."

무거운 숨을 깊게 들이마시던 진순은 마음을 차분히 가라앉히는가 싶더니 바로 매서운 눈빛으로 해수를 노려보았다. 그리곤 말없이 자리를 뜨면서 들으라는 듯 크게 중얼거렸다.

"어디 믿는 구석이 있는 모양인지 '적'이 왜 '적'인지 모르나 보오. 권력 운운하는 것이 어디 한자리 꿰차고 싶은 것이 티가 나는구려… 쯧."

비꼬는 진순의 말에 해수는 불같이 화가 났다. 멀어져 가는 진순을 보며 화를 삭이지 못하며 주먹을 쥔 채 부들부들 떨던 해수는 분에 못 이겨 하며 혼자 조용히 중얼거렸다.

"어디 두고 보자…. 그 주둥아리 다시는 놀리지 못하게 해 주겠으니…."

불행인지 다행인지 주변의 모두가 자리를 떴으니 해수의 말은 누구에게도 들리지 않았다.

비는 그칠 기미가 보이지 않았고 오히려 점점 더 거세어졌으며 그 비를 타고 찬바람이 덩그러니 홀로 남겨진 해수와 소정전을 덮쳤다.

한성에 내리는 비가 누구의 편인지 알 길은 없지만 불이 붙은 해수의 온몸을 끄려고 노력해 보았으나 돌아오는 것은 차갑게 식어 버린 살기 어린 그의 얼굴일 뿐이었다. 괜한 풀벌레들만 걱정스럽게 비를 피해 숨죽이고 있었다.

비가 많이 오는 날에는 나무 냄새가 진하게 난다. 비가 그쳐도 그 냄새는 쉽게 빠지지 않으며 자신의 것에 대한 여운을 깊게 곳곳에 남긴다. 그것은 비단 비를 포함한 자연의 현상뿐만이 아니다.

궁 안 한편에 향을 가득히 내며 그 기운을 깊게 남기는 처소가 하나 있었으니 해수는 곧장 자신의 처소로 가려다 말고 그곳으로 향했다.

해수가 비를 맞으며 빠른 걸음으로 향내음이 나는 처소 앞으로 다가가자 바깥에서 지키고 섰던 초병들은 늘상 있는 일인 듯 자연스레 길을 텄다.

옷에서 떨어지는 물이 처소의 마루를 적셨고 문 앞에 선 해수는 지체 없이 소리를 내었다.

"수비리시는 안에 있소?"

방 안으로 울리는 해수의 목소리, 향초를 앞에 두고 눈을 감고 있던 여인이 고개를 돌려 뒤를 보았다.

　긴 머리에 진한 화장을 한 여인의 눈은 반짝이는 붉은 가루에 그 신비함이 세상 사람의 것이 아닌 듯했고 여인의 연붉은 치맛자락과 분홍의 도포 자락 그리고 화려한 금속 장신구들은 여인의 온몸을 휘감고 있는데 화려하기가 마치 천국의 꽃과도 같았다.

　"예, 들어오시지요."

　여인은 곁에 있던 시녀를 손짓으로 물리쳤고 시녀는 고개를 숙이며 소리 나지 않게 조심스레 걸어 방문을 열고 나가며 해수에게 예를 갖춰 인사했다.

　연기로 가득 찬 뿌연 방 안은 보기와는 다르게 그리 답답하지 않았다. 오히려 그 내음이 코와 입속으로 들어가면서 심신을 안정시킬 정도였다. 그렇게 그곳은 평온했지만 그럼에도 해수의 얼굴은 일그러져 있었다.

　비유의 침전에는 비유만 있는 것이 아니었다.

　"병관좌평은 건강이 좀 어떻소?"

　"많이 좋지 않습니다. 요 밤중엔 신음 소리가 점점 깊어지고 있으니 걱정이 아닐 수 없사옵니다."

　"소굽이 고생이 많소. 그래도 수십 해 동안 여러 힘을 아낌없이 써 주었는데 비록 달갑지 않은 모습을 여러 번 비추었지만 그자의 공이 있으니 치료는 계속 부탁하오."

　"예, 어라하."

　"그만 나가 보시오."

　흰 머리가 희끗하게 난 궁전 어의 소굽은 허리를 숙여 예를 갖추고 뒷걸음으로 비유의 침전에서 물러났다.

백제 제일의 어의 소굽은 왕가 삼 대를 모신 연륜이 뛰어난 어의로, 백제만이 아니라 대륙에서 가장 뛰어난 의원이라 해도 과언이 아니었다.

그는 요동반도에서 나고 자랐으며 그의 스승은 한곳에 적을 두지 않고 이곳저곳을 떠도는 명의였다. 소굽은 스승에 대해 말하기를 꺼려했지만 그가 일러 준 대충의 묘사로 보아 일찍이 위나라에서 명망 높았던 한 의원이 일러 준 이름 모를 노인과 모습이 비슷했으며 그 노인의 신통함은 수없이 많은 위와 오나라 그리고 촉한의 장수들을 치료하는 데 부족함이 없었다고 했다.

소굽이 백제로 들어와 선대 전지를 모시기 시작한 것은 전부 한 사람 때문이었는데 그가 바로 백제의 상좌평이다.

소굽이 나가고 비유는 처소 밖에 자신의 심복이자 호위무사인 목하치를 불러 일렀다.

"하치는 있느냐?"

비유의 말이 끝나기 무섭게 문 바로 앞에 무릎을 꿇고 있던 목하치가 답했다.

"예, 어라하."

목하치의 음성은 강했고 절도 있었다. 단 한 마디만으로도 그의 용맹함이 고스란히 전해졌다.

"너는 가서 믿을 만한 사신을 미추홀로 보내어 상좌평이 도착했는지 알게 하여라. 그리고 그 소식을 하루빨리 내게 가져오너라."

"예, 어라하. 소인 명을 받들겠습니다."

비유의 명이 떨어지자마자 목하치는 자리에서 벌떡 일어났다. 막 걸음을 옮기려던 순간 비유는 다시 한 번 목하치에게 명했다.

"아니다…. 상좌평이 도착했으면 태사평과 같이 둘을 먼저 내게 오도록 전달하거라. 나머지 일은 미추홀의 장군에게 일러 따로 가져오도록 하면 좋을 것이다."

"예, 어라하."

목하치의 발소리가 점점 멀어지자, 비유는 창밖으로 내리는 비를 한동안 물끄러미 바라보았다.

갑자기 천둥이 치기 시작한 것은 비유가 창밖을 바라본 지 그리 오래 지나지 않아서였다. 순간 내리는 벼락이 자신의 침소 바로 반대편 너머로 떨어지는 것을 본 비유는 문득 자신의 아들 여경과 문주를 보살피는 수마왕비와 노장군의 처 청령부인이 걱정되었다.

문 밖에 대기하고 선 대시종을 불러 자신의 금관모를 벗겨 자리에 놓도록 하고 젖은 도포를 갈아입고 대처소의 문을 나섰다.

"진개 장군을 불러오거라. 내 비의 처소에 잠시 들러야겠다."

대시종은 비유의 명에 짧고 낮게 답을 하며 종종걸음으로 얼른 움직여 대침전의 통로 밖으로 나갔다.

"이게 어찌 된 일이지?"

"모르겠어… 장군님이 틀림없는데…."

"숨은? 숨은 쉬고 있는 거야?"

민머리의 사내가 노장군의 몸에 박힌 화살을 잡아 빼려 하자 안절부절 못하던 다른 사내 하나가 화들짝 놀라며 급히 말렸다.

1. 지고 뜸은 항상 도니, 그러하였다   **39**

"그거 빼면 안 돼! 피가 사방으로 뻗쳐 될 거야!"

"그럼 어쩌지…. 어떻게 해야 해?"

거의 울상을 짓던 사내들이 이러지도 저러지도 못하는 순간 아까 전 괴한에게서 달아나던 나머지 한 명의 사내가 헐레벌떡 뛰어 어느새 그들의 곁으로 다가왔다. 너무도 갑작스러운 등장에 놀란 사내들이 비명을 지를 뻔했다. 그러고는 자빠진 사내를 보자마자 앞다투어 그를 나무랐다.

"뭐야! 놀랐잖아!"

자빠진 사내는 온몸이 풀잎의 녹색으로 물들어 더러워져 있었다. 그는 가쁜 숨을 몰아쉬며 떨리는 음성으로 말했다.

"도망가야 해! 그 이상한 놈이 따라온다고!"

"뭐? 어떡하지? 어디로 가야 하는 거야? 우리 배는?"

노장군을 둘러싸고 흐르는 피를 손으로 필사적으로 막던 사내들이 당혹스러워했다.

"이 날씨에 아직 도착하지 않은 것을 보니 시간이 더 걸릴 게 분명한데…. 그런데 그 검은 옷의 남자는 도대체 누구야? 네가 떨쳐 낸 게 아니야?"

작은 체구지만 제법 덩치가 단단해 보이는 사내가 노장군의 고개를 자신의 무릎으로 받치면서 사내에게 물었다.

"떨쳐 내긴! 여기가 넓지도 않은데. 겨우 돌고 돌아 따돌리고 왔는데 보통 놈이 아니야! 소리가 조금이라도 나면 금세 정확히 따라오더라고!"

괴한을 따돌렸던 남자의 말에 세 명의 사내들은 덩달아 다급해지기 시작했다. 요상한 머리와 옷차림의 사내들이 어쩔 줄 몰라 하던 그때, 저만치 멀지 않은 수풀 사이로 검은 형체의 괴한이 두리번거리며 그들의 근처로 다가오고 있었다.

이렇다 할 무기도 손에 들고 있지 않던 사내들은 심장이 터져 버릴 것 같았다. 그때, 마침 걷힌 안개 속에서 저 멀리 작은 배 한 척이 나루터 쪽으로 다가오고 있었다.

"저기 봐! 저기 배가 오고 있어!"

모두들 일제히 바다 쪽을 바라보았다.

"다스이! 한 번 더 따돌릴 수 있겠어? 조금만 더 시간을 끌면 장군님을 배에 태울 수 있을 것 같아!"

단단한 체구의 사내가 한참을 달려 지쳐 버린 다스이에게 물었다. 그것은 다스이에게는 절망과도 같은 요청이었다.

"미쳤어? 지금 다리가 후들거려 더 뛸 수도 없다고! 그럼 이번엔 타케수 네가 뛰어!"

다스이는 거의 울상을 지어 보이며 노장군의 머리를 받치고 있던 타케수에게 화를 내며 작은 소리로 반발을 했다.

"그럼 이대로 우리 다 죽고 장군님도 버릴 거야?"

"장군님? 이 사람이 장군이야?"

다스이는 자신의 눈을 노장군의 얼굴에 바짝 들이밀었다. 잠시 눈알을 굴리며 여기저기 살펴보던 다스이는 타케수가 건넨 동그란 금 장식을 받아들고는 자세히 보았다.

"봐! 여 장군님이잖아!"

다스이는 금장식과 노장군의 얼굴을 번갈아 유심히 보더니 입을 틀어막고 놀랬다.

"이런… 젠장…!"

서로가 놀라며 안절부절못하던 사이에, 어느새 검은 괴한의 모습이 바로 근처까지 나타났다.

"어떡하지?"

타케수가 눈을 질끈 감더니 뭔가 결심한 듯 비장한 표정으로 사내들에게 말했다.

"내가… 내가 뛸게!"

타케수의 결심에 다스이를 포함한 사내들이 침을 꼴딱 삼키며 걱정스러운 눈초리를 보냈고 타케수는 어쩔 수 없다는 듯 그들의 눈빛을 외면한 채 몸을 벌떡 일으켜 세웠다. 그 순간 뒤쪽에서 말발굽 소리가 거칠게 났다.

놀란 타케수는 방금 자신의 결정을 철회하듯 그대로 자리에 다시 재빠르게 주저앉았고 사내들은 일제히 말소리가 들리는 뒤쪽을 쳐다보았다.

말을 탄 사내의 외침이 어찌나 우렁찼는지 주변의 나뭇잎이 마치 젊은 사내의 기합에 눌려 흔들리는 것같이 보였다.

말을 탄 젊은 장수의 외침에 움찔 놀랐던 덩치 좋은 괴한은 몸을 돌려 자세를 고쳐 잡고 장수와 마주 섰다.

"누구냐? 그 괴상한 복장은 무엇이냐?"

"……."

괴한은 말없이 젊은 장수를 노려보았다. 그 눈빛에 살기가 가득 어렸으니 젊은 장수는 직감적으로 심상치 않음을 알아차렸다.

그때, 갑자기 무슨 생각인지 타케수가 벌떡 일어나 소리쳤다.

"저 사람이 여 장군님을 죽이려 했습니다!"

갑작스러운 돌발 행동을 한 타케수. 그의 행동에 놀란 사내들이 일제히 그의 바짓가랑이를 잡아 밑으로 끌었다.

"무슨 짓이야, 미친 녀석아!"

사내들은 전부 다 거의 죽기 직전의 표정이었다. 그 와중에도 한 사내는 노장군의 가슴팍에서 흐르는 피를 지혈하려 덜덜 떨리는 손으로 꽉 누르고 있었다. 그것은 거의 무의식으로 나온 행동이었다.

타케수는 겁먹은 표정이 여전히 역력했지만 바짓가랑이를 잡아 끄는 사내들에게 나즈막이 말했다.

"태사평! 태사평 장군님이야! 우리와 술잔을 기울이시던 태사평 장군님이시라고! 봐 봐!"

젊은 장군 태사평. 그의 갑옷 왼쪽 어깨에는 황색 표식의 '제' 자가 비단 포로 둘러져 있었다.

태사평은 타케수의 외침에 눈이 돌았고 그의 눈은 세상 사람의 것이 아니어 보였다. 그의 벼락같은 음성이 먼저였는지 휘두르는 창이 먼저였는지 구분이 가지 않았다.

괴한은 단 한 발자국도 뛰어오르지 못했다.

"무슨 짓인 게야!"

태사평의 호통, 그리고 괴한의 단발의 비명. 서서히 걷히는 안개를 대신해 비가 내렸으나, 땅과 풀잎을 적시기도 전에… 사방으로 튄 피가 먼저 괴한 주위의 풀잎을 붉게 물들였다. 나뒹구는 목은 끝내 눈을 감지 못했다.

차가운 공기에 입김이 나는 것은 백색의 말뿐이었다.

초저녁에도 비는 그칠 줄을 몰랐고 비유는 장군 진개와 대시종만을 대동한 채 대침전 바깥으로 나갔다. 대시종이 든 나무 가리개로도 거센 빗줄기를 막을 수 없었다. 결국 비유의 옷은 흠뻑 젖고 말았다. 걷는 발걸음이 무거웠고 불어닥치는 바람의 세기가 강했으니 새로 고쳐입은 비유의 연푸른 도포 자락이 길게 뒤로 펄럭이며 나부꼈다.

비유는 반듯이 깎여 평평한 돌마당을 건너며 말없이 생각에 잠겼다. 대시종은 그런 비유의 뒷모습을 바라보며 들키지 않게 고개를 갸웃거렸다.

"저… 어라하, 수마왕비께 가시려던 것이 아니시옵니까?"

대시종의 조심스러운 물음에 비유는 가던 발걸음을 잠시 멈추고 뒷짐을 진 채 저만치 앞, 처소를 지그시 바라보았다.

"참으로 불편하기 짝이 없구나. 이 작은 길을 가는데도 이리 이국땅을 걷는 것 같은 기분이 드는 것이…."

"송구하옵니다, 어라하."

고개를 가볍게 절레절레 흔들던 비유는 다시 발걸음을 옮겼다.

대침전에서 그리 멀지 않은 곳이었으나, 항상 그곳으로 향하는 발걸음에는 안타까움이 서려 있었다. 마음에 들지 않았으나, 달리 방도가 없었다.

도착한 처소에서 물기를 털어 내던 비유는 진개와 대시종을 멈춰 세워 기다리게 하고 혼자 걸어 들어갔다.

수십 발자국을 딛어 도착한 처소의 내문 앞에서 비유는 낮게 기침을 해 문 앞 여시종들을 물렸다. 조심스럽지 않을 수 없었다.

"청령께서는 안에 계십니까?"

비유가 방문한 곳이 수마왕비의 처소가 아닌 청령의 처소였기 때문이다.

비유는 늘 기척을 알려야 할 시녀나 병들을 대동하지 않은 채 청령의 처소를 방문했다.

"예, 어라하. 심려치 말고 안으로 드시옵소서."

얇고 가는 청령의 목소리는 난장판의 하늘의 어지러운 소리를 잊게 만들 만큼 안정감 있고 부드러웠다.

비유는 가만히 문을 열고 안으로 들어섰다.

"아닙니다. 누워 계시지요."

비유는 침소에서 힘겹게 허리를 부여잡고 일어나려 하는 청령을 말리며 침상 앞 조금 떨어진 곳 의자에 앉았다.

"어라하께서 친히 방문하셨는데 어찌 무례한 자세를 할 수 있단 말입니까."

비유의 만류에도 청령은 한사코 몸을 일으켜 고쳐 앉으려 했다. 하지만 비유가 얼른 몸을 움직여 청령의 어깨를 지그시 눌러 자리에 눕혔다.

"괜찮습니다. 청령께서 이러시면 제 마음이 편치 않습니다. 그나저나 몸은 좀 어떠십니까?"

혹여나 자신이 달고 들어온 차가운 밤공기가 청령의 몸을 상하게나 하지 않을까 비유가 조심스레 물었다. 그러자 청령은 살며시 미소를 머금으며 고개를 작게 끄덕였다.

"안심하시옵소서. 어느 것 하나 불편함이 없으니 이는 전부 어라하의 은총이옵니다."

청령이 힘들어하는 것을 참는 것이 비유의 눈에는 훤히 보였다. 그럼에도 불구하고 자신을 걱정시키지 않으려 애를 쓰는 청령의 서글픈 미소가 비유 자신의 심장을 칼로 찌르는 듯 아리게 하였다. 이 모든 것이 대백제의 큰어른인 노장군 여신에게 많은 짐을 지게 한 자신의 책임인 것처럼 느껴졌다.

"출산날이 거의 임박했는데… 미안합니다. 그래도 곧 소식이 돌아올 터이니 조금만 힘을 내어 주시면 좋겠습니다. 어쩌면 제가 어르신께 괜한 부탁을 한 것이 아닌가 싶습니다."

"아닙니다! 어라하께서 내리신 명을 어긴다면 그 어찌 백제의 사람이라 할 수 있겠사옵나이까. 그것은 백제 땅에 발붙이는 모든 이들 역시 마찬가지입니다. 너무 염려치 마시옵소서."

청령은 당황스러워하며 자책하는 비유를 달랬다.

"내 그 어떤 귀한 물품을 전해 드리더라도 지금 청령부인께서 겪고 계신 기다림의 마음을 헤아려 보상해 드릴 수 없는 것을 알지만… 내, 최선을 다해 한시라도 빨리 여신 님을 모셔오겠습니다."

비유는 손을 뻗어 청령의 창백해진 손을 꼭 잡았다.

"장군님께서는 꼭 오실 것입니다. 만일 그 전에 출산을 하더라도 그 역시 기쁘게 받아들일 것이옵니다."

"고맙습니다."

비유가 고개를 끄덕이고 청령과 그 주위를 빙 둘러보았다. 이상하게도 세차게 내리는 빗소리가 이곳에서는 들리지 않았고 천둥소리 역시 울리지 않으며 조용한 것이 방을 둘러싼 공기가 포근하기 그지없게 느껴졌다. 그것은 마치 다른 시간과 공간에 머물러 있는 것 같았다.

그렇게 비유는 한동안 청령과 시간을 보내며 이야기를 나누어 보살피다가 다시 자리를 떠 처소를 나왔다.

바깥으로 나온 비유는 대침전으로 돌아가 수마왕비의 침소로 들어갔으니 그 옆에는 대시종이 함께했다. 대시종이 비유가 왔음을 알렸고 시녀들은 가만히 문을 열어 젖혔다. 수마왕비는 몸을 단장한 채 예를 갖춰 자리에 앉아 있었다.

"경사와 문주는 잘 지냈느냐?"

동그란 눈으로 비유를 올려다보며 떡나무 잎보다 작은 손을 가지런히 힘겹게 모은 경사(여경)와 문주는 고개 숙여 비유에게 예를 갖춰 인사를 올렸다.

"예, 어라하."

비유는 흐뭇한 얼굴로 경사와 문주를 바라보다가 다시 그 표정을 거두어 숨겼다.

"아이들에게 가르쳐야 할 것은 빠짐없이 가르쳐 배우게 하도록 하시오. 너무 엄해서도 안 되며 그렇다고 너무 긴장을 늦춰서도 안 될 것이오."

무표정한 얼굴로 수마왕비를 보고 낮게 음성을 내어 보이는 비유의 모습에서 엄격함이 가득 서려 있었다. 수마왕비는 무표정한 얼굴로 눈을 감으며 고개를 끄덕였다.

"예, 어라하."

한참 경사와 문주를 번갈아 보던 비유는 그리 오랜 시간을 보내지 않고 일어나 비의 침소를 나갔다.

"진개는 들으라."

수마의 처소를 나온 비유가 앞에서 대기하고 있던 진개를 가만히 불렀다. 그러자 진개는 재빨리 움직여 비유의 곁으로 섰다. 그 뒤로 다가오려는 대시종을 멈추게 했고 비유는 진개의 팔을 잡아 끌고는 자신의 곁에 조금 더 가까이 오도록 만들었다. 그리고 나지막한 목소리로 진개에게 명했다.

"지금부터 장군은 경사와 문주 그리고 수마왕비의 동선을 살피고 보도록 하여라. 특히 수마왕비를 잘 살피도록 하거라. 후에 반드시 널 부를 일이 없었으면 좋겠구나마는…. 여튼 그리하도록 하여라."

의미심장한 비유의 말에 진개는 영문을 알 수 없었지만 명을 받들었다.

"예, 어라하."

"나는 대시종과 함께 다시 돌아갈 터이니 가거라."

말을 마친 비유는 기다리던 대시종과 함께 걸음을 옮겨 유유히 대침소로 향해 들어갔다.

진개는 비유가 사라질 때까지 그 뒷모습을 물끄러미 바라보았다.

모퉁이 한쪽 작은 구멍에서 고양이가 얼굴을 빼꼼히 내밀며 그르릉 소리를 내고는 모든 장면을 지켜보고 있었다.

천둥이 두 번이나 칠 동안 진개는 그저 눈만 꿈뻑이고 서 있었다.

"그게 무슨 말이오!"

해수의 얇은 입술이 파르르 떨렸다. 등줄기에 땀방울이 맺혀 떨어지는 것을 어찌 막을 수 없었다.

"말씀드린 대로입니다."

여인 수비리시는 작은 향초를 들어 제단에 꽂은 후 천천히 해수의 주위를 돌며 차분하게 말했다.

"아니… 지금 내 이해가 되질 않아서 그럽니다. 진순의 세력이 우리를 견제하며 압박해 오는 것을 막아서기도 어려운데 어찌 그런 일을… 내가 말한 것은…"

해수의 말이 끝나기도 전에 수비리시는 담담한 어조로 그의 말을 가로챘다.

"알고 있습니다. 어르신께서 그들을 한성 바깥으로 내보내고 싶어 하신다는 것을요. 하지만 제가 말씀드린 것은 그보다 한 수, 아니 두 수 위의 것입니다."

 무표정의 수비리시는 얼굴에 전혀 긴장한 내색을 띠지 않았지만, 해수는 자신이 무엇을 들은 것인지 귀를 의심하기 시작했다. 그것은 실로 무서워 함부로 귀에 담을 수도 없는 것이었다.

 "아주버님께서 그간 그렇게 고생만 하시다가 병들어 움직이지도 못하는 것이 안타깝지도 않으십니까? 지금 좌평의 자리를 해구 어르신께서 찾았다고는 하지만 이런 식으론 다시 언제고 진씨들에게 그 자리를 내어 줄 것이옵니다."

 해수는 눈을 질끈 감고 고개를 절레절레 흔들며 이마를 짚었다. 머리를 떨구며 무언가를 생각하던 해수의 어깨에 수비리시가 가만히 손을 대었다. 그리고 그의 등을 하얀 손으로 깊게 몇 번 쓸자 그와 동시에 천둥이 치기 시작했다. 어느 하나 창을 열어 둔 곳이 없는데 한기가 방 안으로 새어 들어왔.

 수비리시는 사람을 다룰 줄 알았다. 그녀는 자신의 손길이 해수를, 아니 사람을 어떻게 다룰 수 있는지 알고 있었다.

 "신녀여! 내 그 말을 알아듣긴 했으나… 행여나 이 사실이 백제의 바깥으로 새어 나가면 고구려나 신라가 사방에서 쳐들어올까 무섭소."

 수비리시의 손길에 뭔가 용기를 얻었는지 해수는 좀 전까지 당황스러워하던 목소리를 바로잡아 낮추며 차분하게 말했다. 그러자 신녀 수비리시가 해수의 옆으로 의자를 당겨 앉으며 혹시라도 누가 들을까 가늘고 낮은 소리로 해수에게 답했다.

 "관직이 아니라, 뺏길 수 없는 자리를 가지면 되지 않사옵니까. 먼저 고구려와 신라 양쪽을 이용하면 아무 문제도 없을 것입니다."

독을 품은 꽃이 날카로운 이빨을 숨긴 뱀과 함께 스르륵 귓가에 들어오는 것 같았다. 아름답지만 무섭고 두렵지만 거절할 수 없는, 눈을 감자니 귀로 들어오며 귀를 막자니 눈으로 들어오는 것. 현혹이란 것이 그런 것이다. 눈을 뜨자 수비리시의 통통하고 하얀 볼살과 매끄러운 목선에 정신이 아찔해지는 해수였다.

이미 해수의 눈은 욕망으로 변했고 그것을 눈치챈 수비리시는 살짝 웃어 보였다. 그것은 쐐기를 박은 것이다.

"뺏길 수 없는 관직이라… 어떻게? 어떻게 고구려와 신라 둘 다 이용할 수 있단 말이오? 내게 일러 주면 당장 생각을 해 보겠소."

"어르신께서는 고구려에 몰래 첩자를 보내 막하하리지 예주를 포섭하기만 하면 됩니다. 예주는 장수왕의 최측근 심복이며 그는 거련(장수왕)을 총명함으로 잘 보필하니 고구려에서는 무시할 수 없는 힘을 가지고 있습니다. 그와 우리가 결탁하게 된다면 장수왕을 당분간 우리 편으로 만드는 것은 일도 아닙니다. 신라는 제가 맡겠사오니 너무 염려치 마시옵소서."

막힘없이 나오는 수비리시의 말에 당혹스럽기도 했지만 이 계획을 언제부터 준비했는지 실로 감탄을 금치 못할 따름이었다. 다만 궁금한 것이 있었으니 고구려와의 문제였다.

"첩자를 보내는 것은 알겠지마는 예주에게… 어떻게 그를 포섭할 수가 있단 말이오? 일개 병졸도 아니고… 웬만한 성주들도 힘들 터인데."

"목을 걸면 되지 않겠습니까?"

아주 천천히 그리고 부드럽게 신녀는 자신의 배를 쓰다듬으며 말했다.

"목이라니? 누구의 목을 말이오?"

해수는 수비리시의 물음에 심상치 않음을 느꼈다.

"누구긴요. 어라하의 목 말이지요."

"아니…! 어라하를 시해한단 말이오?"

"어르신! 듣겠사옵니다."

수비리시는 작은 소리로 해수의 입을 멈추게 했다.

"목을 바치는 대가로 해수 님은 백제를 집어삼키고 고구려의 환심을 사 공격을 멈추게 한 후, 속국이 되는 척하면 그들의 경계도 느슨해질 것이옵니다. 그사이 신라와 화친을 맺은 후, 모든 죄를 신라에게 뒤집어씌우면 고구려는 신라의 악랄한 수법에 속았다 생각하고 그들을 칠 것이옵니다. 그렇게 둘의 싸움에 모두가 지쳐 있을 틈을 노려 양쪽을 공격을 한다면 신라를 능히 흡수할 수 있으며 고구려를 다시 국내성 위까지 쫓을 수 있을 것입니다."

"신라에게 죄를 뒤집어씌우다니 무엇을 말이오?"

해수는 어리둥절했다.

"어라하의 목을 신라로 들여보내는 것이지요. 그것은 이미 제가 손을 쓰고 있는 중이니 걱정 마시옵소서."

쏟아지는 비와 검은 구름으로 인해 하루 종일 날이 어두우니 시간의 흐름을 느끼기 어려웠다.

"허나… 상좌평 어르신이 있는 이상 그것은 무리가 아니오…."

마른 침을 여러 번 삼키던 해수는 이 엄청난 계획에 겨우 정신을 부여잡고 말했다. 그런 해수와는 다르게 수비리시는 여유 있는 미소를 지으며 향이 피어오르는 작은 제단 앞에 섰다. 그리고는 잠시 뜸을 닫혀 있는 창을 보았다. 완전히 까매진 어둠이 창을 뚫고 방 안을 가득 메우니 주변 모든 것은 그야말로 암흑으로 변해 버렸다.

"상좌평 어르신은 돌아오지 않으실 겁니다."

수비리시가 조용히 불을 초에 키려는 순간 온 사방이 번쩍이며 벼락이 쳤다.

해수는 그저 멍하니 수비리시의 불룩 튀어나온 배만 바라보았다.

"새 백제를 맞이하는 날이 와야지요."

소름 끼치도록 매혹적이고 살기 어린 미소를 지어 보이는 수비리시였다.

쓰러진 노장군을 조심스레 들쳐업은 태사평은 쥐고 있던 창 깃대를 바닥에 꽂아 버리고 말고삐를 더욱 세게 잡았다.

"정말 고맙구나. 너희들은 다시 본국으로 돌아가는 길이냐?"

태사평이 사내들을 돌아보며 물었다. 그의 눈은 흔들리고 있었고 긴장된 얼굴은 어느새 새하얗게 질려 있었다.

태사평의 모습에 사내들도 덩달아 긴장을 했다.

"예, 저기 오는 배로 떠날 예정이옵니다. 장군님."

태사평은 점점 가까이 다가오는 배를 한 번 쳐다본 후 말머리를 급히 옆으로 돌렸다. 그리고 다급한 목소리가 튀어나오려 하는 것을 가까스로 참으며 자세를 고쳐잡고 차분히 말했다.

"내리는 비가 심상치 않으니 부디 조심하여 건너도록 하여라. 또한 너희들은 얼른 도착하는 즉시 어르신의 상황을 부왕에게 전하라! 다시 백제에서 건너 돌아가는 날엔 내 이 증거들을 반드시 들고 갈 것이니, 그때는 너희의 도움을 반드시 알려 그 공을 높이 살 수 있도록 전해 드릴 것이다."

"예, 장군님!"

"걱정하지 말아라. 노장군님은 무사하실 것이다. 반드시 그리 만들 테니 지진원비께는 자세한 말을 삼가토록 하여라. 여튼 무척이나 고맙고 신세를 지었구나. 그럼 조심히 건너도록 하거라."

"예… 장군님…."

말을 마친 태사평은 말의 배를 발로 힘껏 차며 기합 소리와 함께 번개처럼 앞으로 내달렸다. 그의 품에는 노장군이 꽉 안겨 있었다.

다리에 힘이 풀려 주저앉은 사내들은 망연자실한 채, 멀어져 가는 태사평의 뒷모습을 바라보며 눈물을 흘렸다. 한바탕 폭풍이 휩쓸고 지나간 것처럼 모든 것이 사라진 공허한 공터에 굵게 내리는 빗소리만이 귀가 아플 정도로 들려왔다. 어느새 다가온 배에 네 사람은 허둥지둥 달려가 올라탔다.

수염이 덥수룩하게 난 선원이 줄을 내려 커다란 돌무더기 쪽으로 걸어갔다. 그러다 사내들을 힐끔 바라보며 물었다.

"네 분이 전부이십니까?"

"전부야! 빨리 출발할 수 있을까?"

다스이가 다급히 배 한쪽에 자리를 잡고 몸을 기울여 뭍에 있는 선원에게 물었다.

"예? 참… 보십시오. 오늘은 비가 와서 안 됩니다. 비가 그치면 출발합니다."

잠시 갑판으로 나온 선원 서넛이 주섬주섬 마른 풀과 때 지난 산열매를 가지고 나왔고 커다란 생선 한 마리를 네 사내에게 건네 대접했다.

"무슨 일이 있으십니까?"

한 선원이 타케수의 엉망진창이 되어 버린 옷을 살피고는 조심스레 물었다. 타케수는 손을 휘저으며 선원을 쫓았다. 다스이는 내리는 비를 얼굴로 전부 맞으면서도 손으로 훔쳐 닦지 않고 허망하게 하늘을 바라보았다.

'한바탕 무섭게 내리고 나면 다음 날은 괜찮을 것이야….'

모두가 옷이 젖는 것쯤은 개의치 않았으나, 요상하게 드리워진 검은 먹구름이 해를 삼키고, 곧 떠오를 달도 가려 버렸다. 가만히 보고 있자니 삽시간에 덮쳐와 자신들을 집어삼킬 듯한 기세였다.

네 사람은 모두 긴장이 풀린 탓인지 가끔씩 울리는 천둥에도 꿈쩍하지 않고 쓰러져 잠이 들었다.

"허 참…. 보통 이럴 분들이 아닌데. 갑자기 멀미를 하시나…?"

돌무더기에 줄을 단단히 고정시키고 돌아온 선원이 네 명의 사신을 보고는 이상하다는 듯 고갤 갸우뚱거렸다.

뺨을 타고 흐르는 것이 빗물인지 눈물인지 알 수 없었다. 태사평은 노장군을 안은 채 쉼 없이 달렸고 노장군의 가슴을 손으로 압박하며 지혈을 결코 멈추지 않았다.

"장군님! 장군님!"

태사평의 외침은 허망하게도 지나가는 비바람에 삼켜져 흔적조차 남지 않았다.

'말아, 제발 빨리 가자…. 장군님 다시 뵈야지…. 들어가자, 제발, 빨리.'

430년, 비유 3년 10월 초겨울.

컴컴한 밤에도 불빛은 환하게 방을 밝히고 있었다. 화려할 것도 하나 없이 그저그런 있을 것만 갖추고 있는 방이었지만 그래도 성주의 방이라 그런지 위용이 보통과는 달랐다. 하지만 강렬하고 강인해야 할 분위기와는 다르게 모든 것들은 기가 죽어 있었으며 사방의 공기는 무겁게 내려앉았다.

어찌나 적막하고 고요하던지 지나다니는 개미의 발소리마저도 들릴 것 같았다. 하물며 주변에 서 근심 어린 얼굴로 지켜보는 이들의 숨소리는 말할 것도 없었다.

미추홀 성주 사천여는 한참을 말없이 노장군을 바라보고 있었고 뒤에서 무릎을 꿇고 있던 태사평은 고개를 바닥에 박은 채 벌벌 몸만 떨고 있었다.

목하치와 사천여는 어의 소굽의 뒷모습을 그저 말없이 보며 기다릴 뿐이었다.

"어라하…."

노장군의 곁에 앉은 비유를 보며 소굽은 고개를 가로로 가만히 흔들었다.

"무슨 소리냐? 상좌평을 살릴 수 없단 말이냐?"

비유는 다급한 목소리로 소굽을 다그쳤고 그의 눈은 벌겋게 충혈되어 있었다. 당장이라도 고쳐 내지 못하면 큰 형벌을 내리기라도 할 것 같은 표정이었다.

소굽은 비유의 마음을 알고 있지만 그 자신도 어찌할 수 없는 것이었다.

"화살은 뽑았지만 몸속 장기가 심하게 상한 것 같습니다. 막아도 막아도 피가 새어 나오고, 이제 코와 귀로도 흐르는 것을… 막을 수가 없사옵니다."

"그럼 상좌평이 죽는단 말이냐?"

비유는 일그러진 표정으로 소굽의 어깨를 힘주어 움켜쥐었다. 그 힘이 어찌나 센지 소굽의 어깨가 부러질 지경이었다. 소굽도 비통하긴 마찬가지였다. 비유만큼이나 상좌평은 자신이 가장 오래 모시던 분이었다. 선대 전지, 구이신왕 그리고 곤유, 즉 비유까지 상좌평 여신은 그렇게 오래 소굽의 곁에 남아 있던 유일한 사람이었다.

소굽의 눈에서는 눈물이 흘렀고 차마 소리 내어 울 수조차 없어 그저 고개를 푹 숙이는 것으로 답을 했다. 그 모습에 큰 충격을 받은 비유는 어지러운지 몸을 크게 휘청거렸다. 그러자 목하치가 얼른 비유의 몸을 잡아 부축했다.

"부탁이다. 어찌 안 되겠느냐?"

그것은 명이 아니었다. 떨리는 음성으로 부탁을 하는 비유는 무엇이라도 방도가 있었으면 하고 간절히 바랄 뿐이었다.

"벌써 사흘을 치료했지만… 오늘을 넘기긴 힘들어 보이십니다. 어라하… 제게도 너무나 소중한 분입니다. 부디 용서하여 주시옵소서… 흐흑."

소굽의 흐느낌에 비유는 말문이 막혀 고개를 떨궜다. 한참을 말없이 있던 비유가 붉게 충혈된 눈을 뜨며 힘겨운 손짓으로 장수들과 소굽을 물리쳤다.

사천여는 비유에게 고개를 숙이며 조용히 방문을 열어 가만히 나가 앞에 섰고, 목하치는 힘들어하는 소굽을 부축하며 나갔다. 태사평만이 여전히 고개를 들지 못한 채 어찌할 바를 몰라 우물쭈물거렸다. 사천여가 태사평을 일으키려 뒤로 다가가자 비유가 고개를 잠시 돌려 보다가 여전히 떨리는 음성으로 사천여를 말렸다.

"아니다, 태사평은 그냥 남겨 두어라."

비유의 말에 사천여는 얼른 자세를 고쳐 뒤로 물러서며 예를 갖추었다.

"예, 어라하."

조용히 닫힌 문, 죄책감에 벌벌 떠는 태사평. 호흡하는 소리조차 들리지 않는 여신과 그를 지그시 바라보던 비유. 세 사람은 각기 다른 형태로 그 침울하고 비통함 그리고 안타까움을 말없이 표현해 내고 있었다.

비유는 여신의 손을 잡았다. 그리고 귓가에 흐르는 피를 말없이 눈물만 흘린 채 바라보았다. 헝클어진 여신의 흰 머리를 가만히 손으로 쓸어 정리를 하다가 다시 고개를 떨구었다. 자신이 보고 있는 여신은 자신이 알던 그 여신이 아니었다.

비유는 안타깝고 애통한 마음에 어깨를 들썩이며 흐느끼기 시작했다. 그 애절한 울음소리를 들은 태사평은 벌벌 떨리는 입을 겨우 열어 죽을 각오로 울먹이며 낮게 소리 내었다.

"어라하… 소인, 아니 죄인이 죽을죄를 지었사옵나이다. 당장이라도 목을 베어 주시옵소서. 죄인 그 목으로도 차마 갚을 수 없사오니 사지를 스스로 찢어 그 피는 바닥에 뿌리고 뼈는 으깨어 백제의 횃불에 넣어 그 잔해를 없애 버리고자 하옵니다. 부디 죽여 주시옵소서."

그의 음성은 아주 낮았지만 강했고 굳세었다. 결코 허투루 말하는 것이 아니라는 것을 비유는 모를 리가 없었다. 태사평은 여신의 서자나 매한가지였다.

태사평이 아주 어릴 때, 고아였던 그는 거지마냥 이곳저곳을 떠돌았고, 자신보다 큰 거지소년들의 수발을 들면서 두드려 맞기도 여러 번이었다. 그런 앞날이 보이지 않는 지옥 같은 생활에 서서히 익숙해져 갈 즘, 태사평은 우연히 사냥을 나온 여신의 말을 훔치려다가 들켜 잡히고 말았다. 태사평은 죽을 위기에 처했으면서도 자신에게 그 일을 시킨 다른 큰 소년들을 말하지 않았고, 바들바들 떨던 몸짓과는 달리 똘망똘망한 눈빛에 악의가 없음을 알아챈 여신은 그를 마부로 삼아 죗값을 치르게 했다. 태사평은 누구보다 여신의 말을 잘 보살폈으니 그 모습을 지켜보던 여신은 그 아이가 따뜻한 마음을 가진 아이라 확신하게 되었다.

또한 귀가 밝아 주워듣는 것도 빨랐고 그 말을 써먹는 법도 적재적소에

행했으니 여신은 태사평을 점점 마음에 들어했다. 그는 하나를 가르쳐 주면 셋, 넷을 해내는 아이였다. 열다섯이 지나는 해, 한동안 아이가 없던 여신은 말은 하지 않았지만 태사평을 서자처럼 아끼고 살폈고 태사평도 여신에게 많은 것을 배우며 아비처럼 따랐다.

비유는 그 모습을 곁에서 오랫동안 지켜봤다. 젊은 시절에는 자신보다 한참 어린 태사평에게 검술과 말타기를 배운 적이 있을 정도로 뛰어난 자질을 가진 사람이었다. 다만 마음이 여렸으니 감명을 받으면 자신의 온 것을 내어 걸 정도로 희생적이라는 것이 유일한 걱정이었다.

한 번의 움직임도 없이 죄인처럼 엎드려 있는 태사평을 돌아본 비유는 잘 떼어지지 않는 입술을 힘겹게 열었다.

"태사평은 그만 고개를 들어라. 그리고 이리 오너라."

비유의 떨리는 음성에 태사평은 더욱 사시나무 떨듯 몸을 떨면서 간신히 비유의 앞으로 다가서 무릎을 꿇었다.

"이제부터는 네가 나의 호위무사다. 네 아비가 마지막 가는 길… 네가 나와 곁에 있으며 지켜 주자꾸나. 자, 어서 이리로 와 내 옆에 앉거라."

비유가 손짓을 하자 태사평은 고개를 절레절레 흔들었다. 비유의 명을 거역하는 것은 아니나 그것은 무의식중에 절로 나온 죄책감의 행동인 것이었다.

비유는 태사평의 팔을 잡고 가만히 이끌었다.

"어… 어라하… 제가… 흑흑… 제가 한눈을 판 것이옵니다. 제가 명을 어긴 것이옵니다. 죽을죄를 지었습니다…. 흑흑, 어라하를 볼 면목이… 차마 장군님을 볼 면목이 없사옵니다…. 흑흑."

태사평이 조금 더 크게 흐느껴 울자 비유는 그렇지 않다는 듯 고개를 저으며 태사평을 옆에 앉혔다. 그는 힘없이 이끌려 와 앉았고 이어진 비유의 말에 큰 소리로 울었다.

"아니다, 나는 네게 그런 명을 내린 적이 없다. 여신 님과 너와의 일인 것이다. 어지러운 시국에 나이가 들었지만 너와 함께 수없이 많은 곳을 누빈 것도 여신 님에겐 행운이었을 것이다. 하늘의 뜻을 우리가 어찌 거역할 수 있단 말이냐. 네가 앞으로 여신 님의 이름을 받아 가슴에 품고 이 백제를 위해 일한다면 여신 님께서 하늘에서 기뻐하실 것이다. 앞으로 네게 나와 백제를 지키도록 명하노니 죽어서도 거역하지 말도록 하여라."

온통 눈물과 콧물로 범벅이 된 태사평은 투구도 벗지 못한 채 어깨를 심하게 들썩이며 간신히 답했다.

"예, 어라하! 명을 받들겠사옵니다."

비유가 눈물로 붉게 충혈된 눈을 한 채 애써 미소를 짓는 것을 본 태사평은 더 이상 견딜 수가 없었다.

태사평은 그날 처음으로 소리 내어 울어 보았다.

소굽은 바깥으로 나가려다 태사평의 커다란 울음소리를 듣고는 그대로 혼절했다. 얼른 목하치가 소굽을 흔들어 깨워 보려 했지만 소굽은 정신을 차리지 못했다.

처음으로 들어 본 태사평의 울음소리였다. 여신이 데려온 날, 그 거지꼴의 꼬마의 몸에 난 상처를 아물도록 치료를 하고 실로 꼬매어 봐도 그 아이는 입술을 꽉 깨문 채 울지 않았다. 그랬던 그 아이가 지금 울고 있었다….

밤이 깊어 가면서 횃불 하나가 전부 꺼짐과 동시에 미추홀 성문을 두드리는 사람이 있었으니, 머리는 백발에 수염이 가슴까지 새하얗게 난 노인이었다.

"여보시오! 문을 좀 열어 주시오!"

성벽 위에서 병사 하나가 다급한 노인의 목소리에 화들짝 놀라 아래를 내려다보았다.

"누구시오?"

"나는 아래 영암에서 건너온 자인데, 급한 일이 있으니 문을 열어 주시오. 성주님을 만나 긴히 드릴 말씀이 있소!"

병사가 노인의 행색을 찬찬히 살피니 누더기 옷에 작은 나귀를 타고 산발이 된 머리를 하고 있는 것이 영락없이 거지 같아 보였다.

"안 되오! 할 말 있으면 나한테 말하면 내 전해 주겠소. 거 보아하니 먹을 것을 얻으러 왔나 본데, 내일 오든가 하슈."

병사는 다시 거들떠도 안 보고 꺼진 횃불을 갈려고 뒤쪽에 아직 타고 있는 횃불 쪽으로 발걸음을 옮겼다. 그러자 다시 밑에서 소리가 들려왔다.

"성주님께 내 이름을 말해 주시오! 분명 아실 것이오. 아니면 한성으로 가야 하는데 그럴 시간이 없소!"

노인은 더욱더 다급하게 부탁했다. 그러자 병사는 귀찮다는 듯이 건성으로 답했다.

"아, 그래, 누구신데? 어차피 지금 말해도 전해 드리기 힘드오! 지금 어라하께서 계신단 말이오!"

병사의 무심하고 게으른 답변을 들은 노인은 갑자기 눈빛이 변하더니 크게 호흡을 들이켜고는 주변 나무가 떨릴 만큼 큰 소리로 외쳤다.

"네 이놈! 너는 성벽에서 수비를 하는 자로서 어찌 어라하께서 계신 것을 함부러 모르는 이에게 알리느냐! 나는 풍량이라고 한다. 영암의 풍량이라 말하면 어라하께서 아실 것이다. 얼른 전하여라!"

노인의 호통에 병사는 그제서야 정신을 차리고 당황했다. 노인의 말대로 발설하지 말아야 할 정보를 모르는 이에게 노출한 것이었다.

"아… 알겠소! 알겠습니다…!"

병사는 헐레벌떡 달려 저만치 서 있는 다른 이들에게 자신의 자리를 부탁하고 부리나케 성안으로 뛰었다.

"뭐라고? 풍량?"

사천여는 병사의 말을 듣고는 미간을 찌푸린 채 가만히 생각을 하기 시작했다. 그러다 도무지 생각이 나지 않는지 다시 물었다.

"어라하께서도 아시는 이름이라고? 어디서 왔다고?"

"예… 그… 영암에서 왔다고 합니다."

사천여는 영암이란 말에 그제서야 풍량을 알아보았다.

"얼른 들어오라 하여라!"

병사는 사천여의 반응에 깜짝 놀라며 미친 노인인 줄 알았던 이가 실로 뭔가 대단한 사람임을 직감했다. 그러고는 얼른 돌아가 성벽의 문을 열고 그를 정중히 맞이하여 사천여에게로 모셨다.

사천여는 회의소에서 기다리다 풍량이 들어오자 놀란 얼굴로 인사를 했다.

"아니! 선생님께서 이 밤중에 여기는 어인 일로 오셨습니까?"

풍량은 사천여의 인사에 빠르게 예를 갖춘 후 굳은 얼굴로 물었다.

"어라하께서 여기 계십니까?"

풍량의 물음에 서천여는 좌우를 둘러 살피다가 눈을 동그랗게 뜨며 놀라 물었다.

1. 지고 뜸은 항상 도니, 그러하였다   61

"어떻게 아셨습니까?"

"성벽 수비병이 알렸습니다. 그 입이 가벼우니 처벌은 나중에 하시고⋯ 다름이 아니오라 내 보름 전에 이상한 기운이 이 미추홀로 흐르는 것을 보았습니다. 또한 간밤 꿈에서 마른 하늘에 하나의 큰 별이 이곳으로 떨어지는 것을 보았는데, 뒤이어 새까만 밤에도 하얗고 긴 구름이 용처럼 솟아올라 한성 쪽으로 흘러들어 가는 것을 보았습니다."

"예? 그게 무슨⋯."

노인은 좌우를 살피더니 주변에 기척이 없는 것을 확인하고 조심스레 소리를 낮추어 다시 입을 열었다.

"큰 별이 떨어지는 것은 좋지 않은 일이온데 그것이 이 미추홀로 떨어졌으니 그것은 이곳에 어떠한 변고가 생긴 것이 틀림없습니다. 다만 하얀 용 구름이 곧게 한성으로 흐르는 것은 그 모양새가 나쁘지 않고 형태가 바르고 뚜렷하니 대길이 아닐 수 없사옵니다. 별이 지고 뒤이어 용이 한성으로 향하니 하나가 지고 하나가 뜨는 형세이지 않나 싶습니다."

사천여는 풍량의 말에 놀라며 문득 상좌평 여신의 상태가 떠올랐다.

"저⋯ 소리를 낮출 테니 나와 함께 어라하께 가십시다."

"예, 그러시지요."

"절대 당황하지 말고 걸음에 긴장을 주지 마십시오. 걸음이 빨라서는 아니 되고 되도록 천천히 가십시다."

비장한 눈빛의 사천여를 본 풍량은 들고 선 떡갈나무 지팡이를 꽉 움켜쥐었다. 사천여의 말과 행동은 필시 무슨 일이 있음을 암시했다.

"과연 무슨 일이⋯ 있사옵니까?"

막 회의소를 나가려다 말고 사천여는 뒤에 선 풍량을 돌아보았다. 그의 표정은 어두웠다.

"여신 님이 쓰러지셨소. 사흘 전에 태사평의 품에 실려 오셨소."

풍량의 손이 떨렸다. 가까스로 지팡이를 잡고 버티고 섰지만 지팡이가 없었다면 쓰러지고 말았을 것이었다.

천천히 걸었지만 마음은 급했다.

풍량이 왔다는 소리에 비유는 놀라 응했지만 별안간 찾은 풍량을 마냥 반갑게 반길 수만은 없었다.

비유와 태사평은 누워 있는 여신의 옆에 앉아 풍량이 무언가 말하기만을 기다렸다. 풍량은 비통한 표정으로 여신의 곳곳을 살펴보았다.

"어쩐 일로 갑자기 이곳으로 왔소? 풍량 선생께서 이리 급하게 움직이는 것에는 이유가 있을 터인데…. 아주 좋지 않은 시기에 맞춰 왔구려."

비유는 창백해진 몰골로 풍량을 바라보았다.

"아… 애통한 마음을 금치 못하겠사옵나이다. 그 별이 여신 님이었을 줄은 몰랐습니다."

"그게 무슨 말이오?"

풍량은 떨리는 마음을 최대한 진정시키며 큰 별이 미추홀로 지는 것과 하얀 용구름이 한성으로 흘러갔던 간밤의 꿈에 대하여 알려 말했다.

"큰 별이… 여신 님이라면… 용구름은 무엇이오?"

비유가 묻자 풍량은 가만히 눈을 감고 생각에 잠겼다.

"하나가 지고 다른 하나가 탄생하는 것이 아닐까 싶습니다만…."

풍량의 말이 그 끝을 흐리는 찰나 문득 비유는 한 가지가 떠올랐다.

"청령비! 청령비가 아이를 가졌소!"

"아뢰옵기 황송하오나 그 기간이 얼마나 되옵니까?"

비유가 가만히 고개를 들어 그 셈을 하다가 갑자기 홱 고갤 돌려 누워 있는 여신을 돌아보았다.

"이런…."

깊은 탄식을 하는 비유를 어리둥절하게 쳐다보던 태사평과는 달리 풍량은 짐작이 가는 듯 눈을 지그시 감았다.

"오늘 당장 나와도 이상하지 않구려… 내… 왜 셈을 하여 알지 못했을까…."

며칠간 이어진 비가 그치니 날이 좋았고 차가운 바람이 하늘의 청명함을 데리고 온 덕에 달빛 밝은 밤이 되어 모든 것이 훤히 보였다.

모두가 잠든 시간, 한성 위로 길게 뻗친 구름이 이상하게도 달을 가리지 않았으니 빛이 모두를 밝게 비췄다. 그 순간, 청령의 처소에서는 우렁찬 아기의 울음소리가 들렸다.

"어르신! 아들이옵니다. 경축드리옵니다."

청령부인은 손에 쥔 줄을 그제서야 놓고 땀이 범벅이 된 얼굴로 우는 아이를 받아 안았다.

"아들이구나! 여신 님께서도 좋아하실 것이다. 아들이구나… 아들."

청령의 오똑한 코에서 떨어지는 한 방울의 땀이 막 태어난 사내아이의 이마에 살짝 떨어졌고, 그와 동시에 아이가 울음을 멈추더니 청령의 가슴으로 파고들었다.

옆에 털썩 앉은 노시녀도 이마에 흐르는 땀을 닦고는 흐뭇하게 아이와 청령을 바라보았다.

날이 그러하였다. 그날따라 천지가 어두움에 가리워진 사방의 공기는 더없이 을씨년스러웠다. 찰나는 그야말로 찰나였다. 하늘의 뜻을 어찌 헤아릴 수가 있을까. 은은한 빛을 띠던 작은 별 하나가 순식간에 잠깐 번쩍이는가 싶더니 그대로 백제의 땅으로 떨어졌다. 한성과 미추홀 사이, 아니 그 어디 백제의 땅이 아닌 곳이 없는 명백한 그 어디의 곳으로 말이다.

그로부터 나흘이 지나서, 수비리시를 찾아온 자가 있었으니 미추홀 성주 사천여의 사신이었다.
"여신 님이, 상을 당하셨습니다."
사신이 수비리시에게 황급히 말했다. 그러자 수비리시는 짐짓 놀란 척을 하며 급히 물었다.
"돌아가셨다는 말인가?"
"예, 그렇습니다."
수비리시는 안타까운 표정을 지어 보이며 사신을 내보냈고, 해수를 찾아갔다.
"어라하께서 야밤에 급히 말을 달려 나가신 것이 미추홀인가 봅니다."
"미추홀? 그곳은 무슨 연유로…?"
"미추홀에서 여신이 떠났습니다."
"여신… 상좌평 여신이?"
"예, 그리하면 신라에게 어라하의 목을 가져다주는 일에 이제 집중을 하셔야지요."
수비리시는 기분 나쁜 묘한 웃음을 지어 보였다.
수비리시의 사주에 놀아난 눌지가 신라의 첩자들을 보내 여신을 제거한 것을 해수는 알지 못했다. 공석인 상좌평의 자리를 욕망하는 것에 온 신경과 정신을 빼앗기고 있을 뿐이었다.

 따뜻함보다는 차가움은 그 잔상을 더 오래 남기는 법이었다. 사라지는 계절에는 그 의미가 있는 법이었고, 그렇게 놔두며 지켜볼 수밖에 없는 것들이 많아지는 그런 계절이다.
 차가운 날들이 시작되었고, 미추홀 성 안에서 백제의 상좌평 여신은 그렇게 그 숨을 하늘 위로 날려보내 버렸다.
 그의 육신을 둘러싼 긴 행렬이 한성으로 다시 돌아온 날, 가둘 수 없는 슬픔이 청령의 가슴에 비수처럼 꽂혔다.
 장사를 지내는 동안 모든 문무대신들은 말이 없었고 그 슬픔을 나누었다.
 여신의 제를 지내는 동안, 진순이 잠시 잠깐 해수를 흘겨보았을 때, 그는 상심보다 고심에 가까운 표정을 지어 보였다. 그 모습에 진순은 그렇지 않아도 마음에 들지 않았던 해수를 더욱 경멸했다.
 '병관좌평 자리를 네놈들이 가지고선 해구를 등에 업고 오만을 떨던 것도 모자라 이리도 버릇없이 구는 것은 무엇 때문이냐….'

 두꺼운 옷을 몇 겹이나 껴 입고서 친히 여신의 장사를 지내기를 수일, 비유는 매일 참석하던 이들을 쭈욱 둘러보다가 크게 물었다.
 "신녀는 자리에 없느냐?"
 비유의 말에 장수들을 포함한 다른 대신들이 조심스레 고개를 들어올려 이리저리 주변을 살폈다. 그때, 해수가 종종걸음으로 비유 앞에 섰다.
 "여신 님의 제와 백제의 기운을 잃지 않게 하려 따로 기도를 드리고 있사옵니다."

해수의 말에 긴장한 수마왕비는 곁에 선 비유의 얼굴을 흘깃 보며 그의 표정을 살폈으니, 비유의 표정은 단단히 굳어 참으로 무섭고 차갑기가 그지없었다.

신녀가 아이를 가질 수는 없는 노릇이다. 신녀는 신녀로서 그 의무를 다해야 하고, 누구에게도 치우치지 않아야 하건만… 규율을 어기고 수비리시는 해수의 아이를 가졌다. 하지만 아무도 그 사실을 알지 못했으니 그것은 철저히 신녀의 독립성을 허해야만 하는 전통이 있었기 때문이다.
코끝이 시리기 시작하면 곧 머지않아 숨이 바깥으로 그 모습을 드러낼 날이 가까워진다.

희뿌연 구름에 달이 가려 아래로 비추는 빛이 희미하자 어둠은 깊숙이 아래로 내려와 춤을 추며 즐겼고 때문에 땅 위에 숨 쉬는 모든 것들만 불편했다.
기둥이 텁텁하면서 축축하니 곧 비가 내릴 것 같았다. 슬쩍 기둥을 만지던 시녀 하나가 무슨 연유에선지 안절부절하지 못한 채 가슴을 움켜쥐며 수비리시의 처소 바깥 담장 아래에서 멀찌감치 타오르는 횃불만을 떨리는 눈으로 바라보았다. 아지랑이가 피어오르는 것에 마음도 같이 흔들렸다.
시녀는 그날뿐만이 아니었다. 다음 날도, 그다음 날도 그렇게 안절부절하지 못했다.
비가 폭포같이 변해 내리던 날 밤, 온몸이 흠뻑 비에 젖은 시녀가 수마왕비의 처소에 도착했다. 숨을 헐떡거리며 겁에 질린 모습에 보초병들은 당황했다.

"왕비님을 뵈어야 합니다! 급한 일입니다."

보초병들이 시녀를 들어가지 못하게 막으려 했지만 워낙 급해 보이는 얼굴을 하고 있기에 한 초병이 수마왕비의 시녀에게 알렸다.

시녀는 처소에서 잠이 든 수마를 깨우지 않기 위해 물리치려 했지만 수마는 마침 잠이 들지 않았고 비를 쫄딱 맞아 덜덜 떠는 시녀를 안으로 불러들였다.

비에 젖어 떠는 것인지 무언가 두려움에 떠는 것인지 알 수 없었지만 이 시간 이곳에 뛰어 들어온 것은 예삿일은 아니어 보였다.

"무슨 일이냐? 무슨 일인데 이리 늦은 밤에 소란을 피우며 나를 보자고 한 것이냐?"

수마는 시녀를 앉히고는 처소의 불을 막 켜려고 자리에서 일어났다.

"소인… 너무 두렵고도 큰 일을 알려야 하겠는데 어라하께 갈 수 없사오니 이렇게 왕비님께 찾아왔습니다. 죽을죄를 지었습니다만 꼭 드려야 할 말이 있사옵니다."

시녀의 음성이 더욱더 떨리기 시작했고 그와 동시에 천둥이 한차례 치기 시작했다.

"말해 보거라. 만일 별것이 아닌 일이라면 그 죄를 엄하게 물어 벌을 내릴 것이다."

시녀가 고개를 드는 순간 번개가 번쩍이니, 젖어서 흘러내려온 머리카락 사이로 보이는 눈에는 눈물이 그렁그렁 맺혀 있었다.

시녀의 목이 바닥에 떨어져 나뒹군 것은 억수 같은 비가 그 하늘의 별과 달을 덮은 때였으니, 수마에게 수비리시의 비밀을 알린 지 고작 반 시진도 되지 않았을 때였다.

"수비리시께서 아이를 가지셨습니다…. 아이를 감추어 키우는 것을 제가 신녀궁에서 똑똑히 보았습니다. 수 달 동안 드시는 음식이 다량의 죽밖에 없어 의아하던 차 잠시 신녀궁에 기척이 들리지 않아 가만히 문을 열어보니 아이가 있었습니다."

수마비는 시녀의 말에 놀라기는커녕 한숨을 길게 내쉬다가 고개를 끄덕였다. 신녀가 아이를 가진다는 것은 말이 되지 않았지만 수마비에게는 말이 되었다. 수비리시와 해수는 수마비와 한 패였던 것이다.

수마비는 시녀를 진정시키고 얼른 어라하께 그 사실을 알리고자 시녀를 대동해 비유의 처소로 들어가기 전 방향을 바꿔 반대편으로 걸었고, 해수의 방으로 잠시 들어가 해수를 불러내었다.

영문도 모르고 밖에서 기다리고 있던 시녀에게로 해수가 모습을 드러냈고 곁에는 놀랍게도 수비리시가 서 있었다.

시녀는 너무 놀라 입을 틀어막았고, 해수는 이해한다는 표정을 지으며 시녀를 안심시키다가 칼을 뽑아 순식간에 시녀의 목을 베었다.

떨어진 목과 벌려진 입 사이로 빗물이 차오르고 그 피는 순식간에 씻겨 나갔다. 그 비가, 그날의 비가 모든 것을 덮었다.

2. 땅이 울린다, 백제의 땅이 울린다

443년, 비유 16년 11월 동한.

"이랴! 이랴!"

남자를 태운 말이 언덕을 열심히 달렸다. 그리고 그 모습을 한쪽에서 조마조마하게 지켜보던 대장장이가 허연 입김을 쉬지 않고 뿜어내며 이리저리 초조하게 걸음을 왔다 갔다 했다. 칼바람이 불어 코가 시큰거렸지만 그것은 대수롭지 않은 일이었다.

말을 타고 달리던 남자가 천천히 말을 돌려 대장장이 앞으로 다가섰다.

"말은 어떻습니까? 잘 먹인 말이라 힘이 좋으니 구르는 발도 엄청나게 셉니다. 시험해 보기엔 아주 안성맞춤이지요."

대장장이의 말에 남자는 훌쩍 말에서 내려 말발굽을 유심히 살폈다. 네 다리 모두 이리저리 살피던 남자가 짤막한 탄식을 내뱉더니 미덥지 않은 표정을 짓자 대장장이는 눈을 질끈 감으며 그 불편함을 감출 수 없어 했다.

"뒷발은 괜찮아 보이는데 앞발의 편자가 전부 나가 버렸네. 어디 돈 주고 살 수 있겠는가? 그냥 없던 걸로 하세."

남자는 아쉬움의 입맛을 다시며 헛기침을 하고는 대장장이의 눈을 피해 돌아갔다.

대장장이는 인상을 구기며 고개를 떨구다가 눈을 부릅뜨며 멀어져 가는 남자의 뒷모습을 빤히 보았다. 그러다가 고개를 휙 돌려 이것저것 철기 물품들을 진열해 놓은 대장간 안으로 들어갔다. 얼마나 씩씩대었던지 입김과 콧김이 용처럼 솟아 피어올랐다.

"야, 이 녀석아! 똑바로 만들라고 몇 번을 말했더냐! 너 때문에 오늘도 귀한 손님을 놓치지 않았느냐!"

버럭 고함을 지른 대장장이는 짧게 잘려진 나무통에 앉아 마편자를 담금질하던 소년의 멱살을 잡고 대장간 밖 거리로 내동댕이쳤다.

"아이고… 아아…."

앳된 소년은 머리가 여기저기 쥐 파먹은 양 듬성듬성 잘려 있었고 추운 겨울에도 상의를 입지도 않은 채 길바닥에 나뒹굴었다.

소년치고 제법 큰 키였지만 먹질 못한 탓인지 마른 체형에 손과 등에는 상처투성이였다. 얼굴은 며칠째 물도 묻히지 못했는지 거무스름했고 바닥에 내동댕이쳐지면서 돌부리에 걸렸는지 무릎에서 피가 줄줄 흘렀다.

"받아 줬더니 고작 알려 준 대로 일도 하지 못하는데 무슨 소용이냐! 오늘은 일도 없으니 너 알아서 해라! 이런 썩을… 쯧."

지나는 행인들과 주변 상인들은 요란하게 떨궈진 소년의 모습에 아무 일도 없었다는 듯 각기 제 일을 했다. 마치 늘상 있는 일이라 대수롭지 않은 모양새였다.

"아이… 저 옷이라도…."

소년의 작은 소리가 끝나기도 전에 주인인 듯한 대장장이는 누더기 옷을 쓰러진 소년에게로 휙 던져 버렸다.

소년은 흐르는 콧물을 훔쳐 닦고 주섬주섬 옷을 대충 걸쳐 입었다. 그리곤 까진 무릎을 부여잡고 절뚝이며 대장간으로부터 반대쪽으로 힘겹게 걸었다. 무척이나 아파 보였지만 소년은 울음이나 소리도 내지 않았고 입술만 꽉 깨문 채 저만치 양지바른 나무 담벼락 아래로 향했다.

모두가 관심 없이 소년을 대할 때, 지나는 행인들 사이로 그 광경을 멈춰 지켜보던 또 다른 소년이 뽀얀 얼굴을 하고 거지꼴의 소년의 뒤를 천천히 따라갔다.

대장간에서 나온 소년은 추운지 맞잡은 손에 입김을 불어 녹이려 애썼다. 그나마 따뜻한 햇살이 비치는 담벼락을 하나 고르고는 털썩 주저앉으며 몸을 웅크려 고개를 자신의 양 무릎에 파묻었다.

우는 것은 아닌지 몸을 들썩이진 않았지만 좌우로 부르르 떠는 것이 애처로워 보였다. 그때, 뽀얀 피부의 아이가 말을 걸었다.

"여기는 꽤 따뜻하구나. 참 잘 골랐다."

옆에 털썩 같이 주저앉은 아이의 말소리에 소년은 슬그머니 고개를 들어 아이를 보았다. 말없이 멀끔한 아이를 한참 동안 쳐다보던 소년은 다시 고개를 숙이고는 관심 없다는 듯한 행동을 취했다.

"어! 아… 미안! 혹시 말을 할 줄 모르니? 그렇다면 미안해."

제 멋대로 말을 늘어놓는 소년이 얄미웠는지 아니면 그저 누가 옆에 있는 것이 불편한 건지 소년은 얼굴도 들지 않은 채 그대로 말했다.

"함부로 말하지 마. 말할 줄 알아."

소년의 목소리가 어찌나 풀이 죽어 있었던지 그나마 따뜻하다고 생각했던 담벼락 아래가 갑자기 을씨년스러워지는 것 같았다.

"아! 미안. 말을 안 하길래."

뽀얀 얼굴의 소년이 미안해하며 머리를 긁적임과 동시에 고갤 숙인 소년의 배에서 꼬르륵 소리가 우렁차게 났다. 갑자기 난 커다란 소리에 두 소년은 서로 놀랬고, 거지꼴의 소년은 민망함에 옆에 있는 소년을 쳐다보았다. 둘의 눈이 마주치고 한동안 잠깐의 정적이 흐르다가 먼저 멀끔한 차림의 소년이 큰 소리로 깔깔대며 웃기 시작했다. 소리를 낸 소년은 자신을 비웃는 것 같아 화가 났지만, 한참을 배를 잡고 웃는 녀석을 보다 보니 점점 어이가 없었는지 결국은 동시에 같이 크게 웃어 버렸다.

"푸하하… 너 피가 나는데 그렇게 웃으니까 더 웃겨. 하하하. 머리도 이상하고. 하하하."

거지꼴의 소년은 미친 듯이 웃어 대는 소년의 모습이 웃겨 머리를 긁적이며 연신 따라 웃었다. 그러다 갑자기 뽀얀 피부의 소년이 벌떡 일어나 아이의 앞으로 가서 앉았다. 그리고 크게 미소 지으며 손을 내밀었다.

"반가워. 나는 여곤이라고 해! 너는 이름이 뭐니?"

갑작스러운 소년의 행동에 어리둥절해하던 거지꼴의 소년은 그제서야 아이의 옷차림을 제대로 볼 수 있었다. 흙색의 바지에 회색의 옷을 두세 겹 겹쳐입은 모습은 그저 거리에서 쉽게 볼 수 있는 또래의 아이의 모습이었다. 하지만 소년의 얼굴에는 이상하리만치 광채가 났으니 그것이 신기해 보였다.

"너는 얼굴이 하얗구나…."

"나? 에! 그렇지 않도록 한다고 했는데… 티가 나?"

"뭐? 그게 무슨 말이야?"

알 수 없는 여곤의 말에 소년은 고개를 갸웃거렸다.

"아니야. 아무튼 넌 이름이 뭐야?"

재차 묻는 질문에 소년은 얼떨결에 입술을 수줍게 벌려 말했다.

"계후."

"아… 계후? 음… 이름 좋네!"

"뭐?"

"친구하자!"

여곤의 당찬 말에 계후는 멍하게 눈을 뜨며 여곤의 얼굴을 바라보았다.

"어? 왜?"

"나도 배고프니까."

자신도 배고프니까 친구를 하자니, 당최 알 수 없는 소리였다. 계후는 여곤이 어딘가 모자란 아이인 줄 알았다. 그것이 여곤의 첫인상이었다.

그날 이후로 여곤은 계후를 거의 매일같이 만나러 왔다. 계후는 그런 험한 일을 당하고도 매일을 대장간에 나가 일을 도왔다. 여곤의 머리로는 도무지 이해할 수 없었지만 계후에게 피치 못할 사정이 있는 것이 아닐까 생각했다.

하루는 똑같은 담벼락에 앉아 볕을 쬐고 있는 계후에게 다가가 물었다.

"넌 왜 저곳에서 계속 일을 하고 있는 거야? 그렇게 두들겨 맞으면서?"

계후는 여곤의 물음에 이해를 한다는 듯 말없이 피식 웃으며 그저 먼 산만 쳐다보았다.

"저런 대접을 받으려고 일하는 건 아니잖아? 나 같으면 벌써 도망가고 다른 곳에서 일했을 거야!"

"그건 네 사정이지."

당사자인 자신보다 속상해하는 여곤을 향해 계후가 무심히 말을 던졌다.

"내 사정? 야! 세상 사람들한테 물어봐! 누가 저런 곳에서 저런 악독한 주인하고 같이 일을 하고 싶겠냐?"

"너는 사람 대접을 받는진 모르겠지만 여기 사람들 대부분은 아니야. 도망가면? 가면 어디로 가고, 또 어디서 일을 하니? 내게 부모, 형제 그리고 집도 없는 걸 알면서도 그런 말을 하는 건 나쁜 거야."

"어…? 아… 아니, 나는 그냥…."

여곤이 계후의 말에 당황하자 계후는 길게 한숨을 내쉬며 덧붙였다.

"저번에 너희 집에 갔을 때, 꽤나 잘 먹고 잘사는 것 같았는데…. 추울 때 안 춥고 더울 때 덜 덥게 쉴 수 있는 것이 얼마나 감사한 일인지 넌 모르고 있는 거야. 내 주변은 다 너처럼 살지 않아. 아니! 너처럼 살 수 없는 사람이 대부분이야. 거기다 가족까지 있는데 뭐가 걱정이니? 주변을 좀 돌아봐."

계후가 한심하다는 듯 길게 뱉은 말에 여곤은 큰 충격을 받았다. 자신이 대장간의 일을 그만두라고 종용하는 것으로 오해하는 것이라 생각했다. 여곤은 화가 나 계후에게 말했다.

"야! 나는 널 위해서 그런 것인데, 어찌 그렇게 생각하니?"

"됐다. 너랑 싸울 일은 아닌 것 같으니 그만하자."

꽁꽁 언 몸이 조금은 녹았는지 계후는 자리를 털고 일어나 다시 터덜터덜 대장간으로 들어갔다. 그 모습을 지켜보던 여곤의 눈에는 그저 도축장으로 끌려가는 멍청한 돼지새끼 같아 보였다.

"흥! 그럼 실컷 그렇게 살라지, 뭐."

계후의 태도에 뾰루퉁해진 여곤은 곧장 자리를 박차고 집으로 향했다.

이불을 덮은 채 여곤은 하루 종일 지붕마루를 바라보며 생각에 빠졌다. 아까 낮에 계후가 한 말이 자꾸만 머릿속에 맴돌아 떠나지 않았기 때문이다.

한참을 이리저리 뒤척이던 여곤은 갑자기 자리에서 벌떡 일어나 문 밖의 기척을 살폈다. 가만히 숨죽이며 귀를 쫑긋거리다가 무언가 바스락거리는 소리가 들리자 그제서야 작은 목소리를 내었다.

"아주머니?"

야심하고 조용한 밤, 여곤의 목소리는 작지만 또렷하게 울려 퍼졌다. 크지 않은 그 소리는 시녀 기예의 귀에만 간신히 들렸다. 이리 늦은 시간까지 깨어 있던 적이 없었던 여곤이기에 뜬금없이 들려오는 목소리에 기예는 의아해하며 맞은편 방에서 조심스럽게 나왔다.

"무슨 일이야? 아직 잠을 안 잔 게야? 그러다 수영 어르신하고 예서가 깨면 어떻게 하려고?"

기예는 쌩하고 부는 바람에 한기를 느껴 몸을 움츠리다가 슬그머니 주위를 살폈다. 그 어떤 동물의 울음소리도 나지 않을 만큼 추운 계절이었다.

"물어보고 싶은 것이 있어서요."

기예는 여곤의 방문을 소리나지 않게 열고 얼른 들어섰다. 문을 닫자 꽤나 따뜻한 온기가 방 안을 맴돌고 있었다.

기예는 걱정스러운 얼굴로 서서 여곤을 보며 물었다.

"무슨 일인데?"

여곤은 문지방으로 똑바로 들어오는 달빛을 마주 보고 앉았다. 길게 늘어뜨린 머리가 차분히 가라앉아 양 볼을 덮었으니 안 그래도 뽀얀 얼굴이 마치 계집과도 같아 보였다.

"오늘 제가 친구하고 어떤 말을 했는데… 궁금한 것이 있어서요."

"뭐? 그게 뭔데?"

갑작스러운 여곤의 질문에 기예는 눈을 꿈뻑인 채 여곤을 바라보았다.

"세상 사람들은 아프거나, 부당한 대접을 받으면서 일해도 참고 살아가나요?"

"뭐?"

"더울 땐 덜 더울 수 있고, 추울 땐 덜 추울 수 있는 것이 그렇게 어려운 일인가요?"

"얘가… 정신이 나갔나. 지금 자지 않으면 내일 하루 종일 꾸벅꾸벅 졸 텐데, 무슨 헛소리를 하는 거니?"

야밤에 황당한 물음을 해 대는 여곤이 이상했는지 기예는 입을 삐쭉 내밀며 돌아 나가려고 했다.

"내 친구 계후가 그랬단 말이에요. 그런데 저는 그 말이 도무지 이해가 되지 않거든요. 저 또한 먹고 자며 집안일을 하는데 그리 힘들지가 않습니다."

여곤의 대꾸에 기예는 콧김을 세게 내뿜더니 한숨을 길게 쉬었다. 그리곤 건너편에 수영 어르신과 예서가 깰까 봐 돌아앉아 낮고 조용히 말했다.

"그런 사람들도 있는 건 사실이지만 전부가 그렇지는 않아. 우리는 어르신께 은혜를 받아 이렇게 잘 지낼 수 있는 거야. 은혜라는 건 높으신 분이 주는 것이고 그건 우리가 마음대로 선택해서 받을 수 없는 것이야. 어르신께서는 아주 좋은 분이시고 우리는 운이 좋게 그분과 함께 있는 것을 허락받았기 때문에 다른 처지의 사람들보다는 좀 더 넉넉하게 살 수 있는 것이고. 친구가 누군진 모르겠지만 자꾸 바깥에서 그런 이상한 친구를 만드는 것이 어르신의 눈에 띄어서는 좋지 못할 거야. 알았으면 누워서 얼른 자."

말을 마침과 동시에 여곤이 다시 한마디를 하려 하자 기예는 여곤의 입술을 손가락으로 막았다.

"우리는 운이 좋은 거야. 그런 사람들도 많이 있어. 사람들이 어떻게 다 똑같니? 사는 모습이 다른 만큼 만족하는 기준도 다 다른 것이니까…. 그냥 자."

말을 마치고 기예는 벌떡 일어나 방문을 열고 소리 없이 나갔다.

달빛이 문지방을 넘어 자신을 노려보는 듯 강렬하게 빛나는 밤이었다. 여곤은 한참 동안 기예가 나간 문을 바라보다가 다시 이불 속으로 들어갔다.

다음 날, 새벽닭이 울기도 전, 여곤은 평소와 달리 단숨에 눈을 떠 벌떡 일어났다.

모든 것을 얼려 버릴 것 같은 바깥공기는 차갑다 못해 매서웠고, 주섬주섬 옷을 챙겨입은 여곤은 문을 열고 나가 빗자루를 손에 쥐고는 앞마당을 쓸었다. 아무 말 없이 서둘러 마당을 쓸고는, 한쪽 나무 귀퉁에 가만히 앉았다. 잠시 하늘을 올려다본 뒤 품속에서 쪼개진 금장식을 꺼내 희미한 달빛에 비춰 보았다.

금세 코가 빨개지더니 콧물이 나오기 시작했다. 그는 소매로 코를 쓱 훔치며 주위를 둘러보았다. 사방이 고요해 누구의 시선도 느껴지지 않았고, 덕분에 한층 자유로웠다. 여곤은 발소리를 죽여 가며 종종걸음으로 주위를 이리저리 살피더니 그대로 대문 밖으로 나갔다.

문 밖을 나오자마자 한참을 뛰어 계후가 일하던 대장간으로 뛰었고 도착한 대장간 앞에서 서성이며 닫힌 나무 문 앞을 기웃거렸다.

얼마나 시간이 지났을까, 손이 얼어 따갑기 시작할 무렵, 대장간의 한 귀퉁이 작고 허름한 창고에서 계후가 비몽사몽한 얼굴을 하며 평소와 같이 나왔다. 계후가 기지개를 켜다 말고 어깨가 아픈지 얼굴을 찌푸렸다. 소리조차 내지 못한 채, 얼른 손으로 어깨를 부여잡았다.

계후가 막 대장간 창고의 문을 빗대어 걸어 잠그려고 하는 순간 여곤이 계후의 팔을 뒤에서 낚아챘다.

"야! 일찍도 일어났네."

계후는 화들짝 놀라 자신의 팔을 끌어당기는 여곤을 보았다.

"어? 뭐야? 어쩐 일이야?"

계후는 깜짝 놀라 소리를 지를 뻔했지만, 행여나 안의 주인이 깰까 봐 간신히 튀어나올 뻔한 목소리를 참아냈다.

"어쩐 일이긴. 내가 어제 가만히 생각해 봤는데, 아무래도 잘 모르겠어. 네 말이 맞는지 확인시켜 줘."

"뭘 확인시켜 줘?"

"나처럼 살지 않는 것이 무엇인데? 나도 그리 편하게 살지만은 않았는데 네가 그리 말하니 내 얼마나 세상사람들이 나와 다른지 직접 눈으로 봐야겠어. 다들 네 말대로 그렇게 힘들게 사는 거라면 아주머니 말대로 내가 뭔가 정말 은혜를 받았겠지. 그게 아니라면 네가 멍청하게 생각하는 걸지도 모르고."

"아주머니는 뭐고… 은혜는 또 뭐야? 뭐가 알고 싶은 건데?"

어리둥절한 표정으로 여곤을 쳐다보던 계후는 여곤의 초롱초롱한 눈빛에 기가 빨리는 듯했다.

"네가 말한 사람들을 내게 보여 달란 말이야! 거짓말인지 아닌지."

당차게 말하는 여곤의 목소리에는 의심이 가득했다. 납득할 수 없다는 심정이 굳게 드러나 있었다. 계후는 여곤이 자신을 거짓말쟁이 취급을 하는 것이 못마땅했다. 그때 마침 대장간 안쪽에서 험상궂은 주인이 비틀거리며 나오더니 앞에 서 있던 계후와 여곤을 번갈아 보았다. 잠시 굳어 버린 계후의 표정에서 대장간 주인은 무언가 미심쩍음을 감지했는지 코를 킁킁거리며 다가왔다.

"뭐야? 이제는 어디 개 같은 거지 녀석을 하나 더 데려온 거야? 아니지… 오호! 이놈이 이제 몰래 내 물건을 빼돌리려고 하는구나? 어쩐지 요즘 버리는 편자가 많아졌다 싶었는데 네놈들이 그 버린 것을 팔아먹는 거구나!"

주인은 미처 대꾸할 틈도 주지 않고 계후의 뺨을 후려 갈긴 후, 옆에 선 여곤의 멱살을 잡고 들어올렸다. 죽일 듯이 노려보던 주인이 겁을 먹은 여곤의 얼굴에 주먹을 내려치려던 순간 계후는 빛보다 빠르게 달려들어 주인의 귀를 물었다.

"아악! 악! 이 새끼가!"

주인이 쓰러져 자신의 귀를 감싸쥐자 계후는 여곤의 뒷덜미를 잡아 일으키고는 말했다.

"아이씨! 너 진짜…."

"어… 미… 미안, 미안."

순식간에 벌어진 어지러운 상황에 여곤은 자신이 폐를 끼친 것 같아 미안해했다. 하지만 올려다본 계후의 표정은 그리 어둡지 않았다. 오히려 눈썹을 축 내리며 아무것도 모르는 어린아이를 보는 듯한 표정으로 한심하게 바라보았다.

"이 벼락 맞을 놈들이!"

주인이 다시 달려들려 하자 계후는 바닥에 널브러져 있던 돌멩이를 집어 주인의 얼굴에 세게 던졌다. 차가운 돌은 마치 잘 다듬어진 단단한 철 조각같이 위험한 것이었다.

얼굴을 다시 얻어맞은 주인이 비명 소리를 꽥 지르며 쓰러져 뒹구니 주변의 담벼락에서도 사람들이 빼꼼히 고갤 들어 바라보기 시작했다.

하늘이 점점 푸르스름해지며 밝아지려고 하자마자 닭의 울음소리가 울려 퍼졌다.

"따라와."

계후가 얼이 빠져 있는 여곤을 보며 말했다.

"어디를?"

"여기 있다가 맞아 죽을 거야? 보여 달라며? 내 말이 진짜인지."

"어… 어, 그… 그래."

계후는 긴 다리로 부리나케 어디론가 달렸고 여곤도 그 뒤를 놓치지 않고 쫓았으니 둘의 몸에서는 한참 동안이나 열기가 사라지지 않고 김이 나는 것같이 보였다.

앳된 두 청년이 말을 탄 채, 대여섯 명의 병사와 함께 수레를 이끌고 수영의 집 앞에 섰다.

그들이 올 것을 알았는지 여시녀가 황급히 문을 열고 마중을 나와 고개를 숙이는 모습이 이상하기 짝이 없었다. 안절부절못하는 시녀에게 강철모를 쓴 두 청년 중 하나가 의아한 표정을 지어 보였다.

"응? 무슨 일인데 이리 안절부절못하시오?"

"아이고! 전부 제 탓이옵니다. 곤이 이 아이가 오늘 드려야 할 옥구슬 십여 알을 가지고 이른 아침부터 어딜 나갔는지 통 보이질 않사옵니다. 한참을 찾아봤는데… 죽을죄를 지었사옵니다."

여시녀는 딱딱히 언 땅바닥에서 고개도 들지 못한 채 기어들어가는 목소리로 말했다. 그러자 검은 강철모를 쓴 청년이 한 보 뒤에서 어이가 없다는 듯 헛웃음을 입에서 뱉어 냈다.

"옥구슬도? 나 참…."

헛웃음을 지은 것은 붉은 철모의 청년도 마찬가지였다. 청년은 말을 탄 채 뒤를 돌아보며 한 장수를 바라보며 물었다.

"괜찮지요?"

청년과 눈이 마주친 장수는 별일 아니라는 듯 고갤 끄덕였다.

"예, 괜찮습니다. 태자 저하."

붉은 투구의 청년이 말에서 내리자 뒤따라 다른 이들도 말에서 내렸고 투구를 벗은 청년이 명령을 했다.

"수레에 있는 것들은 모두 안에 들여놓도록 하여라."

명령이 떨어지자마자 병사들은 신속히 움직여 수레에 있는 곡식과 나무 땔감 그리고 옷 수 벌을 수영의 집 안으로 옮겨 들여놓기 시작했다. 그 속도가 매우 신속했으며 머뭇거림이 없었으니, 힐끔거리던 아이들의 눈보다 빨랐다.

"우리는 괜찮으니 너무 염려 마시오. 또 무슨 이야기를 가지고 올는지… 하하하."

바깥에서 들리는 소리에 수영이 딸 예서와 뛰어나와 붉은 투구와 검정 투구의 청년에게 고개 숙여 예를 갖추었다.

"태자 저하, 죄송하옵니다. 깜빡 다른 일에 정신이 팔려 오시는 것도 모르고 마중이 늦었사옵니다. 또한 곤이는 지금 송구하게도…."

"아닙니다. 다 들었습니다. 뭐 그렇게 큰일도 아닌데요. 그나저나 지내시기엔 어떻습니까?"

붉은 투구의 청년이 다정하게 묻자 수영은 고개를 더 깊이 숙여 예를 갖추었다.

"어라하께서 그리고 태자 저하들께서 내려 주신 하늘 같은 은총에 그저 감사드릴 따름이며 송구스럽기 그지없사옵니다."

"아닙니다. 무슨 그런 말씀을…. 그보다 여기 이렇게 계속 사시는 것이 걱정이 되옵니다. 지금은 저희가 있지만 앞으론 어찌 될지 모르는 일이라…. 그래도 이렇게 건강한 얼굴을 뵈니까 기분이 좋습니다, 작은어머님."

"저는 괜찮습니다. 그저 이렇게 사는 것이 더 편하옵니다. 아들도 없는 제가 궁에 더 있어 보았자 폐만 끼치고 어라하께 근심만 더할 것이옵니다."

수영은 차분하고 담담하게 말했지만 어딘가 근심이 많아 보였다. 그것을 눈치챈 붉은 투구의 청년은 혹여 자신들이 더 시간을 보내 자리에 머무르면 수영이 불편해할까 봐 병사들에게 손짓을 해 먼저 물러서도록 시켰다.

"알겠습니다. 그럼 내일이라도, 아니 다음에라도 여곤이 돌아오면 영암성으로 들어와 알려 주세요."

청년은 인사를 하고 뒤에 선 장수를 보며 물었다.

"제 말은 놔두고 가도 괜찮겠지요, 태사평님?"

"예, 제 말로 가시지요."

뒤에 선 장수는 말에 올라타며 청년을 끌어 올렸다. 청년은 말에 오르자마자 수영에게 가볍게 목례를 하고는 옆에 선 검은 투구의 청년에게 말했다.

"문주야, 그만 돌아가자."

문주는 고개를 끄덕이며 말에 올랐고 병사들과 함께 그들은 다시 멀어져 갔다.

한참을 달리다 문득 걱정이 됐는지 태사평의 앞에 앉아 있던 청년이 태사평에게 물었다.

"말… 잊어버렸다고 하면 이상하겠지요?"

태사평은 새어 나오는 웃음을 참았다.

"믿을 리가요… 여경 태자님."

여경과 문주 그리고 태사평이 수영을 찾아오는 일은 대단한 일이 아니었다. 비유의 명으로 여경과 문주는 실전 전투 경험을 쌓기 위해 신라와 인접한 영암성에 파견을 나왔으며, 그곳에는 작은어머니 수영이 살고 있었다. 비유의 뜻에는 수영을 여경과 문주에게 돌보게 하려는 의중도 담겨 있던 것이다.

"그나저나 그 녀석은 또 어디서 뭘 하고 있는지 참…."

여경의 중얼거림에 태사평의 얼굴은 잠시 굳었다.

무거운 침묵이 흐르는 사이 해수는 자신의 이복형이자 병관좌평 해구의 마지막 염을 묵묵히 지켜보았다. 수비리시가 가만히 해수의 팔을 잡아 그 슬픔을 달래 보아도 해수는 비통함을 감출 수 없었다. 진순과 진후(후에 조미걸취) 그리고 진남을 포함한 진씨들 역시 병관좌평의 죽음 앞에서는 입을 다물며 예를 표했지만 그리 심히 걱정하지 않았다.

해치와 해하열은 눈치가 제법 빨라 진씨들이 예를 갖추며 참석한 모습에 진정성이 없다고 생각했으며 이를 괘씸하게 봤으니 진씨와 해씨들은 서로 말을 하진 않았으나 그 모양새가 꽤나 위태로워 보였다. 살얼음판을 걷는 기분을 비유가 모를 리가 없었다.

해구의 죽음으로 공석이 된 병관좌평의 자리를 해수가 이어받을 것이란 추측은 해씨 쪽에서는 당연했다. 하지만 진씨 세력 역시 이번에야말로 오만방자한 해수와 그 무리들을 단번에 제압할 수 있는 역전의 기회라 생각했다.

진순의 처소에 몰려든 진후와 진남 그리고 진백은 흔들리는 촛불 아래

팔짱을 끼며 애원하듯 진순을 달래기 시작했다.

"아니, 쌍현성 때의 일이 생각나지 않으십니까? 지금이 저놈들을 몰아낼 기회란 말입니다."

가장 나이가 어린 진백은 화가 난다는 듯 언성을 높여 주장했다.

"어르신, 분명 돌아가신 진무 어르신께서는 쌍현성을 쌓는 것을 반대하셨습니다. 고구려의 바로 밑에 많은 인원을 동원해 그렇게 성을 쌓는다는 것은 애초부터 말이 되지 않았습니다. 이것은 필시 저 죽은 해구의 속셈이었사옵니다. 해구가 고구려를 치려고 무리하게 징발하여 백성들을 괴롭게 했으면서, 죄 없는 저희 진무 어르신께 그 책임을 전부 뒤집어씌웠습니다. 그때, 수많은 백성들이 도망했다고 들었습니다."

진백의 말을 가만히 듣고 있던 진순은 허연 수염을 쓸며 근심에 가득 찬 얼굴을 하였다. 진순도 나이를 먹으니, 지난 기억들이 떠올라 안타까움을 금할 수 없었다. 그 마음은 하늘 끝까지 닿고, 땅속 깊이 스며드는 듯했다.

"아니, 제 말이 틀렸습니까? 뭐라 말 좀 해 보십시오!"

옆에서 듣고만 있던 진후를 보며 진백이 하소연했다. 당연히 그것을 모를 리 없는 진후와 진남이었다.

"게다가 예전 사구성을 축조하는 데 들어가는 인원만 보더라도 국력을 갉아먹는 것이 당연함을 다들 아시지 않습니까? 심지어 그때 저도 징발을 받았습니다. 고작 열넷밖에 되지 않았음에도 말입니다!"

진백은 화가 나는 듯 씩씩거리며 고개를 돌렸다. 그러자 진남이 진백의 어깨를 가볍게 두드려 그 화를 삭이도록 했다.

"알고 있다. 왜 그것을 모르겠느냐…. 허나 하늘의 뜻인지 불행 중 다행으로 고구려군을 멈칫하게 만들었으니 그 점에는…."

"안으론 썩었습니다. 썩어서 아주 위태했단 말입니다! 만약 쌍현성 때 연에서 고구려를 공격하지 않았으면, 사구성 때 고구려가 가뭄과 기근이 없었더라면 분명 단 한 번의 공격에도 한성이 무너질뻔 했습니다. 어디 그뿐입니까? 그 기세로 그대로 내려왔다면 백제가…."

"그만해라! 불순한 소리만 해 대고 있구나!"

말없이 한참을 듣고만 있던 진후가 진백을 꾸짖었다. 진후의 눈에서는 불이 번뜩이는 것 같았고 양 턱에 뼈와 힘줄이 튀어나오는 것이 화가 단단히 나 보였다.

셋을 지켜보며 수염만 쓸던 진순이 손을 위로 들어 탁자를 탁 치며 진정하라는 손짓을 보냈다.

비단으로 휘감긴 탁자에서 비단이 스르르 떨어지더니 제 모습을 드러낸 탁자는 왠지 어색해 보였다. 하지만 그것이 진실인 것이다. 탁자는 원래 나무였고 나무는 그 색과 형태가 있음이 분명했다. 비단으로 덮여 있어 그 실체가 보이지 않았던 것뿐이지 그깟 허울 좋은 비단은 한 번의 손짓으로도 벗겨 낼 수 있었다. 본래가 탄로나는 건 결국 시간문제일 뿐인 것이다.

진순은 셋을 번갈아 보며 숨을 깊게 내뱉었다. 근심이, 그것도 큰 근심이 있었다.

"문제는… 해수에게 척이 있다는 것이다. 주변의 모든 것이 왕가를 둘러싸고 있다. 어찌 은솔이 달솔을 죄 없이 무너뜨릴 수 있겠느냐…."

"아우! 참…."

진순의 탄식에 진백은 화가 났고 진후는 눈을 감았으며 진남은 진백을 감쌌다.

같은 시각, 해수의 처소에는 해치와 해하열이 있었고 그들은 타들어 가는 향초를 긴장된 눈으로 바라보고만 있었다.

"어찌 된 영문인진 모르겠으나 이것이 쓰러지지 않아야 하는 것이지요?"

"그렇다잖소!"

"아니 참… 다 타들어 가는데 안 쓰러지는 것이 더 이상하지 않습니까?"

해하열의 손에는 땀이 맺히다 못해 아래로 흐를 지경이었지만 해수는 꼼짝도 하지 않고 눈을 흘기며 둘을 조심시켰다.

"충분히 기운이 차면 모든 것이 일정해지고 안정적이라 했소. 곧 수비리시가 올 것이니 잠시만 기다려 봅시다."

초에서 피어나오는 연기가 해수의 처소를 가득 채우기 시작했다. 짙은 향을 머금은 안개가 주위를 가득 채워 몽환적이었다. 조금만 더 연기가 차오르면, 한 치 앞도 보이지 않을 듯했다. 따가운 연기가 얼굴의 모든 틈새로 스며들어 맴돌았다.

그렇게 시간은 흘러 어둠이 내리기 시작할 때, 수비리시가 해수의 처소 앞에서 소리를 내었다.

"어르신, 수비리시가 왔사옵니다. 들어가도 되겠습니까?"

처소 안 가득 찬 연기가 해치의 코를 간지럽혀 막 기침이 나오려는 순간 수비리시가 문을 열고 들어왔다. 다행히도 해치는 수비리시의 등장에 필사적으로 코를 누르며 기침을 참았고, 수비리시는 사뿐히 걸어 아직 떨어지지 않은 향초의 재 기둥에서 피어나는 연기를 손바람으로 살짝 날려 떨어뜨렸다. 그제서야 해치는 기침을 뿜어내었다.

"그래, 어떻게 되었소?"

"병관좌평은 진순이 맡아도 상관이 없을 듯싶습니다."

수비리시의 말에 해수는 놀라는 눈으로 입을 다물지 못했다. 예상 밖의 일이라 생각했다.

"무슨 말이오? 병관좌평을 진순이 맡아도 상관이 없다니? 수마도 그렇게 생각하고 있는 것이오? 아니, 무엇보다 어라하께서 그렇게 갑자기 진순에게 그 자리를 내어 주실 무슨 명분이라도 있으신게요?"

옆에서 연기 때문에 눈물을 짜내던 해치 역시 놀라 잘 떠지지 않는 눈을 힘겹게 뜨며 어리둥절해 물었다. 그러자 수비리시는 예상했다는 듯 아무렇지도 않게 자리에 앉으며 침착하게 답했다.

"진순이 병관좌평을 맡는 것이 뭐 대단한 일입니까? 예전 선대 아방(아신왕) 어라하의 밑에 있던 진무가 그랬듯이 그들의 자리기도 했는데요. 그 자리를 내어 주면 그들은 어라하의 은덕에 감명해 우리 백제 왕가의 지극한 충신이 될 수 있는데 좋은 것이 아니겠습니까?"

정말 대담하고도 황당스러운 답이 아닐 수 없었기에 듣고 있던 해수 역시 불편한 기색을 내비쳤다.

"진씨에게 권력을 쥐여 주면 어쩌란 말이오?"

해수가 노하기 일보 직전이었다. 눈치만 보던 해하열이 얼른 해수가 일어나려는데 팔을 잡아 끌었다.

"잠시만! 다른 뜻이 있겠지요. 다른 뜻이 있지요? 그렇지요?"

이런 이야기를 듣기 위해 모인 것이 아니라는 것쯤은 눈치껏 알아차릴 수 있는 해하열이었다. 그러기에 수비리시의 입이 다시 열리기만을 기다렸다. 그리고 그것은 그들에게 더없이 듣기 좋은 말일 수밖에 없었다.

"해수 님께서는 상좌평이 되셔야지요."

해수와 해치 그리고 해하열은 눈이 휘둥그레졌다. 상좌평. 그것은 어라하의 가장 옆이자 모든 것을 관장하고 허할 수 있는 자리이다.

"상좌평이요?"

"예, 여신이 이제 더 이상 세상에 없으니 백제의 어라하 다음가는 자리는 해수 님께서 앉으셔야지요."

가만히 웃어 보이는 수비리시였다. 그리고 그와 동시에 해수의 눈은 반짝 빛이 났다. 이미 어느새 처소를 가득 메운 연기는 조금씩 방문 틈 사이로 빠져나가고 있었다.

해수의 눈이 반짝임과 동시에 해치와 해하열은 상좌평이란 소리에 자신들의 귀를 의심할 수밖에 없었고 궁금함을 참지 못한 해하열이 급히 물었다.

"아니… 상좌평의 자리를 해수 님에게 어떻게 넘길 수 있다는 말인 것이오? 여신 님이 아니라면 어라하께서는 직계인 그 다른 누구를 올리시지 않겠소? 그것은 태자인 여경이나 문주가 아니오? 죽은 여신의 자식이 사내가 아니라 이미 내쳐진 청령과의 사이에서 난 딸을 올릴 리는 없고…."

"두 명의 태자는 충분히 가능성이 있어 보입니다. 다만 현재는 아직 어려 그 막중한 임무를 맡기엔 부족해 보이며 그럼에도 불구하고 여경이 상좌평의 자리를 맡는다 해도 해수 님이 백제의 존망에 관련될 만큼의 큰 공을 세우신다면 어라하께서도 해수 님에게 상좌평의 자리를 내어 줄 것입니다. 그러니까 그 공은 어라하의 옆에 꼭 계셔야 할 만큼의 중요하고 무거운 공이어야겠지요."

처소 바깥 멀리부터 두 번째 횃불을 갈아 끼워넣는 작업이 시작되니 그 불빛은 달빛보다 거세어졌다. 윙윙거리는 바람소리가 예사롭지 않은 것이 네 사람의 비밀 담화에 긴장감을 불어넣었다.

"아니, 무슨 공을 그리 크게 말이오? 그 정도면 고구려를 상대해 물리치는 것 정도가 아니오?"

해치가 다시 물었다. 그리고 수비리시는 잠시 뜸을 들이다가 해수의 눈을 지그시 바라보았다. 해수도 수비리시의 눈을 피하지 않고 호기심에 가득 찬 눈으로 마주했다. 뱀과 독이 만나니 그것은 매우 섬세하고 무서웠다.

"맞습니다. 고구려를 상대할 것입니다. 그리고 그들이 더 이상 공격을 하지 못하도록 할 것이옵니다."

"싸우자는 게요? 지금 이 추운 날에? 현재 상좌평과 병관좌평께서 돌아가셔서 시국도 어지러운 판국에 말이오?"

해하열은 이마를 부여잡고 인상을 찌푸렸다.

"호호, 해치 님과 해하열 님께서도 더 높은 관직에 오르셔야지요. 위와 아래가 균형 있게 맞으면 가운데 낀 진순은 아무것도 하지 못할 것이옵니다. 자! 이렇게 하시면 어떻겠습니까? 장수왕이 아직 평양으로 천도한 지 얼마 되지 않았으니, 정비가 다 되지 못하였을 것입니다. 그 틈을 타 쌍현성으로 몰래 세 분이 군사를 이끌고 간 후, 해치 님과 해하열 님께서 평양성 아래쪽인 청목령을 압박을 해 가면 그들은 정면에서 싸울 준비를 하느라 정신이 없을 것입니다. 그때 해수 님께서 옆 샛길로 빠져 호로고루와 당포성을 함락시키면 동쪽으로 과거 선대 어라하 진사께서 수비하시던 팔곤성(곡산)까지 쉽게 들어가실 수 있으실 테니, 그 기세로 신라와 힘을 모아 사방에서 친다면 평양성이 아니라 국내성까지 쫓아낼 수 있을 것입니다. 그 어찌 큰 공이 아닐 수 없지 않겠사옵니까."

과연 수비리시의 말을 들어 보니 엄청나게 큰 일이지 않을 수 없었다. 하지만 그만큼 위험도 커 보이는 것은 사실이었다.

"신라와 힘을 모으다니요? 그 이리 같은 놈들을 어떻게 믿는단 말입니까?"
해치가 물었다.

"신라는 백제의 제안을 거절할 수 없을 것입니다. 신라의 약점을 잡으면 쉽게 조종할 수 있지요. 이리는 가족을 강하게 돌보는 동물이지요. 가족을 구슬려 그들의 발목을 묶어 놓고 음식을 자주 가져다주면 그들이 우리를 믿을 것입니다. 그런 식으로 믿게 만들어야지요. 후에 사냥치에게 던져 주기 전까지 말입니다."

수비리시의 웃음은 매우 음산했다. 그리고 그 입에서 나온 향기롭고 달콤한 독은 해씨들을 홀리기에 충분했다.

해수의 눈은 이미 돌아가 초점이 잡히지 않아 보였고 해치와 해하열은 주먹을 불끈 쥐며 생각을 굴리더니 비장하게 머리를 끄덕였다.

다 타 버린 향초의 대가 흐트러지지 않았기에 수비리시의 신력이 영험함은 의심할 구석이 없었다.

해치와 해하열이 슬쩍 해수의 처소를 빠져나가자 신녀 수비리시는 귀를 기울여 주변의 움직임이 있는지 살피다가 은밀히 해수의 곁으로 다가섰다.

"가까이 두어야 할 사람은 지위가 높지 않고 그 깨달음이 빠르지 못하여야 합니다."

수비리시의 묘한 말에 해수는 소스라치게 놀랐다. 갑자기 자신에게 하는 말의 뜻을 알지 못했다.

"그게 무슨 말이오?"

해치와 해하열이 나가고 얼마간의 시간이 지나 수비리시가 가만히 한 말은 그 뼈가 깊게 박혀 있었다.

"해수 님께서 상좌평에 오르실 때 그들은 자신의 몫을 단단히 챙기려 할 것입니다. 비밀을 길게 남겨 두면 걸리는 법이지요."

"비밀?"

"해수 님은 옆길로 새면 곧장 평양성으로 들어가 어라하의 목을 걸고 협상을 하시옵소서. 호로고루와 당포성은 굳이 차지하실 필요가 없사옵니다."

아까 전 모두가 있을 때completed완 다른 말이었다.

"평양성으로 어떻게 들어간단 말이오?"

"해치와 해하열이 청목령(개성)까지 들어가면 제가 어라하께 알려 그들의 배신을 이르겠습니다. 투항하려 한다고 말입니다. 그리고 호로고루와 당포에 그들의 위치를 알리면 고구려군들은 군사를 이끌고 청목령으로 내려올 준비를 할 것입니다. 그러면 아무도 없는 틈을 타 사신의 신분으로 평양성으로 달려 예주를 만나 어라하의 목을 바치는 것을 조건으로 그들의 남침을 잠시 저지하시옵소서. 신라에게 확실히 모든 것을 뒤집어씌우기 전까지 말입니다."

"그게 되겠소? 아무리 그래도 내 육촌을…."

"왕이 되고자 함에 견줄 것이 무엇이 있겠습니까? 그들이 다시 살아 돌아온다 해도 저와 어르신이 입을 맞춘다면 그들의 반역은 결코 없어지지 않을 것이니 문제가 없을 것입니다."

"그렇지만…."

해수는 당혹감에 어쩔 줄 몰라 했다. 하지만 뒤이어 던진 수비리시의 말에 해수는 걷잡을 수 없는 깊은 수렁으로 자신도 모르게 빠져 버리고 말았다.

"해치와 해하열, 아니면 백제의 어라하. 어느 쪽을 선택할 것이옵니까?"

백제 위의 하늘이 그동안 백제의 머리맡을 푸르게 했는데 이제 발목에도 미치지 못할 만큼 탁해졌다. 까마귀가 괴상한 소리로 밤새 우니 대지의 공기가 뒤틀리는 것 같았다. 바람은 거칠게 웅웅거렸고 궁 안의 모든 것들이 낯설게 느껴졌다. 이 같은 변화를 벌거벗은 나무들이 가장 먼저 느끼고는 그 몸통에 상처를 내었으니, 곳곳에서 소나무들의 부러진 가지가 가득했다. 괴상한 일이 아닐 수 없었다.

한성 위의 초병 하나가 하늘을 올려다보다 화들짝 놀랐다.
"달이 붉어!"
주변 다른 초병들이 그 소리에 일제히 하늘을 바라보다 벌겋게 변해 버린 달을 보고는 오금이 저렸으니, 이것 역시 괴이한 일이 아닐 수 없었다.
아래에 있어야 할 횃불이 마치 위에 떠 한성을 노려보는 것 같았다.
붉은 달을 본 것은 비단 한성의 이들뿐만이 아니었다.
한성 저 멀리 영암 어느 산골. 붉은 달은 그곳에까지 건너갔다.

444년 2월. 차디찬 겨울바람이 곳곳의 산 언덕들을 마지막으로 타 내려가고 있었다. 봄이 쫓아오는 기세가 매서움을 이겨 무서웠다.
"여기가 네가 자란 동네라고? 그냥 산골 아니야?"
"날이 밝으면 훤히 보이게 될 거야. 그나저나 주변은 왜 이러지?"
나무와 풀들 그리고 얼어 버린 작은 계곡 물이 붉은빛을 품었다.
두 소년은 고개를 들어 하늘을 보았다.
"와! 저기 봐! 달이 붉어!"
소년이 손가락을 뻗어 하늘의 달을 가리켰다.
계후는 여곤의 손이 가리키는 달을 멍하니 바라보았다.

2. 땅이 울린다, 백제의 땅이 울린다

비유의 침방 앞에 대시종이 들렀다.

"그래, 무슨 일인데 창이 붉게 보인단 말이냐?"

대시종은 자신도 무슨 영문인지 모르겠다는 듯한 표정으로 예를 갖춰 고개 숙여 말했다.

"달이… 한성 위의 달이 붉습니다."

비유는 침상에서 일어나 걸음을 옮겨 궁전 전각 밖으로 나가 하늘을 바라보니 과연 틀림없이 달이 붉었다.

비유는 뒷짐을 지고 한참을 달을 바라보았다. 바람이 차 비유의 건강에 혹여나 좋지 않은 영향을 끼칠까 봐 대시종은 안절부절못했으나 비유는 개의치 않고 그저 계속해서 달을 바라보았다.

그렇게 한참 동안 붉은 달에서 고개를 거두지 않은 비유가 대시종이 얼어 버린 발가락을 몰래 한 번 꼼지락거릴 때, 천천히 입을 떼었다.

"저 달이 마치 원통하여 피눈물 맺혀 우는 여신 님의 눈동자 같구나. 무언가 내게 호소할 것이 있는 것 같지 않느냐. 내 여신 님을 해한 것이 누구 짓인지 반드시 알아야겠다."

대시종은 비유의 낮고 단호한 음성에 긴장을 했고 그저 아무 말도 못 한 채 고개를 반쯤 숙였다.

"그대는 목하치를 지금 당장 불러오라."

"예, 어라하."

몸이 얼어 잘 움직이지도 않을 법한데 비유는 대시종이 자리를 뜨자 가만히 품 속에서 무언가를 꺼내어 들어 보았다. 엄지 손가락만 한 작고 섬세하게 깎여 있는 옥봉황을 바라보던 비유는 깊게 한숨을 내쉬었다. 그 숨이 어찌나 길던지 한참을 얼굴 앞에서 머문 입김이 차가운 바람에 얼어 별처럼 떨어질 것만 같았다.

그때, 목하치가 비유의 앞에 섰다.

"어라하, 목하치입니다."

목하치의 옆에 선 대시종의 코와 볼이 빨갰다.

"너는 당장 내일 날이 밝는 대로 아래로 내려가 여경과 태사평을 불러 들어오게 하여라. 그리고 네가 문주와 함께 있다가 둥근달이 하나 지나고 새로 떠오르거든 그때 태자를 데리고 한성으로 올라오너라."

"예, 어라하. 명을 받들겠사옵나이다."

무뚝뚝한 목하치는 군더더기 없는 답과 행동으로 비유에게 예를 갖췄고 비유의 손짓에 물러나갔다.

달이 여전히 붉다. 붉은 달이 한성에 떠 있다. 백제 땅에 전부 떠 있으리라….

아무리 괴상한 달빛이 밤을 비추어도 자연의 이치를 거스를 순 없기에 새로운 날은 찾아오고 해는 뜬다.

다 쓰러져 가는 움막에서 추위를 피해 잠을 청했다고는 하지만 겨우 동상이나 면할 수 있을 정도였다. 여곤은 태어나서 그렇게 춥게 눈을 붙여 본 적이 없었다. 하지만 계후는 미동도 없이 입김을 뿜어내며 잘 자는 것이 신기했다.

거의 뜬눈으로 밤을 지새우다 일어난 여곤이 피곤해할 때, 곁에서 자던 계후가 힘겹게 몸을 쭉 펴면서 일어났다.

"잠을 잔 거야?"

신기한 눈빛으로 계후를 바라보던 여곤은 얼어 버린 겉옷의 무게에 적응이 되질 않았다.

"이게 여기 일상이야. 하룻밤에도 이리 놀랄 정도면서 내가 한 말이 어떤 것인지 아직 모르겠니? 얼른 밖으로 나와."

계후는 다 쓰러져 가는 움막의 지푸라기 문을 열고 밖으로 나갔다. 그 뒤를 여곤도 따랐다.

산골에는 햇빛이 들어온다고는 해도 평지의 마을과는 달랐다. 매서운 추위가 밤이나 매한가지였다. 그때, 아래쪽에서 서너 명의 사내들이 무언가를 만들다가 계후가 나오는 소리를 들었는지 몸을 일으켰다.

그들의 손에는 다리 길이만큼 긴 죽창이 들려 있었고 경계심이 가득한 눈으로 여곤과 계후를 번갈아 노려보았다.

한 사내가 고개를 쭈욱 내밀어 계후를 보다가 손에 쥔 죽창을 싹 내렸다.

"아이고! 너… 그… 계후 아니냐?"

사내의 말에 주변의 두 사내도 같이 놀라는 표정을 지으며 눈을 동그랗게 떴다.

"어허? 너 아직 안 올라간 게야?"

"예, 오랜만이네요 아저씨. 사정이 있어서요."

계후의 표정은 어딘가 후련하면서도 불안해 보였다.

"아니, 여기서 뭐 하는 거야? 네 형 만나러 간다믄서?"

"그게… 그렇게 됐어요."

"근데 옆에 그 아이는 누군가?"

사내들의 눈이 여곤에게로 쏠렸다. 여곤이 낯설긴 했어도 계후가 옆에 있으니 이제는 경계심보다는 궁금함이 더 들어 보이는 표정이었다.

"같은 마을에 있던 친구예요. 어찌 사정이 있어 잠시 여기로 같이 오게 됐어요."

거칠게 튀어나와 있는 돌들을 밟고 계후는 아래쪽 사내들에게로 내려갔다. 여곤은 어찌할 줄 몰랐는데 계후가 뒤를 돌아보며 여곤에게 얼른 내려오라고 손짓을 했다.

"어… 그런 거여? 참."

한 사내가 죽창을 돌뿌리 옆에 꽂아 놓고 손을 탈탈 털고는 계후의 등을 토닥였다. 그리고 천천히 내려온 여곤을 보고 안쓰러운 표정을 지어 보였다.

"뭐, 야도 집이 없는 거여? 아이고! 그 하얘가지고 몸도 작은 게…. 밥은 어디 먹었는가? 아! 마침 잘됐네. 계후 너도 담 쌓는 것 좀 도와야겠다. 이거 마저 하고 내려가서 먹을거리라도 좀 주마."

사내들은 계후와 여곤을 만난 지 얼마 되지도 않아서 아무렇지도 않게 말을 걸고 살갑게 대했다. 여곤도 낯을 가리는 성격이 아니라 그리 놀라진 않았지만 덩치가 출중한 사내들의 굵은 목소리에 쭈뼛대었다. 그 모습을 본 계후는 별일 아니라는 듯 어깨를 으쓱여 보였다.

둘은 사내들과 함께 여곤 자신의 몸집의 반만 한 돌들을 계곡 맞은편으로 옮기며 담을 쌓았다. 그 길이가 꽤나 길었고 노동은 해가 중천에 떴을 때나 되어서 끝이 났다.

여곤은 생전 처음 해 본 돌 옮기기에 무척이나 힘들었던지 거의 탈진 상태로 바닥에 널브러져 누웠다. 올려다본 하늘 옆에 계후가 숨을 고르며 서 있었다.

"야, 갑자기 이게 뭐야? 안 힘들어?"

여곤이 죽상이 되어 물었다. 그러자 계후는 가소롭다는 듯 여곤을 내려다보고는 피식 웃었다.

"이게 일상이야, 여기는. 힘들어도 해야 해."

"일상이라니? 이게 무슨 일상이야? 왜 이런 것을 하는지도 모르겠는데…."

둘의 대화가 이어지려 할 때, 수염이 사방으로 뻗친 사내 한 명이 터벅터벅 작은 돌들을 밟고 다가왔다.

"이 정도면 그래도 괜찮겠지. 너희들도 내려가서 우리 집으로 가자고."

"예?"

여곤은 다리에 힘이 풀려 제대로 앉지도 못한 채 사내의 말에 인상을 구겼다. 잠시 더 쉬고 싶은 마음이 사방을 둘러싼 높다란 산과도 같았다.

사내는 누워 있던 여곤을 보더니 계후와 마찬가지로 피식 웃음을 지었다.

"이 정도로 누워 버리면 되나. 허헛."

계후는 당황스러워하는 여곤을 부축해 사내들의 뒤를 따라 한참을 내려갔다. 여곤은 풀려 버린 다리에 간신히 힘을 준 채 걸었고 도중에 몇 번이고 경련을 일으켰다. 그때마다 껄껄 웃던 사내들이 얄미웠다.

"그래, 어디서 왔다고?"

"윗마을 영암성 근처 녹산에서요."

푸르고 하얀 나물을 우걱우걱 씹어 먹던 여곤이 볼 한쪽을 부풀린 채 답했다.

"애들이 먼 데서도 왔네. 그나저나 네 이름은 뭐냐?"

"여곤이요."

"천천히 먹어라. 배탈 난다. 쯧."

뽀족 털 사내는 바가지에 떠 온 물을 여곤에게 건넸다. 여곤은 입안 가득 음식을 욱여넣고서는 고개를 끄덕이며 허겁지겁 물을 마셨다.

계후가 그 모습을 보더니 고개를 절레절레 흔들다가 사내와 눈이 마주쳤다. 그러자 사내는 걱정스러운 얼굴로 계후를 보며 입을 열었다.

"근디 너는 형 만나러 간다믄서 왜 아직도 거기에 있는 거여?"

사내의 질문에 계후는 말이 없었다.

"가서 형처럼 병졸이 된다믄서?"

"올라갈 여비가 충분치 않았어요."

고갤 숙인 계후가 기어들어가는 소리로 사내에게 답했다. 사내는 그런 계후를 보며 안타까웠는지 혀를 차며 그저 하늘을 올려다보았다.

"거가 그렇게 먼 것인가…. 뭐, 가 봤어야 알지…."

한참을 먹다가 배가 가득 찼는지 여곤은 뒤로 팔을 기대며 커다란 트림을 뿜어냈다. 그러자 사내는 참 재밌다는 듯 흥미로운 눈으로 여곤을 보았다.

"근데 너는 뭘 얼마나 굶었기에 그리도 바쁘게 먹는 거냐? 잠깐! 너희 그러고 보니 집도 없다고 한 거 같은데 동냥하고 다니는 거여? 계후 너도?"

사내는 심각한 표정을 짓더니 계후와 여곤을 번갈아 보며 다그치는 소리로 물었다. 마침 그 소리에 놀랐는지 남은 음식을 가로채려 나무 위에 숨어 있던 까마귀 하나가 고함을 치며 날아 도망갔다.

"얘는 집 있어요. 저도 잘 곳이 있으니 걱정 마세요."

계후는 고개를 여곤 쪽으로 돌리며 여곤의 눈치를 보았다.

"응, 집이 있어? 머물 데가 있다니 다행이구나. 그나저나 여비는 어떻게 마련하려구?"

"대장간에서 일을 하고 있으니 곧 마련되는 대로 떠날 생각이에요."

대장간 이야기를 하는 계후의 목소리에 힘이 없고 풀이 죽어 있었다. 그러자 여곤이 옆에서 눈치도 없이 끼어들었다.

"대장간? 너 돈 받아? 그렇게 맞으면서 일은 무슨…."

"야!"

여곤의 말이 끝나기도 전에 계후는 당황해서 큰소리를 질렀다. 그리고는 계속 놔두었다간 아무렇지 않게 제멋대로 터져나올 것 같은 여곤의 입을 막았다.

둘의 대화를 듣던 사내가 의미심장한 눈으로 매섭고 차갑게 계후와 여곤을 쳐다보았다.

"이게 무슨 말이래? 돈을 못 받아? 너 누구한테 맞고 다니는거여?"

사내 아저씨의 물음에 계후는 당황했다. 여곤도 분위기가 심상치 않음을 눈치챘는지 입을 다물었다.

"아니에요. 돈은 꼬박꼬박 받고 있어요. 가끔 제가 실수해서 사고를 치면 혼날 때가 있을 뿐이에요. 신경 쓰지 마세요."

계후는 얼버무렸고 사내는 입술을 비틀어 달갑지 않은 표정을 지어 보이며 눈을 흘겼다. 하고 싶은 말이 있지만 다 알고 있다는 듯 참아 보였다. 계후는 주먹으로 여곤의 엉덩이를 툭 때렸다.

여곤은 두 사람의 눈을 피해 딴청을 피울 거릴 찾아 이리저리 고개만 돌렸다.

"그나저나 우치 아저씨는 아직도 혼자 사세요?"

얼른 화제를 돌린 계후가 궁금하다는 표정을 지어 보였다.

"참, 그럼. 혼자 지내야지. 너도 알잖니? 여기 모루국(순천)하고 상다리(여수)에서 가만히 놔두질 않는 것을…. 내, 살붙이나 피붙이가 잡혀가거나 상 당하는 꼴은 못 본다!"

사내는 한숨을 내쉬었다.

"참! 언제 또 들이닥칠지 모르니 너희도 여기 있는 동안은 조심해라. 계후 너도… 무슨 일로 다시 왔는진 모르겠지만 어서 요녀석 데리고 돌아가고. 형은 못 만나도 윗마을에서 사는 것이 더 나을 것인데… 여 있으면서 괜한 상처 꺼집어 내는 것도 힘든 것이여…. 쯧."

걱정 섞인 말을 늘어놓던 우치는 벌떡 일어나 마당 평상에서 멀찌감치 거리를 두며 걸어 앞산을 빤히 보았다. 괜히 애 게 튀어나온 이름 모를 풀만 발로 몇 차례 즈려밟으며 뒷짐을 진 채 섰다.

계후는 다시 고개를 떨구었다. 여곤은 계후가 고개를 떨구는 것을 많이 보았다. 그게 싫었다.

오전의 고된 노동에 지친 둘은 해가 질 때까지 우치 아저씨의 집 안에서 쓰러져 잠이 들었다.

꿈에서 들리는 소리라고 하더라도 그것은 너무도 요란하게 들렸다. 바람이 불어 문간이 흔들리는 소리도 아니었고 그렇다고 나무가 빠개져 넘어지는 소리도 아니었다. 그 소리는 아주 희미하면서도 요란하게 들려왔다. 여곤은 하늘이 노해 땅이 요동이라도 치는 줄만 알았다. 놀라서 얼른 눈을 뜨니 사방은 어두웠고 희미한 달빛에 겨우 계후의 얼굴만 알아볼 수 있었다.

"야! 일어나! 일어나라고!"

계후의 다급한 목소리에도 여곤은 비몽사몽 정신을 차리지 못했다. 묵직한 무언가 자신의 팔을 잡고 흔드는데 보니 계후의 기다란 손이었다.

"왜? 무슨 일인데?"

계후는 여곤이 일어난 것을 확인한 후 가만히 문을 열어 밖을 보았다. 뭔가 살피는 듯싶더니 이내 흥분한 목소리를 감추지 못했다.

"모루국 도적놈들이 들어왔다고!"

계후의 다급한 말에 여곤은 얼른 자리에서 일어났다.

"도적? 모루국?"

"그래! 아까 우치 아저씨가 말한 그놈들이야. 넌 여기 있어. 아니… 혹시 모르니까 뒷산으로 올라가 도망쳐!"

방 안 이리저리를 둘러보던 계후는 자신을 지킬 도구가 아무것도 없는 것을 알아채고는 얼른 밖으로 뛰어나가 커다란 나무 옆에 세워진 빗대를 움켜쥐었다. 그 모습을 본 여곤이 당황했다.

"나 혼자? 넌 어떻게 하려고?"

계후를 따라 밖으로 나온 여곤의 눈에 여러 개의 작은 불들이 맑은 하늘의 별처럼 둥둥 떠 낮게 움직이고 있었다. 그리고 아까 꿈에서 들렸던 소리라 생각했던 그것이 점점 명확히 들리기 시작했다.

"저… 저게 뭐야?"

여곤의 눈이 휘둥그래져 넋을 놓고 어지러운 불들을 보고 있는 사이 계후가 여곤의 앞에 섰다.

"말했잖아! 모루국 도적놈들이라고! 나는 마을 사람들을 도우러 갈 테니 넌 얼른 숨어 달아나라고!"

"아… 아저씨는?"

"아저씨는 없어. 저놈들을 막으러 간 것이 분명해."

계후가 여곤을 뒤로 밀치며 막 뛰어나가려는데 여곤이 큰 소리로 외쳤다.

"같이 가! 아저씨께 신세도 졌는데 은혜를 갚아야지. 어차피 나 혼자 길도 모르고 또… 너만 두고 혼자 달아나는 건 아닌 것 같아."

여곤은 주위를 둘러보다가 떨어진 나뭇가지 여러 개를 겹쳐 두 손으로 움켜쥐었다.

"말도 안 되는 소리! 그걸론 어림도 없어."

여곤의 엉거주춤한 자세를 보곤 인상을 확 구긴 계후가 등을돌린 채 마을 사람들이 있는 곳으로 뛰어갔다.

순간, 여곤은 망설였다. 호기롭게 호언장담을 했지만 그리 쉽게 발이 떨어지지 않았다. 이상했다.

"어… 아이 참…."

계후를 바라만 보던 여곤의 발이 조금씩 떨어지기 시작한 것은 그 벌건 햇불들이 점점 눈앞에 크게 보이기 시작할 때부터였다.

점점 비명 소리가 가까이로 들리는가 싶더니 칼과 도끼를 든 수십 명의 남자들이 거친 외침소리와 함께 여곤이 있는 방향으로 오는 것이 아닌가. 발이 얼어붙어 버리려는 것을 간신히 용기 내 뒷걸음을 치다가 문득 계후가 뛰어들어간 것을 생각해 내고는 정신을 차렸다. 무슨 용기인지 알 수가 없었다. 어쩌면 그것은 용기가 아니라 무지라고 볼 수 있었다.

"아이 참… 모르겠다. 같이 가, 계후!"

여곤은 들이닥치는 도적들에게로 계후처럼 달려 들어갔다.

한 사내씩 수십 차례의 팔을 흔들었다. 팔이 흔들릴 때마다 여기저기 비명 소리가 터져나왔고 누가 마을사람인지 구분도 할 수 없을 만큼 여러 사람들이 뒤엉켜 서로를 찌르고 베는 장면이 끊임없이 행해지고 있었다. 불을 든 사람은 그 불을 휘둘러 사람을 다치게 했고 여기저기서 돌이 빠개어지는 소리가 난무했다. 사내들은 물론이고 부녀자들 역시 난리통에 도망치다 붉은 피를 뿜어내며 쓰러지기 일쑤였다.

여곤은 움켜쥔 나뭇가지를 이리저리 휘두르며 계후를 찾았지만 어디에도 보이질 않았다. 어쩌면 바로 옆에 있는데도 보지 못한 것일 수도 있다. 겁에 질린 여곤은 살육의 현장에서 그저 이리저리 몸을 흔들어 피할 수밖에 없었다.

"으악! 이게 뭐야? 악!"

갑자기 여곤의 등 뒤에서 괴상한 소리가 나더니 날카로운 무언가가 팔을 찔렀다. 그 찌르는 힘에 못 이겨 여곤은 땅으로 풀썩 주저 앉았고 순간 둔탁한 무언가가 머리를 강하게 때려 그대로 앞으로 고꾸라져 쓰러지고 말았다. 머리가 순식간에 빙글 돌더니 뭐라 말할 틈도 없이 눈이 감겨 버리고 말았다.

마른풀들과 앙상하게 뼈밖에 없는 숲 산이 순식간에 타오르는 불과 피로 물들었다.

의식을 잃어 가던 여곤의 귀에서는 치열한 싸움의 소리가 점점 희미해지더니, 마침내 완전히 사라졌다. 그렇게 정신을 잃고 말았다.

그날의 사건이 여느 때와 다름없음을 산천초목 모두가 알고 나는 새들 모두가 알았다. 오직 여곤만 알지 못했던 것이다.

쓰러진 여곤의 목덜미를 덥썩 잡아 끌어올린 사내가 몸을 낮춰 어딘가로 달아났다. 하지만 그것도 얼마 가지도 못해 더벅머리의 남자 둘이 날카로운 죽창으로 사내를 찔렀다. 사내는 피를 토하면서도 끝까지 오른손에 쥔 돌을 잡히는 대로 던졌다. 그러나 딱 거기까지였다. 죽창을 더욱 깊이 찔러 넣은 남자들 사이에서 사내는 그만 눈을 감고 말았다.

거칠게 숨을 몰아쉰 남자들이 죽창을 막 빼내려는 순간 그들의 목이 반으로 접혀 맥없이 폭 쓰러졌다.

"아저씨! 여곤!"

계후의 손에 들린 굵은 몽둥이가 나뭇가지 부러지는 소리를 내더니 부르르 떨리고 있었다. 온몸에 피칠갑을 한 계후가 숨을 씩씩대며 눈을 감은 우치 아저씨와 엎어져 있던 여곤을 내려다보았다.

피로 물든 한바탕 전투는 해가 뜨기 시작할 때쯤 잠잠해졌다. 그러자 까마귀 떼들이 푸드덕 날아들어 긴 주둥이를 벌리며 요란한 울음을 토했다. 죽어 쓰러진 사람들의 몸에 내려앉은 그 모습이, 전투의 끝을 알리는 듯했다.

축축한 것이 몸에 닿고 그 냉기가 뼛속을 때릴 때쯤, 쿨럭이는 기침을 몇 차례나 연속으로 하던 여곤이 눈을 떴다. 여곤이 눈을 뜨자마자 어깨의 통증과 뒷골이 동시에 미친 듯이 쏘아 대며 끔찍한 고통을 주기 시작했다.

"아… 으. 어디야? 뭐야?"

여곤의 끙끙 앓는 소리를 들었는지 저만치 붉은 모습의 누군가가 성큼성큼 여곤의 앞쪽으로 다가왔다.

"누… 누구야, 너희들? 사… 살려 주세요…."

갑자기 다가온 누군가가 여곤의 뺨을 한차례 냅다 후려갈겼다. 그 힘이 어찌나 센지 여곤은 어깨의 통증 따위를 잠시 잊어버릴 정도였다. 볼이 얼얼해져 손으로 어루만지려다 다시 어깨의 통증이 심하게 전해지자, 여곤은 겁에 질려 몸을 조금 뒤로 뺐다.

"내가… 내가 도망가라고 했지! 너 때문에, 너 하나 살리려고 아저씨가 죽었어!"

계후의 목소리였다. 계후는 차갑고 거친 날씨에 몸에 붙은 피가 덕지덕지 굳어 온몸이 붉어 보였다.

"아저씨가 죽다니? 그게 무슨 말이야?"

여곤이 통증을 가까스로 참아 내며 자신의 몸을 여기저기 살피다가 물었다.

"네 목을 잡아끌고 가다가 저 도적놈들에게 찔려 돌아가셨다고! 아저씨가 아니었으면 넌 벌써 죽은 목숨이었어!"

"아… 그게… 나는 네가 가길래 도우려고…."

"헛소리하지 마. 나는 여기서 자랐고 여기에 익숙해 괜찮으니, 너 먼저 뒷산으로 도망가라고 말했잖아. 여기 사람들은 이런 싸움이 한번 나면 자기 몸 하나 지키기도 힘들다구! 봐 봐. 저 아래를."

계후의 성난 목소리에는 원망과 슬픔이 담겨 있었으니 고작 열넷의 아이가 감당할 수 있는 것이라기엔 너무도 버거웠다.

여곤은 고갤 돌려 계후가 손가락으로 가리킨 아래를 바라보았다. 그 모습은 정말 참혹하기가 그지없었다.

널브러진 시체들 위로 까마귀들이 고개를 까딱이며 그 시신들을 뜯어먹었고, 살아남은 자들은 까마귀를 쫓으며 힘겹게 몸을 가누려 애를 쓰고 있었다. 그런데 가만히 보니 그들은 아무 소리도 내지 않았다.

시체를 부여잡는 사람들은 있었지만 그들은 울지도, 아니 그 어떤 소리도 내지 않았다.

"저기 보여? 저 사람들이 왜 저리 조용한지 넌 알아?"

계후가 화가 난 표정으로 여곤에게 물었으나 여곤은 아무것도 알 수 없어 답을 하지 못했다.

"네 눈엔 이상하지? 여기선 이게 당연한 거야. 울어 봐야 소용없는 것이고 그래봐야 돌아오지 않는 것이야. 날이 지날 때마다 언제고 저렇게 되는 것이 이상하지 않다고. 그저 복수심? 아니면 어쩔 수 없는 마음? 허탈감…

뭐 그런 것뿐이야. 이게 내가 살았던 세상이고 저 사람들이 사는 세상이야. 너는 아직 아무것도 몰라. 근데! 잘 알아둬. 곧 네가 사는 세상도 별반 다르지 않을거야. 이 짓들이 여기로만 끝이 아닐걸."

거침없이 말을 쏟아낸 계후에게 어떠한 반박도 할 수 없었다. 그저 저 아래 처참한 광경이 마치 지옥과도 같아 보였고, 사람들이 저리 많이 죽은 것을, 그것도 같은 사람에 의해서 죽임을 당하는 것을 처음 보았기 때문이다. 여곤은 그날 처음으로 두려움이란 것을 느꼈다.

떨리는 마음이 진정되기도 전에 여곤은 눈물이 났다.

"우냐? 운다고 해결되는 것은 아무것도 없어. 죽은 아저씨가 살아 돌아오는 것도 아니고…. 너 때문에, 이씨!"

한참을 멍하니 치열했던 아래 현장을 보던 여곤의 눈에서는 홍수 같은 눈물이 흘렀고 갑자기 크게 엉엉 소리를 내며 울었다. 가슴이 찢어질 듯이 울어 대는 여곤의 모습에 당황한 계후가 주춤거리며 선뜻 여곤에게 더 다가가지 못했다.

"뭐… 뭐야? 갑자기 왜 그래? 충격 받은 거야?"

당황스러워하는 계후의 질문에도 여곤은 아랑곳하지 않았고, 그 울음은 주변 나뭇가지들을 떨리게 할 만큼 컸다. 어찌나 컸는지 시체에 앉아 있던 까마귀들이 모두 날아가 버렸다.

구슬프다기엔 화가 서려 있었고 화를 낸다기엔 안타까움이 묻어 있었다. 도무지 이해할 수 없는 어떠한 감정이 화로 변해 터져 나왔고, 억울함과 안타까움이 뒤섞여 울분으로 치달았다. 그러나 끝내 이해할 수 없어 슬펐다. 그것은 기다림의 끝에서 기대마저 저버린, 절망 어린 울음이었다.

여곤은 그때 다짐했다. 지켜야 할 것을 능히 지킬 수 있는 힘이 필요하다는 것을. 남에게 폐가 되지 않도록 힘을 길러야 한다는 것을. 어지럽고 두려운 것을 바꿔야겠다고 말이다.

부상의 정도가 심하지 않으니 여곤은 걸을 수 있었다. 계후는 엄청난 여곤의 울음에 차마 더 이상 아무 탓도 할 수 없었다. 둘은 우치 아저씨의 시신을 수습해 주변 계곡의 커다란 바위 아래 사이에 안 보이게 매장을 했다. 봄이 되어 날이 풀리면 물이 살과 피를 흘려보내 어딘가 땅으로 갈 것이었다.

계후는 폐허가 된 마을을 슬픈 눈으로 바라보았고 여곤은 입술을 꾹 다문 채 안타까워했다.

두 소년은 아무 말 없이 고개만 숙였다. 고개를 숙이는 이유를 너무나도 절실히 깨달을 수 있었던 여곤이었다. 더 이상 계후가 고개를 숙이는 것이 싫어 보이지 않았다. 이제는 그 모습에 화가 났다. 억울해서 나는 화.

거의 산송장 꼴을 하고 복홀군에서부터 돌아온 여곤과 계후를 본 기예는 쓰러지다시피 했다. 그러다 중심도 잡지 못하고 얼마나 지쳤는지 입에 단내를 풍기던 여곤의 몸을 잡고 일으켜 세웠다. 날이 저물어 보는 눈이 많지 않은 게 다행이었다. 축축히 젖은 여곤의 몸이 불덩이 같았을 때, 수영은 기예의 부름에 처소 밖으로 나왔고 엉망이 된 여곤을 보고는 소스라치게 놀랐다.

탈진한 여곤과 계후를 방에 눕히고 옷을 벗기니 그제서야 피떡이 져 보기 흉한 상처들이 제 모습을 나타냈고 수영은 그 모습을 보고 까무라칠 뻔하였다. 그런 수영의 모습에 기예는 혹여 정신이라도 잃을까 걱정스러운 얼굴로 수영을 보며 울상을 지었다.

"이게… 이게 도대체 어찌 된 일인가….."
"어르신! 숨이 붙어 있고 제 발로 왔으니 정신 차리셔야 합니다."
수영이 어질하여 몸을 한 번 휘청하자 기예가 급히 안심을 시키었다. 그러나 그것은 도통 수영의 귀에 들리지 않았음이 분명하였다.
며칠간이나 소식도 없이 훌쩍 사라졌다가 연기 타고 선 귀신마냥 훌쩍 돌아온 여곤을 못마땅해 꾸짖을 마음이 콩 한 톨만큼도 나질 않았다. 게다가 산송장 하나를 더 달고 들어왔으니 도대체 무슨 영문인지 맑은 날에 벼락을 맞은 것과도 같아 보였다.
처음으로 수영은 타인에 의해서가 아닌 상황에 의한 불안함을 느꼈다. 생은 사람의 마음으로만은 어찌할 수 없는 하늘의 이치였다. 어쩌면 그녀는 그 이치를 거스르려 애를 썼던 것 일지도 몰랐다.
여곤과 계후가 정신을 차리고 몸을 추스릴 때까지 수영은 끊임없이 하늘을 올려다보고 또 올려다보았다. 그 한참의 시간 동안 밤의 하늘은 낮의 하늘보다 무서웠고 괴로웠다. 비단 수영만 그런 것은 아니었다. 기예는 수영과 함께 여곤과 계후를 밤낮으로 보살피며 하루에도 수십 번 문간 담을 넘어 사방을 살펴 주위를 경계하였다.
몸을 일으켜 희고 고운 쌀죽을 떠 먹을 수 있었던 때는 깜깜한 밤이었다. 보통이라면 기운이 빠져 축 늘어진 채 앓기 마련이었지만, 그날만큼은 달랐다. 계후가 끙끙대며 한 숟갈, 두 숟갈 죽을 떠먹는 여곤을 안타까운 눈으로 바라보았다.
"화는 나지만… 네 모습을 보니 그 화가 나에게 나는 거 같아!"
계후의 말에 여곤은 처진 눈으로 고개를 갸웃거리더니 부은 입술을 움직였다.

"무슨 말이야? 내가 널 이리로 데려와서? 아니면 나 때문에 아저씨께서…."
"야! 그런 건 아니니까… 쓸데없는 소리 하지 말고 마저 먹어."

계후는 여곤의 눈을 피했다. 자신보다 엉망인 여곤의 모습에 괜한 몹쓸 짓을 했다는 죄책감이 들었다.

그래도 여곤은 계후가 아니었더라면 이리 빠르게 회복되지 못했을 것이었다. 큰 상처가 없는 것이 불행 중 다행이었으며 혼자 덩그러니 방 안에 누워 끙끙대는 것보단 계후가 옆에 같이 있다는 것만으로도 큰 위안이 되었다. 며칠 동안 밤은 고요했다. 그리고 그 고요함은 곧 다가올 변화를 예고하는 시작이었다.

아직 온전히 추위가 가시지 않았지만, 움직이는 데 불편함이 없을 만큼 견딜 만한 날이었다. 살짝 차가운 바람이 부는 가운데, 새소리가 끊임없이 울려 퍼졌다. 그런 볕 좋은 날, 기예가 여곤과 계후가 있는 방으로 들어왔다. 혀를 차려다 말고 체념한 듯한 깊은 한숨을 내뱉으려다 또 한 번 참았다.

기예가 계후를 보며 물었.

"계후는 움직이는 것이 좀 어떠냐?"
"아! 크게 불편한 것은 없어 많이 나아졌습니다. 덕분에 뭐라 감사의 말씀을 드려야 할지…."

계후가 자리에서 일어나 고개를 숙였다. 그러자 평소 같았으면 앉으라 말할 기예일 텐데 그러지 않았다.

"저, 그럼 계후는 나를 따라서 잠시 나가자꾸나."
"예? 아, 예."

기예가 일어나 방문을 열고 나가니 계후가 얼른 따라 나섰다. 닫히려는 문틈 사이로 여곤이 막 일어나려는 모습을 본 기예는 고개를 살짝 흔들어 저어 그대로 있으라는 신호를 주었다.

기예로서는 그 신호가 여곤에게 할 수 있는 마지막 예 없는 행동이었다. 기예는 말없이 고개를 숙이며 발걸음을 옮겼고 뒤따르는 계후의 걸음도 조심스러웠다.

"지금… 지금 무슨… 말씀을 하시는 것인지요. 제가 몸이 성치 않아 정신마저 온전치 못한 것 같습니다 어르신…."

여곤의 눈은 수레의 바퀴보다 커졌고 불안하게 흔들리는 눈동자를 가만히 잡아 둘 수가 없었다. 심장이 터질 듯이 요동을 쳤고, 그 소리가 방 안을 가득 채우고도 모자라 혹여나 저 수백 보 너머까지 들릴까 두려웠다.

"그간 네게 말을 하지 못해 미안하구나. 허나 그럴 수밖에 없었다."

수영은 여곤의 손을 살포시 잡았다. 여곤의 손은 떨리고 있었고 어찌 움직일 줄 모르는 몸은 가엽기 그지없어 보였다.

"그럴 수밖에 없었다는 것이… 무슨 말씀인지."

창백해진 여곤의 얼굴을 바라보는 수영의 눈가가 붉어지더니 결국에는 굵은 눈물방울이 떨어졌다. 바닥을 흥건히 적실 것만 같은 그런 굵고도 단단한 눈물이었다.

수영은 이 사실을 언제까지고 숨길 수 없다는 걸 알고 있었다. 하지만 험한 세상 아무런 물정 모르게 제 목숨 함부로 대할까 걱정되어 더 이상 사실을 숨길 수 없었다.

진실을 알아야 나아갈지, 물러설지를 고심할 수 있으리라. 제 멋대로 행동하려면 그에 대한 책임도 질 줄 알아야 진정한 '제 멋대로'라 할 수 있으리라. 바른 이치를 깨닫는다면, 귀한 목숨 소중히 할 줄도 아는 법. 생전에 아비인 여신의 남긴 말을, 수영은 여곤에게 전해야 했다.

수영은 대백제의 큰 장수가 여곤의 아비이며 그동안 어미로서 그 사실을 숨겨야 했음을 오랜 시간 이야기했다. 여곤이 더 이상 어리광만 부려도 되는 아이가 아님을 선포하는 것이나 마찬가지였다. 여신이 하늘로 올라간 지 열네 해가 지났고, 여곤이 열네 해를 보내온 날이었다.

"네가 세상에 나왔음을 알게 된다면 백제를 흉흉하게 만들 무리들이 널 가만 놔두지 않을 것이다. 그들에게 조금이나마 방해가 되는 것은 세상에서 자취를 남기지 않으려 씨를 말려 버릴 것이다. 그것이 설령 부처라도 그들은 그렇게 할 것이다. 다행이도 널 가엾이 여긴 어진 이들이 나와 널 이리로 소문 없이 보내 살게 했으니 그저 행동을 조심하고 주어진 삶을 살아가는 것이 가장 맞겠다 싶구나, 곤아."

수영, 아니 청령은 처음으로 여곤에게 살가운 말을 내뱉었다. 그것은 너무도 자연스러워 한동안 그러지 않았음을 모를 정도였다.

"그러지 말거라. 가볍게 행동할 목숨이 아니란다, 아들아."

아들.

모두는 누군가의 아들이고 딸이다. 처음 들어보는 호칭이었지만, 여곤은 그 말이 낯설게만 느껴지지 않았다. 온몸에 피가 거꾸로 솟아올라오는 느낌은 화도 배신감도 아니었다. 더군다나 이날까지 자신의 존재감에 대한 실망도 아무것도 몰랐던 세월의 허망함도 아니었다.

어리기만 한 시절에는 느낄 수 없었던 책임감과 다짐의 시간이 새롭게 열린 것이다.

처음으로 죽음을 보았고, 작지만 전투라는 것을 경험했다. 그러니 한 나라의 전투와 존망은 오죽할까. 분명 생과 사는 개울물 위로 떨어지는 낙엽보다 흔할 것이다.

　여곤은 그날 이후, 수없이 홀로 생각했다. 복홀군에서 겪었던 마음가짐은 고작 작은 시작점에 불과하지 않았다는 것을 말이다.

　자신에게는 백제의 장수의 피가 흐르고 있음을. 그리고 그것은 화와 악이 아닌 덕이어야 함을 명심하고 또 명심하였다.

　계후는 달라진 여곤의 눈빛에 뭔가 알 수 없는 느낌을 받았지만 그저 정신적인 상처가 남았다 생각할 뿐, 괜스레 건드리려고 하지 않았다.

　그런데, 여곤은 그런 계후가 필요했다.

　아직은 평소와 같은 날을 보내는 것이 당연했다. 온전히 몸이 나아졌을 때, 문득 밥을 먹던 여곤이 계후에게 물었다.

　"너도 나도 백제 사람이야. 그렇지?"

　"뭐?"

　"우치 아저씨도 그렇고 마을 사람들도 다 당했어. 그들도 다 같은 백제 사람들이었다고. 아니야?"

　갑자기 눈에 힘을 주고 그릇 위에 앉아 있는 쌀을 뚫어져라 쳐다보는 여곤을 보고, 계후는 이상하게 여겼다. 나물을 씹다 말고 어리둥절해 숙인 고개를 들지도 않고 눈만 위로 떠 의아한 듯 여곤을 올려다보았다.

　"너 뭐 지금 화내는 거냐? 갑자기?"

　계후의 물음에 여곤은 아무렇지도 않은 표정으로 그저 동그랗게 눈을 뜨며 계후를 빤히 보았다.

　"내가 너한테 화를 왜 내? 너랑 나랑 같은 마음일 텐데."

"뭐… 뭐가?"

평온해 보이지만 어딘가 무서웠다는 느낌이 맞을 것이엇다. 적어도 그 순간 계후는 그렇게 생각했다. 그리고 이어 나오는 여곤의 말에 계후는 씹던 음식을 뱉을 뻔했다. 아니, 뱉지도 삼키지도 못한 채 아주 요상한 형태가 되어 버릴 뻔했다.

"우리처럼 다른 백제 사람들도 당하지 않으란 법은 없잖아…."

'무슨 말이 하고 싶은 거야. 그건 나도 안다고…'

계후는 한참 동안 여곤을 바라보다 나지막히 말했다.

"뭘… 하려고…?"

보는 눈이 많아서는 안 된다는 수영의 말에 여곤은 응당 그러하겠다 하였고, 수영 역시 그 이후에 한 번도 여곤의 어미임을 내비치지 않았으니 기예와 예서도 눈치를 채지 못하였다. 계후는 말할 것도 없었다.

그날 이후로 날이 좋던 궂든, 여곤은 잡일이 끝나면 때를 가리지 않고 계후에게 무예를 배웠다.

"그만하자! 나도 많은 것을 알지 못해."

계후가 하소연하며 땅바닥에 오동나무 가지를 내던졌다. 어찌나 두들겨 맞는지, 오동나무 가지의 몸통은 금방이라도 부러질 것 같았다.

"그저 내가 네 공격을 한 번쯤은 막아 낼 수 있으면 좋겠어."

"정말 그 일 때문에 그러는 거야? 나도 살기 위해 휘두르는 것뿐이야! 그렇지 않다면 내가 왜 병사가 되고 싶다고 했겠니?"

계후는 지쳤는지 바닥에 털썩 주저앉아 버렸다. 거친 숨을 몰아쉬는 여곤도 나뭇가지를 바닥에 내동댕이치며 계후를 마주 본 채 아무렇게나 바닥에 드러누웠다.

올려다본 검은 하늘엔 수많은 별이 쏟아질 듯 번쩍이며 수놓아져 있었다.

담벼락을 넘어, 무릎까지 풀이 무성하게 나 있는 작은 공터에서 여곤과 계후는 항상 모두가 잠든 시간을 이용해 매일 밤, 그 언젠가를 위해 마땅히 흘려야 할지도 모를 땀을 흘렸다.

다만 여곤과 계후 그 둘만으론 턱없이 부족하다는 것은 서로가 알고 있었다. 심지어 계후는 여곤의 악착같음에 혀를 내둘를 정도였다.

"하… 너를 데려가는 것이 아니었는데…."

계후의 한숨이 구름으로 바뀌어 반짝이는 별을 지워 버리는 것 같았다.

"후… 아니. 정확히는 내가 널 데려가는 것이지. 어쩌면 내가 널 끌고 가려고 하는 것 같아."

여곤은 대자로 팔다리를 벌렸다.

"어디로?"

지친 몸을 힘겹게 일으킨 계후가 물끄러미 누워 있는 여곤을 바라보았다.

"해야 할 것이 생겼거든. 그런데 그 운명이 너와 맞는 것 같아."

여곤의 말에 계후는 아무말도 하지 않았다. 이제는 더 이상, 그 험한 일을 겪고 무서움에 떨며 서럽게 울어 대던 곤이가 아니었다.

444년, 비유 17년 4월 초하루.

"물 좀 더 주랴?"

시녀 기예는 근심 어린 눈으로 밥상을 쳐다보았다. 깊은 적막에 주변에 얼어 있던 눈도 어색해 녹아내릴 듯 보였다.

"어휴, 뭔 일인데 어린 녀석들이 그리 고민이 많데. 참."

기예는 한숨을 길게 쉬더니 바가지에 떠온 물을 슥 밥상 쪽으로 들이밀었다.

"저기, 계후. 넌 다 먹고 얼른 나와서 빗질 좀 하고 문간 수리도 좀 하자. 낡았는지 물에 젖으니 금방 창고 지붕이 썩는 것 같구나. 그리고 여곤이는 어르신이 부르시니 얼른 다녀와서 영암성으로 다녀올 준비를 하거라."

"예."

여곤은 아무 말도 하지 않아 계후가 눈치를 보다가 대신 답했다. 기예가 나가자 풀이 죽어 있던 여곤을 계후가 의아한 눈으로 멀뚱히 바라보았다.

"시간도 지났는데, 너와는 관계도 없는 곳인데 뭘 그리 아직까지 시무룩해 있는 거야? 벌써 세 달이나 지났어."

계후가 바가지에 담긴 물을 여곤에게 내밀었다.

"생각하는 중이야."

덤덤한 목소리로 여곤이 답했다.

"생각은 무슨… 무슨 생각을 그리도 오래 하는 거야?"

"아저씨는 잘 내려갔겠지? 이제 물도 다시 흐를 거야."

풀어헤쳐진 머리카락이 어깨까지 닿는 여곤의 모습이 굉장히 처량해 보였다. 적어도 지금 계후의 눈에는 그렇게 보였다.

"갑자기 아저씨 얘기는 왜 해. 잘 내려가시겠지."

아저씨 이야기에 계후도 마음이 심란해졌다. 시간이 지났지만 두 소년에게는 그 일이 결코 잊히지 않았다. 계후 역시 그런 일을 겪으며 부모를 잃고 자랐다고는 하지만, 자신을 친아들처럼 보살펴 준 우치 아저씨의 죽음 앞에서는 절대 아무렇지 않을 순 없었다. 더군다나 여곤의 울음은 자신이 아주 어릴 적 처참한 광경을 겪고 난 후의 첫 울음과 같았었기에 마음이 좋지 않았다.

잠시 아무 말이 없던 여곤은 가만히 자리에서 일어나 천천히 옷매무새를 가다듬었다. 그러더니 계후를 일으켜 세워 계후의 옷매무새도 다듬어 주었다. 계후는 뜻밖에 여곤의 행동에 별안간 가슴이 찡해졌다.

"걱정 마. 다음에 내가 가면 그 녀석들 아주 혼내 줄게."

계후는 여곤의 어깨를 두드렸다. 괜히 자신이 데려갔다가 큰 충격을 받은 것 같아 오히려 미안했다.

여곤이 자신을 데리고 수영 어르신의 집에 온 지도 벌써 세 달이 지났다. 여곤 덕분에 먹고 잘 일은 걱정이 없었지만 괜히 자신 때문에 여곤이 난처해질까 계후는 항상 행동을 조심하고 또 조심했다.

대장간으로 돌아가려고 했지만 여곤은 왜인지 계후가 대장간으로 다시 돌아가는 것을 말렸고 자신이 생각이 있으니 거절하지 말고 잠시 같이 머물자고 권했다. 계후는 한사코 거절했지만 여곤의 고집을 꺾을 수는 없었고 수영의 집에선 계후를 쫓아내지 않았다. 수영은 여곤에게 그동안의 일에 대해 엄하고 단호하게 화를 내었지만 계후를 친절하게 받아 주었고 여곤과 같이 대했으니 그 은혜가 하늘을 덮는 것과도 같았다.

사실 계후도 대장간으로 돌아가고 싶진 않았다. 다시 그곳에서 개만도 못 한 취급을 받으면서 품삯 하나 받지 못하면 한성으로 올라가 형을 만날 수도 없었다. 그렇다고 마을로 다시 돌아가면 늘 불안에 떨며 살아야 했다. 계후는 어린 나이에 가족을 잃고 난 후 마을 사람들을 지켜야 한다는 사명감이 저절로 생겼고 그러기 위해선 병사가 되어야 한다고 생각했다.

형이 먼저 떠나 병사가 되면 바로 돌아와 마을을 지켜 줄 것이라 생각했지만 형은 돌아오지 않았다. 그러다 문득 자신이 직접 가서 병사가 되어 마을을 지키러 오면 된다는 생각을 하게 되었다. 다만 그 방법을 알지 못하니 여비를 충당해 한성으로 들어가 자원을 할 요량이었다.

계후가 언제고 떠날 것이란 것을 여곤도 알았다. 치열한 전투에서 살아남은 후 마을을 떠나 다시 영암으로 돌아오던 그때, 계후의 속사정을 알게 된 여곤은 그리하여 대장간으로 돌아가려는 계후를 막아 세운 것이다.

"한성으로 가 병사가 되고 싶다고 했지?"

여곤이 계후의 옷매무새를 재차 다듬어 주며 물었다.

"응, 그랬지."

자신의 앞에 고개를 숙이고 있던 여곤의 말에는 무언가 알 수 없는 단호함이 묻어 있었다.

"내가 가게 해 줄게. 그러니까 병사가 되면 네가 지켜야 할 것들을 지켜."

강하지만 낮은 목소리로 말하는 여곤의 음성에서는 왠지 모를 비장함마저 서려 있었다.

여곤은 계후의 어깨를 툭 치더니 그대로 방을 나갔다.

계후는 도통 알 수 없는 여곤의 행동에 의아함만을 품은 채 기예를 따라 집안일을 하러 발걸음을 옮겼다.

"다시는 함부로 돌아다니지 말거라. 벌써 수십 번 주의를 주었으니 알아들었을 것으로 생각하는구나."

"예, 어르신."

수영은 여곤을 앞에 앉혀 놓고 지난 수 달 동안 경고했던 이야기를 다시 함으로써 경각심을 항상 갖게 하였다.

"네게 온 이 기회들은 아주 특별한 것이다. 누구도 감히 상상할 수도 없는 것인데 절대로 그분들을 실망시키는 일이 다시 되풀이되어서는 안 된다. 알겠느냐?"

"예, 알겠습니다."

여곤의 눈을 마주 본 수영의 얼굴은 근심으로 가득 찼다. 비록 말은 단호하고 엄하게 하여도 여곤을 향한 슬픔과 가여움이 그칠 줄 몰랐다. 그 애틋함은 딸인 에서보다 더 했다.

수영은 여곤이 자유롭게 돌아다니고 충분히 본인의 뜻대로 하도록 놔두었지만, 아랫마을에서 계후와 돌아왔을 때부터는 쉽게 여곤을 놔둘 수만은 없었다.

"그래, 네 친구 계후는 마음이 어떻더냐?"

수영이 가만히 여곤의 손을 잡고 물었다. 그러자 여곤은 그저 고개만 살짝 끄덕였다.

"마음이 안정된 것 같습니다. 어르신의 은혜 덕분에 잘 먹고 잘 자고 있습니다. 마을 일도 크게 염려치 않는 것으로 보입니다."

"그래… 서로가 잘 보듬어 주며 그 상처들이 다 아물 때까지 언제고 머물러도 좋다고 이르거라. 네 친구라면 내게도 그런 존재이니 아무 걱정 말아라. 참, 늦겠으니 어서 서둘러 성으로 들어갈 준비를 하거라."

"예, 알겠습니다."

계집아이 같은 곱상한 얼굴의 여곤이 항상 걱정되는지 수영은 그를 그윽하게 바라보다가 머리를 쓰다듬었다. 여곤은 그런 수영에게 예를 갖춰 감사의 인사를 올리고 밖으로 나갔다.

"아… 저 아이를 어찌해야 합니까…. 나는 싫습니다. 그저 여린 아이인 채로 살게 하고 싶습니다. 그런 똑같은 세상에 있어야 할 아이가 아닙니다…."

나는 정말 싫습니다….”

수영은 문 밖으로 나간 여곤의 흔적을 한참 동안이나 물끄러미 보다가 한숨을 쉬며 혼잣말을 했다.

하소연이나 다름없는 공허하고 소심한 외침이었다.

여곤이 입김을 후 하고 불어 보며 대문 앞에 서 있었다. 그러자 뒤쪽에서 한 소녀가 슬금슬금 다가오더니 여곤의 뒤에 몰래 섰다.

"왁!"

곱게 머리 손질이 되어 있던 소녀가 여곤의 어깨를 잡고 놀래켰다. 소녀의 눈빛에는 장난기가 가득했고 여곤의 반응을 기대하고 있는 듯 보였다.

"놀라지 않았습니다. 벌써 그림자가 눈에 보였는걸요."

소녀의 장난에도 여곤은 오늘따라 무심해 보였다. 그러자 소녀는 입을 삐죽 내밀고 재미없다는 듯한 표정을 지으며 여곤의 팔을 잡아당겼다.

"아니, 왜 그런 걸 보는데? 그림자가 보여도 내가 아닐 수도 있잖아?"

소녀는 얼른 여곤의 앞으로 서 투정을 부렸다.

"머리카락이 흔들리는데 어떻게 아닐 수도 있습니까? 여기서 흔들리는 머리를 가지고 있는 것은 예서 아가씨뿐입니다."

"칫! 재미없어. 그래서 오늘은 언제 돌아오는 거야?"

예서의 물음에 여곤은 담장 밑에 피기 시작한 노란 잎사귀의 꽃을 지그시 바라보았다. 아직 날이 차도 나와야 할 것들은 나올 준비를 하는 그런 계절이 찾아오는 것 같았다.

구름 한 점 없는 하늘은 맑디맑았다.

"저 푸른색이 검게 변해 저기 짙푸른 산의 색과 같아질 때 올 겁니다."

여곤은 하늘을 손가락으로 가리킨 후 다시 멀리 앞에 있는 녹색의 산을 가리켰다.

"아… 뭐야? 오늘의 기가 막힌 구절은 이거야? 하하하, 괜찮네! 이따가 어머니한테 똑같이 말해야겠다. 근데, 그런 말들은 어떻게 다 아는 거야?"

예서는 갑자기 존경스러운 눈으로 여곤을 보며 물었다. 심경이 수시로 갑자기 변하는 것이 소녀는 소녀였다.

그때, 한참 거리에서 말발굽 소리가 빠르게 들렸다.

"예서 아가씨. 저는 이제 나가 봐야 하니 무슨 일이 있으면 계후에게 시키세요. 계후가 하지 못하는 것은 제가 다녀와서 해 드릴게요."

"흥! 거짓말. 피곤하다고 들어가 놀아 주지도 않을 거면서."

예서는 토라졌는지 여곤의 발을 살짝 아프지 않게 즈려밟았다.

수영의 딸 예서 그리고 여곤과 시녀는 일반적인 신분제의 관계가 아니었다. 그들은 가족과도 같았으며 기예는 예서에게 작은어머니나 다름없었고 여곤은 오빠와도 같았다. 계후는 처음엔 적응이 되질 않았지만 이제는 그것이 수영의 나름의 방식이고 교육이라는 것을 알았다.

수영은 누구도 서로의 위에 군림하지 못하게 하였다. 적어도 수영의 집에서는 그랬다.

해야 할 일을 맡아서 하는 것과 사람을 대하는 것에는 차이를 두었고 그 때문에 혹여나 예서가 잘못을 해도 기예나 여곤이 꾸짖을 수 있었다. 물론 시녀 기예와 여곤은 그리하지 않았다.

그저 수영의 울타리에 사는 이들은 하나도 기분이 나빠야 할 이유가 없었다. 그것은 예서도 마찬가지였다.

수영이 문 밖으로 나와 예서를 가만히 여곤에게서 떨어뜨려 놓았고 바른 자세로 여곤의 한 걸음 뒤에 섰다.

말이 고개를 들이밀고 대문 바로 앞으로 모습을 드러냈다.

"어이쿠! 아이 참… 나와 계시지 않으셔도 됩니다만…."

여곤의 뒤에서 정갈하고 다소곳이 서 있는 수영의 모습을 보고 말 위에서 얼른 뛰어내린 태사평이 고개를 숙여 인사를 했다.

"아닙니다. 장군님께서 오시는데 어찌 감히…. 그런 말씀은 저를 무례하게 만드는 것이옵니다."

수영은 고개를 숙여 태사평에게 인사를 했다. 여곤도 같이 공손히 손을 모은 채 머리를 숙였다.

"아이 참… 아이… 저, 준비가 되었으면 저… 갑시다. 아니, 가자."

무척이나 당황한 태사평이 눈웃음을 지어 보이며 어리숙한 표정으로 뻘쭘하게 몸을 돌려 여곤을 말에 태웠다.

"그럼… 들어가 보겠습니다. 혹시나 불편한 것들이 있으시면 누구를 통해서라도 언제든지 알려 주십시오. 그럼 이만…."

태사평이 추운데도 이마에 난 땀을 멋쩍게 닦아내며 고개를 살짝 숙였다. 수영은 그런 태사평에게 고개를 숙였고 태사평은 자리가 불편한지 얼른 말머리를 돌려 나갔다.

마을 거리를 천천히 지나쳐 갈 때마다 주변의 상인들과 마을 사람들이 나와 좌우로 갈라져 인사를 했다. 태사평은 그들에게도 고개를 살짝씩 숙여 보였다.

여곤은 그 모습에 궁금하여 말 위에서 태사평에게 물었다.

"장군님은 왜 사람들에게 답례 인사를 하시나요?"

높은 곳에서 아래를 내려다보니 사람들의 고개 숙임이 자신에게까지 전해지는 기분이었다. 불과 몇 달 전 계후와 있을 때와는 전혀 다른 느낌이었다. 그것은 마치 하늘 위 구름에 떠 있는 듯했으며 그 누구도 자신에게 위협을 가할 수 없어 보였다. 시선을 곧게 뻗어도 모든 것 위에 있어 보였다. 또한 위에서 아래를 보는 것이 아래에서 위를 보는 것보다 편함은 말할 것도 없었으며, 먼 시선으로도 우뚝 솟은 산과 높게 솟은 나무도 자신의 눈높이와 같아 보였으니 가슴이 시원했다.

언제나 말을 탈 때면, 편안하게 어딘가로부터의 해방감을 느껴 왔는데 이제는 그것이 썩 기분 좋게만은 느껴지지 않았다.

계후의 마을에서 모루국의 일을 겪은 후, 태사평과 있을 때마다 사람들의 인사를 받는 것이 당연해지지 않게 되자 고개를 연신 숙여 보이는 태사평의 행동이 궁금했다.

"장군님은 힘이 있어 사람들이 함부로 하지 못하는데 좋을 것 같아요. 오히려 힘이 있으니 모든 이들이 고개를 숙이잖아요…. 그들은 장군님께 덤벼 볼 의지가 느껴지지 않아요."

의미심장한 여곤의 말에 태사평은 묵묵히 말이 없이 마을 거리를 지나쳐 들판에 다달았다. 휑한 들판에서부터 태사평은 크게 이럇 하고 외쳤고 말은 그제서야 거칠고 세게 달리기 시작했다.

늘 그렇듯이 여곤은 말의 고삐를 꽉 움켜쥐었다.

얼마나 달렸을까, 영암성이 바로 앞에 보이기 시작하며 완만하고 비스듬하게 경사진 곳이 나왔다.

태사평은 달리던 말을 멈추었다.

"힘은 더 큰 힘 앞에서 무릎을 꿇는 법이며 그것은 언제라도 처지가 뒤바뀔 수 있는 것입니다. 혼자서는 열을 당해 내도 백, 천을 당해 낼 수 없으니 나와 마음이 같은 사람에겐 항상 그들과 같은 예를 취해야 결코 혼자 되지 않는 법입니다. 하물며 저들은 우리 백제의 백성들인데 저와 마음이 같지 않을 수 없습니다. 당연히 그들과 한마음이 되려 하고자 함이면 그들의 호의에 답례를 해야지요."

"그래도 장군님은 백제에서도 한참 위가 아닌가요?"

여곤이 물었다. 태사평은 말에서 내려 말고삐를 잡고 여곤을 말에서 내리게 했다. 그렇게 경사진 언덕을 말을 끌며 태사평은 여곤과 걸었다.

"제가 존경하고 모시던 분께 늘 이렇게 하라 배웠습니다."

태사평은 여곤을 보며 알 수 없는 미소를 지어 보였다.

여곤은 앞서 고삐를 끌고 걷는 태사평의 뒷모습에서 강렬한 빛이 퍼져 나오는 것을 보았다. 그것이 햇빛에 갑옷이 반사되어 나오는 빛인지 아니면 실제 태사평의 몸에서 나오는 빛인지 알 수는 없었지만 그가 넓고 커 보였다.

오전 종일 마구간에서 말 먹이를 주며 썩은 것과 마른 건초를 선별하는 작업을 하던 여곤은 해가 중천을 지나 조금 뉘어질 때쯤 태사평의 부름으로 다른 곳간으로 들어갔다.

성안을 활보할 때, 수많은 병사들이 왔다 갔다 하며 여곤에게 아는 체를 했고, 여곤은 그때마다 인사를 했다. 한곳에서 창연습을 하는 병사들과 활연습을 하는 병사들의 모습을 유심히 지켜보며 반대편 곳간에 도달했을 때, 날카로운 소리가 반갑게 여곤을 맞이했다. 닭보다 얇고 섬세하며 날카로운 소리였다.

"잘 있었니?"

곳간에는 수십 마리의 매들이 저마다 가죽 줄에 묶인 채 자기 자리에 앉아 여곤에게로 일제히 눈을 돌리며 울어 댔다.

족히 오십 마리는 되어 보이는 매들을 관리하는 것도 여곤의 일 중에 하나였다. 여곤은 천천히 다가가 하나하나씩 눈을 맞추어 인사를 했으며 신기하게 매들도 여곤의 눈을 보며 한 마리씩 반갑게 울어 대는 것이 마치 답을 하는 것처럼 보였다. 가축의 고기를 찢어 단 한 점씩만 매들에게 건네 그 맛을 보게 했다. 매에게는 절대 먹이를 많이 주면 안 되었다. 아주 손톱만큼의 고기로 이 가축의 종을 알 수 있게 해야 했고 스스로 사냥을 할 수 있도록 데리고 나가야 했다.

어지간한 말보다 까다로운 게 매다.

수년의 시간 동안 여곤은 매를 돌보아 왔다. 그것은 태사평이 준 특권이었다. 왜 자신에게 매를 관리하도록 명했는지는 몰랐으나 여튼 그 덕에 여곤은 성안에서도 다른 일보다는 생명들과 더 가깝게 지낼 수 있었다.

한참 동안 매와 시간을 보내던 여곤이 있는 곳으로 누군가 소리 없이 숨어 들어왔다. 곳간 밖에서 벌어진 나무 문틈 사이로 가만히 여곤을 보다가 흡족한 듯 무릎을 탁 치던 누군가가 여곤을 불렀다.

"어이! 곤!"

낮지만 정확한 발음으로 간결하게 말하는 누군가의 목소리가 여곤의 귀에 닿았다.

매들도 익숙한 소리인지 한 차례 소리가 들려오는 곳으로 고개를 돌려 까딱이기만 했으며 울음소리를 내진 않았다.

여곤은 알고 있다는 듯 매들의 발에 줄을 점검하다 말고 뒤돌아 소리가 나는 문 쪽으로 걸음을 옮겼다.

"들리지?"

한 번 더 소리를 내었을 때, 여곤이 곳간의 문을 조심스럽게 열었다.

"아이! 깜짝이야! 바로 문을 열면 어떻게 해? 그러다 들키면 어쩌려고!"

문주가 엉덩방아를 찧으며 뒤로 벌러덩 자빠졌다. 여곤은 한두 번 있는 일이 아니라 그리 놀라지 않았다. 다만 모르는 척 예를 갖춰야 했다.

"계신 줄 몰랐습니다. 죄송합니다, 장군님."

"아이 참… 아니야. 괜찮으니 신경 쓰지 마라. 그보다 빨리 가자!"

문주는 주위를 살피다가 여곤의 손을 잡고 병사들이 잘 지나다니지 않는 곳으로 돌아들어갔다.

누구도 보지 못했지만 멀찌감치 서 있던 태사평은 보았다. 몇 번이고 잘 속여 왔다 생각했겠지만 태사평의 눈을 피할 순 없었다. 태사평은 문주와 여곤의 모습을 그냥 지켜보며 말없이 웃기만 했다.

태사평은 둘의 모습을 알고 있었다.

둘은 아직은 그저 흥밋거리를 좋아하고 마음 맞는 소년들이었다.

3. 용이 구슬을 놓았는데
봉황이 뒤따르는 것이 신비롭도다

444년, 비유 17년 4월.

비유의 명에 사신이 백제를 떠나는 동안에 해치와 해하열은 먼저 군사 이백을 몰래 이끌고 어느새 쌍현성에 당도를 했다. 해수는 그들과 달리 군사 백을 이끌고 샛길로 빠져 호로고루 쪽으로 향했다.

쌍현성에서 장수 덕근후개를 만난 해하열은 성의 견고함을 살펴보고, 물자가 충분한지 확인했다. 그런 해하열의 행동을 덕근후개가 어리둥절해 했다.

덕근후개는 갑자기 방문한 해치와 해하열에게 그 연유를 물었다.

"갑자기 어쩐 일로 이곳까지 군사를 이끌고 오셨습니까? 공격 명이 내려진 것입니까?"

덕근후개의 당혹스러움이 이해되지 않는 것도 아니었기에, 해치가 가만히 고개를 저었다.

"당장에 그런 것은 아니네. 하지만 곧 우리가 선수를 쳐야 할 일이 생길지 몰라 이렇게 군사를 이끌고 왔네. 아직 위에 있는 고구려군의 행동에는 이상이 없는 것인가?"

"예… 그렇습니다만…."

정확히 해수가 호로고루를 격파할 때, 그 신호에 맞춰 해치와 해하열은 쌍현성의 군사를 더해 청목령을 압박하기로 약속을 했다.

그러나 그들은 해수와 수비리시의 계략으로 본인들이 그저 한낱 희생양이 되고 있음을 알지 못했다.

그저 공을 세워 해씨의 정권으로 왕권을 꽉 잡아 흔들려는 욕망에 눈이 멀었다. 비유의 명이 없이 군사를 움직이는 것이 얼마나 중대한 일인지조차도, 지위와 권력 그리고 욕망에 눈이 먼 그들은 분별하기 어려웠다.

수비리시가 비유를 알현한 것은 그들이 움직이고 바로 얼마 되지 않아서였다.

하늘거리는 긴 치맛자락에 휘황찬란한 금색 장신구로 치장을 한 수비리시는 비유의 전각에 들어서자마자 한 치의 머뭇거림도 없이 비유에게 일렀다.

"어라하께서 아셔야 할 것이 있사옵니다."

급한 걸음을 한 수비리시를 본 비유는 그녀에게 주저 없이 말하기를 권했다.

"무슨 일인데 이리 급하게 찾아왔소."

"우리 백제의 장수와 군사들에게 지금 바로 청목령을 공격하게 한다면 그것은 큰 손실이옵니다. 아무리 고구려가 현재 기근을 회복하기 위해 어지럽다 하여도 수만의 군사를 일으키기엔 무리가 없사옵니다. 괜히 역풍을 맞게 된다면 큰 화를 불러올 것입니다. 동시에 신라가 틈을 노려 고구려의 사주를 받아 서쪽 국경을 들이받으러 온다면 그야말로 양쪽으로 큰 피해를 입을 것으로 생각되옵니다."

"청목령을 공격? 그것이 무슨 말이오? 내 여지껏 살피지 못한 것이 없고, 어떤 명도 내리지 않았는데 누가 청목령을 공격하려 한단 말이오?"

비유의 표정이 일순간 굳어졌다. 듣도 보도 못한 소리였다. 그것은 너무 큰 충격이라 자신의 귀를 의심하지 않을 수가 없었다.

"명을 내리시지 않으셨다는 말씀이십니까?"

수비리시는 다 알고도 짐짓 모르는 척을 했다. 시치미를 떼며 눈치로 침을 삼키니 그 소리가 처소에 울리는 듯했고 크게 떠진 눈은 해와 달도 집어 삼킬 만큼 컸다.

"나는 명을 내린 적이 없는데 누가 감히 그런 일을 독단적으로 행한단 말이냐!"

비유는 노여워했다. 권력이 자신에게서 사라져 가는 느낌을 받은 비유는 노여움이 극에 달했고 분명 자신을 둘러싼 주위 오만불손한 귀족 놈의 짓이라 생각했다.

"누구냐!"

수비리시가 비유의 고성에 깜짝 놀라는 척 연기를 하며 말을 더듬었다.

"해치와 해하열이옵니다."

"해치와 해하열?"

"예, 어라하. 그들은 본디 저잣거리 출신이었습니다. 그 힘이 남다르고 용맹하여 달솔 해수가 거두었고, 그간 어라하께서 눈여겨보아 국익에 도움이 될 것으로 생각하여 그들에게 관직을 내리셨는데 그것이 화가 될 줄은 몰랐습니다. 아마도 공을 세우는데 눈이 멀어 어라하께서 내린 명이 없이 그리 독단적으로 움직인 모양입니다."

싸늘해진 공기에 비유의 불같은 노여움이 맞붙어 마른하늘에 벼락이라도 칠 것 같은 분위기였다. 수비리시는 발을 동동 굴려 비유의 이성을 잃게 하는 데 박차를 가했다.

"이런 죽일… 그래, 그자들은 지금 어디에 있느냐?"

"쌍현성에 곧 도착을 할 것으로 아뢰옵니다."

성이 난 비유는 갑자기 가슴에 통증이 느껴졌는지 구겨진 표정으로 눈을 질끈 감으며 가슴을 움켜쥐었다. 수비리시가 그 순간을 놓치지 않았다.

"어라하, 하지만 그 부분은 크게 심려치 않으시도록 해수가 곧장 그들을 붙잡으러 갔습니다. 달솔 해수도 너무 놀라 어라하께 말씀을 드릴 새도 없이 그들을 쫓았으나, 바로 사로잡거나 목을 베어 돌아올 것이니 조금만 기다려 보시는 게 어떨까 싶습니다. 그보다 혹시나 모를 상황에 대비하여 신라 눌지에게 잠시간 화친을 맺는 것이 어떨까 싶습니다."

수비리시의 뜻밖의 제안에 비유는 재빨리 눈을 치켜 떠 수비리시를 보았다.

"그게 또 무슨 소리인가!"

"해수가 그들을 쫓는다고 해도 혹시 한발 늦게 도착을 하거나 그들을 당해 낼 수 없다면 그것은 고구려군의 침공으로 바로 이어질 것이옵니다. 차라리 신라와 지금 잠시 가깝게 지낼 수 있다면 혹시라도 모를 침공에 서로 힘을 합쳐 막아 낼 수 있을 것입니다. 사실 신라도 고구려에게 많은 압박과 간섭을 받고 있는 터라 내심 우리 백제와 함께하기를 바라고 있을지도 모르옵니다. 어라하! 기근에, 굶주림에 눈이 먼 고구려군이 독을 품고 화를 참지 못해 내려온다면 그들은 도륙을 일삼을 것이며, 그 와중에 겁을 먹은 신라에게 거련(장수왕)이 명을 내리면 신라도 그 압박에 못 이겨 우리 백제를 공격할 것이옵니다. 부디 그런 일은 일어나지 않도록 아주 잠시만이라도 신라와의 관계를 유하게 이끌어 주신다면 후에 큰 도움이 될 것입니다."

해수가 그들을 쫓는다. 그것이 아무리 급하고 맞는 일일지라도 비유 자신의 명이 없이 해수마저 움직이는 것이 실망스럽고 암담하기 짝이 없었다.

비유는 그만 의자에 털썩 주저앉아 고개를 떨구고 말았다. 복잡한 심경이었다. 수비리시가 조심히 비유의 손을 잡으려는 것을 뿌리쳤다.

"어라하…."

"나가시오. 내 잠시 후 나갈 터이니 그리 알고 수비리시도 궁 대정전(대회의소)에 참석하도록 하시오."

비유가 손을 휘휘 저어 수비리시를 물리쳤다.

혼자 남은 처소에서 비유는 답답함을 느꼈고 도저히 가만히 앉아 있을 수 없어 가슴을 다시 움켜잡고 바닥에 무릎을 찧었다. 핏발 서린 눈에선 허망함의 눈물이 맺혔다.

'이놈들이… 이제 다 해 처먹을 심산이구나…. 내 눈을 감는다면 어찌 아버님과 선대의 어라하를 뵐 수 있겠느냐…. 앞에 가 무릎을 꿇을 용기도 생기지 않는구나…. 내 죽을죄를 지어 면목이 없구나….'

한동안 비유는 고통의 신음도 내지 못했다. 바깥도 밝았고 안도 밝았다. 그것은 새로운 생명이 움트는 계절의 산물인 것을, 물씬 풍기는 새 땅과 새 살의 냄새가 익숙하게 구름을 타고 백제에 흘러들었지만, 비유의 마음에는 그 어떤 계절도 닿지 않았다. 그 마음은 불에 녹아내리는 날카롭고 무거운 쇳덩이 같았다. 세 발자국 뒤에서 누군가가 쏜 화살을 맞은 것처럼 머리가 아팠다.

해가 중천에 뜨자 비유는 평소와 다름없이 궁 안 대전으로 힘겹게 몸을 이끌고 들어가 앉았다. 대신들이 양옆에 줄지어 선 것이 여느 때와 다름이 없었지만, 한 가지 다른 것이 있다면 있어야 할 해수가 보이지 않았다. 대신 그 자리는 해수의 서자로 알려진 해구가 자리했으나 관직이 낮았으니 가장 끝줄에 서 있었다.

앳된 소년과 청년의 경계에 서 있는 듯한, 열네 살을 갓 넘긴 해구는 수줍게 움츠리며 조심스러운 기운을 풍겼다. 해구의 이름은 해수가 지어 주었는데, 그의 이복형이자 병관좌평이었던 죽은 해구와 이름이 같았다. 해수가 얼마나 그의 이복형인 해구를 존경했는가를 모를 수 없었다. 가문의 자랑이자 으뜸이였던 이복형 해구의 영광을 자신의 자가 그대로 이어받기를 바라는 마음에 지은 이름이었다.

해구가 가장 끝줄에 선 것을 다른 대신들은 처음 보았다. 어린 나이지만 앙다문 입술은 가늘고 길었고 얼굴이 각이 졌으니 굳세고 강인해 보였다.

진순과 진남, 진후 그리고 진백도 처음 본 얼굴이라 어리둥절했다. 그것은 비단 진씨들뿐만이 아니었다. 국철과 목갑도 해구를 처음 보았다.

비유가 있음에도 해구를 바라보는 시선과 웅성거림이 비유의 귀에 어지럽게 들렸으니 한숨과 노함이 공존했다.

"대신들은 들으라. 짐의 명이 없이 군사를 이끌고 북으로 올라간 자들이 있으니 그 죄를 무겁게 여겨 해수가 그들을 쫓아 사로잡아 올 것이다. 그 목을 거둘 것이니 진후와 진백은 군사 오백을 거느리고 당장 쌍현성으로 가 해수를 도와 해치와 해하열을 참하여 그 목을 가지고 오너라. 또한 해수의 자 해구는 사신으로 신라에 가 그들과 좋은 말로 친교를 맺어 당분간은 고구려에 대항할 수 있도록 하며 모든 장수와 대신들은 그에 걸맞게 준비태세를 갖추어 각 성주에게 알리도록 하여라."

가느다랗게 뻗은 비유의 손가락이 가장 끝에 있는 해구를 향했다. 명이 떨어졌음에도 궁내전에 웅성이는 소리가 역겨웠는지 비유는 의자의 걸이를 힘껏 쳐 그 소리를 울리게 했다.

"또한 정양산성으로 내 따로 사신을 보낼 것이니, 그렇게 알도록 하라."

가슴의 통증을 참아 삼키며 매섭게 호통을 친 비유는 그 자색 도포를 뒤로 홱 걷고 자리에서 일어났다. 그의 표정은 단호했다.

"여신이 비운 상좌평의 자리는 해수에게 당분간 맡기도록 할 터이니, 진후와 진백은 그의 행동에 관심을 가지고 도와 한시라도 빨리 한성으로 돌아오도록 하라!"

비유가 퇴청을 하고 명을 받은 진후와 진백은 당혹스러운 표정으로 어쩔 줄 몰라 했으며 진순은 무언가 미심쩍은 듯 고개를 옆으로 가만히 흔들어 보였다.

가장 말이 없었던 것은 해구였으며 그런 해구를 보며 수비리시는 몰래 미소를 지어 보였다.

"이게 무슨 일입니까, 어르신?"

어리둥절한 진백이 진순에게 물었다. 진순은 섣불리 답을 하지 못하였지만 방금 비유가 말한 것이 정말이라면 도대체 백제가 어떻게 돌아가고 있는지 알 길이 없었다. 다만 한 가지 분명한 것은 있었기에….

"상좌평의 자리에 해수가 앉는다는 것은 임시일 가능성이 있구나. 왕가의 사람이 모두 아래쪽으로 나가 있으니 병관좌평이었던 죽은 해구의 뒤를 잇는 것이 어쩌면 해수여야 할 수밖에 없으리라. 다만 해치와 해하열을 잡아야 그 공이 더해져 정당성을 얻을 것이니 너희는 얼른 가 그를 감시하고 둘의 목을 가지고 돌아오는 것이 맞을 것이다. 여경 태자가 돌아오면 상좌평은 여경에게로 돌아갈 것이다. 걱정 말거라."

진순은 진백을 달랬다. 옆에서 묵묵히 듣고 있던 진후가 다른 궁금함에 재차 물었다.

"그러나 병관좌평이 아니라 상좌평이라니요?"

"상좌평은 어차피 여경이나 문주 태자님의 것이다. 그것은 다른 누구의 위치에서 쭉 행해질 수 없는 것이다. 아무리 큰 공을 세워도 바뀌지 않을 것이다. 해수에게 상좌평을 내려야 쌍현성의 군사 권한을 통제해 해치와 해하열을 명으로써 잡을 수 있다. 괜한 병사들의 싸움으로 번지지 않게 함이 어라하의 뜻일 게야."

진순은 무거운 마음으로 뒷짐을 지고 자리를 떴고 진백과 진후는 그 모습을 바라보며 그저 어라하의 명을 받들러 나가는 수밖에 없었다.

'해치와 해하열이 단독으로 그리 일을 벌이진 않았을 것이다. 분명 그들을 거둔 해수의 무언가가 있지 않고서는… 그자가 정말로 그들의 목을 가져오는지 보아야겠다.'

진순의 머리는 복잡해졌다.

모든 대신들이 떠나고 좋은 말 한 필을 골라 탄 해수의 서자 해구가 떠날 채비를 갖추었다. 그러자 뒤에서 수비리시가 그를 불러세우며 다가갔다.

"해구 님, 무사히 잘 다녀오십시오."

말의 엉덩이를 막 차려던 순간 가까이서 들려오는 수비리시의 음성에 해구는 놀랐다. 열넷의 나이치고는 그 기세와 품이 여느 장수와 못지 않았으니 심히 걱정이 되진 않았지만 그래도 아직 어린 나이다. 해구가 수비리시를 보며 의아해했다.

"아니, 어머니…."

해구가 입을 떼자 수비리시는 해구의 옆으로 바짝 서 말 위에 올라선 그의 다리를 꽉 쥐었다. 그리고 해구의 말을 막고는 나지막히 누구에게도 들리지 않게 말했다.

"어머니라고 부르면 안 된다고 말하지 않았느냐. 네가 앞으로 백제의 주인이 될 것인데, 넌 그때까진 그저 해수 님의 서자일 뿐이다. 알겠느냐?"

수비리시의 말에 해구는 얼른 주위를 둘러보며 고개를 말없이 끄덕였다. 어리지만 야망이 있었고 눈치가 빨라 그 속셈이 어미와 닮았으니 털을 잎으로 감춘 이리와도 같았다.

"신라에 가거든 내 이름을 말하거라. 그들은 나를 알고 있으니 걱정 말거라. 나의 이름을 말한다고 해서 내가 다치는 일은 없을 것이며 네가 다치는 일도 없을 것이다. 오히려 네가 가지고 가는 서신에 기쁘게 답을 할 것이다."

"예."

수비리시는 묘한 웃음을 지어 보이며 해구를 안심시켰고 옆구리에 짧은 칼을 찬 해구는 한껏 힘차게 말의 배를 차며 성 밖으로 달려 나갔다.

상좌평의 자리가 공석이니 해수를 앉히긴 하였으나, 그가 못미더운 비유는 해수의 자 해구를 꼭 집어 신라의 사신으로 보내어 해수의 움직임을 살펴보려 하였는데, 이것은 알맞게도 수비리시의 계략과 맞아떨어졌다. 수비리시 자신의 아들이 신라로 가 소식을 알릴 수 있으니 참으로 절묘하지 않을 수 없었다. 수비리시는 해수가 자리에 없다면 반드시 아들 해구가 비유에게 밉보일 것을 알았다.

444년, 비유 17년(눌지 27년).

신라의 사신이 널찍한 내부 내립간정에 섰다.

사신은 눌지 마립간에게 백제에 보낸 첩자 아홉이 죽었다 하였고, 아래에서 올라온 왜병들을 물리쳤다 전하였다. 그러자 눌지가 알았다 고개를 끄덕였고 박목지를 물러가게 하였다.

허나 아직 눌지에겐 걱정이 있었으니, 수비리시의 사주에 동조해 여신을 죽인 것이 마음에 걸렸다. 백제가 알면 그들은 틀림없이 죽자고 공격을 해 올 것이었다.

그러자 신라의 대신 하나가 눌지에게 백제와 화친하는 것이 어떻겠냐고 아뢰었다.

눌지가 쉽게 답을 하지 못하자 곁에 있던 대신이 나섰다. 그는 백제와 화친을 맺으면 백제와 친밀한 왜의 공격을 묶어 두고 고구려와 담판을 짓을 수 있을 것이라 말했다. 만약, 화친이 이뤄지지 않으면 수비리시의 사주를 약점 삼아 고구려에 알리고, 혼란에 빠진 백제를 공격하게 한 뒤, 고구려와 같이 가세하여 백제의 땅을 조금이라도 나눠 차지하는 것이 어떻겠냐고 제안했다.

눌지가 말을 듣고 한참을 생각하니 과연 그 말에 일리가 있었다. 그때, 갑자기 백제에서 사신이 왔다고 신라의 병사 하나가 급히 알렸다.

백제의 사신은 고구려군의 잘못을 말하며 신라와 화친을 맺기를 전했으니, 눌지는 사신의 신분을 물었다. 사신은 자신은 달솔 해수의 사람인 해구라 하였고, 해수는 수비리시가 돕는 자라 하였다.

그리하여 눌지가 백제와 화친을 맺기로 하였다.

진순이 알현하길 청했으나 비유는 거절했다. 돌아가는 꼴이 어지럽고 자신의 위엄이 한심해지는 것 같아 한탄스럽기 그지없었다. 비유는 아무도 만나지 않으려 했으니 그저 여경과 태사평이 돌아오기만을 기다릴 뿐이었다.

진순은 실망하며 발길을 돌렸고 복잡한 심경에 그 역시 몸이 상해 누웠으니, 곁의 진남만이 그를 보살폈다.

며칠 후, 날이 좋은 때 진순은 가만히 진남을 불렀다.

"너는 관복을 벗고 바로 남으로 내려가거라."

"무슨 일이옵니까?"

날이 따뜻해지기 시작하니 풀내음이 바람에 실려왔다. 진중한 이야기가 오가는 자리와 맞지 않게, 알록달록한 날개를 뽐내는 날벌레들이 예년보다 일찍 날아들었다.

"돌아가는 것이 이상하니, 정도를 벗어나 굴러가는 것 같구나. 피바람이 한바탕 몰아칠 게야."

진남은 머리가 좋았고 말을 빨리 알아차리니 그 뜻을 무시할 수 없었다. 힘없이 앉아 날으는 새와 막 새싹이 올라오는 나무들을 바라보던 진순에게 인사를 올리며 예를 갖춘 진남이 짧게 물었다.

"그 피는 멈추게 될 것인지요?"

그러자 진순이 퀭한 눈으로 감정을 잃은 사람처럼 진남을 보았다.

"글쎄, 필요에 따라… 멈출 수도 있겠지. 잘 도모한다면…."

진남은 다시 한 번 깊은 인사를 올리며 그대로 관직을 내려놓았다. 비유는 몸이 성치 않아 떠난다는 진남을 막지 않았고 여전히 대신들에게 관심을 두지 않았다.

하지만 비유의 행동은 결코 무관심이나 포기가 아니었으니, 가만히 때가 오길 지켜보고 있는 것이었다.

수마왕비만이 비유를 곁에서 지키려고 했다. 아니, 그래야만 했다. 그래야 하는 이유가 있었다.

"어라하, 몸이 좋지 않으실 텐데 나으실 때까지 쉬시는 것이 어떻겠사옵니까. 제가 약과 음식을 손수 대령하겠사옵니다."

잠을 잘 이룰 수 없는 비유의 하루하루를 모양새 좋은 소리로 포장하여 말하니 겉으로 보기엔 그만한 비가 없었다. 지극정성으로 비유를 돌보려 애를 썼다. 하지만 비유는 그런 수마를 밀어내었다.

"소굽만 들어오시게 하시오. 소굽만."

매번 비유의 처소 앞에서 퇴짜를 맞고 돌아서는 발걸음에는 점점 화가 묻어 그 걸음 소리가 뾰족한 가시를 걷는 것처럼 탕탕 튀었으니 나무 마루만이 그 신호를 알아챘다.

수마는 매번 자신의 처소에 돌아가면 시종일관 씩씩거리며 본색을 드러냈다. 비유가 자신을 무시하고 짐승보다 못한 취급을 한다고 느끼는 날이 점점 많아졌다.

"여경과 문주를 어떻게 키웠는데…. 어쩌면 내게 이럴 수 있다는 말인가!"

이를 바득바득 갈던 수마는 처소 밖에서의 조신한 행동이 처소 안에서의 행동과 완전히 달랐으니 그 속내를 알 수 없었다. 오직 수발을 들던 시녀 종예만 그 사실을 알고도 모른 척해야 했다. 목이 달아나지 않으려면 말이다.

늦은 밤, 비유의 처소에 불이 밝혀 있었고 어의 소굽이 비유와 대면하고 있었다. 가늘게 흔들리는 촛불을 바로 보고 있자니 눈이 멀 것 같았지만 차라리 그 편이 마음을 추스리는 데 나았다.

한숨을 길게 쉴 때마다 초에 붙은 불이 꺼질락 말락 크게 꺾여 춤을 추며 나부끼고 있었다. 덕분에 피어오르는 연기가 정처없이 길을 잃고 처소 곳곳을 떠돌았으니 뜨거운 향이 이리저리 묻었다.

"그 아이는 어찌 아프지 않고 잘 있는지 궁금하오. 잘 있겠지요?"

걱정스러운 눈으로 소굽을 바라보며 말했다. 그렇다고 답을 주라 애원하는 눈빛이라 소굽도 실망을 줄 순 없었지만 단호하게 그렇다고 말을 할 수도 없었다.

"저도 그날 이후로 만나지 못해 확실히 알 순 없지만… 아무런 소식이 없는 것을 보니 잘 있을 거라 생각이 듭니다. 또한 태자 저하와 태사평이 같이 있으니 안심하셔도 될 듯싶습니다."

"그렇겠지…. 그나저나, 정말 이 사실을 아무도 모르오? 확실한 것이오?"

불안한 눈빛으로 묻는 비유의 눈에는 슬픔이 묻어 있었다.

"제가 데리고 나왔을 땐, 아무도 본 사람이 없었습니다."

소굽의 말에 비유는 잠시 고개를 숙이며 크게 숨을 들이쉬며 내뱉었다. 탄식과 희망을 합해 놓은 듯한 이상한 모습이었다.

"신경이 많이 쓰이시겠지만… 아무 소식이 없으니 그저 희소식이 아닐까 바랄 뿐입니다. 그리고 그럴 것입니다."

"그 아이를 언젠간 볼 수 있지 않겠소?"

"그러려면 어라하께서 건강을 잘 지키셔야 합니다."

밤새도록 비유의 처소에는 불이 꺼질 줄을 몰랐다. 그것은 비가 막 내리기 시작하고 소굽이 떠나 돌아가도 마찬가지였다.

"그래, 그동안 무슨 재밌는 소식은 없었느냐?"

성안 정찰소에 앉은 여경과 문주는 호기심 어린 눈으로 여곤이 입을 열기만을 바라보았다. 여경과 문주는 항상 근방의 정찰과 백성을 살피는 데 여념이 없었는데 그 세월이 한 해, 두 해씩 지날 때마다 똑같은 일상에 조금씩 지루하고 따분해져만 가고 있었다.

여곤이 성을 방문하는 날이면 자신들이 알지 못하는 세상의 이야기를 종종 듣곤 했고 그것이 그들의 낙이었다. 하지만 요 근래에 건강이 좋지 못하다는 이유로 통 여곤이 성안으로 들어올 일이 없었으니 그동안 쌓였던 궁금증이 물밀듯이 터져 나왔다.

여경과 문주는 낮은 나무 의자를 바짝 당겨 여곤의 얼굴을 호기심 어린 눈으로 보았다. 그러나 여곤이 입을 닫고 그 기대에 부응하지 못했으니 문주가 답답했는지 여곤의 팔을 잡아당겼다.

"어떤 것이든 좋으니 이야기를 좀 해 주거라. 우리가 보지 못하고 듣지 못하는 이야기들을 너는 많이 알고 있지 않느냐?"

물음에 답을 해야 하는데 여곤은 평소와는 다른 이야기를 해야만 했다. 그것은 썩 좋지 못한 일이기에 어디서부터 말을 꺼내야 할지 또 자신이 하고 싶은 말을 전해야 할지 고민이었다.

가만히 옷소매를 만지작거리던 여곤이 굳은 표정을 지었다. 그러자 여경은 평소와는 다른 여곤의 낯빛에 의아해했다.

여곤이 고개를 한 번 숙여 여경과 문주에게 예를 다시 갖추며 입을 열었.

"제가 어떻게 말씀을 드려야 좋을지 모르겠으나 장군님들께서 묻는 말에 답을 하지 않을 수 없어 말씀을 드립니다. 전과는 다른 이야기로 혹시나 심려를 끼쳐 드리는 것이 아닐까 걱정이 되옵니다만 더불어 감히 주제 넘게 여쭙고 부탁할 것도 있사옵니다."

여곤의 입 밖으로 나오는 소리는 단호했으며 의미심장했다. 그리고 여곤의 손과 어깨는 미세하게 떨렸다.

"응? 다른 이야기? 어떤 것이냐? 무엇을 물어보고 무엇을 부탁할 것이 있단 말이냐?"

사뭇 진지해진 분위기에 낯설게 느껴진 여곤의 얼굴이 하얗다 못해 퍼렇게 질려 보이기까지 했다.

여곤은 부드럽게 자신을 달래며 말을 건네는 여경과 여전히 호기심 어린 눈으로 살짝 미소를 머금은 문주를 보니 두려움이 조금 가셨다. 여경과 문주는 항상 자신을 다정하게 대해 주었다. 그것은 수영의 부탁으로 성에서 처음 말과 매를 돌볼 때부터 그랬다. 아마도 비슷한 또래의 사내가 자신이라 그랬던 것 같았다. 더군다나 바깥의 시덥잖은 이야기에도 항상 재밌다는 듯 신기해하고 웃어 주는 모습에 처음 대면할 때부터 마음이 그리 불편하지 않았다. 어쩌면 두 사람의 신분이 어떤지 제대로 몰랐기 때문일 수도 있었다.

여곤이 입을 열어 말했다.

"하루는 청년이 심심하여 길을 걷던 중 어미를 잃고 주인에게 치이던 호랑이 새끼 하나를 보았습니다. 호랑이 새끼는 자신이 왜 치이는지도 모르면서도 주인을 원망하지 않았습니다. 어미를 잃은 새끼 호랑이는 주인이 없으면 꼼짝없이 더 이상 살 수 없다고 생각했기 때문입니다. 청년은 그 모습이 안타까워 호랑이에게 가 말을 걸었습니다. '너는 호랑이인데 왜 그런 대우를 받으면서도 참고 있는 것이니?' 그러자 호랑이는 울면서 말했습니다. 자신이 돌아가야 할 곳은 너무 가혹한 곳이며 어미와 아비도 그곳에서 잃었다고 말입니다. 그래서 자신은 다른 곳으로 가 다른 무리들과 어울리고 싶었는데 그곳이 어딘지 어떻게 찾아가야 하는지 알지 못한다고 하였습니다. 청년은 호랑이의 말을 믿지 않았습니다. 그는 호랑이의 세계를 몰랐기 때문입니다. 그리고 호랑이가 말한 가혹한 곳을 본 적도 없었기 때문입니다. 그래서 청년은 용기를 내어 호랑이와 함께 그가 원래 있었던 가혹하다는 곳을 찾았습니다."

"그래서?"

문주가 귀를 쫑긋 세우며 물었다.

"산골짜기 호랑이의 터전은 처음에는 그리 무서워 보이지 않았습니다. 더군다나 오랜만에 나타난 호랑이를 반갑게 맞아 주는 동료들이 있었습니다. 그런데 그들의 모습은 위엄이 있는 것과는 다르게 어린 호랑이를 안쓰럽게 보며 다시 떠날 것을 말했습니다. 청년은 무리들이 새끼 호랑이를 떠밀어 보내려는 것을 이해할 수 없었습니다. 하지만 그날 밤, 산속에서 수많은 이리 떼들이 터전에 자리를 잡고 있던 호랑이들을 공격했고 그 수가 너무 많아 호랑이들은 많이 다치고 죽었습니다. 청년은 그날, 끔찍하게도 호랑이들을 물어죽이는 참혹한 현장을 보다가 변을 당할 뻔했는데 어디서 나타났는지 가까스로 새끼 호랑이의 도움으로 그 자리를 피할 수 있었습니다.

이상하게도 호랑이들이 이리 떼들에게 당하는 것이 이해가 가지 않는다는 생각이 들었습니다. 그런데 청년이 마을로 돌아와 생각을 해 보니 그 호랑이들은 아직 다 크지 않은, 어미의 보호를 받으며 사냥 실력과 힘을 키워야 할 아직은 미숙한 호랑이들이었으며, 개중에는 늙거나 힘이 없어 거동이 불편한 호랑이들이 있었습니다.

청년은 자신을 구해 준 새끼 호랑이와 마을로 다시 돌아와 깊은 생각에 잠겼습니다. 그러다 문득 알게 된 사실이 있습니다…."

"그것이 무엇이냐?"

누구라 할 것 없이 동시에 여경과 문주가 심각한 얼굴로 여곤의 이야기에 빠져들며 동시에 물었다.

"강인한 어미와 무리들은 바로 옆에 그리고 조금밖에 떨어지지 않은 곳에 있었습니다. 심지어 그들의 영역은 위아래로 그 이리 떼들보다 훨씬 크고 넓었습니다. 다만 그들은 자신의 생각대로 호랑이는 호랑이이니 낳아 놓아도 어디서든 괜찮을 것이라 생각하고 관심을 두지 않은 것이었습니다."

여곤이 말을 마치고 입술을 꾹 깨물었다. 그리고 가만히 듣고 있던 여경과 문주의 눈치를 살폈다. 그러자 여곤과 눈이 마주친 여경이 잠시 동안 여곤의 흔들림 없는 눈동자와 꽉 움켜쥔 주먹을 보았다. 여경과는 달리 미간을 잠시 찌푸린 문주는 감정적이 되었다.

"아니! 바로 옆에 그것도 넓은 영역에 어미들이 있는데도 자신들의 새끼와 어린 호랑이들을 보살피지 않아 이리 떼에게 물려 죽는다는 것이 말이나 되는 것이냐? 그것은 호랑이라 할 수 없다."

문주는 기가 차다는 듯 힘없는 어린 호랑이들을 동정했고 얼토당토 않는 일이라 여기며 여곤의 말에 반기를 들었다.

문주는 흥미롭게 들었지만 여경은 한참을 여곤을 보다가 눈을 감았다. 한동안 씩씩거리며 떠들어 대던 문주와는 달리 잠시 생각을 하던 여경이 눈을 뜨고 여곤을 지그시 보았다. 그리고 차분히 말했으니 여곤은 그 은혜에 고개를 숙였다.

"물어보고 싶은 것은 무엇이냐? 그리고 부탁할 것은 무엇이냐?"
여곤은 여경의 물음에 떨리는 목소리로 답했다.
"전투란 것은 많이 죽이거나 뺏는 것입니까?"
"그렇다고 배우진 않았지만… 그래야겠지."
여곤은 고개를 끄덕이지 못했다. 수긍할 수 없었던 모양이었다.
"그 어린 호랑이들을 어미가 이리 떼들로부터 구해 줄 수 있으면 좋겠습니다."

날이 저물고 태사평이 여곤을 태운 채 다시 수영의 집으로 달렸다.
여곤은 한쪽으로 솟은 산 중간쯤에 희미하게 널리 걸쳐진 구름과 뒤섞인 연붉은 꽃빛의 노을을 물끄러미 바라보았다. 해가 저무는 때가 이상하게 마음이 놓였다. 어쩌면 노을의 모든 것이 몸안의 피, 그리고 머리와 눈을 편안히 순환하게 만들어 주는 것 같았다.
밤이 가까울수록 짙은 봄내음이 강하게 나는 것은, 아마도 다가올 새벽을 준비하는 보이지 않는 존재들의 영혼이 실바람에 실려 흐르기 때문이 아닐까.
달리는 말 위에서 태사평에게 여곤은 아까 여경에게 했던 질문과 같은 질문을 했다.
"장군님, 전투란 것은 많이 죽이고 뺏는 것입니까?"
여곤의 물음에 태사평은 가만히 그대로 앞만 보고 말을 달렸다. 그리고 거의 마을에 도착했을 때쯤, 여곤을 말에서 내려 주며 여곤의 한쪽 어깨를 살짝 잡으려다 말았다.
"아끼는 것을 있는 힘을 다해 지키는 것이죠."

태사평은 서둘러 말을 타고 돌아갔고 여곤은 그저 그의 뒷모습이 점이 되어 어둠과 함께 묻혀 사라져 갈 때까지 그대로 지켜보고만 있었다.

문주는 여곤의 말에 동의할 수 없었다. 그것은 전혀 흥미롭지 않은 이야기였다.
"아니, 호랑이가 새끼를 버려두어 이리 떼들에게 당하게 놔둔다? 그런 겁쟁이라는 근거는 어디에서도 들어 보지 못했습니다."
아직도 심통이 난 문주에게 여경이 낮고 차분히 말했다.
"어찌 호랑이의 일을 여곤이 알겠느냐? 짐승들의 싸움 한가운데 사람이 있다는 것이… 나는 듣도 보도 못했다."
"그럼 그것이 무슨 말입니까? 여곤은 꾸며 지어내는 이야기는 하지 않사옵니다."
여경은 성벽 위의 하늘을 올려다보았다. 별이 잘 보이지 않는 것이 구름이 많이 껴 탁해 보였다.
"어딘가에서 사람들이 죽은 것을 본 모양이구나."
"그게 무슨 말입니까, 형님?"
문주가 의아해했다.
"어미 호랑이가 여기 있는데…. 잘 알지도 못했구나."
여경은 의미심장한 말을 흘렸고 문주가 한참을 그 의미를 생각하다가는 갑자기 뒷골에 철퇴를 맞은 듯했다.
마침 그때, 성벽 아래에서 백제의 깃발을 등에 꽂고 달려오는 자가 있었으니 목하치가 늦은 밤 비유의 명을 받들어 건너왔다.

444년 5월.

비유의 명에 여경과 태사평은 영암성을 떠났다. 이제는 문주만 남은 상황인데 이상하게도 문주의 행동이 심상치 않았다.

문주는 목하치와 함께 군사 삼백을 거느리고 계후와 여곤이 참변을 당했던 곳으로 내려갔다. 계후와 여곤은 문주의 뒤에서 걸었다.

삼백의 군사는 적지 않은 수였다. 성 내에 있는 육백의 병사 중 절반을 끌고 나온 것이었다. 그 행렬은 길었으며 모두가 탄탄한 갑옷으로 무장을 했으니 개구리 잡는 데 날이 좋은 창을 쓰는 것과 같았다.

"여곤! 이곳이냐?"

여곤은 계후를 보았고 계후는 꿀 먹은 벙어리처럼 말을 못 한 채 그저 고개만 끄덕였다.

"저 너머가 모루국과 상다리가 있는 곳이구나. 도적이라 하였지?"

요란한 말발굽과 병사들의 움직임 소리에 지진이라도 난 듯 요란해지자 마을 사람들이 무슨 일인가 슬그머니 산골에서 하나둘씩 그 모습을 드러냈다. 모두가 얼떨떨한 모습이었다.

"예, 여기 계후가 그랬습니다."

번쩍이는 갑옷을 입은 문주가 코웃음을 치며 여곤을 향해 웃어 보였다.

"자! 우리가 어떻게 하는지, 어미 호랑이가 어떻게 하는지 보여 줄게."

문주의 손짓에 뒤에 서 있던 열댓 명의 병사들이 커다랗고 길쭉한 통나무를 입에 가져다 대었다. 그 통나무는 입을 가져다 대는 쪽이 가늘고 좁아 입을 벌려 맞추기에 좋았고 점점 끝으로는 그 굵기와 크기가 동그랗고 컸으니 나발이라 했다.

나발의 소리가 크게 울렸다. 바람이 한 번 시원하게 불어 나무들을 때려

눕히고는 그 소리를 태워 길게 메아리쳐 반대편 산까지 들리는 듯했다. 그리 큰 산이 아니라 무리 없이 들릴 법했다.

마을 사람들은 그 소리에 놀라며 손으로 귀를 막았다.

도적들은 보통은 밤에 기습을 하는데, 문주가 어떤 이유로 대낮에 군사를 끌고 온 것인지 알 수 없었다. 결국, 여곤은 계후와 잠자코 그 모습을 뒤에서 바라볼 뿐이었다.

겨울 얼음과 눈에 얼어붙었던 핏자국은 벌써 봄날에 녹아 흩어져 버렸고 그 흔적이 거의 사라져 버렸다.

"불화살을 쏘아라!"

문주의 명이 다시 떨어지자 병사들이 일제히 불화살을 도적들이 내려온 산 언덕 쪽으로 수차례 쏘았다. 그러자 마른 가지들은 불에 몸을 맡긴 채 타오르기 시작했다.

얼마나 시간이 지났을까, 한참을 가만히 타오르는 나무들을 보고 있던 문주가 산에서 내려오는 무언가의 기척을 느꼈는지 손을 들어 앞으로 내저었다.

"내려오는 놈들을 모두 잡아 베어라!"

마을 사람 중에 한 사내가 문주와 병사들의 행동에 놀라 겁을 집어먹으면서도 용감하게 그 앞으로 나서 물었다.

"저… 어디서 오셨는지 모르겠는데…. 그… 장군님께서 어쩐 일로 모루국의 도적들을 혼내려 하시는 것입니까?"

여곤과 계후도 불화살에 놀라긴 마찬가지였다. 이렇게 일이 커질 줄은 몰랐던 것이었다. 그저 문주가 길 안내를 하라 일러 그리한 것일 뿐인데 순식간에 어마어마한 병사와 지체 없는 공격에 할 말을 잃었다. 충격이었다.

말 위에서 멀리 굴러 떨어져 내려오는 무언가들을 보고 있던 문주의 뒤에 서 있던 목하치가 마을 사내에게 큰 소리로 말했다.

"이분은 한성에서 내려오신 백제 어라하의 장군, 한성에서 내려오신 문주 님이시다."

마을 사내와 사람들 그리고 계후는 놀랐고 그들보다 더 놀란 이가 있었으니 바로 여곤이었다.

문주의 명에 군사들은 창을 쥐고 그대로 반대편 산 언덕까지 달렸다.

굴러떨어진 것은 도적들의 끄나풀들이나 몰래 염탐을 일삼던 자들이었다. 그 수가 수십은 되어 보였다. 그 뒤에는 숨어 있는 도적들이 더 많았을 것이다.

문주는 놀라 입을 쩍 벌리며 시선을 어디에 두어야 할지 모르는 여곤을 바라보며 미소를 지었다.

"한성 장군이라 놀란 것이냐? 아니면 이런 전투는 처음 봐서 놀란 것이냐? 네가 그러지 않았느냐? 어미가 옆에 있는데 새끼들을 돌보지 아니함은 옳지 않아 보인다고. 이제 어미가 하는 것을 잘 보거라."

여곤과 계후, 그리고 마을 사람들은 다시 피가 낭자한 산골짜기를 마주할 것이라 생각했다. 이번에 흐르는 피는 얼지도 녹아 없어지지도 않을 것이다. 여름 내내 그 흔적이 곳곳에 남아 맹수보다 더한 살기를 사방에 묻혀 놓을 것이었다.

여경과 태사평이 떠나기 전, 문주의 태도에 여경은 걱정을 했고 혹여나 욱하는 마음으로 여곤의 말을 믿어 그가 말한 도적들을 소탕하러 가려는 것을 말렸다.

"여곤은 그저 왜 그런 일들이 일어나는지 궁금했을 뿐이다. 그 아이의 눈에는 살기나 복수심이 보이지 않으니 도와주는 것과 공격하는 것과는 차이를 두는 것이 좋겠구나. 그저 한바탕 어미 호랑이의 힘을 보여 주고 오는 것이 좋을 것 같다."

여경이 문주의 등을 쓰다듬으니 문주는 그에 동의하였다.

"예, 포효가 얼마큼 위력적인지만 보여 주도록 하겠습니다."

듣고 있던 태사평은 마음이 착잡했다. 영암성을 떠나는 것이 내키지 않았지만 비유의 명을 어길 순 없었다. 분명 그 아이를 지키라 했는데, 다시 부르는 데는 헤아릴 수 없는 뜻이 있을 것이다.

그 아이를 지켜야 하는데…. 태사평은 속이 쓰렸다.

여신의 아들, 여곤.

태사평은 여곤이 누구의 아들인지 아는 몇 안 되는 사람 중 하나였다.

태사평과 여경이 떠나기 전날, 둘은 수영의 집에 들러 인사를 하며 다시 돌아오겠노라 다짐했다.

날이 저물기도 전, 얼이 빠져 성으로 돌아온 여곤과 계후는 문주가 내준 음식을 씹을 힘조차 없었다. 다리는 풀려 주저앉을 듯했고, 손마저 힘없이 떨려 숟가락을 쥐는 것조차 버거웠다.

그러나 한성백제의 장군이 주는 음식을 거절하다니, 있을 수도 없는 일이었다. 여태까지 자신이 장군님이라 부르고 이야기를 나누며 농을 주고받던 사람이 작은 시골의 그저 그런 장군이 아닌, 백제 어라하의 한성 장군이었다. 여곤은 무어라 말하려 입을 뻥끗할 생각도 더 이상 들지 않았다.

"걱정 마라. 한 놈도 베지 않았다. 겁을 준 것이다."

문주의 웃음에 여곤과 계후는 서로 얼굴을 마주 보며 어리둥절했다.

"밤에 기습을 하는 녀석들이 잠이나 제대로 자겠느냐? 낮에 자겠지. 화살로 나무를 맞추었으니 놀라 허둥지둥 떨어지고 달아난 것일 뿐이다. 그리고 코앞에서 겁을 준다면 다시는 선불리 도적질을 하지 못할 것이다. 반짝이는 갑옷 수백과 하늘에서 불꽃이 피는 것을 보고, 혼비백산하여 달아나는 꼴이 두 번은 내려오기 힘들어 보이는구나. 하하하."

성격이 불같았고 참됨과 아님에 칼같이 선을 그어 냉철한 모습도 보이는 문주였지만 그 꾀도 상당하였다. 무엇보다 여경을 잘 따랐으며 정도 깊었으니 사람이 믿고 따를 만해 보였다.

둥근달이 하나 지나고 새로 떠오르니 목하치가 문주를 보필하여 한성으로 올라가려 하였다.

한동안 신호가 오지 않는 쌍현성에서 기다림에 지친 해치가 안절부절하지 못하고 있는 사이, 성벽 대장 덕근후개에게 긴급히 사신이 찾아왔다. 사신이 사색이 된 얼굴로 급히 덕근후개에게 뛰어가니 멀리서 말 먹이를 주던 해하열이 이를 심상치 않게 보았다.

덕근후개의 방에 들어온 사신은 문이 닫힐 때까지 아무런 말이 없이 그저 무릎을 꿇고 예를 갖추어 가만히 있었다.

"무슨 일이냐?"

사신의 얼굴을 들게 한 덕근후개가 엄숙히 물었다. 견고한 쌍현성의 돌담처럼 사신은 굳게 입을 다물며 주위가 더 이상 시끄러워지지 않기를 기다렸다.

"어서 말하여라. 무슨 일이 있느냐 물었다."

문 밖에 아무런 소리가 들리지 않자 그제서야 사신은 입을 열었다.

"한성 백 리 밖에서 전언이 왔습니다. 이는 어라하께서 보내신 자이며 그것은 명이라 하였습니다."

"어라하께서?"

덕근후개는 비유의 명이라는 말에 얼른 자리에서 일어났다. 사신은 두 손을 공손히 모으고 말했다.

"단독으로 아무런 명 없이 고구려를 쳐 성과를 내려 하는 해치와 해하열의 목을 베러 진후와 진백 장군이 군사 오백을 이끌고 쌍현성으로 들어오고 있다고 합니다. 성주님께서는 그들을 도와 해치와 해하열을 참수하여 그 목을 가져오라 하셨습니다."

사신의 말에 덕근후개는 크게 놀라 눈이 커졌고 가슴에 무거운 추를 매달아 놓은 것마냥 심장이 철렁 내려앉았다.

"그게 사실이냐?"

"예, 그렇사옵니다. 진후 장군님의 사신이 전해 제가 급히 작은 책성을 뒤로하고 이렇게 달려왔습니다."

막힘없이 말하는 사신의 얼굴에는 땀이 흐르고 있었고, 사지가 흔들려 그 몸을 가만히 두기가 어려워 보였으니 거짓이 아닌 것을 알 수 있었다.

말없이 고개를 끄덕이며 사신을 돌려보낸 덕근후개는 고개를 높이 들고 긴 숨을 내뱉었다. 그리고 순간 문 밖에서 발걸음 소리가 빠르게 희미해져 가는 소리를 들었다. 덕근후개는 얼른 한쪽에 비치된 자신의 검을 뽑아들고 조심히 방문을 열어젖혔다. 검은 뒷모습의 그림자가 마루 끝 모퉁이를 돌아 나가는 것을 본 덕근후개는 마른침을 삼켰다.

방금 나간 사신이라고 하기엔 그 뒷모습이 컸다.

덕근후개는 처음 해치와 해하열이 온 것부터가 이상하다고 생각했는데, 자세한 내막을 알지 못해 그저 명을 받아 그 형세를 둘러보려던 것일 뿐이라 생각했다. 허나 이제는 사실을 알았으니 전혀 그런 것이 아니었다.

한편, 해하열의 방에 해치가 있었으니 둘은 떨리는 손을 어찌할 줄을 몰랐다. 그것은 두려움과 화가 교차했고 조급함에 몸을 가만히 둘 수 없는 것이었다.

"분명하더냐? 어라하께서 우리의 목을 베려 한다는 것이?"

해치가 믿기지 않는다는 듯한 얼굴로 재차 물었다.

"그렇다니까 말입니다. 내 두 귀로 똑똑히 들었소! 해수 님의 연락은 기다려도 기다려도 감감무소식이며 진후와 진백이 군사를 이끌고 온다고 하니 이를 어쩌면 좋소? 아무래도 당한 것 같소!"

"당하다니? 누구에게…."

"누구긴 누구요! 어라하께서 이 사실을 얘기하고, 우리의 사정을 잘 알고 있는자는 한 명뿐이지 않습니까? 해수 님은 호로고루로 향하여 궁에도 안 계실 터인데…."

해치가 눈을 부릅떴다. 핏발이 선 날카로운 눈빛으로 절망에 빠져 있는 해하열을 보니 단 한 사람만이 떠올랐다.

"수비리시! 이 미친 여우 같은 년…!"

해하열이 이마를 부여잡고 힘없이 의자에 쓰러지듯 주저앉았다.

진후와 진백은 그날 새벽을 기점으로 쌍현성 밖에 숨어 있다가 병사를 시켜 가만히 성벽 위의 쌍현성 초병에게 신호를 주었다. 그러자 잠시 후 덕근후개가 성곽 위에서 모습을 드러냈다.

진후가 말을 소리 나지 않게 가만히 걷게 하며 그 모습을 덕근후개에게 비추니 덕근후개는 물끄러미 한동안 진후를 바라보다가 내려가 사라졌다.

잠시 후, 성문이 열리자 나무 문이 삐걱거리는 소리를 내었다. 그러자 그와 동시에 진후와 진백이 말의 배를 힘차게 때리며 성안으로 돌진했다.

"바로 들어가 띠를 두르지 않은 놈들을 모조리 잡아라!"

맹수처럼 달려 들어가는 두 장군을 뒤따른 병사들이 일제히 크게 소리를 치며 성안으로 들어갔다. 덕근후개의 기지로 띠를 두른 병사들과 진후 진백의 병사들이 힘을 합하여 해치와 해하열의 병사들을 포위하고 상처를 내 단번에 사로잡았다.

하지만, 한바탕 이리저리 뛰어 해치와 해하열을 찾던 진후가 그들의 모습을 발견할 수 없으니, 그저 그들의 병사들만 안쓰럽게 무릎을 꿇고 묶여 있는 것을 지켜볼 수밖에 없었다.

"어디로 간 것이냐?"

진백이 어느새 곁으로 다가온 덕근후개에게 물었다.

"분명 한 시진 전까지 처소에 있는 것을 확인했는데…. 사라져 버렸습니다."

덕근후개가 당혹스러워했다. 그러자 진후가 꾸짖듯이 다시 물었다.

"그들의 말은 어디에 있느냐?"

노여워하는 진후와 진백의 추궁에 덕근후개는 손가락으로 마구간을 가리켰다.

"어찌 된 영문인지… 말은 그대로 있습니다."

진후가 큰소리로 덕근후개에게 소리쳤다.

"어라하의 명이거늘, 이 잡듯이 뒤져라!"

"예, 장군님."

해치와 해하열을 사로잡거나 죽이지 못한다면 덕근후개도 그 죄를 면치 못할 것이었다. 덕근후개는 자신의 검을 들고 성안을 이리저리 뒤지다가 반쯤 열려 있는 성 뒤쪽의 오물구멍을 발견하고는 얼른 뒷문을 열어 풀숲으로 뛰어들었다.

덕근후개가 뒤쫓는 길은 북쪽이었다.

"피와 오물의 냄새이다! 분명 이리로 올라갔을 터…."

눈을 부릅뜨며 쌍현성을 뒤로한 채 무작정 자신의 감을 따라 해치와 해하열을 뒤쫓던 덕근후개가 고작 스무 걸음도 걷지 않았을 때, 풀숲에서 모습을 드러낸 해치와 해하열이 뒤에서 덕근후개의 목을 가차없이 베었다.

"으억!"

뒤돌아보지도 못하고 덕근후개의 목이 잘려 앞으로 굴러 떨어졌고, 해치와 해하열은 거친 숨을 몰아쉬며 씩씩거렸다.

"망할! 이젠 다른 방도가 없다. 영락없이 백제의 적이 되었구나…."

해치가 환하게 빛을 밝히고 있는 쌍현성을 돌아보며 화를 참지 못하였다. 해하열도 씩씩거리며 말없이 쌍현성과 그 너머 남쪽을 바라보았다.

"됐다. 올라가자! 내 반드시 이놈들을 잡아 쳐 죽여주겠다."

그동안 자신들의 업적과 공을 눈곱만큼도 생각치 않고 그 목을 당장 베도록 한 비유에게도 서운했지만, 수비리시와 연관이 되어 있을 쥐새끼 같은 대신들에게 화가 났다. 하도 파벌싸움이 길어지고 속고 속이는 일이 빈번히 생기니 백제에 정이 떨어진 해치와 해하열은 그대로 달려 북으로 올라갔다.

고구려가 멀지 않았다.

해수는 해치와 해하열이 기다리고 있던 것도, 그들이 사로잡힐 뻔해 도망한 것도 몰랐다.

해수는 자신의 장수 구루치에게 명해 군사 백을 호로고루 이십 리 밖에 숨어 있게 하고는 혼자 밤낮을 가리지 않고 말을 달려 평양성으로 향했다.

해수는 갑옷을 벗고 활 하나만 찼으니 그 모습이 영락없는 사신이었다.

"내가 돌아올 때까지, 군사를 쌍현성으로 돌리지 말거라. 호로고루 성주가 우리를 발견한다면 그 즉시 투항하라. 내가 다시 왔을 때, 너희들이 없으면 내가 호로고루로 들어가 너희들을 무사히 데려오겠노라."

"예? 예… 장군님."

구루치는 아무것도 알지 못했다. 그저 말을 마친 해수가 말을 타고 어디론가 달리는 뒷모습만 멍하니 바라보았다.

평양성의 모습은 거대하기가 마치 남송과 북위와 같았으니 그 위용이 실로 엄청나 보였다. 기근으로 못 먹고 못 입을 거라 생각했던 것은 커다란 오산이었다. 커다란 궁전에 수백의 대신들이 좌우로 정렬을 해 있으니 숨 막히는 압박이 밀려왔다. 수십 개의 돌계단 위, 단상에 앉아 가지런한 흰 수염을 뽐내는 장수왕의 모습은 궁 안의 모든 것을 압도했고, 말 한 번 잘못했다가는 그 자리에서 목이 떨어져 나뒹굴 것이 당연해 보였다.

"백제의 사신이라?"

장수왕이 주름진 이마를 거둘 줄 모르고 심기가 불편한 얼굴을 하였다.

"예, 대왕. 해수라는 자이옵니다."

이름 모를 장군의 옆에서 무릎을 꿇고 있던 해수는 이젠 돌이킬 수 없게 되어 버렸다. 장수왕의 아래 가장 앞에 선 막하하리지 예주가 느긋한 말로 부드럽게 해수를 소개하였다.

"노년에 고생이 많군. 그래, 다른 대신들은 그만 물러들 가라."

장수왕의 말 한마디에 수백의 대신들은 고개를 숙여 빠르게 궁전을 나갔고, 철갑옷을 껴입은 장수 다섯과 예주만이 남아 해수를 보고 있으니 궁내 빈 공간의 공기가 낯설게 퍼졌다.

해수는 들어오기 전 한참을 궁전 밖에서 기다리고 있었다. 어디에서 사신이 왔든 장수왕은 그들을 대기시키고 내부의 일을 절대 알지 못하게 했으니 해수는 떠나간 대신들이 장수왕과 무슨 말을 주고받았는지 알 길이 없었다. 해수는 이제 일이 잘 해결되기만을 바라야 했다.

"백제에는 볼일이 없는데 무슨 일로 나를 찾아왔느냐? 비유의 말을 전해보거라."

급하지 않고 아주 천천히 비유에 대해 물으니 그 태도가 아주 오만했고 백제를 무척이나 낮잡아 보고 있는 것 같았다.

"아뢰옵기 황송하오나. 저는 비유 어라하의 명으로 온 것이 아니옵니다. 대왕님의 거사에 도움을 드리고 싶어 찾아왔습니다."

공손하기 짝이 없는 해수의 태도에 예주는 물론이고 장수왕도 그 눈과 귀를 의심했다.

"내게 도움을 준다고? 네가 고구려에 무슨 도움을 준단 말이냐? 비유의 명이 아닌데 이리 독단적으로 행동하는 모습이 보기 좋지 않구나. 백제가 이제 망해 가는 것이냐, 쯧."

장수왕이 영 못미더운 표정으로 해수를 내려다보며 윤기가 흐르는 흰 수염을 쓸었다. 지금껏 저리 온 사신은 한 번도 보질 못했다. 그러기에 그 꿍꿍이가 반드시 있을 것이라 느낀 장수왕이었다.

"자고로 그 나라의 녹을 먹는 자는 신의를 저버리지 않아야 하거늘. 네가 네 나라에게 도움이 되질 않고 이리 가볍게 움직이는데 하물며 우리가 어떻게 네 말이 청산유수와 같다고 한들 믿을 수 있겠느냐? 네 꼴을 보니 백제가 허물어짐이 마땅해 보이나 오늘 네 목숨을 살려 줄 터이니 돌아가 떠돌이 생활이나 하며 관직을 끼고 살지 말거라. 훗날 우리의 칼에 네 피를 묻히고 싶지 않구나."

백제의 서신을 가져온 것이 아니라 확신한 장수왕은 그를 쫓으려 하였다. 하지만 엄하게 꾸짖는 장수왕의 기개에 해수의 교활함은 눌리지 않았다. 오히려 잘만 이용한다면 곧게 뻗은 대나무도 단번의 칼로 잘라 버릴 수 있어 보였다. 자고로 유연히 흔들리는 갈대보다 곧고 뻣뻣한 나무가 베기 더 쉬운 법.

"신이 대왕께 공손한 예를 표한 것은 그 조상 부여씨를 받드는 가문 중에 하나이기에 최대한 할 수 있는 정을 보여 드린 것이옵니다. 그 옛날 해모수 님의 자손으로서 어찌 냉담하게 서로를 대할 수 있단 말입니까. 또한 저는 백제를 저버린 것이 아니옵고 비유의 왕가가 어리석어 백제의 백성들을 괴롭게 하고 있으니 그 점을 알리고자 함입니다. 자고로 예로부터 형제의 나라로 그 뿌리가 같은 곳에서 퍼져 나왔음에도 고구려와 같이 백성들을 돌보며 부국강병을 이루어야 할 때, 비유는 그 자신의 안위만 걱정을 하고 있으니 백제 내의 여러 세력들이 혼잡하게 서로 물어뜯어 싸우는 것을 피하기만 할 뿐입니다. 대표로 신이 그 세력들을 제압하고 후에 백제가 고구려의 아우로써 자처함이 옳을 것이라 판단하고 있사옵니다. 하지만 이를 그냥 무시하고 대왕께서 백제를 피로 물들이신다면 남아 있는 아우의 백성들은 무슨 죄가 있겠사옵니까? 백제의 모든 것을 굽어 살피시어 온전히 그 권한만 보전해 주신다면 매년 공물을 바쳐 제의 나라로서 대왕님의 은혜에 보답을 할 것이니 그것은 서로에게 피를 묻히지 않고 해결할 수 있는 아주 좋은 일이라 생각하옵니다."

해수의 말은 그야말로 강가에 물이 흐르는듯 자연스러웠다. 장수왕의 표정도 의미심장하게 바뀐 것을 바로 읽은 해수가 말을 더하였다.

"백제는 현 어지러움을 바로잡아야 할 것을 그렇지 못하고 있사오니 새 주인을 맞이하려 합니다. 하지만 새 주인을 앉히는데 만일 대왕님께서 제의 백성들을 해하려 하신다면 그 덕망이 일순간 사라져 버리며 그 악명과 원성이 태산과 같이 높을 것이오니, 무례하여 죽을 각오를 하고 요청을 드리는 바, 남진을 하실 생각이시라면 잠시 그 생각을 멈추어 주시옵소서."

"뭐라? 네가 정말 무례하구나. 제의 나라로 행동한다면 우리 고구려가 하는 일에 이런저런 간섭은 없어야 하지 않느냐!"

해수를 바라보는 장수왕의 눈빛이 예사롭지 않아 보였다. 해수는 바로 거절할 수 없는 제안을 꺼내야 했다.

"대신에 비유의 목을 바치겠사옵니다. 그리고 뿐만 아니라 왕가 일족을 바쳐 고구려에 넘기도록 하겠습니다. 그리하면 새 주인이 대왕님을 알현하도록 만들겠사옵니다."

해수는 단호했다. 장수왕이나 주변의 장수들의 놀람에도 개의치 않았다.

"비유의 목을 바치겠다?"

"예, 대신 고구려군에게 제의 백성들이 피를 흘리지 않도록 기다려 주시옵소서."

"그것을 어찌 믿느냐?"

해수의 얼굴엔 아까보다 긴장감이 수그러들었으며, 자신의 말에 귀를 기울이는 장수왕의 모습에 용기를 얻었다.

"고구려에서 사람을 뽑아 백제로 내려보내면 비유의 목을 그의 편에 딸려 보내도록 하겠습니다."

해수가 말을 마치기를 기다렸다는 듯 앞에 선 예주가 고개를 숙이며 해수의 말에 힘을 실었다.

"섭정무치가 해수와 내려가 그를 돕는 게 좋을 듯싶습니다."

예주는 섭정무치를 이용할 것을 권했다.

고구려에서 평인으로 살아가던 섭정무치에겐 단 한 번의 기회였다. 그리고 그는 그 기회를 놓치지 않았으니 참으로 운이 좋지 않을 수 없었다.

예주의 마음을 사로잡는 데는 꿩과 숭어 단 두 가지 생물이면 충분했다. 구하기가 어려운 두 가지를 기막히게 요리하는 솜씨는 고구려의 높은 관직 중 으뜸인 막하하리지 예주의 눈에 단번에 띄었다.

예주가 물으니 그는 자신의 이름을 아뢰길 섭정무치라 하였다.

"꿩과 숭어만 있으면 어떠한 짐승도 잡을 수 있지요."

"그것이 가능하느냐?"

"꿩은 날아 뛰는 것 중에 맛이 으뜸이요, 숭어는 헤엄치는 것 중에 으뜸이라 그 맛에 비할 것이 없습니다."

사냥 중에 만난 인연치고는 너무도 물 흐르듯 자연스러운 섭정무치의 답변과 요리솜씨에 예주는 그를 단번에 마음에 들어하였고, 그가 말하는 대로 짐승을 잡는 광경을 목격하였다.

섭정무치는 잘 발라낸 숭어와 꿩의 살을 따로 손에 쥐고 독초를 간 가루와 물이 섞인 그릇에 넣었다가 뺐다가를 몇 차례 반복했다. 그리고 정확히 그 독물이 고기 살에 마르기 시작할 때, 그는 변색과 향을 막기 위해 된장을 발랐으니 그 냄새가 구수하고 진했다.

그것을 들판 이곳저곳, 심지어는 촌 어디에나 두어도 짐승들이 와서 주워 먹고는 시간이 지날수록 서서히 주변만 돌다 죽어 갔다.

예주는 그의 솜씨에 칭찬을 아끼지 않았고, 그를 고구려의 어의로 등용해 음식까지 관리하도록 하였다.

장수왕이 가만히 생각에 잠기자 예주는 단호하게 말을 이어 갔다.
"그자는 음식을 아주 잘하는 자로서 수만 가지의 독초도 알고 있는 자입니다. 비유를 칼로 베기는 어려울 듯싶으니 해수의 곁에서 비유를 독살하는 것이 가장 은밀한 방법이옵니다."
"독살이라…."
예주는 고개를 끄덕였으며 장수왕에게 깊이 생각하여 다시 말하였다.
"백제의 왕가가 무너진다면 어지러운 백제는 제풀에 지칠 것입니다. 이 해수의 말대로 새 주인이 난리를 정리하여 예를 갖춰 공물을 바치고 속국이 된다면 우리 고구려는 병사와 곡식을 낭비하지 않을 테니 그보다 더한 좋은 일은 없을 것이옵니다."
예주와 장수왕 그리고 해수 세 사람은 어지럽게 눈을 서로 마주쳤다.
장수왕은 깊은 생각에 잠긴 듯 말이 없었고 예주는 고개를 숙인 채 장수왕의 말을 기다렸으며, 해수는 눈치껏 엎드려 예를 갖추었다.
알 수 없는 묘한 긴장감이 커다란 궁내를 가득 채웠고 문을 뚫고 들어오는 빛에는 그 어떤 먼지 하나 나부끼는 모습을 보이지 않았다. 유난히도 해가 길게 떠 있는 하루였다. 마치 그들의 이야기를 몰래 듣느라 깜빡 잊고 내려가지 않은 것처럼 말이다.

해수가 물러난 저녁, 예주는 장수왕에게 귀띔을 했다.

"피를 묻히지 않고 백제를 손에 넣는 일은 좋은 일입니다."

다만 해수에게서 의심을 거둘 수 없었으니 그것이 문제였다.

"그렇지만 저자를 어찌 그리 간단히 믿을 수 있겠느냐?"

장수왕의 근심과 의심을 모를 리 없는 예주였다.

"섭정무치와 연락이 주기적으로 닿지 않는다면 그때 신라와 함께 공격하셔도 무리가 없을 것이옵니다. 바다 건너 왜를 막아 주지 않겠다 하면 신라는 우리의 말을 듣지 않을 수 없사옵니다. 그리고 백제가 어지러운 것은 확실해 보입니다."

"그걸 어찌 아는가?"

예주의 말에 장수왕은 어리둥절하여 그를 보니 예주는 미소를 부드럽게 띠고 있었다.

"여신이 사망했습니다. 백제가 정신을 차리지 못할 이유가 한두 가지가 아니옵니다."

"여신이… 죽었다…."

해수가 급히 백제로 돌아오는 길에 해치와 해하열을 살피기 위해 쌍현성으로 들어갔으나, 진후와 진백이 해수를 결박했다.

해수는 수비리시의 말대로 했을 뿐인데, 버려져 죽었어야 할 해치와 해하열은 사라져 버렸고 돌아온 백제에서 죄인이 되어 잡혔다.

"네가 해치와 해하열을 잡으러 간 것이 아니냐? 어찌 고구려에서 내려오는 것이냐!"

비유 앞에 끌려온 해수는 자신도 모르는 이야기에 어리둥절하였고 주변에 있을 수비리시를 찾았다.

"어라하! 그것이 아니오옵고… 실상은 수비리시가…."

죽을 위기에 처한 해수. 그 모습을 몰래 한쪽 구석에서 우아한 자태로 느긋하게 지켜보는 수비리시의 옆에는 아들 해구가 서 있었다.

수비리시는 역적이 된 해수를 매몰차고 오만하게 바라보았다. 그 표정이 어찌나 차가운지 마치 무슨 원수라도 되는 듯하였으니 그 속마음을 헤아릴 수 있는 이는 아무도 없을 것 같아 보였다.

수비리시에겐 더 이상 늙은 해수가 필요하지 않았다. 만일 그가 높은 관직에 오른다면, 멍청하기 짝이 없는 머리로 주변의 물욕과 색욕을 탐하며 간사한 자들의 말에 휘둘릴 것이 뻔했다. 그러다 혹여 다른 마음을 품고 자신을 내친다면, 지금까지 쌓아 온 모든 것이 물거품이 될 터였다. 수비리시는 잃어버릴 것이 너무 많았다.

"진후와 진백에게 묻겠다. 해수가 해치와 해하열을 쫓았느냐?"

비유가 노하여 묻자 진후가 무릎을 꿇고 예를 갖춰 답했다.

"저희가 성에 들어갔을 땐, 해수는 없었습니다. 따져 물었더니 아예 모습도 보이지 않았다고 했습니다. 또한 해수의 병사 일백이 고구려로 투항했다고 들었습니다."

진후의 말이 끝나자마자 비유는 눈을 부릅뜨며 해수에게 말했다.

"네가 반란을 일으킨 자들을 잡으러 간 것이라 생각했는데, 이제 보니 네가 반란을 주도한 자 같구나. 어떠한 말로도 군사 일백의 투항과 고구려에서 내려온 점을 설명하기 부족하며 네 죄가 무거움이 마땅해 목을 쳐야 하겠지만, 그동안의 공을 생각해 모든 관직을 박탈하고 양손과 양발을 잘라 아래쪽으로 보낼 터이니 그리 알아라!"

"어라하! 그것이 아니옵고 그것은… 수비리… 읍, 읍."

억울함을 호소해 보려 크게 소리를 지르려는 찰나 덩치가 산만 한 병사들이 해수의 입에 재갈을 물렸다. 그리고 지체없이 한 장수가 성큼성큼 해수의 앞으로 다가왔다. 해수는 두려움에 눈을 떨었고 온몸을 바둥거리기 시작했으나 나무기둥에 묶인 몸을 어찌 돌려 볼 수 없었다.

장수가 칼을 들었을 때, 해수는 그저 목숨이 붙어 있는 것을 다행으로 여겨야 할 뿐이였다. 칼로 손을 내리치려는 찰나 목을 이리저리 흔들며 겁에 몸부림치던 해수의 시야에 저 멀리 수비리시가 눈에 들어왔다. 해수는 눈에 핏줄이 다 터져 손과 발이 날아가면서도 피눈물을 흘리며 수비리시를 노려보았다.

해수의 비명 소리는 재갈을 거칠게 뚫고 기다란 비명으로 나왔고 그 소리에 놀란 까마귀 떼들이 날개를 푸드덕 펴며 멀리 날아가 버렸다.

차갑고 휑한 형장에 해수는 반나절이나 기절한 채 묶여 있었고 정신을 차리지 못했다.

목숨을 건질 수 있을 거란 희망은 오산이었다. 피는 벌써 작은 연못을 이룰 정도로 흘러 고였다.

444년, 그해 6월.

문주가 영암성을 떠나는 날, 부르지도 않았던 여곤이 계후를 끌고 찾아왔다. 문주는 여곤을 보며 반가워했지만 동시에 섭섭한 마음도 묻어 있었다.

"그래, 나는 오늘 영암을 떠나려고 하는데 무슨 일로 나를 찾아왔느냐?"

고작 한두 시진이 지나면 수년간 머물렀던 영암을 떠나야 하는 문주가 여곤에게 너그러이 물었다. 그러자 여곤은 별안간 무릎을 꿇더니 문주에게 고개 숙여 요청을 했다.

"미천한 소인이 무례함을 무릅쓰고 간절히 요청드리고자 함이 있습니다."

"그래? 그것이 무엇이냐?"

여곤의 옆에서 고개를 숙이며 한껏 긴장이 되었는지 계후는 몸을 벌벌 떨었다. 계후의 등에서는 기다란 땀이 가득 찬 잔의 물처럼 되어 흘렀다.

"저는 장군님들의 지혜와 용맹함을 보고 많은 것을 느꼈습니다. 또한 부당함에 맞서 그 힘을 보여 주셨고 저 또한 그런 용맹함을 갖춰 힘이 없고 악독한 자들의 횡포에 맞서 싸우기를 원합니다. 여기 있는 계후와 저를 거두어 주신다면 장군님을 본받아 백제의 일꾼으로서 능력을 발휘하고 싶습니다."

여곤의 부탁에 문주는 놀랐고 당황하지 않을 수 없었다.

"그게 무슨 말이냐? 네가 나를 따라와 무엇을 할 수 있을까마는…. 우리의 일은 네가 생각한 것처럼 일전의 그런 사소한 싸움이 아니다. 더군다나 수영 어르신께서 널 거두고 있는데 네가 떠나면 어르신은 누가 챙긴단 말이냐?"

"사소한 싸움이든 큰 싸움이든 관계없이 지켜야 할 것을 지키는 것은 사람으로서 그리고 사내로서 마땅히 해야 할 일이라 생각됩니다. 부족하지만 제게는 말을 다룬 경험이 있으며 돌보아 왔던 매를 관리할 수 있는 능력이 있습니다. 장군님이 가시는 곳에 그러한 일이 필요하다면 기꺼이 지금과 같은 일을 하면서 다른 병사들과 같이 배우고 싶습니다. 또한 계후는 용감함이 뛰어나 나무 몽둥이로도 여럿을 물리쳐 저를 구해 주었으니 분명히 병사로서도 잘해 낼 수 있을 것이라고 생각합니다."

3. 용이 구슬을 놓았는데 봉황이 뒤따르는 것이 신비롭도다

여곤은 끈질기게 문주에게 부탁을 했다. 그러자 문주도 난처해졌다.

물론 태자 신분인 자신이 두 명의 백제인을 거두는 것은 어렵지 않았다. 다만, 한성으로 들어가게 된다면 여곤과는 그 거리가 멀어질 터였다. 그러면 그의 안위를 신경 쓰기 어려워질 것이고, 혹시라도 여곤이 다른 곳에서 전투로 인해 상처를 입는다고 해도 알고 도와줄 길이 없었다.

그저 이 상태 그대로 이곳에 남아 있으면 언제고 자신과 형 여경이 찾아와 만날 수 있고 즐거운 이야기를 나누고 들을 수 있을 텐데 말이다.

문주는 심각한 얼굴로 얼마간 가만히 생각을 하다가 한 가지 질문을 하였다.

"내가 거절한다면 어떻게 하겠느냐?"

여곤은 계속 엎드린 채로 고개 숙여 답했다.

"그러면… 일개 졸병사나 성의 일꾼으로라도 이곳에 지원하겠습니다. 그리고 기회가 된다면 더 많은 곳을 돌며 경험을 쌓을 것입니다."

계후는 화들짝 놀라며 엎드린 채로 고개를 슬며시 돌려 여곤의 얼굴을 바라보았다. 이렇게까지 하자고 자신을 같이 끌고 온 것일 줄은 상상도 하지 못했다.

문주가 여곤의 말을 들으니 분명 여곤은 이곳에 남아 있을 생각이 없어 보였다. 문주는 여곤을 일으켜 세웠고, 옆에 있던 계후에게도 얼굴을 들게 하였다.

"그러면 이렇게 하자. 내가 올라가는 길에 너를 충주(읍)성으로 들여보내도록 하겠다. 그곳에서 말먹이와 매의 관리를 맡아 하면서 지내는 것이 어떻겠느냐? 계후는 물론이고 여곤 너도 눈에 잘 띄게 된다면 병사가 될 수 있을 것이다. 그렇게 시간이 지나 경험이 많아지면 내 따로 우리가 있는 곳으로 부르마."

문주가 말하는 충주성은 한성에서 아주 멀지 않은 곳에 있었다. 충주성은 그래도 군사가 많고 성주인 국무혈이 덕이 있어 안심이 되었다. 혹시라도 신라나 고구려에서 밀려 내려온다 해도 한성으로부터 금방 지원을 나갈 수 있으니 여곤을 볼 수 있었다.

아직까진 커다란 싸움이 잦은 곳이 아니었으니 문주는 여곤의 기를 살려 주면서도 크게 행동할 거리가 없도록 만들려고 생각한 것이다.

문제는 수영의 허락이었다.

하지만, 여곤은 이미 마음을 굳혔다. 이른 아침 영암성으로 들어오기 전, 여곤은 글 하나를 남겨 놓고 떠났으니 수영의 집에서는 난리가 났다.

"그 아이가! 그 아이가 떠나면 안 되는데…."

수영은 걱정이 이만저만이 아니었다. 심장이 덜컹 내려앉고 가슴이 두근거리기 시작했으며 손에는 땀이 흥건히 맺히기 시작했다.

시녀 기예는 그런 수영을 진정시키려 애를 썼다. 하지만 아무것도 모르는 예서는 어리둥절해하며 그냥 마당에 앉아 사라진 여곤의 생각에 인상만 찌푸렸다.

"수영 어르신… 아니, 청령 어르신… 태자 저하와 함께 있으니 그래도 무슨 일이야 생기겠습니까. 분명 안전하게 잘 지낼 것입니다."

기예가 수영의 앞에 앉아 부드럽고 침착한 소리로 위로했다.

"아… 어쩔 수 없는 운명인가 보구나. 어라하께서 부르실 운명의 것이라 생각하면 언젠가는 그렇게 되어야겠지…. 하지만 나는 보내고 싶지 않았다. 여신 님과 같은 곳으로 말이야."

수영, 아니 청령은 여곤을 걱정하고 안타까워했다.

행여나 아비와 같은 길을 걸을까 여지껏 숨죽이며 평범하게 살게 했는데, 태자들과 어울리며 자연스럽게 그 길로 흘러들어가는 것이 보니 막을 수 없는 당연한 운명이었는지도 몰랐다.

여신이 죽던 날, 비유는 막 태어난 여곤을 소굽과 풍량에게 부탁하여, 그 누구도 모르게 이곳 영암으로 내려보냈다. 아이가 여섯 해가 될 때까지 여곤은 풍량과 함께 지냈다. 그리고 청령은 다른 이의 여자아이를 받아 여곤이 태어남을 모르게 했으며, 비유는 딸의 출산과 지아비의 죽음을 빌미로 청령을 영암으로 쫓아내는 척을 하였다.

이는 전부 수비리시의 눈을 피하기 위함이었으니, 여곤의 출생에 대한 비밀을 알고 있는 자는 비유를 포함하여 고작 다섯밖에 되지 않기를 바랐다. 허나 어찌 천륜을 모른 척할 수 있단 말인가…. 모루국에서 죽을 뻔한 일이, 여곤을 위한다는 핑계로 사실을 털어놓았건만 결국 여곤의 생은 흘러가야 할 쪽으로 흘러가고 있다.

풍량은 여곤에게 일찍이 다른 곳으로 돌아다니지 못하도록 책을 읽고 가르쳤으니, 그 지혜가 날이 갈수록 남달랐다. 이후, 여곤의 기억이 가장 성장할 시기에 청령에게 보내 종으로 일을 하게 하였다. 청령은 여자아이 예서를 친딸처럼 여기며 수년 동안 영암에서 지냈다. 혹시나 모를 수비리시의 계략에 빠질 것을 두려워해, 이를 알고 있는 기예에게 입조심을 시켰다. 여곤이 전혀 자신의 출생을 알지 못하길 바랐으나, 지금 자신의 곁을 떠나는 것이 불안하여 괜한 사실을 털어놓은 것이 아닌가 싶었다.

"큰 별이 미추홀에 떨어졌는데 하얀 용구름이 곧게 한성으로 흐르는 것이 그 모양새가 나쁘지 않고 형태가 바르고 뚜렷하다…. 하나가 지고 하나가 뜨는 형세라…?"

"큰 별이… 여신이고 한성으로 향하는 구름이….'

수비리시는 얼굴이 굳어졌다. 얇은 손으로 탁자를 세게 쳤다. 사천여는 더 이상 말이 없었다. 자신이 풍량의 말을 누설한 것이 들통나기라도 한다면 곧장 죽임을 당할 것이었다. 하지만 수비리시에게 알리지 않을 수 없었다. 해수와 해치 그리고 해하열이 사라진 후 비유는 한성의 경계를 강화하기 위해 사천여를 불러들였는데 그것이 화근이었다.

수비리시는 미추홀에서 여신의 일을 가장 잘 알고 있는 사천여를 유혹했고, 해수가 없는 자리를 사천여가 대신 꿰차고 들어앉았다. 수비리시의 몸과 손짓 그리고 속삭이듯 간지르는 언변에 녹지 않는 사람이 없었다.

자식인 해구가 높은 관직에 오르면 사천여를 그 휘하에 두어 은솔의 지위까지 올려 주겠다는 감언이설에 속은 사천여는 해씨들과 마찬가지로 그 탐욕에 눈이 멀었다.

여신이 변을 당한 자리에 사천여가 있었음을 비유가 잠시 망각한 일이었다. 하지만 이제 그 사천여로 말미암아 수비리시가 여곤의 존재를 알게 될지도 몰랐다.

"청령의 아이는 계집입니다. 계집이 용이 될 수는 없는 일입니다."

수비리시는 의아하여 물었다. 다행히 사천여는 그것까진 알지 못했다.

"만일 그렇다면 누군가 사내가 태어났다는 말인데…"

아무리 생각을 해 보아도 수비리시가 그리고 해수가 아는 한 여신의 죽음과 맞물려 사내가 태어난 일은 없었다. 한참을 깊숙이 생각하던 수비리시는 문득 자신의 아이 해구가 생각이 났다.

'그렇다면 그날 언저리에 태어난 사내는… 분명 해구밖에 없을 터!'

수비리시는 속으로 쾌재를 불렀다.

해수의 죽음을 목격한 해구는 아들로서 아비의 일을 모른 척할 수 없었으니 그 복수심이 불타올랐다. 더군다나 수비리시가 옆에서 부추기길 해씨의 운명과 과업은 해구 자신의 손에 달려 있음을 상기시키고 또 보게 하니 그 음흉하고 발칙한 책임감이 가슴속에서 꿈틀거렸다.

수비리시는 해구에게 몸을 낮추고 하나씩 공을 세워 차츰 차츰 그 관직을 높이길 충고했다. 그리하여 가장 낮은 곳에서 비유를 처음 본 해구는, 사신으로서 신라에 가 화친을 맺어 온 것을 기점으로 수비리시의 도움을 받아 각 지방 성에 들끓는 도적군을 소탕하여 내부 반란을 진압하였다. 이로써 비유의 신임을 얻은 그는, 그의 아비와 마찬가지로 본래 해수의 위치였던 달솔까지 올라가게 되었다. 그의 나이 열여덟. 참으로 빠르게 올라간 자리이다.

진순이 만약 관직을 버리지 않았다면… 해구가 달솔 자리에 오르는 것을 막았을 것이다. 진씨들은 그것이 안타까웠다.

해수와 해치 그리고 해하열이 제거되었다고 해도, 진순이 없는 비유는 믿을 수 있는 이가 부족했다. 결국 그는 여러 공을 세운 해구를 어쩔 수 없이 앞자리로 세우게 되었다. 허나, 해구의 야욕과 복수심은 슬슬 본색을 드러내기 시작하였고, 관직이 높아지며 자신과 대립각을 세우는 진씨들을 견제했다.

수비리시는 다시금 반란이라는 독을 해구에게 주입시켰다. 높은 것은 더 높은 것으로밖에는 만족할 수 없다. 힘은 더 강력한 힘밖에는 물리칠 것이 없다. 백제의 가장 높고 가장 강력한 것은 어라하밖에는 없는 것이었다.

수비리시의 집념은 무서웠고, 점점 해구의 눈에는 백제의 가장 강력하고 높은 곳만이 가득 차 보이기 시작했다.

비유 21년, 여름 6월 마지막 날.
충주성에서 계후는 병사로서 훈련을 받게 되었고 여곤은 그대로 말과 매를 관리하였다. 성주 국무혈은 친히 데려온 계후와 여곤을 유심히 관찰하고 살폈다. 어느덧 어엿한 청년으로 자란 둘은 듬직해 보였다.
국무혈이 보니 여곤은 말을 다루고 매를 보살피는 솜씨가 뛰어났다. 가만 놓아 재능을 썩히기 아까워 자신의 병사들에게 말을 다루고 타는 법을 가르치게 했고 휘하 장군들에게는 매를 이용해 사냥하는 법을 가르치게 했다. 더불어 계후는 충분히 끼니를 거르지 않고 배불리 먹으니 그의 몸집은 점점 커져 단단하기가 여느 장수에 못지 않았고, 순발력과 속도가 뛰어나니 같은 급의 병사들 두세 명은 거뜬히 쓰러뜨렸다.
국무혈은 충주성에는 도적이 들끓지 않는다고 생각했다. 그러나 그것은 착각이었다. 기근이 심해진 신라의 굶주린 병사들이 탈영하여 '녹열단'이라는 무리를 결성하더니, 어느 날 갑자기 충주성을 기습하였다. 국무혈의 예상은 완전히 빗나간 것이다.
충주성 밖으로 들끓는 녹열단들이 하루가 멀다 하고 백제의 백성들을 납치하거나 그 집을 빼앗고 곡식을 털어 가며 물건들을 훔치니 피해를 호소하는 백성들이 매일같이 찾아와 하소연했다.
사람이 좋고 덕이 있던 국무혈은 그 피해를 보고만 있을 순 없었다. 그리하여 녹열단의 무리들을 공격하려 마음을 먹고 준비를 하려는데, 마침 각 성을 돌며 도적들이나 반란군들을 진압하라는 명을 받은 달솔 해구가 충주성에 들어왔다.

"먼 길 오시느라 고생이 많소."

"아닙니다. 모든 것이 백제를 위함입니다. 백제의 녹을 먹는 자로서 이리 평안을 돌볼 수 있다면 기쁘기 그지없습니다."

해구의 예에 국무혈은 고개를 끄덕였다.

"마침 잘되었소. 여기 충주성 바깥에 지금 수일 동안 도적들이 들끓고 있으니 그들을 공격해 격퇴하려고 하는데, 어떻겠소? 해구 장군이 나와 같이 나가 그들을 전부 격퇴시켜 물러나게 함이."

찌는 듯한 무더위에 훈련하는 병사들을 물끄러미 내다보던 해구는 뜨겁게 달궈진 목기둥을 만져 보았다. 어찌나 뜨거운지 손이 불에 덴 듯하였다.

"날이 이리 뜨거운데 병사들의 훈련보다 그들을 조금 쉬게 해 주시는 것이 어떨까 조심스레 여쭙습니다. 단 삼 일만 시간을 주신다면 성주님이 나서실 것도 없이 제가 단번에 모조리 해치워 버리겠습니다. 하하하."

잠시 가만히 놔두었던 뜨거운 차가 무더운 날씨에 전혀 식을 줄을 몰랐다. 국무혈은 그 찻잔을 들어 올려 숨을 불며 가늘고 길게 들이마셨다. 그리고 해구의 모습에 눈을 떼지 않았다.

자신만만함이 지나쳐 보여 오만에 가까운 언행이었다.

"한성에 있으셨을 땐, 많이 덥지 않았지요?"

국무철이 살짝 미소를 띠우며 물었다.

"더울 때도 있지만 이곳만큼은 아닙니다."

해구는 능청스럽게 답을 했다.

삼 일의 시간. 아직 정확히 파악도 되지 않는 녹열단의 숫자를 무시하고 자신의 말에 책임을 지겠다는 해구가 못 미더웠지만 국무혈은 그것이 말

뿐인 오만인지 아니면 자신감인지 알고 싶었다.

"삼 일이면 됩니까?"

"예, 그렇습니다."

"삼 일이 지나도 물러서게 하지 못한다면요?"

바람 한 점 불지 않아 아지랑이가 사방에서 심하게 요동을 쳤고 그것은 병사들의 힘없는 발짓에 흙먼지가 이는 땅에서도 마찬가지였다. 찌는 듯한 해는 그 빛에 닿는 모든 생물을 말라죽이게 만들 심산으로 보였다. 이 사실을 알 리가 없는 구름은 어인 일인지 태평하게 뭉실뭉실 떠 흐르고 있었다. 창에 찔려 비명이라도 지르는 것같은 풀벌레와 나무벌레의 울음소리는 그것이 고통인지 행복인지 알 수가 없을 만큼 시끄럽고 날카로웠다. 주위의 낮은 산이나 멀리 있는 높은 산까지, 온통 푸르름이 짙게 내려앉아 있었다. 마치, 이 세상의 것이 아닌 것처럼 푸르렀으니 오히려 기이하고 섬뜩하게 느껴질 정도였다.

물을 성 전체에 끼얹어도 고작 돌계단을 내려가 성문 앞에 설 정도의 시간이면 다 말라 그 흔적이 사라질 것 같은 열기가 사방에 가득했다.

국무혈과 해구의 마주함도 그 숨이 막힐 정도로 어색한데, 한낮의 더위는 그 어색함을 더욱 숨이 막히도록 쥐어짰다.

"방법이 있소? 아직 그 수나 진영, 위치도 정확히 알지 못하고 여기저기서 나타나는데 말이오."

해구는 뜨거운 차를 한 번에 쭈욱 들이키고 답했다.

"말을 뱉었으면 지켜야지요. 그들을 해치우지 못한다면 제가 스스로 목을 바치겠습니다."

"그런…."

"이런 말을 드리는 것이 실례인 줄 압니다만. 백제의 녹을 먹는 장수가 그것조차 하지 못해서 어찌하겠습니까? 후에 고구려에게는 어찌 대적할 수 있겠습니까."

말을 마친 해구는 호탕하게 웃으며 고개숙여 예를 갖추며 준비할 것을 알리며 자리를 떴다.

국무혈은 자신이 무시를 당했다는 생각이 들었다. 분명 자신과의 대화는 자신감이 아닌 오만하고 무례함이었다. 국무혈은 화가 치밀어 오르기 시작했다. 또한 그와 동시에 해구의 서늘하고 무서운 면을 보았다.

"해치운다니…. 모조리 죽여 없애는 것이 목적이란 말인가…."

혼잣말을 중얼거리며 인상을 구기던 국무혈이 휘하 장수 대방과 장무를 불렀다. 그리고 그들에게 낮은 목소리로 의미심장하게 명령을 내렸으니 그들은 지체없이 그대로 물러났다.

해구의 말에는 독이 가득 들어 있었다. 그의 몸짓 하나하나에서도 오만함이 묻어 있으니 결코 가볍게 여길 사내가 아니었으며 더군다나 그것이 한 부대의 군사를 이끌 장수라 함은 오히려 위협적인 반란군으로 보일 정도였다. 그것은 자칫 잘못하면 그러할지도 몰랐다.

대번에 국무혈은 해구의 성품을 간파했지만 자신이 성주로 있는 곳에 도움을 주러 왔으니 그 어찌 거절을 할 수 있단 말인가. 더군다나 어라하의 명을 받들어 왔다는데 참으로 도리가 없어 보였다.

국무혈은 그러지 않으려 해도 불안함을 숨길 수 없었다. 여지껏 성 안팎의 백성들을 보살피는 것을 가장 우선으로 생각했지만 조금의 희생도 치르지 않고 녹열단을 정리할 수는 없는 노릇이었다. 다만 그 희생이 이제는 조금에서 그치지 않을 것 같은 기분이었다.

해구의 지시대로 바삐 움직이는 그의 병사들을 보고 있노라니 한숨이 절로 새어 나왔고, 그 한숨은 저도 모르게 크게 탄식으로도 터져나와 마치 끙끙 앓는 것과도 같이 성루를 타고 흘러나갔다. 마침 그날, 당번병으로 야참을 준비하던 여곤은 차와 삶은 무 한 조각을 들고 성루의 처마에서 올라오다 그 깊고 깊은 한숨을 들었다.

"어찌해야 한단 말인가…."

국무혈은 혼잣말로 중얼거리며 머리를 주물렀다.

여곤은 조심스레 멈춰 서서 그 모습을 보다가 잠시 가만히 자신의 팔뚝을 보았다. 잔뜩 해지고 찢긴 팔뚝의 상처와 소매를 보고는 급한 대로라도 옷을 갈아입고 예를 갖춰 상을 올리는 게 나았을까 싶었다. 국무혈의 기분이 좋지 않음이 괜히 자신의 차림새에 불똥이 튀지 않을까 싶었다.

가만히 받침 상을 들고 서 있던 여곤이 용기를 내어 국무혈에게 자신이 왔음을 알렸다. 심기를 건드리지 않도록 작은 발소리를 두어 번 내었다.

뒤에서 인기척을 느꼈는지 국무혈은 재빨리 뒤를 돌아보았다. 그가 이마를 짚었던 손을 얼른 내렸다.

"무엇이냐?"

"성주 어르신. 침소에 드시기 전 소화가 잘되시라고 작은 무 한 조각과 따뜻한 차를 가져왔습니다."

여곤은 고개 숙여 예를 갖추었다.

"아… 그래. 저기 저 탁자 위에 놓고 가거라."

평소보다 무겁고 느리게 올라가는 국무혈의 어깨의 움직임이 여간 신경이 쓰이는 게 아닌 여곤이었다. 여곤은 가만히 걸음을 옮겨 받침 상을 탁자 위에 올려놓았다. 다시 뒤돌아선 국무혈의 뒷모습을 보다가 슬그머니 그의 뒤쪽에서 세 보 앞으로 다가갔다.

 국무혈은 가만히 아래에 해구의 병사들을 보았고, 여곤도 그 광경을 지켜보았다.

 아무리 세 보나 뒤에 서 있다고 해도 국무혈은 여곤의 기척을 느끼지 않을 수 없었다. 작은 헛기침으로 뒤를 돌아본 국무혈은 여곤이 마치 무언가에 홀린 듯 오히려 자신보다 더 집중하여 뚫어져라 성벽 아래의 군사들의 모습을 보고 있는 것이 의아했다. 국무혈은 이를 이상하게 보아 여곤에게 물었다.

 "네 눈에 보이는 것이 무엇이길래 그리 유심히 보는 것이냐?"

 낮고 굵은 음성의 국무혈의 물음에 여곤은 정신이 번뜩 들었는지 얼른 고개를 숙여 답했다.

 "아닙니다. 그저 성주님께서 무엇을 그리 걱정스럽게 바라보시는지 궁금하여 무례를 무릅쓰고 보았습니다."

 여곤의 얼굴을 빤히 보던 국무혈은 그의 눈빛이 똘망똘망하며 빛이 나는 것을 알아챘다. 그것은 횃불의 빛으로도 가릴 수 없는, 마치 높이 떠 있는 반짝이는 별과도 같아 보였다.

 그 모습에 무언가에 홀린 듯 국무혈은 지푸라기라도 잡는 심정으로 걱정거리 한 움큼을 가볍게 툭 뱉어 냈다.

 "하루도 꽉 채우기 전에 한성에서 해구라는 장수가 왔다. 우리 충주성 주변에 어지러움을 일으키는 녹열단 놈들을 해결하기 위해 왔다고 하는데, 어째 말을 하는 것이 우리의 백성들은 생각지 않고 그저 힘으로 모조리 쓸어버리려고 하는 것 같구나. 밤새 무엇을 하고 있는지 그 꿍꿍이를 알 수는 없지만 크게 위험을 만드는 데 거리낌이 없어 보이니 그저 우리 백성들이 걱정이구나. 민심을 잃어서는 안 되는 곳인데."

일개 병사에게 겨우 털어놓을 정도의 고민이라면 그것은 어찌 보면 가장 큰 고민일지도 모른다.

결코 문주의 밑에서 그를 따라 북으로 올라오다 남겨진 병사라 무언가 다를 거라 생각하진 않았다. 국무혈에게는 그저 똑같은 백제 땅에 발을 딛고 백제를 위해 사명감을 갖고 자원한 여타 다른 병사들과 다를 것이 없었다.

그저 그 눈빛이 초롱초롱한 것이 절로 하소연 아닌 하소연이 난 것이다.

여곤은 한참을 듣고 주변을 보다가 문득 자신의 팔뚝을 보았다. 찢긴 소매 사이로 살짝씩 드러난 팔뚝에는 상처가 미처 다 아물지 않아 붉은 꽃보다 진한 색을 띠고 있었다.

가만히 침묵이 흐르던 시간은 그리 길지 않았다. 갑자기 여곤은 무언가 생각이 났는지 저도 모르게 손뼉을 쳤다. 그 소리에 국무혈은 깜짝 놀랐다. 여곤은 제 생각에 빠져 국무혈이 놀라는 모습은 아랑곳하지 않고 정중하게 속히 여쭈었다.

"국무혈 장군님! 제게 좋은 생각이 있사옵니다. 감히 주제 넘게 제 계획을 말씀드리자니 너무도 큰 무례를 범하는 것 같아 말씀드리는 것을 아끼고 싶지만 한 번 믿어 주신다면 너무도 영광이지 않을 수 없겠사옵니다."

너무도 당당한 여곤의 말에 국무혈은 의아해하며 여곤에게 되물었다.

"그것이 무엇이냐?"

여곤은 무릎을 꿇고 예를 갖추어 상세히 자신의 생각을 정리하여 말하였으며, 국무혈은 그 말에 큰 관심을 보이며 맞장구를 치니 참으로 해 볼 만한 일이 아닐 수 없었다. 국무혈의 고개는 위아래로 빠르게 흔들렸다.

"만일 그대로 된다면 참으로 신통할 따름이다. 어차피 가만히 놔둔다면 이도저도 되지 않을 것이니…. 내, 대방과 장무에게 일러 같이 움직일 수 있도록 하겠다."

여곤은 기쁜 마음으로 그 답을 듣고 부리나케 달려 성벽 아래로 한달음에 내려갔다. 그리곤 곧장 쉬려 누워 있던 계후에게 국무혈과 있었던 일을 이야기했으니 계후가 놀라고 말았다.

"대방과 장무는 매 곳간의 문을 열어 여곤에게 맡겨라."

매를 다루는 실력으로 일찌감치 영암성에서 소문이 자자할 정도로 여곤이 매들의 습성을 잘 알기에 가능한 일이었다. 또한 그동안 계후에게서 그리고 국무혈의 장수인 대방과 장무의 밑에서 받은 군사훈련을 빠르게 습득한 덕분에 창 하나를 쥐고도 능히 적군을 대적할 수 있었으니 이제는 제 한 몸을 지키는 데 자신감이 붙은 여곤이었다.

여곤은 이 기회가 자신이 백제를 그리고 백성들을 위할 수 있는 길이라 생각하였다.

"충주성 주변의 우리 백성들에게 조금이라도 피해가 덜 가게 할 방법이 생각이 났습니다!"

"그것이 무엇이냐?"

장무는 호기심에 찬 눈으로 여곤을 바라보았다.

"성주님께 음식을 가져다드리다 우연히 제 팔을 보고 생각이 난 것인데, 이것 좀 보십시오."

여곤은 얼른 자신의 양 소매를 걷어올려 맨살의 팔뚝을 보였다. 상처투성이의 팔뚝은 붉게 달아오르고 또 달아올라 거의 굳어진 붉은색으로 자리 잡고 있었다.

"이것입니다! 저는 매를 잘 다룰 줄 알기에 빠르게 나는 매들을 이용하면 사람들을 안전한 곳으로 이끌어 피할 수 있도록 만들 수 있을 것이라 생각이 되옵니다. 만일 가축이나 동물의 사체를 한곳에 쌓아 두고 그쪽으로 사람들을 피할 수 있도록 미리 알린다면 그곳에 우리 군사들이 지키고서 들어오는 백성들을 맞이하여 그들을 지켜 낼 수 있을 것입니다."

"그렇지만 고작 매로 어떻게…."

대방이 옆에서 참지 못하고 거들어 물었다.

"매들을 굶긴 후, 사냥에 적합한 동물의 냄새만을 계속 맡도록 하면 매들은 틀림없이 하루나 이틀만 지나도 순식간에 냄새를 맡고 사냥감을 향해 돌진할 것입니다. 한두 마리의 매가 아닌 수십의 매라면 나는 모습이 사람들에게 보이겠지요. 미리 마을의 사람들에게 일러 두어 매가 나는 방향 쪽으로 힘을 다해 뛰어오도록 한다면 나머지는 우리 충주성의 군사들과 장군님들께서 가뿐히 지켜 주실 수 있을 것입니다. 만일 녹열단 중 누구라도 눈치를 채고 같은 방향으로 뛴다 하여도 그들은 머리에 녹색 띠를 두르고 있으니 구분이 쉽게 되어 막을 수 있을 것으로 아뢰옵니다. 또한 계후와 제가 병사들과 오는 길에 불화살을 쏴 길을 터 밤이라도 마치 낮처럼 구분을 할 수 있도록 하겠습니다."

여곤의 말이 끝나자마자 대방과 장무는 고개를 잠시 푹 숙이다가 하늘을 올려다보았으며 동시에 눈을 맞추며 고개를 절레절레 흔들었다.

"네 머리에서 나온 것이 맞느냐?"

대방이 물었다.

"예, 제가 가진 것중에 도움이 될 만한 것을 찾자 하니 붉은 상처의 팔과 매밖에는 생각이 나질 않았습니다. 또한 계후는 용맹하기 그지없으니 녹열단에게 일개 병사의 실력을 보여 주어 그들의 오금이 저리게 만들 수 있을 것이라 생각합니다."

막힘없는 여곤의 지혜에 장무는 고개를 끄덕였고 두 장수는 여곤의 말을 믿어 보기로 하였다.

국무혈이 괜한 소리로 자신들에게 여곤의 말을 들으라 한 것이 아니었다. 문주 태자가 괜히 쓸데없는 사사로운 정으로 여곤을 들여보낸 것은 아님을 알 수 있었다.

"과연… 매 곳간의 문을 열어 여곤에게 맡기라는 명이 하나도 이상치 않음이다…."

여곤을 물러가게 한 후, 대방과 장무는 국무혈의 말을 곱씹으며 혀를 찼다. 그것은 안타까움에서가 아니었다.

"여기가 아니라 좀 더 위로 올라가야 할 것 같지 않소?"

장무가 대방을 바라보며 허탈하게 물었다.

여곤은 계후에게도 대방과 장무에게 계획을 말했다 전했고, 바로 다음 날 동이 트자 대방과 장무는 계후를 따로 불렀으며 수십의 병사들을 계후에게 이끌게 했다. 그리고 말을 달릴 줄 아는 계후와 여곤은 그대로 마을로 먼저 향했고 대방과 장무를 비롯한 병사들이 뿔뿔이 흩어져 마을 곳곳 집집마다 얼굴을 아는 자들에게로 갔다.

해구는 자신의 병사들 일백에게 명해 낮에는 쉬게 하고 밤에는 나무와 흙을 담아 커다란 솥에 태우기 시작했다. 삼 일 밤낮 동안 그것을 지시했으니 국무혈은 그것을 의아하게 보았다.

그동안 장수 대방과 장무는 자신의 병사들을 이끌고 몰래 성밖 마을을 둘러 가며 백성들을 살피고 그들에게 피신할 것을 알렸다.

국무혈은 백제의 무고한 백성들이 다치는 것을 원치 않았다. 물론 해구의 일을 방해하고 싶진 않았지만 모습을 보아 하니 까딱하다간 죄 없는 백제의 백성들마저 의미 없는 희생양이 될 것 같아 보였다.

그렇게 약속한 삼 일째 달이 뜨기 시작하는 밤, 해구는 갑옷을 걸쳐매고는 자신의 병사들을 성벽으로 불러모았다.

"내가 신호를 내리면 바로 타고 있는 나무들과 뜨거워진 모래를 투석하여라. 그리고 저 너머에서 소리가 들리면 숨죽이고 앞으로 다가가 숲에 숨어 있도록 하여라. 머리에 녹색 띠를 두르거나 그들 주변에 있는 이들을 모조리 잡아 죽이도록 하여라."

명을 받든 병사들이 고개 숙여 답을 하고는 소리 없이 성문을 열어 수레에 솥을 수십 개를 실어 날랐다. 그리고 투석기 위에 솥을 올려놓기 시작했다.

해구와 그의 병사들이 녹열단들이 출몰한다는 숲과 마을 앞에 다다르자 해구는 일제히 신호를 내어 뜨거운 솥을 날리기 시작했다. 그러자 솥이 한참을 날라가 갈대밭과 숲에 떨어졌고 솥에 담겨 있었던 불타고 있는 나무들이 순식간에 옆 가지들에 옮겨붙어 불이 커지기 시작했다.

그 모습을 본 국무혈은 기겁을 했다.

"아니! 저렇게 무자비하게 아무렇게나 불을 지르는 것이 말이 되는가!"

하지만 해구는 자신의 방식대로 공격을 하기에 여념이 없었다.

불이 사방으로 번지는 속도가 매우 빨랐다. 여름에 마른 풀이 밤바람에 살짝씩 날리면서 불바람을 무섭게 일으켰다.

그런데 그때, 머리에 녹색 띠를 맨 자들이 비명을 지르며 곳곳에서 뛰어나오기 시작했다. 그리고 그것을 눈치챈 해구가 숨겨 놓은 군사들을 이끌고 닥치는 대로 찌르고 베기 시작했으니 그것은 녹색의 띠를 두른 녹열단 뿐만이 아니었다. 영문도 모르고 뛰쳐나온 사람들도 죽어 나가기 시작했다.

국무혈은 모르고 있었다.

해구는 사흘 동안 백성들에게 성 가까이 숲과 들판으로 곡식을 쌓아 두게 하였다. 이후 성에서 직접 그 곡식을 풀어 임시로 지급하며, 그 소문이 멀리 퍼지도록 조치했다. 결국, 이 소문은 녹열단의 귀에도 들어갔고, 그들은 한밤중에 급습해 곡식을 약탈하려 했다. 그러나 해구는 이를 예상하고 있었고, 오히려 녹열단의 계략을 이용했던 것이었다.

하지만 거기까진 좋았다. 해구는 녹열단뿐만이 아니라 남아 있거나 미처 돌아가지 못한 백제의 사람들도 무참히 베려 하고 있었다. 수법은 대단했으나 그 결과가 끔찍하니 국무혈이 보기에 심각하지 않을 수 없었다.

불이 활활 타서 마치 대낮같이 밝은 덕에 해구와 병사들은 마구 공격을 퍼부을 수 있었다. 비명 소리가 끊이지 않고 있을 때, 갑자기 길고 긴 날카로운 바람 소리가 강하게 울리며 마치 지옥에서 날아온 새처럼 하얀 매들이 타오르는 불길을 피하며 쏜살같이 불길 너머로 날아갔다.

그 수가 스무 마리가 넘으니 괴이하기 그지없었다.

불길과 살육의 현장에서 갑자기 여러 사람들이 매가 있는 곳으로 전력으로 뛰기 시작했고, 가차없이 칼과 창을 휘두르던 해구와 병사들은 그것을 미처 확인할 틈도 없었다.

일부 사람들이 전부 매가 있는 곳으로 뛰어 달아난 곳에는 대방과 장무가 병사를 세워 두고 있었으며 그들의 뒤로 숨은 것은 다름아닌 백제의 선

량한 백성들이었다.

 타오르는 불길을 피해 눈치껏 백제의 백성을 쫓아 도망 온 녹색 머리띠의 녹열단들이 대방과 장무의 앞에서 놀라 그 발을 멈추었으니 쉽게 구분이 가 그들을 가차없이 공격하였다.

 그곳에는 계후가 선봉에서 달려 창을 마음껏 휘둘렀으니 대방과 장무의 눈에 확연히 띄었다.

 한편, 그 모습을 유심히 바라보던 국무혈과 그 옆에 걱정스러운 얼굴로 계후가 있는 쪽을 바라보고 있는 이가 있었으니, 여곤이었다.

 매를 부른 것은 여곤의 휘파람 소리였다.

 해구가 삼 일을 보낼 동안 국무혈은 대방과 장무를 시켜 곳곳의 백제의 마을 사람들과 성 주변에 있던 일꾼들에게 일렀고 여곤과 계후가 동참했다.

 "만일 무슨 일이 생길 때, 하늘에 매가 날아가는 곳이 있으면 즉시 그 방향으로 뛰어오시오. 그럼 살 것이오."

 그리고 계후와 몇몇의 병사들이 죽은 토끼나 산동물의 사체를 몇 겹씩 성문의 맞은편 좌편으로 쌓아 풀숲에 숨겨 놓았다.

 그리고 여곤은 해구가 성밖에 나가 모든 이들을 공격하고 있을 때, 매를 풀어 날아가게 하였던 것이다.

 해구의 전략에도 놀랐지만 국무혈은 여곤의 능력과 계후의 용맹함에도 놀랐다. 그것은 대방과 장무도 그러했으니 국무혈이 생각하기에 그 둘을 문주가 보낸 이유가 분명해 보였다.

 해구는 의기양양해 국무혈에게 수백의 산더미처럼 쌓아 올린 녹열단을 보여 주었고 그 우두머리를 잡아 목을 바쳤다.

"우두머리를 잡았으니, 할 일은 다 한 듯싶습니다."

소름 끼치게 웃는 해구의 모습에 국무혈은 아무 말도 할 수가 없었다.

해구는 날이 밝아 국무혈에게 예를 갖춰 인사를 하고는 말을 타고 유유히 성을 떠나며 말했다.

"저는 이제 한성으로 돌아갑니다. 훗날 뵈었으면 좋겠습니다. 그때는 국무혈 님이 내기를 제안하시는 것이 어떻겠습니까? 하하하."

홀연히 사라지는 해구의 뒷모습을 바라보던 국무혈은 그의 의미심장한 마지막 말에 소름이 끼쳤고 두려워지기 시작했다.

"훗날… 나더러 내기를 제안하라고…? 어허…."

해구의 활약 아닌 활약 덕분에 충주성 백성들은 국무혈을 우러러보았고, 깊은 은혜에 칭송이 자자했으나 국무혈은 마냥 기뻐할 수만은 없었다.

많은 생각이 교차하던 국무혈은 며칠 후, 여곤과 계후를 따로 불러 말했다.

"그날의 일은 내 평생 가장 인상 깊었다. 너희는 이곳에 있는 것보다 어쩌면 더 큰 곳에 도움이 될 것 같으니 태자 저하를 뵐 수 있도록 한성으로 올려보내겠다."

"예? 한성 말입니까?"

여곤은 깜짝 놀라 물었다. 한성으로 가서 태자 저하를 만나라니 무슨 말인지 영문을 몰랐다.

"그래, 한성으로 올라가 내가 바로 보냈다고 알리면 태자 저하께서 널 반갑게 맞이하실 것이다."

"태자 저하께서 왜 절…?"

"계후도 같이 올라가도록 하여라."

"무슨 말씀이신지….."

여곤은 당황했지만 한성으로 올려보내 준다는 국무혈의 말에 생각보다 빨리 헤어진 장군님을 만날 수 있다는 생각에 몹시 기뻤다.

계후와 여곤은 들떴고 둘은 국무혈의 장수 대방과 함께 말을 타고 한성으로 올랐다.

"이렇게 갑자기 빨리 올라갈 수 있을지는 몰랐어!"

여곤이 말고삐를 잡고 달리며 계후에게 신나서 말했다. 그러자 계후 역시 무언가 비장한 표정이 절로 지어져 여곤을 보며 말했다.

"그렇네! 이제 형을 만날 수 있을지도 몰라!"

둘은 한성으로 올라가는 동안 서로 신기해했다. 그리고 자신의 부탁과 약속을 들어준 문주 장군님에게 고마워했다.

'그동안 보지 못했던 여경 장군님하고 문주 장군님을 만날 수 있어. 그리고 그곳에서 일을 할 수 있고 분명 힘을 많이 기를 수 있을 거야! 아! 태사평 장군님도 무척 그리운데….'

여곤과 계후의 목적은 달랐지만 목적지는 같았다.

448년, 찌는 듯한 7월의 한여름.

날이 깨끗하고 맑아 유난히도 큰 별들이 여럿 보이던 밤, 둘의 머리 위에 잠시 머물렀던 구름이 바람을 타고 한성 위로 빠르게 움직이며 마치 여곤과 계후와 길을 동행하는 듯 보였다.

우연히도 그 구름을 본 이가 여러 명이 있었으니, 유난히 잠을 이루지 못하고 처소에서 달빛을 바라보던 여경, 처마 밑에서 한참을 고양이와 놀아

주던 문주 그리고 향초의 연기를 쫓기 위해 신궁에서 작은 창을 열었던 수비리시였다.

수비리시는 가만히 서 큰 별을 유심히 보았는데 갑자기 숨이 턱 막히는 것이 거대한 별이 자신의 가슴을 짓누르는 것처럼 느꼈다.

"무엇이냐, 저것이…."

한편, 풍량은 여름인데도 스산한 바람이 불어와 몸이 으슬으슬 떨리기 시작했다. 갑자기 사지가 찌릿해지자 달빛의 밝음을 벗삼아 읽고 있던 책을 놓고 가만히 일어나 집 밖의 큰 바위에 우뚝 섰다. 그 바위에서 보는 하늘이 가장 넓고 또렷이 보였다.

영암골 큰 바위에서 주위를 둘러보니 북쪽으로 유난히 큰 별이 떠올라 있었고 풍량은 다른 이들은 미처 보지 못한 것을 발견했다.

어지간한 밤구름보다 크고 맑은 구름이 말이 달리는 속도보다 빠르게 북쪽 별이 있는 곳으로 흐르고 있으니 그것은 마치 봉황과도 같아 보였다.

"구름이 바람을 타고 빠르게 흘러 백제 한성으로 올라가니 곧 큰 별과 마주하겠구나…."

4. 그 피는 백제를 살릴 피인지

장수 대방이 여곤과 계후에게 일러 고개를 들지 말고 자신이 엎드려 절을 할 때 따라 하라 했다.

커다란 한성궁전에 입성을 한 여곤과 계후는 그 화려함과 크기가 생전에 본 적 없는 어마어마한 것이라 고개를 절로 숙이지 않을 수가 없었다. 과연 그 기가 사방에서 뿜어져 나와 숨도 못 쉬게 압박했으니, 위압감에 긴장해 걸음이 빨라지지 않았다.

대방이 초병들을 지나쳐 커다란 궁전 어느 처소 앞에 섰으니 여곤과 계후는 그 뒤에 바짝 붙었다.

"태자 저하, 충주성 장수 대방이옵니다. 말씀 올렸던 두 사내를 데려왔습니다."

대방이 예를 갖춰 말하자 잠시 후 안에서 소리가 들려왔다. 그 목소리는 여곤이 알고 있는 목소리였지만 너무 긴장을 한 탓인지 전혀 알아채지 못했다.

"아! 그렇소? 정말 그 능력이 출중하오?"

"예, 성주 국무혈 장군이 그 뛰어남이 예사롭지 않다고 하였습니다. 그리하여 바로 올려보내셨으니 이리 한걸음에 달려왔습니다."

대방의 말이 끝남과 동시에 처소의 문이 열렸고 한 사내가 한껏 들뜬 목소리로 명했다.

"대방은 수고하였소. 며칠 머물다가 바로 충주성으로 돌아가도록 하시오."
"예, 태자 저하!"
 태자 저하의 등장에 여곤과 계후는 잔뜩 긴장했다. 그리하여 몸을 더욱 수그려 굽히려는데 여곤의 머리 위에서 큰 목소리가 울렸다.
"일어나거라, 곤아!"
 엄청난 울림에 저도 모르게 여곤은 뭔가에 홀린 듯 고개를 들었다. 그러자 자신의 앞에는 장군님이 있지 않은가.
"나다, 나! 잘 지냈느냐?"
 환히 웃고 있는 얼굴의 문주 장군. 문주와 여곤은 그렇게 다시 만났다.
 문주가 태자라니 여곤은 놀라 까무라칠 뻔하였다.
 여경이 다음 날 여곤을 반겼으며, 태사평이 여곤을 몰래 얼싸안았으니 예전 그 넷이 다시 새로운 하나가 되었다.

 여곤은 여경과 문주가 한성백제의 태자의 신분이었단 것을 까맣게 몰랐다. 영암성에서 보았던 개구진 모습과는 영 딴판이었다. 화려하기 그지없는 비단옷을 입은 여경과 문주가 낯설게 느껴졌으나 그들의 모습과 행동은 오히려 전보다 더 살가웠다.
 여경은 여곤에게 한성 기병들의 말과 수백의 기품 있는 매를 관리하도록 맡겼으며, 여곤의 요청으로 계후를 병사로 받아들였다.
 그리하여 여곤은 매일 낮에는 말과 매를 관리했으며, 틈틈이 계후와 병사들이 어우러져 훈련을 받는 모습을 몰래 지켜보았다가 밤에는 그것을 혼자 따라 해 보았다.
 여곤은 한성 마장인의 집 한켠에서 지냈으며 마장인은 여곤에게 말을 조련하고 이리저리 번뜩이게 움직이도록 하는 훈련을 가르쳤다.

병사들의 숙소에서 지내는 계후는 가끔씩 밤 초병 근무를 서기 위해 마장인의 집을 지나쳐 갈 때면 곤지와 만나 가벼운 수다를 떨곤 했다.

"형은 찾았어?"

"아니, 아직. 이곳만이 아니라 다른 쪽에도 아직 병사들이 많이 있대. 그리고 주변에 다른 성들에도 병사들이 많이 있다고 하니까…. 그래도 여기까지 네 덕분에 왔잖아! 머지 않았어. 고맙다. 이 은혜는 꼭 갚을게."

"그래, 나중에 꼭 갚아! 하하하."

코를 골던 마장인이 바깥에서 들리는 둘의 소리가 시끄러운지 신음을 한 번 꿍 내더니 반대로 돌아누워 다시 잠을 청했다.

한성에서 여곤의 얼굴을 아는 이는 여경과 문주뿐이었고 여곤의 출생을 아는 이는 비유와 소굽뿐이었다. 허나 그 둘 다 아는 것은 태사평뿐이었고 그 둘 다 까맣게 모르고 있는 이는 수비리시였다.

너무나 큰 일이 소용돌이처럼 몰려온 것을 비유는 까맣게 몰랐다. 여신이 죽고 여곤이 태어난 날, 그 영험한 기운을 풍량에게 들은 비유는 혹여나 음흉하고 도통 속셈을 알 수 없는 수비리시에게 들켜 화를 입을까 청령과 함께 먼 곳으로 보냈는데 그것을 두 태자가 알 리가 없었다.

"아버님! 영암에 계시던 작은어머니의 밑에 있던 아이가 여기 한성으로 왔습니다. 그 아이는 총명했고 더욱 용감해져 저희를 찾아왔습니다."

여경과 문주는 신나서 비유에게 말했다. 예전 자신들을 영암으로 보내며, 꼭 작은어머니를 찾아뵙고 그 밑에 사내아이를 잘 돌보라고 당부했던 말을 잘 지킨 것을 뿌듯해하며, 그 아이가 용감하게 자라 이곳까지 들어온 것을 기뻐하며 자랑스럽게 말한 것이었다.

그 소리를 들은 비유는 놀랐다.

"그 아이가 여기 있느냐?"

"예, 아버님!"

비유는 순간 정신이 아득해졌다.

어찌 기쁘지 않을 수 있겠느냐마는 커다란 걱정이 찾아오는 것 또한 막을 수 없었다.

비유는 여경과 문주에게 여곤이 있는 곳을 물었고, 며칠 후 야심한 밤 대시종을 따라오지 못하게 하고 몰래 여곤이 있는 마장인의 집으로 갔다.

마장인을 깨워야 했지만 그럴 필요가 없었다. 비유가 이리저리 안을 살피려던 차, 여곤이 집 옆 담벼락에 쪼그리고 앉아 하늘의 달을 올려다보고 있는 것을 보았다. 여곤의 얼굴에는 알 수 없는 그리움이 짙게 드리워져 있었고 여곤의 손에는 쪼개어진 금장식이 들려 있었다.

비유는 한눈에 알아보았다. 그 금장식은 여신의 것이었다. 그 금장식을 가지려고 얼마나 수비리시가 애를 썼던가….

처음 아버지 전지께서 만드신 상좌평의 자리. 그것을 증명하는 금장식. 그리고 처음 그 자리에 오른 여신. 그 옛날, 예쁜 것을 좋아했던 수비리시가 해수를 이용해 그 자리를, 그 금장식을 가지러 들었다. 그리고 여신은 그 수비리시가 백제를 어지럽힐 것을 알아보고 얼마나 많은 것을 막아 돌려 세워 놨던가.

숨어서 여곤을 물끄러미 바라보던 비유는 허무하게 죽은 여신이 다시 살아 돌아온 것만 같아 보였다. 돌아와 하늘을 원망하는 것 같아 보였다.

비유 21년 8월.

"네가 여곤이냐?"

"예, 그렇사옵니다."

뜨겁디뜨거운 여름이 가고 가을의 바람이 짙은 흙의 내음을 이끌고 온 날, 초승달이 떠 있는 날에 태사평은 여곤을 비유에게 데려갔다.

비유가 여곤을 보자 오래 여물어 있던 그리움과 안타까움 그리고 서글픔의 감정이 터져 나왔다.

"잘 왔다."

여곤은 한성에서의 모든 일이 어리둥절했고 낯설었다.

길고 긴 밤이 될 것만 같았다. 그리고 그것은 정말 그러하였다.

비유의 앞에 엎드려 고개를 숙이고 있던 여곤을 비유가 부드럽게 달래어 일으켜 세웠다. 처소에는 비유와 태사평만이 있었으니, 보는 눈이 없어 비유는 여곤을 일으켜 세움에 주저하지 않았다.

"네가 곤이구나."

비유는 여신과 닮아 있는 여곤의 모습에 무척이나 반가워했으며 그만큼 미안한 마음이 컸다.

"예… 어라하."

태사평이 눈치를 보던 여곤에게 부드러운 표정을 지어 보이며 긴장을 풀 수 있도록 도와주었다.

"네가 품에 지니고 있는 금장식을 볼 수 있겠느냐?"

여곤은 비유가 뜻밖의 말을 하자 놀랐다. 자신이 지니고 있는 금장식을 알고 있는 이는 없었다. 한 번도 다른 이에게 보이지 않았는데, 어찌 알고 비유가 그것을 물었는지 몹시도 당황한 여곤이었다.

놀란 기색이 역력한 여곤이 어쩔 줄 몰라 하자 비유는 가만히 다가와 여곤의 손을 덥썩 잡았다.

"걱정 말거라. 네가 그것을 내게 보여 줌에 있어서 아무런 변고도 없을 터, 오히려 내가 네게 해 줄 말들이 많을 것이다."

어라하를 믿지 못하는 것이 아니다. 어라하를 믿지 못하는 것은 백제를 믿지 못함과 마찬가지이다.

여곤은 큰 실수나 저지른 사람처럼 얼른 품에서 자신의 금장식을 꺼내어 비유에게 보였다.

금장식을 받아든 비유가 한참을 손으로 문지르며 보다가 눈물을 글썽였다. 비유의 축축해진 눈가에 여곤은 더욱 당황했고, 그보다 더 놀라운 말이 준비 없이 여곤의 귓속으로 뚫고 들어왔으니 여곤의 온몸이 경직되었다.

"네가… 네가 그 아이가 맞구나, 맞아!"

"그것이 무슨 말씀이신지…."

"설령 이 금장식이 아니어도 네 생김새만을 보더라도 네가 대백제의 대장군 여신의 자라는 것을 알 수 있겠구나. 이 금장식은 내가 네 아비인 여신 님에게 준 것이다."

비유는 어리둥절해하며 얼이 빠져 가만히 서 있는 여곤을 껴안고 등을 두드렸다.

"하늘이! 하늘이! 네가 살아 나를 만났구나!"

그 모습을 지켜본 태사평은 그저 묵묵히 눈을 감고 고개를 숙였다.

비유는 며칠 밤, 여곤을 몰래 처소로 불렀고 그동안의 세월을 어찌 보냈는지 상세하게 들었다. 여곤은 백제의 뛰어난 장군 여신이 자신의 아비인 것만을 알았을 뿐, 자신이 변방 영암에 머물러야 했던 이유에 대해서는 알지 못하고 있었기에, 비유는 이번 일이 참으로 잘된 일이라 여겼다.

청령의 지혜가 돋보였으며, 기예와 태사평, 그리고 여곤을 가르치고 돌보아 준 풍랑에게도 그 은혜를 갚아야 함이 마땅하다고 생각했다.

구름 한 점 없이, 새소리가 듣기 좋은 어느 날, 비유가 여곤을 앉혀 놓고 말하였다.

"네 아비는 백제의 질서를 지키기에 충분하고도 넘치는 분이셨다. 하지만 네가 태어나기 전에 큰 난리통이 있었으니 안타깝게도 네 신분을 속여야만 했다. 언젠가는 찾아가려 했으나 그것이 뜻대로 빠르게 되질 않았구나. 의도치 않게 그리되어서 정말 미안하구나."

"아닙니다, 어라하."

비유는 여곤이 기특하다는 듯 머리를 쓰다듬었다.

비유는 여곤에게 여신의 이야기를 해 주었다. 또한 청령과 기예 그리고 예서와 함께 남쪽 영암에서 살아야 했던 이유를 말하였으니 여곤은 커다란 충격을 받았다.

동시에 자신의 신분과 존재가 백제 왕가와의 연이 있다는 것에 송구함과 더불어 마음속으로부터 올라오는 책임감이 들기 시작했다.

여곤은 비유의 앞에 무릎을 꿇고 감히 용감히 청을 하였으니,

"소인, 어라하와 백제를 위해 할 수 있는 일이 있거든 무엇이든지 기쁘게 받들고 싶습니다."

여곤의 떨리는 목소리에도 그 진심이 묻어나 있는 것을 알아차린 비유는 대견스러워하며 여곤을 일으켜 세웠다.

"네가 이 한성으로 들어온 것은 하늘의 뜻이니 이제는 내가, 아니 우리가 지켜 주겠노라."

비유는 여경과 문주가 여곤을 한성으로 끌고 들어오게 했다 생각치 않았고, 반대로 자신이 너무 소홀했다고 자책하지도 않으려 했다. 그리하여 수일을 고심 끝에 여곤과 여경 그리고 문주를 한자리에 불렀다.

그날은 태사평이 대처소의 밖을 철저히 감시하고 관리하며 지켰으니 평소보다 경계가 삼엄한 분위기에 수비리시와 해구 그리고 수마왕비가 의아해했다.

평소와는 다른 묵묵한 공기에 여경과 문주는 아무 소리도 내지 않았으며 여곤은 그저 죄인처럼 눈을 어디에 두어야 할지 모르고 무릎만 두 손으로 잡고 불편히 앉아 있었다.

비유가 잠시 후 처소에 들어와 세 아이를 물끄러미 번갈아 바라보았다.

비유가 입을 열기 전까지 고요와 적막만이 가득했으니, 아주 작은 실바람에도 풀잎들이 요동치는 소리가 크게 들렸다.

한참이나 수염을 쓸던 비유가 찻잔에 입을 가져다 대고 한 모금을 마신 후 탁자에 손을 올려 세 아이의 고개를 들게 하였다.

"여경과 문주는 나라가 흘러가는 모양새를 잘 보고 있느냐?"

어라하의 물음에 여경이 고개 숙여 답하였다.

"예, 아버님. 어라하께서 돌보시는 것에는 한참이나 부족하오나 모든 방면으로 신경을 쓰려 하고 있사옵니다."

"그래, 결코 오만하거나 안일하게 하지 말거라."

"예, 어라하."

문주가 크게 답하였다.

비유가 마지막으로 여곤을 보았고 찻잔의 차를 전부 들이켰다.

"여경과 문주는 잘 들거라. 여기 여곤은 네 동생과도 같은 아이다. 그것은 영암에서부터 그러하였다. 맞느냐?"

그러자 여경과 문주가 앞다퉈 눈을 반짝이며 답하였다.

"맞습니다. 저희는 그리 생각하고 있사옵니다."

여곤을 어여뻐하는 것을 눈으로 본 비유는 신기하다는 듯 여경과 문주를 보며 웃음을 지어 보였다.

"참으로 살뜰히 챙기는 것을 보아 너희들의 우애가 참으로 남다르구나. 이는 마음에서 절로 우러나오는 것이 아닐 수 없구나."

"아! 예, 어라하…."

여곤은 그런 대화를 듣고는 몸 둘 바를 몰라 했다. 그것을 알아차린 비유가 다시 수염을 쓸었다.

"여경과 문주는 잘 듣거라. 여곤은 우리 백제의 대장군이신 여신의 하나밖에 없는 혈육이다. 곤이는 여신의 자이니, 이는 백제의 아들과도 같은 것이다. 곤이가 한성으로 들어온 것은 어찌 보면 여신의 뜻과도 같을 것이며 하늘이 이곳으로 다시 돌려보내 준 것과 같다 할 수 있구나. 하지만 여곤이 여신의 자라는 것을 저 밖의 무리들이 알게 된다면 무슨 소란이 있을지 모르겠구나. 그러니 여곤을 너희의 동생으로 삼으며 나의 서자로 삼아 너희 셋이 형제가 됨을 어떻게 생각하느냐?"

비유는 명이 아닌 진실된 마음으로 두 아들이 여곤을 반기기를 바랐다. 그래야만 서로를 지키고 한데 뭉칠 수 있을 것이었다. 괜한 명분과 동정심으론 단단한 백제의 왕가를 구축할 순 없을 것이라 생각하였다.

"그럼 곤이가 셋째가 되는 것이옵니까?"

"제게 동생이 생기는 것에 그리고 그것이 곤이라는 것에 무한히 기쁠 따름입니다!"

문주는 입이 성문만큼이나 벌어지도록 놀란 채 여곤을 보았고, 여경은 부드러운 미소로 비유의 물음에 답하였다. 그들은 전혀 거리낌이 없었고 마치 원래 세 형제였던 것처럼 자연스럽게 다시 하나가 되었고, 이제는 그 모습을 아비에게 인정받는 모양새가 되었다.

그 사이에서 유일하게 안절부절하지 못한 것은 여곤뿐이었다. 여곤은 계속하여 고개를 숙인 채 있었고, 이리도 기쁘게 반겨 주는 여경과 문주에게 죄를 짓는 것 같은 기분이 들었다.

그러나 무거워질 뻔한 분위기를 여경과 문주가 바꾸어 놓았으니 둘은 여곤의 어깨와 등을 수십 번 두드려 주었다.

그런 세 사람의 모습은 비유의 평생에 가장 근심 없이 구름 속을 걷는 듯한 평온한 기분을 들게 하였다. 당장은 고구려군의 침략이나 골치 아픈 내정간섭의 고통에서 해방되는 것 같았다.

비유는 여경과 문주에게 영암에서의 수영 어르신이 여곤의 어미임을 알렸고, 무엇보다 앞으로의 상황에 신신당부를 하였다.

"여곤이 갑자기 서자로 앉는 것에 반발심을 갖거나 이상한 눈초리로 보는 이들이 많을 것이다. 그러나 이를 숨기는 것도 이상하기 짝이 없으니 청령을 다시 궁으로 들이고 비로 맞이하며 여곤을 영암에서 낳은 것으로 하여 보이되 정사, 내정에 신경을 쓰게 하지 않도록 하는 것이 좋겠구나."

"예. 옳은 말씀이십니다, 아버님. 특히 수마비는 자신의 자리가 위협받을까 혹여 좋지 않은 생각을 할까 우려됩니다. 수비리시는 워낙 해씨와 그 주변들을 서성이고 도니 믿을 만한 이들이 없습니다. 그들의 주변엔 목씨나 국씨도 드글거리며 협씨나 진씨조차 그들과 견제하느라 어느 하나 늘어나는 왕가 사람을 반길 이는 없을 것 같사옵니다."

여경이 근심에 찬 소리로 비유의 말에 맞장구를 치자 문주가 나섰다.

"허나, 아무리 그렇다 해도 백제의 어라하께서 그들의 눈치를 보는 것은 맞지 않다고 생각이 되옵니다. 어느 누가 정신 나가지 않고서야 어라하의 일을 맞설 수 있겠사옵니까! 저희들이 반드시 불평이 나오지 않도록 하겠 습니다."

여경의 신중함과 문주의 대범함에 비유는 대견해하지 않을 수 없었지만 침착히 여곤에게 이르기를 내정에, 그리고 군정에 관심을 두지 않을 것을 명했다.

수일 후, 여곤이 서자가 됨을 모두에게 공표하고 청령을 다시 궁으로 들여 비로 맞이했으니 모든 대신들이 어리둥절하였다.

누구도 그 이유와 상황에 대꾸하는 이는 없었지만 해구와 수비리시만은 달랐다.

수비리시는 한참을 몇 날 며칠간 하늘을 보며 생각에 잠겼다. 무슨 셈을 하는 것처럼도 보였다.

'청령비가 다시 궁으로 왔다…. 여곤이라는 자가 서자로….'

탁자 위에 데워진 술잔을 기울이던 해구가 불편한 심기를 감출 수 없었다.

"갑자기 태자가 생기다니요? 이 무슨 일입니까? 무슨 꿍꿍인지 왕가 사람이 늘어나는 것이 마구잡이식으로 그 수만 불리려는 것입니까?"

해구의 탄식과 불평에 수비리시는 급히 돌아 정색을 하며 해구의 입을 조용히 시켰다.

"쓸데없이 그런 말을 하다 누가 듣기라도 한다면 어쩌려고 그럽니까!"

"아니, 공을 세워 차례로 윗자리로 올라 계획대로 하려던 차에 이것은 우리에게 찬물을 끼얹는 것과 마찬가지가 아닙니까?"

해구의 말에 수비리시는 고개를 저었다. 수비리시는 분명 비유와 그 주변 무리에 무언가 있음을 알아차렸다. 그러나 그것이 무엇인지 정확히 알지 못했으니 신중을 기하여야만 했다.

"일단은 여곤 태자를 지켜보는 걸로 하십시오."

"흥! 지켜보나마나 어디서 굴러들어 왔는지…. 어라하가 청령과의 사이에서 낳은 자식이 뭐 대수입니까?"

"모르는 소리 마세요! 청령의 원래 지아비는 여신 님입니다. 어라하의 자식인지, 여신의 자식인지는 그 행동에 따라 다르겠지요."

해구는 수비리시의 말에 놀랐다. 여신이라면 익히 들은 과거 대장군이 아닌가.

"여신 님은 아들이 없다고 하지 않았습니까? 그리고 여신의 아들이라는 것이 무엇이 그리 대단하단 말입니까? 그저 백제의 장군의 자일 뿐이온데…."

수비리시는 해구의 말에 고개를 가로저었다. 수비리시의 눈동자는 미세하게 떨리고 있었다.

"모르는 소리 하지 마십시오. 여신 님은 그 예전 전지 어라하와 함께 왜로 건너가 백제의 대(對)원군의 기반을 닦으신 분입니다. 전지 어라하께서 왜로 보내어져 왜왕과 친분을 쌓고 백제와의 결속을 다지려 할 때, 쉽게 믿지 못하는 왜왕의 신임을 단숨에 얻고 그 기백을 왜 전체에 알린 것이 여신 님입니다. 들이며 바다며 가리지 않고 골칫거리 도적들을 소탕하며 뛰어난 기술을 가진 백제의 병사들과 장인들이 여신 님의 명에 따라 왜왕과 그 부족장들과 거리낌 없이 형제가 될 것을 명하니, 그리하여 이 백제의 왕가 사람들이 반갑고도 편하게 내려갈 수 있었던 것입니다. 아시겠습니까? 지금 왜의 군사들이 그리 용맹하게 신라를 견제하고 있는 것이 전부 누구 덕분인지. 예전 우리 백제에서 아방 어라하(아신왕)께서 승천하시고 둘째 동생인 훈해가 전지 어라하를 왜에서 오기만을 기다리고 있을 때, 아방 어라하의 가장 손 낮은 동생인 접례가 반란을 일으켜 스스로가 어라하가 되었던 적이 있습니다. 그때, 전지 어라하께서 왜에서 군사를 동원해 대범하고도 비상한 지략으로 반란군을 물리치고 어라하의 자리를 되찾을 때 역시 그 뒤에는 여신 님이 있었습니다. 여신 님은 대백제에 반란군을 물리쳤을 뿐 아니라, 아래 왜에게도 대장군과 같은 존재이니 이제 그 자식이 그 기백을 그리고 그 기운을 물려받고 태어났다면 우리의 기운이 뜻을 펼치지도 못하고 꺾일까 두려운 것입니다."

수비리시는 다만 자신도 정확히 여곤의 존재를 알지 못했으니, 비유의 행동에 의심을 품지 않을 수 없었고 신중하고 또 신중을 기해야 했다.

"여자아이만 있다고 알았지만, 그게 무슨 믿을 거리가 되겠습니까. 지금 갑자기 이런 일이 생긴 마당에… 정확히 모르니 신중을 가하자는 말입니다. 모쪼록 지켜보십시다."

해구의 불만은 점점 더 쌓여 갔고, 수비리시는 걱정이 점점 더 쌓여 갔다.

다행스러운 것은 해구는 충주성에서 여곤을 보지 못했다는 것이었다.

말자 태자가 된 여곤은 그날 이후, 철저히 내정에서 배제되었다. 청령에게서 그리고 여경과 문주에게서 단단히 주의를 받았으며 비유는 여곤에게 곤지라 이름을 불렀다.

예전 전지, 영 어라하께서 주신 곤유의 앞 성인 곤을 여곤에게 붙여 주었고 여곤을 곤곤 또는 곤지로 불리게 하며 선대 부여씨 왕가의 권력과 서열에서 한 발짝 물러나게 하는 느낌을 두었다.

다행스러운 점은 곤지 역시 그 말에 잘 따라 서열에 큰 뜻을 보이지 않았으며 어머니인 청령과 자신의 출신성분을 아는 것으로, 그리고 편하게 지낼 수 있도록 덕을 내려 준 것에 감사하며 지냈다. 그리하여 곤지는 뜻하지 않게 가장 자유로울 수 있는 권력자 아닌 권력자가 되었다.

자유로움을 더한 곤지는 꾸준히 태사평과 계후를 만나 창술을 배우고 이야기도 나누었지만 어쩐지 계후가 눈치를 보기 시작했다. 갑자기 변해 버린 신분 차이에 그도 그럴 것이었다. 그러나 그럴수록 곤지는 계후를 더욱 살갑게 대하였고 여경과 문주가 힘을 보태어 기쁘게 맞아 주었으니 예전과 다름이 없도록 그 분위기를 만들었다.

열여덟에 말자의 자리에 올라왔다고는 하나 곤지는 자신의 어깨를 크게 편 적이 없었으며 턱을 들어 올리지도 자세를 높이지도 않았으니 그가 걸친 옷만 아니라면 누가 보아도 일반 백제의 백성들과 다를 것이 없었다.

이른 아침 누구보다 먼저 눈을 떠 매와 말들과 이야기를 나누었고 늦은 밤, 누구보다 늦게까지 하늘과 바람 그리고 묵묵히 자리를 지키고 선 나무와 눈을 맞추었다.

병사들의 수련일과가 끝이나면 계후를 찾아 그와 동료들과 함께 어울렸으며, 아무리 작은 일을 맡아 하는 자라도 그들의 일과를 신기해했으며 붙어 다녔으니 한성 안의 모든 이들에겐 곤지는 불편한 태자지만서도 허물없는 왕가의 뜻밖의 모습을 비춰 밝혀 보여 주고 있었다.

그것은 곤지에겐 아무것도 아닐지라도 실로 대단한 것이었다. 온화한 백제 왕가의 모습이 군중들을 사로잡은 것이었다.

곤지는 바람이 좋은 날은 가끔씩 궁 밖을 나가 자신의 신분을 감추고 백성들과 어울렸는데 돌아올 때면 항상 계후와 태사평, 그리고 여경과 문주에게 여러 가지 흥미로운 일들을 이야기해 주곤 하였다.

계후는 그런 곤지의 모습에서 예전 처음 대장간에서의 곱상한 얼굴을 숨긴 채 만났던 곤지의 첫 모습이 떠올랐고, 여경과 문주는 영암성에서 그 초롱초롱한 눈으로 흥미로운 이야깃거리를 전달하던 아이의 천진난만한 모습이 그대로 변치 않은 채 떠올랐으니, 사람이 변하지 않는 것이, 그 마음에서 진정 우러나온 것이라 함이 참말이라 생각하였다.

하지만 천하는 그리 태평히 백제를 놔두려 하지 않았다.

그 무렵, 비유는 고구려군이 흉흉한 소문을 퍼뜨리고 다니는 것을 알아차렸다. 결전을 거듭해야 하는 날이 예고 없이 찾아올 것을 직감했으나, 걱정만 한다고 달라질 것은 없었다. 세 태자들이 가장 걱정이었으니 그 아이들에게 백제의 미래가 달려 있다고 하여도 과언이 아니었다.

답답한 마음에 침소의 문을 열어 하늘을 올려다보니 그날따라 달이 밝았다. 둥근달의 반을 꽉 채운 구름이 마치 선대 전지 어라하와 같아 보였으니, 문득 한 가지 묘안이 떠올랐다.

초고왕 이후, 담덕이 고구려에 재위한 시점부터 그는 끝없는 복수심에 백제를 한시도 가만히 놔두지 않았고, 나라는 불안에 휩싸이게 되었다. 이처럼 위태로운 상황을 타개하기 위해 백제의 고개를 들고 기지개를 켜기 시작했던 것은, 먼저 내정을 정리하고 기강을 확립하던 전지 어라하의 방식이었다. 이를 떠올린 비유는, 가장 적절해 보이는 해답이 바로 왜와의 관계에 있다는 것을 깨달았다.

그 옛날, 전지 어라하께서 자리를 비운 사이, 간사하고 음흉한 귀족들이 접례를 빌미로 왕실에 반란을 일으켰을 때, 전지 어라하는 왜의 도움을 받아 반란을 진압한 바 있다. 비유는 이번에도 그때처럼, 왜의 힘을 빌려 위기를 돌파할 수 있지 않을까 생각했다.

안팎이 고통과 혼란이 가득하다면 하나씩 먼저 정리하고 막아야 함이 옳거늘. 비유는 여신의 자, 여곤이 어쩌면 그 일에 가장 적합할지도 모른다고 생각하였다. 피는 속일 수 없다고, 여곤이 과연 백제를 살릴 피를 이어받았는지 아닌지 보고 싶었다.

셋 중에 하나를 왜에 보내야 한다면 셋을 다 보아야 함이 옳다. 누가 왜에서 기틀을 잡고 그들을 곁에 둔 채, 함부로 백제의 정세를 어지럽히지 못하게 할 수 있을지, 그리고 후에 결전에 결전을 거듭할 경우 막강한 수의 군사를 비밀리에 몰고 한 번에 적들을 놀라게 할 수 있을지가 관건이라 생각하였다.

눈에 띄지 않는 아이. 그 피를 이어받은 아이. 그 아이.

곤지로 마음은 갔지만 스스로를 납득시켜야 할 명분이 필요했다.

455년 8월 초하루.

궐 바깥에 횃불이 거의 다 타서 다른 나뭇기둥으로 대체할 때까지 비유는 꼼짝을 않고 생각에 잠겨 있었다.

바깥 내음을 맡다가 다시 침소로 들어간 비유는 잠을 청하고 싶었지만 어쩐지 그럴 기분이 아니었다.

비유는 다시 고개를 들었다. 그리고 무언갈 결심했는지 낮게 소리 내어 호위장군 태사평을 불렀다.

"밖에 있으면 대답하거라."

비유의 말이 끝나기가 무섭게 존재를 알리며 문 바깥에서 굵고 낮은 음성이 또렷이 들려 답을 했다.

"예, 어라하. 소인 태사평이 아직 여기 있사옵나이다."

"번거롭겠지만 잠들지 않은 태자들을 불러오면 좋겠구나."

"예, 어라하. 명을 받들겠습니다."

비유는 또한 따로 시녀를 불러 화려하다 못해 현혹스럽게 빛나는 자신의 금꽃 장식 관모를 벗기도록 했다.

하얀 학도 따라가지 못할 정도의 백옥같이 흰 머리띠가 비유의 흰 머리에 착 붙어 감겨 있었다. 백제의 영롱하고 빛나는 성품을 보여 주는 머리띠는 다른 이들과는 달랐다. 고구려나 신라, 심지어는 북위와 송도 그 빛을 따라잡을 수 없었다. 하얀 비단은 누구나 쉽게 다듬어 쓸 수 없는 것이었다.

비유는 자리에 그대로 앉은 채 생각에 잠겼다.

언제 날이 밝아 올지는 몰랐지만 아직 해를 받아들이기에는 조급함을 가지지 않아도 될 듯싶었다.

한창 더위가 기승을 부리며 정점을 향해 달려가고 있지만 어째서인지 비유의 고민에 그날 밤은 서늘하기 그지없었다. 무자비한 비가 서슬 퍼런 칼날처럼 쏟아져 내릴 것 같은 것이 형국도 그야말로 풍전등화 같은 상황이 아닐 수 없었다.

호위무사 태사평은 첫 번째로 궁 안 오른편에 자리 잡고 있는 장자 여경의 처소로 소리 낮춰 발걸음을 옮겼다.

여경의 처소에는 희미한 불빛이 금세라도 꺼질 듯 미약하게 깜빡이고 있었다. 태사평은 잠시 망설였지만, 이내 여경에게 들릴 만한 크기로 비유의 명을 전한 뒤 곧장 차자인 문주의 처소로 발걸음을 옮겼다.

하지만 이번에는 문주의 처소 근처에도 가지 못하고 멈춰 섰다. 어떤 불빛도 볼 수가 없었다. 침상에 든 것이 분명했다.

걸음을 옮겨야 할 곳은 이제 딱 한 군데만 남았다. 후덥지근한 바람이 태사평의 아랫수염과 머리카락 속으로 뜨끈하게 불어 들어왔다.

발걸음을 문주와 여경의 처소 반대로 옮기는데 이상하게도 풀벌레 소리가 사방에서 어지럽게 울렸다. 결코 작은 소리가 아니었다. 푸드득거리는 손바닥만 한 밤나비가 한데 모여 서로 뒤엉켜 부딪치고 있는 문이 보였다.

"아이고! 장군님, 여긴 어쩐 일로….”

초병 중에서도 장급인 자가 태사평을 보고 놀란 눈을 했다. 비유의 호위무사가 야심한 밤 궁 안을 활보하고 돌아다니는 것은 흔한 일이 아니었다. 장급인 듯 보이는 초병도 또 그 옆에서 당황해 입도 뻥끗 못 하며 눈알만 굴리던 다른 초병도 식은땀만 흘렸다.

"어라하의 명이시다. 그나저나 여기는 왠지 풀벌레 소리가 유난히도 크게 나는구나,”

"아! 예. 이상하게도 이곳에만 이렇게 오면 난리도 아닙니다. 그래도 지기 일에는 문제가 없습니다.”

장급 초병의 말에 태사평은 가만히 앞을 응시했다.

횃불을 처소 안으로 지고 들어간 것도 아닌데 불같이 이글이글 타오르는 빛이 마치 대낮과도 같았다. 어디선가 향초의 냄새가 은은히 피어나와 저만치의 처소는 물론이고 몇십 보나 떨어져 있는 태사평과 초병의 콧속에까지 애잔하게 배기 시작했다.

말자의 처소는 아주 밝았다. 그 밝음이 무엇을 하기 위함인지는 몰랐지만 적어도 태사평은 비유왕의 뜻대로 따르는 데 어려움이 없었다.

"내 가서 곤지 님을 뵈어야겠다."

태사평의 말에 초병은 당황을 했다.

"아… 아니… 저… 혹시 침상에 드셨으면…."

이러지도 저러지도 못한 채 쩔쩔매던 초병 둘의 등 뒤로 기척이 우렁차게 준비도 없이 들렸으니,

"아하하하! 뛰는 것이 말보다도 뛰어나구나! 다리도 단단한 것이 이 좁은 데가 만족이 되겠느냐? 하하하!"

별안간 들려오는 호탕하고 유쾌한 웃음소리에 초병들은 넋이 나간 얼굴로 뒤를 돌아보았고 태사평 역시 움찔하며 뒷발을 반보 물렀다.

말자 여곤의 목소리였다.

"거 봐라. 그러니 내 뵈러 가야겠구나."

태사평은 언제 놀랐냐는 듯 소리 없는 실소를 내었다.

여곤. 말자인 곤지의 처소 주변에는 풀벌레들만 있는 것은 아니었다. 반짝이며 하얀 빛을 내는 토끼 몇 마리도 고개만 빼꼼히 내밀며 주위를 어슬렁거렸다.

끝나지 않을 것 같은 까만 밤의 어둠 속에서, 은은한 불빛이 비유의 처소를 조용히 감싸안고 있었다. 비유의 앞에는 여경이 앉아 있었다. 피곤한 기색이 가득했지만 아비이자 백제의 어라하 앞에서는 그것마저 감추어야 했다.

"너는 어떻게 생각을 하느냐?"

흰색 도포를 늘어뜨리고 조금은 비스듬히 앉아 있던 비유가 여경에게 물었다.

"무엇을 말입니까, 어라하…."

여경은 자세를 고쳐 잡았다. 이는 필시 비유가 자신의 능력을 시험해 보는 것이라 생각했다.

"아직 네가 잠을 자지 않고 있으니 분명 우리 백제의 일을 걱정하고 있음이 틀림없으련만, 평양성으로 내려온 것도 모자라 이제 우리 코앞 한강 북쪽까지 들어온 장수왕을 어떻게 생각하느냐 말이다."

말은 느렸지만 비유의 눈은 여경을 날카롭게 그리고 빠르게 훑었다.

여경은 잠시 생각에 잠겼다가 고갤 들어 비유를 똑바로 쳐다보며 입을 열었다.

"장수왕이 직접 군사를 이끌고 온 것이 이번이 처음은 아니지만 그래도 저리 적지 않은 군사를 거느리고 코앞까지 왔다는 것은 매우 위중한 일이라 생각이 되옵니다. 하지만…."

"하지만 무엇이냐?"

"하지만, 보통 고구려군의 기질을 보아서는 열흘을 넘기지 않고 작은 공격이라도 감행을 했을 터인데, 아직 움직이질 않는 것을 보니 무언가 기회를 엿보고 있는 것이 아닌가 싶습니다. 그러면 우리 백제도 준비를 서둘러야 하지 않나 생각합니다."

여경의 목소리는 담담하고 정확했지만 비유의 눈에는 여경의 모습이 무척이나 당황스러워하는 것같이 보였다. 여경이 긴장을 할 때면 귀가 위아래로 습관처럼 움직이곤 했는데, 그 모습을 숨길 수가 없었다. 비유는 그것을 뚫어지게 보았다.

"그러면 고구려만 막을 수 있으면 되는 것이냐?"

왼손으로 수염을 한차례 쓸며 비유는 다시 되물었다.

"아뢰옵기 송구하오나 선대 어라하 때부터 중용을 해 신임을 두터이 하신 솔들이 기고만장해진 것을 소자 모르지 않고 있사옵니다. 솔들의 내정간섭이 우리 형제들에게까지 뻗치고 있습니다. 어라하께서 주도하신 수백 년 원수 신라와의 담판을 일절 무시하고 고구려에게 대항해야 한다는 이유로 동맹을 이끌어 낸 것만으로도 화가 납니다. 당시 고구려는 북쪽 오랑캐들과 싸우느라 정신이 없어 남하하는 세력들이 얇았음에도 그들을 막고 신라를 단번에 제압할 수 있는 기회를 무너뜨린 것입니다."

"그러하냐?"

"필시 저 솔들 중 여럿은 이미 고구려에 붙어 목숨을 부지하고 백제의 것들을 빼앗아 지방관리로라도 출세하고 싶어 안달이 난 모습이 아닐까 싶습니다."

"지방관리라니?"

"백제를 무너뜨리는 데 일조를 한다면 그들이 뒤이어 백제를 맡아 삼키겠지요. 그것도 고구려의 밑에서 당분간은 말입니다. 특히 제 눈엔 해구가 그리 보입니다."

비유는 놀랐다는 듯 눈썹을 한 번 살짝 치켜 올렸다. 그리고는 여경의 모습을 지그시 바라보았다.

여경의 귀는 아까보단 덜했지만 여전히 위아래로 움직이고 있었다.

"알았다. 그만 들어가거라."

"예, 어라하."

여경은 비유의 고개가 끄덕거리며 눈을 지그시 감은 것을 본 후 간결한 대답과 함께 발소리를 줄이면서 나갔다.

여경이 나가는 길에 태사평은 고개를 숙여 예를 갖췄다.

장자가 나간 침소에는 적막이 흐르고 있었는데 그것은 비유가 생각에 잠기었기 때문이거니와 여경이 완전히 발소리를 내지 않을 만큼 멀어졌기 때문이다.

태사평은 여경이 완전히 돌아 나간 것을 확인하고는 짧은 기침을 했다. 그러자 비유는 다시 고개를 들어 눈을 떴다.

"문주는 깊게 잠이 들었다 하였느냐?"

"예, 어라하."

비유는 한숨을 길게 내쉬었다.

"준비는 되었으니 내일 날이 밝거든 큰 배 한 척을 마서량현에 준비시키라고 이르거라. 그리고 수십 번 전장을 누볐던 건강한 말 한 필과 군사 삼십을 성안으로 준비를 시키거라."

"예, 어라하."

깨어 있는 태자는 둘이었으나 비유는 여경만을 불러 야심한 밤 이야기를 나눴다.

태사평은 비유의 깊은 뜻을 알 수가 없었지만 분명 가장 밝게 빛나고 전혀 침소에 들 생각조차 없던 말자 태자를 대면시키지 않는 것은 이해할 수가 없었다.

태사평은 비유 처소의 불이 꺼짐을 기다렸지만 웬일인지 잠시도 검은 어둠이 찾아오지 않았다. 그저 아까와 같은 적막감만 감돌았으며 처소 안에는 그 어떤 기척도 나지 않았다.

태사평은 왼팔을 가로질러 긴 장검을 왼손으로 꾹 쥐며 무릎을 꿇고 앉았다.

그의 두 눈은 밤에 가장 빛났고 매서웠다.

호의무사 태사평. 단 한시도 비유의 곁을 떠나지 않았다.

백제의 한성에 불이 꺼질 줄을 모를 때, 한성 밖 고작 두세 촌도 안 될 만한 거리에 검은 막사가 탄탄히 그 견고함을 뽐내고 있었다.

장수왕의 옆에 서 있던 막하하리지 예주가 장수왕에게 나지막히 말했다.

"우리가 손대지 않고 비유와 백제가 스스로 무너진다면 혼란에 빠진 틈을 타 신라로 먼저 방향을 바꿔 쳐 들어감이 마땅할 것입니다. 흑물길(말갈)족의 용맹함이 하늘을 찌르니 백제를 상대하게 하고 나머지는 확실히 신라를 동여매어 통합을 하는 것이 둘 다 취하는 가장 좋은 방법이지요."

예주는 살짝 미소를 띠었다.

장수왕과 예주만이 자리한 휑해진 막사 안에서 잠시간의 정적이 흘렀다.

가슴 위까지 가지런히 나 있는 흰 수염을 살포시 잡아 쓰다듬던 장수왕에게 다시 예주가 먼저 그 정적을 깨었다.

"대왕, 섭정무치를 통해 미리 대왕의 뜻을 해씨들에게 알리라고 했으니 분명 잘 알아들었으리라고 판단하옵니다. 해씨들은 백제 왕가를 그 자리에서 밀어낼 것이 분명합니다. 그 대가로 백제 땅의 일부와 재물을 쥐어 주면 절대로 거절하지 못할 것이옵니다."

청색 도포 자락이 장수왕의 몸에 닿지 않도록 조심스럽게 걷어 올려 귓속말을 올리는 예주의 손과 목소리는 그야말로 소름 끼치도록 매서운 여우에 못지 않았다.

"그것이 정말 그렇게 된다면야…."

"걱정 마시옵소서. 대업이 성공한다면 후에 그들 해씨를 잡아들여 죽이는 것은 벌레를 때려잡는 것보다 쉬울 것입니다. 백제의 녹을 먹는 자가 모반을 한 것을 이유로 들어 후에 처형한다면 명분 또한 살리는 것이 아니겠습니까?"

예주의 말은 막사 밖 어디에도 들리지 않았다. 그보다도 어지럽게 울어 대는 개구리 소리가 더 크게 들렸다.

"음… 과연 그럴듯하구나. 백제를 잘 주시하도록 하고, 은밀히 그 뒤에서 백제 놈들과 놀아나려는 눌지 마립간의 괘씸한 행동을 용서할 수는 없지…. 둘 다 소리 없이 혼을 내 줘야 마땅하겠구나."

"지당한 말씀이시옵니다, 대왕."

백제와 신라. 그들의 연합을 못마땅하게 여긴 고구려는 한바탕 힘을 써 신라가 왜 종속국인지 보여 주고 싶었다. 하지만 동시에 막대한 힘을 뽐내던 백제가 사실상 걱정이 되지 않을 수 없었다. 언제 또다시 선제인 고국원왕처럼 호되게 당할지 몰랐던 것이다.

"흠! 원래 원수지간이었던 놈들이 허울 좋은 척하는 것이 농락의 도를 넘어섰구나…."

벌겋게 충혈된 눈으로도 굳은 다짐을 꺾을 수 없었던 장수왕은 앞에 놓여 있던 탁자를 힘차게 내리쳤다. 환갑이 막 넘어간 나이에도 장수왕의 힘은 여느 젊은 장수와 비교해도 뒤지지 않아 보였다.

호시탐탐 기회를 엿보던 고구려는 한성과 근접한 곳에서 그렇게 백제를 견제하며 그들이 스스로 자멸할 날을 기다렸다. 신중의 신중을 기하는 장수왕의 인내심은 실로 대단하였다.

455년, 비유 29년 8월.

날이 밝도록 비유의 처소는 불이 꺼질 줄을 몰랐고 이른 닭소리가 울리고 나서야 희뿌연 안개가 걷히고 푸르스름한 빛이 한성 전체를 밝혀 오고 있었다.

먼 발치에서 수마왕비가 시녀 둘을 대동하고 비유의 침소로 걸어 들어왔다. 차림새는 항상 정갈했는데 닭이 울기 전 먼저 일어나 비유의 안위를 살피러 매일같이 들렀다.

수마왕비의 발걸음에 비유의 침소 앞에 무릎을 꿇고 있었던 태사평이 자리에서 일어났다.

"어라하는 자리에 들지 않으신 것이냐? 아직도 불이 환하게 타오르고 있구나."

기품이 서려 그 기운이 흠잡을 데 없지만, 덕이 없어 보이는 매정한 얼굴이 차갑기 그지없었다.

태사평이 수 해 동안 지켜본 바로는 수마왕비는 어라하를 조금도 어려워하지 않았다. 해씨의 여자라 좀처럼 헤아릴 수 없는 마음과 그 오만한 행동이 대신들에게도 영향을 끼치지 않을 수 없었다.

수마왕비의 조카인 해구가 왕비와 수비리시를 등에 업고 의기양양해하는 모습을 진씨 세력은 물론이거니와 그 밖의 무관 장수들과 목씨, 국씨 등이 눈엣가시처럼 여겼다. 태사평 역시 수마왕비가 비유를 대하는 태도에서 거북함을 느꼈지만 왕비이니 어쩔 도리가 없었다.

"잘 모르겠사옵니다. 제가 있을 때는 여전히 불이 꺼지지 않았으며 기침 한 번 없으셨습니다."

수마왕비는 태사평의 말에 눈을 한껏 흘기며 못마땅해하는 표정을 지어 보였다.

"그러다 탈이라도 나면 어떻게 하려고…. 내 들어가 볼 터이니 태사평은 그만 나가 보도록 하거라."

날카로운 목소리에 태사평은 어쩔 수 없이 고개를 숙였지만 혼잡한 생각이 들었다.

매번 왕비가 비유를 찾을 때마다 비유의 명이 아닌 왕비의 명을 따라 움직여야 하는 순간은 걱정 반 껄끄러움이 반이었다.

수마왕비가 비유의 침소 문 앞에서 막 인사를 드리려 하던 그때, 안에서 느릿하고 낮은 목소리가 들려왔다.

"왕비는 들어올 것이 없소. 그만 물러가시오, 태사평은 이리로 들어오거라."

"뭐라 하셨습니까, 어라하?"

수마왕비는 당황했다. 뒤로 물러서 있던 시녀들도 당황한 기색은 역력했다.

시녀들은 심기가 좋지 않아 보이는 비유의 음성에 가만히 입을 다물고 눈만 아래로 깔고 있어야 할 일이었다.

태사평은 수마왕비의 당황하는 얼굴을 외면한 채 몸을 돌려 왕비보다 앞으로 섰다.

"예, 어라하."

옷매무새를 정리해 가다듬으며 태사평은 양손으로 문을 열었다.

열어진 문 틈으로 수마왕비는 비유가 자리에 누워 있는 것을 볼 수 있었다. 그것은 태사평도 마찬가지였다.

불을 꺼트리지 않고 그냥 누웠다는 것은 무엇을 의미하는 것일까….

"소인 죽을죄를 지었습니다. 어라하께서 자리에 드신 줄 몰랐습니다."

태사평은 무릎을 꿇고 고개를 숙였다. 뒤에서 그 모습을 날카로운 눈으로 뚫어지게 바라보던 수마왕비의 입꼬리가 아래로 씰룩였다. 흘겨보는 눈빛이 예사롭지 않았다.

비유왕은 멍하니 천장을 올려다보다가 고개를 슬며시 돌려 태사평과 그 뒤 문간 밖에 서 있는 왕비를 번갈아 쳐다보았다.

"문을 닫으라. 그리고 궁궐병들은 왕비를 처소로 모시거라."

비유왕이 조금 크고 위엄 서린 목소리로 명을 내리자 삼십 보 밖에 있던 궁궐병 네 명이 어느샌가 다가와 수마왕비에게 나가는 길을 터 주며 돌아 나갈 것을 권유하듯 행동했다. 못마땅해하는 왕비는 콧방귀를 들키지 않게 뀌면서 고개를 홱 돌려 빠른 걸음으로 돌아 나갔다.

침소의 문이 닫히자 비유왕은 태사평에게 말했다.

"배와 말, 그리고 군사 삼십을 이곳에서 나가자마자 준비시키도록 하라. 그리고 자네는…."

"예, 어라하."

잠시 말을 끊으며 뜸을 들이고 눈을 지그시 감던 비유는 몸을 힘겹게 일으켜 앉았다. 태사평은 그 모습에 의아했다. 곁에서 본 비유는 지금까지 딱히 건강이 쇠약하지 않았었고 그렇다고 기력을 점차 잃어 가지도 않았으며 누구보다 열정적으로 여러 일을 처리하려는 모습이었다. 근데 지금은 무슨 일인지 곧 쓰러질 사람처럼 행동하는 모습에 당황스러워 걱정이 되기 시작했다.

"후…."

한차례 깊은 심호흡을 내뱉은 비유는 곧 끊어지지 않게 말을 이어 갔다.

생각의 정리를 마친 듯 보였다.

"태사평, 자네는 말자를 따라 그 삼십의 군사를 끌고 아래 국인 왜로 가도록 하여라. 그리고 이 문을 나감과 동시에 청령비를 불러 나에게 오도록 하여라. 무엇보다 왜로 가는 길은 험하니 제묘자부대 삼십이 좋겠구나. 혹여 가다가 해적이라도 만난다면 괜한 싸움을 하지 말고 있는 재물들을 다 주어 버리거라. 어찌 되었든 그 해적 놈들도 왜에서 온 자들일 터이니 왜에 도착한 후, 짐의 여동생인 고가히메에게 알리면 알아서 처리를 해 줄 것이다. 문제는 고구려군이 혹시나 붙지는 않을지 문제이지만…."

막힘없이 이야기를 하는 비유를 보고 태사평은 자신의 귀를 의심했다. 왜로 떠나라는 것은 너무 갑작스러워서 어떻게 해야 할지 몰랐다. 하지만 비유의 막힘없는 계획에 여태 침소에 불이 꺼지지 않았던 이유를 알 것만 같았다. 비단 하루 동안 불이 꺼지질 않는 사이에 내린 결정은 아닐 것이 분명했다. 그보다 더 오랜 시간 고심을 했을 테고, 촛불이 꺼지지 않았던 시간만큼 그것을 정리했을 것이다.

태사평은 비유의 마음을 충분히 헤아려 보려 했다. 그리고 명을 어길 수는 없다.

"예, 어라하! 분부대로 받들겠습니다. 또한 만일 고구려군이 붙는다면 목숨을 걸고 물리쳐 왜로 반드시 도착하겠사옵니다."

태사평의 고개는 바닥을 거의 맞닿을 정도였다.

"왜에서 여기 백제로 돌아올 때까지 말자를 잘 부탁하네. 그리고 말자 태자가 네게 여러 가지를 묻거든 짐에게와 같이 그대로 돌보고 상의하며 따라 주길 바란다."

"……."

4. 그 피는 백제를 살릴 피인지

태사평은 말이 없었다. 수많은 생각이 머릿속을 스쳐 가고 있었다.

"왜 답이 없느냐? 이제… 내 곁에 그만 있어도 된다. 이제는 말자 태자를 나처럼 생각하거라."

고개를 바닥에 숙이고 차마 얼굴을 들지 못하는 태사평의 어깨가 가늘게 흔들렸다.

그동안 비유 어라하의 수족으로 일을 해 온 자신과 그런 자신의 부족함을 단 한 번의 꾸지람 없이 자애로 보듬어 준 주군이 떠나라고 말을 한다. 그동안 입은 은혜는 말할 수 없이 크다.

사냥터에서 우연히 마주친 여신이 고아였던 자신을 열두 살부터 데리고 와 키웠다. 그리고 여신의 주인인 비유는 자신을 무척이나 아끼고 보살폈다. 이제 그 주인 어른이 떠나라고 한다.

차마 어떠한 말도 입에서 떨어지지 않았고 온몸에 소름이 돋을 정도로 심장이 요동쳤으며 그 소리는 눈치 없이 지저귀는 새 소리에도 묻히지 않았다. 태사평의 눈물이 우기에 강물처럼 흘러 넘쳤다. 목이 쓰라리고 아파 말이 제대로 나오지 않았다.

비유 어라하 아래서 죽겠다고 다짐했던 자신을 흐뭇하게 내려다보던 그 군주가… 이제 그만 떠나라고 한다.

태사평의 어깨는 점점 심하게 들썩였고 울음은 심해져 아무리 입술을 깨물어도 가슴부터 올라오는 소리를 참을 수 없었다.

"흑… 흑… 흑…"

비유는 태사평을 차마 보지 못하고, 아예 고개를 반대로 돌렸다. 비유의 눈에서 아주 길게 눈물이 한 줄 흘렀다.

"대답을… 하거라. 너는 명을… 어기는 법이 없지 않느… 냐."

비유는 태사평에게 들키지 않게 가만히 도포 자락으로 눈가를 조용히 훔쳤다.

"예… 어라하! 흑… 흑…. 이 한 목숨 백제와 말자 태자를 위해 재가 되어 부셔져도 귀신이 되어서라도 지키도록 하겠사옵나이다, 흑흑…. 성상장군 호위무 태사평! 어라하의 천명… 받들겠습니다!"

태사평은 온통 눈물과 콧물이 범벅이 된 채로 세 번 크게 머리를 바닥에 찧으며 비유의 명을 받들었다.

태사평의 이마가 깨져 피가 흘렀고 비유는 자리에서 내려와 손수 자신의 하얀 도포 자락으로 닦았다.

"말자는 나보다 일찍 잠이 들고 나보다 늦게 깨어난 적이 없다. 풀벌레와 담소를 나누는 것도 그 자연의 이치에 맞는 일. 하지만 어째서 안타까운 운명인지… 말자로 정해졌으니… 나는 말자에게 왜를 맡게 해 주고 싶구나…."

비유는 고개를 바닥에서 들지 못하고 울고 있는 태사평을 가만히 끌어안아 위로했다. 그러자 태사평은 다시 세 번 고개를 찧고 철갑옷을 들썩이며 큰 소리로 말했다.

이번에는 울음이 섞인 소리보다는 악에 받친 그 어떤 결심이 서려 있는 소리였다.

"소인 태사평! 어라하의 천명 목숨을 걸고 받들어 지키겠사옵니다. 백제의 귀신이 되겠사옵니다!"

지저귀는 새소리는 따가운 햇살에 더해 가뜩이나 더운 날씨를 더욱더 덥게 만들었고, 한성 내 분위기는 부산스러운 움직임으로 그 긴장감을 더했다.

궁 앞 널찍한 마당에 푸른색 두건을 질끈 동여매고 단단한 철 갑옷을 휘둘러 맨 삼십의 군사가 태사평의 뒤로 나란히 줄을 지어 섰다. 한눈에 보아도 단단한 체격의 삼십의 철갑 병사들은 저마다 허리춤에 칼을 차고 있었으며 투구를 옆구리에 끼고 당당하게 서 있었다. 그들의 등 뒤에는 탄탄한 오동나무로 만든 활이 매어 있었고 칼을 찬 허리춤 반대쪽에는 무릎 조금 아래까지 내려오는 화살 통을 차고 있었다. 한 가지 특이한 점은 모든 병사들의 왼손등에는 손바닥보다 조금 작은 갈고리 모양의 무기가 달려 있다는 것이다.

수염은 하나도 나 있지 않았으며 휘날리는 머리카락 하나 없이 팽팽하게 묶인 머리는 그 어떤 날벌레도 들어갈 틈이 없어 보였다.

비유가 말한 그대로 정확한 삼십의 군사들. 그들의 왼쪽 옷깃에는 백제를 나타내는 제의 글자가 황금색으로 수놓여 있었다.

태사평은 붉은 색과 흰색이 절묘하게 섞여 그 위용을 기이하게 뽐내고 있는 말의 고삐를 잡고 있었다.

아주 이른 아침이며 정렬해 있는 병사들과 태사평의 움직임이 일사천리로 소리 없이 행해졌으니 그들의 모습을 어떠한 대신들도 보지 못하였다.

다만 수마왕비만 저만치 궁의 기둥 뒤에서 어리둥절한 눈으로 슬며시 바라보았다.

'무슨 일인가…'

때마침 두 번째 닭 울음소리가 울렸고, 수마왕비는 얼른 생각을 했다.

'갑자기 무슨 병사를 집결시킨단 말인가? 어서 조카에게 알려야겠구나…'

수마왕비는 들키지 않게 발걸음을 재빨리 옮겨 궁 뒤로 사라졌다.

해가 더욱더 밝게 하늘 위로 뜨고 있었으니, 그 모습을 태사평이 놓쳤을

리 없었다. 태사평은 칼집에 손을 올려 꽉 쥐었다.

세 번째 닭이 울면 대신들이 얼마 지나지 않아 궐에 도착할 것이었다. 그렇다면 지금 이 광경을 보고 놀랄 것이며 고구려군과 담판을 지을 선봉을 세웠다고 생각할 것이었다. 비단 대신들뿐만 아니라 비유의 휘하 장수들도 속속들이 나타날 것이었다. 시간이 얼마 없었다.

허나, 비유가 아직 모습을 나타내지 않자 태사평도 어쩔 도리가 없었다. 멀뚱히 옆에 서 있는 말을 물끄러미 바라보던 태사평은 조용히 혼잣말을 중얼거렸다.

"이곳에서 나가면 나와 같이 말자 태자님을 보필하자꾸나…."

태사평이 한참 동안 말의 이마를 쓰다듬었다. 그때 마침, 비유가 한 명의 서기관과 두 명의 시종을 이끌고 자주색 도포를 휘날리며 나타났다. 질끈 동여맨 푸른 가죽 허리띠, 그리고 금제 관을 반듯하게 눌러쓴 비유는 눈앞에 서 있는 태사평과 병사들을 보았다.

태사평은 고개를 숙였다.

비유는 자신의 수염을 한 번 쓸며 입술을 질끈 물었다가 떼었다.

"세 번째 닭의 울음소리가 나면 오늘부터 또 무슨 일이 일어날지 알 수가 없구나. 심히 걱정이 되는구나…."

"어라하…."

태사평은 아무런 답도 할 수 없었다.

잠시 동안의 침묵이 이어졌지만 그 침묵은 오래가지 않았다.

"무슨 일인데 이리 바쁘게 오라 하십니까? 어! 아?"

청령비의 손에 이끌려 거의 끌려오다시피 발걸음을 옮기던 말자 태자가 눈앞의 비유와 그 앞에 의미심장하게 줄을 선 병사들을 보고는 깜짝 놀랐다.

"어라하, 말자 태자를 불러왔습니다."

청령왕비는 예쁘게 솟아오른 오똑한 코를 숙여 낮게 땅으로 내리며 커다란 눈을 살짝 감았다가 떴다.

비유는 하얀 두루마기를 걸치고 얇은 하늘색 도포를 덧입은 여곤을 보았다. 그리고는 아무런 표정 없이 어떻게 보면 비정해 보일 수도 있을 만큼의 단호한 표정을 지어 보이며 매정한 음성으로 말했다.

"너를 정무에 참석시키지 아니하니 지내는 것에 제법 여유가 있어 보이는구나. 여러 곳을 돌아돌아 이리 한성에 와 있는데 나라의 어지러움을 좀 보았느냐?"

여곤은 비유의 물음이 꾸지람으로 들렸다.

"에? 아! 아닙니다. 어라하…."

여곤은 당황해하며 고개를 얼른 숙이며 답했다.

얼른 예를 갖췄지만 비유는 틈도 주지 않고 말을 이어 갔다.

"넌 여기저기 성안의 병사와 백성들과 노닥거림질이나 하질 않나, 여기저기 쓸데없는 가축이나 나무들과 하릴없는 놀음이나 하고 있는데 어찌 내가 걱정이 되지 않을 수가 있단 말이냐? 네 형인 여경을 본받아라! 너는 코앞까지 들이닥친 고구려를 물리칠 계략이라도 가지고 있느냐?"

비록 비유는 언성을 높이진 않았지만 틈을 주지 않고 끊김 없이 말을 이어 가니 주변의 모든 이들이 당황하지 않을 수 없었다.

하지만, 단 한 사람. 태사평만큼은 비유의 행동에 의문점을 가지지 않았다. 그저 입술만 질끈 깨물었다.

여곤은 이른 아침 당황스럽기 짝이 없는 어라하의 질문에 겁을 집어먹었다.

"죄송하옵니다. 제가 어리석었습니다. 어라하…."

여곤은 어쩔 줄을 몰라 했다. 그리고 당최 이것이 무슨 상황인지 가늠이 되질 않았다.

한동안 자신에게 지나친 관심을 두지 않았던 비유가 마른하늘에 날벼락처럼 별안간 불러 세워 꾸지람을 하니 변명을 할 방도가 생각나질 않았다.

"너도 이제 어엿한 백제의 어른이 될 터인데 네게도 기회를 주도록 하겠다."

"에? 그게 무슨 말씀이신지…."

"고개를 들어라."

비유는 여곤에게 명했다. 여곤이 고개를 들어 비유 자신을 본 순간 비유는 느낄 수 있었다.

여곤의 눈은 맑은 호수와도 같이 푸른색으로 빛이 나고 있었고 표정은 당황해 어리둥절했지만 그 입술만은 강인하고 바르게 나 있는 것을 말이다.

"너는 지금 당장 고구려군에게 가서 선제 공격을 감행하고 돌아오너라. 감히 백제를 건드리지 못하도록 혼을 내주고 오란 말이다! 알겠느냐? 이때가 가장 적절한 때인 것 같구나."

여곤은 눈을 동그랗게 뜨며 놀라 몸을 확 폈다.

"그게… 무슨…."

옆에 서 있던 청령비는 말없이 고개를 끄덕이며 여곤에게 무언의 압박을 주었다.

"명을 어기는 것이냐?"

비유의 목소리가 좀 전보다 조금 높아졌다.

"아… 아닙니다. 어라하의 분부 받들어 다녀오겠습니다."

여곤은 얼떨결에 고개를 숙여 비유의 명을 받들었다.

나라 간의 큰 전장에 나가는 일은 처음 있는 일이었다.

비유는 태사평에게 말을 전했다.

"태사평, 이 아이를 태워 한바탕 휩쓸고 오도록 하여라."

입술을 줄곧 깨물고 고개만 숙이던 태사평은 비유의 명에 고개를 들어 굳은 의지가 깊게 담긴 눈으로 답했다.

"예, 어라하! 소인 태사평, 태자 저하와 용맹하게 백제의 위용을 보여 주고 오겠습니다."

태사평은 힘찬 걸음으로 궁 앞으로 걸어 나가 태자를 마중했다.

"말에 오르시면 됩니다. 태자님."

여곤은 여전히 멍한 얼굴로 어리둥절함을 감추지 못했다. 하지만 걸음은 바로 옮겨야 했고 태사평의 말대로 말 위에 올라야 했다.

"그… 그래, 알겠소."

끌려가다시피 단에서 내려와 말에 오르며 어미인 청령왕비를 보았다. 하지만 청령왕비는 고개를 돌려 숙였다. 슬픔에 찬 모습이 무언가 알고 있음이 틀림없다고 생각했다. 이어서 비유 어라하를 보았을 때 비유는 붉게 충혈된 눈으로 매섭게 자신을 노려보았다.

문득, 여곤은 생각했다. 갑작스러운 명이 무슨 의미인진 모르겠지만… 살아 돌아올 수 있을까?

여곤이 미처 생각을 정리하지도 못했을 때, 태사평이 큰 소리로 외쳤다.

"출정!"

제묘자부대 삼십 그리고 태사평은 여곤이 탄 말고삐를 잡아 끌고는 빠르게 궁궐 밖으로 나갔다.

여곤은 그제서야 실감이 나는지 겁에 질린 표정으로 힐끔 뒤를 돌아보왔다. 하지만 아무런 소용이 없었다. 누구도 자신이 나가는 모습을 바라보지 않았던 것이다.

"나… 저는 이런 큰 전투가 처음인데 너무 기대를 하시는 게… 아닙니까? 갑자기 출정이라니요…."

심장이 떨어질 것 같은 두려움을 안고 여곤은 태사평에게 말을 걸었다. 하지만 태사평은 아무 말 없이 그저 앞만 보고 걸었고 그렇게 한성 밖으로 나왔다.

성 바깥에 준비된 삼십한 마리의 말.

태사평이 먼저 말에 훌쩍 뛰어 올라타자 나머지 병사들도 재빠르게 말에 올라탔다.

그 광경에 말자 여곤은 넋을 놓았다. 이제는 말 그대로 꼼짝없다. 살거나 죽거나.

갑옷도 갖추지 못했다. 모두가 말에 올라타자 그제서야 여곤은 자신이 제대로 된 장비도 하나 갖추지 못했다는 것을 깨달았다.

"저기… 태사평님. 이 상태로 그냥 어떻게 갑니까?"

태사평은 고개를 돌려 울상인 여곤의 얼굴을 지그시 바라보다가 엷은 미소를 지었다.

"태자님은 항상 비유 어라하께서 계시지 않는 자리에서는 제게 정중하게 말씀을 하시는군요. 그러실 필요는 없습니다. 그리고 아무 걱정 마십시오. 저 태사평이 태자님께 상처 하나 나지 않도록 할 것입니다."

태사평은 고개를 다시 거두어 앞을 보며 휘파람을 한 번 세게 불었다. 그러자 어디 숨어 있다가 날아오르는 건지 모를 매들이 동시에 수십 마리가 숲 뒤로 날아 빠르게 사라졌다.

"곤지 님이 길을 나서신다! 가자!"

태사평은 힘차고 우렁차게 소리를 울려 지르며 여곤의 말 엉덩이를 때려 달리게 했다. 그리고 태사평을 비롯한 삼십의 제묘자부대는 강렬한 눈빛을 내며 그대로 산 옆으로 내달렸다.

흙먼지를 일으키며 내달리는 여곤 일행을 길 가다 마주한 사람들은 기겁을 하고 풀숲으로 피하기에 바빴다.

말과 함께 내달리는 그들의 눈은 마치 귀신과도 같았다.

눌지 38년, 가을 7월.

정양산성(영월)에 아찬(관직) 성주 이고개가 고구려의 첩자에게 살해당하였다. 몰래 신라의 사신인 척하여 성주에게 접근해 지난날 고구려와의 신의를 저버린 것을 꾸짖으니 그 기세가 두려울 정도였다.

"고구려의 은덕을 원수로 갚으려는 자들에게는 자비란 없다. 너희가 고구려의 땅이 되는 것은 시간 문제임을 왜 모르느냐! 교묘하게 술수를 써 수일 전 죽임을 당한 고구려 사람이 수백이다. 네 죄를 알렸다!"

늦여름, 초가을. 쉽게 해가 지지 않는 날처럼 긴 말을 늘어놓던 괴사신이 성주를 살해하자 신라의 주변 장수들이 놀라 그를 단번에 제압해 목을 거두었다.

이고개의 소식은 서라벌로 곧바로 전달이 되었고 눌지왕은 크게 노하였다.

"정양의 이고개가 죽임을 당했다. 들기로는 고구려군의 괴첩자의 짓이라 들었다. 필시 수일 전 우리를 깔보던 고구려 졸개놈의 말에 신라에 살던 고구려 사람들을 모조리 없애 버린 것에 대한 복수를 한 것 같다."

눌지왕이 분노에 차 떨리는 목소리를 내자 듣고 있던 대신들은 대번에 그 분위기를 알아차릴 수 있었다.

"더 이상 고구려 놈들이 신라를 가지고 노는 꼴을 두고만 볼 수 없겠다. 당장 군사 이천을 이끌고 정양산성으로 가 고구려군을 기습할 준비를 하여라!"

눌지왕은 이제 더 이상 고구려군의 간섭을 용납할 수가 없었다. 가히 능멸이라 해도 부족함이 없어 보일 만한 괘씸한 행동이었다.

그때, 옆에서 가만히 지켜보던 이찬(관직) 김교부가 이글거리는 눈빛을 둘 곳이 없어 치를 떨던 눌지왕에게 넌지시 말을 건넸다.

"외람된 말씀이오나… 왕께서 감정적으로 당장 고구려군을 치는 것은 재고를 해 보셔야 할 것 같습니다."

서라벌에도 비가 내리고 있었다. 여태껏 빗소리가 맑고 청아하게 들렸건만 지금 눌지의 귀에는 그저 아주 거슬리는 미치광이의 울음소리와 같았다.

김교부의 의미심장한 말에 눌지는 심기가 불편했다.

"아니! 그대가 높은 관직이라는 건 알고 있소만 그렇다고 내게 훈수를 두는 것이오? 이 상태로는 고구려 이놈들의 손아귀에서 놀아나다 몽땅 거지꼴이 되어 선대께서 이루신 땅을 조금도 남김없이 빼앗길 것이 분명하오. 내 그 꼴을 앉아서 지켜볼 수만은 없소!"

눌지는 주먹으로 탁자를 거세게 내리쳤다. 두세 번 더 내리치면 쪼개어 질 것 같은 힘이었다.

"왕께서 그리 화가 나시는 것은 모르지 않사옵니다. 하지만 이럴 때일수록 조금만 생각을 해 본다면 당연히 할 수 있는 일이 능히 있사옵니다."

"당연히 할 수 있는 일이라니? 그게 무슨 말이오?"

김교부는 고개를 숙여 예를 갖추더니 눈 한 번 깜빡이더니 말을 이어 나갔다.

"현재 고구려군은 백제 한성 근처로 진을 치고 있습니다. 하남위북까지 내려왔다는 것은 필시 백제를 공격하기 위함입니다. 그런데 뜻밖에도 괴첩자를 보내 방향을 틀어 이고개를 암살하다니요…. 이것은 필시 한꺼번에 둘을 칠 계략이 분명하옵니다."

눌지왕은 김교부의 말에 날카로운 눈빛을 거두고 휘둥그레진 눈으로 눈썹을 위로 치켜 올렸다.

"둘을 친다고?"

"예…."

"아무리 거련이 기고만장해도 그렇지 어떻게…. 얕보는 것도 정도껏 해야 하는 게 아니오?"

"고구려군은 수가 많고 전투의 경험도 많을뿐더러 죽기 살기로 덮쳐 온다면 앞일은 어찌 될지 모를 것입니다. 다만…."

"다만?"

뜸을 들이는 김교부의 모습에 눌지왕은 그의 속내가 궁금했다.

"아마도 동시에 공격하는 일은 힘들 것이고, 우리 신라와 백제 둘 중의 하나를 손쉽게 움직이지 못하게 하고 하나를 먼저 칠 계략인 듯하옵니다. 현재 백제는 우리 쪽의 정보에 의하면 내부에서 권력다툼이 심해 어지럽다 하였습니다. 조금만 지방세력들이나 귀족세력들에게 싸움을 붙이게 만든다면 백제의 왕가가 몰락하는 것은 일도 아닐 터라 생각합니다. 허나 이것은 우리 신라도 마찬가지입니다. 현재 대왕님의 아우 복호 님의 아들 복경이 고구려에 인질로 생활을 하고 계시며 고구려가 서라벌 밑으로 수군까지 뺀다면 왜의 갑작스러운 침공도 막지 못합니다. 이로써 신라와 백제는 사실 이러지도 저러지도 못할 상황이 될 수 있습니다."

김교부의 말에 정신이 아득해진 눌지왕은 눈을 질끈 감았다. 밖에 떨어지는 비가 모든 것을 휩쓸어 잠겨 버릴 것 같은 무서운 기세로 땅바닥을 향해 곤두박질치고 있었다.

교부의 말에도 화는 가라앉지 않았다. 그도 그럴 것이 어떻게 할 수 없는 상황을 다시금 상기해 주는 것밖에 그치지 않은 것이 아닌가.

"그래, 김교부는 괜한 고구려의 화를 돋우지 말고 지금 죽으라고 가만히 있으라는 것인가?"

눌지왕은 참지 못하고 벌떡 자리에서 일어났다. 당장이라도 김교부는 좌천이 아니라 파직이 되어 목이라도 붙어 있으면 다행일 정도였다. 그러나 김교부는 침착했다. 머리가 비상한 것은 신라에서 으뜸이었다.

"제게 좋은 계책이 있습니다."

타오르는 눌지왕의 불씨를 바람 좋은 곳으로 밀어내 일사천리로 그 기세를 등등하게 만들고자 김교부는 안심스러운 표정을 지으며 낮게 묘안을 말하였다.

"계책 말이오?"

"백제를 도우러 출진을 하는 틈을 타 따로 몰래 사람을 시켜 복경을 만나 비유왕이 있는 곳을 알리고, 복경이 그 사실을 장수왕에게 일러 선봉에서 백제를 치도록 하십시오. 그 후 비유왕의 위치를 후발에 알려 고구려군이 비유왕을 잡으려 할 때 선봉에 선 복경이 말을 돌려 우리 신라로 돌아오면 될 것입니다. 그렇다면 복경은 신라로 돌아오고 고구려군은 정신없이 기세를 몰아 백제를 더욱 공격할 것입니다. 하지만 우리 신라의 군사도 백제를 돕고 있으니 백제도 저희에게 아무런 의심을 하지 못할 것입니다. 오히려 백제가 군사를 더 요청한다면 그때…."

"그때? 어서 말해 보시오!"

눌지의 표정은 완전히 김교부의 언변에 빠져들었다.

"그때, 백제의 요청을 받아 주는 척하며 조건을 내걸어 왜와 깊은 교류관계에 있는 백제에게 협상을 하시는 게 좋겠습니다. 왜의 잦은 침입을 잠시라도 거둬들일 수 있도록 백제에게 요청을 하는 것입니다. 그리하여 왜의 침입이 사그라들면 일단 백제와 힘을 합하여 고구려군을 막아 내기만 한다면 후일에 아무런 신경을 쓰지 않고 국력을 강화할 수 있으리라고 생각합니다. 직접적인 출혈은 백제에게 더 심하게 있을 터이니 나중에 천천히 우리 신라가 어떻게 해 볼 수 있지 않겠습니까?"

김교부의 말에 일리가 있었다. 하지만 눌지왕은 한 가지 의문이 들었다.

"가만… 김교부 그대의 말은 거의 완벽하다고 볼 수 있으나, 한 가지 걸리는 것이 백제가 먼저 무너지면 우리가 혼자 고구려를 당해 내야 하는 것 아니오?"

눌지의 고민이 나올 줄 알고 있었다는 듯 김교부는 고개를 끄덕이다 바로 답을 했다.

"백제가 어떤 나라입니까? 백제를 우리가 삼키면 저기 너머 송과 더불어 왜까지 저희와 손을 잡기가 훨씬 수월해질 것입니다. 고구려를 사방에서 공격하는 일은 떡을 씹어 삼키는 것보다 쉬운 일이 될 것입니다."

김교부는 뿌듯해하며 자신의 이야기를 가만히 듣고 있던 눌지의 모습을 살폈다. 묘책은 절묘했고 더할 나위 없이 좋았다. 하지만 눌지는 아무런 대답이 없이 눈을 지그시 감았다.

한 가지 다행인 것은 아까와는 다르게 화가 많이 가라앉는 듯한 느낌이었다. 찌뿌리던 인상은 반듯하게 펴졌고 천천히 자리에 앉으며 낮은 신음을 몇 번 입 밖으로 흘러냈다.

빗소리는 점점 거세어졌고 궁 처마 밑에 이름 모를 작은 새들이 옹기종기 모여 비를 피하며 눈치 없이 담소를 나누고 있다.

얼마나 시간이 지났을까…. 눌지는 눈을 뜨며 자리에서 일어났다. 그리고 헛기침을 몇 번 하였다.

김교부는 머리를 숙였다.

"교부의 말대로 하겠소. 허나, 왜는 절대 신라와 가까이 둘 수 없소! 교부는 당장 별동대를 뽑아 복경 쪽으로 진행을 시키도록 하시오."

눌지는 말을 마치고 회의소로 발걸음을 옮겼다.

김교부는 그래도 자신의 계략이 통할 것을 인정해 준 눌지에게 큰 절을 올렸다.

신라의 치밀한 계략에는 백제를 집어삼키고 고구려를 한 번에 밀어 버릴 비장한 속셈이 깊게 깔려 있었고, 그 바탕에는 수백 년간의 숙적인 백제를 교란시키고 주인 행세를 하는 고구려를 미워하는 마음이 컸다.

비록 현재는 고구려의 기세에 눌려 백제와 손을 잡았지만 어찌 시시각각 변하는 정세에 백년 약속이 있느냐 말인가. 무엇보다 각각의 나라의 존속이 중요한 것은 여지없는 사실인 것을….

마서량현으로 말을 타고 달리는 여곤과 태사평 그리고 삼십의 부대는 그 기세가 거세고 날렵해, 달리는 길마다 흙먼지가 구름처럼 피어올랐다.

나흘을 꼬박 달려 나루터에 도착을 하자 어선보다 조금 큰 항해선이 정박을 해 있었다. 선박의 갑판과 아래에는 예닐곱의 뱃사람들이 자기들 몸집의 반만 한 궤짝들을 차례로 싣고 있었다.

"어? 여기가 어디입니까?"

여곤은 멈춰선 말 위에서 앞을 내다보며 큰 바다와 널찍한 선박을 보았다. 고구려군은 하나도 보이질 않았다.

"고구려군이 이곳에 있습니까? 이것은 우리가 함정에 빠진 것이 아닌지요?"

주위를 둘러봐도 전혀 고구려군을 찾아볼 수 없었다. 군사는커녕 물건을 나르는 뱃사람을 제외하곤 개미 새끼 하나도 보이질 않았다. 여곤은 휘둥그레진 눈으로 넓게 펼쳐진 앞바다와 주변의 수풀들만 번갈아 쳐다보았다.

마침 태사평이 말에서 내려 여곤의 앞에 무릎을 꿇었다.

"여곤 님. 미처 말씀을 드리지 못해 정말 송구하옵니다. 다만, 이것은 어라하의 뜻이기에 여곤 님을 어지럽게 할 수밖에 없었습니다. 죽을죄를 지었습니다."

태사평이 말에서 내려 무릎을 꿇자 뒤에 선 삼십의 제묘자부대 역시 일제히 말에서 내려 무릎을 꿇었다.

"예? 그게 무슨…."

어리둥절하고 당혹스러움을 감출 수 없었던 여곤은 태사평의 말에 도무지 감을 잡을 수 없었다.

"소인 태사평! 여곤 님을 모시고 왜로 향하라는 분부를 받들었습니다. 그리고 이것을…."

태사평은 갑옷 안에서 둘둘 말아 가죽 끈으로 단단히 동여매어진 서책을 꺼내어 여곤에게 올려 바쳤다.

여곤은 하늘색 도포 자락으로 비 오듯 흘린 땀을 닦아 내다가 태사평이 바친 서책을 펼쳐 보았다.

한참 전부터 낀 먹구름에서 빗방울이 조금씩 떨어지기 시작했다.

여곤은 나무 서책을 풀어 읽기 시작했다. 한참을 눈을 떼지 않고 읽어 내려 갔고 다시 서책에서 눈을 뗀 순간까지 태사평을 비롯한 삼십의 병사들은 고개만 숙이고 무릎을 꿇고 있었다.

갑자기 비가 점점 거세게 쏟아지기 시작했다.

455년 을미년 9월, 마지막 더위가 가시는 시기였다.

여곤은 멍하니 멀뚱히 서 있는 선박을 잠시 바라보았다. 그리고 다시 눈을 돌려 길게 뻗어 나 있는 바다를 바라보았다.

"소인 자세한 내막은 알 수가 없으나, 지금부터 여곤 님을 어라하처럼 여기고 받들겠사옵나이다."

태사평은 차고 있던 칼을 풀어 칼집 그대로 양손으로 받쳐 머리 위로 올리며 예를 갖추었다.

아무런 기척도 없었다. 그저 내리는 빗소리만이 사방에 가득했다.

저쪽의 뱃사람들도 여곤 일행을 보았는지 그대로 멈춰 서서 망부석이 된 것마냥 뻣뻣이 고개를 숙였다.

먹구름이 어지러이 빠르게 움직이고 있었다. 그 움직임이 하도 빨라 조금 전까지 환했던 풍경이 순식간에 어둑해졌다.

쿠 쿠 쿵.

갑자기 커다란 천둥이 대지를 울릴 정도로 고함을 질러 댔다. 하지만 그 누구도 놀라거나 허둥댐 없이 자리를 그대로 지켰다.

흠뻑 비를 맞으며 말 위에 그대로 앉아 있는 여곤. 그리고 태사평은 한참이 지나도 아무런 기척이 없자 슬쩍 고개를 들어 여곤을 올려다보았다. 여곤의 눈에서 흐르는 것이 눈물인지 빗물인지 알 수가 없었다.

태사평이 다시 고개를 숙이려 할 때, 여곤이 나지막히 읊조리듯 말했다.

"아버님의 뜻… 내 어찌 다 헤아릴 수 있겠느냐마는 왜에 가 고모님도 만나고 우리 백제가 아직 좋은 형제임을 알리며 그 정을 돈독히 하여 아버님의 뜻대로 만일의 어지러운 상황에 대비하여 백제를 도울 길을 마련해야겠습니다."

여곤은 말에서 내려 태사평이 받든 검을 한 번 쓰윽 만지더니 빙긋 웃었다.

태사평이 그 손길에 여곤을 올려다보니, 슬픔이 반쯤 고인 눈에는 미소가 어리어 있었다. 그 모습이 뭉클해 헤아릴 수 없는 아쉬움과 슬픔이 가슴에서 소용돌이쳤다.

"잠시 다녀오는 것뿐이니 잘 부탁합니다. 태사평님."

여곤이 말고삐를 잡고 천천히 앞장서 걸었다. 태사평은 여곤의 뒷모습에서 하나의 모습을 건져 볼 수 있었다. 커다란 동요없이 정 걸음으로 말고삐를 잡고 선박으로 걸어가고 있지만, 서책을 쥔 왼손에 잔뜩 힘이 들어가 떨리는 모습을 말이다.

태사평은 묻지 않았다. 그리고 말고삐를 잡고 여곤의 뒤를 따라 선박으로 올랐다. 뱃사람 모두도 닻을 올리며 구름과 천둥 그리고 비에 묻힌 조용한 출발을 시작했다.

그때, 물가로 궤짝을 짊어지고 허둥지둥 뛰어오던 사내가 있었다.

"아이고! 저도 갑니다요. 이거… 이거 지고 오느라 못 탔는데…. 아이고!"

갑판 위에서 내려다보니 제법 몸이 좋은 사내가 자기 몸집만 한 궤짝을 들고 저쪽 풀 숲에서부터 부리나케 뛰어오며 간절한 눈빛으로 외쳤다.

선원 중 우두머리인 듯한 이가 여곤의 눈치를 살피더니 인상을 팍 구기며 멈출 수 없으니 타지 말라며 몰래 뒤에서 손을 휘저었다.

하지만 워낙 눈에 띄게 외치는 사내를 아무도 못 본 척을 할 수는 없었다.

"저분을 태워 드리도록 하세요."

여곤이 우두머리 선원에게 말했다. 선원은 깜짝 놀라 엉거주춤하다가 넘실대는 얕은 파도에 엉덩방아를 찧고 넘어졌다.

옆에 선 태사평이 낮은 소리로 여곤에게 이야기를 전했다.

"저… 태자님. 아랫사람에겐 그리 말씀을 하지 않으셔도…."

여곤은 태사평을 보고 다시 고갤 돌려 넘어져 있던 우두머리 선원을 보았다. 그리곤 바다에 반쯤 잠긴 몸을 허우적대며 궤짝을 들고 있는 사내를 보았다. 셋을 번갈아 쳐다보던 여곤은 부드러운 미소를 날리며 말했다.

"태사평님은 두 다리, 두 팔이 쉬고 있으며 저 선원은 심지어 나자빠져 앉아 있기까지 한데, 저기서 저 허우적대고 있는 사람은 다리도 제대로 못 쓸 테고 손은 궤짝을 이고 있으니 저분보다 목숨을 걸고 일을 많이 하는 사람이 지금 어디에 있습니까? 저분이 우리 중에 가장 힘들게 백제를 위해 일을 하고 있는 게 아니겠습니까? 당연히 예를 갖추어야지요."

태사평은 놀라 당황을 했고 선원들은 얼른 사람을 시켜 허우적대는 뱃사람을 줄로 잡아당겨 태웠다.

궤짝 앞에 쭈그리고 무릎을 꿇고 있던 마지막 선원은 고개를 갑판 아래에 처박고 울며불며 죽을죄를 지었다며 사죄를 하고 또 했다.

동시에 천둥도 모자라 번개가 번쩍거리면서 치기 시작했다. 태사평도 이번엔 놀라지 않을 수 없었다. 뒷걸음질을 치진 못해도 어깨를 움찔거렸으나 여곤만은 멀쩡하게 서 있었다.

"죽을죄라니요. 아무도 다친 이가 없고 흉한 일을 만들지 않았는데 궤짝을 옮기느라 고생하신 분께 죽을죄라는 말은 당치도 않습니다. 그만 일어나 몸을 녹이세요."

주위의 선원들은 당황스러워했고 태사평은 그제서야 비유 어라하가 왜 자신을 여곤에게 붙였는지 알 수 있었다. 그리고 가장 어린 말자 태자의 신분이지만 무엇 때문에 여곤을 왜로 보내려 하는지 두 번 생각할 필요도 없었다.

태사평은 수많은 전투에도 나가 보았고, 수많은 장수들의 행태를 지켜봐 왔으며, 비유왕의 곁에서 문무관들과 다른 태자들을 살피고 보았지만 여곤같이 따뜻한 사람은 단 한 번도 보질 못했다. 여곤은 늘 날이 밝자마자 궁 밖으로 나가 백성들의 삶을 살피고, 해가 지도록 그들과 함께 어울렸으며, 자신을 드러내지 않은 채 묵묵히 도우는 모습은 그야말로 보기 드문 일이었다. 그런 여곤의 태도는 신기하게 느껴질 정도였고, 그의 진심 어린 마음이 태사평의 기억에 깊이 남았다.

태사평은 두 번째 천둥소리와 번개에는 놀라지 않았다. 그리고 한 보 뒤에서 여곤의 뒷모습을 보며 빙긋 웃었다. 그리고 용맹스러운 제묘자부대와 선원들에게 들으라는 듯이 우렁차게 외쳤다.

"여곤, 곤지 태자님께서 나선다. 물어볼 것 없이 곧게 나아갈 것이다!"

누구도 예상할 수 없는 하늘의 변덕에 쏟아지던 비가 어느새 서서히 잦아들었다. 그리하여 배가 앞으로 나아가기에 적절했으니 그것은 그리 나아갈 운명이었나 보다.

여곤은 아직 완전히 걷히지 않는 먹구름이 낀 하늘을 바라보았다. 그러다 자신이 왔던 한성 쪽으로 서서히 먹구름들이 몰려 날아가는 광경을 보았다.

태사평과 삼십 병사들 그리고 선원들이 신기해하며 얼른 짐을 풀고 말을 묶을 때, 여곤은 한성으로 몰려 사라져 가는 구름떼 속에서 희한한 광경을 목격했다.

'저것은… 마치 용의 모습과 같지 아니한가?'

물끄러미 한성 쪽 하늘을 바라보던 여곤의 눈에 희미하게나마 검은 용처럼 보이는 것이 먹구름에 둘러싸인 채 산 아래로 쑤욱 내려갔다.

흑룡과 같이 보이는 것이 한성 산 아래로 내려간다. 여곤이 보기에 기이한 일이 아닐 수 없었다.

아직은 부드럽고 앳된 티를 벗지 못했지만 어느덧 스물다섯이 된 여곤의 기품은 여러 사람들의 연륜을 머금은 것같이 차분하고도 어른스럽게 온화했다. 여곤, 곤지의 눈에 그 용이 보인 것은 어쩌면 하늘이 곤지를 위해 보낸 신호일지도 몰랐다.

잠시 시간이 흐른 뒤, 먹구름마저 말끔히 걷힌 바다 위를 배는 순풍을 타고 미끄러지듯 곧장 왜로 향해 나아갔다.

곤지 일행이 한창 마서량현으로 말을 몰아 가고 있을 때, 신라에서는 눌지왕의 명으로 김교부가 세 명의 별동 기동병들을 속히 고구려로 보냈다. 한 명은 신라의 사신병으로 한강 바로 위에 진을 치고 있는 장수왕의 본거지로 향했고, 나머지 둘은 평범한 고구려 백성의 의복을 입은 채 작은 칼 한 자루만을 허리춤에 깊숙이 숨겨 평양성으로 달리게 했다.

한편, 신라의 사신병이 장수왕의 진영에 거의 다다랐을 때쯤, 우치루건이 자신의 휘하 병사 십여 명을 데리고 야심한 밤 말도 타지 않은 채 하남 위북성 밖 으슥한 곳으로 자리를 잡아 모였다.

"지금부터 소리 없이 몰래 화살을 쏘아 궐 밖 문지기들 코앞으로 날리도록 하라. 절대 병사 한 명도 쏘아서는 안 된다. 알겠느냐?"

십여 명의 단단한 체구의 까무잡잡한 피부의 병사들은 우치루건처럼 괴팍하고 산적 같은 얼굴을 하고 있었다. 그들은 우치루건의 명령에 따라 고개를 끄덕이며 낮게 답했다.

"예, 알겠습니다."

한성 궁궐 밖에는 백제의 문지기병들과 보초병들이 횃불을 태우고 있는 커다란 나무들 옆을 왔다 갔다 하였다. 한시라도 경계를 늦추지 않는 모습이 비장함이 감돌았다.

야심한 밤이지만 한성 안은 그 불빛이 환하게 드리워져 있었다. 우치루건이 계략을 짜고 있는 으슥한 바깥과는 달리 궁궐 내부의 수마왕비의 처소에서는 그의 조카 해구가 수마왕비와 은밀히 마주 앉아 이야기를 나눴다. 시녀들도 물러나게 했으니 처소에는 작은 불빛만이 새어 나오고 있었고 주변에는 고양이나 벌레의 울음소리도 들리지 않았다.

먼저 처소를 밝히는 불을 입으로 끈 것은 수마왕비였다. 수마왕비의 수상쩍은 행동에 해구는 영문을 몰랐다. 하지만 워낙 눈치가 빠른 해구는 수마왕비의 표정을 보고 금방 알아챘다. 무언가 필시 중요한 일이 있음을 말이다.

"큰어머님, 무슨 일입니까?"

해구는 작게 물었다.

수마왕비는 창틀로 다가가 슬쩍 문을 열고 빼꼼히 주위를 살폈다. 저만치 궁전을 지키는 초병들이 가만히 서 있는 모습 외에는 근처에는 아무도 보이질 않았다. 달빛 하나 들어오지 않았으니 밀담을 나누기에 아무런 문제가 없어 보였다.

"무슨 일이 있는 것 같습니다."

차분하려 노력했지만 수마왕비의 흔들리는 눈빛과 떨리는 목소리는 까만 어둠 속에서도 느껴질 정도였다.

"무슨 일 말입니까? 불은 왜 끄십니까?"

"혹시라도 누가 듣게 된다면 금방이라도 바깥으로 새어 나갈까 봐서 그럽니다."

해구는 뚫어지게 주위를 노려보고 살폈다. 점점 어둠이 익숙해지자 형체가 눈에 보이기 시작했다.

"만일 어라하께서 갑자기 들어오시기라도 한다면 큰일입니다. 어서 말씀을 해 보시지요."

해구의 재촉에 수마왕비는 잠시 뜸을 들이다가 말했다.

"오늘 아주 이른 시각, 어라하께서 기침을 하셨는지 처소로 찾아갔으나 차마 뵙지 못하고 돌아 나왔습니다. 대신 어라하께서는 태사평만을 조용히 불렀더랬습니다."

"태사평이요? 그자는 항상 어라하의 곁에 있는 자인데 그것이 무슨 문제가 되는가요?"

시원찮은 자신의 처우에 심기가 상해 일러바치는 꼴이라 생각한 해구는 쓸데없는 소리를 듣기 위해 앉아 있는 건 아닌지 걱정이 되었다.

"문제가 될 건 없지요. 그런데 제가 나가고 얼마 지나지 않아 바로 제 방으로 돌아가지 않고 궁 옆 작은 연못에 앉아 있었는데, 태사평이 청령비의 처소로 향하는 게 아니겠습니까?"

"태사평이 청령왕비의 처소로 말입니까?"

"예, 그렇습니다."

"그게 무슨…."

수마왕비는 해구의 말을 끊고 계속 말을 이어 나갔다.

"그런데 또 얼마 지나지 않아 청령비가 허둥지둥 나오더니 자신의 아들 여곤 태자를 이끌고 궁 앞 어라하의 집무실로 빠르게 발걸음을 재촉하는 게 아니겠습니까. 그 광경이 희한해 제가 몰래 뒤따라가 보았는데…."

"그런데 무엇입니까?"

수마왕비는 다시 주위를 한 번 쓰윽 둘러보더니 아무런 기척이 없는 것을 확인한 후 급히 말을 했다.

"궁 마당 앞에 태사평과 그 뒤로 삼십의 병사들이 서 있었고 어라하께서 나오시더니 여곤을 꾸짖고는 고구려를 기습공격하라고 바로 말에 태워 보내 버렸습니다."

해구는 그 말을 듣자마자 깜짝 놀라 온몸이 경직되는 것 같았다.

"뭐라구요? 그들이 나가는 모습을 내 보지 못했는데… 어라하께서도 오늘 하루 종일 일언반구도 없었습니다."

수마왕비는 그도 그럴 것이라는 듯 고개를 끄덕이며 다시 말했다.

"그도 그럴 것이, 오늘은 세 번째 닭의 울음소리가 전혀 들리지 않았습니다. 이 또한 신기한 일이지 않습니까…."

해구는 문득 오늘 아침, 대신들이 모두들 허둥대며 서로 제각기 엇갈린 시간에 늦게 도착하고, 당황스러운 모습으로 궁전 회의소로 들어오던 것을 떠올렸다. 다들 어지간히 피곤한 모양이라고 생각했기에 만족스럽지 못한 표정으로 싫은 소리를 한마디 했지만 사실은 세 번째 닭이 울지 않았다니, 참으로 몰랐던 일이었다.

"그런데 무슨 일이기에 말자 태자를 태사평과 같이 선봉에 세워 보내게 했을까요? 혹시… 우리의 계획이…."

수마왕비의 마지막 말이 나오기 전에 해구는 얼른 왼손으로 입을 막았다.

"어허! 해서는 안 될 말을… 하시지 마십시오."

수마왕비가 눈을 꿈뻑이며 뒤로 물러서서야 해구는 왕비의 입에서 손을 떼었다.

"그자가… 내일 바로 그것을 어라하께 직접 드릴 것이니 그 후에 일은 내가 알아서 처리하도록 하겠습니다. 왕비께서는 그저 가만히 계시면서 청령왕비가 진씨들과 내통을 하고 있는지만 살피고 가까이하지 못하게 서로 훼방만 놓아주시면 됩니다."

때마침 구름에 드리워졌던 달빛이 서서히 창호지 문을 통해 뿌옇게 비추기 시작했다. 달빛이 완벽하게 문을 비춘다면 수마왕비와 해구의 그림자가 근처의 누군가에게 들킬 것이 뻔했다.

"갑자기 여곤 태자와 태사평을 왜 그리 바삐 선봉에 세워 보냈는지 몰라도 곧 내게 소식이 들려올 터이니 일단 알겠습니다. 이제 그만 쉬시지요."

해구는 애써 긴장을 감추며 서둘러 자리에서 일어나 조용한 걸음으로 수마왕비의 처소를 나갔다.

해구가 별다른 말 없이 나가자, 신경이 곤두서는 것은 수마왕비였다. 비유는 수마왕비를 탐탁치 않게 생각했다. 수마와의 사이에 자식이 없거니와 부여씨 왕족 가문의 해수와의 껄끄러운 관계 때문에 어쩔 수 없이 받아들인 해씨의 여자이기 때문이다. 점점 권력이 드세지는 해구를 볼 때면 예전 으름장을 놓고 거만하게 자신을 왕으로 올려놨다 자랑질을 해 대던 병관좌평 해구와 오만함에 반란을 일으키려 했던 해수가 아른히 겹쳐 보였다.

수마는 그래도 해씨 가문 출신인 비유의 처에게서 태어난 여경과 문주에게 특별한 애정을 주었는데 비유의 처가 병으로 죽자 두 태자를 친아들처럼 여기고 보듬었다.

문제는 두 태자가 수마왕비를 못마땅해하는 것이었다. 비유를 휘두르려고 하는 해구의 모습이나 자신들을 관리하고 선생 노릇을 하려는 오만함이 못마땅했기 때문이다. 겉으로 티를 내지는 않았지만 여경은 수마를 언젠가 해구와 함께 싸그리 밀어내리라 다짐하고 있었다.

수마왕비는 밤새 한숨도 자지 못한 채 맞은편 청령비의 방을 수시로 살폈다. 하도 손톱을 물어뜯어 손가락에서 피가 흐를 정도로 긴장한 모습의 수마는 이제 정신병이 걸릴 지경이었다.

해씨의 가장 강력한 대적자들이 진씨들이었다. 부디 진씨들이 청령을 통해 그리고 비유에게 고해 이번 일이 무산되지 않기를 바라고 감시할 뿐이었다.

해구와 수마왕비의 밀담은 몰래 들여다본 달도 몰랐고 습하디습한 밤공기도 알아차리지 못했다.

세 번째 닭이 울리지 않았던 것. 당연한 일이었다.

이른 아침, 태사평이 곤지 태자와 함께 성 밖을 달릴 때, 울린 휘파람 소리. 소리 없이 갑자기 사방에서 튀어나온 매들.

태사평의 신호에 매들은 궁궐 안은 물론이고 인근 성 밖 주위의 닭들을 모조리 죽였다.

그러니 세 번째 울음소리가 들릴 리 만무했다. 그저 닭들의 피만 검붉게 땅 곳곳을 적실 뿐….

그 역시 비유의 당부였다.

"태사평은 성을 나감과 동시에 닭들을 모조리 죽이도록 하라."

"예, 어라하!"

5. 칼날 같은 비는 파란 하늘을 내치고,
　파란 하늘은 왜로 향한다

배가 풍랑을 만나는 것은 전혀 이상한 일이 아니다. 당연히 늘상 있을 수 있는 일 중에 하나일 뿐이니 최악의 경우가 아닌 이상 걱정해 봐야 소용없는 일이었다.

최악의 경우란 어디 재수 없게 암초에라도 부딪히거나 급격한 물살에 이리저리 방향을 잃다가 커다란 파도에 배가 부숴져 모두가 수장되는 일이다.

돛을 단 배가 흐르는 물살과 불어오는 바람에 이끌려 빠르지도 느리지도 않게 수일 동안 왜로 향했다.

커다란 배가 아니라 흔들림은 있었지만 참지 못할 정도는 아니었다. 곤지는 갑판에 앉아 멀리 자신이 다다를 곳인 왜를 물끄러미 바라보았다. 망망대해에서 아직은 왜가 보일 리가 없었다. 그때, 갑판에서 서성대고 있던 갑판장이 고개를 쑥 내밀더니 한참을 어딘가를 유심히 보았다.

"어…? 어…!"

허둥지둥 당황하던 갑판장은 난처한 듯 자신의 눈을 비비고 또 비볐다. 그리고 다시 물끄러미 한곳을 응시하다가 저도 모르게 소리를 질렀다.

"해… 해적이다! 해적!"

그의 말에 선원들은 저마다 하던 일을 멈추고 갑판장의 눈길을 따라 고개를 내밀고 뚫어지게 바라보았다.

곤지와 태사평도 선원들이 손가락으로 가리키는 쪽을 보았다. 하지만 둘의 눈에는 보이지 않았다.

"그게 무슨 말이냐? 해적이라니? 보이질 않는데."

태사평은 낮게 흔들리는 배에서도 그 중심을 잘 잡아 걸음을 옮겨 갑판장에게로 다가갔다.

"아닙니다요! 이게 지금은 잘 안 보여도 갑자기 나타난단 말입니다요. 원체 바다에서는 아무것도 없는 것이 눈에 익기 때문에 보이지 않을 수 있으나 저희는 이 생활만 수십 해째입니다. 분명 저기 너머 금세 나타날 것입니다."

갑판장은 긴장된 얼굴로 손가락을 뻗으며 발을 동동 굴렸다.

바닷내음과 물에 젖어 퀴퀴한 냄새만이 주변에 가득한 배 안에는 알 수 없는 긴장감이 맴돌았다. 그것은 폭풍전야와도 같았다. 이름 모를 갈매기가 곤지의 옆에 소리 없이 다가와 앉았다. 갈매기는 동그란 눈으로 곤지를 바라보았고 곤지 역시 자신의 옆에 가만히 있는 갈매기가 신기해 눈을 마주쳤다.

한참을 눈을 마주치던 갈매기 덕분에 호기심 많았던 곤지는 해적의 상황을 잠시 까맣게 잊었다. 하지만 갑자기 갈매기가 날개를 펴고 날아감과 동시에 태사평의 우렁찬 외침이 들렸다.

"부대는 들으라! 칼과 화살을 꺼내어 단 한 명도 남김없이…"

소리에 놀란 곤지가 자리에서 벌떡 일어나 태사평 쪽으로 걸음을 옮겼.

"무슨 일입니까?"

곤지는 어리둥절한 표정을 지으며 태사평을 보다가 고개를 돌려 아까 선원들이 가리킨 곳을 보았다. 분명 갈매기가 잠시 날아와 쉬었던 그 짧은 틈에서조차 눈치 없이 넘실대던 잔잔한 파도만이 곤지 일행의 배를 둘러싸고 있을 뿐이었는데 저 멀리 알 수 없는 곳에서부터 빠른 속도로 작은 배 서너 척이 다가오기 시작했다.

"아무래도 해적선인 것 같습니다만…."

수염을 매만지며 옆구리에 끼워 놓은 긴 칼자루를 잡은 손에 손가락을 까딱거리던 태사평이 곤지에게 말을 하다 멈췄다.

"예? 어쩌면 좋단 말입니까? 해적선이 확실합니까?"

"예, 태자님. 선박에 깃발이 없는 것으로 봐서는 고구려군의 배는 아닌 듯합니다. 그렇다면 필시 왜에서 온 것일 터인데…. 왜에서 저희를 벌써부터 마중 나오진 않을 거로 생각합니다."

그러자 갑판장 선원이 처진 눈을 하며 바짝 마른 입술로 태사평의 말에 덧붙였다.

"수십 번을 다녔기에 또렷이 알 수 있습니다. 갈취선이 분명합니다. 배의 갑판이 높지 않고 또 저리 양옆으로 줄기차게 노를 저어 오는 것이라면 더군다나 배라고 하기엔 그 좌우가 너무 넓습니다. 아이고! 필시 물건들을 챙기려는 속셈이 분명합니다."

말을 하는 사이에도 서너 척의 배는 급격히 빠르게 다가와 이제는 거의 타고 있던 사람이 보일 정도였다.

"산발에 거지꼴이라니… 왜에서 온 도적놈이 맞는 것 같습니다."

태사평은 입술을 꾹 깨물었다. 태사평이 저런 해적 따위를 두려워할 리는 없었다. 하지만 한 가지 마음에 걸리는 것이 있었다.

그러나 곤지는 태사평이 바로 결정을 내리지 않는 모습을 보고 어리둥절하였다.

"그러면 태사평님, 어서 싸울 준비를 해야 하는 것이 아니겠습니까?"

곤지는 허둥대며 주위에 무기가 될 만한 것을 찾기 시작했다.

"곤지 태자님, 그것이…."

"그것이? 왜? 무슨 일입니까?"

해적선은 점점 더 근처로 다가왔고 뭐라 말하는지는 알 수 없었지만 배 위에서 방방 뛰는 것이 기쁨의 축제를 벌이기라도 하는 것처럼 보였다. 그 모습이 괴기하기 짝이 없어 가히 바다 괴수라 불리워도 부족함이 없어 보였다.

"어라하께서 말씀하시길, 만약 왜에서 온 해적을 만난다면 싸우지 말고 그저 가지고 있는 재물들을 내어 주라고 하셨습니다."

태사평은 고민스러운 얼굴을 지었다.

"아버님께서 말입니까? 우리가 무슨 재물이 있었는지요? 가진 건 저 궤짝밖에…."

"아닙니다. 보통 배가 출항을 시작하면 그곳이 어디가 되었던지 몇 궤짝의 재물은 준비를 하기 마련입니다. 파도가 거세어질 때면 그것을 바다에 던져 용왕님께 바치기도 하고 또 지나가는 송의 선박이나 신라, 또는 가야의 선들을 만나면 필요한 것들을 교환하는 의미가 있기도 합니다. 특히 왜에서는 어부들에게 귀한 물고기들을 얻기 위해 바꾸기도 합니다."

"그… 그럼 어서 그 궤짝들을 꺼내어 주는 것이 어떻겠습니까? 머뭇거리다가 우리 배 위로 올라오면 어쩌려고 그러십니까?"

곤지는 사색이 되었다. 물론 태사평과 제묘자부대를 믿지 못하는 것은 아니었으나 혹시나 모를 위험에 조금이라도 노출이 된다면 왜에 도착하는 길에 차질이 생길 수 있기 때문이었다.

곤지가 막 말을 마친 그때, 갑자기 파도가 거세어지기 시작하더니 물의 흐름이 빠르게 바뀌기 시작했다. 곤지와 태사평은 중심을 잃고 벌러덩 자빠졌고 심하게 흔들리며 요동치는 배가 금방이라도 바닷속으로 잡혀 먹힐 듯하였다. 파도에 튀어오르는 바닷물이 하늘 높이 솟구쳐, 마치 폭포처럼 갑판 위로 쏟아지고 있었다.

눈 한 번 깜빡거릴 새도 없이 집채만 한 파도를 온몸에 맞은 곤지는 까딱 잘못하면 배에서 떨어질 것 같은 두려움을 느꼈다.

배는 심하게 꿀렁거렸다. 한 번 높이 오를 때는 해수면에 닿지도 않을 정도였고 내려올 때는 천둥보다 음산하고 강력한 소리와 충격으로 나무배가 부서지며 바닷물이 산처럼 밀려 들어왔다.

당황한 것은 태사평도 마찬가지였다. 아무리 전쟁 경험과 용맹함이 하늘을 찌른다고 하지만 그도 항해를 많이 해 본 것은 아니었다.

태사평은 자신의 투구를 놓쳐 버리고 말았다. 이제는 해적선이 문제가 아니었다.

저놈들도 지금쯤 배가 부숴져 바다에 전부 빠져 버렸거나 아니면 다가오기는커녕 곤지 일행과 마찬가지로 배에 납작 엎드려 살려고 기를 쓰고 있는 중일 터였다.

그렇게 점점 거세진 파도는 차가운 음의 기운을 둘러매고는 컴컴한 먹구름을 몰고 왔다. 이윽고 얼마 지나지 않아 엎친 데 덮친 격으로 폭우가 순식간에 쏟아지기 시작했다.

하늘의 물과 바다 아래의 물이 서로 힘을 견주듯 한바탕 쟁투를 하고 있을 때, 갑자기 궤짝이 부러지는 소리가 크게 들렸다.

빠각.

그러더니 연이어 나무배가 부서지는 소리가 들렸다. 목선의 아래 받침 부분이 파도의 힘을 견디지 못하고 부러져 버렸다. 그리고 바로 연쇄적으로 배의 옆구리 부분이 뜯겨져 나가기 시작하며 그것이 점점 타고 올라와 곤지가 넘어져 엎드려 있는 갑판 바로 코앞까지 쪼개어지기 시작했다.

"으악!"

"아이고!"

여기저기서 비명 소리를 질러 대는 것이 마치 지옥과도 같았다. 여곤은 태사평을 찾을 여유조차 가지고 있을 수 없었다.

물이 반이요, 흑구름이 반이다.

여곤은 정신을 차릴 수 없는 일촉즉발의 상황에서 품속에 있던 작고 영롱하게 푸른 빛을 띠는 옥장식을 떨어뜨렸다. 무슨 일인진 모르겠지만 비유가 준 옥장식의 빛이 이 상황을 버티게 해 줄 것 같은 기분이 들었다. 곤지는 벼락처럼 쏟아지는 파도에 크게 휘청대는 배의 갑판을 기어 간신히 그것을 잡았다. 그리고 또 한 번의 큰 휘청거림과 함께 정신을 잃고 배에서 떨어지고 말았다.

배는 산산조각이 나서 뒤집혔다.

물은 검다 못해 새까만 색으로 흑구름을 위협했다.

장수왕의 병사들이 숨어서 쏜 화살은 초승달보다 날렵한 곡선을 그려내며 백제 북성의 밖 초병들의 발목 아래에 삽시간에 떨어졌다.

"억! 무슨 일이냐?"

"헤엑! 어… 어디서 날아오는 것이야?"

성문을 지키던 초병들은 맞은편 숲 어딘가에서 날아와 단단하게 땅에 박히는 화살을 보며 놀랐다. 어찌나 단단하게 땅에 박혔는지 박히고도 한참을 화살의 대가 좌우로 잘게 흔들렸다.

"뭐… 뭐야, 이거? 고구려군이 들이닥치는 것인가?"

웅성대며 혼란스러운 상황이 되자 몰래 숲에서 그 모습을 지켜보던 우치루건이 한 번 더 손짓을 하자 그의 병사들이 다시 앞으로 나가 어둠에 몸을 감추고 활시위를 당겼다.

화살 소리는 타는 횃불에 묻혀 전혀 들리지 않았디만 위협적인 화살촉의 빛은 달빛을 가르며 번뜩거린 채 다시 한 번 백제의 문지기 병사들 앞으로 떨어졌다.

"어이쿠!"

나이가 어려 보이는 초병 하나가 놀라서 엉덩방아를 찧고 자빠지는 순간 성벽 위에서 수비대장 장덕(관직) 호관무 국천개가 그 모습을 보았다. 이글이글 타오르는 성 밖 커다란 목재 불꽃 사이로 병사들이 이리저리 허둥대는 소리에 무슨 모습인가 하고 광경을 훑어본 것이다.

땅바닥에 꽂혀 있는 화살들이 눈에 들어오자 섬뜩함이 등골을 타고 몸에 간질거리는 전율을 만들어 냈다. 국천개는 부사관 시덕(관직) 한성장수 여계후를 불렀다.

"이것이 무슨 일이냐? 화살이 누구로부터 어디서 날아오는 것인가? 도적 놈들의 소행인 것이냐? 아니면 고구려 놈들의 짓인게냐?"

국천개의 호통에 한성장수는 매서운 눈으로 사방 아래를 보았다. 허둥대는 병사들의 모습에 기가 막힐 노릇이었다.

매의 눈으로 뚫어지게 흙바닥에 꽂힌 화살을 응시하던 여계후는 고개를 돌려 정면에서 오른쪽에 무성히 나 있는 풀숲을 보았다. 그러더니 다시 한 번 눈을 돌려 사방을 둘러보다가 국천개에게 말했다.

"고구려가 사용하지는 않는 화살입니다만 화살대의 단단함과 쥐새끼의 발톱같이 이리저리 돋은 가시가 화살의 촉에 붙어 있으니… 저기 북방에서 사용하는 것으로 생각이 되옵니다."

"북방이라면 어디냐?"

고구려군이 사용하지 않는 화살이라는 말에 고개를 갸우뚱거린 국천개는 어떤 미치광이 놈이 이런 짓을 저지르고 있는지 알고 싶었다.

"음… 도태산(백두산) 위쪽에 자리하는 물길이 아닌가 싶습니다."

"도태산? 아니! 그곳에서 어떻게….'

"모르겠습니다. 허나 이는 필시 고구려군이 물길을 끌고 내려온 것이라 생각합니다. 한 번에 총력을 다해 우리 백제를 공격하려는 셈인 것 같습니다."

여계후의 눈은 매와도 같았다. 성벽 위에서도 아래에 있는 화살을 볼 수 있다는 것은 장수로서 최고의 능력이 아닐 수 없었다. 국천개가 고위관직인 덕솔 국군의 사촌 격이라 장덕에 수비대장까지 할 수 있었던 것이지 그렇지 않았으면 분명 여계후가 그 자리를 맡았을 것이다.

이미 백제의 왕가를 쥐고 흔들려는 귀족세력의 움직임이 곳곳에서 나타남을 보여 주는 것이 아닐 수 없다. 그것은 비유왕이 어리석어서가 아니었다. 어떻게 보면 여덟 귀족들이 합심해 만들어 낸 사달이었다. 그들의 권력 싸움이 비유의 고립을 만들어 내었다. 비유는 세 아들에게 현 시국을 물려주고 싶지 않았는데 무슨 흉몽인지 고구려의 필사 침공까지 겹쳐 죽을 지경이었던 것이다.

"한성장수 여계후, 제게 맡겨 주신다면 반드시 쫓아 사로잡거나 멸하도

5. 칼날 같은 비는 파란 하늘을 내치고, 파란 하늘은 왜로 향한다   253

록 하겠습니다.”

무릎을 꿇었지만 고개는 숙이지 않았다. 여계후 역시 국천개가 자신보다 나을 것이 없는 아주 나약한 인물이란 것을 옆에서 봐 와 익히 알고 있었다. 하지만 계급을 무시할 순 없었다.

국천개는 물끄러미 여계후를 바라보다가 고개를 끄덕였다.

"잡지 말고 모조리 죽여라.”

"예, 분부대로 하겠습니다.”

벌떡 일어선 여계후는 뒤도 돌아보지 않고 달려 성벽 아래로 내려갔다.

삼십의 군사들을 재빠르게 불러 모은 후, 성문을 열고 부리나케 내달렸다. 그곳은 아까 여계후가 성벽 위에서 물끄러미 바라보았던 풀숲이었다.

"히얏! 가자!”

낮지만 근엄한 목소리로 삼십의 기마병과 말을 재촉한 여계후는 흙먼지를 흩뿌리며 단숨에 내달려 풀숲으로 들어갔다.

야심한 밤, 장수왕의 회의소가 차려진 북성 밖 목책성에 김교부가 보낸 신라의 사신이 그 문을 두드렸다.

"신라에서 온 사신이다! 눌지 마립간님의 말을 전하러 왔다.”

정양에서 이고개가 죽임을 당했다는 것을 알고 있음에도 불구하고 신라의 사신이 그것도 적진 한복판이라 할 만한 장수왕이 있는 곳으로 왔다는 것은 위험천만하고도 커다란 의미가 있을 터였다.

장수왕과 그 아래 장수들이 꽉 차게 버티고 있는 회의소는 그야말로 무거운 위압감에 짓눌려 개미 새끼 한 마리도 버티지 못할 것 같았다.

장수왕을 비롯한 휘하 장수들은 신라에 대한 두려움 따위는 전혀 없어 보였다. 이고개를 죽인 자가 고구려군임이 분명한데 신라를 얼마나 하찮게 여겼으면 뻔뻔스러운 얼굴로 못마땅해하며 바라볼까. 사신은 내심 분했다.

낮고 굵은 음성으로 장수왕이 차분히 입을 열었다. 그 음성은 무례하지도 그렇다고 사납지도 않았다.

"신라에서 무슨 말을 전하러 왔느냐?"

사신은 처음 본 장수왕의 위엄에 용맹하게 달려왔던 지난 시간이 허울 좋은 망상에 지나지 않았다는 것을 깨달았다. 하지만 눌지왕의 자존심과도 같은 일이었다. 허둥댐은 없어야 했다.

"정양산성 성주 이고개가 죽음을 당했습니다. 이해관계를 따져 보아도 필시 대왕님의 군사라고 생각이 되옵니다."

"그래서 하고 싶은 말이 무엇이냐? 우리 백성들 수백의 목숨이 네 나라 장수 한 명의 목숨과 비교해 웃기지도 않은 벌레와도 같다는 말을 하고 싶어 온 것인가?"

끓어오르는 화를 참아내는 듯한 말로 질문을 던지는 장수왕은 한 번만 입을 잘못 놀렸다간 온전히 돌아가지 못할 것이라는 경고를 하듯 덤덤하고 날카롭게 신라의 사신을 노려보았다.

사신은 침을 한 번 삼키고는 김교부의 지시대로 말을 읊기 시작했다.

"대왕님의 화를 돋우려고 온 것은 아닙니다. 더구나 이고개 성주의 책임을 묻고자 온 것도 아닙니다. 한 가지 제안을 하려 왔습니다."

"그것이 무엇이냐?"

"예, 혹시라도 우리 신라를 공격하시려 한다면 그 노여움을 잠시나마 거두어 주시면 그 은혜 절대 잊지 않겠습니다. 현재는 아직 왜가 들끓고 수시로 쳐들어오니 만일 신라가 없어진다면 대왕께서는 왜마저 신경을 써야 함에 골치가 아플 것입니다. 위로는 북위가 언제 약속을 깨고 호시탐탐 내려올지도 모르고 아래로는 왜가 공격을 할 것이며 격전을 치러야 할 백제와의 담판에도 그 출혈이 클 것으로 생각되옵니다. 따라서 혹시라도 저희에게 화살을 돌리시려 한다면 그 방향을 바꿔 백제를 먼저 거두어 들이시는 것이 왜까지 한 번에 막을 수 있는 중요한 일이지 않나 합니다. 저희가 비유를 바치도록 하겠습니다. 비유의 위치를 그리고 그의 군사들을 어지럽게 해 단번에 사로잡을 수 있도록 돕겠습니다. 그 선봉에 눌지 마립간님의 조카 복경 님을 세우신다면 아무 문제 없이 손쉽게 단 한 번의 공격으로 앞뒤를 어지럽게 할 수 있습니다."

사신의 말에 예주는 깜짝 놀랐다. 예주뿐만이 아니었다. 자리에 있는 장수들은 물론이고 장수왕도 흠칫 놀라는 눈치였다.

예주는 잠시 미간을 찌푸리더니 고개를 옆으로 삐뚤게 돌리며 갸우뚱거렸다. 그러다 사신에게 물었다.

"지금 백제의 통수를 치겠단 말입니까? 이 말을 믿으라는 것인지…. 그 의중을 알 수가 없군요. 더군다나 우리는 지금 병사를 힘들이지 않아도 백제를 멸할 수 있는데 말입니다."

힘들이지 않아도 쉽게 백제를 물리칠 수 있다는 말에 사신은 할 말을 잃었다. 그것은 필시 백제를 먼저 봉했다는 뜻일 터. 그렇다면 신라가 먼저 정면으로 들이받힐 수도 있었다.

"먼저 말이나 들어 보자. 복경이 왜 선봉에 서야 되는가?"

예주의 말이 끝나고 사신의 당황스러운 눈빛을 읽었는지 장수왕이 가소롭다는 듯 쳐다보며 물었다. 그래도 묵직한 음성에는 결코 방심을 하거나 긴장을 늦추지 않겠다는 결심이 역력해 보였다.

신라의 사신은 자신을 둘러싼 회의소의 고구려 장수들을 빙 둘러보다가 크게 심호흡을 한 번 하고는 짧게 답했다.

"복경 님께서 비유가 있는 곳을 알고 계십니다."

의아한 듯 의심의 눈초리로 장수왕은 사신을 바라보며 다시 재차 물었다.

"어째서 말이냐?"

"그것은 지금으로선 말씀드릴 수가 없습니다. 다만…."

"다만?"

갑자기 사신의 머리에서 번뜩이는 생각이 떠올랐다. 그리고 당당한 얼굴로 고개를 살짝 들며 말했다.

"복경 님이 선봉에 서면 우리 신라가 백제의 뒤를 칠 것입니다. 아마도 방금 말씀하신 것보다 더 힘을 들이지 않고도 손쉽게 백제와 비유를 취할 수 있을 것입니다."

"지금 네 말은 모두 눌지의 말이 분명하느냐?"

장수왕은 의자에서 엉덩이를 살짝 빼어 앞으로 조금 몸을 당겼다. 구미가 당기는 말이 아닐 수 없었다. 당황스러운 것은 이제 오히려 예주였다.

자신의 계략이 인정받을 순간이 코앞인데 망조가 들었는지 비겁하기 짝이 없어진 신라의 말에 넋을 잃을 지경이었다. 순간 사신은 장수왕을 똑바로 보고 답했다.

"전부 분명히 전달한 것입니다, 대왕."

소리도 없이 푸르스름하게 밝아 오는 아침에 처소 뒷편 나무들 사이로 새들이 지저귀는 소리가 시작을 탐스럽게 열어 줄 것 같았다. 선선하게 불어오는 바람이 아직은 만족하게 시원하진 않지만 그럭저럭 개운했다.

"저 새들만큼 잡말들이나 하고 사는 것이 평화라면 당연히 지키고 살아나아가야 하건만… 어찌 이리마냥 하루하루를 욕심에 채우지 못해 살아가는지…."

자주색 도포를 입어야 하건만, 오늘 비유는 새하얀 옷자락과 도포를 가지런히 입은 채 뒷짐을 지고, 침전각의 처마 밑에서 은은하고도 귀 간지러운 소리를 내는 작은 종을 바라보고 있었다. 그는 크게 숨을 들이마신 뒤, 한성의 푸른 주변의 숲들 쪽으로 내뱉었다.

아직 대신들이 모이기엔 이른 시각이었다. 비유는 뒷짐을 지고 저 멀리 남쪽을 바라보았다. 한동안 말없이 가만히 서서, 눈이 붉게 충혈이 될 때까지 남쪽만을 바라보았다.

"잘… 도착했을 것입니다. 어라하."

푸른 옷에 금색 자수가 수놓인 도포를 입은 장자 여경이 어느새 비유의 뒤에 살짝 다가서 근심에 가득 찬 비유를 달래었다.

"동풍이 여기까지 불어오는 것이 걱정스럽긴 하지만 물길대로 흘러간다면 어찌하여도 도착을 하겠구나."

비유는 고개를 올려 하늘을 이리저리 살폈다.

"미리 배에 실어 놓은 송의 물건은 아무 이상이 없다고 내두좌평 백연승이 말을 했으니, 혹여 풍랑이라도 만나면 궤짝을 던져 그 물길을 잠잠하게 할 것이옵니다. 너무 걱정 마시옵소서."

여경이 비유의 뒤에서 마실 물을 건네며 나지막히 말했다.

비유는 여경을 물끄러미 쳐다보다가 고개를 끄덕였다. 여경이 건넨 물은 맑고 적당히 식어 한 번에 마시기에 좋았다.

"여곤의 모는 괜찮은 것 같으냐?"

오랜 시간이 흐르지 않아도 금세 생명이 일어나는 소리가 귓가를 점점 어지럽게 했다. 당연하게도 저만치의 푸른 나무와 저 멀리 숲도 눈에 담기 아름답도록 청록의 빛을 띠고 있음을 볼 수 있었다.

"예, 갑자기라 경황이 없음을 압니다만 어려운 곳으로 가는 것은 아니니 괜찮을 거라 일러 주었습니다. 지진원을 만나는 일도 반가운 일 중에 하나이지만 백제의 백성들을 돕는 일인 만큼…."

"어려운 곳은 아니지만 가는 길이 어렵지 않으냐…. 허긴, 이곳이 더 어려울 수도 있겠구나… 저 땅이 언제 피비린내로 진동할지 모르겠구나."

"아버님…."

곤지와 태사평이 떠나고 이틀간은 닭이 울지 않았다. 이제는 다시 세 번째의 닭 울음이 당연시 터져 나올 것이다.

태양이 위로 올라와 비추려고 할 때, 비유와 여경의 담화를 듣는 이가 있었다. 조찬을 준비하던 섭정무치가 가만히 비유의 침전 아래에 숨어 쪼그려 앉아 둘의 이야기를 신경을 곤두세워 엿들었다.

섭정무치. 그가 이리도 자유롭게 궁 안을 활보할 수 있는 것은 바로 신임이 있었기 때문이다.

여러 달 전, 질이 좋은 꿩과 숭어 수 마리와 함께 섭정무치를 백제로 보낸 것은 예주의 뛰어난 한 수였다. 고구려에 몰래 들어왔던 해수와 함께 당시 말을 달려 백제로 내려가던 중에 해수는 섭정무치에게 서신을 하나 써 건네주고는 그것을 몰래 자신의 여동생인 수마비에게 보일 것을 당부하였다. 그렇다면 손쉽게 수라간에서 자리를 잡을 수 있을 거라 말하였으니, 섭정무치는 그길로 서신을 품고 해수와 길을 달리하여 남으로 계속하여 내려갔다.

필시 해수와 같이 내려가야 함이 맞지만 해수는 잠시 다른 볼거리가 있다 하여 먼저 내려가라 하였으며, 섭정무치는 괜한 신경을 두지 않았다.

섭정무치는 서신을 품은 채, 장사치들 틈에 섞여 성안에 입성하였고 온갖 진상품을 내어 바치는 자리에서 살이 좋은 꿩과 숭어를 진상하며 그것을 살피러 온 수마비를 은밀히 만나 해수의 서신을 보였다. 그리하여 섭정무치는 수마비의 권유로 수라간의 담당관 자리를 맡게 되었다.

섭정무치는 고구려에서 몰래 들여온 된장을 활용하여 여지없이 훌륭한 요리들을 만들었다. 그중에는 예주에게 선보인 바 있는, 된장을 바른 꿩과 숭어고기 요리도 있었다. 그리하여 섭정무치는 왕가의 미각을 사로잡아 인정받을 수 있게 되었었다.

하지만 비유는 전혀 알지 못했으니, 섭정무치는 그날 이후로 예주에게서 받은 명 그대로 비유를 독살하기 위해 조금씩 조금씩 티가 나지 않게 꿩과 숭어고기를 아주 살짝 독물에 적시고 그 위에 된장을 발랐다.

그러기를 수십 일, 결국엔 기력이 쇠한 비유의 모습을 마침내 침전 아래에서 확인하게 되었고, 섭정무치에게는 오늘이 기회였다.

아침을 거하게 먹는 일은 없었다. 하지만 기분이 이상했던지 비유는 자꾸 날것을 찾았다.

"숭어와 꿩만을 가져오너라."

날것을 먹고 찬을 끝내자 대신들이 차례로 궐 안으로 들어왔고 그와 더불어 검은 먹구름이 순식간에 따라 한성 백제의 하늘 위로 몰려 들어왔다.

일전에 푸르던 아침인데 참으로 기이한 일이 아닐 수 없었다.

엿새 후면 추절이 온건해지건만 그 계절까지 버틸 수 있을지 노심초사하며 골머리를 앓고 있던 비유는 갈수록 입안이 바짝 마르며 입안 전체와 혀가 아프니 그 통증이 이루 말할 수 없을 정도였다.

어젯밤 북성에서의 일에 분위기가 무거운 가운데 먼저 예를 갖춰 용기를 내 나선 자가 진백이었다.

"어라하… 간밤에 북성에서 고구려군이 활을 쏘아 댔다고 합니다. 이제는 코앞에서 바로 돌진을 하더라도 이상하지 않사옵니다. 들리는 소문에 의하면 우리 백성들 역시 혼란스러운 형국에 배고픔마저 이기지 못하고 고구려로 달아나는 자들이 있다고 합니다…. 이제 그만 백성들에게 물품들을 하사하시고 곡식을 내려 주셔서 민심을 달래는 한편 백제를 지킬 수 있도록 용기를 복돋아 주시는 것이 어떨지 감히 아뢰옵니다."

진백의 말에 맞은편에 서 있던 해구는 의미심장하게 양쪽 입꼬리를 내리며 씰룩거렸다. 오묘한 표정이 기분이 나쁜 것인지 아니면 걱정이 사그라들어 태연한 것인지 알 수 없었다.

그 모습을 여경이 보았다.

"고구려 놈들을 한시라도 빨리 막을 방법을 생각해 내야 함은 물론이지만 더하여 도대체 어떤 지경이길래 우리 백성들이 그리 힘들어하고 도망을 간다는 말이오?"

내신좌평 여경이 비유의 아래에서 진백의 말을 듣고는 의아해 되물었다. 그러자 진백은 한 치의 멈칫거림도 없이 답을 했다.

"가뭄이 거세게 들었지만 마침 송에서 물건들이 들어오니 조금 진정이 될 것으로 생각을 했는데, 누구의 소행인지 어라하께서 하사해 주신 것들의 분배가 늦어지고 있사옵니다. 더군다나 고구려군의 위용과 기습공격의 소문이 재빠르게 퍼져 나가 두려움이 멀리까지 뻗치고 있는 것 같사옵니다."

진백의 눈빛은 애처로워 보였다. 그 눈빛이 비유의 가슴에 꽂힌다면 모조리 재정비가 될 것임이 분명했다. 그것을 지켜만 보고 있을 순 없는 해구가 한 발 앞으로 나와 진백의 말을 맞받아쳤다.

"어떤 정신 나간 자가 어라하께서 내리신 명에 지지부진할 수 있단 말이오? 전에도 이야기했듯이 어쨌건 고구려군을 막기엔 우리는 모자람이 없습니다. 고작 화살 몇 번 쏜 것으로 희생자도 없는데 불길한 소문으로 정세를 어지럽히는 것은 죽어 마땅한 일이 아닐수 없소! 고구려군에 대한 소문은 진백 그대가 낸 것이 아니오?"

해구의 말에는 독기가 가득 품어져 있었다. 진백은 기가 막힐 노릇이었다.

"내가 소문을 냈단 말입니까? 도대체 내가 왜 그런 짓을 합니까?"

"그거야… 우리 백제에서 무언갈 더 털어먹고 빼돌려 어디론가 달아나려 하려는지… 누가 아오?"

해구와 진백의 다툼에 주변의 내신들은 말리기에 급급했다. 웅성대는 궁궐에서 눈에 불을 켜고 얼굴이 일그러져 있는 자는 두 명이었으니 비유왕이 그랬고 그의 아들 내신좌평 여경이 그랬다.

"그만두지 못할까!"

참다 못한 비유가 의자를 크게 내리쳤다.

여경은 당장이라도 칼을 빼어들어 꼴 보기 싫은 놈들을 전부 베어 버리고 싶었다. 하지만 누가 옳은지 누가 그른지 알 수가 없으니 답답할 노릇이었다.

 망조도 이런 망조가 없었다. 얼마나 왕가를 하찮게 봤으면 어라하가 계시는 앞에서 서로 앞뒤 다툼을 할 수 있는지 여경은 가슴이 먹먹하고 답답했다.

 모두의 시선이 해구를 향하고 있었을 때, 마침 장수 한 명이 부리나케 궁 안으로 달려 들어왔다.

 "어라하! 어라하! 지금… 헉… 지금… 고구려군이 쳐들어오고 있습니다. 북성이 이미 함락됐습니다…!"

 어수선한 상황에서 고구려군이 공격을 해 북성이 함락됐다는 전보까지 궁 안에 울려 퍼지자 모든 문무대신들이 당황을 해 어쩔 줄을 모르고 발만 동동 구르며 허둥댔다.

 여경이 입술을 꽉 깨물다가 무언가를 말하려 아버지 비유를 올려다보는 순간.

 "커헉…!"

 눈부신 빛을 뿜어내던 자주색 도포의 백제의 하늘이, 다시 아래로 무너져 내리기까지 신음 한 번, 눈 깜짝할 사이에 지나지 않았다.

 요란하고 둔탁한 소리가 나더니 백제의 하늘이 바닥 아래로 고꾸라졌다. 살과 뼈가 동시에 찢기고 짓이겨지는 듯한 소리와 함께 눈만 끔뻑거리며 입에서 노란 액을 흘리고 있는 비유왕이 양쪽으로 늘어선 대신들 앞에 쓰러져 몸을 부들부들 떨고 있었다.

 "어라하!"

 "어라하!"

 모두가 놀라 절반 이상이 그 자리에서 다리가 풀려 자빠져 버렸다. 너무도 순식간에 일어난 일이라 내관대신들도 손을 떨며 이러지도 저러지도 못했다.

쓰러진 비유에게 달려가 몸을 주무르고 일으켜 세운 것은 아들인 여경과 문주 둘뿐이었다.

"어라하! 아버님!"

여경이 축 처진 비유의 목을 손으로 받쳐 들었고 문주는 큰소리로 어의를 찾으며 부르짖었다.

비유의 몸은 경직이 되어 있었고 어의가 도착하기도 전에 한 움큼의 피를 토했다. 그래도 두 눈만은 감기지 않았고 멈춰진 눈동자 안으로 한 사람의 눈과 입이 들어왔으니…

찡그린 미간에 한쪽으로 치켜 올라간 눈썹, 미동도 없는 날카로운 콧대 그리고 무섭도록 차가워 퍼렇게 보일 지경인 입술이 한쪽으로 길게 빼어져 살짝 치켜 올라간 사람.

해구는 크게 놀라지 아니하였다.

파르르 떨리는 입술과 붉게 충혈된 눈에서 금방이라도 피가 뿜어져 나올 것만 같은 비유왕은 여경과 신하들의 도움으로 처소에 옮겨졌다.

여경은 비통함에 주먹을 꽉 움켜쥔 채 온몸을 부들부들 떨고 있었다. 아무도 비유의 처소에 들라 하지 않았지만 수마왕비만은 그 명에 따르지 않았다.

"이게 어떻게 된 일입니까?"

급히 처소의 문을 열고 들어온 수마왕비의 당황스러운 모습을 본 여경은 이를 굉장히 탐탁치 않아 했다. 급히 뛰어왔는지 수마의 얼굴과 목에서는 땀이 비 오듯이 떨어져 내리고 있었다.

"아무도 들이지 말라 하였거늘 이것이 무슨 일이냐!"

여경은 매서운 눈으로 열린 문틈 사이로 고래고래 소리를 질렀다. 그 소리가 어찌나 벼락같이 컸던지 저 멀리 삼중문 앞을 지키던 병사들의 귀에까지 들렸다.

수마 역시 놀라며 주위를 둘러보았지만 곧바로 신경질적으로 인상을 찌푸렸다.

"어라하께서는 제 부군입니다. 어찌 저까지 막을 작정이십니까? 그리고 태자의 큰어머니와도 같은 나를 어찌 꾸짖을 수 있단 말입니까?"

"큰어머니? 나에겐 어머니는 한 분뿐이며 수마비께서는 내가 더 이상 원하지 않는 관계입니다. 나에게 큰어머니는 없습니다."

단호한 여경의 말에 수마는 할 말을 잃었다. 아니, 잃을 수밖에 없었다. 왜냐하면 여경이 말을 마침과 동시에 언제 차고 왔는지 허리춤에서 긴 칼을 빼어 들 자세로 매섭게 노려보고 있었기 때문이었다.

"그게 무슨… 말씀입니까?"

제정신이 아니고서야 설마 칼을 빼어들고 목을 칠까. 수마는 여경의 태도에 두려움을 느꼈지만 알 수 없는 부아가 치밀기 시작했다. 하지만 그 감정도 더 이상 길게 느낄 새도 없게 되었다.

"뭣들 하느냐! 당장 수마왕비를 모시고 나가거라!"

여경이 말을 마치자마자 두 명의 장수들이 들어오더니 수마왕비 앞에 섰다. 거대한 사내의 몸집에 막히자 단번에 압도되고 말았다.

"흥! 나를 이렇게 대한 일을 필시 후회하게 될 것입니다."

수마는 나가면서 발끝을 올려 두 장수의 틈 사이로 고개를 이리저리 돌리며 누워 있는 비유의 모습을 보았다.

　그렇게 끌려 나가다시피 한 수마를 뒤로하고 여경은 무릎을 꿇고 비유의 머리맡에 앉아 아비의 얼굴을 보며 원통해했다. 눈물이 홍수같이 흐르는 것을 손으로 닦아 멈추어 보려 해도 어지간해서는 쉽지 않은 일이었다.

　비유의 눈 안의 까만 자위는 단 한 번도 움직일 생각이 없어 보이고 그저 반쯤 입만 벌린 채 천장만 응시하고 있었다.

　'벌써 장기가 심히 훼손이 된 것 같습니다. 단번에 그런 것은 아닌 것 같사옵니다…. 하지만 방금 같은 출혈과 쓰러지심은 필시 강력한 독에 의한 것임이 틀림없습니다. 그러니까… 조금 조금씩 손상이 된 장기를 마지막 한 번으로 전부 터트려 버린 것이라 생각이 되옵니다.'

　백제의 어의는 허투루 말하는 법이 없다. 어의 소굽은 백제에서, 아니 어쩌면 천하제일의 명의 중 한 명일지도 모른다. 그의 말은 정확했고 단호했으며 어떠한 상황에도 소신을 말할 줄 아는 그런 인물이다.

　같은 시간 문주는 허둥대며 혼란에 빠진 궁 안의 문무대신들을 꾸짖었다.

　"정신 가다듬으시오! 이 어찌 백제의 궁 안에서 미친놈 도랑 파는 듯한 모양새를 내고 있단 말이오! 어라하는 괜찮을 것이니 다들 조용히 하시오!"

　문주의 고함은 흔치 않은 것이다. 쉽게 나서지 않을 뿐 실은 한번 화가 나면 여경보다 더 성격이 있다는 것을 모든 이들이 모를 리가 없었다. 그 예로 문주는 매 사냥을 즐겨 했는데 어느 날 자신이 아끼던 매가 관리인의 소홀함으로 병이 들어 날지 못하자 불같이 화를 내며 궁수 이십 명을 데리고 주변의 움직이는 매의 사냥감들을 모조리 며칠 동안 죽였다.

　"매가 사냥을 하지 못하니 너희들이 대신함이 마땅하다!"

　문주는 용기가 없어 관리인의 목을 치지 못한 것이 아니라 한 명의 목을 치는 것보단 수 명의 다른 이들을 힘들게 해 그 죄를 관리인에게 무겁게 짊어지게 하려던 것이었다. 책임감을 심어 주는 방법치고는 요상했지만 그 효과는 생각보다 강했다.

문주의 고함에 일순간 정신을 차린 신하들은 다시 제각기 자신의 자리에서 고개를 숙였지만 이미 정신만큼은 완전히 반사경을 헤매고 다닐 지경이었다.

"지금 북성이 함락됐다고 했느냐? 지금 고구려군이 이 한성으로 북성마저 등지고 들어오고 있는 중이라는 것인가?"

문주는 전갈을 올렸던 장수를 보며 물었다.

"현재 이곳 한성으로 바로 오는지는 알 수 없지만 북성이 함락된 것은 틀림없습니다. 겨우 말 한 필을 타고 뒷문으로 빠져나와 이렇게 소식을 알리는 것이옵니다. 죽을죄를 지었습니다, 태자 저하…."

두려움에 떨던 장수를 심각한 표정으로 바라보던 문주는 깊은 생각에 잠겼다. 큰 어려움이 양쪽으로 겹쳤으니 이를 어떻게 해결해야 할지 알 수가 없었다. 그때, 해구가 입을 열었다.

"북성을 지키는 장수가 누구냐?"

"예, 북한성 수비대장 국천개입니다."

"국천개는 어떻게 된 것이냐?"

"모르겠습니다. 저는… 그저 북성장수의 명에 따라 뒷문으로 나와 그저 앞만 보고 여기로 달려왔을 뿐입니다…."

해구는 의미심장한 눈으로 재빨리 진백을 보았다. 울그락붉으락한 진백은 그저 입술만 꾹 다물며 핏발을 세우고 그저 넙죽 엎드려 답을 하던 장수만을 보고 있었다.

해구는 잠시 눈을 감고 아무 말 없이 손으로 자신의 수염을 쓰다듬더니 천천히 문주의 앞으로 나와 헛기침을 하며 입을 떼었다.

"진백 님은 정녕 백제의 백성들을 걱정할 것이면 지금 쳐들어오는 고구려군들을 막을 방법이나 먼저 내놓으시는 게 어떻겠습니까? 먼저 안팎으로 안전해져야 뒷수습도 할 수 있는 게 아닙니까?"

해구의 말에 진백은 휙 고개를 돌려 그를 노려보았다. 그리고 한 발짝 앞으로 나와 양손을 내리며 주먹을 불끈 쥐었다.

"뒷수습이라니요! 백성들이 뒷수습거리입니까?"

해구도 지지 않았다. 그는 워낙 능청스러웠기에 진백쯤은 아무것도 아니라고 생각했다.

"코앞의 고구려군은 어떻게 할 것입니까?"

둘의 설전에 더욱 긴장되는 분위기가 형성되며 거의 울 지경인 다른 대신들은 꿀 먹은 벙어리가 되어 서로의 눈치만 보고 있었다.

"그만하시오! 버릇이 없어도 정도가 지나치는 게 눈 뜨고 봐 줄 수가 없구료!"

갑자기 쿵 하고 돌이 빠개지는 소리가 나더니 문주가 이마와 목에 핏대를 세우며 크게 말했다.

문주가 발로 돌계단을 크게 수차례 밟아 어지러운 설전을 중지시켰다.

"둘 다 입 다물고… 거기 장수는 들으라! 비록 어라하께서 지금 안 계시지만 책임은 내가 지도록 하겠다. 너는 당장 다시 돌아가 고구려군이 북성을 등지고 한성으로 오는지 확인하여라. 그리고 조정좌평 사절과 진백의 아래 장수 진로는 백제의 군사들을 한성으로 집결시켜 쳐들어오는 고구려군을 필사적으로 막으라! 나는 직접 신라로 가 군사를 요청할 것이다."

문주의 명에 모든 이들은 고개를 숙였고 해구와 설전을 벌이던 진백마
저 무릎을 꿇었고 해구 역시 예를 갖췄다.
 문주가 화를 내며 서둘러 문무대신들을 물러나게 하니 가장 늦게 걸음
을 뗀 자가 해구였다. 문주는 그의 뒷모습을 가만히 보았다.

 궁에서 나온 해구를 몰래 잡아끄는 자가 있었으니 수마왕비였다. 수마
왕비는 굉장히 불쾌한 얼굴과 동시에 긴장한 모습을 보이며 혹시나 보는
눈이 없는지 주위를 살피며 해구를 문서고의 뒤쪽으로 잡아끌었다.
 "뭐? 무슨 일입니까?"
 해구가 묻자 수마왕비가 거친 숨을 몰아쉬며 침을 삼키고는 손으로 머
리를 매만지고 가슴을 쓸며 호흡을 깊게 했다.
 "저기… 헉… 헉… 그러니까…."
 "이러다 큰어머님이 먼저 죽겠습니다! 가다듬고 말해 보세요."
 해구는 수마의 양 어깨를 조금 힘주어 지그시 눌러 잡고 숨을 고르게 했
다. 그러자 수마도 안정이 조금 됐는지 낮게 호흡을 맞추어 가더니 고개를
끄덕이고 말을 했다.
 "어라하께서 붕어하실 것이 틀림없습니다."
 해구는 수마의 말에 눈이 번쩍 뜨였다.
 "정말입니까?"
 "팔이 축 늘어져 있고, 귀에서 피가 멈추지 않았습니다. 내 두 눈으로
똑바로 보았습니다. 그리고 미동도 없었어요! 정말… 이게 괜찮은 것입
니까?"
 호흡은 나아졌지만 여전히 불안에 떠는 수마를 보던 해구는 작게 고개

를 위아래로 연속으로 흔들었다.

"됐습니다. 걱정 마세요. 이제 그 어라하의 몸만 몰래 빼와 고구려에게 넘기면…."

"예? 넘기면…?"

"이 백제는 우리의 것이 될 것입니다. 우리가 고구려의 신임을 받아 백제를 다스릴 것이 확실합니다."

방금까지 울리던 새소리가 뚝 끊기고 날이 순식간에 컴컴해지더니 빗방울이 처음부터 강하게 떨어지기 시작했다. 땅에 화살처럼 박혀 떨어지는 빗방울은 점점 거세어지더니 온 백제의 하늘을 다 뒤덮고 있는 듯한 검은 구름 사이로 번쩍이는 빛이 빠르게 나타났다 사라졌다. 빗방울은 땅으로 꽂히니 칼날 같은 비가 되었고 빛은 용의 울음을 데리고 들어왔으니 성 안팎의 모든 이가 놀라 기절해도 손색이 없을 정도의 위상이었다. 그 위상이 하필 검은 구름으로 나왔을까…. 파라디파란 하늘이 유난히도 자랑거리였던 백제. 차라리 파란 날 찾아오는 용이 나았건만, 계절마저 없애 죽일 검은 날에 화살비를 쏘아 대는 것은 노여움을 품은 용 때문이었을까.

두 번 숨을 들이쉰 것이 전부였다. 마지막으로 본 것은 검고 매서운 바닷물이 온몸을 덮친 장면뿐이었다.

갑자기 아주 부드러운 손이 곤지의 가슴을 쓸었다. 그리고 그 손이 곤지의 얼굴을 부드럽게 매만지니 그 느낌이 매우 좋았다. 몸이 붕 뜬 것도 아니고 그렇다고 어디에 닿은 것도 아닌 태어나 처음 겪어 보는 편안한 상태였다. 묵직하고 부드러운 무언가들이 온몸을 감싸쥐고 있는 느낌에 나른

해짐을 넘어 마치 이 세상에 있는 것 같은 기분이 아니었다.

가벼움이 나는 새의 깃털과도 같았다. 뜨거운 연꽃이 입술을 녹일 듯이 움켜쥐는 느낌에 황홀감에 빠진 곤지는 심장이 거의 멎을 뻔했다. 태어나 처음 느껴 보는 것이었다. 어찌나 가혹할 정도로 황홀했던지 정말 심장이 멈추고 호흡을 할 수 없을 것만 같았다. 기분 좋은 죽음이란 있을 수 없는 것이라 생각했지만 어쩌면 가능할지도 몰랐다.

입술을 감싸던 연꽃이 잠시 사라지고 가슴에 극심한 통증을 받은 곤지는 저도 모르게 갑자기 눈을 떴다.

"아, 푸… 헙… 헙…"

참았던 숨이 터졌는지 온몸으로 주변의 모든 공기를 들이켜려는 곤지의 발버둥에 누군가 머리채를 잡고 끌었다.

"악!"

어찌나 힘껏 끌어당기는지 자신이 지금 물에서 나왔다는 것조차 잊어버릴 만큼의 힘이었다. 깜짝 놀라 사방을 둘러봤다. 등이 작은 돌들에 찍혀 굽히기도 어려울 정도로 통증이 일어났다.

하얀 새들이 하늘을 빙빙 날며 소리를 내어 걱정했고 발밑에는 잔파도가 발을 덮어 흔들어 깨우고 있었다.

곤지는 극심한 가슴통증에 기침이 끊임없이 나왔다. 그제서야 육지에 널브러져 있다는 것을 알게 된 곤지는 기침과 함께 속을 전부 게워 냈다. 육지의 공기가 이렇게 맑고 아름다운 것이란 걸 처음 알았다.

첫 번째 항해치고는 너무도 가혹한 끔찍한 경험이었다.

"이봐요, 정신이 들어요?"

곤지가 쏟아지는 졸음과 피로에 눈을 감았을 때, 누군가 곤지를 흔들어 깨우기 시작했다.

"이봐요!"

곤지를 흔들어 깨우던 자가 갑자기 곤지의 양쪽 뺨을 번갈아 세게 쳐 올렸다.

"아니! 그… 태자님께 무슨 짓이냐?"

곤지의 귀에 익숙한 목소리가 들렸다.

"태자든 누군든 난 모르겠고! 사람, 이 사람 안 살릴 거야?"

다른 쪽의 목소리는 아주 앳된 여자의 목소리였는데 어찌나 우렁차게 말했는지 곤지의 정신이 번뜩 돌아왔다.

곤지가 눈을 뜸과 동시에 누군가가 정면으로 입술을 맞대었고 숨을 불어넣었다. 아까의 그 연꽃이 자신의 입술을 움켜쥐고 있는 느낌을 받았다. 하지만 따뜻함이 아니었다. 그것은 뜨거움이었다.

놀란 곤지가 눈을 동그랗게 뜨자 입술을 포개어 숨을 불어넣던 자도 놀라 눈을 동그랗게 뜨고 곤지의 눈을 맞췄다.

"아이! 깜짝이야!"

"쿨럭… 뭐… 누… 누구야?"

가슴을 움켜쥔 곤지가 당황스러워하며 자신에게 숨을 불어넣고 있던 자를 다른 한 손으로 얼른 밀쳐냈다.

"아얏! 아잇… 엉덩이야! 무슨 짓이야? 기껏 살려 줬더니 사람을 다치게 하다니! 정말 예의란 바늘 구멍만큼도 없는 자 아니야!"

벌러덩 자빠져서는 끙끙대며 쉽게 일어서지 못하는 자를 곤지는 당황스럽고 놀란 눈으로 바라보았다.

바닷바람에 쓰고 있던 두건이 사르륵 풀리며 긴 머리가 양 이마를 가로질러 흐드러지듯 흩날렸다. 약간은 그을린 구릿빛 얼굴에 오똑한 콧날과 얇은 입술 그리고 무엇보다 청동 거울의 손잡이보다 커다래 보이는 동그란 눈이 인상적인 여자였다. 찌뿌린 미간마저 주름 없이 아름다운 한성 옆 토성의 언덕같이 볼록 튀어나와 있는 것에 곤지는 한동안 말을 잇지 못했다.

"곤지 태자님! 괜찮으십니까?"

걸걸한 음성이 귓가에 들리는데도 불구하고 곤지는 넘어져 한동안 끙끙대며 불만을 터트리는 여자에게서 눈을 떼지 못했다. 아니, 뗄 수가 없었다.

"태자님! 태자님!"

태사평이 곤지의 어깨를 살짝 흔들었다. 그리고 바로 곤지의 손목을 집고 맥을 확인했다. 심장에 무리가 간 것이 죽다 살아난 것 때문인지 쓰리고 아렸고 바깥으로 튀어나올 것처럼 쿵쾅대며 뛰는 것을 느낀 곤지는 호흡을 쉽게 가다듬을 수 없었다.

"그래도 무사해서 다행입니다."

태사평의 말에 곤지는 아차 싶어 황급히 주변을 둘러보자 여기저기 널브러져 있는 선박의 나무 판과 벗겨져 나뒹굴고 있는 옷가지들이 서늘하게 맞이하고 있었다. 곤지는 얼른 태사평의 모습을 보았고 다시 고개를 확 돌려 호흡을 가다듬고 무릎을 꿇고 대기를 하던 제묘자부대의 병사들의 모습을 보았다. 그리고 그 조금 떨어진 옆에는 선원 한 명이 무릎을 꿇고 안절부절못하며 고개만 푹 숙이고 있었다.

사람은 보였으나 그 밖에 다른 것들은 보이질 않았다.

"이봐요! 백제에서 온 겁니까?"

여자가 카랑카랑한 목소리로 당차게 말하며 곤지와 태사평의 앞으로 다가셨다. 태사평은 어이가 없었는지 눈썹을 일그러트리더니 천천히 일어섰다.

"이분은 백제의 왕자님이시다. 네가 목숨을 살려 준 것은 고마우나 그렇게 천박하게 함부로 입을 놀릴 만한 분이 아니시다!"

"흥, 참. 생명의 은인에게 그렇게 말하는 것은 어디서 배워 먹은 말버릇이지? 그리고 내가 구해 주지 않았으면 백제의 왕자고 왕이고 그런 건 없어졌을걸? 안 그래요? 거기 왕자님, 앉아 기대서 멍하니 있지 말고 누구 말이 맞는지 한번 말해 보세요. 아! 그리고 저기, 저기 우리 일행들이 발벗고 나서지 않았다면 당신네들 다 벌써 용왕님하고 만나 꾸중이나 듣고 있었을 거야. 알아?"

당돌한 여자의 말에 태사평은 움찔하며 한 걸음 뒤로 물러섰다.

곤지는 위에서 태사평과 여자의 말싸움을 가만히 지켜보다가 용왕님께 꾸중을 듣는다는 말에 픽 하고 웃음을 터트렸다. 곧 죽을 뻔했던 압도적인 긴장감을 한마디의 말로 싹 사라져 버리게 만드는 말솜씨에 감탄하지 않을 수 없었다. 덕분에 주변의 모든 것들이 또렷하게 보이고 느껴지기 시작했다.

하늘은 언제 그랬냐는 듯 새파랬고 구름 한 점도 남아 있지 않았다. 심지어 오른쪽에 깎아지른 절벽에 붙어 있던 나무가 인사라도 하듯 솔솔 고개를 아래위로 흔드는 것이 여간 안심을 시켜 주는 것이 아닐 수 없었다.

저만치 곤지의 병사들 뒤로 바위나 그들이 타고 온 배 위에 쓰러지듯 걸터앉아 있는 수십 명의 사내들은 여유롭게 여자와 태사평의 모습을 그리고 곤지 자신의 모습을 바라보고 있는 것 같았다.

"어서 말해 봐요."

태양이 강렬하게 여자와 태사평의 사이를 뚫고 들어와 곤지의 얼굴을 비추니 크게 눈을 뜰 수는 없었지만 놀랍게도 여자는 거의 태사평과 비슷한 신장을 가진 듯 보였다.

가녀린 팔과 다리, 태사평이 마음만 먹으면 한 손에도 움켜쥘 수 있을 것 같은 가느다란 목과는 다르게 키가 상당히 컸다. 곤지는 이상하게도 그 모습에 한 번 더 심장이 아려 옴을 느꼈다.

"무례하구나! 대백제에서 오신 태자님이시다. 후일 목을 치지 않은 것만으로도 다행으로 여겨라. 너희들이 먼저 목숨을 구해 줬으니 이번만은 용서해 너희들의 목숨을 살려 줄 것이다."

태사평은 화가 났는지 칼집에 칼을 빼어들려 했다. 하지만 여자는 눈 한 번도 깜짝하지 않았고 오히려 턱을 치켜들며 태사평을 노려봤다. 여자의 콧대는 일반 백제의 여자와는 달리 매우 높아 해를 가릴 정도였다.

"여기가 어딥니까? 일단은 싸우지 말고 어디로 가서 이야기를 나누는 게 어떻겠습니까? 배도 고픈데…."

능청맞게 곤지는 몸을 힘겹게 일으키며 웃어 보였다.

"태자 저하…."

태사평은 어리둥절했고,

"뭐…요? 뭐라고요?"

여자는 어이가 없어 당황스러움에 얼굴을 찡그렸다.

"여기는 각라도이옵니다, 저하…."

팔순의 노파는 고개도 들지 못하였다.

어두컴컴한 방 안과는 대조되어 작게 나 있는 창틈 사이로 서로 앞다퉈

방안을 엿보려듯 파랗고 하얀 파도들이 넘실대고 있었다. 바닷물의 짠 내음이 덕지덕지 진흙을 처바른 사방의 벽에서 쓸쓸하게 났다.

방 안에 마주하고 앉아 있는 곤지와 노파 그리고 노파의 옆에서 심통난 표정으로 아까 전의 기세와는 달리 무릎을 꿇고 앉아 있는 여자는 서로 연신 고개만을 숙였다.

"구해 주셔서 감사드립니다."

먼저 어색한 분위기를 던져 버리려 한 것은 곤지였다. 곤지의 선한 모습과 부드러운 소리는 물에 흠뻑 젖은 생쥐마냥 죽다 살아나 허둥대는 모습과는 거리가 멀었다. 비록 사지는 냉기에 바들바들 떨리는 것이 보이고 머리부터 발끝까지 다 젖어 모습이 말이 아니었지만 곤지의 미소만은 어두운 곳에서도 밝았고 따듯했다.

노파의 옆에서 무릎을 꿇은 채 이러지도 저러지도 못하며 안절부절못하던 여자는 질끈 동여맨 두건을 자꾸만 만지작거리며 꿍한 모습을 보였다.

"제 손녀가 무례를 범한 것을 용서하여 주시옵소서…. 어찌해야 좋을지… 참…."

노파가 연신 고개를 숙이며 손녀 대신 사과를 하는 모습을 바라보던 곤지는 노파의 손을 가만히 위로 포개어 잡았다.

"아닙니다, 어르신. 오히려 저와 제 사람들을 구해 주신 분께 제가 어떻게 은혜를 갚아야 할지 모르겠습니다."

곤지의 어조는 정중하고 너그러웠다. 나이에 맞지 않게 넘치고도 흐를 예를 갖춘 인품에 노파는 더욱 놀라며 감히 눈을 마주치지 못하였다.

"할머니…."

허리가 거의 반으로 접혀 일어날 생각조차 못 하는 노파에게 볼멘소리를 내며 여자는 이 모든 게 곤지 때문이라는 듯 눈을 살짝 흘겼다. 그 모습을 본 곤지는 기분이 언짢기는커녕 여인의 눈에서 비치는 용감함과 대범함에 감탄했다.

"너는…! 가만히 있거라. 어디 저하의 앞에서… 아이고!"

"괜찮습니다. 하하하."

호탕한 웃음이 온 집 안을 울렸다.

"그나저나, 배가 모두 산산조각이 났으니 이를 어떻게 하면 좋을지…. 우리는 아스카로 가는 길인데 이곳에서 도대체 어떻게 얼마나 가야 할지를 모르겠습니다."

철썩이는 파도 소리가 길을 나서야 하는 곤지 일행의 발목을 잡아끌며 가지 말라고 속삭이는 듯했다. 살아 있는 것은 다행이지만 어쨌든 살아 있다는 것은 어라하의 명을 받들어 아스카에 당도해야 한다는 것과 마찬가지였다.

아무렇지 않은 척했지만 거대한 파도에 수장되어 꼼짝없이 목숨을 잃을 뻔해서 놀랐고, 이제는 갈 길이 녹록치 않아 당황스러웠다.

곤지의 이야기를 듣던 노파는 가만히 생각에 잠기다가 무언가 떠올랐는지 한참 만에야 어색함을 깨고 말했다.

"이곳은 아직 섬이옵니다. 하지만 조금만 더 가면 육지가 나오므로 그곳까지는 저하를 모시고 나갈 수 있지 않을까 싶습니다. 허나…."

노파는 말을 다 마치지 못한 채 곤란하고도 심란한 표정을 지었다. 무언가 썩 내키지 않는 것이 있음을 곤지는 알아차렸다.

"허나? 무엇이 말입니까?"

조금만 더 나아가면 육지가 나오는데 가만히 있을 수는 없는 노릇이었다. 곤지의 물음에 노파는 그의 얼굴을 보았고 곤지의 눈빛에서 단호함을 느꼈다.

"육지로 나간다고 해도 그곳에서 정비를 해 아스카로 나아갈 방법이 없습니다. 이미 사용할 수 있는 배들이 전부 부서져 없어지고 말았습니다. 말을 구한다고 한들 그곳까지 도착하시기엔 엄청난 무리가 있을 것입니다. 길이 험하고 또 시간이 너무 오래 걸릴 것입니다."

"배가 전부 부서져 버렸다니요? 도착하는 나루터에만 수십의 배가 있을 터인데요. 설마 교류하는 곳이 한 군데도 없단 말입니까?"

곤지는 의아했다. 노파는 고개를 절레절레 저었고 흡사 겁을 먹은 표정이었다.

노파의 집 밖에서 몰아치는 파도만 쭈욱 내려다보고 있던 태사평의 귀에도 둘의 소리가 들려왔다. 위협을 주지 않으려 제묘자부대 삼십은 멀치감치 떨어진 곳에 진을 치고 앉아 있었고 자신들을 구해 준 뱃사람들과는 서먹한 눈빛만 주고받았다. 제묘자부대는 한 번도 다른 이들의 도움을 받아 본 적이 없었다. 하지만 거센 파도가 몰아치는 바다 앞에서는 그 용맹함도 무용지물이란 것을 처음 깨달았다. 하늘과 땅만을 가를 줄 알았지 바다 위의 하늘은 미처 생각지도 못한 것이었다.

태사평은 가만히 듣고 있다가 곤지에게 말을 하려고 가림막도 쳐 있지 않은 창틈 사이로 슬쩍 고개를 들이밀었다.

"저… 태자님. 그래도 어라하의 명이시라면 한시라도 빨리 움직이시는 것이 좋을 듯싶습니다. 말만 있다면 먼 길이라도 능히 저희가 갈 수 있으니 말을 먼저 구하시고 출발하시는 것이…."

태사평의 말이 끝나기 전에 곤지는 고개를 갸웃하며 태사평을 보았다.

"지금 할머님과 이야기를 나누고 있지 않습니까. 이분이 더 잘 알고 계시겠지요. 이분이 백제의 지리와 형세를 모르듯 우리도 마찬가지입니다. 어째 태사평님 답지 않게 급하세요? 걱정 마세요. 이분께서 잘 해결해 줄 것입니다."

태사평을 바라보며 느긋하게 말하는 곤지의 얼굴은 온화했고 살짝 띤 미소는 거두지 않고 지었으며 자세는 곧았다. 하지만 무언가 알 수 없는 강한 기가 뿜어져 나와 태사평을 압도했다. 그것은 화도 아니며 꾸짖음도 아니었지만 거대한 산에 억눌린 것 같은 기분이 들었다.

둘의 모습에 노파는 더욱더 어쩔 줄을 몰라 고개만 연신 푹 숙였다.

곤지는 젖은 머리를 한 번 쭈욱 잡아 쓸고는 노파의 어깨를 잡아 그녀를 일으켜 세웠다. 옆에서 불만 가득한 표정을 짓던 여인은 이 상황이 못마땅한 듯 참았던 화를 터뜨렸다.

"해결은 무슨! 우리 할머니가 무슨 신이라도 된단 말이야? 아무리 백제에서 건너왔다고 해도 말이지 너무하잖아! 우리 할머니 허리도 안 좋은데 자꾸 굽히게 하지 말았으면 좋겠네요!"

벼락 같은 소리를 고양이가 냈다면 얼추 이것이지 않을까 싶을 정도의 날카로운 호통이었다.

노파의 얼깨를 잡아 일으키려던 곤지는 깜짝 놀라 얼른 뒤로 물러서 앉았고 태사평은 귀를 막으면서 황당한 얼굴로 여자를 노려보았다.

"참 나! 내가 알려 드릴게요. 지금 육지로 나가 봐야 배는 없어요. 가라쓰하고 후쿠오카의 연합촌의 부족들이 악랄한 미치광이 오이타 놈들에게 당해서 쑥대밭이 됐다고요. 싸그리 다 불에 태웠어요. 벌써 식량도 거의 빼앗기고 아픈 사람들도 절반이 넘어요. 그런데 이 상황에 형편 좋게 들어가 말을 구해서 돌아다닌다고요? 우리가 그나마 여길 잘 방어해서 그렇지 까딱 잘못하면 여기도 금방 녀석들의 손에 들어갈 거라구요."

"아이고… 죄송합니다, 왕자님. 이 아이가 어미 없이 자라서 쓸데없는 이야기만 지껄이는데 부디 용서를…."

노파는 앙상하게 말라 가지처럼 핏줄이 튀어나온 손으로 고래고래 소리를 지르는 여인의 등짝을 수 번 때렸다.

"아, 왜! 할머니한테 무슨 추궁하듯 물어보잖아! 어른도 한참 어른인데…. 특히 저 장군이라는 벌건 수염 아저씨가!"

태사평은 여인을 보며 어이가 없어 말도 못 하고 손가락으로 자신을 가르켰다. 곤지는 그 모습을 보더니 웃긴지 소리 내어 웃었다. 급방이라도 신경전이 펼쳐질 것 같은 먹먹하고 삭막한 분위기가 곤지의 아이 같은 웃음으로 순식간에 사그라들었다. 어쩔 땐 아이 같은 곤지의 행동이 분위기를 반전시키는 힘이 있는 것이 아닐까 싶은 순간이었다.

태사평은 얼굴이 일그러졌다.

"맞아, 맞아. 하하, 태사평님. 얼굴이 너무 무섭습니다."

곤지는 한참을 웃다가 눈물을 닦으며 방긋 미소를 띠고는 정자세를 갖춰 느닷없이 노파와 여인에게 고개를 숙였다.

"모든 게 제가 어른임을 그리고 은인이심을 잠시 망각하고 일어난 일입니다. 너그럽게 용서를 해 주시면 감사하겠습니다."

"뭐… 뭐 갑자기 그렇게 변한다고?"

여인은 입술을 삐쭉 내밀며 할머니와 곤지를 번갈아 쳐다보며 눈치를 살폈다.

다시 고개를 든 곤지는 이번엔 웃음기가 없는 얼굴로 진지하게 입을 열었다.

"저는 꼭 아스카로 가야 합니다. 이것은 제가 거역할 수 없는 분의 명이기도 합니다. 그리고 그분께 제가 해 드릴 수 있는 것은 이 소임을 다하는 것뿐입니다. 제가 태어나 나라를 위해 할 수 있는 자그마한 일이 이것뿐입니다. 부디 도와주시면 감사하겠습니다."

곤지는 애원하는 듯했지만 꽤나 단호한 어조로 말했다. 그리하여 그것이 부탁이 아니라 어쩌면 명을 하는 것과도 구분이 안 될 지경이었으나 그 예의가 너무나 뛰어나 어찌 보면 간절한 요청과도 비슷해 보였다. 그것은 밖에서 듣던 태사평조차도 아리송했다.

노파가 입술을 꾹 다물다가 천천히 떼었다.

"어떻게… 도와달라는 말씀이신지…."

곤지의 눈빛에 빛이 돌았다. 그 빛은 여인의 얼굴을 향해 가 있었으니,

"손녀분께서 호탕하고 용맹함이 있다는 것을 저는 저희를 구할 때부터 알아보았습니다. 그리고 다른 뱃사람들 역시 용기와 기백이 자연과 맞닿아 한 몸이 되어 있는 것 같으니 이분들께서 저희를 도와주셔서 뭍으로 간다면 제가 그 오이타 부족들을 해결해 신세를 갚도록 하겠습니다."

고작 스물다섯의 곤지에게 이런 말솜씨가 있다는 것에 태사평은 놀랐고 여인과 노파도 마찬가지였다. 곤지는 다시 막힘없이 말을 이어 나갔다. 하지만 그것은 그리 장황한 설명도 아니었다.

"백제의 제일품 장군이신 저기 태사평님과 우리 제묘자부대 삼십은 아주 용감하고 강합니다. 저 역시 누구와 싸워서 져 본적이 없습니다. 우리는 서른두 명이지만 능히 삼백을 이겨 낼 수 있는 힘이 있습니다. 그것은 약속을 드릴 수 있습니다. 또한 이곳 사람들과 아가씨의 용맹함이라면 바다를 건너고 육지를 호령하는 데 딱 알맞습니다. 제가 약속은 꼭 지키겠습

니다. 일을 마치고 백제로 돌아가는 즉시 이 각라도와 가라쓰, 그리고 후쿠오카 부족들에게 많은 곡식과 그에 합당한 선물을 드리겠습니다. 할머님께서도 백제를 이미 잘 알고 계신 것 같으니 우리가 어떤 나라임을 잘 아시리라 믿습니다. 이 은혜는 백제의 왕자의 이름으로 갚도록 하겠습니다."

그날 밤은 무척이나 추웠다. 겨울도 아닌데 눈보라가 몰아치는 것 같은 비바람이 가리개도 없는 창틀을 통해 화살처럼 흩뿌려 쏘아 댔다. 스삭스삭 음흉하게 가려 드리워진 소리만 내는 이름도 형체도 알 수 없는 벌레가 까만 어둠에 형체를 숨긴 채 열심히 어디론가 가나 보다.

파도 소리가 허름하기 짝이 없는 풀지붕 위까지 덮쳐 안으로 파고들어 왔고, 좀처럼 마르지 않는 옷의 소금기와 끈적이는 몸은, 제멋대로 분풀이 하듯 이리저리 떠도는 텁텁한 회색구름 가리워진 달빛 아래에서는 말릴 수도 없었다.

풀숲이 바람에 이리저리 흔들리는 소리가 태사평에게는 수천의 고구려군이 돌격했을 때와 같이 들려왔다. 쉽게 잠을 이루지 못하는 태사평과 다르게 옆에서 세상 모르고 자는 곤지는 이미 누가 업어 가도 모를 것 같아 보였다.

곤지에겐 바람의 등쌀에 못 이겨 반항하는 풀숲의 소리는 그저 며칠 궁궐 밖에서 이름 모를 아저씨들과 하루 종일 입씨름 농담 후 드러누웠다 들렸던 자장가 소리와도 같았다.

같은 공간, 곤지와 태사평 둘의 귀는 달랐다. 그러나 그 누구도 백제를 위한 마음엔 의심할 여지가 없었다. 어라하와 병사를 위해 전장을 누비는 마음과 주변 백제의 백성들을 가깝게 두고 허물을 없앤 마음. 어느 것 하나 중요하지 않은 것은 없었다.

 수십 마리의 반딧불이 이상하게도 곤지가 있는 방 주위를 맴도는 것을 당돌한 여인 소아령이 보았다. 한 번도 수십 마리의 반딧불이 집 주위에 모여 맴도는 것을 본 적이 없어 신기했다.
 곤지와 태사평에게 방을 내어 준 후 할머니와 바로 옆 작은 방에서 누워 있던 소아령은 뒤척이며 고개를 돌리다 그 광경을 목격한 것이다.
 잠시 고민에 빠진 소아령은 슬쩍 가슴팍에 손을 짚었다. 가슴이 두근거리며 찌릿해져 왔다.
 '아씨… 왜 삼켰지?'
 바다에 빠진 곤지를 구할 때, 곤지의 왼손이 꽉 말려 있었고 그것을 몸이 뒤틀린 것으로 착각한 소아령이 용을 써 이빨로 물어뜯어 풀어냈다. 그때 곤지의 손이 풀리며 튀어나온 옥구슬이 소아령의 입으로 쑥 들어간 것이다.
 옥구슬이 입으로 들어왔지만 삼키지 않을 수도 있었다. 그러나 그것이 굉장한 빛을 띠고 있던 옥구슬이라 자신도 모르게 욕심에 삼켜 버린 것이다.
 "홍! 왕자님 목숨값이라 치지, 뭐."
 소아령은 곤지를 힐끔 다시 살피다가 돌아누워 잠을 청했다.

 다음 날 아침 동이 트자마자 노파는 고개를 숙였고 곤지는 자신의 도포 끝자락을 조금 잘라 내어 주었다.
 "고맙습니다. 약속의 징표로 드리겠습니다. 혹여나 후에 백제에서 누군가가 오면 그것을 보여 주시고 제 이야기를 하시면 됩니다. 또한 약속한 것은 꼭 가지고 올 것입니다. 부디 몸조심하십시오."

파도 속에서 전부 잃어버린 말 때문에 아직 말이 없는 곤지 일행은 소아령이 준비한 배를 타러 발길을 옮겼다.

거친 자갈밭을 걸으려니 발이 무척이나 아픈 곤지가 엉거주춤 걸음을 옮기는데 벌써 배 위에 앉아 그 모습을 보던 소아령이 뭐가 웃긴지 배꼽을 잡고 웃었다. 그러자 곁에 있던 선원들도 따라 웃었다.

태사평이 못마땅하게 그들을 쳐다보았지만 딱히 어찌할 수 있는 일은 없었다. 분명 어라하께서 곤지 태자를 보필하라는 이유가 있을 것이라 생각한 태사평에게는 저들의 조롱 섞인 웃음소리가 매우 거슬렸다.

그런데 더 어이가 없는 것은 곤지 자신의 모양새가 웃기다고 생각했는지 그들을 보며 같이 웃고 있는 것이 아닌가. 알다가도 모를 태자였다.

중간 크기의 배는 금세 육지로 도착을 했고 먼저 내린 것은 선원 중 한 명이었다.

요부코 나루터에 도착한 곤지 일행은 아무도 보이지 않는 주변에 잠시 당황했다.

육지를 밟았음에도 불구하고 곤지 일행이 본 것은 그저 푸르디푸른 하늘밖에 없었다. 그저 떠다니는 갈매기와 기분 나쁘게 울어 대는 아주 새까만 까마귀만이 으름장을 놓고 다투어 대고 있었다.

먼저 내린 선원은 눈을 가느다랗게 뜨고는 주위를 살폈다.

"어이! 각라요, 각라!"

선원은 크게 외치며 한 손을 뒤로 치켜올리며 아직 배에서 내리지 않은 곤지 일행에게 무언의 신호를 주었다. 그 신호를 받자마자 소아령은 곤지와 태사평 그리고 제묘자부대들을 둘러 살핀 후 나지막히 말했다.

"전부 아직 내리지 마요. 마사미하코자가 멈추라는 신호니까. 그나저나 오늘은 이상하게 조용하네…."

 잠시 바람이 솔솔 불어오면서 나루터 앞쪽 풀숲에서 스삭거리는 소리가 들려왔다. 그것이 풀들이 바람에 흔들리는 소리인지 아니면 무언가 짐승의 움직임의 소리인지, 그것도 아니라면… 인간의 소리가 맞으리라. 적어도 눈썰미가 좋은 태사평은 그렇게 생각을 했다.

 태사평은 오른손을 들어 뒤에 서 있는 부대들에게 신호를 내렸다. 그러자 제묘자부대는 일제히 화살통에서 강철로 만든 화살을 꺼내어 들었다. 곤지도 그 모습에 긴장을 했다.

 역시나 그 모습을 본 소아령이 뭔가 못마땅한 듯 인상을 심하게 찌푸렸다.

 "아직 움직이지 말라니까. 누군지도 모르는데 활은 왜 꺼내는 겁니까?"

 "지금 저 소리를 듣지 못했습니까? 내 수십 번 전투를 치러 봐서 아는데 분명 사람들이 숨어 움직이는 소리요."

 태사평은 단호했고 확신에 찬 목소리로 소아령에게 일침을 날렸다. 하지만 이곳은 소아령이 태사평보다 더 잘 알았다.

 "그러니까 만약 사람들이라면 어떤 사람들을 말하는 건가요? 여기는 가라쓰 사람들의 터이고, 우리도 가라쓰 사람들이라는 걸 모르겠나요? 미치광이 오이타 부족놈들이 아니고 우리 사람이라도, 그 활로 다 죽일 작정이신가요?"

 소아령의 말에는 한심함이 섞여 있었다. 곤지가 들어 보니 여간 맞는 말이 아닐 수 없었다.

 "아, 그렇네요. 그런데 각라 쪽에서 배를 몰고 오는데, 가라쓰 부족들이라면 숨을 이유 없이 당연히 나오지 않겠습니까?"

 곤지가 의아해하며 물었다.

"당연하죠! 그런데 여기 이 사람들과 태자님을 보세요. 전부 모르는 사람들이잖아요. 혹시나 오이타족들이 은밀히 우회해서 배를 타고 온 것은 아닐까 걱정을 하고 있을 수도 있단 말이에요. 아니면 자, 모습을 좀 보세요. 우리하곤 전혀 다른 복장인데 이 많은 사람들이 누군 줄 알고 쉽게 모습을 드러내겠습니까?"

곤지가 듣고 보니 소아령의 말이 일리가 있었다.

배에서 내리지 않고 실랑이를 벌이고 있는 사이, 사람 형체의 코빼기도 보이지 않던 풀 숲에서 수염이 덥수룩하게 자란 사내가 고개를 빼꼼히 들어 마사미하코자를 노려보았다. 남자는 마사미하코자를 잠시 빤히 바라보더니 고개를 돌려 고개를 까딱였다. 그러자 이십여 명 무리의 사내들이 일제히 고개를 내밀며 숲에서 모습을 드러냈다.

마사미하코자는 괴이한 모습에 흠칫 놀랬지만 곧 자신과 안면이 있는 한 사내를 발견했다.

"아니, 무슨 일이 있었기에 평소와 다르게 이렇게 숨어 있는 것입니까? 그새 또 공격을 당한 것이오?"

뺨에 긴 상처가 흉측하게 나 있던 사내가 움켜쥐고 있던 나무 몽둥이를 엉덩이 아래로 내리며 마사미하코자의 물음에 답을 했다.

"말할 것도 없습니다. 불과 두 날 전에 끝났는데… 이번엔 피해가 너무 큽니다."

사내의 말과 동시에 이십여 명의 다른 사내들도 참담한 표정을 지었다. 상심이 이루 말할 수 없이 커 보였다. 마사미하코자는 위로의 말을 건넬 수도 없는 것을 안다. 위로란 가끔의 상처를 아물게 해 줄 수 있는 용기를 주는 말이지만 현재 가라쓰 부족들은 일곱 해가 뜨는 동안 한 번 꼴로 공격을 받는 상황이기에 큰 도움이 되지 못했다. 몇 명이 죽었는지 얼마나 피해가 있는지만 확인을 할 수 있을 뿐이었다.

"그나저나 저기 배 위에 사람들은 누구요?"

얼굴에 상처의 남자가 손가락으로 앞쪽의 배를 가리켰다.

"그게… 백제에서 사람들이 왔는데, 우리는 신분을 모르겠고 그래도 꽤나 화려한 옷을 갖춰 입은 것을 보니… 보통 사람들은 아닌 것 같습니다. 말이 필요하고 커다란 선박이 필요하다는 것 같은데 일단 만나서 이야기를 들어 보는 게 어떻겠습니까? 백제 사람들이야 뭐, 우리와 앙금을 진 것도 원한을 가진 것도 없으니 말이오."

풀이 죽어 있던 사내들을 안쓰러운 눈으로 훑으며 마사미하코자가 요청했다. 이십여 명의 사내들이 그 이야기에 서로 서로를 쳐다보며 우물쭈물했다. 잠시 머뭇거리며 뜸을 들이던 상처의 남자가 의심스러운 눈초리로 배에 있던 곤지 일행을 바라보다가 입을 열었다.

"참… 주변 다른 나루터에 선박은커녕 작은 쪽배도 없고 더군다나 말들은 더더욱 있을 리가 없소. 놈들이 전부 가져가 버렸단 말이오. 일단은 그쪽 말대로 저 사람들 이야기나 들어 봅시다."

남자의 말에서 한숨이 묻어 나왔다. 쓸데없이 날씨는 맑았고 눈치 없이 해는 너그럽게 땅을 바라보고 있었다. 고통은 그저 사람들의 몫이라는 듯 자연은 무심했다.

마사미하코자는 고개를 돌려 곤지 일행에게 그리고 소아령에게 손짓을 해 불렀다.

소아령이 태사평을 매섭게 노려보다가 어깨로 툭 가슴팍을 치고는 먼저 뭍으로 내렸다.

"얼른 내려서 오세요."

태사평은 소아령의 행동에 기가 막힐 노릇이었다. 하지만 곤지는 그 모습을 보는 것이 좋았나 보다.

소아령을 따라 곤지 일행은 뭍으로 내려 가라쓰의 사내들에게로 갔다.

철컥거리는 부대병사들과 태사평의 갑옷 소리에 사내들은 자신들의 앞으로 다가온 곤지 일행을 심히 경계했다. 몇몇은 어리둥절했고 몇몇은 겁에 질려 뒷걸음질 쳤다.

얼굴에 상처가 난 대장인 듯한 사내 역시 겁을 먹기는 마찬가지였지만 소아령의 얼굴을 보며 그나마 평정심을 찾을 수 있었다.

"소아령 아가씨도 계신 줄 몰랐네요…."

사내가 고개를 살짝 굽혀 인사를 했다. 그 모습에 소아령도 덤덤하게 고개를 숙여 답을 했다.

대충 훑어보아도 분위기상 처절함이 느껴질 정도라 안타까운 마음에 소아령은 아주 살짝의 미소조차 지을 수 없었다.

"뭐라 드릴 말씀이 없네요…."

소아령의 말에 옆에 있던 곤지가 가만히 사내들을 보았다. 여기저기 상처와 지저분한 것들이 몸에 며칠씩이나 붙어 있었는지 알 수 없을 정도로 피폐해져 보였다.

"그나저나 백제에서 온 사람들이라니, 무슨 일로…."

사내는 곤지 일행을 보며 떨떠름하게 물었다. 그러자 소아령이 고개를 돌려 곤지를 바라보며 말했다.

"직접 말씀하시겠어요? 그게 나을 것 같은데요."

소아령의 동그란 눈이 참으로 신비하고 아름답다고 느낀 곤지는 멍하니 소아령의 얼굴만 바라보며 굳어 버렸다.

"뭐 하세요?"

"네? 아….".

소아령의 두 번째 물음에 곤지는 번뜩 정신을 차리고는 얼른 풀숲의 사내들에게 인사를 했다.

"황급한 중에 실례를 해 죄송합니다. 저희는 백제에서 온 사람들인데 사정이 생겨 아스카로 가는 도중에 그만 배가 난파되고 말들을 잃어 갈 길이 없어졌습니다. 조금이나마 들어 알지마는 혹시 말들과 또 그것들을 싣고 갈 수 있는 배를 구할 수 있을지 여쭤봅니다."

곤지가 예를 갖춰 말하는 것에 태사평은 심히 놀라지 않을 수 없었다. 오히려 속에서는 화가 날 정도였다. 하지만 자신이 낄 때마다 제지를 하던 곤지 태자의 심기를 건드리고 싶지 않았다. 태사평은 그냥 눈을 질끈 감아 깊은 숨으로 화를 삭였다.

멀찌감치 뒤에 서 있던 병사들 역시 곤지의 고개가 살짝 아래로 향하는 것에 흠칫 놀랐다.

살아남은 백제 선원 한 명도 적잖이 당황을 해 입을 틀어막을 정도였다.

"이분은 백제의 왕자님이십니다."

곤지의 말이 끝나자마자 소아령이 대뜸 곤지의 신분을 밝혔다.

"에?"

곤지는 부담을 주고 싶지 않아 굳이 말을 꺼내지 않았지만, 너무도 당당하게 말하는 소아령의 태도에 머쓱해졌다. 그리고 덩달아 사내들을 포함한 주변의 분위기가 마른 절벽에 폭포수가 쏟아져 내리듯 요란하고도 웅장하게 쫘악 가라앉았다.

얼굴에 상처를 씰룩이던 사내가 놀란 눈으로 소아령을 쳐다보았고 동시에 곤지와 태사평 그리고 병사들을 번갈아 쳐다보았다. 어리둥절하던 사내가 다시 소아령의 눈을 마주하자 소아령은 눈을 지그시 감더니 고개를 두어 번 끄덕였다.

그러자 갑자기 사내들이 허둥지둥 손에 쥔 무기들을 내려놓고 숲에서 뛰쳐나와 무릎을 꿇고 고개를 숙이며 인사를 했다.

"아이고! 못 알아봬서 죄송합니다. 백제의 위용은 익히 들어 잘 알고 있습니다. 왕자님께서 이곳에 오실 줄은 꿈에도 생각치 못했습니다."

사내들의 모습에 오히려 더 당황을 한 것은 소아령과 마사미하코자 그리고 다른 몇몇 각라도 선원들이었다.

"그렇게 대단하게 소문이 났어요?"

소아령의 물음과…

"와… 왕자님이라고요?"

각라도 선원들의 의아함과 놀라움이 뒤섞인 질문.

곤지는 가만히 하늘을 올려다보았다. 무슨 말로도 이제는 명령이 되어 버릴 것 같았다. 아스카로 가는 길은 쉽지가 않아 보였다. 문득 백제의 백성들의 얼굴이 떠올랐다. 그들도 곤지 자신의 신분을 알지 못하는데 더 힘들게 삶을 이어 나가는 왜국의 한 부족들이 자신에게 고개 숙여 절을 한다는 것이 참 복잡하고 미묘한 감정을 불러일으키게 했다.

마침 멀리서 먹을 풀과 열매를 따던 여인이 그 광경을 지켜보면서 멀뚱히 인상을 찌푸리며 햇빛을 손으로 막고는 고개를 갸웃거렸다.

강렬한 태양과 자비 없이 습한 공기가 아직은 백제의 남쪽에 고스란히 남겨져 있었다.

한밤을 낮같이 새벽을 아침같이 쉬지 않고 백제로부터 뒤도 돌아보지 않고 말발 굽소리만 요란하게 내면서 내달리는 이가 있었으니 그가 향한 곳은 고구려의 진영이 위치한 북성 바로 위쪽이었다.

어의 소굽의 팔이 떨리는 것은 처음이었다.

누워 있는 비유의 가슴팍과 손목에 그리고 복부 여러 곳에 기다란 장침이 깊숙히 찔려 넣어져 있었다. 더불어 비유의 가슴위에 올려져 있는 뭉툭한 진흙과 같은 것이 타면서 희뿌연 연기를 내뿜으며 가늘고 세차게 용솟음치고 그것이 천장 전체를 휘감아 감쌌다.

여경은 자책하듯 크게 고개 숙이고 소굽을 간절히 바라보았다. 그 눈빛을 모를 리 없는 소굽이지만 쉽사리 말이 나오지 않았.

그래도 용기 내어 말한다는 것이 목이 떨려 흔들리며 침까지 막혀 먹먹하게 했다.

"제… 제 부족한 힘으론 더 이상은 할… 할 수… 아니, 할 방도가 떠오르지 않습니다. 죽을죄를 지었습니다."

여경은 눈꺼풀을 축 내려 지그시 감았다.

한낮 오후 내내 수십 번의 발작이 비유에게 찾아왔고 여경과 소굽은 붉게 충혈된 눈으로 그 곁을 지켰다. 빛에 연기가 덧쒸워져 환몽인지 현실인지 즉시 가늠하기도 어려운 형태의 처소에는 그 계절이 어느 곳으로 향하는지도 몰랐고 시간이 어디로 흘러가는지도 알지 못했다. 그저 이른 아침 새소리와 낮에 비상한 매울음, 그리고 어둠이 깔린 후에 찾아오는 풀벌레 소리로만 대충 하루하루를 짐작할 뿐이었다.

"그대의 탓이 아니니 그만 조금이라도 쉬다 오시는 것이 어떨까 싶소. 소굽마저 건강을 잃는다면 나는 아니, 우리 백제는 큰 별을 당장에라도 잃는 것과 같지 않겠소."

여경의 음성에는 비통함이 서려 있었다.

"태자 저하, 제가 조금 더 방도를 찾아오도록 하겠습니다. 송구하옵니다."

여경은 고개를 끄덕였고 소굽은 휘청거리는 발걸음을 힘겹게 이끌고 처소를 나갔다.

소굽이 나가고 풀벌레 소리가 막 들려오기 시작했다. 사방에 어둠이 짙게 깔리기 시작했고 여경은 열이 나 뜨거워진 손으로 이마를 어루만졌다.

얼마나 시간이 지났을까, 몇 날을 뜬눈으로 밤을 지새웠던 여경은 깜빡 잠이 들었는데 문득 서늘한 한기가 온몸을 휑하고 지나치자 놀라서 눈을 떴다.

주위를 살필 필요도 없이 가장 먼저 누워 있는 비유를 보았다. 동시에 사방이 껌껌한 것을 알아차렸다.

누가 어느 틈을 열어 놓았는지 휘익 하고 싸늘한 바람이 한 번 더 불어와 비유의 처소를 차갑게 만들었다. 여경은 얼른 사방을 두리번거렸다. 하지만 컴컴한 방에 문은 여전히 굳게 닫혀 있었고 자신 외에는 누구도 드나든 기척을 느끼지 못했다. 한참 아까 소굽이 놓은 진흙 같은 것들은 다 타 버리고 비유의 처소엔 아무런 연기나 내음도 더 이상 나질 않았다.

여경이 불을 밝히러 자리에서 일어나 두리번거리는데 갑자기 아주 희미하고 낮은 음성이 들려왔으며 동시에 미세한 움직임 소리가 났다.

"여경아…."

여경은 화들짝 놀라 휘둥그래진 눈으로 잘 보이지도 않는 어둠을 필사적으로 뚫고 비유의 얼굴을 찾아 가까이 다가갔다. 귀신이 내는 것이 아니라면 비유는 살아 있는 것이 틀림없었다.

"아버님! 아버님! 정신이 이제 드시옵니까?"

자신의 이름인 여경을 부를 수 있는 사람은 오직 아비인 비유밖에는 없었다. 미쳐서 정신이 나가 헛소리가 들리는 것은 기필코 아니었다. 그러기엔 두 눈과 귀가 그리고 온몸의 감촉이 생생하고 멀쩡했다.

여경은 어둠에 눈이 익숙해지자 비유의 얼굴을 뚫어지듯 안타깝게 바라보았다. 한참을 다시 그 어떤 소리도 내지 않는 비유였다. 잠시간의 침묵이 이어졌고 여경은 비유의 코에 자신의 귀를 바짝 가져다 대었다. 숨은 아주 희미하지만 끊길듯 말듯 콧속으로 작은 먼지만 한 실바람이 들락거리는 소리를 내었다.

"아버님! 제가 금방 소급을 불러오겠습니다. 잠시만… 잠시만 기다려 주시옵소서."

여경이 얼른 자리를 박차고 일어나 돌아 나가려는 순간 소름돋도록 오싹한 기운이 온몸에 전율을 일으키며 타고 돌았다.

여경은 자신의 왼 팔목을 덥석 힘주어 잡는 느낌에 놀라 뒤를 돌았다. 비유의 손이 여경 자신의 팔목을 잡고 있는 것이 아닌가.

"아버님! 몸을… 옥체를 일으키실 수 있사옵니까?"

당황스러웠지만 감격에 찬 여경은 얼른 다시 무릎을 굽히고 비유의 얼굴 앞을 마주 보며 앉았다.

그리고 이어지는 아주 낮고 희미한 음성이 비유의 입에서 새어나왔다.

"안다…. 알고… 있구나…. 허윽! 수개월 전부터 몸이… 허윽! 약해짐을 알았노라…. 허윽!"

"아버님!"

비유가 힘겹게 말을 이어 가는 도중에 터지는 힘겹고 가쁜 숨소리가 쇠를 돌에 가는 것 같은 소리처럼 들려왔다.

"지금… 보지 않아도… 내관 대신… 귀족놈들 싸움이야…. 허윽! 불 보듯 뻔하리…. 그보다 고구려는… 어떻게 됐는지… 허윽!"

"아버님! 그렇게 힘들게까지 말씀하시지 않으셔도 됩니다. 제가 해결하도록 하겠습니다. 아버님께서는 빨리 쾌차하시는 것만 집중을 하시는 것이…."

여경은 눈물을 흘리며 비유를 걱정했지만 비유는 고개를 힘겹게 절레절레 저으며 여경의 말을 잘랐다.

"내가… 죽었다는 사실이 알려지면… 분명 고구려는… 지체없이 들어올 것이고… 해구는 이… 백제를 더 어지럽게 만들고 말 것 같구나… 허윽! 내가… 선대께 죄를 지었어…."

"아버님! 그런 말씀 하지 마옵소서…."

비유는 마지막 힘을 쥐어 짜내 고개를 비스듬히 돌려 여경을 지그시 바라보았다.

"아니다… 한순간에 수백 년의 백제가… 허물어지게 놔둘 순… 없구나. 네가… 허윽! 내 뒤를 이어 나라를 다스림이… 마땅하다…. 너희… 세 형제에게… 거는 기대는 크다. 다만… 곤지는… 아직 정무에 밝지 않으니… 내… 허윽! 큭…."

"아버님!"

스산한 바람은 조금 더 빠르게 찬기운을 몰며 비유의 처소를 끊임없이 방문했다. 여경은 비유의 손을 꽉 힘주어 잡았다. 금방이라도 아무 말도 없이 눈동자 하나 움직이지 않고 멈춰 버릴 것 같은 불안감에 몸이 사시나무 떨리듯 떨리기 시작했다.

다시 어라하가 쾌차해 일어만 난다면 백제를 일말의 틈도 없이 견고하게 만들 것이라 간절히 약속하고 싶었다.

"곤지는… 이곳보다 잠시 멀리 피신을 가 있는 것이… 좋겠다 싶었다. 문주는 성격이 급한 면이 있지만 마음만은 굳세고… 용맹하니… 네가 잘 이끌도록… 하거라. 만약… 곤지가 돌아온다면… 그 역시 네가… 잘 가르치고… 상의함을 부탁하마…. 허윽! 여곤은… 출… 신비로운… 여곤이… 그렇게만… 된다면…."

힘겹게 말을 이어 가던 비유가 갑자기 심한 기침을 두어 번 하더니 피를 두 바가지 이상이나 토했다.

"아… 아버님! 아버님!"

여경의 손에 잡혀 있던 비유의 손에는 더 이상 힘이 들어가 있질 않았고 고개는 축 쳐졌다. 코와 귀에서 가늘게 흐르는 피가 침소를 적시고 적셔 아래로 뚝뚝 흘렀다.

갑자기 거세지는 바람에 저만치 떨어져 모여 있던 나뭇가지들이 미친 듯이 휘청거리며 빠드득 소리를 내었고, 풀벌레 소리를 포함한 그 어떠한 소리도 바람 앞에선 울리지 않았다.

여경은 벌떡 일어나 소리를 질러 어의 소굽을 부르고 싶었지만 차마 어라하가 방금 붕어했다는 사실을 알리는 것이 어려운 일이라는 것을 직감적으로 느꼈다.

여경은 어찌해야 할 바를 몰랐지만 한 가지 확실한 것은 흐르는 눈물을 감추고 소굽을 조용히 불러야 한다는 것이었다. 그리고 어느 정도 안팎으로 진정이 될 때까진 비유의 죽음을 알려선 안 되었다.

"소금… 소금! 소금은 어디 있느냐…!"

여경은 흐르는 눈물을 주체하지 못한 채 닦을 겨를도 없이 흐르는 방울방울을 마루에 떨구며 작은 소리로 중얼거리며 정신 나간 이처럼 비유의 처소를 바삐 나와 발소리를 내지 않은 채 빠르게 소금의 방으로 향했다.

여경의 입술은 이빨로 꽉 깨물려 피가 흘렀고, 벌겋게 충혈된 눈에는 독기가 서려 있었다.

'내 이것들을 모조리 가만두지 않을 것이다.'

여경과 함께 돌아온 소금은 한동안 비유의 처소에서 엎드려 울음을 터트리며 일어서질 못했다.

독살. 장기가 심히 훼손되면 사방에서 피가 흐른다.

건강했던 비유가 부쩍 마르기 시작한 것과 힘을 쓰지 못했던 것은 벌써 한 달이나 훨씬 전이었다.

같은 시간, 해구와 수비리시는 몰래 수라간에 들어가 부담당관을 은밀히 불러냈다.

휘몰아치는 바람이 심상치 않았고 여차하면 도포 자락이라도 날려 궁내 누군가에게 발각될 수도 있었지만 그것이 지금 중요한 것이 아니었다.

해구가 살짝 기침을 했다.

"크흠! 아직 있느냐?"

해구의 뒤에 숨어 고개만 가만히 슬쩍 내밀던 수비리시는 잠시 후 인기척이 나는 소리에 얼른 다시 담 뒤로 몸을 숨겼다.

"이 밤에 누구십니까?"

부관이 눈을 비비며 의아해하며 나왔다. 그도 그럴 것이 야심한 밤에 이곳에 찾아올 사람은 아무도 없었다. 특별히 비유왕의 전달이 있다면 태사평이나 청령왕비만이 아주 가끔 조용히 찾아올 뿐이었다.

낯선 남자의 목소리에 천천히 검은 그림자 앞으로 한 발씩 다가가도 그 형체를 단번에 알아볼 수 없었다.

달도 구름에 가리워져 검디검은 때였다.

"해구다."

해구 역시 부관에게 슬며시 다가서며 무표정한 얼굴로 낮게 말했다. 그 소리에 부관은 깜짝 놀라 얼른 고개를 숙였다.

"아이고! 죄송합니다, 나으리."

"쉿! 조용히 하거라. 주변에 사람들을 다 불러 깨울 것이냐? 내 하나 확인할 것이 있는데…."

해구는 손가락을 입에 대며 부관을 노려본 후 주의를 주었다.

"무엇을 말입니까?"

"안에 잡아 놓은 살아 있는 닭 한 마리와 어라하께서 조찬 때 드셨던 숭어와 꿩고기 남은 것이 있으면 가지고 오너라."

해구의 요청에 부관은 무슨 소린가 잠시 멍했다. 윙윙거리는 바람 소리 때문에 잘못 들었나 싶어 재차 물었다.

"예? 무엇을 말입니까?"

해구는 부관의 뒷덜미를 덥썩 잡아당겼다. 그리고 입을 부관의 귀에 바짝 붙여 가져다 대고는 낮고 정확하게 다시 한 번 말했다.

"살아 있는 닭! 그리고 어라하께서 드신 숭어와 꿩고기 남은 것! 당장 가져오느라."

 갑자기 거세진 해구의 태도에 부관은 정신이 번쩍 드는지 부리나케 대답을 하고 창고와 수라간을 들락거리며 살아 있는 닭과 숭어 그리고 꿩고기를 바쳤다.
 가져온 것들을 받아 든 해구는 부관을 끌고 으슥한 곳으로 데리고 갔다. 그리고 그 모습을 한참 뒤 담 아래서 수비리시가 여유로운 모습으로 지켜보았다.
 닭이 울면 곤란했다. 하지만 세찬 바람에 이리저리 부 히는 나뭇가지 소리에 묻힐 것 같기도 하였다.
 해구는 부관을 쳐다보며 명령을 했다.
 "닭에게 꿩고기를 주거라."
 "예? 아… 예."
 무슨 영문인지 모르던 부관은 어리둥절했지만 해구가 시키는대로 했다.
 닭에게 꿩고기를 던져 주고 가만히 지켜보자 닭은 그것을 덥썩 집어삼켰다.
 잠시 긴 구름이 한 번 빠르게 달을 스치며 가리워 지나가는 시간 동안을 기다렸다. 그리고 해구는 닭을 내려다보니 닭은 뭣도 모르며 주변을 똑바로 쿵쿵대며 걸었다.
 "이번엔 숭어고기를 던져 주거라."
 "예… 알겠습니다. 참… 무슨 일이신지…."
 숭어고기를 던져 주자 닭이 그것을 쪼아 삼켰고 다시 두 번째 긴 구름이 막 또 한 번 달을 완전히 가리자마자 요상한 소리와 함께 닭이 털썩 쓰러졌다.
 부르르 떠는 닭의 입과 눈에서는 요상한 물이 흘러나왔다. 그 광경에 부관은 놀라 입을 틀어막고 엉덩방아를 찧으며 넘어졌다. 그리고 해구를 올려다보았다.

해구는 인상을 구기며 매서운 눈으로 부관을 보며 표독스러운 표정을 지었다. 그의 입술 한쪽이 위로 살짝 올라가는 것이 이무기와 늑대를 섞어 놓은 느낌이었다. 결코 영험하거나 강인한 동물의 인상은 아니었다.

"아니! 이게 왜…."

부관은 말을 잇지 못했다. 해구의 표정과 눈빛이 더욱 날카로워지고 야비해졌기 때문이다.

"담당관은 어디 있느냐? 이것이 어라하께서 무엇을 의미하는 줄 알고 있느냐?"

해구의 물음에 부관은 정신이 혼미해졌다.

"저… 정말 무슨 일인지 모르겠습니다요. 어… 어라하께서… 무슨 일이…. 이것이 왜…? 이렇게 되는 건지…."

"담당관은 어디 있느냐?"

"담당관은… 아까 해가 가장 위에 솟을 때 잠시 들를 곳이 있다고 말을 타고 외출을 했습니다. 그러고 보니… 아직 들어오지 않았습니다."

해구는 부관의 말에 일순간 얼굴이 일그러지며 당황했다.

고구려 막하하리지 예주와의 위험한 밀담과 거래에 중심축을 맡았던 인물이 사라졌다는 것이다. 해구는 그의 얼굴을 모른다. 그자의 얼굴을 본 것은 수마와 그 참모시녀뿐이다.

해구는 머리가 복잡해지기 시작했다.

만일 그자가 고구려로 도망가서 예주에게 이 사실을 알렸다면 비유의 목을 바치면 그만이지만, 혹여라도 예주에게 알리지 않았거나 예주가 다른 마음을 먹어 자신에게 덮어씌우려는 속셈이라면 자신은 꼼짝없이 잡혀 죽을 수밖에 없었다. 더욱이 최악의 수는 그 첩자가 어디론가 달아나다가 백제의 누군가에게 잡혀 곧 수일 내로 사실이 밝혀진다면… 백제로부터도 죽임을 당할 것이요, 예주로부터도 신임을 얻지 못하고 만일에 들이쳐 오는 고구려의 공격에서도 배신자로 목숨을 부지하기 힘들 것이 뻔했다.

먼저 해구는 빨리 판단을 내려야 했다. 해구는 옆구리에 차고 있는 칼을 재빨리 빼어들고는 부관을 노려보았다.

"보았느냐? 이 고기로 어라하의 음식을 만들어 내놓다니. 확인도 해 보지 않은 네 잘못이다."

"아… 아니… 그것은 담당관이 확인을…."

"닥치거라!"

해구는 부관의 말을 듣지 않고 단숨에 빠르게 칼을 휘둘렀다. 그리고 순식간에 그의 목은 굴러 떨어졌다.

해구는 잠시 가만히 숨을 고르다가 뒤로 손짓을 했다. 그러자 네 명의 무리가 복면을 쓴 채 발소리를 죽이고 해구의 곁으로 다가와 죽어 엎어진 부관의 시체를 옮겨 처리하기 시작했다.

칼날에서 뚝뚝 떨어지는 피는 어둠 속에서 어떠한 색도 잃이 검은 물과도 같았고 해구는 한참을 차분하게 생각을 하는 듯 고개를 내리깔았다.

"일단은… 찾아서 먼저 목을 바쳐야 한다."

수비리시는 그 모습에 얼굴이 굳어졌으며 빠른 걸음으로 사라졌고 부디 계획에 차질이 없기만을 바랄 뿐이었다. 그저 해구의 손에 피를 묻히고 자신은 그의 등 뒤에서 올라타는 것만이 전부였다.

"찾아야 한다, 빨리…. 무조건!"

해구의 중얼거림은 다급해진 마음만큼이나 빨랐다.

이른 아침, 여경은 충혈된 눈을 차가운 물로 진정을 시키며 공석이 된 어라하의 어좌에 다가서기 전 아우 문주를 불렀다.

"북성까지 진입을 한 고구려군이 이제는 금세 한성으로 진입할지도 모르겠구나. 이제는 믿을 이조차 주변에 남아 있질 않으니…."

비통해하며 근심 어린 눈으로 문주를 바라보던 여경은 할 말을 잃었다. 그것을 문주가 모를 리 없었다. 그간 정전 회의가 중단되어 며칠의 공백이 점점 더 두려움으로 다가왔다.

"아직까진 그래도 진백이 그나마 해씨 일가들과 그 세력들을 견제하고 있으니… 고구려를 먼저 속히 막아 내야 함이 옳지 않습니까?"

문주의 말에는 힘이 실려 있었지만 그것도 어디까지나 임시방편에 지나지 않는 것을 여경도 알 수 있었다. 뒷짐을 지며 고심을 하던 끝에 여경은 한시라도 더 결정을 늦출 수는 없는 일이라 판단을 했고 아주 뒷날까지는 생각할 수 없다고 생각을 해 문주에게 일렀다.

"아직 어라하께서 숨을 거두신 것이 알려지지 않았으니 일전에 네가 말한 대로 너는 군사 오십을 이끌고 몰래 성 뒷문으로 빠져나가 신라 정양으로 가 군사를 요청하도록 하여라. 이곳은 내가 어찌하든 시간을 끌 터이니 신호를 주면 즉시 신라의 군사들과 함께 옆으로 고구려를 쳐 다시 북성에서 밀어내는 수가 적절하지 않을까 싶구나."

"예, 형님. 해가 뜨기 전에 빠르게 넘어가도록 하겠습니다."

푸르스름하게 밝아 오는 하늘을 아비인 비유와 함께 바라보며 혼란한 시국을 굽어 바로 살피고자 한 것이 불과 수일 전이었다. 또한 떠나간 말자 곤지를 걱정했는데, 이제는 풍전등화 같은 백제의 사활을 동생 문주와 둘이 나눠 짊어져야만 했다. 그것이 힘든 것은 아니었다. 그보다 비유의 독살이라는 충격과 당장 코앞으로 불을 뿜으며 쳐들어오는 고구려의 기세를 어떻게든 꺾고 어라하를 다치게 한 무리들을 싸잡아 모조리 없애고픈 화를 억누르고 냉정하게 판단해야 하는 것이 힘들었다.

냉정하고 침착해야 하지만 서두르지 않았다간 그 여파는 무겁고 무서운 짐이 되어 백제와 그 백성들이 고스란히 짊어져야 할 것이다.

문주가 떠나고 여경은 한참을 작은 보폭으로 궐 마당을 이리저리 헤매며 걸었다. 그러다 문득 걸음을 멈추고 열 보 바깥에 서 있던 목하치를 불렀다.

"목하치는 잠시 오너라."

여경의 손짓과 부름에 목하치는 지체없이 다가와 살짝 고개를 숙였다.

"예, 태자 저하."

여경은 잠시 하늘을 바라보았다. 지저귀는 작은 새들이 둘의 이야기를 훼방하지 않으려는 듯 서쪽으로 서로 우수수 몰려 동시에 자리를 피해 날았다.

묵묵히 목하치를 바라보던 여경은 그의 한쪽 어깨를 꽉 잡고 천천히 입을 열었다.

"너는 조찬 후 회의에서 나에게로부터 명을 받을 것이다. 놀라는 기색 없이 한 치의 망설임도 갖지 말고 그대로 명을 따르도록 하여라."

덤덤하고 차분하게 말하는 여경의 당부에 목하치는 그 내막을 알지 못해 당황스러웠지만 그의 충성심이 하늘 높이 찌르고 있었으니 한 마디의 되물음도 없이 고개를 숙여 답했다.

"예, 태자 저하."

비유가 더 이상 움직이지 않는 그날부터 여경과 문주와는 다르게 소굽 역시 분주해졌다.

소굽은 바로 수라로 내려가 직접 상을 차리는 관리들을 모아 손수 지시를 하며 음식을 살폈다.

"담당관은 어디 있느냐?"

소굽의 호통에 주섬주섬 옷을 입고 아침 상을 준비하던 관리들과 시녀들이 놀라 멈춰 섰다.

"담당관은 어디 있냐 물었다!"

분홍 옷과 치마를 입은 머리가 희끗한 여인이 나와 소굽의 앞에 섰다.

"어르신… 어찌 된 영문인지 모르겠으나 며칠 전부터 담당관 나으리는 어디로 갔는지 보이질 않습니다. 후로 부담당관님께서 관리를 하셨는데 오늘 아침에 일어나 상을 준비하려니 역시 어디 있는지 보이질 않습니다. 어찌 된 영문인지… 저희도…."

소굽은 머리를 감싸 쥐었다. 별안간 수일 사이에 무슨 영문인지 알 수가 없었다.

"이곳에 어느 때나 드나드는 것은 누구만 가능하느냐?"

멈춰선 시녀들과 관리들을 빙 둘러보며 소굽은 물었다. 그러자 여인이 답했다.

"태사평님과 청령왕비님 두 분뿐이십니다."

"청령왕비님께서는 무슨 일로…?"

"모르겠습니다. 그저 어라하께서 직접 명을 내리셨을 뿐이라 저희도…."

소굽은 고개를 숙이며 눈을 감았다. 뜨는 해가 그 속도를 높이니 붉은 알이 저쪽 아차산을 타고 넘어 올라오고 있었다.

이제는 갑갑하고 텁텁한 바람이 아니라 시원섭섭한 바람이 기다랗게 불며 밥내음을 사방에 뿌려 대도록 만들었다. 가차 없는 계절의 변화였다.

소굽의 어의모 끈이 살짝 흔들렸고 마지막 풀내음들이 콧등을 스쳤다.

"태자 저하의 명으로 잠시 내가 직접 관리하도록 하겠다. 그것은 담당관이나 부담당관이 돌아오더라도 마찬가지다. 그리고 자네가 모든 것을 손수 맡아 보고하도록 하라."

소굽은 여인에게 일렀고 여인은 그저 고개를 숙이며 몸을 낮추었.

'생채기가 없으면 필시 음식만이 독이로다.'

비유 29년 9월(눌지 39년).

거세게 오십의 기마병을 이끌고 문주는 한성 뒷문으로 빠져나와 필사적으로 가장 근접한 정양으로 달렸다.

오십의 기마부대와 문주가 밤낮을 가리지 않고 달리니 정양까지는 그리 오래 걸리지 않았다. 가다 쉬다를 반복할 수 없는 상황이니 그 뒤를 다섯의 매가 뒤따라 날다 쉬다를 반복했다.

한편 소굽의 지도 아래 조찬을 마친 여경은 비장한 얼굴로 문무대신들이 줄 서 기다리는 대정전에 들어섰다. 좌평 여섯을 포함한 달솔과 은솔 오십여 명 그리고 그 밑 15품 진무까지 족히 백여 명이 넘는 대신들이 줄지어 양옆으로 갈라섰다. 그들은 서로 이렇다 할 말이 없었지만 서로서로의 파벌로 인해 볼썽사나운 인상만 찌푸리며 서로를 흘겨보거나 노려봤다.

앞에서 세 번째로 선 달솔 해구와 그 맞은편에 선 은솔 진백은 누군가라도 한마디의 말을 꺼낼 즉시 으르렁거리며 목청을 높일 준비가 되어 있었다. 살얼음판을 걷는 것 같은 분위기에 여경이 기다랗고 노란 도포를 바닥에 길게 끌며 거침없이 들어섰다.

모두가 여경의 모습을 보고 머리를 조아렸다.

여경은 꾹 다문 입술과 함께 매서운 눈으로 모든 이들을 찬찬히 둘러보았으며 결코 어좌에 눈길을 돌리지 않고 심지어 앉을 생각도 하지 않았다.

여경은 한참을 앞줄의 좌평들의 얼굴을 못마땅하게 바라보다가 해구와 진백을 매섭게 노려보았다.

"어라하께서 내게 내린 명이시다. 혹시라도 설마 의심을 하는 이가 있다면 반군으로 간주하도록 하겠으니 지금 당장 불만이 있는 자는 앞으로 나오라."

여경의 말에는 단호함이 서려 있었다. 그렇기에 누구도 선불리 어라하의 상태를 묻고자 할 수 없었다. 어라하의 공석은 자연스레 장자 여경이 맡음이 분명했고 그것은 대대로 그러했다.

숨막히는 정적이 잠시 흘렀다. 해구는 고개를 들어 여경의 눈빛과 표정을 보고 싶었으나 얼굴을 마주치거나 고개를 저도 모르게 갸웃거린다면 필시 자신의 모습이 무언가를 알고 있는듯한 오해를 불러올 것으로 생각해 그럴 수 없었다.

"분명 어라하께서 큰 사고가 있음을 모두가 알고 있을 것이다. 상좌평 여례는 몸이 좋지 않다는 핑계로 여러 날을 회의에 참석하지 않았으니 이제 그만 쉬도록 하며 그 지위를 박탈한다. 그리고 아우 문주가 상좌평으로서 임무를 맡을 것이니 단 한 번의 소리라도 내면 모두 전면에 배치하여 고구려군과 결전을 내리도록 명할 것이니라."

여경의 말에 앞줄에 힘겹게 서 있던 여례는 화들짝 놀라 여경을 바라보았다.

"아…! 그것이…."

매우 높은 지위를 가졌던 자가 하루아침에 신분이 없어지게 생겼으니 모든 직위를 가진 자들이 작게 웅성대며 눈치를 보기 시작했다. 그리고 여례는 말을 제대로 마치지도 못한 채 어리둥절했지만 다음 곧바로 나온 여경의 말에 무릎을 꿇지 않을 수 없었다.

"그럼, 자네가 어라하의 위에 군림하려 들 것인가? 아니면 명을 어기고 반군이 되려 두세 마디를 더 던지려는 것인가?"

"아… 아닙니다, 태자 저하…. 명을 받들겠습니다."

여경과 여례의 말이 오갈 때 진백은 순간적으로 살짝 고개를 처들고 주위를 두리번거리던 해구를 보았다.

심상치 않은 모습이 분명 무언가 있다고 생각한 진백은 가차없이 멱살을 잡아 끌어 여경의 앞에 무릎을 꿇려 그 태도를 추궁하고자 간청하고 싶었으나 분위기가 그렇지 못했다.

"여례는 바로 퇴임을 하고 즉시 궐 다른 곳으로 자리를 옮기도록 하시오."

여례는 어쩔 줄 몰라 하며 뒷걸음을 치며 고개만 숙였다. 여경이 명을 하니 어느새 병사들이 다가와 여례의 나갈 길을 터 주며 마지막 예를 갖추었다.

"그리고 목하치는 내 앞으로 나오거라."

여경의 위엄 서린 목소리와 의외의 이름에 고개를 숙였던 이들이 일제히 살짝 눈을 들어 그 모양새를 보았다.

한참 줄 뒤에 서 있던 목하치가 한 치의 흔들림도 없이 철컥거리는 갑옷을 걸친 채 열다섯 보를 걸어 여경의 앞에 무릎을 꿇었다.

"너는 이제 북한성을 탈환하고 장덕의 관직으로 국천개를 대신하여 그 수비를 견고하게 할 것이다. 한 치의 결점과 부주의함 없이 청렴하게 그 성을 단단히 수비하고 견고하게 보수하여 다시는 고구려 놈들이 쳐들어오지 못하도록 하여라."

"예, 태자 저하. 소인 목하치 분부를 받들며 한 치의 거스름을 없도록 하겠습니다."

목하치는 자신의 왼주먹을 맞잡고 고개를 깊게 숙였다.

"그대는 오늘 밤, 일천의 군사를 끌고 북성을 다시 탈환하도록 하여라."

"예, 태자 저하."

짧고 굵은 목하치의 답에는 그 어떠한 감정도 섞여 있지 않았고 그저 숨만 쉬는 돌마냥 구르듯 걸음을 옮겨 나갔다. 이 모습에 모든 대신들은 당황했으며 가장 먼저 진백이 고개를 들어 여경에게 물었다.

"함락된 북성을 되찾는다면 큰 영광이나 다름이 없을 것으로 아룁니다. 허나 정면으로 부 히기엔 백제의 군사들이 너무 애를 먹을 것이 뻔하옵니다. 막대한 피해가 발생한다면 곧 더한 위기가 찾아올 것이온데…."

여경은 진백의 말에 의미심장한 미소를 띠며 입술을 씰룩였다.

"조정좌평 사절과 그대의 아래장수 진로가 이 한성을 잘 재정비할 것이니 신경 쓰지 마시오. 왜, 자신의 휘하 장수도 믿지 못하여 걱정이 되오? 그리고 맞은편 해구는 들으시오. 북성을 탈환하는 즉시 그대의 장수 사천여를 선봉으로 내세워 고구려를 평양성 바깥으로 몰아낼 것이니 준비를 단단히 하도록 하시오."

여경의 말에 순간 고개를 들며 안색이 바뀐 해구보다 그 회의 자리에 같이 있던 사천여가 더욱 놀랐다. 평양성 바깥으로 몰아낸다니, 그것이 가능하기나 한 것인지 사천여의 얼굴은 어리둥절해하면서 해구를 바라보았다. 그들이 당황하는 티를 내는 것을 주변의 모든 이가 눈치챘으니 이는 필시 어떠한 계획이 아닌, 고구려가 백제를 침공한 것에 대한 화풀이라고 생각했다. 그리고 해구와 그의 뒷배인 해씨와 사씨들은 그 명에 반발할 시 자신들의 안위가 온전치 못할 것을 알아차렸다.

웬일인지 해구는 여경의 명에 조금도 싫어하는 티를 내지 않고 사천여를 적극 추천했다.

여경은 자신 있어 하는 해구와 당황스러운 눈치인 사천여를 자세히 살폈다. 그리고 큰 소리로 백여 명이 넘는 이들에게 매섭고도 단호하게 말했다.

"어라하께서 명하시길 반드시 백제의 내정을 튼실히 하고 잡음과 소란을 쓸어버려 그 모습을 견고하게 할 것이니 이는 앞으로 대리청정을 맞은 나 여경이 모든 책임과 사안을 결정할 것이다. 어기는 자는 가차 없이 목을 내놓아야 할 것이니 기필코 명심하도록 하여라."

여경은 어좌에 다가가 도포 자락을 살짝 걷어 올리고 한손으로 어좌를 몇 차례 쓸었다. 그것은 신호였다. 비유의 모든 것을 자신이 일임하게 될 것이라는 것을 말이다.

여경은 고개를 돌려 문무대신들을 훑으며 하나하나 그 흐트러짐이 없는지 살폈다. 그리고 천천히 궁 회의소를 나갔다.

'내 반드시 누구의 소행인지 밝혀내리라. 그때까진 입을 조심하여 참아야 한다…'

비유왕이 쓰러진 후 누구도 그것이 독살 때문임을 알지 못했다. 그렇기에 여경은 그 사실을 알리지 않고 빈틈없이 눈을 돌려 허점이 있는 자를 찾아야 했다.

가장 유력한 자는 해씨, 국씨 그리고 협씨였지만 진씨를 비롯한 누구에게도 의심을 거둘 순 없었다.

한성의 금관의 무게는 실로 무척이나 견디기 어려운 것이었다.

명은 내려졌으니 그들이 북성의 탈환과 고구려의 2차 침공을 잘 막아 내는 것을 지켜보는 수밖엔 도리가 없었다.

신라로 간 문주가 제때 돌아오기만을 그리고, 왜로 간 동생 여곤이 무사히 지내며 이 소식을 잠시 알지 못했으면 했다.

비유의 침소엔 여경과 소굽만이 드나들었다.

"태자 저하, 이대로 어라하께서 이곳에 계속 자리하고 있으시다간 그 부패가 진행되어 냄새가 진동을 할 것입니다. 또한 그 사실이 바깥으로 새어 나가면… 혼란스럽기 그지없을 것으로 생각되옵나이다. 더군다나 현재 수라간에 담당관과 부담당관이 사라져 버려… 입단속은 시키고 있지만 어라하께서 돌아가셨다는 것이 알려지면 어떠한 사실도 알아내지 못하고 수라간도 전부 행태가 바뀔 것으로 아뢰옵니다."

소굽은 혹여나 누군가 엿들을까 걱정이 되는 눈치로 안절부절못한 채 여경에게 말했다.

"담당관과 부담당관이 사라졌다…. 그자들을 찾으면 누구의 짓인지 정확히 알 수 있으련만…."

"게다가 태사평과 청령비님께서만 그곳을 자유롭게 드나든다고 하니 만일 청령비께서 혹여나 수상함을 여겨 어라하의 처소라도 방문하게 된다면 곤란하기 짝이 없습니다. 현재는 물론 어라하께서 편찮으시다는 소문은 알고 계시고, 제가 치료 중이니 처소에는 당분간 들르지 않으시는 것이 좋다고 말씀을 드렸습니다. 그러나 수라간에 들르시다가 이 어지러운 사실을 아신다면… 걱정이 깊으실 것입니다."

소굽의 말을 흘림 없이 듣던 여경은 고개를 끄덕였고 침소에 누워 미동도 하지 않는 비유를 걱정 어린 눈으로 바라보았다. 어의 소굽의 말을 듣고 나니 그동안 경황이 없어 미처 알아차리지 못한 것들이 보이는 것 같았다. 비유의 몸은 점점 검게 변해 갔고 피워 놓은 향초의 냄새가 아무리 강해도 육신이 썩어 가는 냄새가 교묘할만치 그 사이를 뚫고 콧속으로 들어오는 듯했다. 비유의 몸을 덮은 얇은 비단 이불은 어느새 비유의 몸에서 나오는 괴상한 진물에 축축히 젖어 가고 있었다.

여경은 그 모습에 더 이상 지체할 수는 없다고 판단했다.

"아버님을 장사 치르는 것이 나을 것 같소만, 그 후폭풍이 감당이 되질 않는구료."

여경의 근심은 시간이 지날수록 더해 갔다. 그러자 소굽이 공손하게 예를 갖춰 여경에게 자신의 생각을 알렸다.

"먼저 목관을 이용해 차가운 옥돌을 넣고 이라하를 옮기시는 것이 좋을 듯싶습니다. 능을 만들어 제를 지내시는 것이 가장 옳은 일이지만 그렇게 하실 수 없다면 당장에라도 궁 아래 냉굴에라도 먼저 안치를 하시는 것이 어떨까 합니다만…. 금방 상할 수 있는 곡식을 일정 기간이라도 저장을 할 수 있는 냉굴은 수라의 관할이오며 일단은 소인이 수라의 일을 맡고 있으니 절대로 누구 하나 찾을 일이 없도록 막을 수 있습니다. 태자 저하께서 명을 내려 주신다면 능히 그렇게 하도록 하겠습니다."

소굽은 자신의 생각을 여경에게 피력했다. 자칫 무례한 의견이 될 수도 있음을 알지만 현재 상황에서는 여경을 도울 수 있는 일은 그것밖엔 없었다.

여경은 잠시 생각에 잠겼다. 노란 도포는 한참을 흘러내려 타는 촛농과도 같이 온 바닥을 덮을 양 그 상실감을 짐작케 할 수 있었다.

어둠이 슬그머니 찾아와 달이 조용히 고개를 내밀던 때, 그제서야 여경은 소굽에게 물었다.

"단시간에 옮길 수 있겠소?"

여경과 소굽 둘만 알고 있는 사실인데 소굽에게만 혼자 부탁할 수는 없는 노릇이었지만 다른 방도가 없었기에 의견을 묻던 여경은 자신이 말하고 나서도 고개를 절레절레 저었다. 역시나 소굽은 쉽게 답하지 못하고 그저 고개만 숙이고 있을 뿐이었다.

그 모습을 가만히 지켜보며 어딘가로 눈을 이리저리 돌리던 여경은 문득 한 가지 묘안이 생각이 났는지 무릎을 탁 치며 말했다.

"그래! 그것이다. 내 아버님의 옥체를 소굽 자네가 말한 곳으로 옮길 터이니 자네는 내일 어둠이 짙어져 성안의 불을 교체하는 순간 냉굴로 홀로 가 목관에 담긴 아라하의 용안을 확인하고 문을 잠그도록 하시오."

갑작스러운 여경의 묘수를 전혀 예측조차 하지 못하던 소굽은 의아했지만 두말하지 않고 여경의 명을 받들었다.

"예, 태자 저하. 그렇게 하도록 하겠습니다."

소굽은 예를 갖춰 고개를 숙여 인사를 하고 몰래 비유의 처소를 빠져나왔다. 얼마나 긴장을 했는지 소굽의 얼굴부터 옷은 흠뻑 젖어 있었고 그의 발걸음과 몸은 휘청거릴 정도로 긴장하고 있었다.

여경은 소굽이 나간 후 슬며시 처소의 문을 열어 저만치 고작 팔뚝만큼

밖에 보이지 않는 경비 병사들을 살폈다. 첫 번째 밤을 알리는 횃불이 지펴지고 있는 것을 확인한 여경은 다시 소리가 나지 않게 비유의 처소 문을 닫고 향초를 대여섯 개를 더 꽂아 강한 향을 더 늘렸다.

여경은 한참 만에 두 번째 횃불을 교체할 시기에 비유의 침소에서 나왔다. 그리고 아무 일도 없다는 듯 차분히 걸으며 경비병을 불렀다.
"아직 다른 일은 없느냐?"
여경의 묵직한 목소리에 두 명의 경비병은 부산스러움 없이 단번에 홱 뒤를 돌며 고개를 숙였다.
"예, 태자 저하. 지나는 이는 없습니다."
여경은 껌껌한 밤하늘을 바라보며 고개를 끄덕였다. 반짝이는 별이 그대로 한성을 비춰 주었으면 좋겠건만 희뿌연 구름이 매서운 속도로 별들이 드리워지지 못하게 가둬 두고 있었다.
"아마도 비가 올 모양이구나."
병사는 여경의 말에 역시 하늘을 한 번 힐끗 쳐다보았다.
"예, 저하."
"너는 얼른 잡혀 있는 고구려군 포로 중 가장 덩치가 좋은 놈 넷을 데려오너라. 두 번째 불이 절반도 타기 전에 데려와야 한다. 그리고 아무에게도 들키지 않도록 백제 수비병의 옷을 입히고 데려오너라."
여경의 명에 두 명의 경비병 중 수염이 퍼렇게 난 병사 한 명이 얼른 무릎을 꿇고 답했다.
"예, 태자 저하. 소신 모중부 명을 받들겠사옵니다."
여경의 손짓에 모중부는 자신의 가죽신을 벗어 손에 쥐고 창을 꼬나 쥔 채 맨발로 거친 땅을 밟아 달리기 시작했다.

　궁궐 수비대장 모중부. 태사평이 없는 비유의 처소를 철통같이 방어하는 그는 비유왕의 초기 재위 때부터 발탁된 백제의 충신이자 무예가 출중한 수비 대장군이다. 마흔넷이란 나이에도 녹슬지 않은 체력과 무예는 그보다 십 년 아니 이십 년이나 젊은 장수들과의 경합에서도 전혀 밀리지 않았다.

6. 백제에서 온 하늘이 은덕을 내리다

"대왕님께 아뢰옵니다. 하루빨리 한성을 함락시키지 않으시면 북쪽이 힘에 부칠 것 같사옵니다."

북성에 진입해 부서진 성을 임의로 보수하도록 지시를 하던 장수왕에게 졸본성 병사가 급히 달려와 그 숨조차 고르지 못한 채 소식을 알렸다.

"북쪽? 어디를 말하는 것이냐."

"백암성에서 봉기가 일어났는데, 현재 그 옆 요동까지 동요하고 있다고 하옵니다."

장수왕은 병사의 말에 크게 분노했다.

"중요한 순간이건만…. 어째서!"

벼락 같은 호통을 치는 장수왕의 기에 눌려 주변의 신하들과 장수들은 꿀 먹은 벙어리가 되었고 식은땀이 갑옷을 적실 정도였다. 그때 마침, 막하하리지 예주가 가만히 이야기를 듣다가 장수왕에게 아뢨다.

"대왕, 이는 거짓으로 하는 말은 아닌 것 같사옵니다."

장수왕은 고개를 돌려 예주의 얼굴을 노려보았다.

"그게 무슨 말이냐? 지금 거사가 코앞인데 군사를 물릴 순 없지 않느냐? 나와 네가 계획한 대로 곧… 한성을 함락하면 그 밑은 고작 달이 한 번 다시 채워질 만큼의 시간 안에 모조리 우리의 영토로 만들 수 있는 것이 아니냐!"

예주는 성이 날 대로 난 장수왕을 달래려 고개를 아주 깊게 숙여 예를 갖추며 나긋한 목소리로 조심스럽게 입을 열었다.

"대왕, 이는 북위의 선동이 분명합니다. 저희가 남진에 크게 신경을 쓰는 바람에 생긴 일인 것 같습니다. 예전 북위에서 쫓겨나 미약하게나마 항전했던 연나라 소부족들을 저희가 거두어 들이며 군사를 키우는 것을 일전부터 못마땅하게 여긴 북위의 심정을 이해하셔야 합니다."

예주의 걱정은 충분히 옳아 보였지만 장수왕은 그의 말에 심기가 불편해졌다.

"지금 그대는 한 대국으로서 막강한 군사를 가진 다른 대국을 두려워하는 것이냐? 그들의 비위를 맞추는 것이 옳다는 것인가?"

"아닙니다, 대왕. 우리 고구려는 예로부터 선조께서 수없이 한나라와 싸워 이겨 왔으며 대왕의 부친인 태왕께서도 수없이 그들을 물리쳤습니다. 다만 현재 저희가 백제와 신라를 공격해 남진의 완성을 이룰 대업을 눈뜨고 보기가 배가 아픈 것으로 생각된 북위가 자신들에게 조공을 더 신경 써바쳐 저희 고구려가 그 과업을 이루어도 여전히 자신들이 강국임을 인정을 받고 싶어 함이지 않을까 싶습니다. 따라서 용맹한 장수로 하여금 그 소문을 확인케 하고 진압을 시킨 후 사신을 보내 조공을 올려 잠시 잠잠하게 해 두는 것이 어떨까 싶습니다. 그렇다면 무사히 위를 진정시키고 계획대로 백제와 신라를 차례로 거두는 것에 방해가 없을 것입니다. 또한 송에게도 우의를 도모해 혹여 다시 생길지도 모를 북위의 도발을 송의 견제로써 막아 두는 것도 좋은 방법이라고 생각하옵니다."

막힘없이 말을 이어 가는 예주의 솜씨에 그 양옆의 휘하 장수들은 저도 모르게 감탄을 금치 못하며 고개를 끄덕였다. 장수왕이 듣고 보니 크게 문제가 되지 않고 맞는 말이었으니 여러 번 수염을 쓸 필요도 없었다.

"그대의 말에 깊은 뜻이 있음을 알았도다."

성질을 잘 내었지만 장수왕의 고구려가 강한 것은 그가 들을 줄 아는 왕이기 때문이었다. 거기에 더해 결단과 용맹함이 더하니 세력이 커짐은 물론이었다.

하지만 한 나라보다 두 나라의 머리가 더 컸고, 두 나라 중 한 나라는 해와 바다를 가지고 있었으니 비상함을 머리와 용맹함만으로는 이길 수 없는 것을 알게 될 시작이었다.

장수왕은 가볍게 탁자를 치며 명을 내려 북쪽의 반란군을 진압하게 하였다.

예주의 지략이 감탄할 정도라면 장수왕의 실행력과 담대함 그리고 말솜씨는 경악을 금치 못할 정도로 소름 끼치는 위엄이 있었다.

장수왕은 다시금 크게 장수들에게 명했다.

"쉬지 않고 한시 바삐 성벽 보수를 함과 동시에 군사 오천을 이끌고 신라 정양산성으로 출격할 준비를 하여라."

"예, 대왕!"

455년 10월 초하루.

가라쓰의 부족원들은 곤지 일행을 자신들의 인근 거처로 안내했다.

배라면 충분히 그들에게 여분의 것이 있을 줄 알았다. 그들에겐 여분의 말도 있을 줄 알았다. 하지만, 당혹스럽게도 그들은 울상을 지었으며 모든 것이 곤지의 예상과 빗나갔다.

"보시다시피 사는 것이 하루하루 살얼음판입니다."

"배가 없다니요? 말도 없다니요?"

부족들의 말에 곤지는 할 말을 잃었고, 그들의 모습을 다시보니 백제의 작고 외진 마을보다 못해 보였다.

"오이타 놈들이 수시로 예고 없이 건너와 모든 것을 빼앗아갔습니다. 말은 구경도 못 한 지 오래됐고, 그마저 있던 작은 고기잡이 배들도 그들이 전부 쓸어갔습니다. 그래 봐야 너댓 척밖에 되지 않지만 말입니다."

생기 없는 눈을 아래로 깔며 풀이 죽어 있는 그들의 모습에 곤지 일행도 덩달아 기운이 빠지는 것 같았다. 아무런 답도 나올 것 같지 않았다.

하지만 곤지는 배가 필요했다. 식량도 얼마 없는 이곳에서 계속 진을 치고 앉아 있을 순 없었다.

두 날을 꼬박 고심한 끝에 태사평과 생각을 맞춘 곤지는 오이타로 가기로 결심을 했다. 작은 배라도 취해야 했다.

그러나 한 가지 문제가 있어 힘든 부탁을 할 수밖에 없었으니, 그것은 길을 헤치고 나가야 할 방법이었다.

길잡이. 곤지 일행에겐 길잡이가 되어 줄 부족원들이 필요했다.

곤지와 백제 최고의 병사들이 있음에도 가라쓰 부족들은 매일 밤낮으로 긴장을 늦추지 못했다. 그 모습을 보던 곤지가 바람 좋은 날, 새소리 외에는 들리지 않는 잠시의 평온스러운 시간에 그들에게 말을 건넸다.

"길잡이로서 저희와 오이타로 들어가는 것이 어떻겠습니까?"

"예… 예?"

가라쓰 부족의 말대로라면 다시 언제고 오이타족들이 쳐들어올지 몰랐다. 하지만 곤지는 아스카로 가 아버지인 여신의 누이 지진원과 혈수왕을 한시라도 급히 만나야 했다. 그들을 만나야만 백제의 백성들을 보호하고 살릴 수 있는 기반을 마련할 수 있었다.

곤지는 며칠을 낮밤으로 그들에게 부탁을 했으나 가라쓰의 부족들은 배가 있는 오이타로 갈 수 없다고 길잡이를 한사코 사양했다.

"저희가 먹고 죽을 풀때기도 없습니다. 하물며 놈들의 본거지 한복판으로 들어간다는 것은 자살행위나 마찬가지입니다. 제발… 부탁드립니다."

가라쓰의 털복숭이 테라츠야가 울먹이듯 애원하며 한사코 사양했다. 곤지도 그것을 모르는 것이 아니었다.

백제의 백성들보다 더 굶주리고 힘겨운 삶을 하루하루 지탱해 가며 사는 이들을 보니 안타까운 마음이 들었다. 그 옛날, 어릴 적 기억이 생각이 났다.

충분히 몸을 추스릴 수 있는 날이 되자, 곤지가 밤에 잠을 이루지 못하고 살짝 비탈진 언덕 위 풀숲에 앉아 하늘만 바라보았다. 반짝이는 별이 유난히도 많이 보였다.

불어오는 선선한 바람에 문득 떠나온 백제 생각이 났다. 곤지는 잠시 바람을 맞으며 주위를 둘러보았다. 한성과는 다르게 사방이 암흑 같았으나 넓게 비추는 달과 금보다 반짝이는 별들이 곤지의 눈을 밝혀 사물을 분간할 수 있게 하였다. 곤지는 무언가를 곰곰히 생각하였다.

그때, 태사평이 곤지의 곁으로 다가와 섰다.

"태자 저하, 눈을 좀 붙이시지 않고 왜 나와 계십니까? 자리가 불편하시옵니까?"

태사평의 물음에 곤지는 고개를 돌려 물끄러미 뒤를 보았다. 비가 와도 막을 수 없고 바람이 불면 날아가 버릴 것 같은 움막을 뚫어지게 보다가 천천히 몸을 세워 일어났다.

"태사평님."

"예, 태자 저하."

곤지의 부름에 태사평이 답했다.

"날씨가 좋아 그냥 이렇게 주위를 둘러보니 이상하게도 낯설지 않습니다. 저기 보이는 산과 나무, 고른 땅들 그리고 밤하늘의 달과 별까지 무엇보다 바람과 이곳의 내음까지 어딘가와 많이 닮아 있지 않은가요?"

깊게 숨을 들이마시며 여기저기를 천천히 둘러보며 곤지가 말했다. 그리고 태사평은 곤지의 물음에 누구보다 공감하고 알맞게 답을 할 수 있었다.

"제가 있었던 곳 중, 가장 처음 태자님을 뵈었던 곳과 비슷하옵니다. 그렇게 생각하시었습니까?"

"맞아요. 다른 것은 다 같은데 여기는 상심과 걱정이 더 많아 보이네요. 비바람을 피할 곳도 마땅치 않은, 낡고 가벼운 집들과 더불어서 말이에요. 그래서 생각이 난 것인데… 오이타로 가 배를 타고 아스카로 가는 것은 나의 욕심일까요?"

제법 어른스러운 걱정에 태사평은 곤지가 헛되이 해를 먹지 않고 경험이 풍부해졌다고 생각했다. 곤지의 걱정이 곧 그의 걱정이었다. 하지만 감정적으로 나서선 안 된다는 것을 알고 있었다.

"아니옵니다. 어라하의 명이시고 또한 곤지 님 부의 숨결이 묻어 있는 곳입니다. 그것은 백제의 일이기도 합니다. 곤지 님만의 욕심과는 거리가 멀다고 생각되옵니다."

"그렇습니까?"

곤지는 태사평을 바라보았다. 곤지의 눈빛이 반짝였다.

"그럼 이러면 어떻겠습니까?"

팔짱을 끼고 주위를 왔다 갔다 걸음을 옮기던 곤지가 손뼉을 딱 치며 태사평에게 신이 나 말했다. 그 말을 가만히 듣던 태사평은 묵묵히 고개를 끄덕였다.

"그럼 그렇게 하는 겁니다? 알겠죠?"

"예, 저하. 소인 어떠한 명에도 어길 일이 없사오니 심려치 마시옵소서."

태사평은 고개를 숙여 예를 갖추었고 곤지가 태사평의 손을 맞잡았다.

"다른 이가 없으면 그냥 예전처럼 조금 더 편하게 대해 주시면 좋겠습니다. 저도 장군님이라 부르겠습니다."

"그것은…."

곤지는 답을 듣기도 전에 얼른 뒤돌아 움막으로 향해 들어갔다.

이른 아침, 새가 지저귀는 소리와 바스락거리는 소리에 잠에서 깬 곤지는 눈을 부비며 일어나 바깥으로 나왔다. 해가 쨍쨍한 것이 날이 좋았다. 조금은 후덥지근하기까지 했다. 주변을 둘러보다가 멀지 않은 곳에서 소아령이 무릎을 꿇고 무언가에 열중하는 모습이 보였다. 곤지는 슬며시 그 뒤로 갔다.

"뭐 하는 겁니까?"

"아이, 깜짝이야! 앗, 뜨거워!"

곤지의 기척에 소아령은 놀라 엉덩방아를 찧었고 손가락 하나를 둥근 솥에 담가 버렸다. 그 모습에 덩달아 놀란 곤지가 얼른 소아령의 손을 빼어 자신의 소맷자락으로 감쌌다.

뜨겁기가 불화살에 맞아 데인 것 같을 텐데 소아령은 아무 말도 할 수 없었고 멍해졌다. 곤지의 얼굴이 자신의 얼굴 바로 옆에 닿을락 말락 하니 심장이 두근거렸다. 그러나 그보다 더 얼이 빠져 버린 이는 곤지였다.

소아령의 눈을 바로 코앞에서 풀잎 한 장 차이로 마주 본 곤지는 온몸이 굳어 버렸고 긴 창에 가슴이 찔린 듯했다. 알싸한 것이 온몸에 소름이 돋았고 그리 아프지 않은 창이 심장과 가슴을 간지럽히는 것 같았다. 머리는 멍해졌다. 붉은 입술이 산성의 언덕 높이보다 높게 솟았고 코는 지금껏 한 번도 보지 못한 산봉우리 같았으며 그리 눈이 커다란 줄 몰랐다. 소아령의 눈동자에 자신의 모습이 전부 비춰져 있었다.

넘어지며 머리끈이 풀려 긴 머리가 곤지의 가슴과 팔을 휘감았고 곤지는 정신이 아득해져 눈과 다리가 풀려 버렸다.

둘만 제외하고 모든 것은 움직이고 돌아갔다. 곤지와 소아령은 마치 다른 세상에 머물러 있는 것 같은 느낌을 받았다.

"앗! 아파!"

소아령이 재빨리 정신을 차리고 곤지의 옷자락에 감싸쥐어진 자신의 손가락을 빼냈다. 그제서야 곤지도 정신을 차렸고 자신이 너무 세게 소아령의 손가락을 움켜쥐고 있었다는 것을 깨달았다.

"아! 미안, 미안합니다."

"그렇게 세게 잡으시면 더 아프잖아요…."

소아령의 목소리가 마지막엔 기어들어가는 것을 곤지는 알아챘을까. 소아령은 약지 손가락을 감싸쥐었다. 그러자 그 모습을 보던 곤지가 미안했는지 황급히 자신의 도포 자락을 찢어 얼른 흐르는 작은 냇물에 적신 후 헐레벌떡 소아령에게 다가가 약지를 감싸 주었다.

"정말 미안합니다. 나는 놀래키려고 그런 것이 아닌데…. 그런데 여기서 뭐 하고 있던 중입니까?"

풀린 머리를 바람에 휘날리며 곤지에게서 한 걸음 뒤로 물러선 소아령은 곤지가 도포 자락으로 감싸 묶어 준 손가락을 얼른 뺐다. 얼굴이 빨개진 소아령이 다시 모른 채 무릎을 꿇고 앉아 곤지를 보지도 않은 채 답했다.

"여기 사람들 며칠째 제대로 먹지도 못했는데 풀죽이라도 끓이고 있어요."

차가운 소아령의 대꾸에 곤지는 머쓱해졌다. 이러지도 저러지도 못하고 엉거주춤하게 있던 곤지의 뒤에서 태사평이 다가왔다.

"태자 저하! 사람들을 불러 모았습니다."

곤지가 깜짝 놀라며 뒤를 돌아보니 마사미하코자와 테라츠야를 비롯한 부족원 오십여 명이 모였다.

모두들 영문을 모른 채 태사평의 뒤에 줄지어 서 있으니 처음 그들을 마주할 때보다 그 수가 얼추 두 배는 되어 보였다.

곤지는 소아령을 뒤로한 채 헛기침을 하더니 부족 사람들에게 부드럽고 나긋하게 소리 내어 말했다. 그 음성이 어찌나 차분한지 부족원들마저 침착하게 만들었다.

"이리 많이 모이시니 참으로 감사드립니다. 다른 것이 아니고 한 가지 제안을 하려 합니다."

태사평과 제묘자 병사들이 단단히 서 곤지의 말에 귀를 기울이니 웅성대던 부족원들도 하나같이 말이 없이 집중을 하였다.

"가만히 생각해 보니 여지껏 이곳을 끝까지 공격에서 지키는 것이 용맹함이 이를 데 없으니 그 실력이야 두말할 것도 없겠습니다만 잃어버린 곡식들과 비바람도 지켜 낼 수 없는 터전에 근심이 깊을 것으로 생각됩니다. 그러니 우리가 그 방도를 마련해 주겠습니다. 대신에 길잡이 한 명만 내어 주시면 우리가 오이타 부족들을 항복시키도록 하겠습니다."

뜬금없는 곤지의 말에 잠시 멈췄던 웅성거림이 다시 시작되었고 사람들은 어리둥절하였다. 그때, 테라츠야가 궁금함을 참지 못하고 물었다.

"그게 무슨 말씀이신지요? 무슨 방도를 말씀하시는 것인지…."

곤지가 태사평에게 눈길을 보내니 태사평은 제묘자 삼십에게 그들의 갑옷을 벗게 했다. 그리고 자신의 갑옷도 벗었다.

모든 백제의 병사들이 갑옷과 차고 있던 칼을 벗자 사람들이 일제히 병사들을 보며 당황스러워했다.

"식량이 털리는 것을 막으려면 문을 열어야만 들어갈 수 잇는 창고가 있는 것이 좋을 것입니다. 창고가 있다면 곡식을 쌓아 두고 보관하는 데 용이할 것이며 그것을 훔치려면 그곳에 들어가거나 아니면 불을 질러야 할 것입니다. 불을 지르면 곡식이 모두 타 버릴 테니 그럴 수는 없을 터, 문을 열어야 할 것입니다. 하지만 그 문을 단단하게 잠근다면 쉽게 가져가지 못할 것입니다. 우리가 창고 만드는 법을 알려 드리겠습니다. 또한 그 문고리를 단단히 잠글 수 있도록 문고리를 만들어 드리겠습니다. 또한 그들은 듣자 하니 죽창을 들고 사용한다 하였는데 죽창보다는 더 날카롭고 강한 쇠날이 있는 것이 백배는 효과가 있을 것입니다. 그 쇠날이 달린 창을 나무에 고정해 만들어 주겠습니다. 그리하면 능히 가라쓰를 지키고 막을 수 있을 것입니다. 곡식을 잃을 걱정이 없으면 먹고 자라며 힘을 키우는 데 큰 도움이 될 것이니 한 사람의 힘도 지금보다 커지겠지요. 어떻습니까? 단 한 명의 길잡이를 우리와 같이 오이타의 배가 있는 곳으로 안내를 해 준다면 나머지는 우리가 어떻게든 항복을 시켜 보겠습니다. 내 말에 지금 상황보다 낫다고 생각이 드신다면 당장이라도 도움을 드리겠습니다."

일장연설을 늘어놓는 곤지의 말에 모두들 섣불리 답을 할 순 없었지만 가만히 생각을 해 보니 하나라도 좋은 방법인 것 같았다. 그러자 마사미하코자가 다시 물었다.

"그런데 백제의 병사들이 이리 갑옷을 벗는 이유를 모르겠습니다."

"갑옷과 칼을 녹여 내가 말씀드린 대로 필요한 것들을 만들어 드리겠습니다. 이곳을 가만 보고 느끼니 꼭 내가 있던 고향과 같더군요. 백제의 이웃이니 사는 것도 나누며 비슷해야지 않겠습니까?"

곤지의 대담하고 따스한 눈빛에 사람들은 잠시 침묵했다.

"너무 감사하지만… 그래도 오이타에 맞서는 모험은…."

"우리를 위해서만이 아니고 우리의 생명을 구해 준 은혜에 보답하려 함입니다. 만일 우리 백제군이 없더라도 시간이 지나 힘을 키워 당당히 발을 뻗고 생활할 수 있다면 그것만으로도 좋지 않겠습니까?"

웃음을 지어 보이는 곤지의 말이 거짓이 아니며 확신에 차 있는 자애로움이라 느낀 부족원들이 한동안 멍하니 곤지와 태사평 그리고 제묘자군들을 번갈아 바라보았다. 이윽고 테라츠야가 곤지에게 절을 하였고, 그 모습을 본 모두가 연거푸 고개를 숙였다.

"말씀에 황송하고 그 은혜에 몸 둘 바를 모르겠습니다."

곤지가 발걸음을 떼어 엎드린 테라츠야에게로 가 그를 일으켜 세우니 그는 감동하여 눈물을 흘렸다.

"길잡이 한 명 역시 절대 다치게 하지 않겠습니다. 내 약속을 어길 시 반드시 백제에 서신을 보내 재물과 곡식 그리고 그 군사를 보내 가라쓰를 지키도록 하겠습니다."

테라츠야가 다시 한 번 깊이 고개를 숙여 몇 번이고 감사를 전했다. 그러자 옆에 있던 마사미하코자가 손을 번쩍 들었다.

그는 비장한 표정으로 곤지를 보았다. 심히 감동을 받은 모양새였다.

"그 길잡이, 제가 하겠습니다! 이들은 모두 이곳에 있는 것이 좋겠습니다."

마사미하코자가 성큼 한 걸음 앞으로 나와 무릎을 꿇었고 멍한 얼굴로 곤지의 뒤쪽에 무릎을 꿇고 앉아 있던 소아령이 그 모습을 보며 큰 충격을 받았다. 생판 처음 보는 사람들에게 이리 대한다는 것은 태어나 한 번도 보지 못한 광경이었다. 무엇보다 그동안 참아 왔던 오이타 부족들의 횡포에 억눌린 감정이 폭발해 터져 나왔다.

"그가 가면 나도 가겠습니다. 그는 내 동료로 만일에 있을 그의 위험을 가만히 지켜볼 순 없습니다."

소아령이 벌떡 일어나 말하자 곤지는 극구 말렸다. 하지만 소아령은 듣지 않았다. 마사미하코자도 극구 반대를 했으나 소아령은 자신의 손을 솥에 담글 기세로 말했다.

"같이 데려가지 않으면 두 손을 버리겠습니다. 그가 없으면 손이 잘리는 것과 다름이 없습니다."

곤지는 그 모습에 더 이상 말을 할 수 없었다.

오십 명의 부족과 곤지, 태사평 그리고 제묘자 병사들과 소아령까지 팔을 걷어붙이고 그들은 단단한 나무를 자르고 긴 대나무를 마련했다. 태사평은 제묘자 열 명과 함께 몇 날 며칠을 그들의 갑옷을 녹여 대나무의 끝에 작고 뾰족한 날을 만들어 끼웠다. 그리고 그들의 작업 속도는 희망의 속도만큼이나 빨랐다.

적당한 창고가 만들어지고 쇠붙이 문고리를 달았으며 더불어 움막이 비바람에 날아가지 않도록 나무들을 받쳐 두세 겹의 가지들로 지붕을 쌓아 올렸다. 그리고 습기가 많은 풀들을 베어 그 위에 덮었으니 불이 붙어도 금방 풀을 걷어 내고 나뭇가지 지붕을 걷어 낼 수 있도록 하였다.
"무거운 갑옷이 없으니 몸이 가볍지 않습니까? 하나를 버리면 하나를 얻을 수 있습니다."
얼굴에 흙먼지와 풀들이 덕지덕지 붙어 있는 곤지가 해맑게 웃으며 태사평을 보았다. 태사평의 얼굴은 곤지보다 더 가관이었다. 얼굴이 까매져 거지인지 장군인지 알아볼 수도 없었다.
곤지는 태사평을 보고 한참을 웃었다.
태사평은 천진난만하게 웃어 보이는 곤지를 보며 조심스레 물었다.
"저… 태자 저하. 갑옷과 칼이 없이 괜찮으실까요?"
그러자 곤지는 웃음을 멈추고 진지한 표정으로 답했다.
"제가 태사평님을 믿는 만큼 태사평님도 제묘자들을 믿지 않습니까? 저를 맨몸으로 데려오실 때의 용맹함과 기백을 우리 모두가 가지고 있으니 우리는 잘될 것입니다. 없으면 그들의 것을 가져오면 되지 않겠습니까?"
태사평은 고개를 끄덕였다.
제묘자부대가 아직 다 버린 것은 아니었으니 그들에겐 활과 화살이 그리고 손등에 작은 반달칼이 남아 있었다.

집과 창이 완성되니 그 위용이 남달랐고 창고에 곡식이 쌓이니 두 달간의 노력이 결실을 맺었다. 다행이도 그동안 오이타의 부족들이 쳐들어오지 않았기에 가능했던 일이었다.
곤지 일행과 마사미하코자 그리고 소아령이 부족 사람들과 작별의 인사를 나누고 하루를 묵은 후 다음 날 오전 길을 나서려 했다. 그러나 마지막

날 밤, 올 것이 오고야 말았다.

횃불을 든 테라츠야가 황급히 앞산 언덕에서 급히 달려 내려오더니 곤지 일행을 불렀다.

"장군님! 오이타 녀석들이 몰려옵니다. 그 수가 얼마나 되는지는 모르겠으나 일전보다 곱절은 많아 보입니다."

곤지는 눈에 힘이 들어갔고 심각한 표정으로 태사평에게로 나가 그 소식을 전했다. 태사평은 곤지의 말에 얼른 자리에서 일어났다.

"한번 결전을 치러야겠는데, 괜찮겠지요?"

곤지의 얼굴이 심각해졌지만 결의에 차 있는 모습이었다. 태사평은 고개를 끄덕였다.

"아무 일도 아니게 만들겠습니다. 만나야 할 사람들을 만나서서 백제의 백성들을 지키셔야지요."

태사평은 곧장 제묘자부대를 일으켜 세워 명을 내렸다.

"내려오는 오이타 부족들을 남김없이 쳐라!"

제묘자부대가 등 뒤에서 활을 꺼내어 집어들었다. 때마침 부족 사람들 오십이 창을 들고 모였으니 곤지가 그들을 보며 말했다.

"우리는 지켜야 할 것을 지켜야지요. 자! 스물은 이곳에서 우로 가서 숨어 있고 나머지 스물은 좌로 가서 숨어 이들이 근처로 오면 양쪽으로 공격을 합시다. 그 신호는 내가 홀로 남아 횃불을 들어 올리는 것으로 하겠습니다."

곤지는 마사미하코자와 소아령에게 우로 갈 것을 권했고 테라츠야에게 좌로 갈 것을 권했다. 그러자 그들은 비장하게 고개를 끄덕이며 낮은 소리로 답을 했고 빠르게 곤지의 지시대로 따랐다.

6. 백제에서 온 하늘이 은덕을 내리다

한바탕 길고 센 바람이 잠시 몰아쳐 창고의 문고리를 두들겼다. 하늘은 여전히 맑아 달이 환히 빛나고 있었다. 덕분에 별들은 전에 없이 많이 나타났고 빛나고 있었다.

곤지는 한 손에 횃불을, 한 손에는 쇠죽창을 움켜쥐었다.

오이타 부족들이 풀숲을 헤치며 돌을 타고 근처까지 달려오는 소리가 들리자 제모자부대는 그 소리를 감지하고 활시위를 당겼다. 그리고 잠시 후, 태사평의 눈에 낡고 푸른 옷을 입은 긴 머리의 남자들이 보였다.

태사평은 가만히 손을 올렸다 힘차게 내려 신호를 주었고 제묘자부대는 일제히 화살을 날렸다.

"으악!"

달과 별이 곤지의 편이었나 보다. 그들이 건너오는 곳에 달빛이 환하게 비춰지더니 삽시간에 비명을 지르고 쓰러지는 오이타 부족들이 하나둘씩 생겨났다. 더불어 그 비명이 자던 새들을 깨우니 시끄럽고 날카로운 소리가 여기저기서 들려왔다.

태사평이 창을 꼬나 쥐고 맨몸으로 앞장서며 명령했다.

"모두들 돌진하여 쏜 화살을 회수하여라!"

병사들에게 그들이 쏴 죽인 적들의 몸에서 화살을 뽑아 다시 거두라는 말을 들었을 때, 곤지는 무척이나 놀랐다. 태사평과 제묘자들이 그 정도로 담력이 센 줄은 여지껏 몰랐다. 백제의 최고 부대라고는 하지만 그 명령과 그것을 실행에 옮기러 미친 듯이 달려가는 모습을 보며 혀를 내둘렀다. 순간 곤지는 그동안의 작은 전투와 싸움에 지치고 힘들어하고 두려워했던 자신이 한심했다. 그리고 이 부대라면 고구려군 일만도 능히 막아 낼 수 있을 것만 같았다.

그들은 귀신이 되었다. 번개같이 달려들어 반달 칼과 빼앗은 죽창으로 오이타 부족들을 쓰러뜨리는 모습을 멍하니 지켜보다가 정신을 차린 곤지가 계속해서 몰려오는 부족들의 수를 헤아려 보니 족히 삼백은 되어 보였다. 생각보다 엄청나게 많은 수였다.

태사평과 제묘자 병사들이 달빛 아래서 한바탕 칼춤을 추고 있을 때, 그들을 피해 가라쓰 부족 마을로 넘어 들어오는 나머지 적들을 발견한 곤지가 힘차게 팔을 올려 횃불을 흔들었다. 그리고 자신의 앞으로 달려드는 적들을 막아 내며 찌르기 시작했다.

곤지가 힘겹게 죽창을 피하며 예닐곱을 쓰러뜨렸을 때, 횃불의 신호를 받은 양쪽 가라쓰 부족들이 함성을 지르며 달려들었다.

부족들의 뾰족한 창 끝이 달빛에 반사되어 번쩍이자 오이타 부족들은 당황스러워하며 우왕좌왕하기 시작했다. 그러자 어느 정도 틈이 생긴 곤지가 적들이 떨어뜨린 죽창 두 개를 양손으로 잡고 몸을 돌리며 날뛰었다. 테라츠야와 마사미하코자가 정신없이 싸우는 와중에도 곤지의 모습을 보자 기가 막히지 않을 수 없었다.

그 솜씨는 자신이나 오이타 부족들의 것과는 차원이 달랐다.

"저… 저것이 백제의 능력인가…."

곤지는 눈 깜짝할 사이에 스물을 찔러 눕혔고 손과 옷에는 빨간 피가 점점 많이 번져 올랐다. 그 모습을 소아령도 보았다.

소아령은 곤지의 모습에 역시나 기가 찼고, 자신이 살려 준 나약할 것 같던 사내의 모습과는 영 딴판이었다.

소아령은 멍해서 몸을 움직이지 못하고 그저 곤지를 뚫어져라 바라보고 있었다. 그때, 두 명의 오이타 부족이 소아령의 옆과 뒤에서 그녀의 창을 뺏고 입을 막았다. 그리고 얼른 몸을 움직여 반대편 숲으로 부리나케 달아나기 시작했다.

싸우다 질렸는지 속속 반대편 숲으로 도망치는 적들이 하나둘씩 늘었다.

소아령이 끌려가며 비명을 질렀지만 잘 들리지 않았다. 그러나 그 모습을 본 가라쓰 부족의 한 사내가 있었는데 급히 소아령이 끌려가는 것을 알리려 소리를 지르려는 찰나, 달아나며 사내의 몸속에 죽창을 힘껏 박아 넣은 적의 공격에 그대로 자빠지며 피를 흘렸다. 사내는 소아령이 사라진 곳을 향해 팔을 뻗었다.

적들이 전부 달아난 것을 확인한 부족들과 곤지는 환호했고 돌아온 태사평과 제묘자 병사들을 보며 흠칫 놀랐다.

그들의 몸 전체는 피칠갑이 되어 있었고 피로 물들어 검게 변한 몸에 그저 허연 눈만 끔뻑이며 뜨고 있었다. 숨소리가 거친 것이 마치 지옥에서 온 야차와도 같았다.

곤지가 놀라 걱정을 하며 물었다.

"다들 괜찮습니까?"

곤지의 물음에 태사평이 뒤를 돌아보며 그 수를 헤아리다가 다시 고갤 돌려 곤지에게 고개를 숙였다.

"병사들 전원 무사합니다."

그들의 손에는 회수한 화살들이 그대로 한 움큼씩 쥐어져 있었다. 그들의 모습에 마을 사람들은 믿을 수 없다는 표정을 지었고 몇몇은 다리에 힘이 풀렸는지 주저 앉아 그들의 모습에 입을 다물지 못했다.

곤지는 재빨리 부족들의 안위를 걱정하며 물었다.

"전부 살아 있지요?"

테라츠야가 사람들을 훑어보며 안심하는 듯이 그렇다고 답을 하려던 순간, 마사미하코자가 뭔가 당황한 모습으로 주변 이리저리를 살폈고 그 모습을 곤지와 사람들이 보았다.

"무슨 일입니까?"

곤지가 얼른 다가가 물었다.

"소아령, 소아령 아가씨가… 사라졌습니다!"

일순간 정적이 흘렀다. 그때, 마지막 적의 공격에 죽창을 맞고 쓰러진 마을 사내가 있는 힘을 쥐어짜 피를 토하며 절규했다.

"아가씨… 아가씨가 오이타 놈들에게….."

곤지가 놀라 멀리서 쓰러진 사내에게 달려가 무릎을 꿇었고 덩달아 사람들도 우르르 사내에게 달려갔다.

"어디? 어디로 갔습니까?"

곤지가 사내의 몸에서 분수처럼 흐르는 피를 두 손으로 틀어막고 다급히 물었다.

"저… 저쪽….."

사내는 마지막 손짓으로 소아령이 끌려간 곳을 가리켰고 끝내 눈을 감았다. 곤지는 그의 숨이 끊어진 것을 확인하고 안타까움에 눈물을 흘렸.

단 한 명이라도 죽음으로부터 지켜 낼 것이라 다짐했지만 그러지 못했다. 그것에 미안했고 자신을 살려 준 여인이 납치된 것이 자신 때문에 생긴 일인 것 같았다.

곤지의 눈에서 눈물이 맺혔고 뜬눈으로 숨을 거둔 사내의 두 눈을 자신의 손으로 가려 주었다.

6. 백제에서 온 하늘이 은덕을 내리다 **333**

테라츠야는 침통해했고 다른 이들은 말을 잇지 못하고 그저 고개만 숙였다.

마사미하코자는 정신이 나갈 것 같았고, 안절부절하지 못했다.

곤지가 사내를 마을 사람들에게 건네고 태사평을 보았다. 곤지의 눈에서는 실핏줄이 터져 붉은빛이 돌았고 손이 부들부들 떨렸다. 태사평은 말없이 고개를 숙여 예를 갖추더니 제묘자부대에게 신호를 보내며 죽기 전 사내가 가리킨 쪽으로 빠르게 내달렸다.

곤지가 부족 사람들에게 돌아서 고개를 푹 숙이며 인사를 했다.

"죄송합니다. 저희가 지켜 드리지 못해서…."

그 모습을 본 부족 사람들이 모두 창을 떨어뜨려 내려놓고는 일제히 무릎을 꿇었다. 테라츠야가 큰 목소리로 울음을 참으며 곤지에게 예를 갖춰 말했으니 모두가 한 번의 움직임도 없이 그대로 고개를 숙였다.

"장군님의 은혜에 저희가 감사드립니다. 너무도 훌륭히 저희들이 해냈습니다. 지난날 뜻을 받들고 새겨 더욱 강성해지도록 하겠습니다."

"감사하옵니다."

모든 이들이 일제히 목청 높여 울먹이는 소리로 인사를 대신하였다. 곤지는 그 모습을 보며 입술을 꾹 다물었다. 그의 입술에서는 피가 흘렀고 깊은 숨을 한 번 들이마셨다.

"내 반드시, 기필코 소아령 아가씨를 찾아 데려오겠습니다. 그렇지 못하다면 이 몸이 이곳에서 죽을 때까지 살며 속죄할 것이며 뼈를 묻겠습니다."

곤지는 자신의 도포 자락을 벗어 무릎을 꿇고 있던 테라츠야에게 쥐여 주었다.

"다시 돌아올 때, 내 꼭 찾아가겠습니다."

곤지는 옆을 보며 쓰러진 사내의 몸을 관통한 죽창을 힘껏 뽑았다. 그리고 뒤로 돌아 아주 빠르게 발을 구르며 태사평이 달린 곳으로 달렸다. 그 뒤를 마사미하코자가 눈물을 흘리며 따라 달렸으니 둘의 빠르기가 보통이 아니었다.

곤지 일행이 사라진 쪽을 보며 며칠을 기도를 드리던 가라쓰 부족들은 곤지 일행이 가르쳐 준 방법대로 나무를 자르고 끼워 맞추어 작은 창고를 지었다.
매일매일 그들은 그곳에서 기도를 드리고 돌아올 곤지 일행을 위해 그리고 소아령을 위해 먹을 곡식을 조금씩 쌓아 두었다.
웬일인지 창고를 지은 지 얼마 후부터 열매가 푸르게 자라며 흐르는 물의 양이 많아지니 곡식이 풍부해졌다.

456년, 청년 곤지는 어느덧 스물여섯 해를 지나 보내고 있었다.
부리나케 달아나는 오이타의 패잔병들은 그들이 돌아갈 길을 잘 알았다. 지형에 익숙하니 지체함이 없었다. 다만 마사미하코자 역시 그 길을 훤히 꿰뚫고 있으니 그의 능력을 믿는 수밖에 없었다.
태사평과 일행들이 곤지와 만난 것은 패잔병들이 어디로 사라졌는지 보이지 않아 주춤거리던 때였다.
"태자님! 어느 방향으로 갔는지 더 이상 쫓을 수가 없습니다. 어찌해야 좋을지…."
곤지는 난감했다. 그러자 마사미하코자가 발꿈치를 들어 올려 가만히 지형을 살폈다. 그러다가 좋은 생각이 났는지 곤지 일행에게 알렸다.

"저기! 저쪽으로 조금만 올라가면 후쿠오카 사람들이 있습니다. 그곳에서 어쩌면 말을 빌려 탈 수 있을 것입니다."

마사미하코자가 손가락으로 앞에 있는 산 너머를 가리켰다.

"지금 한시가 급한데 오이타 녀석들의 본거지로 바로 향해야 하지 않겠소?"

피칠갑을 한 태사평이 끈적이는 피와 뒤엉킨 수염을 손으로 쓸어 닦으며 마사미하코자의 말에 반박했다. 하지만 그는 고개를 절레절레 저었으며 저 길이 당연하다는 듯 목청을 높여 말했다.

"저 길 역시 그들의 본거지가 있는 곳으로 가는 길입니다. 다만, 곳곳에 그들이 숨어 있을지 모르니 일일히 맞서 싸운다면 그 시간은 더 지체될 것이고 그러면 소아령 아가씨를 찾기가 더 어려울 것입니다. 그들이 반드시 아가씨를 본거지로 끌고 갔으리란 보장도 없습니다."

"당연히 인질은 본국으로 데려가 알려야 하지 않소? 그렇지 않으면 그 사신이라도 보내 족장에게 알릴 터이니 그들의 중심을 쳐 족장을 사로잡고 물어야 함이 마땅할 것인데."

곤지의 다급한 모습에 태사평이 물었다. 그러자 마사미하코자는 그 물음에 반박했다.

"그자들은 따로 족장에게 그런 일 같은 것은 말하지 않아도 아무 문제가 없습니다. 그들이 아무리 족장의 영토 안에 있다고 하여도 행동하는 것은 자기들의 마음대로이니까요. 그저 소속감만 있다면 그들은 그만입니다. 그냥 서로서로를 인정하고 그 세력만 커지는 것을 인정할 뿐이죠."

곤지와 태사평은 마사미하코자에게서 예상 밖의 말을 들었고 그들이 생각하는 고국 백제의 질서와는 전혀 다르니 머리로 잘 이해가 되질 않았다.

"그 말인즉슨, 오이타족들은 개별로 무리 지어 아무렇게나 생활을 하고 싸움을 걸고 있다는 것입니까?"

질서와 체계가 전혀 잡히지 않은 집단 같았다. 그것은 규율도 없다는 뜻이었다.

"예, 그렇습니다."

날이 밝아 와 태양이 서서히 먼 지평선 너머로 올라오고 있었다. 붉은 해가 아직은 눈뜨고 볼 만했다. 하루 전보다 살갗을 두드리며 스치는 새벽녘의 바람이 차가웠다. 갑옷을 입지 않은 것 때문인지, 아직 축축히 젖어 있는 피 때문인지 아니면 둘 다인지 알 수는 없었지만 다른 것은 치차하더라도 소아령은 꼭 구출해야 했다. 그리고 그들의 본거지 포구에서 배를 타야 했다. 그래야 아스카로 갈 수 있었다.

곤지에게 선택의 여지는 없었고 더군다나 시간은 더욱더 없었다.

"말을 타면 곳곳에 그들이 숨어 도사리고 있다고 해도 이렇게 가는 것보단 빠르지 않을까요? 마사미하코자의 말대로 해 보는 것이 좋을 것 같습니다."

태사평은 아무런 반박도 하지 않고 곤지에게 고개 숙여 예를 갖추었다.

그렇게 곤지 일행은 마사미하코자가 이끄는 대로 산을 타고 넘었다. 아주 높은 산이 아니라 반나절이면 산을 넘는 데 충분했다.

어느새 해는 중천을 지나 다시 기울어지기 시작했다.

곤지 일행은 자신들의 모습 그대로 마을에 들어가는 것은 이상하고 위협을 주는 것이라 생각해 근처의 개울에서 그들의 몸을 씻었고 옷을 적셔 핏기를 흘려보냈다.

축축한 옷을 말리지 못하고 그대로 껴입은 것이 불편했지만 오히려 그것이 좋은 결과였다.

마을로 들어간 곤지 일행의 손에는 죽창이 들려 있었고 사람들은 그 모습을 괴이하게 여기며 두려운지 슬금슬금 피하기 시작했다. 그들이 혹시나 오이타의 도적들이 들어온 것은 아닌지 의심해 부리나케 마을 사내들을 모으기 시작할 때, 마사미하코자가 큰 소리로 외쳤다.

"우리는 가라쓰에서 왔소! 걱정하지 마시오!"

마사미하코자는 가라쓰의 사투리로 그들에게 목청껏 외쳤다. 그러자 경계심을 품었던 사람들과 어디선가 칼과 몽둥이를 들고 부리나케 모여든 사내들이 조금은 경계를 풀기 시작했다. 하지만 완전히 풀지는 못했으니 그것은 마사미하코자의 뒤에 몰려 서 있는 곤지 일행의 모습 때문이었다.

그때, 지팡이를 쥐고 천천히 힘겹게 사내들을 물리치고 곤지 일행 쪽으로 걸어 다가오는 노인이 있었으니, 그는 곤지 일행을 아래위로 뚫어지게 훑었다. 과연 그 복장이 자신들의 허름한 것과는 달랐으니 한눈에 보아도 주변국의 출신은 아닌듯 보였다.

"가라쓰? 가라쓰에서 온 자네는 그래 보이는데 뒤에 선 사람들은 누구인가?"

노인이 시선을 곤지 일행에게서 거두지 않고 물었다. 그러자 마사미하코자가 답했다.

"어르신. 이분은 우리 가라쓰족에게 도움을 주신 윗나라에서 오신 장군님이십니다."

"윗나라? 윗나라 어디요?"

윗나라라는 말에 노인의 표정은 차갑게 변했고 미심쩍은 눈으로 하코자를 바라보았다.

"백제입니다. 백제에서 왔습니다, 어르신."

뒤에 서 있던 곤지가 어느새 하코자의 곁으로 다가와 서 고개를 숙이며 노인에게 인사를 하며 알렸다.

곤지가 고개를 숙여 인사를 하니 뒤에 서 있던 태사평과 제묘자부대도 인사를 하지 않을 수 없었다. 일제히 예를 갖추니 노인은 가만히 무언가를 생각하며 곤지를 바라보다가 손뼉을 힘차게 쳤다. 그리고 얼른 똑같이 예를 갖춰 인사를 했다.

"아이고, 아이고! '영' 왕자님의 나라가 아닙니까? 여신 님은! 여신 님은 안녕하신지요?"

노인이 반가워하는 모습에 그제서야 뒤에 있던 사내들과 마을 사람들이 긴장을 풀었다. 노인이 예를 갖춰 인사를 하자 역시 마을 사람들도 마지못해 꿈뻑 인사를 올렸다.

곤지는 노인의 말에 화들짝 놀랐다.

"우리 백제를 아십니까? 여신 님을 어찌 아십니까?"

노인은 오히려 더 놀란 표정을 지으며 손을 급하게 크게 허공에 흔들었다.

"백제를 모르다니요? 영 님과 여신 님의 나라인데. 여신 님께서 저희를 얼마나 아끼고 보살펴 주셨는데 말입니다. 덕분에 말과 매, 그리고 곡식도 전해 받을 수 있었습니다. 그 은혜를 어찌 갚아야 할지 몰랐는데…. 이렇세 백제에서 오신 장군님이라니 기쁘지 않을 수 없습니다."

노인의 말을 들은 곤지는 아비 여신의 이름이 여기까지 알려졌다는 것이 신기했다.

"아… 환대해 주셔서 감사드립니다."

곤지가 다시 한 번 인사를 올리자 뒤에 있던 태사평이 반가운 여신의 이름에 흥분을 감추지 못하고 노인에게 물었다.

"당신은 나를 모르겠습니까?"

얼굴이 밝아진 태사평이 자신의 얼굴을 손으로 한 번 쓱 쓸어 먼지를 닦아 내었다. 그리고 고개를 앞으로 한껏 내밀었다. 노인은 그 모습을 자세히 바라보았고 잠시 후, 급히 무릎을 꿇었다.

"아이고! 태사평님이 아니십니까? 이곳에 어쩐 일로!"

곤지는 뒤를 돌아 해맑게 웃고 있는 태사평을 신기한 듯 쳐다보았다. 태사평도 이곳에서 노인을 만날 줄은 몰랐다는 듯 눈을 동그랗게 뜨며 반가운 얼굴을 했다.

"무엇입니까? 두 분, 아는 사이입니까?"

"두 분께서… 아세요?"

곤지와 마사미하코자가 동시에 물었다.

"알지요. 예전에 이곳에서 여신 님과 같이 만나뵈었지요. 그때 도움을 주신 덕분에 저희가 그나마 이렇게 오이타 부족국들의 공격에서 살아남을 수 있었습니다."

노인은 곤지 일행을 반갑게 맞이하였고, 태사평은 자신이 모시는 곤지의 신분을 알렸다. 그러니 그들은 차분히 예를 다하여 곤지 일행을 낯설지 않게끔 도왔다.

곤지가 노인의 이름을 묻자 노인은 굽은 허리를 조금 펴 말하였다.

"후쿠사이토쿠라고 합니다."

노인의 뒤에서 날카로운 단검을 움켜쥔 채 상황을 지켜만 보고 있던 사내의 눈에는 날이 서려 있었다. 곤지가 그 모습을 보아하니 참으로 이상하고도 신비로웠다.

사내의 오른눈은 서늘함이 땅을 차갑게 했고 왼눈은 하늘을 따뜻히 데웠으니 양면의 모습이 이상하리만치 겹쳐 화한 듯하며 동한 듯하였다. 이에 곤지는 노인에겐 그 사내가 예사 인물이 아님을 느낌적으로 알 수 있었다.

마을을 둘러보니 그 규모와 건물이 꽤 컸고 백제의 것과 비슷했으니 과연 백제의 영향을 받았다 생각치 않을 수가 없었다.

하지만 그들에겐 시간이 없었다.

그날 밤, 곤지와 태사평은 노인과 마을 사람들에게 부탁을 했으니.

"우리는 배를 타고 야마토로 향해야 합니다. 가라쓰에서 풍랑을 만나 모든 것을 잃었으니 그 안타까움을 어찌할 바 몰랐으나 다행히도 사람들의 도움으로 이리 탈이 없을 수 있었습니다. 그것을 모른 체할 수 없어서 오이타에게 공격을 받는 가라쓰의 부족들을 돕던 중 가라쓰의 여인을 인질로 잡히게 했으니 슬픔을 금치 못하는 바입니다. 당장 그들을 쫓아 격퇴시키고 배를 구해 넓은 바다를 건너 야마토로 들어가고 싶지만 그것이 여의치 않게 되었습니다. 그러니 혹시 말을 저희에게 내어 주실 수 있다면 그 도움을 깊이 가슴에 새겨 반드시 이곳도 더 이상 싸움이 없도록 만들겠습니다."

곤지와 태사평이 노인과 사람들에게 요청했다. 그러나 노인의 안색이 좋지 않았다. 노인은 부담을 느끼며 안절부절하지 못했으니 그 이유를 설명했다.

"저희도 장군님과의 친분을 위해 그러고 싶지만… 오이타에 맞서는 것도 참으로 고달프며 더군다나 신라에서도 고구려에서도 간간히 내려와 그들을 막기에 급급해 정말 막막합니다만…."

노인의 말에 곤지는 정신이 아득해졌다. 이곳 상황도 일전 가라쓰와 별반 다르지 않았으며 더군다나 신라와 고구려까지 공격을 해 온다는 것이 놀랍지 않을 수 없었다.

나라가 땅이 비옥하고 산과 들이 많아 먹을 것이 풍족한 것에 비해 아직 그 군사의 틀을 완벽히 갖추지 못하고 있으며 용맹하나 기반이 여지껏 튼튼하지 못하니 그럴 법했다.

밤이 되어서도 따뜻하니 이곳을 탐내는 무리들이 많을 것이었다.

어지러운 상황 중에 안타깝고 아쉬움이 겹쳐 있으며 초조함이 더했으니 빠른 결단만이 해결할 수 있는 길이라 생각한 곤지는 묵묵히 노인의 말을 듣고 생각을 하다가 비장한 각오로 말을 했다. 그것은 오롯이 백제의 힘을 믿고 자신과 그 주변 사람들을 믿기에 나온 말일 수 있었다. 걱정은 되었지만 의심은 들지 않았다.

"그럼 하나만 약속하겠습니다."

"무엇을 말입니까?"

노인이 걱정하며 물었다.

"백제로 사신을 보내 장수와 군사를 이리로 보내겠습니다. 그리고 가라쓰와 힘을 합하여 잠시 동안만 혹시 모를 고구려와 신라의 공격에 맞서 싸워주십시오. 우리가 반드시 오이타를 격파하고 그들에게 실득하여 두 번 다시 이곳으로 발을 들이지 못하게 하겠습니다. 내가 다시 이곳으로 돌아오는 날, 오이타국으로부터 화친의 말을 가지고 오겠습니다. 그리하니 많은 것을 부탁치 않겠습니다. 말 스무 필만 빌리는 것으로 하면 어떻겠습니까?"

곤지의 앙다문 입술이 너무도 굳세어 보였다. 그것은 절대 거짓이 없는 눈빛이었지만 사람들의 얼굴은 여전히 걱정이 가득했다. 그것은 모험이었다.

한동안 말을 못 하고 태사평과 곤지를 번갈아 보던 노인은 이마에 깊은 주름을 담은 채, 그 골을 깊게 해 쉽지 않은 결정임을 나타냈다. 그러더니 자신의 집과 주변 마을의 집과 건물들을 바라보며 길게 한숨을 내쉬었다.

"장군님의 그 뜻을 모르지 않습니다만… 다만 저희가 내어 줄 수 있는 말은 열세 필입니다. 대신 장군님과 그 병사들께 철검을 드리겠사옵니다. 저희가 가지고 있는 이것들이 불태워진들 어찌하겠습니까… 전부 백제 장군님들과 함께 만든 것들인 것을…."

노인은 예를 갖추었고 주변에 몰려든 사람들은 아무 말도 하지 못했다. 이를 본 곤지가 미안한 마음을 보였다.

"그러면 제묘자 병사 스물을 남겨 두겠습니다. 일을 마치는 대로 속히 돌아오도록 하겠습니다. 심려 끼쳐 드려 죄송합니다."

정중히 예를 갖춘 곤지의 태도에 태사평도 뒤에서 그리했고 노인은 그 모습에 몸 둘 바를 몰랐다.

처음 태사평을 반갑게 맞이했던 후쿠사이토쿠는 곤지의 어려운 부탁에 잠시 망설였지만 차마 그 요청을 뿌리칠 수 없었으나 표정은 죽은 아기를 바라보는 듯 안타깝기 그지없어 보였다.

그러나, 곤지는 가야만 했다.

"어떻게 정 되질 않겠습니까? 제묘자 스물이면… 그래도 용맹하여 믿을 만하건만, 그 수가 너무 적지요…."

태사평은 말이 없었다. 아무리 오이타 본진으로 들어간다 하여 기동성이 빠른 말을 빌리고자 하여도 자신들의 병사의 수를 점점 줄여야 한다면 앞으로 혹시라도 모를 전투에 그 힘을 제대로 발휘해 싸울 수나 있을지 의심이었다. 고개를 저으며 곤지의 말을 무르게 하고 싶었지만 그 어찌 태자의 말을 가로막을 수 있단 말인가. 그저 태사평은 입술을 꾹 다물었다.

한참을 고심하던 노인은 무언갈 중얼거리더니 얕은 신음을 한 번 끙 하고 내더니 곤지에게 말하였다.

"그럼 한 사람을 같이 데려가는 것이 어떻겠습니까?"

"아! 사람이요? 무슨 방법이 있습니까?"

노인은 천천히 고개를 슬쩍 돌려 뒷마을을 바라보다 한곳에 시선을 놓아 한동안 응시하였다. 그리곤 곤지와 태사평을 바라보며 입을 떼었다.

"저 마을 뒷편에 하늘만 바라보며 글을 쓰는 자가 있습니다. 그것을 제외하곤 남은 시간에는 무엇에 쓰려는지 병든 자와 죽은 자들의 집들만 종일 돌아다니고 있습니다. 그자는 손에 칼을 들지 않았던 자로서 오이타에서 온 사람입니다. 그곳이 험하여 수해 전에 이곳으로 왔다고 했습니다."

노인의 말에 곤지는 의아했다. 도무지 알 수 없는 말이었다.

"어르신의 말씀이라면 결코 환영을 받지 못할 사람이 아닙니까?"

"맞습니다. 처음에는 저희도 그리 생각을 했습니다만 수해 동안 조용히 지낼 뿐 더군다나 가히 탁월한 재주가 있어 오히려 도움을 받는 입장에 있습니다."

"그것이 어떤 것입니까?"

노인 후쿠사이토쿠는 당황스러워하는 곤지의 표정에 안심하라는 듯 흥미로울 것이란 표정을 지어 보이며 눈을 반짝였다.

"어찌 된 일인지 가끔씩 바다에 도는 병 때문에 사람들이 배앓이를 하거나 산에 있던 이들이 발부터 몸 위로 살이 썩어 올 때면 그 사내를 찾습니다. 그러면 전부 고치지는 못하여도 다음 사람의 수는 조금씩 줄어듭니다. 참으로 고마운 일이지요. 허나 이제 그가 떠나고 싶다고 하여도 떠날 수가 없으니 안타까울 따름입니다. 참으로 앞일에 눈이 바른 사람이니 그 사람을 만나 보시면 꼭 가시는 길 도움이 되지 않을까 싶습니다."

후쿠사이토쿠의 말에 곤지는 태사평을 보았다. 오이타로 가는 길에 도움이 될 만한 사람과 동행한다는 것은 참으로 득이 될 일이었다.

"그런 분이 계신 줄 몰랐습니다. 저희가 가는 길에 도움이 된다면 말 열세 필과 그에 곱절은 더하는 것과도 같습니다. 그렇지 않습니까, 태사평님?"

잠자코 있던 태사평은 모르겠는 소리에 움찔 놀라며 얼버무렸다.

"예… 예, 예. 그럴 것이옵니다."

미소를 짓던 곤지는 태사평과 함께 날 서린 눈의 사내의 안내를 받으며 노인이 일러 준 길로 발걸음을 재촉했다.

사내는 단 한 번도 멈춤 없이 빠르게 나아갔다. 어찌나 걸음이 빠른지 곤지와 태사평은 걷기보다는 뛰는 쪽에 가깝게 발을 움직여야 할 지경이었다.

"저것 보세요. 걸음걸이가 대단하지 않습니까?"

흐르는 땀방울이 마치 얼굴에 열매가 달린 것같이 맺힌 것은 비단 곤지 뿐만이 아니었다. 태사평도 꽤나 애를 먹고 있는 모양이었다.

"더 이상 움직이지도 못할 거리가 아니었으면 합니다. 부디 다치지 않게 몸을 조심하시옵소서."

태사평은 안 그런 척했지만 가쁜 숨을 내뱉는 소리가 평소와 확연히 달랐다.

가벼운 언덕을 두세 개 넘었을 때, 울창한 나무 사이로 작은 흙집이 보였다. 지칠 대로 지친 곤지와 태사평과는 다르게 사내는 계속하여 말없이 발걸음을 재촉했다.

"저기, 잠깐! 잠깐 쉬었다 가면 안 됩니까?"

곤지가 숨을 헐떡이며 물었다.

"아니, 코앞인데 이제 와서 쉬면 그 무슨 바보 같은 행동이요?"

사내는 고개를 갸웃거리며 웃기다는 듯 코웃음을 쳤다. 그러자 태사평이 버럭 소리를 질렀다.

"이놈! 누구 앞이라고 입을 함부로 놀리느냐!"

태사평이 화가 나 얼른 뛰어 잡으려 몸을 날리려는 순간 곤지가 태사평의 어깨를 잡았다.

"이곳이 백제도 아닌데 상관없지 않겠습니까? 하하. 더군다나 우리 모두 앞뒤 다르지 않은 사람인데…. 이것 보세요. 땀에 흠뻑 젖어 거지꼴도 이런 거지꼴이 따로 없지 않습니까? 오히려 저분보다 제가 더 괴상망측해 보일 수도 있겠네요."

하얀 이를 가지런히 드러내며 미소를 짓는 곤지의 얼굴을 보자니 태사평의 화가 더 이상 목 위로 넘어 올라갈 수가 없었다.

"미안합니다. 바쁘게 왔는데 멈추게 해서."

곤지가 크게 사내에게 말하니 사내는 무안한지 눈알만 이리저리 굴리며 표정이 굳어졌다. 몸을 움직여 더 걸어야 할지 잠시 서 있어야 할시 고민이 되는 모습이었다. 그러자 곤지가 물었다.

"괜찮습니다. 바로 앞이니 지체 없이 가야지요. 그나저나 그쪽은 이름이 어떻게 됩니까? 보아하니 기운이 남달라 보이는데…."

"궁솔이오."

"궁솔?"

"그렇소."

곤지는 남자의 이름을 듣고는 한참을 생각했다.

"아… 어디서 들어 본 적이 있는 것 같은데…."

곤지의 말에 궁솔이 눈을 커다랗게 뜨며 살짝 놀랐다.

"어디서 들어 봤다는 말이오?"

신기한 듯 호기심 어린 눈으로 궁솔이 곤지에게 물었으나 곤지는 잠시 머리를 이리저리 기우뚱거리더니 손짓을 하였다.

"아닙니다. 생각이 잘 나지 않으니 나중에 생각이 나면 이야기해 주겠습니다."

"칫…."

시원치 않은 답에 사내는 입을 삐쭉이더니 다시 걸음을 옮겼다. 그리고 곤지와 태사평 역시 뒤따라 빠르게 걸음을 다시 재촉하였다.

태사평이 궁금하여 곤지에게 물으니 곤지의 답이 가관이었다.

"태자 저하, 저자의 이름을 어찌 들어 보셨습니까?"

"제가 어찌 저 사람의 이름을 들어 봤겠습니까? 저는 이곳이 처음인데. 하하하. 그냥 좀 쉬려고 말이나 붙여 봤지요. 보세요! 이제 숨이 좀 덜 가쁘지 않습니까?"

태사평과 곤지는 아까만큼 숨을 고르지 않아도 충분하였으니 태사평은 어이가 없으면서도 곤지의 순간적인 대처능력에 감탄하지 않을 수 없었다.

'비상하도다… 비상해!'

"백제에서 건너온 곤지라고 합니다."

"백제요? 먼 길 오시느라 고생이 많았겠습니다. 기토라고 합니다."

허름한 집이라도 외벽이 튼튼해 찬바람이 그리 많이 불지 않았다. 그러나 집 안에는 있어야 할 것들은 하나도 없었다. 그저 작은 상 하나와 위, 송에서 온 것들로 보이는 나무 책 서너 권뿐이었다.

태사평은 황망하게 기토를 보았다가 눈이 마주치자 얼른 눈을 피해 사방을 둘러보았다. 사방이랄 것도 없이 매우 비좁았다.

필시 곤지 역시 당혹스러울 것이라 생각한 태사평은 눈 하나 자세 하나 깜짝하지 않는 곤지의 모습에 혀를 내둘렀다.

"궁솔이 안내해 주었겠군요. 물론 후쿠사이토쿠 어르신께서 이곳을 일러 주셨을 것이라 의심치 않습니다."

"그걸 어떻게 아셨습니까?"

곤지가 묻자 기토는 가볍게 미소를 지었다.

"흠 없는 날에도 저를 찾아오는 것은 두 분밖에 안 계십니다."

곤지는 고개를 끄덕였다. 그러다가 조심스럽게 기토에게 노인에게서 들은 이야기를 물었다. 곤지의 물음에도 기토는 당황하거나 놀라는 기색 없이 한결같은 시선으로 곤지의 눈을 지그시 바라보았다.

"배앓이를 하는 것은 이곳에선 누구나 당연한 것입니다. 그저 수일간 먹지 않고 뜨거운 불을 피워 그 물을 마시는 것뿐, 제게는 딱히 재주가 없어 낫게 하는 약초를 가지고 있지 않습니다. 또한 산에서 내려오는 사람 중 발이 썩어 들어가는 이는 일전에 내가 살던 오이타국의 사람들이 더 많았습니다. 그들 중 산에서 몸이 썩어 오는 이들은 한결같이 모두가 비가 내리는 날이나 물 웅덩이를 밟고 수십 일이 지난 후 생기는 것이었으니 그저 그날은 피하라 일러 두는 것일 뿐입니다."

기토의 음성은 낮고 차분했으며 그 음이 하나같이 높낮이가 없었으니 듣기에 안정되지 않을 수 없었다. 곤지와 태사평은 기토의 말에 알 수 없는 표정을 지었고 그저 서로서로를 바라만 볼 뿐이었다.

"당황스러울지 모르겠지만, 자, 보십시오. 나 역시 그곳이 싫어 오이타국을 떠나왔지만 이제는 돌아가고 싶어도 갈 수 없는 몸입니다."

기토는 상을 치우고 거친 면포로 가리운 자신의 두 다리를 걷어 내어 보았다. 그 모습을 본 곤지와 태사평은 아까 전 보아서 알고는 있었지만 제대로 기토의 다리를 본 후 할 말을 잃었다.

기토의 무릎 아래로는 휑하였으니 붙어 있어야 할 발이 보이지 않았다. 그러나 곤지는 내색하지 않았다.

"어려움이 많으셨겠습니다."

"뭐, 다 똑같지 않겠습니까. 어려움이 없는 사람은 없지요."

기토는 다시 다리를 가렸다.

"후쿠사이토쿠 어르신의 말씀으로는 앞일에 눈이 바르시다고 들었습니다. 저희에게 꼭 도움이 될 것이라 하였는데 선생님께서는 어찌 그리 오이타국으로 돌아가고 싶으신 것입니까? 사실 저희는 오이타국의 횡포를 저지하기 위해 그리고 배를 타고 그곳에서부터 아스카로 들어가려 합니다. 성치 않은 몸으로 이곳까지 오셔서 평안을 찾으신 듯한데 어찌 험한 곳으로 다시 돌아가고 싶으신 것입니까?"

곤지는 기토에게 물었다. 물으면서도 그가 어떤 도움이 될지 의심이 되었다. 특별한 재주로 사람을 낫게 한다는 것도 없거니와 그 외에는 아무것도 알지 못하였으니 후쿠사이토쿠가 무슨 말을 하려는 것이었는지 알 길이 없었다.

어둠이 깔리기 시작하자 늦가을 밤 새의 울음이 희미하게 들리기 시작했다.

6. 백제에서 온 하늘이 은덕을 내리다

백제나 여기나 다를 것은 없었다.

기토는 작은 기침 몇 번을 하고 작게 구멍이 난 지붕 위 하늘을 올려다보았다. 맞춘 것도 아닌데 그 작은 구멍이 크게 반짝이는 별과 딱 맞아 있으니 신기할 따름이다.

"고향은 그런 것이지요. 내가 떠나온 것은 나쁜 고향이 아닙니다. 장군님들이 떠나온 나라는 나쁜 나라입니까?"

"아니지요."

태사평이 발끈한 기색으로 답했다.

"그러나 수많은 전쟁으로 사람들이 죽이고 죽임을 당하고 있지 않습니까? 윗자리는 배고픔의 걱정이 없어도 어찌 모든 국의 사람들이 배고픔이 없다고 할 수 있겠습니까?"

곤지와 태사평은 희한한 기토의 논리에 잠시 말을 잃었다.

"지키는 것이나 빼앗는 것이나 보는 관점에 따라 다를 것이온데, 어찌 한쪽의 면만을 보고 판단을 할 수 있겠습니까? 오이타국인들에겐 오이타가 결코 나쁘지 않을 것입니다. 하지만 이곳 사람들에게는 아주 악랄할 수 있지요. 반대로 이곳 사람들에게 후쿠오카는 아주 악랄하지 않을 수 있어도 위로는 볕 좋은 땅 야마구치를 들락이며 토지를 가로채고 있으며, 저 멀리 아스카로부터 들어오는 공격선들에게서부터 오이타국이 지켜 주고 있는데도 정을 베풀어 식량 하나 나누어 주지 않으니 야마구치와 오이타로선 매정하기 그지없는 나라가 아니겠습니까."

기토는 살짝 미소를 지으며 온화한 표정으로 곤지와 태사평을 둘러보았다.

곤지와 태사평은 잠시 말없이 기토의 이야기를 곱씹다가 커다란 철퇴에

뒷머리를 맞은 듯 순간 어지럼을 느꼈다. 깨우침이 그리 큰 간지런 아픔으로 온몸을 찾아올지 몰랐었다.

기토가 힘겹게 몸을 이끌어 얼마 되지도 않는 방문을 열었다.

황색의 달빛이 샛노래질 준비를 마쳤는지 차츰 문간 앞으로 발을 들이밀었다.

"오이타에 있는 누이를 보고 싶습니다. 그들이 어찌하여 내쳤어도 떨어져 있다 보면 그리운 것이 내 고향이지요. 내쳐진 것이 누군가의 무지인지 무능인지 혹은 욕심인진 알 수 없지만 들어가야지요. 장군님들도 백제에서 이곳까지 온 것에는 이유가 분명 있을 터이고 그 이유는 자신의 나라를 위한 것이 아니겠습니까? 하하하."

기토의 말이 끝나자 적막이 흐를 틈을 주지 않고 부엉이가 깊이 울었다. 여기서 그만하자. 여기서 그만하자. 그런 뜻일지도 몰랐다.

곤지는 잠시의 여유도 부리지 않고 그 자리에서 간절히 애원하고 부탁하였으니 고개 숙여 예를 갖추기가 결코 낮아 보이지 않았다.

"참으로 깊은 말씀이십니다. 현자이신 선생께서 저희와 함께하시길 진심을 담아 애원드리는 바입니다."

곤지가 자신을 낮추며 예를 갖추는 모습에 평온하던 기토 역시 놀랐다.

"저는 그렇지 않습니다…. 이 어찌 장군님들께서 누추한 곳에서 아무것도 아닌 제게 이리 말씀하시는지요. 더군다나 저는 다리가 없어 갈 수가 없습니다."

당황스러워하는 기토가 두 손을 흔들어 만류했지만 곤지는 개념치 않았다.

"다리가 없는 것이 무슨 문제입니까? 머리가 없는 것이 문제이지요. 부디 좋은 뜻으로 같이하시길 부탁드립니다."

기토는 곤지의 눈빛과 말에서 물러서지 않음을 느꼈고 한없이 맑고 빛나는 표정에서 범상치 않음을 느꼈다. 그것은 단 한 번도 느껴 보지 못한 신선한 충격이었다.

'백제 나라의 장수들은 참으로 대단하구나….'

단 하룻밤, 곤지와 태사평은 실례를 무릅쓰고 기토의 집 주변 바람을 피할 수 있는 작은 산굴 안에 자리를 잡고 누웠다. 그날 밤, 곤지의 얼굴은 깜깜한 밤에도 붉게 상기되어 빛났고 태사평은 한동안 말을 걸 수도 없을 만큼 곤지가 무언가 골똘히 생각하는 모습에 신기해했다.

어디서나 등만 대면 눕는 궁솔은 세상 모르고 대자로 뻗어 우렁차게 코를 골기 시작했다.

"어찌 간단 말입니까?"

기토가 당황해하며 몸서리를 치자 궁솔이 대범하게 말하였다.

"그냥 꽉 목만 잡으시라구요! 나무 밑둥 무게도 안 되는 양반이… 참."

궁솔이 기토를 자신의 등에 업은 채 마을로 다시 돌아 걷기 시작하는데 곤지와 태사평은 전날보다 더욱 놀랐으니 여전히 빠른 발걸음을 따라잡기가 힘들었다. 참으로 단단한 장사이자 인간 말과도 같아 보였다.

하루 반나절을 꼬박 걸어 돌아가니 하쿠사이토쿠와 마을 사람들이 곤지와 태사평을 반겼고, 기토를 보았다. 기토가 이리로 나온 것은 우미 하치만에서 처음이었다.

후쿠사이토쿠는 기토를 반갑게 맞이하였고, 곤지 일행의 오이타행에 기토가 분명 큰 도움이 될 거라 그를 좋은 말로 달래었다.

"필시 자네가 돌아가는데 저분들이 큰 힘이 되어 줄 것임을 믿어 의심치 않네. 오이타족들이 모두 자네와 같았으면 두말할 것 없이 서로 큰 의지가 되었을 텐데…."

"아닙니다. 저야말로 꽤 오래 신세를 지었습니다. 어르신이 아니었으면 몸 하나 뉘일 곳도 없이 아무 바닥에서나 객사를 했겠지요. 참으로 감사합니다."

기토는 후쿠사이토쿠에게 정중히 예를 갖추었다.

"그런데 어찌 자네는 단번에 곤지 태자님을 따라 움직이려 하는가? 내 분명 자네를 추천했지만 밖으로 누군가를 따라 나서는 모습은 수십 해 동안 보질 못했는데."

후쿠사이토쿠는 곤지 일행을 맞아 기쁨의 술잔을 기울이며 기토에게 넌지시 물었다. 그러자 기토는 눈썹을 가지런히 하고는 옅은 미소를 띠며 한마디 하였으니 후쿠사이토쿠는 그저 고개를 끄덕였다.

"백제의 장군이 한낱 미천한 자의 말에 귀를 기울이고 그 눈빛이 너무나 밝으며 단번의 고심도 없이 스스로를 낮추어 저를 부르시니 어찌 마음이 동요하지 않을 수 있단 말입니까. 후쿠사이토쿠 어르신께서 큰 귀인을 보내 주시어 저를 이리 마지막까지 도와주시니 몸 둘 바를 모르겠습니다."

그날은 그리 두렵지도 않고 날이 참 좋은 날이었다.

곤지가 떠나는 다음 날, 후쿠사이토쿠는 곤지에게 궁솔을 맡기기로 하였으니 궁솔의 비범함을 알아본 곤지와 태사평은 흔쾌히 기쁜 마음으로 궁솔을 받아들였다.

궁솔의 단도는 곤지의 앞에서만 춤을 출 것이다.

바로 즉시 약속한 대로 곤지는 병사 중 한 명을 백제로 돌려보내기 위해 가라쓰로 향해 소아령의 배를 타게 명했으며 눈을 붙일 시간도 갖지 않은 채, 바로 말을 타고 검을 쥐고는 태사평과 열 명의 병사들 그리고 기토, 마사미하코자와 함께 오이타의 중심부로 내달렸다.

그리고 곤지의 명에 제묘자 병사 하나 역시 잠을 자거나 쉬지 않고 달려 소아령의 배를 타고 가라쓰의 선원의 도움을 받아 백제로 향했다.

곤지 일행은 밤에 달리고 낮에는 속도를 줄여 갔다.

오이타의 경계지역을 넘어서자 조금 험준한 산들과 골짜기 그리고 거센 물줄기의 강들이 나왔다.

낮에 속도를 늦춘 덕분에 간간히 멀리 보이는 오이타 사람들과 작은 마을 마을들이 보여 그 위치를 확인할 수 있었고 밤이되면 그곳을 서둘러 지나쳤다.

죄 없고 평화로운 사람들을 복수심에 해칠 수는 없었다. 하지만 잡혀간 소아령을 찾기 위해서는 도적이든 병사든 누구든 한 번은 마주쳐야 했다. 그래야 행방을 물을 수 있었다.

마침, 수일이 지난 날 밤, 결국엔 도적인지 병사인지 모를 오이타군을 만났다. 그들은 머리가 길게 늘어뜨리고 있었으며 입고 있는 옷도 예사롭지 않았다. 일전에 자신들과 싸웠던 푸른 의복은 아니었으나 거무튀튀한 색에 여기저기 해진 옷차림에도 불구하고 그 모양새를 흐트러짐 없이 잘 갖추었으니 다른 마을인들과는 달라 보였다.

그들은 불을 펴고 작은 토성을 쌓아 위에 걸터 앉아 술을 마시며 한바탕 크게 웃고 있었으며 내려놓은 칼들이 달빛에 반짝였다.

멀리서부터 말에서 내린 곤지와 일행들은 말을 조심히 끌며 자세를 낮춘 채 천천히 한 발, 한 발 토성 쪽으로 다가갔다.

"태사평님, 어느 정도 거리에 들어서면 단숨에 말을 달려 기습을 하는 것이 어떨까요?"

곤지가 가만히 보니 횃불을 듬성듬성 꽂아 놓은 불빛 사이사이로 열 명 남짓의 사내들이 앉아 있거나 서성이고 있었다. 태사평도 그 모습을 보았다. 그러나 태사평은 그 모습에 다른 의견이 있어 보였다.

"저하, 아뢰옵기 송구하오나 차라리 그들이 잠이 들어 움직이지 않거나 감각이 둔해질 동이 막 트기 직전의 푸른 밤이 어떨까 싶습니다. 아무리 낮다고는 하지만 저 성벽 뒤에는 얼마의 놈들이 더 있을지 알 수가 없사옵니다. 저희는 숫자가 부족해 혹여라도 백 명이 있다면 그 타격이 클 것이옵니다."

눈을 번쩍이며 조심스레 앞을 관찰하며 사내들을 지켜보던 태사평의 속삭이는 듯한 말에 곤지는 그 말이 옳다고 생각했다. 태사평이야 전장에서 잔뼈가 굵은 몸이며 수십 곳을 그리고 수많은 일을 경험한 백전노장이었다.

"아! 그것이 좋겠네요."

곤지의 답에 태사평은 고개를 끄덕였고 손을 가만히 들어 아래로 휘저으니 뒤에 따라오던 열 명의 병사들이 움직이던 몸을 멈추고 자리에 엎드렸다.

기토는 유심히 앞을 보고 옆을 쉼없이 둘러 살폈다. 산에서 싸웠다면 승산이 없을 것이었다. 그들은 평지보다 산에 익숙했기 때문이다. 다행스럽게도 들판과 그저 흙으로 뒤덮인 땅이었다. 하지만 한 가지 마음에 걸리는 것이 저들의 뒤에는 산이 몇 겹이나 둘러서고 있었다. 만일 저들이 뒤로

가 위로 오르면 잡기가 어려울 것 같았다. 기토는 걱정이 되었다.

"장군님. 저 뒤의 산이 아무래도 신경이 쓰입니다. 저들이 혹시나 저쪽으로 도망가면 찾기가 어려울 것이며 그들은 다른 녀석들에게 신호를 보내 앞으로 가는 곳곳마다 우리를 쫓아 따라올 것으로 생각됩니다."

기토의 말에 곤지와 태사평이 귀 기울이며 그 의견을 들으니 상당히 그럴듯했다.

"만일 도망가도 놈 중 몇을 잡아서 문책을 해 보면 알지 않을까요?"

곤지는 얇은 풀 때문에 자칫 큰 소리로 기침할 뻔한 것을 참으며 물었다.

"글쎄요…. 만일 안다고 해도 순순히 답을 할 놈들이 아닙니다. 어차피 다들 흩어져 저들끼리 일을 벌이는 놈들이라…. 더군다나 잡은 이들은 아가씨의 행방을 모르고, 도망간 이들 중에 그 행방을 아는 이가 있다면 그것은 더욱 위험을 초래하는 일일 것으로 생각됩니다. 아가씨의 목숨이 더욱 위태로워질 수도 있습니다."

"아… 그러면 어떻게 해야 할까요?"

그때, 마사미하코자가 움켜쥔 칼을 내려놓더니 의미심장한 얼굴로 요청을 했다.

"혹시 제게 장군님의 병사의 살기인 작은 반달도를 주신다면 제가 몰래 뒤를 돌아 산으로 올라가는 길목에 숨어 혹시나 그들이 달아나 올라갈 때를 노려 사로잡겠습니다."

그의 말에 곤지는 놀랐다.

"혼자서 말입니까? 그러다 역으로 당한다면… 안 됩니다. 저희는 마사미하코자 님을 지켜야 합니다. 내 목숨을 걸고 약속하지 않았습니까? 들으셨잖아요!"

하지만 하코자는 단호하고 단호했다. 고개를 젓는 그의 눈에는 알 수 없는 고요함이 깔려 있었다.

"가만히만 있는 목숨은 중요하지 않습니다. 장군님께서 저희 가라쓰에 내어 주신 은덕으로 벌써 다 마쳤습니다. 또한 소아령 아가씨를 찾지 못한다면 저는 태어나 지금까지의 모든 일생의 의미가 사라져 없어짐과 마찬가지입니다. 제가 감히 말씀드리는 방법은 분명 장군님께 도움이 될 것입니다. 그리고 저 또한 장군님께서 제가 위급하다면 반드시 구해 주실 것이라 믿사옵니다."

곤지가 그 말을 듣고 머리가 하얘지고 멍해져 할 말을 잃었다. 그러자 옆에 있던 태사평이 곤지를 대신해 만류했다.

"말도 안 되는 소리를! 몇 명이 있을지도 모르는데…. 혼자 행동을 하다간 위험하오!"

기토 역시 그렇게 말렸겠만 마사미하코자는 그 고집을 꺾을 줄 몰랐다. 어쩌면 그것이 운명이었을지도 모른다.

걱정스러운 얼굴을 한 곤지가 궁솔을 함께 데려가 싸우도록 함이 어떻겠냐고 물었어도 돌아오는 대답은 같았다.

"괜찮습니다. 저는 태어나 자라면서 이제껏 수백 번 저런 산을 오르고 넘나들었습니다. 물론 예전에 장사치로 왔다 갔다 하며 다닌 것이지만 그것은 제게 지금 큰 도움이자 능력이 아닐 수 없습니다. 믿어 주십시오."

마사미하코자는 곤지와 기토 그리고 태사평의 만류에도 불구하고 슬쩍 일어나더니 고개를 숙여 깊이 절을 하며 뭐라 말할 틈도 주지 않은 채 토성을 향해 달렸다. 마침 바람 소리와 밤 부엉이 소리가 크게 들려오니 그의 발소리가 들리지 않았다.

분명 마사미하코자는 곤지 일행이 공격을 한 이후에도 밤새도록 그 산오름 자리를 지킬 것이었다.

곤지와 태사평은 심히 걱정이 되지 않을 수 없었고 무척이나 난감해했다.

상황이 이제는 어쩔 수 없게 되어 버렸다. 태사평이 길게 심호흡을 하며 곤지를 보았다.

"걱정 마시옵소서. 여차하면 제가 혼자서라도 그를 데리고 오겠습니다. 저하는 날이 푸르게 밝기만을 기다리다가 앞에서 공격을 감행하시옵소서."

곤지는 태사평의 말에도 긴장과 걱정을 감출 수 없었지만 이미 엎질러진 물이었다. 곤지의 걱정스러운 표정은 쉽게 풀리지 않았다. 그러자 태사평이 다시 침착히 달래려 하였다. 이미 홀로 나가 버린 하코자를 어찌할 도리가 없다는 것을 태사평이 모를 리가 없었다.

"궁솔 역시 오이타의 험한 산세를 잘 알지 못할 것입니다."

곤지는 난감해했다.

"하지만… 궁솔은 힘이 좋고 발이 빠르니 도움이 되지 않겠습니까?"

둘의 대화를 듣고 있던 기토가 가만히 수염을 쓸다가 낮은 소리로 곤지의 권유를 만류했다.

"산세가 험하고 지리를 알지 못한다면 누구도 쉽게 빠져나오거나 다른 이를 쫓을 수 없을 것입니다. 그것은 무엇보다 제가 잘 알고 있습니다. 궁솔은 저희와 함께 그들에게 겁을 주는 것만으로도 상당한 효과가 있을 것으로 생각이 되옵니다. 그러니 서로를 챙기느라 아등바등하는 것보다는 마사미하코자가 그 길목을 홀로 지키는 것이 나을 듯싶습니다."

기토의 말이 얼토당토 않게 들린 곤지는 얼음과도 같은 기토의 모습에 자신이 사람을 잘못 보았나 생각하였다.

"혹시 잘못된다면 혼자 어찌하란 말입니까? 만일 둘이라도 시간을 끌면 혹여 뒤따라 지원할 태사평님을 만나기가 더 쉽지 않겠습니까?"

당연히 걱정이 아니 될 수 없다는 것을 기토가 모를 리 없었다. 단 하나의 사람도 아끼려는 곤지의 마음이 존경스러웠지만 기토는 오이타군들의 성질을 알기에 달리 말을 할 방도가 없었다.

낮고 작은 음성은 밤의 풀숲에선 매우 적절하고 알맞았다. 풀벌레 소리는 가셨지만 차갑고 날카로운 바람에 흔들리는 수풀 소리는 그보다 더 짙고 강렬했으니 기토가 조심스럽게 곤지에게 말하였다.

"저희가 오이타군을 쫓아 그 본진으로 들어가는 것을 그들이 눈치챘다면 필시 그들은 분명 산을 끼고 돌아 저희의 뒤를 칠 것입니다. 저희의 바로 뒤는 후쿠오카이니, 저희가 단번에 제압하지 않으면 그들은 저희뿐 아니라 덴만궁까지 가차 없이 복수를 하러 들어갈 것입니다. 지금 곤지 님 군사의 수가 적으니 궁술이 차라리 뒤로 돌아 그들이 들어올 덴만의 입구 쪽으로 가는 것이 어떻겠습니까? 혹시 모를 급습에 대한 지원은 병사 하나를 지금 바로 후쿠사이토쿠 어르신께 달려가도록 하여 후쿠오카군을 준비하라고 알리는 것이 나을 듯싶습니다."

하지만 곤지는 잠깐일지라도 뒤쪽으로 오는 오이타군을 어찌 궁술 한 명으로 막게 할 수 있을지 의문이었다. 더군다나 병사 하나를 바로 후쿠사이토쿠에게 달리게 한다고 하여도 그 시간을 알 수 없을 것이었다. 늦는다면 영락없이 후쿠오카도 위험하다.

한참을 고민하던 곤지가 손뼉을 가볍게 쳤다.

"병사 하나를 보내는 것은 문제가 아니나 제시간에 알릴 수 있을지 의문입니다. 나에게 좋은 방법이 있으니 그 편으로 후쿠사이토쿠 어르신께 알리도록 하고 제묘자 병사 하나를 궁솔과 함께 보내 산을 낀 뒤쪽 길목에 지키게 하여 시간을 벌도록 하는 것이 어떻겠습니까? 잠시나마 시간을 벌면 후쿠오카에서 들어오지 않겠습니까?"

"어떻게 하실 생각이십니까?"

기토가 의아해 물었다.

"날이 푸르게 밝기 시작하면 곧 알게 될 것입니다."

곤지는 의미심장한 표정을 지어 보였고 태사평과 이야기를 나누었으니 태사평은 대번에 곤지의 말을 알아듣고 고개를 숙였다. 담담한 태사평의 모습에, 기토는 그가 방금 전과 같은 곤지와의 대화에 익숙하다는 느낌을 받았다.

곤지는 기토의 말을 따르기로 하고 궁솔과 제묘자 병사 한 명을 기토가 말한 뒷산 쪽으로 빠져 후쿠오카로 달리도록 하였다. 궁솔의 빠르기는 보통이 아니었기에 참으로 잘되었다 싶었다.

다만, 이제 마사미하코자가 걱정될 뿐이었다. 그리고 단번에 제압을 할 수 있을지가 관건이었다.

일마나 시간이 지났을까, 갑자기 밀리 토성 위에서 술에 취한 긴 머리의 사내들이 헐벗은 채로 무릎 꿇은 한 사내를 수차례 매질하는 모습이 보였다.

멀리서 보아도 제법 체격이 있던 헐벗은 사내는 그 키가 긴머리의 사내들 무리보다 더 커 보였다. 그리하여 무릎을 꿇어도 머리가 그들의 가슴까지 올라왔다.

손발이 묶인 것도 아닌데 도망치지도 못하고 매질을 당하는 남자를 보며 곤지는 이상하다고 생각했다. 뒤를 돌아보니, 태사평은 한참을 엎드린 채 마른 땅을 보며 열 명의 제묘자 병사들에게 공격에 대해 열심히 설명하고 있었다.

헐벗은 사내에 대한 매질은 멈출 줄 몰랐고 시간이 점점 더 흐르자 남자는 앞으로 고꾸라졌다. 곤지는 이를 기이하게 생각했다.

숨어든 풀숲에 이슬이 맺히기 시작하니 깜깜했던 하늘의 길이 열리고 만반의 준비를 갖춘 병사들이 태사평의 신호에 하나둘씩 말 위로 가만히 올라탔다. 그들을 등에 태운 말들은 배가 불렀는지 소리를 내지 않았다.

한참을 숨죽이며 자리를 지키고 있던 곤지 일행의 머리 위로 순식간에 푸르스름한 색이 떠오르기 시작했다. 아직 쨍쨍한 빛이 나오지 않았지만 곤지에게는 지금이 기회였다.

태사평을 본 곤지가 고개를 끄덕이자 태사평이 품 속에서 언제 잡아 잘라 놓았는지 모를, 토끼 살점이 붙어 있는 가죽고기 한 점을 곤지에게 주었다. 그러자 곤지가 자신의 왼쪽 소매를 걷어 벌겋게 굳어진 팔뚝 위에 붙여 얹었다.

바람이 몇 번 좌우로 불 동안 가만히 기다리던 곤지가 마침내 작은 새의 소리가 들리는 그때, 길게 휘파람을 불었다.

어디선가 매 한 마리가 단발의 소리도 없이 빠르게 하강하더니 곤지의 팔에 앉아 토끼 가죽을 물었다. 그러자 곤지가 자신의 소매 끝을 잘라 작은 나무쪽을 매의 다리에 단단히 동여매었다. 그리곤 매의 입에서 거의 반쯤 뜯긴 토끼의 가죽고기를 얼른 잡아 빼 자른 다음 바닥에 던져 밟았다.

그것이 신호였다.

매는 잠시 고개를 좌우로 돌리며 한참을 두리번거리더니 곤지가 팔을 위로 들어 올리자 순식간에 북쪽으로 날아가 버렸다. 곤지 일행이 들어온 방향 쪽으로 다시 재빠르게 날아간 것이다.

기토는 어리둥절했다.

"무엇입니까?"

곤지는 기토를 보며 미소지었다.

"화살보다 빠르고 지치지 않으니 곧 도착하겠지요."

매 전갈. 생전 듣도 보도 못한 것이었다.

기토는 눈이 휘둥그래졌다.

"아… 내가 아는 것이 결코 많다고 할 수 없구나. 백제는 과연 무엇을 가진 것인가…."

기토의 중얼거림은 전혀 들리지 않았다. 곤지 일행은 매가 날고 나서 바로 뛰었으니 말이다.

토성 위의 사내들이 하나둘씩 지치거나 잠이 들었는지 움직임이 보이지 않고 횃불이 전부 타 재로 바뀌기 시작했다. 곤지가 태사평과 눈을 맞추자 태시평이 얼른 말 위로 훌쩍 올라 말의 배를 힘껏 찼다. 대사평과 병사들은 소리 없이 말을 재촉했고 순식간에 토성 위의 적들에게 달려들었다.

그제서야 소리를 내지른 태사평이 병사들과 이리저리 흩어져 사내들을 베고 공격을 하니 그들은 비명 소리 한 번 지르지 못하고 죽어 나갔다. 동시에 곤지가 힘차게 말을 달려 헐벗고 쓰러진 사내에게로 달려갔다.

"놈들의 수가 많지 않으니 모조리 사로잡아라!"

태사평이 엉성하기 짝이 없는 토성 안을 내려다보고는 자신만만한 표정으로 명령을 내렸고 제묘자 열 명은 이리저리 흩어져 사내들의 몸에 상처를 내 움직이지 못하게 하였다.

사로잡은 이들이 서른이며 벤 이들이 열다섯이었다. 와중에 도망간 이들이 열 명은 되었으니 합이 오십이 조금 넘었다.

"태사평 장군님! 어서 마사미하코자에게!"

태사평은 얼른 혼자 말을 달려 산길로 도망가는 놈들을 쫓았다.

허술한 토성은 그저 흔적만 간신히 있었다. 곤지는 잡힌 사내들을 뒤로 하고 쓰러진 사내를 부축하여 흔들어 깨웠다. 정신을 차리지 못하는 남자의 얼굴이 막 빠르게 떠오르는 해의 빛을 받아 정확히 보였다.

곤지는 사내의 헝클어진 머리카락을 걷어 내고 그를 보았고, 깜짝 놀랐다.

몸과 마음 그리고 생각은 요동치며 살아 있는데 육신이 널브러져 있었다. 곤지는 상처투성이의 자신을 자신의 눈으로 보고 있었다.

'엇… 누구? 내가… 내가 죽어 있는 건가?'

곤지는 사내를 보다가 사내를 받치고 있는 자신의 손과 발 그리고 몸을 훑었다. 이상한 일이었다. 자신의 육체는 움직이고 있는데 쓰러져 힘이 처져 늘어져 있는 자신은 누구란 말인가….

한참 만에야 곤지는 뒤에서 부르는 병사의 소리를 듣고 정신을 차렸고 자신이 부축하고 있는 사내가 자신과 꼭 닮은 사내라는 것을 알아차렸다.

무척이나 기묘하고 소름돋는 일이 아닐 수 없었다.

그 시각, 도망친 적들을 뒤쫓던 태사평은 저만치 앞에서 도망가려 발버둥치는 사내의 다리를 붙잡고 있던 마사미하코자를 보았다.

얼른 말을 재촉해 달려 간 태사평은 검을 아래로 세게 던져 찍으며 남자의 다리를 잘랐다.

"하코자!"

태사평의 외침에 피를 흘리며 가슴을 부여잡던 마사미하코자가 기침을 하였고 붉디붉은 혈을 토해 냈다. 달아나는 적을 한 놈이라도 놓치지 않으려 벤 놈이 셋이요, 다리를 잡고 못 가게 막은 자가 하나였다. 태사평은 피를 흘리면서도 끝까지 적의 다리를 잡고 놓치 않았던 마사미하코자를 부축했다.

"정신 차리게! 정신! 이봐!"

쓰러진 채 태사평의 얼굴을 올려다본 마사미하코자는 그제야 환히 웃음을 지어 보였다. 태사평이 그의 눈동자에 들어오니 안심이 되었던 모양이었다. 하지만 그의 코에서는 나가는 숨이 멈추었고 웃음을 짓던 입은 떨림이 멈추고 움직이질 않았다. 그는 딱 한 번의 기침 소리를 마지막으로 강물 흐르듯 흘러내리는 피를 멈추지 못하고 굳어 버렸다.

"이봐! 정신… 정신 차리라고!"

태사평은 그의 몸을 흔들며 가슴에서 뿜어져 나오는 피를 양손으로 틀어 막았다.

그의 눈은 감기지 못했고, 태사평은 그의 숨을 확인했다. 그리고는 절망스러운 듯 무릎을 꿇은 채 고개를 푹 숙였다.

그는 더 이상 이 세상 사람이 아니었다.

곤지가 눈물을 흘리며 직접 마사미하코자의 눈을 쓸어 감겼다.

태사평과 기토를 비롯한 제묘자 병사들은 아무 말도 하지 않고 비통한 표정으로 그를 향해 묵묵히 고개를 숙였다.

곤지와 병사들은 볕이 잘 드는 언덕 위 들판에 마사미하코자를 묻고 짧은 제를 지냈다. 약속을 어기게 된 것도 미안하지만 자신 때문에 그가 죽게 되었다는 것에 고통을 받은 곤지는 그의 작은 흙무덤 옆에 털썩 주저앉았다. 곤지는 칼을 내려놓고 그의 머리띠를 풀었다.

눈물을 제대로 닦지도 못하고 빽빽한 나무가 솟아오른 해에 빨갛게 익어 가는 모습만 넋을 놓고 바라보았다. 곤지는 그렇게 말없이 한참을 앉아 있었다.

전투 경험이 적지 않았지만 이렇게 총 지휘관으로서 가까이에 있던 아랫사람을 잃어 본 적이 없었는데, 벌써 왜로 건너와 두 번째였다.

곤지가 비통하고 슬픈 표정을 짓고 있자 태사평이 가만히 곁으로 다가왔다.

"슬픔을 너무 오래 기억하고 있는 것도 좋지 않습니다. 저하의 마음을 헤아릴 수는 없지만… 이것이 현실이니 수많은 난리통에 하늘의 운명을 어찌할 수 있겠습니까…."

태사평의 위로 아닌 위로에 곤지는 그저 아무것도 모르고 삐죽히 튀어나온 잡초를 뽑아서 손바닥에 가만히 올려놓았다.

"힘드신 것 압니다. 저 또한 당연히 알고 있습니다. 이 모든 것을 바꾸고 싶으시다면 저하께서 힘을 차리고 일어나셔서 다시는 그런 일이 일어나지 못하게 만드셔야 합니다. 지켜야 할 것이 있다고 말씀하지 않으셨습니까. 두 명이나 목숨을 잃은 것은 안타깝지만 가라쓰의 수십을 살리셨으며 아직 살리셔야 할 사람이 더 있지 않습니까. 백제의 백성들을 지켜 내셔야지요."

조심스럽고 차분한 목소리로 태사평이 말했지만 곤지는 그저 앞산과 들판만 보고 있었다. 점점 노을이 지기 시작하니 하얗던 빛이 불그스름해졌다. 뿜어나오던 빛이 차가운 어둠에 조금씩 가리워지기 시작해 그 아지랑이가 내려가는 해를 어지럽히고 있었다. 해가 흔들리는 건지, 눈이 흔들리는 건지 구분이 가지 않을 정도였다.

"아직… 해야 할 것이 많이 남았지요?"

한참을 말이 없던 곤지가 태사평에게 물었다.

"예, 태자 저하. 할 일이 태산과도 같습니다."

"그 태산 같은 일을 하지 않으면 안 되는 것일까요…. 나는 잘 모르겠습니다. 내가 어떤 길을 가고 있는지…."

하루 종일 떨어진 열매 하나도 먹지 않았던 곤지였다. 갈증이 심할 법도 한데 물 한 모금도 마시지 않았다. 갈라진 목소리에 힘마저 없으니 태사평이 보기에도 안쓰러웠다.

태사평이 곤지의 허락 없이 곤지의 곁에 털썩 앉았다.

"제가 명 없이 이렇게 행동하는 것은 마지막이 될 것이옵니다."

"괜찮습니다. 어릴 적 제 어르신이었던 분인데요…."

잠시 말이 없던 태사평이 어렵게 입을 뗐다.

"바람이 언덕 아래로 부니 피냄새가 나지 않지 않습니까? 위로 바람이 분다면 짙은 피냄새가 날 것입니다. 바람을 위에서 아래로 부셔야지, 아래에서 위로 부시면 안 됩니다."

곤지는 무슨 소린지 알지 못했다. 태사평이 한 말의 의미를….

그것을 깨닫는 데는 꽤 시간이 걸렸다.

곤지를 닮은 사내는 태사평과 곤지의 보살핌에 겨우 정신을 차렸고 냇가에서 잡은 생선으로 만든 죽을 먹고 몸을 회복했다.

태사평도 가끔씩 그의 얼굴을 볼 때마다 깜짝깜짝 놀라곤 하였다. 비단 얼굴뿐만 아니라 그 체형도 곤지와 비슷했으니 기분이 묘했다. 곤지가 사내에게 물었다.

"당신은 무슨 일로 이곳에서 이리 심한 매질과 고문을 받고 있었습니까?"

사내는 자신을 구해 준 것이 곤지 일행임을 알았지만 그들이 누구인지 아직 알지 못했다.

"저를 구해 주신 것에 감사드립니다만 어디서 오신 누구신지…. 혹여 나를 데리러 오이타성에서 오신 것입니까? 저는… 저는 도망치려고 한 것이 아닙니다. 그저… 그저 평범하게 살고 싶었던 것뿐입니다."

사내의 말에 곤지는 어리둥절했다. 평범하게 살고 싶다는 말은 무엇이고 오이타성에서 왔다는 것은 또 무슨 말인가.

"평범하게 살고 싶어서? 오이타성에서 왔다구요?"

"예… 그런 것이 아닙니까? 저는 절대 다시 돌아가고 싶지 않습니다."

몸이 많이 상해 고통을 참고 있을 터인데, 사내는 믿기지 않을 정도로 거침없고 당당했다. 매질을 당해 기절하면서까지 굳세게 자신의 고집을 꺾지 않았음을 짐작케 하는 목소리였다. 곤지는 그를 보며 물었다.

"우리는 오이타에서 온 사람들이 아닙니다. 백제에서 온 사람들입니다. 너무 걱정하지 마십시오. 그나저나 내 얼굴이 보입니까?"

"그게 무슨 말입니까? 얼굴이 보이다니요?"

사내는 곤지의 말에 곤지의 얼굴을 빤히 쳐다보다가 흠칫 놀라 굳어 버렸다. 신의 장난인 듯 자신과 꼭 닮아 있는 곤지의 얼굴에서 시선을 거둘 수 없었다.

"처음엔 당신이 나인 줄 알았습니다."

죽음의 문턱을 넘을 뻔한 남자는 삶의 문턱에서 자신과 닮은 곤지를 보며 할 말을 잃었다.

"이름이 무엇입니까?"

"금… 금여수입니다."

사내가 무언가에 홀리듯 답했다. 곤지는 자신의 품속에서 반으로 쪼개어진 금장식을 꺼내 보였다. 눈이 부실 정도로 환히 빛나는 그것을 남자의 얼굴에 들이밀었다.

"비치는 당신의 얼굴을 보세요."

사내는 곤지가 들이민 금장식에 자신의 얼굴을 비추어 보았다. 그리고 다시 곤지의 얼굴을 바라보았다.

"내가 누워 있는 줄 알았습니다."

곤지의 미소에 사내는 그저 입만 벌리고 아무 말도 하지 못했다.

그리 길지 않은 꾸짖음에 긴 머리의 오이타 사내들은 곧바로 태사평에게 아는 바를 고했다.

"그 파란 옷의 녀석들은 아오치라고 멀지 않은 저 앞산 너머 근방에 있습니다. 제발 목숨만은 살려 주십시오. 그렇다면 그리로 길을 안내하겠습니다."

놈들이 서로 다투어 고자질하니 신의는 애초부터 가지고 있지 않았다.

태사평이 곤지에게 말해 길잡이 포로 한 명만 대동한 채 날이 밝는 대로 길을 나서기로 했다.

태사평은 그동안의 전투에 지친 병사들을 쉬게 하고 곤지에게 눈을 붙이게 하였다. 그러나 곤지가 그것을 사양하고 도리어 태사평에게 눈을 붙일 것을 명하니 거절할 수 없어 태사평은 그렇게 하였다.

점점 추워지는 날씨에 어둠은 그 매서움을 더했으니 모든 이들이 웅크려 토성의 안쪽에서 겨우 바람을 막고 잠이 들었다.

홀로 토성 위에서 뜬눈으로 밤을 지새우리라 다짐했던 곤지였지만 그 역시 쏟아져 내리는 눈꺼풀에 저도 모르게 무릎을 굽힌 채로 고개를 파묻고 깜박 잠이 들어 버렸다.

꽁꽁 묶여 있던 이십여 명의 오이타 부족들은 추위와 허기에 못 이겨 거의 탈진 상태가 되었다. 그러나 그 상황이 오히려 그들에겐 절호의 기회가 되었으니, 한두 명씩 가만히 눈을 뜨고 일어나 서로를 깨웠다.

그들은 몰래 눈짓을 주고받으며 힘겹게 묶인 줄을 풀었으니 순식간에 이십여 명이 일어나 빠져나갈 모양새를 갖추었다.

바스락거리는 소리에 눈을 뜬 금여수가 그 모습을 보았고 당황하여 옆에서 자고 있던 제묘자 병사들을 깨우려는 찰나, 그중 몇이 잽싸게 금여수의 입을 틀어막고 사정없이 그의 얼굴을 때려 기절시켰다.

찢어지게 날카로운 까마귀의 울음소리에 곤지는 화들짝 놀라 눈을 번쩍 떴다. 자신이 깜빡 졸았다는 것을 알고는 가슴이 철렁 내려앉았고 얼른 자리에서 일어나 토성 안을 보니 묶여 있어야 할 오이타족 스물 전체가 사라져 버렸다.

곤지는 당혹스러웠고 얼른 태사평과 병사들을 깨웠다. 불행중 다행이라면 그들의 무기를 전부 빼앗아 멀리 버렸으니 간밤에 소리 없이 죽지 않고 살아난 것이었다.

태사평이 눈을 뜨며 놀랐고 곤지는 망연자실한 표정을 지었다.

"장군님! 이를 어쩌면 좋습니까? 제가… 제가 깜빡 잠이 들었나 봅니다."

태사평은 당황한 곤지를 안심시켰다.

"괜찮습니다. 그래도 태자님과 저 그리고 우리 군 아무도 다치지 않았으니 괜찮습니다."

"그… 그래도…."

모두가 벌떡 일어섰고 그 수를 헤아려 보니 열 명의 병사들은 전부 있었다. 그러나 곤지는 문득 금여수가 사라진 것을 깨달았다.

"아니! 금여수가 사라졌습니다. 그놈들이 데리고 간 것 같습니다. 이를 어쩌면 좋습니까?"

차가운 바람에도 식은땀을 흘리는 곤지를 본 태사평이 눈을 돌려 한쪽 편을 쳐다보았다. 다행히도 말들은 그대로 묶여 있었다.

그들은 말을 탈 줄 몰랐다. 어떻게 올라가야 할지 시도조차 하지 못한 것이었다.

태사평이 곤지에게 아뢰었다.

"길잡이마저 사라져 그들을 찾을 길은 없지만 분명 지난밤 그들이 저 앞 산 너머에 푸른 옷의 아오치라는 놈들이 있다고 했으니 그쪽으로 가 보는 것이 어떨까 싶습니다."

곤지가 넋이 나간 채로 태사평의 말에 고개를 끄덕였다.

"멀리 가지 못했을 것이니 바로 뒤쫓겠습니다."

급히 말을 마친 태사평이 병사들과 말을 타고 달렸고 곤지도 서둘러 그들의 뒤를 쫓았다.

그나마 숲길이 많지 않아 시야가 틔여 곧장 어느 쪽이 산의 건너편인지 방향을 잡을 수 있었다.

한참을 달리고 달렸지만, 그들이 도무지 어디로 갔는지 그 흔적도 보이질 않았다. 그러자 곤지는 태사평에게 자신의 의견을 제시했다.

"이렇게는 계속 찾지 못하고 맴돌 것 같습니다. 그러지 말고 흩어져 찾는 것이 어떨까 싶습니다."

"그럼, 저와 태자님이 같이 가고 여섯의 병사들은 다른 쪽으로 보내도록 하겠습니다."

태사평이 곤지의 명에 따라 막 병사들에게 명령을 하려던 순간, 곤지는 그것을 말렸다.

"그러지 말고 세 사람씩 네 무리로 나뉘어서 동서남북으로 갈라져 가는 것이 어떻겠습니까?"

사람을 더 쪼개어 나눈다면 위험할 수도 있었지만 그 말도 일리가 있었다. 제묘자 병사 두 명이라도 곤지를 호위할 수 있다고 생각한 태사평은 그렇게 따랐다. 그렇게 곤지 일행은 네 방향으로 나뉘어져서 사방을 둘러살폈다.

동쪽으로 달리던 곤지와 두 병사들은 이리저리 길을 헤집고 다니다가 으슥한 숲길을 만나게 되었다. 그 숲길은 나무가 기울어져 있었고 수풀과 나뭇잎들이 폭우를 맞은 것처럼 우수수 내려앉아 잘 보이지 않았으니 마치 동굴 앞에 서 있는 것 같았다.

하지만 곤지는 앞뒤를 잴 것이 없었다. 그대로 말을 달려 숲속으로 들어가려고 했다. 그러자 병사들이 재빨리 말렸다.

"태자 저하! 감히 목숨 바쳐 아뢰옵건대, 절대로 먼저 들어가지 마시옵소서. 이런 기운의 숲은 저희도 잘 알지 못하는 길이오니 저희가 먼저 들어가겠사옵니다."

병사들이 예를 갖추며 간곡히 말했다. 하지만 곤지는 그들의 요청을 거부했다.

"모든 것이 나 때문에 일어난 일입니다. 또한 혹시라도 다친다면 내가 먼저 다쳐야 이치에 맞을 것입니다."

곤지는 단호하게 말을 마치고는 부리나케 말을 달려 어둠의 숲속으로 들어갔다. 그러자 병사들은 당황스러워 얼른 곤지를 뒤따랐다. 곤지를 지켜야 함이 마땅했고 그것은 백제의 뜻이자 어라하의 명이었다.

곤지는 단 한 번도 자신들에게, 아니 모든 이에게 함부로 말하는 법이 없었으며 매사에 주변 사람들을 높여 불렀으니 모든 이들이 목숨을 걸고 따를 수밖에 없었다.

한참 숲길을 헤매던 중 곤지는 뒤따라오는 병사들의 말발굽 소리가 어느 순간 들리지 않는 것을 알게 되었다. 그것은 두 병사들도 마찬가지였다. 그들은 갑자기 사라진 곤지를 찾으려 이곳저곳을 헤집고 뒤지기 시작했다. 하지만 그 어둠의 숲은 음침했고 그리 쉽게 길을 내어 주지 않았다.

병사들은 크게 소리를 내어 곤지를 부를 수도 없었다. 만약 위치가 알려진다면 혹시 모를 급습에 당할 수도 있었기 때문이다.

두 병사들은 어느새 울상이 되었다. 눈에 불이 켜진다는 것이 이때를 두고 하는 말인 것을 실감했다.

어느새 다시 어둠이 깔리고 혼란스러운 숲길은 그 어둠을 더 빨리 흡수했다. 이제는 한 치 앞도 보이지 않을 지경에 이르렀다.

마찬가지로 어둠 속에서 혼자가 된 곤지는 길게 아래로 뻗은 나뭇가지에 말이 쉽게 앞으로 나아가지 못하자 이내 말을 더 움직이는 것을 포기하고 말에서 내렸다.

정말 달빛 하나도 들어오지 않는 오지였다.

칼을 꺼내어 들면 그나마 그 빛이 가장 강했다. 그래도 그걸론 어림도 없었다.

곤지는 말을 세워 둔 채 한참을 손을 짚어 가며 주변을 두리번거리면서 앞으로 향했다. 잘 보이진 않지만 오르는 길도 있었고 급격히 떨어지는 길도 있었으며 돌뿌리에 걸려 하마터면 앞으로 구를 뻔하기도 하였다.

그렇게 얼마나 헤맸을까, 차오르는 숨을 고르려고 약간은 평평한 곳으로 자리를 옮기려던 중 작게 튀어나온 나무 뿌리에 발이 걸려 앞으로 고꾸라졌다.

"읍…!"

순간적으로 터져나올 것 같은 아픔의 비명을 간신히 지르지 않고 참아 낸 곤지는 엎어진 채로 한동안 다리를 움켜쥐며 일어나지 못했다.

창으로 찌르는 듯한 무릎의 통증을 참아 내며 인상을 쓰고 있을 때, 바로 밑에서 환한 불빛이 보였다. 그 불빛은 아주 작았지만 주위가 너무 어두웠기에 쉽게 그 주변이 보였다.

무릎의 통증을 참아 가며 곤지는 엎드린 채로 온 신경을 집중하여 그 불빛을 보았다. 그런데 놀랍게도 횃불 사이로 낯익은 얼굴이 보였다.

헐벗은 금여수가 절뚝이며 걷고 있었고 앞뒤로는 도망쳤던 그 긴 머리의 부족놈들이 주위를 두리번거리며 경계하고 있었다.

곤지는 그 모습에 화가 치밀었고 당장이라도 홀로 뛰어 들어가고 싶었으나, 아래로 내려갈 방법이 떠오르지 않았다.

곤지의 눈동자가 그들이 걷는 방향을 따라 움직였다. 거리가 더 멀어지면 놓치기 십상이었다.

다행히 그들의 속도가 그리 빠르지 않아 곤지는 손발로 주변을 더듬으며 그들을 따라 기어갔다. 무릎의 통증이 여전했지만 어느 정도 속도를 맞출 수 있었다.

얼마나 걸었을까, 그들이 잠시 멈춰 섰고 움직임 없이 작은 불만 그대로 고정되어 타오르고 있었다. 곤지는 똑같이 가만히 숨죽여 그 모습을 보고 있었다.

부엉이 우는 소리가 기분 나쁘게 울려 퍼졌다. 네 번째 부엉이가 우는 소리가 난 후, 작게 코를 고는 소리가 곤지의 귓가에 울렸다. 그들이 잠시 쉬다가 잠이 든 것처럼 보였고, 그 콧소리가 작게나마 들리는 것에 곤지는 자신이 생각보다 그들과 가깝게 있다는 것을 알아챘다.

곤지는 이때를 틈타 놈들을 베어 버리기 위해 소리 없이 검을 빼려던 찰나, 문득 자신이 더듬은 허리춤에 아무것도 없다는 것을 깨달았다.

하지만 이 기회를 놓칠 순 없었다. 저놈들 중 한 놈이라도 잡아야 하겠고 또 금여수를 구하고 싶었다.

곰곰히 생각하던 곤지는 조심스럽게 일어나 다섯 번째 부엉이 소리가 울리기를 기다렸다가 밑으로 내려가기로 했다. 우선 금여수를 먼저 탈출시켜 자신을 쫓아올 거라 믿고 있는 병사들에게 보내 위치를 알릴 작정이었다.

그렇게 곤지가 생각한 지 한참 만에야 다섯 번째 부엉이 소리가 울렸다.

곤지는 길인지 아닌지도 모르는 내리막 쪽으로 손발을 지렛대 삼아 미끄러지듯 한 번에 쭉 내려갔다. 그때, 정말로 우연인지 까마귀들이 큰 소리를 내며 푸드득 날아올랐다. 새소리에 깨는 놈들은 없었다.

쓰러진 금여수를 바로 코앞에서 자빠진 채로 본 곤지. 그리고 그런 곤지를 풀린 눈으로 바라보던 금여수. 둘은 그렇게 서로의 얼굴을 마주했다.

장발의 머리를 풀어헤치고 곯아떨어진 놈들은 마치 기절한 듯 보였다. 그 틈을 타, 곤지는 금여수의 손에 묶인 질긴 나무줄기를 가까스로 풀었다.

"자… 장군님!"

"쉿! 저들이 언제 깰지 모르니 조용히 하세요."

금여수는 풀어진 줄기에서 힘겹게 몸을 꺼내어 곤지를 마주했다. 그가 간신히 일어서는 것을 본 곤지는 여전히 상처투성이의 금여수의 몸을 보았다.

"몸은 괜찮습니까? 상처가 너무 많은데 움직일 수 있겠습니까?"

곤지가 걱정스러운 얼굴로 물었다. 차가운 안개와 음기가 가득한 풀숲의 짙은 기에 온몸이 욱씬거리며 추위에 눌리던 금여수가 곤지를 보고 울상을 지었다.

"걸을 수는 있지만… 몸이 성치 않아 움직이기 불편합니다. 그런데 이곳은 어떻게 알고 찾아오셨습니까?"

"나도 모르게 이리로 떨어져 발길을 옮기다 보니 정말 하늘이 도왔는지 금여수 님이 보였습니다. 정말 다행입니다. 자! 대화가 길어지면 저들이 눈치를 챌지도 모르니…"

시간이 조금 더 지체되면 아침 이슬이 부슬비같이 떨어져 맺힐 것이었다. 그러면 저들은 곧 깨어날 것이었다.

햇불이 그 빛을 서서히 잃어 가며 그저 실조각 같은 벌건 색만 드러내기 시작했다.

"자! 이렇게 합시다. 내가 대신 이곳에 있을 테니 금여수가 다른 곳으로

가 제 사람들에게 위치를 알려 주는 것이 어떻겠습니까? 상처 입은 몸으로 계속 가다가는 위험할 수 있습니다. 이들이 가려는 길은 알고 있습니까?"

"예, 알고 있습니다. 그런데 왜 저를 이리 도와주시는 것인지…."

"그렇게 죽도록 당하고 있는 것은 무슨 연유인지 알 수는 없지만 그냥 모른 척 보고만 있을 수는 없습니다. 그리고 금여수는 그들과 함께 있었으니 분명 이놈들과 관련이 있겠지요? 그렇다면 그들의 본거지를 알지도 모르지 않습니까?"

"본거지?"

금여수는 상처 부위에 밤이슬이 스며들자 고통이 심했는지 팔과 가슴을 부여잡고 비틀거렸다. 그 모습을 본 곤지가 의미심장한 눈으로 한 가지를 더 물었다.

"저들에게 피해를 입은 사람들이 너무나 많습니다. 저는 그들을 도와야 할 이유가 있습니다. 하나만 물어보고 싶습니다."

"무엇을 말입니까?"

금여수가 물었다.

"당신은 왜 그리 모진 고초를 당하면서 그들에게 잡혀 있었습니까? 내 그들에게 당한 사람들을 지켜 내고 싶습니다만 그저 동정으로만 그 사실을 정당화하고 싶지는 않습니다."

곤지의 눈을 바라본 금여수는 그의 눈에서 단호한 선량함과 강인한 의를 느꼈다. 금여수는 말라 버려 타는 듯한 목을 손으로 눌러 아픈 침을 삼키며 말했다.

"저는 출신이 고구려입니다. 저의 아비는 누구인지 얼굴을 보지 못했지만 왜의 어머니 밑에서 자랐습니다. 출신이 그러하니 사람 취급을 받지 못하였습니다. 어쩔 수 없이 먹고살기 위해 그들의 짐꾼이나 일꾼으로 여러 가지 일을 해 오던 중 본의 아니게 미움을 사게 되었습니다."

"본의 아닌 미움?"

"예, 수 달 전에 공격을 감행한 고구려군들이 오이타족들을 쉽게 치지 못하고 패하였으나 곳곳에 큰 피해를 입혔습니다. 그때, 저들이 저 같은 출신들을 모조리 잡아 심한 노동을 시키고 매질을 했습니다. 그 고통에 이기지 못하고 다른 일꾼들을 모아 저들을 때려 눕히다가 저만 살아남고 모두가 죽임을 당했습니다. 저들이 저를 잡아 이리저리 끌고 자신들의 수발을 들게 했으나 제가 그것은 스스로가 납득할 수 없어 거부하다가 이런 일을 당하게 된 것입니다."

"같이 있던 일꾼들은 모두가 고구려 출신입니까?"

"아닙니다. 신라와 가야 사람도 있었습니다. 그리고 무엇보다 백제의 사람들도 적잖이 있었습니다. 그런데 장군님께서는 어디서 오셨는지요…."

곤지는 금여수의 놀라운 말에 할 말을 잃었고 깊은 생각에 사로잡혔다. 이들은 자신과 다르다는 이유만으로 가차없이 험한 횡포를 부리고 있었던 것이다. 물론 고구려와 신라는 곤지에게 그리 중요하지 않을 수 있다. 하지만 그는 죄 없는 모든 이들이 의미 없이 다치는 것을 볼 수 없었다. 백제와 맞붙어 싸우려는 자들이 아니고 전혀 관계없이 어쩔 수 없이 한데 모여 목숨을 연명하려던 이방인들인 것이다.

"아비는 보지 못했지만 어머니께 들은 이야기로는 작은 군사를 거느리던 장수였다고 들었습니다. 하지만 그리 눈에 띄는 자가 아니었으니…. 또한 어찌하여 이곳으로 쫓겨왔다고 하였습니다."

금여수는 자신의 이야기를 안타까운 얼굴로 경청하며 들어 주는 곤지에게 묘한 매력을 느껴 억울한 자신의 처지를 막힘없이 술술 털어놓았다.

곤지는 금여수의 어깨를 살짝 두드렸다. 그것은 적의 적이 아니라 그저 한 사람으로서 존중의 의미였다.

고개를 잠시 숙이던 곤지가 갑자기 자신의 옷을 훌훌 벗어젖히더니 금여수에게 입게 했다. 그러자 금여수는 당황했다.

"이… 이것을 왜?"

"위를 보세요. 이제 곧 날이 밝을 것입니다. 시간이 없으니 얼른 그것을 걸치고 제 사람들을 찾아 알리세요. 아직 저는 무릎을 제외하고는 상처가 없으니 며칠은 버틸 수 있을 것입니다. 같이 움직이기엔 제가 너무 걸음이 느릴 것 같습니다. 무릎이…."

곤지의 말에 금여수가 곤지의 무릎을 보니 무릎에서 피가 나고 있었다.

"반드시 찾아서 알리세요. 그리고 저는 꼭 살아 있을 것입니다. 걱정 마세요."

"그것을 어찌 장담합니까? 제가 달아나고 장군님께서 저를 대신하고 있다는 것을 그들이 눈치챈다면 죽임을 당하실 것입니다. 또한 저를 어찌 믿으십니까?"

그러자 곤지는 헐벗은 몸을 그대로 금여수에게 보이며 미소를 지었다. 금여수로선 태어나 처음 보는, 자신의 세상에서는 한 번도 본 적이 없는 미소였다.

"금여수 님도 살아 있는데 잘 먹고 잘 지낸 제가 더 오래 참아 내야 하는 것이 맞지요. 그리고 우리는 백제에서 왔습니다. 제 사람들은 모두가 용맹하기 그지없으며 그 능력이 출중하니 저를 찾기만 한다면 어떠한 문제도 없이 쉽게 끝날 것입니다. 그것은 제가 그들을 믿는 것이 아니라 그들이 저를 믿게끔 만든 것입니다. 저도 금여수 님을 믿는 것이 아니라 믿게끔 만들어야지요."

금여수는 곤지의 말에 감명을 받아 눈물을 흘렸다. 곤지가 가만히 다시 금여수의 앞으로 다가가 금여수의 거칠어진 손을 잡았다.

"백제는 어느 사람이나 그 위치를 가리지 않습니다. 그것이 백제입니다. 그리고…"

"……."

금여수는 말을 하던 곤지의 눈에서 빛이 나는 것을 보았다.

"금여수 님과 저는 똑같이 생기지 않았습니까? 재미있지 않습니까?"

곤지의 웃음 띤 얼굴이 태양처럼 빛나 보였다.

금여수는 상처투성이의 몸을 움직이는 것이 불편할 법도 한데 전혀 아랑곳하지 않고 곤지에게 예를 갖춰 절을 올렸다. 그의 두 눈에서 눈물이 떨어졌다.

고구려면 어떻고 백제면 어떠랴! 사람으로서 기대고 따르고 싶은 자가 있는 것은 아비를 얻음이나 다름없음을.

그 예전, 계후와 처음 만나 친구가 되고 싶어 건넨 한 마디가 생각나는 곤지였다.

'친구하자! 나도 배고프니까….'

금여수를 대신하여 몸이 묶인 곤지는 힘겹게 움직여 바닥에 소리 나지 않게 앉았다. 점점 붉은 해가 떠오르는 듯 산 어디쯤 숲 한참 위로 푸르스름한 빛이 시야에 들어오기 시작했다.

'금여수 님과 저는 똑같이 생기지 않았습니까? 재미있지 않습니까….'

곤지는 자신이 생각해도 멍청하기 짝이 없는 형편없는 말이라 생각했다.

한참 곤지를 찾아 헤매던 제묘자 병사들이 곤지를 다시 만나게 된 것은 날이 밝아 오기 시작할 때였다.

금여수가 더러운 흙을 뒤집어쓴 채 상처투성이의 얼굴을 하고 나무와 풀잎을 헤치며 간신히 숲 바깥으로 나왔다. 그리고는 온몸이 으스러지게 아픈지 자리에서 털썩 주저앉고 말았다. 잠시도 쉬지 않고 달려 도망쳐 나온 것이었다.

곤지를 따르던 기토와 병사 둘이 산송장 꼴로 나온 금여수를 우연히 보고는 부리나케 말에서 내려 뛰어가 부축을 했다.

"태자 저하! 괜찮으시옵니까? 아니! 이렇게나 많은 피를…."

기토의 눈이 곤지의 온몸을 재빠르게 훑었다.

병사 한 명이 부축하다 말고 옷 사이로 흐르는 피에 손이 뜨끈하게 젖자 기겁을 하였다. 그런 병사의 말을 들은 금여수는 그들이 곤지의 병사들임을 눈치채었고, 정신이 나가 기절해 버릴 것 같은 상황에서도 힘을 쥐어짜내 곤지의 행방을 알렸다.

"장군님… 장군님은 저 숲 아래에…."

금여수를 곤지로 착각한 기토와 병사들이 금여수가 알 수 없는 소리를 늘어놓자 주위를 맴돌던 태시평과 그 일행들을 불러 모았다.

태사평이 한걸음에 달려와 금여수를 자세히 보니 곤지와 달리 어깨와 손, 그리고 팔등에 상처가 없었다. 그 상처는 곤지가 항상 달고 다니던 매의 발톱에 의한 것인데, 금여수는 그것이 없었다. 태사평은 지난밤 그가 심한 고문을 당하던 사내였단 걸 눈치챘다.

"너는 매질을 당하던 사내가 아니냐? 저하는 어디 계시느냐!"

태사평이 정신이 희미해져 가는 금여수를 흔들며 다급히 물었다.

금여수는 손가락으로 숲 안쪽을 가리키며 답했다.

"저 안으로 들어가시어 가장 커다란 나무와 바위가 나오면 그 아래 비탈을 찾으실 수 있을 것입니다…. 거기에… 거기에 저 대신…."

금여수가 헐떡이며 말했다.

"너는 잠시 여기에 누워 있거라!"

곤지의 옷을 입은 금여수를 기토에게 맡기고 태사평은 병사들과 함께 쏜살같이 말을 타고 달려들어갔다.

"잠깐만! 저 녀석…."

오이타 부족 중 눈썰미가 좋은 한 녀석이 묶인 채 절뚝이며 걸어가는 곤지의 뒷모습을 보고는 흠칫 놀랐다.

"왜? 빨리 가야 해! 조금만 더 가면 기시라 장군님께 도착할 수 있을 거야!"

"야! 저 녀석 몸에 상처가 하나도 없잖아!"

눈썰미가 좋은 놈이 다급히 발길을 재촉하는 놈에게 의아하다는 듯 말을 하자, 모두가 그 소리를 들었는지 일제히 곤지를 돌아보았다.

곤지는 아차 싶었다. 다른 것은 같아도 몸에 난 상처는 일부러 만들지 못했다. 아니, 만들 수 없었다.

부족의 스물이 전부 곤지를 노려보다가 신기한 모습에 고개를 갸웃거리는 순간, 산 위쪽에서 태사평의 큰 호통 소리가 들려왔다.

"이런 죽일 놈들! 전부 싸그리 격퇴하라! 한 발짝도 움직이지 못하게 하라! 네 녀석들 털끝만큼이라도 태자 저하를 건드린다면 그 목을 분리해 산짐승에게 던져 주마!"

순식간에 열 명의 백제의 병사들과 태사평이 이른 아침부터 칼춤을 추니, 오이타 부족들이 비명 소리와 함께 전부 나자빠졌다.

"태사평님! 한 명은 잡아 놓아야 합니다!"

묶여 있던 곤지가 얼른 태사평을 알아보고 크게 소리쳤다.

그들은 전혀 상대가 되질 않았다. 이름 모를 새가 높은 하늘 위를 빙글빙글 돌며 썩어 남은 고기가 없나 살피는 동안에 오이타 녀석들은 전부가 팔이나 다리가 베여 쓰러졌다.

여기저기 신음와 비명이 울려 퍼지자 산속 짐승들이 달아나는 소리가 어지럽게 났다. 겨울잠을 자려고 이리저리 좋은 자리를 찾고 있던 산짐승들이 그들의 자리를 뺏겼으니 더 이상 그곳도 쉴 곳이 못 되었다.

곤지가 금여수를 일으켜 세우니, 금여수는 차마 고개를 들지 못하고 계속하여 엎드려 있었다.

곤지 일행은 오이타 놈들의 옷을 뺏어 금여수에게 입히고, 사로잡은 한 놈을 앞장세워 바로 그들의 본거지로 향했다.

소아령이 그곳에 있는지는 모르지만 곤지는 오이타 기시하라 장군을 잡아 물어야 했다. 아니면 그자를 앞세워 숨어서 소아령을 잡아 둔 놈들을 찾아내야 했다. 그리고 배를 취해야 했다.

다시 자신의 옷을 찾아 입은 곤지는 묵직한 것이 옷 속에 들어 있는 것을 느꼈다. 그리고 가만히 그것을 꺼내었는데 쪼개진 금장식이었다. 금장식을 옷에 넣어 둔 채 금여수에게 자신의 옷을 입혔으니 만일에라도 잃어버렸으면 낭패를 볼 뻔했다.

"아! 다행이구나. 깜빡 잊고 있었다."

"무엇을 말입니까?"

옆에 나란히 서 가던 태사평이 물었다.

"아니… 아닙니다. 아무것도…."

어느새 정신을 차린 금여수도 말을 타고 같이 산길을 넘고 있었다.

'이상하게… 따뜻했어.'

금여수가 곤지의 옷을 입고 한참을 쉬지 않고 걸어 곤지의 위치를 알릴 때까지, 왠지 모르게 가슴 한켠이 따뜻했다. 태사평과 병사들이 곤지를 찾아 자신을 다시 살피러 왔을 때까지, 가쁜 숨을 몰아쉬고 통증을 참아내며 어느새 파래진 하늘을 멍하니 보고 있을 때도, 왠지 모르게 가슴 한곳이 묵직하고 따뜻했다. 참으로 신비한 일이 아닐 수 없었다.

아오치와 구루치들을 모를 리가 없는 기토는 금여수가 거짓을 꾀하여 성안으로 들어가면 반드시 그 보복을 할 것이라고 곤지에게 알렸다.

단번에 제압을 한다 하더라도 성안에서 오이타 군들과의 결전은 결코 쉽지 않음을 곤지와 태사평 역시 모르는 바가 아니었다.

"당장에 금여수가 신호를 보낸다면 오이타의 군졸 하나가 사방의 성문 중 하나로 말을 타고 나가 근거리에 진을 치고 있는 아오치와 구루치들에게 자신들이 당했다는 소식을 알릴 것입니다. 그럼 반드시 그 경로를 파악해 산을 돌아 곤지 장군님의 뒤를 틀어막고 끊을 것이며 더욱 난폭하게 후쿠오카까지 밀고 들어갈 것입니다."

기토가 다급히 말을 하면서도 침착함을 잃지 않고 다음 수를 생각해 내려 안간힘을 썼다. 기토의 말에 곤지 역시 골똘히 생각에 잠겼으나 조금도 지체할 시간은 없었다.

태사평이 곤지에게 묻기를 아뢰자 기토 역시 곤지의 입만 그저 뚫어져라 응시하였다.

"그 수를 알 수 없지만 바로 들어가는 것이… 아니면 후방으로 돌아 후쿠오카 부족들과 동시에 오이타족들을 같이 격파한 후 합세를 하여 성을 공격하는 것이 나을지…. 둘 중의 어느 선택이라도 죽을힘을 다하여 완수하겠사옵니다, 태자 저하."

이제 곤지는 선택을 해야만 했다. 둘 중 하나의 선택을 기다리는 자신들의 군사들을 위해서 말이다.

그러나 곤지는 그리 당황하지 않았다. 곤지의 선택은 이미 결정이 되어 있었다.

표정은 담담했지만 눈빛만큼은 생생히 빛나고 움직이고 있었던 곤지였다.

"어느 하나도 선택할 수 없습니다. 때에 맞춰, 그리고 그저 믿어야 할 뿐입니다. 우리는 뒤로 물러설 수 없습니다. 후방은 후쿠오카 부족들과 궁솔 그리고 제묘자 상급 무사에게만 맡길 뿐입니다."

곤지의 답은 확고했다.

"예?"

"그러다가 후쿠오카의 군들이 막지 못한다면… 또한 저 안에 몇 명의 군사들이 있을지도 모르는데 우리가 잡혀 버리기라도 한다면 이 모든 사달은 어떻게…."

태사평은 의문을 달지 않았다. 그저 다시 한 번 곤지의 답을 확인했을 뿐이었다. 그러나 기토는 달랐다. 자신을 내쫓은 오이타 성주와 군들에게 다시 잡히면 그때는 쫓겨나는 것만으로 끝나지 않을 것을 알았고, 더군다나 자신을 보호해 준 후쿠오카의 부족들에게도 막대한 피해를 입히는 것이라 무척이나 당혹스러웠다. 그러나 곤지는 단 하나의 생각만 할 뿐이었다.

"제가 걱정하는 것은 단지 저 성안에 우리가 단번에 진압할 수 있을 정도의 병력만이 남아 있는지가 걱정입니다. 후쿠오카군은 오이타군들이 뒤를 돌아 공격을 해 온다 한들 잘 막아 낼 것입니다."

태사평은 고개를 숙여 예를 갖추었다. 태사평에겐 곤지가 그러하다면 그런 것이었다.

"꼭 그리 될 것입니다. 두고 보십시오."

곤지가 의미심장한 말을 기토에게 남겼다.

기토는 곤지의 말에 더 이상 다른 말을 덧붙일 수 없었고, 하나의 묘수를 생각해 내었다.

"그렇다면 장군님, 금여수가 들어가면 그에게 가장 잘 타오를 만한 곳에 불을 붙이라 하시옵소서. 오이타의 성은 불이 붙으면 성문을 제외하고는 달리 빠져나갈 구멍이 없사옵니다. 또한 그 문은 좁으며 내려오는 산세가 가파르니 서로 뭉쳐 굴러내려오는 자들은 오십, 아니 백이라도 쉽게 감당할 수 있을 것입니다. 다만 그 수가 수백을 넘지 않기를 바라야겠습니다."

기토가 말을 마친 후 입술을 지그시 깨물었다. 그러자 곤지가 가만히 고개를 끄덕이며 기토의 눈을 마주 보았다. 결심. 그것으로 뒤는 없었.

하지만 여전히 성안의 모습을 낮은 숲 아래에서만 보아야 하니 아무것도 예상할 수 없어 그저 답답할 따름이었다.

곤지와 태사평 그리고 제묘자의 군사들은 그저 가만히 기다리기만 할 뿐이었다. 시간이 흐를수록 오금이 저려 오는 것은 오히려 곤지 일행이었다.

사로잡혀 길잡이를 하던 오이타 놈 하나가 손가락으로 앞을 가리켰다.

그곳엔 허술하지만 벽돌로 낮게 쌓은 담이 있었고 성이라 부를 만큼의 형태를 갖추고 있었다.

곤지는 금여수에게 기토의 전략을 전했고 재차 물었다.

"괜찮겠습니까?"

"예, 걱정 마십시오. 어차피 죽을 뻔했던 목숨. 장군님, 아니 태자 저하께 남은 목숨을 바치겠습니다. 들어가서 죽으나 예전에 죽었으나 마찬가지입니다."

"아닙니다! 그런 말씀 마세요. 그래도… 아무래도 걱정입니다."

곤지는 불안했다. 저 성안에 얼마나 많은 병사가 있을지, 그리고 혹시라도 금여수가 다시 다치진 않을지, 무엇보다도 소아령을 찾을 수 있을지가 말이다.

"지금 가는 것이 차라리 낫습니다. 보통 낮보다 밤에 움직이는 놈들입니다."

금여수가 비장하게 말했다. 앞에 서서 기다리던 오이타 놈은 둘의 대화가 들리지 않았다.

"그 수가 얼마나 될지 몰라도 우리는 그냥 들어갈 것입니다. 대신에 붙잡혀 있는 여인이 있는지 알아보고 꼭 신호를 주십시오. 약간 검은 피부에 키가 크고 코가 높이 솟은 여자입니다. 만일 두건을 썼다면 남자처럼 보일 것입니다. 하지만 그 골격이 작으니 충분히 알아보실 수 있을 겁니다."

"예, 알겠습니다."

금여수가 곤지에게 고개 숙여 인사했다. 그리곤 상처 있는 몸을 이끌고 오이타 놈을 뒤에서 협박하며 나아갔다.

그들이 성 앞에 도착하자 금여수는 자신이 입고 있던 오이타 부족의 옷을 찢었다.

곤지와 태사평 그리고 제묘자 병사 열 명은 몸을 낮춰 나무 사이로 숨었다. 숲이 끝나고 넓게 트인 언덕 중간에서 주변을 바라보니 땅이 비옥해보였다. 그리고 불어오는 바람에 바닷내음이 물씬 풍겨 왔다. 근처 멀지 않은 곳에 바다가 있음을 알 수 있었다.

곤지가 슬그머니 나무 뒤에서 성을 바라보니 성문이 열렸고 오이타 놈과 금여수가 들어가는 것이 보였다.

아까 전, 금여수의 말이 떠올랐다.

'이자들은 규합이 되지 않고 여기저기 돌아다니니 누가 자신의 사람인지 얼굴로는 가늠할 수 없습니다. 제가 이 옷을 걸쳤으니 그들의 부족인 중 한 명이라 해도 알 길이 없습니다.'

제발 그렇게 되길 곤지는 초조한 마음으로 기원했다.

"뭐야? 어디서 오는데 이리 상한 거야?"

오이타 성안의 사내가 금여수와 다른 한 놈에게 물었다. 그러자 두려움에 떨던 길잡이 놈이 이때다 싶어 얼른 곤지 일행이 온 것을 알리려 했는데, 금여수가 바로 뒤에서 보이지 않게 그의 목을 힘주어 눌렀다. 혈이 눌린 놈은 그대로 고꾸라졌고 어리둥절한 성지기 놈이 금여수를 보았다.

"공격을… 공격을 당했다. 토성에서부터 공격을 당해서 이리로 도망쳐 온거야."

"뭐? 토성? 어디? 누가 공격을 한 거야?"

쓰러질 듯 더욱 비틀거리며 연기를 한 금여수는 놈이 눈치채지 못한 것을 알았다.

"후쿠오카, 가라쓰 부족들이… 자신들의 사람을 잡아갔다고 북쪽에 큰 녹산 아래 세워 둔 토성을 공격했어. 지금 전부 잡혀 있다고…."

성지기는 인상을 구기며 화를 냈다.

"이런 정신 나간 놈들! 산골마다 진을 치고 있는 아오치하고 구루치는 뭐 하고 있는 거야! 내가 얼른 장군님께 가서 알릴 테니 너는 좀 들어가서 쉬도록 해."

성지기가 못마땅한 얼굴로 금여수를 보다가 얼른 달려 어디론가 사라졌다. 다행히도 상처투성이의 금여수를 알아보지 못한 모양이었다. 본거지에서는 여러 놈들이 들락날락거리니 딱히 알 길도 없는 것이다.

금여수는 성지기가 사라지는 것을 보고 급히 발걸음을 옮겨 사방을 돌아다녔다.

기토의 말은 틀림없었다.

여지없이 오이타의 재빠르고 날쌘 군사 하나가 곤지 일행이 숨어 있는 곳을 등진 북문으로 몰래 빠져나갔다. 그리고는 따로 흩어져 있는 아오치와 구루치들의 요새를 찾아다니며 공격받은 것을 알렸다. 그들은 후쿠오카나 가라쓰의 놈들의 짓이라 생각하여 산에서부터 날카로운 쪽창을 들고 내려오기 시작하였으니, 그 수가 도합 이백은 넘어 보였다.

"감히 미치지 않고서야 우리 오이타를 공격한단 말인가? 당장에 모조리 씨를 말려야겠구나!"

그들이 후쿠오카 쪽으로 달리는 이유는 하나다. 자존심. 험난한 산속에서 그 용맹함을 떨치며 살아온 그들에게 나약한 후쿠오카 부족들이 기어오른다는 것은 있을 수 없는 오만함이었다.

이백이 넘는 아오치와 구루치들이 후쿠오카를 쳐서 자신들의 나라인 오이타를 공격한 것이 누구인지 알아내는 데에는 이제 새소리 두어 번이면 충분할 것이다.

그러나, 그들은 몰랐다. 산에서 내려오는 중, 그 길목에서 불화살이 날아올 줄은 말이다.

궁솔이 제묘자 상급무사의 조언대로 크게 고함을 지르고 커다란 나뭇가지를 베어 불을 지피자 그 연기가 신호가 되었고, 어디선가 일백의 후쿠오카 부족들이 나타나 불이 붙은 화살을 오이타군들이 내려오는 산 아래 길목에 쏘았다. 수백 발의 화살이 나무와 숲에 꽂혀 순식간에 길목과 기슭 전부가 불바다가 되었다.

"기름을 묻혀 계속 쏘아라!"

후쿠사이토쿠는 나이에 괘념치 않을 만큼 우렁찬 목소리로 명령을 하였고, 곤지가 남겨 둔 제묘자군들이 촉을 기름에 적셔 불화살을 쏘아 댔다. 부족원들은 기름통을 몇 차례 반복하여 바꿔 들고와 그들을 도왔다.

급작스러운 불바다에 내려오다 굴러떨어지거나 몸에 불이 붙은 아오치와 구루치, 오이타 부족군들이 비명을 지르며 허둥대기 시작했다. 그들은 다시 올라갈 수도 없었다.

생전 처음 보는 전술, 후쿠사이토쿠는 자신이 지휘를 하였음에도 그저 놀랄 뿐이었다.

곤지의 전갈이 큰 도움이 되었다는 것을 깨달았을 때, 후쿠사이토쿠는 더 이상 후쿠오카 부족이 약하지 않다는 것을 알았다.

곤지가 매의 발에 묶어 보낸 글에는 적이 평지로 내려오기 전에 산 길목에서 화공으로 맞서라는 부탁이 적혀 있었다. 그 매는 정확히 후쿠사이토쿠의 토끼 사육장으로 들어왔고, 그것을 이상히 여긴 후쿠사이토쿠가 매 발에 달린 곤지의 옷 소맷자락을 발견한 것이었다.

'그것이 맞을지 모르겠구나….'

매의 발에 묶어 보낸 글. 곤지는 예전에 문주가 영암에서 모루국을 상대로 했던 일을 떠올렸다.

어쩌면 큰 전사자 없이 항복을 받아 낼 수 있을 것이며, 그것이 아니더라도 화공이면 능히 산에서 내려오는 이들을 막을 수 있을 거라 생각하였다.

후쿠오카는 험준한 산세의 오이타국보다 가축을 기르기 편리하며 강과 바다가 넓어 기름진 곡과 나무가 많으니 어찌 활용하지 않을 수 있겠는가.

곤지는 후쿠오카가 백제와 비슷하다 생각하였다. 어찌 보면 산새가 험한 오이타는 고구려와 비슷한 것이었다. 물론 곤지가 고구려를 알고 그러하진 않았지만 그 경험은 훗날 무시할 수 없는 경험이 되었으며 이 모든 것이 형님인 여경과 문주로부터 나온 것이었으니 참으로 복된 백제의 태자 형제들이 아닌가.

그사이 금여수는 태평하게 쉬거나 노닥거리를 일삼는 무리들에게 가서 물었다.

"아이… 죽다가 살아오니 내 정욕을 풀 길이 없네! 여자는 좀 있는가?"

금여수는 그들이 여자를 강제로 가두거나 필요할 때만 빼내어 온다는 것을 잘 알았다. 그들의 밑에서 일을 하며 수없이 봐 온 행태였다. 분명 본성이라 해도 다르지 않을 것이었다.

그러자 마침 수염이 생선 아가미같이 나 있던 얇은 체형의 녀석이 음흉한 미소를 지으며 말했다.

"어여여. 사내일세! 본성은 처음인 거야? 저기, 저기로 가면 옥이 있어. 거기서 아무나 골라잡아 풀어라. 하하하."

금여수는 남자의 말에 고개를 끄덕이며 사내가 알려 준 곳으로 갔다.

굵은 나무로 사방을 막아 놓은 허름하고 냄새가 나는 곳간에 문지기들도 음흉한 미소를 지으며 금여수에게 문을 열어 주었다.

금여수는 들어가자마자 가히 충격적인 모습에 넋을 잃었다.

수십, 아니 백 명도 더 되어 보이는 여자들이 틈도 없이 빽빽히 차 앉아 있었다.

"이런… 쳐 죽일 놈들…."

밤이 찾아오면 큰일이었다.

금여수의 신호가 잘 보이지도 않을뿐더러 밤에 활동하러 움직이는 놈들이 한꺼번에 몰려나온다면 상처 입을 것을 각오해야 했다.

초조하게 반나절을 기다리던 곤지가 자꾸만 칼을 거칠게 움켜쥐는 모습을 보며, 태사평은 그가 긴장하고 있다는 것을 알아차렸다.

태사평은 그런 곤지에게 침착하게 말했다.

"차라리 밤에 몰래 성벽으로 올라 넘어가는 것이 어떨까요? 제가 넘어가서 성문을 열겠습니다."

"안 됩니다! 혼자서는 절대로 위험합니다."

태사평을 믿지 못해서 그런 것이 아니었다. 곤지는 자신을 믿지 못해서였다. 혹시나 자신이 믿고 보낸 금여수가 다른 마음을 먹었거나 죽임을 당했다면 큰 충격과 상실감을 받을 것을 두려워했다. 자신의 결정이 과연 옳은 것인지 스스로를 믿지 못해 회피하고 싶은 마음이 들었다.

계절이 바뀌니 해가 짧아져 어느새 마지막 노을을 뽐내던 때, 갑자기 성 안에서 아주 샛노랗게 불이 피어오르기 시작했다. 곤지 일행이 보아하니 그것은 밤을 밝히려 붙이는 횃불과는 차원이 다른 색이었다.

갑자기 중간쯤 되던 불이 거세게 활활 타오르며 커지기 시작했다. 기토의 말대로 금여수의 신호가 온 것이라 생각한 곤지 일행은 긴장이 되었는지 저마다 쥐고 있던 칼과 활, 그리고 화살을 더욱 꽉 움켜쥐었다.

곤지와 태사평이 서로 마주 보며 긴장한 채 식은땀을 흘리던 그때, 갑자기 성문이 열리고 오이타 놈들이 허둥지둥 무기도 버린 채, 밖으로 쏟아져 나왔다.

무기가 없는 그들의 손을 본 곤지와 태사평은 미간을 깊게 일그러뜨리고는 고개를 끄덕였다. 결심을 한 듯 태사평이 먼저 말했다.

"수는 헤아릴 수 없으나, 방비가 허술한 지금인 것 같습니다. 그냥 바로 들어가겠습니다."

"기토의 말대로 신호가 왔습니다. 이제 더 기다릴 수는 없겠네요."

곤지가 말을 마치자 태사평이 고개 숙여 예를 갖추고는 병사들을 이끌고 소리 없이 성안으로 달리기 시작했다. 그리고 곤지도 이에 질세라 얼른 말을 달려 성안으로 향했다. 기토는 그런 백제의 태자와 장군을 뒤에서 지켜보았으니 그 용맹함이 실로 대단하여 두려움을 뛰어넘어서는 것 같아 보였다.

뛰쳐나온 놈들은 안 그래도 안에서 불이 나 죽겠는데 밀고 들어오는 곤지 일행의 번쩍이는 칼을 보고는 당황했다.

"모두 무릎을 꿇고 항복할 때까지 쳐라!"

태사평의 우렁찬 목소리에 병사들은 한바탕 활시위를 매섭게 당겼고 칼을 휘둘렀다. 태사평은 그야말로 기이하게 나는 한 마리의 불타는 매와 같았다. 불에 비친 그의 그림자는 좌우를 가리지 않고 쉼 없이 날갯짓했고 그때마다 오이타 부족인들은 낙엽처럼 쓰러졌다.

곤지 역시 사방을 헤집으며 베고 뚫기를 반복했으니 한 마리의 봉황이 활활 타오르는 것 같았다.

수백이 쓰러지니 그 비명 소리는 하늘을 울렸다.

곤지는 자신에게 붙는 놈들이 없는 틈을 타 성안 사방을 뒤졌다. 그때, 앞에서 연기를 마시지 않기 위해 코를 막고 손짓을 하고 있던 금여수를 보았다. 곤지는 얼른 그곳으로 말을 달려 갔고 금여수를 반겼다.

"잘되었습니다. 신호가 빠르지 않기에 어떻게 된 줄 알았습니다!"

금여수는 기침을 하며 곤지의 물음에 어렵게 답을 했다.

"아이… 참. 너무 늦어 죽을죄를 지었습니다. 다만 여기 이 사람들을 그대로 두고 먼저 신호를 울린다면 너무 위험할 것 같아 마침 다들 어디론가 나갈 채비를 해 정신이 없는 틈을 타 그대로 불을 붙였습니다. 태자님께서 오실 거라 생각했습니다만… 이처럼 불이 커질 거라 생각치도 못했습니다."

"아닙니다. 그보다 이곳 성주는 어디 있습니까?"

"모르겠습니다… 제가 찾아보겠습니다. 그보다 여기…."

금여수가 손으로 곳간을 가리켰다. 곤지는 그가 가리킨 곳을 보고 너무도 놀라 경악을 금치 못했다. 아까의 금여수와 같은 표정이었다.

곤지가 얼른 곳간으로 들어가니 수백의 여자들이 기침을 해대고 있었다. 곤지가 서둘러 칼을 빼어 나무 문을 칭칭 감고 있는 끈을 잘라냈다.

"이 사람들은 다 누굽니까?"

곤지가 황당함에 외치며 금여수에게 물었다.
"인질들인 것 같습니다. 그리고 저기!"
우르르 몰려나오는 여자들이 고맙다는 인사도 할 새 없이 서로 앞다투어 곳간 밖으로 나갔다.
금여수가 가장 안쪽에 쪼그리고 누워 있는 여자를 가리켰다.
"저분, 저분이 아닙니까?"
곤지가 금여수가 가리킨 여인에게로 달려갔다.
하늘이 그의 성품을 좋게 보아 천운을 내렸으니, 곤지가 품에 안은 여자는 자신을 살려 주었던, 그 거만함이 너무나 귀엽고 예뻐 보였던 가라쓰의 여인 소아령이었다. 가라쓰 사람들에게 약속했다. 그러니 이 어찌 기쁘지 않을 수 있겠느냐마는 순간 타오르는 불이 곳간으로 번지면서 연기가 자욱해졌고 금여수가 곤지를 흔들었다.
기쁨과 안도의 눈물이 맺힌 곤지는 소아령의 입에 자신의 숨을 불어넣었다. 연기를 많이 마셨다고 생각했는데, 그 생각이 머리에 미치기 전에 저도 모르게 먼저 나온 행동이었다.
살아 있어서 다행이었다. 소아령의 가는 숨이 곤지의 심장을 찌르는 듯했다. 아리고 아렸다.
붉은 것을 넘어서 샛노랗게 변해 버린 불길 한가운데서 눈물을 흘리던 곤지는 소아령을 금여수에게 맡기고는 말을 타고 달려 나갔다.
곤지는 으스르뜨릴 듯이 있는 힘껏 칼자루를 잡고 천천히 불길 속으로 걸어나갔다. 그리고는 창을 들이밀고 자신을 공격하는 오이타의 병사들에 차례로 맞서 미친 듯이 칼춤을 추기 시작했다. 칼춤에 떨어져 나가는 병사들은 다 타 버린 재가 바람에 흩날리는 듯 쓰러져 날렸다.

거대하게 타오르는 불 속에서 마사미하코자가 웃고 있었다.

곤지의 눈에서는 눈물이 흘렀다.

누군가를 위해 우는 것은 창피한 것이 아니다.

사람이 얼마나 소중한지 깨닫게 된 순간부터 곤지는 마음 아파하고 아려하고 울기를 주저하지 않았다. 공감, 그것은 공감이었다.

곤지가 연기를 너무 많이 들이마셨는지 몸이 휘청이며 한쪽 무릎을 꿇고 쓰러지려 하자 누군가가 곤지의 뒷덜미를 잡아 홱 낚아챘다.

곤지는 그래도 손에서 칼을 놓치지 아니하였다.

7. 꾐과 꾀임이 난무하니
어지럽기 그지없도다

456년, 상좌평 여경(비유 29년).

여경의 명을 받든 모중부.

모중부의 손에 이끌려 온 네 명의 고구려군 포로들은 백제 병사의 옷을 입은 채 고개를 들지 못하고 땅만 보고 섰다. 그들의 손은 갈 곳을 잃어 허공에 그저 덜렁거리고 있을 뿐이었다.

여경이 명한 대로 두 번째 불이 절반도 타기 전이었다.

여경은 모중부를 가만히 불러 명을 내렸다. 모중부가 여경의 말을 듣고 놀라 몸을 움찔할 뻔하였으나 내색하지 않으니, 백제군의 옷을 입고 있던 포로들은 아무것도 알지 못했다.

모중부는 비장한 표정으로 여경에게 예를 갖춰 인사를 올리며 포로들을 대동하고 어디론가 사라졌다.

하루가 지날 동인 모중부는 포로들을 어느 한곳으로 이끌있다.

"지금 가는 길을 잘 외워 두도록 하라! 단 한 번의 망설임 없이 내일 이 길을 다시 걸을 것이다. 알겠느냐?"

근엄한 목소리로 말하는 모중부에게 겁을 먹은 네 명의 포로들은 그저 우물쭈물대며 낮게 대답을 하였다.

모중부는 손가락으로 커다란 궁전을 가리켰다.

"저곳이 대궁전이다. 잘 보아 두어라. 이리로 갈 것이다."

모중부는 사내들을 이끌고 궁 뒤편으로 걸어 사람의 흔적이 잘 배어 있지 않은 울퉁불퉁하고 좁은 길을 걸었다. 그 길은 한참을 구불구불 좌우로 돌아가야 했다. 그리고 어느 순간 돌계단을 내려가 아무것도 없이 나무만 빽빽이 나 있는 작은 숲이 나왔다. 모중부는 아래로 훌쩍 뛰어내려갔다.

"그리 깊지는 않으니 두 명씩 미끄러지듯 내려와라."

포로들은 어리둥절한 채 모중부의 말을 따랐으나 그들의 표정은 심히 불안해 보이기 그지없었다. 혹여라도 모중부가 자신들을 아무도 모르는 곳으로 데려가 처형할지도 모른다는 생각이 불현듯 들었다. 하지만 반항할 수도 없었다.

모중부의 시퍼런 수염에 그 기가 눌렸으며 그가 들고 있는 날카로운 창은 한 번만 찔려도 내장이 터져 버릴 것 같았다.

하지만 그들의 생각과는 달리 모중부는 그들을 그날 베지 않았고 오전부터 해가 지고 달이 막 뜨는 밤까지 계속해서 같은 길을 반복적으로 익히도록 시켰다. 그들은 도무지 무슨 영문인지 알 수가 없었다.

꼬박 하루가 지난 밤, 고구려 포로 넷을 끌고 온 모중부가 여경의 곁으로 섰다.

여경은 혼자 그의 처소에서 모중부를 마주 보았다. 은은하게 빛나는 작은 불이 이리저리 가늘게 떨리고 있었고 방에는 고요함이 깔려 마치 한바탕 전투 전에 흐르는 비장하고 조용한 그런 느낌과 같았다.

기다란 머리를 곧게 틀어 올려 묶은 여경의 자주색 도포가 묘하고도 신비로운 빛을 내었다.

"어라하께서 쓰러지신 것을 모르지 않을 것인데…. 내, 너에게 긴히 부탁을 할 것이 있다."

여경은 낮고 작은 목소리로 말하였다.

"예, 태자 저하. 말씀하시옵소서."

"어라하의 옥체를 내 목관에 담아 두었다. 어라하께서는 돌아가셨다."

여경의 말에 모중부는 놀랐다.

"아…! 그것이 정말이옵니까?"

모중부는 믿을 수 없다는 듯 소스라치게 놀랐다. 하지만 여경의 눈빛은 하나도 흔들리지 않았다. 오히려 또렷했다.

"부득이하게 어라하의 옥체를 잠시 그 냉굴에 보관해야 하는데, 네가 그것을 맡아 주어야 하겠구나. 그리하여 어제 그렇게 너를 불러 시킨 것이다. 재빠르게 끝내야 한다. 그리고… 저 포로 넷은 일이 끝나는 대로 죽여서 땅에 묻도록 하라."

모중부는 여경의 얼굴을 보며 마른침을 삼켰다. 여경이 어젯밤 자신에게 지시한 것이 어라하 때문이란 것을 전혀 눈치채지 못했다.

모중부는 알았다. 이제 백제의 어라하는 자신의 앞에 있는 여경이 될 것이었다.

모중부는 무릎을 꿇고 고개를 숙여 예를 갖추었다.

"예, 태자 저하. 소인 모중부, 지하의 명을 따르겠습니다."

그렇게 모중부는 두 번째 날, 두 번째 횃불이 타는 시간에 고구려군 포로를 이끌고 여경과 같이 어라하의 침실로 몰래 움직였다.

여경의 명으로 대시종과 다른 초병들을 일찌감치 잠시 물러나게 했으나, 시간이 많지 않았다. 세 번째 횃불이 다 타기 전까지 모중부가 그 일을 해내야 했다. 그렇지 않으면 보는 눈이 분명 생길 것이었다.

모중부의 인솔하에 네 명의 포로들은 목관을 옮겼고 그것이 누구의 관인지는 제대로 알지 못했으나 큰 위치의 사람이란 것만 짐작할 수 있었다.

한 치의 오차도 없이 신속하게 움직여 냉굴로 들어간 것은 모두 예행을 했기 때문이었다. 비탈진 곳을 내려가자 커다란 바위가 틈을 막고 있어 눈에 잘 띄지 않는 냉굴이 울창한 덤불에 가려져 있는 것이 보였다. 모중부와 포로들이 냉굴의 입구로 목관을 욱여넣듯이 끌고 들어가니 소굽이 안쪽에서 횃불을 꽂아 놓고 기다리고 있었다.

자신들이 처음 들어온 것이라 생각했던 모중부는 소굽을 보고는 흠칫 놀랐다. 모중부가 생각하기에 소굽도 이미 어라하의 붕어를 알고 있는 모양이었다.

"관을 이곳으로 내려놓으시지요."

모중부의 명으로 포로 넷이 관을 소굽 옆에 천천히 내려놓았다. 그러자 소굽은 정중히 모중부에게 부탁하였다.

"부디 잠시만이라도 돌아서 계셔 주시면 감사하겠습니다."

어두컴컴한 굴 안 윗벽에서는 물방울이 봄비처럼 후드득 떨어졌고 울퉁불퉁한 벽에는 한기가 서렸다. 모중부는 소굽의 말대로 뒤로 돌아섰고, 소굽은 목관을 살짝 열어 그 안을 확인했으니 과연 검은빛의 얼굴을 한 비유가 누워 있었다. 차디찬 옥이 가득 차 있는 목관은 굴보다 더 차가운 냉기를 뿜어냈다.

소굽은 주변의 돌들을 쌓아 비유의 목관을 덮었다. 그 시간이 한참이나 걸렸다.

때마침, 한성에 세 번째 횃불이 타올랐고 소굽이 모중부의 등 뒤에 다가와 슬며시 귓속에 말을 거니 모중부는 고개를 끄덕였다.

포로들이 입은 백제 초병의 옷은 이제 아무짝에도 쓸모가 없었다. 그 옷은 버려질 것이었고 옷과 함께 모든 흔적은 지워져 버릴 것이었다.

모중부는 창을 한 번 슬쩍 바라보다가 네 명의 고구려군 포로에게 조용히 다가갔다.

모중부가 네다섯 차례 팔을 저어 창을 흔드니 그들의 목이 전부 뚫려 버렸다. 그들이 아무리 비명을 지른다 해도 그 밖으로는 들리지 않았으며 굴 속에 맴돌다가 사방으로 스며들어 곧 잠잠해졌다.

엷고 찬 바람이 굴 안으로 들어와 비유의 목관을 중심으로 휘몰아치다가 사라졌지만 여전히 차디찬 기운은 사라질 줄 몰랐다.

모중부가 굴 밖으로 나가라는 소굽의 요청에 따라 작은 문을 비집고 나오니 아직은 어둠이 짙게 깔려 있었다.

소굽이 얼마 지나지 않아 역시 바깥으로 나왔는데 소굽의 뒤에는 장수가 한 명 떡하니 서 있었으니, 그는 상좌평에서 물러난 여례였다.

여례가 뒤에서 모중부를 불렀다. 그러자 모중부는 소굽이 아닌 낯선 이의 음성에 깜짝 놀라 뒤를 돌아보았다.

"아무도 봐서는 아니 되는 것을 보았으니 백제를 위해 그 비밀을 하늘에서까지 감추도록 하여라."

여례의 낮은 음성에 모중부는 순간 그의 팔이 올라가는 것을 보았다. 아무리 힘이 좋고 용감한 모중부라고 해도 순간의 방심을 막을 재간은 없었다.

긴 검을 양손으로 힘차게 그리고 정확히 조준해 한 차례 휘두르니 모중부의 목이 떨어져 나뒹굴었다.

모중부의 목에서 난 피는 주변의 모든 풀잎과 나뭇잎들을 적셨으니 그 피가 한참을 멈추지 않았다.

상좌평의 관직에서 박탈당했지만 그것은 여경의 계획이었고 여례는 그와 장단을 맞춘 것이었다.

 비유의 죽음은 오직 소수의 왕가의 사람들만이 알아야 했다.
 쓸쓸한 모중부의 얼굴이 아주 잠깐 일그러져 딱 두 번 눈을 깜빡이고는 미동도 없이 멈추었다.
 궁궐 수비대장 모중부. 비유의 처소를 철통같이 방어하던 그는 비유왕의 장수이자 백제의 충신이며 무예가 출중한 수비 대장군이었다. 마흔넷의 많지 않은 나이에 그는 비유와 함께 생을 떠나보냈다.
 소굽과 여례는 안타까우면서도 어찌할 수 없었다. 한참을 모중부를 향해 고개를 숙이고 그에게 예를 갖추었다.
 아무리 중요한 임무를 맡은 측근이라 해도 알아서는 안 될 것이 있다.
 구름이 낀 달은 일부러 못 본 척 다른 구름을 불러 그 모습을 잠시나마 완전히 감췄으니, 알고도 모른 척해야 하는 백제의 새 시대가 열린 것이다.

 해구는 수일 동안 비유의 시신을 찾으려고 애를 썼다. 수마의 말이 사실이라면 분명 궁 안 어딘가에 있을 터인데 아무리 몰래 밤낮을 뒤져 봐도 그 흔적을 알 수가 없었다.
 그사이 소굽이 수라간을 관리한다는 이야기를 듣고는 마음이 더욱 조급해졌다. 만일, 담당관이 돌아온다면 그를 만나야겠지만 그렇지 않다면 다른 수를 써야 했다. 담당관을 임명한 수마왕비를 먼저 찾아갔다.
 해구가 수마왕비의 침소에 문을 확 열어젖히고 들어왔다. 해구는 수마를 일으켜 세우며 다급한 목소리로 물었다.
 "일전에 수라간, 수라간의 담당관을 보았지요? 직접 데려오시지 않으셨습니까! 그자가 사라졌습니다. 사라졌단 말입니다."

해구의 언성이 높아지자 수마는 당혹스러웠다. 담당관이 사라졌다니 그게 무슨 중요한 일이라도 되는지 험상궂은 얼굴을 한 해구가 이상해 보였다.
 수마는 해구를 진정시키려 달랬다.
 "보았지요. 그자가 왜 사라졌는지 모르겠지만… 그게 그리 중요한 일입니까? 그자는 수비리시가 데려온 자입니다."
 "수비리시요?"
 "예…."
 해구는 양손으로 머리를 감싸쥐었다. 도대체 무슨 일인지 알 수가 없었다. 어지러웠다. 해구는 얼른 다시 수마의 처소를 나가 신궁으로 달렸다.
 '어머니가… 어머니가 데려왔으면 어머니도 알 것이다.'
 밤중에도 해구는 누구보다 가장 바빴다. 수비리시의 신궁에 들어가 시녀에게 자신이 왔음을 알리고 문을 열게 했다. 해구는 수비리시가 나올 때까지 문 밖에서 초조하게 서 있었다.
 잠시 후, 문이 열리고 머리를 길게 늘어뜨린 수비리시가 해구를 맞이했다.
 해구는 다짜고짜 들어가 문을 걸어 잠그고 의자에 앉아 수비리시에게 물었다.
 "어머니! 어머님께서 수라간의 담당관을 데리고 오셨다는 이야기를 수마왕비에게서 들었습니다. 어찌 된 일입니까? 그자가 도망한 것이 신경이 쓰이지 않을 수 없습니다. 그자가 만일 예주에게 가서 이 사실을 전했다면 우리는 한시라도 빨리 비유 어라하의 목을 잘라 바쳐야 하는데…. 어라하의 시신이 어디에 있는지 도통 알 수가 없습니다. 당연히 대침전에는 들어갈 수가 없지만 시신을 그곳에 그대로 둔다면 분명 티가 날 것인데…. 육신이 썩어 가는 냄새조차 그 어디서도 나질 않습니다."

해구는 눈이 벌게져 침 한 번 삼키지 않고 수비리시에게 물었다. 수비리시도 예상은 하고 있었던 모양이었다.

"예전 네 아비가 꾀를 내어 내게로 보낸 사람이다. 그자가 왜 갑자기 사라졌는지 모르겠지만 잠시만 지켜보자꾸나. 네가 섣불리 궁 안을 뒤지고 다니는 것을 누군가 눈치라도 챘다면 위험해진다. 그것은 그만두고 잠시 형세를 지켜보는 것이 좋겠구나. 그는 고구려로 돌아갔을 것이다. 너무 심려치 말거라. 비유 어라하는 확실히 돌아가셨다. 내 점을 보니… 찬 기운이 그저 대처소의 허공에 맴돌고만 있더구나."

수비리시는 흥분을 감추지 못하던 해구의 손을 잡고 그를 진정시켰다. 해구는 이리저리 눈을 돌리며 많은 생각에 잠긴 듯하였다. 그러자 수비리시는 해구에게 한 번 더 침착하게 말했다.

"혹시라도 일이 잘못될 거라 생각하는 마음을 안다. 우리 주변에 진씨를 견제할 세력들을 더욱 두텁게 해야 하겠구나. 그들은 재물로써 다스릴 수 있으니, 내 너를 도와 그렇게 하도록 하겠다. 네가 좌평까지 올라가는 그날까지 항상 몸을 사리고 조심해야 한다. 세력을 키우는 것이 우선이다."

수비리시와 해구는 동이 터오를 때까지 그렇게 비밀스러운 대화를 이어 나갔다.

그날 이후, 해구는 속 타는 마음을 감추고 여러 장수들과 세력들을 규합하기 위해 부단히도 애를 썼다. 그는 선대부터 가지고 있던 재물과 재화들을 아낌없이 나눠 주었고 그들을 치켜세우며 거짓으로라도 그들을 대접하고 올려세웠으니 점점 해구의 곁에 해씨를 비롯한 세력들이 커지기 시작했다.

하지만, 그것은 또 다른 효과를 낳았으니 확연히 옳고 그름이 보이는 것인지라 해구와 갈라서는 이들도 그들끼리 마음이 합하여졌다. 대표적으로 진씨들과 목씨들이 그러했다. 하지만 그들 사이에서도 서로서로 마음이 갈리니 누가 어떤 마음과 생각을 품고 백제의 녹을 먹고 있는지 아무도 정확히 알 수가 없었다. 이 어찌 어지럽지 않을 수가 있는가….

 장수왕은 한동안 소식이 없는 섭정무치의 행방에 점점 참을성을 잃기 시작했다. 해수가 죽었다는 소식은 처음 섭정무치에게서 들었지만 꾸준히 그의 곁에서 돕는 해수의 자, 해구가 있다는 사실을 알고 있었는데 이제는 그 해구마저도 약속한 기일을 어기고 있었다.
 "섭정무치에게는 아무런 소식이 없느냐? 벌써 해가 지났구나!"
 세 달이 차고 떠오르기를 반복하는 동안 기별과 소식이 없던 섭정무치와 백제의 해수에게 실망하는 순간이었다.
 그 시각, 섭정무치는 말을 달려 고구려의 진영이 있는 북쪽으로 올라가려다 말고 샛길로 빠져나가 그대로 서쪽 그리고 남쪽으로 달렸다.
 누가 쫓아오지는 않는지 확인을 하며 밤낮을 가리지 않고 달리니 그 목적지는, 금성이었다.
 고구려의 사람이라 생각했던 섭정무치가 신라로 내달린 것은 신라에겐 그리 큰일이 아니었다. 금성에 도착한 섭정무치는 자신의 신분을 알리고는 부리나케 뛰어 눌지에게로 갔다.
 "이 얼마 만인가! 긴 시간 매우 큰 일을 해내느라 고생을 했구나."
 늙어서 변해 버린 눌지의 모습에 섭정무치는 몸 둘 바를 몰랐다.
 "백제의 비유를 쓰러뜨렸습니다."
 "그래! 고구려에서는 그 사실을 알고 있느냐?"

반가움도 잠시 눌지는 걱정스러운 표정을 지으며 물었다. 그러자 섭정무치는 그대로 엎드린 채 눌지에게 고했다.

"아직 모르고 있사옵니다. 백제에서 비유가 쓰러졌다는 소식을 듣자마자 이렇게 한걸음에 바로 달려왔습니다."

눌지의 옆에 노정이 고개를 끄덕였으며 눌지는 허옇게 난 수염을 쓸며 만족한 웃음을 띠었다.

"그래, 곧 알게 되겠지…. 그대가 여러 해 동안 큰일을 해냈구나. 잘 왔다!"

예주는 섭정무치를 신임했고 그는 고구려의 사람으로 수년을 수라와 약방에서 그 신임을 쌓았는데 어찌 된 일인지 신라의 눌지와 가깝게 말을 섞었으니…. 섭정무치. 그는 고구려의 첩자로 활동하며 동시에 백제에 첩자로 가 양쪽을 교란시키고 비유를 독살하였으니 그 사실은 아무도 알지 못했다.

눌지는 오래전 여신을 제거해 달라는 수비리시의 요청으로 노정에게 의견을 물었고, 머리가 비상했던 노정은 한 수 더 생각을 하였으니, 여신과 비유 둘 다 접근하는 것이 최고의 수단이라 하였다. 혹여 여신의 제거가 실패한다면 비유를 제거하여 백제를 흔들면 되었고, 둘 다 제거하는 것이 가장 최선이었다. 그리하면 고구려에게 백제의 허점을 내어 줄 수 있는 것이었고, 둘의 싸움에 힘이 빠지면 당연히 신라가 둘 모두를 차지하여 커다란 영토와 대업을 이룰 것으로 보았다.

그 예전 섭정무치가 예주를 만난 것은 우연이 아니었고, 그의 신임을 얻기 위해 독을 선택해 보여 준 것도 우연이 아니었다.

노정이 보기에 예주는 자신의 머리를 뛰어나다 믿으니 대부분의 전투는 지략으로 승부를 보려 할 것이었다. 그러면 섭정무치의 독술과 손재주는 필히 그에게 필요할 터. 예주에게 접근을 시키면 언젠가 그를 백제로 비밀리에 들여보낼 것임이 틀림없으리라 생각했고 그리하면 반드시 그 쓰임새는 비유의 목을 겨누게 될 것이라 여겼다.

눌지와 노정의 계략이 들어맞은 것이다.

신라 사람 섭정무치. 그를 아는 존재는 눌지와 노정 단 둘뿐이었다.

456년 겨울.

소식이 없는 섭정무치와 해수의 연락을 기다리다 지친 장수왕은 예주를 꾸짖었고, 예주 역시 당혹스럽기는 마찬가지였다.

"이놈들이 무슨 일을 벌이는지 알 수 없는 노릇이지만 분명 우리 고구려를 농락하고 있는 것이 틀림없어 보이는구나. 더 이상 시간을 지체하지 않고 내 두 눈으로 확인하겠다."

장수왕은 노여워했으며 예주는 더 이상 기다려 달라는 요청을 올릴 수 없었으니, 휘하의 장수들을 불러 모아 장수왕은 그들에게 크게 소리 내어 명했다. 그리고 장수 방후와 을견해에게 군사 이천을 내어 주었다.

"장수 방후와 장수 을견해는 각기 일천의 군사를 이끌고 북성을 함락시킨 평양 부관장수 피호수와 힘을 합하여 한성으로 돌진하라! 또한 국내성의 복경에게 일러 군사 오백을 이끌고 어지러운 틈을 타 백제의 왕가 놈들을 모조리 잡도록 명하라!"

복경을 불러 백제의 왕가를 잡게 한다. 신라에서 와 있던 복경에게 백제를 치게 함은 백제와 신라의 연합세력을 만들지 않고 서로 적대감을 높이겠다는 신호였다.

예주는 장수왕의 말에 그렇게 하는 것이 좋을 것이라 생각하여 명을 받들었다. 또한 방후와 을견해가 장수왕의 명을 받들어 크게 답하고 예를 올리니 그 기상이 하늘을 찌르는 듯했다.

"예, 대왕! 명을 받들겠습니다!"

막사 밖에서는 눈보라가 휘몰아 치고 있었고, 고구려의 병사들은 어깨에 하얗게 쌓인 눈을 털어 내지도 않은 채, 결전을 위해 투구의 끈을 고쳐 매었다.

국천개는 피호수의 공격에 손을 쓸 겨를도 없이 무참히 위북성을 빼앗기고 목숨을 부지하기 위해 남으로 도망가다 얼마 안 가 고구려의 병사들의 손에 그 몸통이 분리되어 죽었다.

자신의 곁에 여계후를 놔두지 않고 고구려군을 쫓게 했던 것이 화근이었다. 국천개는 전투를 치르며 적을 막을 지혜와 용기가 부족했다. 이는 그저 관직과 재물에 내 편과 네 편으로 나뉜 백제의 어리석음을 단면적으로 보여 주는 일이었다.

여계후는 국천개가 죽임을 당했는지도 모르고 자신의 군사 삼십을 끌고 사방을 뒤지며 도태산의 물길족의 행방을 찾다가 성이 함락된 것을 뒤늦게 알고는 비통해했다. 한성이 위험해질 것을 알았기에 무슨 일이 있어도 북성을 되찾아야 했다.

여계후는 북성에서 한 봉우리의 산 뒤로 삼십의 군사를 물려 그곳에 진을 치고 멀찌감치 북성을 하루종일 살폈다. 며칠 사이에 주인이 바뀌어 버린 것이 못내 원망스럽고 매정해 보였지만 성은 성일 뿐 그 주인이 누구인지에는 관심이 없었다.

눈이 쌓인 북성을 바라보는 여계후의 심정은 참담하고 죄스럽기 그지없었다.

국내성에 막 한성 공격 소식이 들려왔고 복경은 자신의 옆 사신을 보며 한 차례 고개를 끄덕이고는 묵직한 소리를 내었다. 그것은 결단을 의미하는 말이 아닌, 그저 의미 있는 음성이었다.

복경은 고구려에서 자랐지만 한시도 신라를 잊은 적이 없었으니 그것은 아비 복호의 영향력이 대단했던 것이다. 고구려를 원수로 여기고 칼을 갈고 있었던 복호가 자식을 남겨 두어야 했었고 그런 상황을 비통해하며 복경에게 절대 원수를 잊지 말라고 가르치니 태생부터 복경은 신라의 사람이었다.

사신이 김교부의 말을 전했다. 때가 되면 백제를 공격하라는 장수왕의 신호가 올 것이라고 말이다. 지금이 그때가 된 것이었다.

복경은 신라의 사신과 함께 국내성의 성주로부터 군사 오백을 받아 그대로 남으로 달렸다. 평양성을 지나 한 번에 북성까지 들어갈 셈이었다.

하지만, 그곳에서 총력을 펼쳐 백제를 잡을 생각은 없었다. 김교부의 말이 사실이라면 신라는 일단은 백제와 손을 잡은 것이다. 복경은 한성을 공격하는 척하며 신라에서 온 자신의 사신과 함께 신라로 들어갈 것이라 다짐했다.

태어나서 지금까지 자신을 인질로 잡다가 이제는 자신을 그저 이용만 해 먹으려는 장수왕과 그 아랫놈들이 꼴 보기 싫었다.

말을 타고 달리는 복경의 눈에 단호함과 비장함이 깊게 서려 있었다.

"이랴!"

고구려의 겨울바람은 매섭고 거칠기가 마치 온몸에 화살을 맞는 것과도 같았으나 몸을 움직여 앞으로 나갈 수 있다면 그쯤이야 참을 수 있었다. 아무것도 아닌 칼바람이 진짜 칼을 이길 수는 없는 법이었다.

고삐를 움켜쥔 복경의 두 손은 금세 빨갛게 물들었고 갈라졌다.

목하치의 공격을 수십 번 막아 낸 북성의 고구려군은 이제 평양성에서부터 가지고 내려온 곡식과 물자가 점점 쌓이기 시작했다.

목하치는 마음이 급해졌다.

"이것을 어쩌면 좋단 말이냐…."

답답한 마음에 목하치는 한참을 고민하고 있었는데, 마침 사천여가 군사를 이끌고 목하치의 막사로 들어왔다.

"아직 녀석들을 내쫓지 못했소?"

사천여의 비아냥거림에 목하치는 심기가 불편했다. 자신보다 관직이 위이지만 전장에서 임무를 받은 것은 자신이기에 장군은 한 명일 수밖에 없었다. 아무리 지위가 높다 해도 그 오만함이 하늘을 찌르는 것 같으니 대꾸를 하고 싶지 않았다.

"어서 빨리 그들을 쫓아내도록 하시오! 그래야 내가 올라간단 말이오."

"뭐라고요? 그게 무슨 말입니까? 같이 힘을 합하여도 모자랄 판에 나 혼자 몰아내라는 말입니까? 사천여 장군은 무엇을 하려 여기에 오셨습니까? 제가 길을 터 주어야 움직이신다는 것은 너무 심한 말이 아닙니까?"

사천여는 일어나 따지는 목하치의 의자를 빼앗아 자신이 떡하니 앉았다.

"태자 저하께서 시킨 일이오! 명을 어길 생각이오?"

사천여가 거드름을 피우며 말했다. 목하치는 화가 머리끝까지 나 사천여를 때려눕히고 싶은 마음이 간절했지만 명을 어길 수는 없었다.

목하치가 사천여와 한 지붕 아래 마주하고 싶지 않았으니 날이 찬데도 막사 밖으로 나왔다. 그저 저 앞에 눈이 쌓인 북성과 하얗게 덮인 눈산만 바라보며 긴 한숨을 내쉬었다.

얼마나 그대로 서 있었을까…. 어슴푸레 어둠이 깔리기 시작하고 막 달이 그 색을 내려던 때, 저 옆에 있던 산을 등지고 말을 몰며 다가오는 병사가 눈에 들어왔다. 그의 복장을 보니 백제의 병사가 틀림없었다.

모두가 잠이 들 수 없는 밤의 연속이었다. 목하치 자신의 병사들은 추위를 간신히 이겨 내며 교대로 반씩 번갈아 휴식을 취하고 있었는데, 저 앞에 달려오는 병사는 누구의 병졸인지 몰랐다.

급히 달려온 병사가 말에서 내려 목하치를 알아보고는 예를 갖췄다. 목하치는 숨을 헐떡이며 허연 입김을 연신 뿜어내는 병사를 보며 의아해 물었다.

"너는 어디서 오는 길이냐? 무언갈 전하러 왔느냐?"

"장군! 서쪽으로부터 명을 받고 이리 급히 달려왔습니다."

"서쪽?"

목하치가 병사의 말에 서쪽을 바라보았다.

"서쪽이라면 누구인 것이냐?"

목하치의 물음에 병사가 막 대답을 하려던 순간, 눈에 비친 달빛이 푸르게 밝히는 평야 위로 한 무리가 말을 타고 달려오는 것이 보였다. 목하치는 멀리서 휘몰아치는 눈보라를 이끌고 오는 이를 유심히 보았으며 동시에 큰 소리로 외쳐 주변의 병사들을 깨웠다. 혹시라도 모를 원군이라면 좋겠지만 적의 기습이라면 그에 대비를 해야만 했다.

푸른 무리들이 점점 가까이 다가오자 목하치와 병사들은 일제히 긴장했다. 하지만 자신의 앞에 있는 사신은 크게 당황하지 않았다.

목하치가 얼른 말에 올라 높은 곳에서 바라보니 낯이 익은 갑옷들이었다. 점점 시야가 확보된 곳까지 다가온 무리들을 본 목하치는 깜짝 놀라며 얼른 말에서 내렸다.

목하치가 푸른 갑옷을 걸친 말 위의 사내에게 무릎을 꿇고 인사를 올렸다. 모든 것이 얼어 버릴 듯한 날씨에도 목하치의 등줄기에서는 땀이 맺히기 시작했다.

"목하치 장군은 고생이 많소! 이제 내가 왔으니 북성을 탈환하는 데 주력합시다."

"예, 저하! 소인 수차례의 공격에도 그 업을 아직 이루지 못했으니 죽을 죄를 지었사옵니다."

말에서 내린 이는 문주였다. 문주가 목하치의 어깨를 두드리곤 그를 일으켜 세웠다.

문주의 뒤로는 백제 병사의 갑옷을 입은 오백의 군사가 서 있었다.

문주가 정양산성에서 돌아온 것이다. 그리고 오백의 신라 군사를 지원받아 지금 그들에게 백제의 옷을 입힌 채 늠름하게 서 있으니 백제로서는 천군만마를 얻은 것과 같았다.

신라의 원군 오백이 모두 백제의 옷을 입었으니 그것은 노정의 계략이었다. 원군을 보내는 조건으로 신라의 병사들에게 백제의 옷을 입히는 것을 제안했고, 문주는 이를 허락했다. 백제의 군이 더 많아 보인다면 나쁠 것도 없었다. 하지만 노정의 생각은 달랐다.

신라군이 백제를 돕고 있다는 것을 대외적으로 고구려에게 알려 좋을 이유가 없었다. 복경이 무사히 돌아올 때까지 신라는 몸을 사려야 했다. 고구려는 복경이 백제의 뒤통수를 치는 것으로 알고 있었기 때문에 그것이 거짓으로 들통난다면 백제보다 신라를 먼저 칠 수도 있었다.

하지만 고구려는 그리 잠자코 믿고 있을 리가 없었다. 노정의 계략은 완전히 빗나갔으니 고구려의 장수 을수주가 정양을 둘러싸고 그들이 예전 북연과의 전쟁에서 선보였던 집채만 한 투석기를 끌고 기세 좋게 대치해 섰다.

신라는 성문을 단단히 지키고 그들을 막으려 용을 썼지만 그들이 날려 대는 커다란 돌덩이는 이겨 낼 수가 없었다. 또한 수백 발의 화살을 일제히 쏘아 대니 성벽 안쪽에 있던 신라의 병사들이 하나둘씩 쓰러졌다.

복경이 들어올 때까지 무조건 막아야 했다.

문주가 북성 앞 진지로 합류하게 되자 난처해진 것은 사천여였다.

거드름을 피울 시간도 없이 사천여는 문주의 눈치를 봐야 했고 여경의 명에 따라 만약 북성을 탈환한다면 자신은 꼼짝없이 앞장서 고구려군을 평양성까지 다시 물러나게 해야 했다.

엄동설한에 말들도 그 힘을 제대로 쓰기 힘든데 억지로 잡아 이끌어 달려 나가야 하는 것이 꼭 자신의 처지와 같았다.

문주가 합류하고 나서는 목하치의 걱정이 덜하였다. 문주는 용맹함이 남달랐으니 북성 탈환을 조금도 두려워하지 않았다.

"무조건 동이 트기 전, 어둠이 사라지기 전에 쳐야 한다. 목하치 너는 내가 공격을 하면 같이 공격하는 척하며 뒤로 돌아 성의 뒷문에서 공격을 감행하도록 하라. 그리고 사천여는 뒤에서 숨어 기다리고 있다가 신호를 내리면 병사들을 이끌고 바로 달려와 공격을 하라."

문주의 명에 목하치와 사천여는 답을 했다. 사천여는 자신이 그래도 뒤에 자리를 잡아 공격하는 것에 다행이다 싶었다. 그래도 그의 불만은 가시질 않았으니 하필이면 해구가 무슨 자신감인지 으름장을 내놓아 진백에게 맞서려 자신을 등떠밀었다고 생각했다. 하지만 반대로 만약 고구려를 쫓아낸다면 자신은 큰 공을 세울 수 있을 것이었다. 그것은 문주가 확인할 수 있지 아니한가.

사천여의 불만이 가득한 표정과 밍기적대는 모습에 목하치는 불만이 가득했고 그것을 모르는 문주가 아니었다.

북성 탈환을 위해선 계획을 한 번 더 비틀어야 했다. 그렇지 않고서는 도저히 성을 단단히 지키는 대군을 당해 낼 수 없었다.

문주는 정확히 어느 날이라고 날을 정하여 말하지 않았다. 그저 매일 동이 트기 직전, 그리고 어둠이 사라지는 때만을 강조하였다. 점점 날이 지나면 지날수록 백제에게 불리했다.

매서운 바람이 잠시 멈춘 날이 찾아왔다. 바람이 멈추니 모든 것이 멈춘 것 같았다. 문주는 의미심장한 표정으로 낮부터 병사들을 집결시켜 창과 활을 손질하도록 명했고 목하치를 따로 불러 귓속말을 전했다.

"신호를 주면 바로 뒤로 돌아가 숨어 있도록 하라."

목하치는 어떤 계획인지 몰랐지만 문주의 뜻대로 명을 어기지 않고 답했다.

아직 해가 중천에 떠 있었고 사천여는 여전히 투덜대며 게으름을 피웠다. 문주는 갑자기 말에 올라타 자신의 병사 열 명만을 데리고 빠르게 달려 북성 앞으로 가 섰다.

사천여는 그 모습을 보고 어리둥절했다.

문주가 말을 타고 달리는 것이 신호였다. 그 모습을 본 목하치는 문주의 병사들을 마저 이끌고 말을 달려 북성의 뒤쪽으로 향했다.

목하치가 군사를 끌고 달리기 전, 사천여에게 가만히 말했다.

"주변에 다른 고구려군이 있는지 정찰을 하고 올 것입니다. 장군은 여기서 준비를 하고 계시지요."

문주의 명대로라면 새벽녘이나 되어서야 공격을 감행할 것이었다. 사천여는 그리 크게 걱정하지 않고 목하치의 말을 믿었고 문주 역시 잠시 그들을 감시하고 주시하러 갔을 것이라 생각했다.

진영에는 사천여의 군사 오백만 남았다.

천오백의 군사를 이끌고 북성의 뒤를 몰래 돌아 들어가 선 목하치. 그리고 열 명의 병사와 함께 북성의 문 앞에 선 문주. 참으로 기괴하지 않을 수 없었다.

문주가 손을 들어 신호를 주니 열 명의 병사들이 크게 고함을 질렀다. 그러자 성벽에 있던 궁수들이 일제히 화살을 겨누었다. 그 사이에는 부관장수 피호개가 허리춤에 손을 대고 서서 아래를 노려보았다.

"네놈들이 삼천의 군사를 이끌고 왔건만 아직도 성안에서 숨어 꿈틀대고 있는 것이 참으로 볼품이 없구나. 한 나라의 장수라면 그 용맹함을 널리 뽐내야 하거늘! 나는 너희들 같은 겁쟁이가 아니라 고작 열 명을 데리고 이곳 너희들 코앞까지 왔다. 누군가 나와 견주어 볼 이가 없는가? 하하하!"

문주가 크게 소리를 내며 긴 창을 공중으로 한 번 휘둘렀다.

문주가 비꼬는 것이 가소로워 보였는지 피호개가 헛웃음을 지었다.

"수십 번의 공격에도 아직도 도망가지 않았느냐? 지금이라도 투항하거나 도망간다면 목숨줄을 조금 더 잡고 있을 수 있을 터인데. 쯧."

"열 명도 바로 앞에서 잡을 수 없다면 수십 번의 공격에 북성을 다시 빼앗는 것이 무엇이 중요하겠는가! 우리 뒤에 있는 오백의 군사들로 북성이 아니라 평양성과 국내성까지 모조리 불태워 버리겠다. 북성 하나만 견고히 지켜 너희의 도읍으로 만들도록 하여라. 나머지 고구려의 모든 성은 우리가 가질 테니! 하하하!"

문주는 들고 있던 창을 바닥에 던졌다. 그리고 병사들과 뒤를 돌아 아주 천천히 조롱하듯 말을 몰고 진영으로 가려 했다.

문주의 약올림이 먹힌 것일까, 듣고 있던 피호개의 눈이 순식간에 변했다.

'고작 오백이라고? 저놈들이 지쳐서 물러난 것인가? 그럼 바로 쫓아 저놈들을 싸그리 격퇴하는 것이 좋은 것 아닌가….'

피호개가 곰곰이 생각하더니 방후와 을견해를 불렀다. 그리고 오백밖에 없다는 문주의 말을 확인하려 군사 일천을 뒤쫓아 보내 백제의 진영을 깨부수고자 하였다.

"방후 네가 저 백제의 장수를 쓰러뜨리거라. 그리고 동시에 일천의 군사를 이끌고 바로 그들을 쫓아내도록 하라. 한성까지 길을 확실히 트는 것이 낫겠구나. 북성에서 계속 버티며 그들을 지치게 만드는 것이 그리 좋은 계략은 아닌 듯싶다. 복경이 올 때까지 길을 터놓는다면 한성을 쉽게 공격해 한 번에 끝낼 수 있을 것이다."

"예, 장군."

방후는 을견해와 말에 올라타 등을 진 문주를 향해 군사 일천을 재빨리 거느리고 뒤쫓았다. 일부러 천천히 말을 움직여 걷게 한 문주가 한참 신경을 곤두세우고 있을 때, 그들이 땅을 요동치며 달려오는 소리가 귓가에 들리기 시작했다. 그러자 문주는 갑자기 말의 배를 힘껏 차고 서둘러 자신의 진영 쪽으로 달리기 시작했다. 하지만 너무 빨리 달리지도 않고 그들이 따라오기만을 기다리는 듯 거리를 점점 좁혀 오도록 했으니 앞선 장수 방후와 을견해가 어느새 문주의 뒤에 따라붙었다.

문주는 가까워진 그들의 모습을 힐끔 보더니 허리춤에 찬 검을 뽑아들고 말의 고삐를 잡은 채 긴 창으로 무장을 한 두 장수에게 칼을 겨누었다.

빠르게 달려오는 그들과 천천히 달리는 문주가 한 곳에서 맞닥뜨렸으니 문주는 있는 힘껏 검을 휘두르며 벌써 양옆에서 이리저리 공격을 해 오는 방후와 을견해에 맞섰다.

수십 번의 창과 칼이 부딪치니 매서운 추위에 그 한기가 더해져 마치 얼음 저승과도 같았다.

"이얏!"

"네 목숨을 거두겠다!"

방후가 소리를 지르고 을견해가 마지막 용을 쓰니 여러 차례 막기만을 반복하던 문주가 조금씩 지치기 시작했다. 그때, 문주가 병사들에게 크게 외치며 말을 너욱 나그쳐 부리나케 달려 그 거리를 벌려 놓았다.

진영으로 거의 다 돌아온 문주가 거친 숨을 몰아쉬며 사천여가 있는 곳을 향해 크게 소리를 지르니 사천여가 놀라며 그 모습을 보고는 얼른 오백의 군사를 데리고 문주를 맞이하러 나갔다.

"사천여는 멈춤 없이 앞으로 공격하라! 백제의 위상을 보여라!"

겁을 잔뜩 집어먹은 사천여의 귀에 들리는 문주의 호통은 벼락과도 같았다. 몰려오는 적들의 수가 어마어마하기에 두려움이 앞섰지만 그렇다고 문주의 명을 어길 수는 없었다.

　사천여가 울상이 된 얼굴로 어쩔 수 없이 군사를 이끌고 그들을 향해 정면으로 달리는 순간, 말의 고삐를 꽉 움켜쥐어 반대로 말을 돌려 세우는 문주의 모습을 보았다.

　일제히 함성을 지르는 백제의 병사들이 벌게진 콧등을 내보이며 막 고구려군을 맞아 힘겨루기를 하려 할 때, 문주가 몸을 뉘여 방후와 을견해의 창을 피하며 검을 힘차게 양쪽으로 너댓 번 휘둘렀다. 그러자 다 잡았다고 생각했던 문주의 칼 끝에 두 장수의 목이 차디찬 바닥으로 떨어지니 고구려군은 순식간에 두 명의 장수를 잃었다.

　정말 찰나의 순간이었다.

　두 장수를 따르던 고구려 병사들은 지휘관을 잃은 모습에 순간 당황하지 않을 수 없었고 사천여도 그 모습을 보고는 놀라며 그 순간을 놓치지 않았다.

　"무엇들 하느냐! 얼른 앞으로 나서라!"

　문주의 외침에 백제의 병사들은 기세를 몰아 자비 없이 그들을 베고 찌르며 앞으로 나아갔으니 순식간에 전세가 역전되었다.

　그뿐만이 아니었다. 그 기회를 놓치지 않고 북성의 좌에서 한 무리의 병사들이 미친 듯이 두 검을 휘두르며 성안으로 들어가고 있었으니, 그들 모두가 백제의 푸른 갑옷과 황색 천을 어깨에 두르고 있었다.

　오십의 군사가 성안으로 재빨리 들어가 성안을 이리저리 헤집자 피호개는 당황하며 나머지 이천의 병사들을 향해 그들을 막도록 지시했다. 그리고 혹시나 모를 사태에 대비해 성의 뒷문을 열었는데 그것이 화근이 되었다.

　성 뒷문이 열리자 기다렸다는 듯 목하치가 군사 오백을 이끌고 들어와 공격하니 양쪽으로 꼼짝없이 갇힌 셈이 되고야 말았다.

피호개는 말을 찾아 타고는 자신의 주변에서 허둥대는 나머지 병사들을 이끌고 요리조리 혼란을 피해 열린 뒷문의 공간으로 부리나케 도망하였다. 북성을 버리고 위쪽으로 달아나려는 것이었다. 그런데 기다렸던 목하치의 나머지 오백의 병사들이 일제히 몸을 일으켜 활을 쏘며 패잔병들을 모조리 쏴 공격하기 시작했다.

비명을 지르고 쓰러지는 병사들을 겁에 질린 눈으로 힐끔 보던 피호개는 자신의 목숨이라도 건지기 위해 다시 앞만 보고 말을 재촉해 미친 듯이 달렸다. 활을 쏘던 병사들은 다가오는 말에 놀라 쓰러지고 피하며 그 길을 터 주었다. 피호개는 겁을 먹어 입을 다물지 못하고 그저 앞만 보고 달리는데 그 모습이 마치 고양이에게 쫓기는 검은 쥐와도 같았다.

하지만 피호개의 운명은 거기까지였다.

피호개보다 더욱 빨리 말을 달려 미친 듯이 다가온 장수가 자신의 두 검을 양쪽에 쥐고 그의 등 뒤를 향해 날렸으니 피호개의 등에 칼이 깊이 박혔다.

"으억!"

피호개는 단발의 비명을 지르며 달리는 말에서 떨어져 심하게 굴렀다. 차가운 땅에 박힌 울퉁불퉁한 돌에 이마를 찧었고 한참을 구르다가 대자로 뻗어 숨을 거두었다. 그야말로 개죽음에 가까웠다.

문주의 계략이 먹힌 것은 그가 자신의 실력과 용맹함을 믿었기 때문만은 아니었다.

말을 세우고 피호개를 내려다보던 장수의 입에서는 구름보다 하얀 연기 같은 입김이 뿜어져 나왔다.

"백제가 그리 호락호락하더냐."

장수는 피호개의 몸에 박힌 검을 빼고는 날 끝에서 떨어지는 피를 바닥의 하얀 눈에 닦아냈다. 그리고 훌쩍 말에 올라타 다시 뒤로 돌아 북성으로 향했다.

북성의 아침은 다시 백제의 온기로 가득 찼고, 성은 그 그리움이 많이 고팠는지 따뜻한 햇살을 담아 온기를 불어넣어 주었다.

손상된 곳을 보수해야 하는 것이 마땅하지만 다시 언제 이 소식을 알고 쳐들어올지 모르는 고구려군에 대항하려면 아직은 시기상조였다. 그럼에도 성은 백제의 품에 안겨 오랜만의 낮잠을 즐기듯 조용하게 형태를 흐트러뜨리지 않았다.

"계후! 고생이 많았네. 자네가 없었으면 해내지 못했을 거야!"

문주가 여계후의 어깨를 잡았다.

북성 수비대장 여계후, 그는 백제에서 가장 용감한 장수로 둘째가라면 서운했다.

"죄송합니다. 저하. 소인 성을 지키지 못해 그 명을 어긴 것과 같으니 죽여 주시옵소서."

문주는 엎드려 절을 하는 여계후의 몸을 일으켜 세웠다.

"옛날 그 아이는 한 번도 죽을 짓을 한 적은 없는 것으로 알고 있는데… 하하하!"

영암성의 어린 소년 여계후. 어느덧 어엿한 백제의 장수가 되니 그 어찌 기쁘지 않을 수 있겠는가.

문주는 떨떠름해 있던 사천여에게 명해 바로 북쪽으로 올라가 쌍현성까지 탈환하라 시켰다. 사천여는 올 것이 왔다고 생각했다.

이제는 쌍현성을 탈환하고 살아남든지 아니면 그대로 개죽음을 당하든지 둘 중 하나였다.

고구려군의 대패로 잘만 상황이 맞는다면 살아 돌아와 큰 공을 인정받을 수 있었다. 하지만 쌍현성이 어떤 성인가. 단단하기가 철벽 같은 성인데 그것을 어찌 오백의 군사로 뚫는단 말인가.

사천여는 깊은 생각에 잠긴 채 문주의 명을 어쩔 수 없이 받들어 쌍현성으로 향했다.

여경과 문주는 사천여를 확인해 보고 싶었다. 그가 과연 해구의 말대로 용맹한 그의 휘하장수인지 아니면 한낱 수작을 부려 자리나 차지하려고 해구에게 붙은 것인지.

그의 태도에 따라 해구의 눈을 의심해 볼 만하였다.

복경이 쌍현성에 도착하자마자 북성이 함락되었다는 소식이 들려왔다. 엎친 데 덮친 격으로 매서운 추위와 함께 세 장수와 삼천의 군사를 잃은 불운한 소식으로 인해 장수왕의 건강이 나빠지자 고구려는 쌍현성을 지키는 한편 잠시 평양성으로 올라가기로 결정을 내렸다.

평양성으로 아무런 성과 없이 피해만 보고 올라간 장수왕은 화가 머리끝까지 차올랐다.

일전 해수와의 약속에서 섭정무치는 사라졌고 믿었던 해수마저 죽어 버린 후, 그의 자 해구마저 아무런 소식이 없으니 순식간에 농락을 거세게 당한 것 같았다. 소문이라도 나면 그야말로 바보천치나 다름없었다.

"복경은 쌍현성에 있다고 하였느냐?"

"예, 대왕…."

예주가 몸을 깊게 낮추며 자신의 실수에서 비롯된 상황에 몸 둘 바를 몰랐다. 그러나 장수왕은 예주를 탓하지 않았다. 어쨌든 모든 것은 자신이 내린 결정이었다.

장수왕은 어의들의 지극정성으로 그 기력을 회복했으며 북쪽의 소란이 진정되었다는 소식을 간간히 듣기 좋게 전해 받았으니 근심이 조금은 덜했다. 허나 백제와의 싸움에 패한 것이 여전히 응어리로 남아 있었다. 더군다나 신라로 가 공격을 퍼붓던 자신의 군사들이 북성의 함락 소식에 당황하여 머뭇대다가 혹시나 뒤에서 백제가 신라를 도와 그들마저 전멸시킬까 걱정이 돼 모두를 쌍현성으로 불러들였다.

쌍현성은 본디 백제의 것이었으나 고구려군들이 들어차 앉았고 성은 그저 주인이 그리워 다시 돌아올 때만을 기다리고 있었다.

수만의 군사를 대동하고 작정하며 내려온 장수왕에게 대적할 자는 없어 보였다. 허나 백제와 신라가 서로 막고 고함을 지르니 가히 당해 내기가 여간 어려운 것이 아니었다.

456년, 겨울이 그렇게 지나가고 이듬해 북성을 탈환한 백제에 커다란 변화가 있었으니 흔적도 없이 사라진 비유를 대신해 여경이 그 자리에 앉았다.

왕의 자리를 계속 비워 둘 수 없었던 여경은 문주와 상의하여 북성을 탈환함과 동시에 그 경계를 강화하고 장수왕이 평양으로 물러난 것을 기점으로 비유의 죽음을 모두에게 알리고 자신이 어라하의 자리에 앉았다. 이제는 자신이 직접 나서 왕권을 강화하고 비유를 해한 자들이 누구인지 알아내야만 했다. 여례를 새로 만든 관직인 관군장군부마에 앉히고 충주성에서 대방과 장무를 한성으로 불러들였으며 상좌평의 자리를 문주에게 넘겨주었다.

456년 마지막 겨울, 개로 1년.

비유의 죽음에 모두들 놀랐지만 음흉한 세력들인 해씨와 목씨 그리고 국씨는 예상이나 한 듯 심히 놀라지 않았다. 다만 진백과 진후는 적잖이 충격을 받았다. 그리고 협두형은 아무것도 알지 못한 채 비통함을 금치 못했지만 백제는 무너지지 않았고 여경을 받들기로 다짐했다.

여경은 문주에게 그들을 자세히 관찰하게 하였는데 우기가 시작되는 그 어디쯤 밤에 예전 비유의 명을 받았던 진개가 은밀히 문주를 찾아왔다.

문주는 진개를 처소로 불러들였다.

"야심한 밤에 이렇게 불쑥 찾아와 죄송하옵니다."

"무슨 일이냐?"

진개는 문주가 권한 자리에 앉아 예를 갖추며 조심스럽게 입을 떼었다.

"다름이 아니오라 예전 비유 어라하께서 명을 하신 것이 있었습니다."

"아비님께서? 무엇을 말이냐?"

진개는 잠시 주위를 살피더니 몸을 낮추며 듣는 이가 없도록 낮은 음성으로 말했다.

"일전에 어라하와 상좌평께서 영암으로 떠나시기 전, 제게 말씀하시길 수마왕비님을 잘 관찰하라 하셨습니다. 그런데 지금 그 수마왕비께서 요즘 들어 자주 해구의 처소에 드나드는 것이 목격되고 있습니다. 하루건너 하루를 넘어가니 그 모습이 어딘가 예사롭지 않습니다. 늦은 밤에 건너가 동이 트기 전에 나오시는 것이 수상합니다."

"그게 무슨 말이냐? 해구를?"

문주는 진개의 말에 턱을 괴고는 의아하게 생각했다.

"아마도 분명 해구와 무슨 일이 있는 것이 아닌가 싶습니다. 또한 가끔은 수비리시도 함께 목격이 되었습니다."

문주는 진개의 말에 예삿일이 아님을 짐작했다.

"수비리시까지 그곳을 드나든다는 말이냐? 도대체 무슨 일인 것이냐…."

문주는 심기가 불편한 표정을 숨길 수 없었다. 허나 진개에게 물어보아도 진개가 아는 것은 그것뿐이었으니 문주는 알았다 답을 하고 혼자 깊은 생각에 잠겼다.

이제 어느 정도 나라 밖이 진정이 되었다 생각해 안으로 백제의 백성들을 굽어살피고 내정을 유심히 관찰하던 차였다. 뜻밖의 소식에 문주는 혼란스러웠다.

다음 날, 문주는 여경을 찾아갔다. 그리고 간밤에 자신이 들은 이야기를 여경에게 털어놓았다.

여경 역시 문주와 같은 반응을 보였으니 참으로 예상치 못한 일이었다.

"어떻게 해야 할까요? 문책을 하면 무슨 일인지 알 수 있지 않겠습니까?"

문주의 급한 성격이 다시 튀어나오는 순간이었다. 여경은 가만히 팔짱을 끼고는 묵묵히 고개를 숙였다. 문주는 한참을 말이 없는 여경을 초조한 눈으로 기다리고 있었다.

조금씩 떨어지던 빗방울이 조금씩 빨라지더니 소나기가 내리기 시작했다. 그리고 그 빗소리를 얼마간 듣던 여경이 입을 열었다.

"진개에게 그들의 뒤를 더욱 쫓으라 명하고 나는 그 사실을 모르는 척하도록 하겠다. 너는 해구와 국철, 그리고 목갑의 주위를 계속 살피도록 하여라. 만일 조금이라도 그들에게 수상한 점이 보이면 바로 내게 말하여라."

"예? 그게 다입니까?"

문주는 단지 지켜보라는 여경의 말에 성에 차지 않았다. 하지만 명을 어길 수는 없는 노릇이었다.

"진실은 언젠가 드러나는 법. 파고 판다면 그것은 더욱 깊숙히 숨어 버릴 것이야. 그저 모르는 척 잠시 흘러가게 놔두면 언젠가 방심하는 순간 수면 위로 올라올 것이다."

여경의 단호한 말에 듣고 보니 맞는 말이었다. 문주는 고개를 숙여 예를 갖추고 빠른 걸음으로 자신의 처소로 다시 향했다.

문주는 진개를 불렀고 진개에게 그날 밤부터 수마왕비와 수비리시의 행동을 유심히 지켜보라 당부했다.

여경은 장마에 대비해 곡식을 풀어 백성들에게 베풀었고 안정을 되찾기 위해 애를 썼다. 그리고 두 해가 지나 몸이 성치 않은 진순이 운명을 달리했으니 그의 제를 성심껏 치러 주었다. 하지만 진남은 한성으로 돌아오지 않았다.

조정좌평 사절과 해구를 제외한 다른 대신들의 직위를 올려 주고 그들에게 백제의 여러 금장식과 비단 등을 하사하니 그들이 여경의 은덕에 깊이 고개를 숙였다.

허나, 그것은 여경의 절묘한 탐색이었다. 이제부터는 누가 진정한 대신들이고 충신인지 금방 알 수 있을 거라 생각했다. 그들은 녹을 더 받아먹으면 먹을수록 콧대가 높아질 것이고 그렇다면 분명 실수가 나올 것이라 생각했다.

비가 그칠 줄을 모르니 여경은 잠을 이루지 못하고 처소의 끝 마루에서 하늘을 보는 일이 잦았다.
문주가 복성을 탈환할 때, 왜에서 돌아온 백제의 사신이 여곤의 말을 전한 것이 문득 생각이 났다.
이제는 많이 늙어 버린 대시종은 허리를 굽히기도 힘들어 보였고 심지어는 자리에 서 있는 것도 불편해 보였으니 여경은 미안할 따름이었다. 허나 대시종도 측근이었다.
비가 내려 후덥지근한 밤공기가 완전히 자취를 감추는 것 같았다.
보이지 않는 달을 애써 찾아보려 해도 찾을 수가 없었다.
여경은 가만히 중얼거리듯 대시종에게 넋두리 아닌 넋두리를 털어냈다.
"비가 이렇게 많이 오는데 이러다가 잠기겠소. 비는 항상 성가시지 않소?"
대시종은 여경의 한 발짝 뒤에서 물끄러미 하늘을 올려다보다가 저 앞뜰에 나 있는 꽃들을 바라보았다.
"그래도 비가 오면 다시 피어나는 것이 있지 않겠사옵니까…."
대시종 역시 비유의 죽음에 큰 충격을 받아 급격히 수척해졌으며 내색은 하지 않았지만 어딘가 힘을 잃은 모습이었다. 허나 자신의 임무를 다하려 애를 썼으니 여경은 그를 신임하지 않을 수 없었다.
"여곤은 잘 있는지 모르겠소…."
대시종은 말이 없이 그저 고개만 숙였다.

왜에서 곤지가 보낸 사신의 말을 전해 들었지만 여경은 백제에서 왜로 많은 수의 병사를 보낼 순 없었다. 한창 난리도 아닌 급박한 상황에서 곤지를 충분히 도와줄 수 있는 방법이 없었다. 다만 최대한 보낼 수 있는 병력을 보낸 것이 고작 백 명이었다.

곤지의 명을 받고 여경에게서 백 명의 병력을 받아 돌아온 제묘자 병사는 급히 그들을 이끌고 후쿠오카로 향했다. 그곳에서 곤지를 기다리는 수밖에는 방도가 없었다. 사실 여경이 보낸 군사가 백 명이라 하여도 그중 절반은 기술자들이었다. 누구는 목수일을 하였고 누구는 대장간을 하였었고 또 누구는 음식을 만들거나 사고파는 장사치들이었다. 제대로 병사훈련을 받은 이들은 고작 스물 정도밖에 되지 않았다.

백제의 사람들이 모두 후쿠오카에서 아스카에 간 곤지가 돌아오는 날만을 기다렸다.

그동안 그들은 부족국들에게 백제의 기술과 지식을 나누고 전수해 주며 마을을 만들고 넓혀 갔으니 고향이 아니었지만 고향인 듯 보였다. 땅에서 나는 것들이나 육지와 바다에서 나오는 것들이 대부분 같았으니 음식을 해 먹는 방법이나 기둥을 세워 튼튼한 집을 짓는 방법 등을 가르치고 익히게 했다. 또한 제묘자 병사들과 백제의 병사들에게서 교육을 받아 창을 쓰는 법과 활을 쏘는 법을 익숙하도록 배웠으니 그들은 어느새 백제의 병사들과 섞여 있어도 전혀 어색하지 않았다.

457년, 개로 2년.

잠시 기절했던 곤지의 몸에 불이 붙기 전에 잽싸게 낚아채 바깥으로 눕혀 놓았던 이는 태사평이었다.

곤지는 태사평의 도움으로 가까스로 목숨을 놓치 않게 되었으며 또한 이성의 끈을 잡을 수 있었다.

곤지는 소아령의 상태를 먼저 살피고 그 후 제묘자 병사들을 돌아보았다. 그리고 멀쩡히 냇가에서 옷을 빨고 있는 금여수를 보았다. 모든 것이 한바탕 꿈만 같았다.

소아령은 아직 몸을 가누지 못하고 누워 있었지만 다행히 가늘게라도 눈은 뜨고 있었다. 곤지는 소아령의 손을 잡고 말했다.

"이제 다 끝났습니다. 다른 것은 신경 쓰지 말고 부디 몸을 추스리는 데만 전념하세요."

곤지는 검게 그을린 소아령의 얼굴을 손으로 쓱 닦았다. 그 모습을 태사평이 보다가 등을 잠시 돌렸다.

곤지는 잠시 숨을 고르더니 완전히 불에 타 반 이상 허물어진 성을 보았다. 그리고 잡혀 있던 기시하라 부족국 장군에게로 성큼 다가섰다.

살아남은 오이타 부족들과 기시하라는 곤지가 다가옴과 동시에 겁에 질려 눈을 동그랗게 뜨며 몸을 벌벌 떨었다. 당장에 죽어도 이상하지 않을 것이었다.

곤지는 무릎을 꿇고 있던 놈들을 가만히 바라보다가 태사평에게 칼을 달라고 말했다. 태사평은 자신의 칼을 곤지에게 내밀었고 곤지는 그것을 받아서 한 손에 쥐고는 쭈그려 앉아 그들과 눈높이를 맞췄다. 곤지와 칼을 번갈아 보던 기시하라는 사색이 되었다.

"죽을죄를 지었습니다. 목숨만 살려 주신다면 무엇이든 하겠습니다."

"무슨 죄를 지었는지 압니까?"

기시하라는 곤지가 자신을 낮춰 부르지 않았으니 어찌 된 일인지 어리둥절했다. 입만 뻥끗하며 뭐라 말을 하려는데 잘 나오지 않았다.

"무고한 여인들을 잡아 가두는 것은 인간으로서 할 짓이 아닙니다. 또한 이유 없이 다른 부족들을 침범해 약탈을 일삼고 횡포를 부리며 사람을 죽게 만드는 것 역시 인간이 아닙니다."

"죽을죄를 지었습니다."

기시하라는 온몸이 굳은 채 그저 입만 벌려 용서를 구하고자 하였다. 곤지가 그의 눈을 지그시 바라보았다.

"필요한 것이 있으면 말하시오. 빼앗는 것보다 돕고 나누는 것이 훨씬 마음이 편하고 즐거운 일입니다. 그것을 여태 몰랐다면 이제 알게 해 주겠소."

곤지는 칼을 휘둘러 그들을 묶은 나무줄기를 베었다. 순식간에 기시하라와 남은 수십의 병사들의 몸이 자유로워졌다. 몸을 움직일 수 있게 되었는데도 그들은 도망갈 엄두가 나지 않았다. 워낙 두려운 태사평과 제묘자 병사들이 앞에 버티고 있었기 때문이다.

태사평은 곤지의 행동에 어쩔 줄 모르고 당혹스러워했다. 하지만 곤지의 눈에서 나오는 밝고 푸른 빛에 아무런 방해도 할 수 없었다. 예전부터 곤지는 결심이 서거나 확신에 찰 때마다 그렇게 눈빛이 변하곤 했다.

곤지가 칼을 태사평에게 건네주었고 나시 그들과 눈을 맞추었다. 그리고 아주 부드러운 소리로 그들에게 타이르듯 말을 했다.

"세상이 어지러운 것은 위쪽도 마찬가지요, 여기도 물론 마찬가지일 것입니다. 그러나 자! 지금 보시오. 죽었다 생각했는데 다시 자유의 몸이 되지 않았소? 이제 어디든 도망가서 다시 하고 싶은 대로 할 수 있습니다. 그런데 한 가지…."

"예…?"

"이리 좋고 비옥한 땅에서 죽자고 약탈만 하면 아깝지 않소? 살아 있는 것들을 지키고 가꿔야지."

곤지의 말에 기시하라는 충격을 받았다. 기시하라는 순간 가슴속에 응어리졌던 것들이 터져 나왔는지 눈에 눈물이 고였다. 그리고 통통한 볼살이 파르르 떨렸다.

곤지는 기시하라의 눈물을 자신의 잘린 소매로 닦아 주었다. 그리고 파란 하늘을 바라보았다.

"낮이 이리 아름답지 않습니까? 밤은 고요해서 아름답고. 당신도 여인의 몸이니 어머니의 마음으로 낮과 밤을 가꾸고 돌봐야 하지 않겠습니까? 우는 아이를 때리면 될까요? 젖을 물려야지. 그래야 좋은 내음을 내며 잠이 들고 무럭무럭 클 것이 아니오."

기시하라는 곤지의 이어진 말에 머리띠를 풀어헤치고 무릎을 꿇고 왈칵 쏟아지는 눈물과 함께 엉엉 울었다. 곤지는 그런 기시하라의 다 터 버린 손을 붙잡아 주었다.

"도움이 필요하면 내 기꺼이 도와주겠소. 우리는 백제에서 왔소. 그대들과 같은 아름다움이 있는 곳에서 왔다는 말이오. 우리가 먼저 가꾸었으니 당신들도 잘 가꿀 수 있도록 도와주겠습니다."

뒤늦게 오이타에 들어선 기토를 본 기시하라.

기시하라는 뒤늦게 나타난 기토를 보고는 무척 놀랐다. 기토는 그런 기시하라를 측은하게 바라보았다.

기시하라가 쫓아낸 기토는 그녀의 오빠였으니, 기토가 올바른 체제로 세우려던 오이타국을 권력에 눈이 멀어 다리를 잘라 뺏어 버린 것이다.

"내가 유난히 약하여 아스카에서부터 들어오는 공격에 잘 맞서지 못하니 네가 나 대신 그러한 결정을 했다는 것을 내 충분히 이해한다. 다리가 없으면 어떠랴. 이제 이렇게 네가 나를 보며 눈물로써 반성하고 용서를 구하는 것을 어찌 모른 척하고 친족을 단칼에 벨 수 있겠느냐."

기토는 울며 용서를 비는 기시하라의 등을 쓸었고, 기시하라는 기토의 모습에 그동안 자신의 욕심이 얼마나 많은 것을 상처 나게 하고 파탄지경을 만들었는지 깨닫고 그 어리석음을 크게 반성하였다.

"그 다리 평생 제 팔다리로 대신하여 살필 것을 약속드립니다. 너무도 어리석은 저를 용서하여 주신 것을 잊지 않겠습니다."

곤지에게 들은 기토의 성품과 인성, 그리고 뛰어난 현안에 기시하라는 반성하고 또 반성하였으니 기토가 말하길,

"덕분에 마음과 정신을 얻었으니 모두에게 감사한 것을 고작 두 다리로 어찌 다시 맞바꿀 수 있겠느냐. 후쿠오카도 오이타도 내게는 모두가 은인이다. 또한 여기 계신 백제의 장군님, 아니 태자님이 아니었다면 어찌 다시 이리 돌아와 널 볼 수 있었겠느냐."

기토는 곤지에게 예를 갖추었고 곤지는 그런 기토에게 역시 예를 갖추었으니 오이타의 기시하라와 그 군들은 불신의 적에서 동지의 손과 품처럼 곤지 일행을 맞이하였다.

따뜻한 시선으로 기토와 기시하라를 보고 있는 곤지를 가만히 지켜보던 태사평은 눈을 지그시 감았다. 이분은 누구의 사람도 아니다. 그저 백제의 수천 년 그 자체가 될 것이다.

태사평은 고개를 떨구었다. 자신이 말을 거는 것조차, 몸이 닿는 것조차 허락되지 않았어야 할 사람이었다. 땅이 아무리 넓다 한들 바다가 있으며,

바다가 아무리 넓다 한들 하늘이 있는데 하늘의 길이와 넓이를 알 수가 없다. 그것을 재도록 허락하지 않는다.

태사평이 본 곤지는 그런 마음을 가진 사람이었다.

가라쓰에서 열매를 따다가 우연히 곤지 일행을 본 여인. 그 여인이 기시하라였다.

기시하라가 여인인 것은 오직 오이타의 몇몇 장족들만 알았으니 염탐을 하고 정보를 얻는 데 그리 쉬울 수 없었다.

흩어져 돌아다니는 부족들은 그녀가 누구인지 관심이 없었다. 관심이라곤 오직 자신의 잇속을 챙기려는 것뿐이니 어지럽기가 날벌레 떼들만도 못했다.

기시하라는 곤지에게 모든 것을 다 털어놓았다.

"오이타국이 크다는 것은 잘 모르겠으나 가장 험한 산세와 바다가 있으니 요새에 걸맞았고 어느 곳으로 가면 커다란 들판도 있으니 살기가 편했습니다. 변명같이 들리시겠지만⋯ 가라쓰와 후쿠오카를 이용하지 않으면 안 되었습니다."

"무엇 때문에 말이오?"

"그것은⋯ 자꾸만 바다를 통해 들어오는 야마토국 때문입니다. 그중에서 다이와 족과 모노베 그리고 헤구리씨들의 침입이 잦습니다. 그들의 정세가 어떻게 되는지는 모르지만 한번 그들이 배를 타고 건너오면 저희가 거둔 거의 모든 것들을 싹 쓸어가 버립니다."

"그들은 어떻소? 생김새나 입고 있는 옷 등의 특징들은 없습니까?"

곤지가 물었다. 그러자 기시하라가 고개를 절레절레 저었다.

"다른 것들은 우리와 같은데 다만 그들은 조금 더 잘 차려입었고 칼을 많이 가지고 있습니다. 활도 그렇습니다. 저희는 그에 비하면 그저 아무것도 아닌 아이의 수준입니다."

허망하게 곤지를 바라보는 기시하라의 눈에는 허탈감이 가득 차 있었다. 곤지는 어쨌든 야마토로 가야 했으니 기시하라에게 한 가지 제안을 했다.

"내 아버님의 뜻을 받들어 야마토국으로 들어가야 하겠으니 배를 내어 주면 그 세력들을 진정시켜 주겠습니다. 어떻습니까?"

그러자 기시하라는 낙심한 듯 고개를 푹 숙이며 큰 실망을 안겨 줄 말을 하였다.

"그게… 바다는 있는데, 배가 없습니다."

"배가 없다니요?"

"그들이 전부 태워 부수었습니다. 그들만 오갈 수 있고 저희는 이곳에서 오갈 수 없는 것입니다."

기시하라의 말을 들은 곤지와 태사평은 서로를 그저 멍하니 얼빠져 바라만 보았다.

배가 없다니….

야마토국으로 들어가야 하는데 큰 낭패이지 않을 수 없었다.

한동안 겨울을 보내며 봄을 순식간에 지나쳐 여름이 다가올 때, 예주가 한 사람을 데리고 장수왕의 처소를 찾아왔으니 그날은 하늘이 굉장히 흐렸다.

예주와 들어온 자를 본 장수왕은 한눈에 그자를 알아보았으니, 국내성에서부터 불러들인 복경이었다. 북성을 다시 빼앗긴 고구려의 군이 쌍현성에 모든 장수들을 집합시켜 그 방비를 견고하게 하니, 복경은 신라의 비밀 계략을 실현할 기회가 없었다.

앳된 얼굴의 복경은 고구려 장수의 갑옷을 두른 채 예주의 뒤에서 예를 갖추었다. 장수왕은 그런 복경을 환하게 맞이했다. 허나 복경은 장수왕의 표정에서 상실감을 읽을 수 있었다.

"내려오느라 고생이 많았는데 이번에는 아쉽게도 한성까지 내려가지 못했구나. 내 다시 기력을 회복한다면 전군을 이끌고 남하할 터이니 네가 선봉에서 비유와 그 자식 놈들을 모두 베면 좋겠구나."

장수왕은 여경이 비유의 뒤를 이어받은 것을 모르고 있었다. 참으로 심경이 복잡하고 답답한 차에 복경이 장수왕에게 한 가지 꾀를 내었다.

"대왕이시여, 백제가 이렇게 급히 밀고 들어올 줄은 모르고 한발 늦었습니다. 용서해 주시옵소서. 신이 비유가 있는 곳을 알고 있으니 제가 홀로 들어가 그 목을 싸 들고 돌아오도록 하겠습니다. 또한 백제의 정세를 어지럽게 하고 혼란스럽게 만들어 국력을 바닥나게 하여 대왕께서 단 한 번의 공격으로도 손쉽게 그들을 내쫓을 수 있도록 돕겠사옵니다."

복경이 무릎을 꿇고 간언하였다.

다시 푸릇하게 돋아나는 잎새들의 향기로움이 가득 풍기는 성안의 모든 것들이 원만하게 돌아가고 있었지만, 정작 그 모든 것의 주인이었던 장수왕은 반대로 매섭고 시려 구부정한 심신이었다.

마침, 복경이 찾아와 자신의 근심을 녹여 줄 말을 하니 조금이나마 따뜻한 향기를 맡아 숨 쉴 틈을 찾을 수 있었다. 다만 듣기에는 좋으나 그 계획을 알 수 없으니 장수왕은 입술을 굳게 다물며 복경을 물끄러미 바라보았다. 그러자 복경의 옆에서 예주가 그의 말을 거들었다.

"복경이 스스로 찾아와 제게 감탄스러운 말을 했으니 한번 믿고 들어 보셔도 될 듯싶습니다."

예주가 무릎을 꿇고 지난 날 자신의 처신에 용서를 구하려는 듯 죄인처럼 엎드리며 한 번 더 자신을 믿고 복경의 말을 듣기를 요청했다.

"그래, 어떻게 네가 그렇게 할 수 있다는 말이냐? 예전 신라에서 박시영이라는 자가 사신으로 왔었다. 그자의 말로는 네가 비유가 있는 곳을 알고 있다고 했는데 지금 네 이야기를 들어 보니 그것이 궁금하구나."

흰 수염은 많이 빠지어 듬성듬성했지만 여전히 고운 빛이 났다. 허연 눈썹을 꿈틀대며 움직이던 장수왕이 궁금해 마지않아 복경에게 물었다. 그러자 복경은 주저 없이 물음에 답을 했다.

"신라에서는 예전부터 여러 이들이 백제로 이동을 하며 장사를 해 왔습니다. 또한 이번에 듣기로는 백제와 손을 잡은 것으로 알고 있습니다. 허나 이것은 백제가 얄팍한 계략으로 신라를 꾀어 고구려의 신임을 얻고 은혜를 입은 신라를 이용해 고구려의 미움을 사도록 만든 것임이 틀림없습니다. 제가 북성에 도착했을 때, 신라의 병사들은 보이지 않았습니다. 신라는 아직 아무깃도 움직인 것이 없다는 뜻이지요. 또한 백제가 왜와 결탁해 신라의 바다를 계속하여 침범함은 여전히 끊이지 않으니 신라의 입장에서도 백제의 협박에 잠시 꼬리를 내린 것뿐입니다. 소인은 일전에 신라에서 고구려로 넘어온 자들에게 백제의 이야기를 많이 들었습니다. 그들은 포악한 백제의 등쌀에 못 이겨 은혜로움이 하늘과 같고 먹을 것이 풍족한 고구려에서 살기를 희망하여 넘어온 자들입니다. 그중에서는 백제의 궁에 드나들며 일꾼으로 그들의 궁과 처소를 보수하였던 자도 있었습니다. 그자 역시 무자비한 노동과 가혹한 환경을 이기지 못하고 백제로부터 도망 나와 신라에 있다가 먹고살기가 어려워져 고구려로 건너왔으며 복수심이 가득한 채 백제의 만행을 알리기 위해 제게 찾아왔습니다. 그자의 말에 따르면 비유가 있는 곳을 제가 믿을 수 있으니 이리 전해 드리옵니다."

혼을 빼놓을 듯 막힘없이 말하는 복경의 이야기를 귀담아듣던 장수왕은 창을 열고 말없이 멀리 하늘을 날아다니는 새들을 보았다. 많은 생각에 잠긴 장수왕은 한동안 말이 없었다.

대국은 맞지만 무언가 맞지 않고 허술하여 단번에 남으로 전진하지 못하니 무엇이 잘못되었는지 알 수가 없었다. 그러나 아직 시간이 남아 있고 큰 힘을 한 번 내어 몰아쳐 공격을 감행하지 않았으니 시간의 문제일 뿐 실패할 것이라 생각하진 않았다.

장수왕은 한참이나 지난 후 복경에게 물었다.

"그래… 어떻게 할 계획인 게냐?"

복경은 장수왕의 음성을 듣고 그제서야 숙였던 고개를 들었다.

"제가 머리를 밀고 옷을 벗어던진 채 고구려에서 쫓겨난 승려로 위장을 하여 백제로 들어가겠습니다. 백제는 유난히도 승려들을 아끼고 불심의 영험함을 믿는 이가 많으며 그것들을 나라에서 장려하고 있다고 하였으니 제가 들어가는 것은 그리 어렵지 않을 것이옵니다. 승려를 내쫓는다는 것은 그들의 언행과 맞지 않사옵니다. 제가 들어간다면 좋은 말로 환심을 사 왕가의 모든 것을 알아내고 돌아가는 정세를 밝혀낼 수 있으며 더불어 그들 스스로를 지치게 만들겠사옵니다. 믿어 주시옵소서."

복경의 말에 장수왕은 잠시 고개를 끄덕이다가 잠시 나가 있으라 명했다. 복경이 예를 갖춰 잠시 나가자 장수왕은 예주에게 물었다.

"저자는 아비가 신라인인데 내 믿음이 가질 않는구나. 우리의 누군가가 따라붙으면 모를까, 혼자서 그 힘든 일을 하러 보낼 수 있겠느냐?"

그러자 예주가 그럴 줄 알았다는 듯이 얼른 답을 했다.

"오히려 잘되었다는 생각이 들었습니다. 제가 가만히 생각해 보니 저이의 신분은 신라인이라 해도 과언이 아닙니다. 그러니 만일 백제에 들어가 복경의 말대로 그리 행해진다면 저희는 큰 힘을 들이지 않고 신라와 백제의 사이를 완벽히 깨뜨릴 수 있을 것입니다. 신라의 복경이 백제를 파멸로 몰고 갔다는 것이 밝혀지면 신라와 백제는 서로 싸우게 될 것입니다. 그러면 그 틈을 노려 저희는 금방 백제와 신라를 제거할 수 있을 것이옵니다. 그리고 이참에 섭정무치의 소식을 알아보게 하고 해수의 자 해구와 수비리시의 의중을 알아보게 할 수 있지 않사옵니까. 만일 그들이 우리와의 예전 약속을 어기고 전하지 않은 것이라면 후에 죽여 마땅할 것이옵니다. 또한, 복경이 만에 하나 다른 마음을 먹고 신라로 들어간다면 그 죄를 무겁게 여겨 백제에게 쌍현성과 호로고루 그리고 당포를 잠시 넘겨 화친을 맺은 후 신라를 단번에 공격해 먼저 집어삼킨 뒤 약속을 깨고 백제를 사방에서 공격하면 될 것으로 생각되옵니다."

"쌍현에 호로고루와 당포까지? 가당치도 않은 말이다!"

장수왕은 놀라며 말했다. 그러나 예주는 침착했다.

"세 성을 훼손한 채 줘여 주면 그들은 그것을 보수할 것입니다. 그것들이 보수가 되기 전에 신라는 사라져 없어질 것입니다. 그 세 성은 백제에겐 의미가 있는 것이오니 그들은 그것을 아끼고 감사히 받아들일 것입니다."

예주가 말을 마친 후 한 발짝 물러나 고개를 숙였다.

점점 더 흐려지는 날씨에 어둠마저 서서히 깔리니 찾아보려던 새들은 온데간데없이 사라졌고 장수왕은 물끄러미 창틀 위에 쳐진 거미줄을 바라보았다.

한 마리의 작은 밤벌레가 거미의 재빠른 움직임으로 하얀 눈처럼 덮여 가려지기 시작했고, 그와 동시에 다른 밤벌레가 막 거미줄에 걸려 발버둥치고 있었다. 거미는 그 진동에 재빨리 자리를 옮겨 막 걸린 밤벌레를 공격하기 시작했다. 그 밤벌레의 발버둥은 거미의 공격에 그리 오래 버티지 못하고 금방 움직임을 멈췄다.

장수왕은 고개를 몇 차례 끄덕이다가 고개를 돌려 예주를 보며 말했다.

"그래… 굳이 힘을 뺄 것 없지. 하나를 잡아 둘 수 있다면 다른 하나를 잡는 것은 쉬울 테지. 거미줄을 치도록 하라."

"예?"

예주는 갑자기 거미줄 타령을 하는 장수왕의 말을 금방 이해할 수 없었다. 그러나 곧 그것이 복경이 말한 계획과 들어맞는다는 것을 알아차렸다.

"거미줄을 치겠다고 하지 않느냐. 치겠다는데 지켜봐야지…."

그렇게 장수왕은 예주를 시켜 복경을 백제로 보냈다.

허나 장수왕이 미처 보지 못한 것이 있었으니, 다음 날 아침 자신이 보던 그 거미줄은 찢어지고 뜯겨 사라졌다. 새가 소리 없이 날아와 잡아먹은 것이었다.

신라는 섭정무치를 계속 데리고 있을 수 없어 배를 태워 왜로 보냈다. 사신의 자격으로 배를 태워 왜로 보냈으니 다시는 돌아오지 못하게 할 작정이었다.

"그자가 이곳에 있다가 혹시라도 누구의 눈에 띄거나 발각이 되면 큰 화를 입을 것이옵니다. 그를 멀리 보내야 하는 것이 좋을 것 같사옵니다."

이벌찬 노정이 눌지에게 말했다. 눌지가 그것을 모르는 것이 아니었다.

"음… 어디로 보낸단 말이오? 상을 내리지는 못할 망정 그냥 내쫓으면 그자가 다른 마음을 품을지 어찌 아오?"

"다른 마음을 품지 못하는 곳으로 보내면 되지요. 그를 왜로 보내는 것이 어떻겠습니까? 사신으로 세워 왜에게 우리가 백제와 화친을 맺었다고 알리고 작고 성가신 공격들을 잠시 물리치게 하는 것이 어떻겠습니까?"

신라에서 고구려로, 고구려에서 백제로, 그리고 다시 신라에서 왜로…. 첩자의 쓸모는 그런 것일지도 모른다. 떠돌이, 그것은 좋지 않은 주인에게는 언젠가 버려질 운명인 것이다.

그것도 모른 채 많은 재물과 좋은 비단옷 그리고 좋은 말을 받은 섭정무치는 기쁜 마음으로 왜로 향했다. 그것의 절반은 그의 것이라 생각했다. 그러나 그는 왜로 떠나는 배에서 바다의 깊이만큼 또, 파도의 높이만큼 욕심이 커졌으니 그의 속셈을 아무도 알지 못했다.

어쩌면 보고 들은 것이 많아 처세에 능하다고 볼 수 있는 것이 첩자이기도 한 웃지 못할 운명의 장난이었다.

빗방울이 약하게 떨어지는 날은 어김없이 수라간의 연기가 하늘 위로 넘실대며 비와 맞서 싸웠다. 소굽이 계속하여 그곳을 지키고 앉았으니 몰래 염탐하던 자는 함부로 들어갈 수 없었으며 멀리서 매일같이 섭정무치가 오는지 지켜보았다. 그러나 섭정무치는커녕 부담당관조차 보이질 않았고 모든 것은 소굽의 지시대로 이루어져 갔다.

해구는 마음이 다급해졌다. 비유의 시신을 찾아내는 것을 포기해야 하는 것이 아닌가, 또한 고구려에게는 어떻게 이 사실을 알려야 하는지 골이 아파 왔다.

그때, 멀리서부터 성문 병사가 하나 뛰어왔다. 그 병사가 궁 밖에서 바삐 움직이던 국철을 보고 무언가를 전하는 것을 해구가 멀찌감치에서 가만히 바라보았다.

국철이 병사의 말을 듣고 얼른 다시 궁 안으로 들어가려 발을 옮김과 동시에 해구는 재빠르게 발을 움직여 국철에게로 다가갔다.

"아! 해구 님."

"어쩐 일이십니까? 무슨 일이시길래 이리 급히 궁 안으로 들어가시는 길입니까?"

해구는 국철의 표정을 보았다. 그리 큰 걱정이 없어 보이는 국철의 얼굴에 급한 비보는 아닐 거라 생각했다.

"다름이 아니라. 위쪽에서 어떤 승이 왔다고 병사가 전하길래…. 그 승이 어라하를 보고 싶으시다고 하십니다."

"승이요?"

"예, 그렇습니다. 뭐 급한 일은 아닌 것 같은데 그래도 어라하를 뵈려는 것이면 중요한 이야기지 않겠습니까?"

해구는 갑자기 찾아온 승이라는 말에 긴장한 어깨에 힘을 뺐다. 혹시나 고구려군의 또 다른 공격이나 섭정무치의 소식인 줄 알고 놀랐던 가슴을 진정시켰다.

"그렇습니까? 그럼 그만 들어가 보시지요."

해구는 국철을 돌려보내고 잠시 주위를 살피더니 어딘가로 발걸음을 옮겼다.

해구가 이리저리 길을 틀어 발걸음을 옮긴 곳은 수비리시의 신궁이었다.

신궁으로 들어간 해구는 수비리시 앞에 서 뒷짐을 지며 걱정스러운 얼굴을 하였다. 신궁의 피어오르는 향은 마를 날이 없었다.

"섭정무치가 아직 소식이 없습니다. 도저히 비유의 시신을 찾을 수 없으니 그만 일을 실행하는 것이 어떻겠습니까?"

해구의 말에 수비리시는 해구의 주위를 천천히 돌았다. 나이가 든 수비리시의 얼굴은 여전히 기품이 넘쳐흘렀으나 그 기품은 독과 같이 날이 서 있고 차가웠다.

"그 일을 실행할 만한 준비가 되어 있느냐?"

"진백, 진후, 진로 그리고 진개만 남았으니 다른 이들은 문제가 될 것이 없습니다. 진개도 눈에 띄게 보이지 않으니 한 번에 왕권을 장악하고 이 잡듯이 뒤져 찾는 것이 어떨까 싶습니다. 요즘 모양새를 보니 어라하께서는 백성들의 민심에만 관심을 두고 상좌평 문주께서는 병사들을 살피거나 어라하의 회의가 있을 때만 참석을 하니, 밤을 틈타 기습하여 하룻밤 새에 선부 잡는다면 가능할 것입니다. 어쨌든 고구려에게 한시라도 빨리 약속을 지켜야 합니다. 그들이 언제고 다시 쳐들어오는 날에는 우리의 목숨은 남아나질 않을 것입니다."

눈에 힘을 주어 말하는 해구의 모습에서는 비장함이 감돌았다. 하지만 불같이 뜨거운 해구의 기는 수비리시의 차가운 독기에 가라앉았다.

"그리 섣불리 움직이는 것은 위험이 크다. 정확히 어라하와 진씨들이 무엇을 하고 있는지 알 길이 없구나. 가만히 있는 것처럼 보여도 무슨 꿍꿍이가 있다면 하루 만에 장악하기는 힘들 것이며 발각된다면 그 피해가 클 것이야. 그렇게 된다면 고구려가 한 번에 밀고 들어올 시 전부 다 죽는다. 백제가 전부 사라진단 말이다."

"그럼 어떻게 합니까?"

해구는 속으로 급한 화를 가라앉히며 물었으니 그 숨소리가 크고 거칠었다.

"어라하를 포함해 상좌평 문주, 진백, 진후, 진로 그리고 진개. 이들 중 진씨들은 모두 제거되어야 한다. 아니면 적어도 진씨들 중 셋은 어라하의 곁에서 사라져야 하니 차라리 차례로 다른 곳으로 보내거나 없애 버리는 것이 어떨까 싶구나. 더군다나 한성 밖은 어라하의 충신들이 각 성을 지키고 섰으니 가장 가까운 충주성에서 국무혈이라도 오면 한성에서 한바탕 불을 봐야 할 것이야."

수비리시의 말에 해구는 골이 아픈지 이마를 부여잡았다. 하나만 남겨 놓고 셋을 잡는다. 그것은 한성 내에서는 힘들어 보였다. 차라리 그들을 바깥으로 내보내 처치하는 것이 가장 나은 방법이었다.

"완벽하지 않으면 안 된다."

"……."

해구는 말이 없었다. 답을 피하고 싶었는지도 모른다.

수비리시가 해구의 어깨를 가만히 눌러 의자에 앉히고 돌아서서 커다란 점들이 촘촘히 박혀 있는 천체도를 가만히 들여다보았다. 그리고 눈을 지그시 감았다.

해구는 매번 그것을 들여다보는 수비리시의 의중을 알 수가 없었다.

"잘 들거라."

수비리시가 그대로 뒤를 보인 채 서서 해구에게 말했다.

"요즘 들어 홀로 따라붙는 자가 눈에 띈다. 아무리 염탐하는 솜씨가 좋아 아주 조용한 소리까지 들리지 않는다고 해도, 그 그림자가 한번 달빛에 비치면 탄로가 나는 법이다. 일전에 수마왕비의 처소에 드리워진 긴 그림자를 여러 번 보았는데… 그 그림자에 비친 갑옷의 형태가 진개의 것과 같았다. 그자가 몰래 숨어 우리를 엿보고 있을 것이다. 진개에게 약점이 잡힐 일을 만들지 말고 당분간은 수마왕비와 거리를 두어라. 그리고 이곳 역시 자주 드나들지 말아라."

"그… 그게 무슨 말입니까? 그자가 언제부터 그렇게 따라붙었다는 말입니까?"

수비리시는 해구의 물음에 답을 하지 않고 계속 말을 이어 갔다.

"가만 보니… 하나의 큰 점이 움직이는구나. 이제 그 점이 여기에 와 있으니 여러 작은 점들이 큰 점을 피해 반대로 움직이는 형세구나."

"점은 또 무슨 말입니까?"

"진씨들이 바깥으로 나갈 것이니, 그 큰 점을 이용해 내보내도록 하여라. 네 머리라면 잘 알아들을 수 있을 것이다."

해구는 수비리시의 도통 알 수 없는 말에 황당했지만 어쨌건 진씨들이 바깥으로 나간다는 말에 다시금 탄탄하게 세력을 규합해야겠다고 마음을 먹었다. 해구가 입술을 꾹 다문 채 의자에서 일어섰다.

남은 것은 협충과 협지부걸이었다. 그들을 자신의 편으로 만들어야 했다. 그럴려면 그들이 재물과 향락에 빠지도록 다시금 애를 써야 했다. 그리고 그들을 구슬릴 관직을 보장해 주어야 했다.

해구가 수비리시에게 인사를 하고 돌아서 나가려는데 수비리시가 해구에게 문득 무언가 떠오른 듯 물었다.

"어라하의 말자 태자? 그 서자는 아직 들리는 소식이 없느냐?"

"예, 전혀 없습니다. 신경을 쓰실 것도 되지 않습니다. 이곳에 있지도 않습니다."

"태사평은?"

"태사평도 그 서자와 같이 있습니다."

수비리시는 가만히 턱을 괴었다. 그리고 낮은 목소리로 음산한 기운을 뿜으며 말했다.

"태사평이 오기 전에 진씨들이 나가야 할 것이야. 어라하만 잡으면 그도 어쩔 수 없다. 만일 잡지 못한다면 바로 신라의 짓임을 알려 화친을 물리고 신라에게 그 화살을 돌려라. 고구려는 그들을 먼저 공격할 것이다."

"허나 비유의 없는 목을 어찌 신라에게 떠넘겨 고구려를 믿게 만든다는 말입니까?"

해구가 의아해 물었다.

"여신을 죽인 것은 신라다. 고구려에게 신라가 여신을 죽였으며 비유 어라하마저 죽였다고 말을 하면 그들은 분명 우리와의 계획을 가로챈 저들을 추궁하려 들 것이다. 난처한 것은 예주도 마찬가지일 테니 말이다. 그와 동시에 어라하께 여신의 죽음이 신라의 짓이란 것을 알리면 백제와도 큰 적이 될 것이다. 그야말로 신라는 비바람 앞에 촛불의 모양새가 될 것이다. 우리는… 우선은 그렇게 해야 신라의 땅을 조금이라도 얻을 수 있다. 차지한 신라의 땅으로 재차 고구려에게 거래를 제안하는 것이 좋을 듯 싶구나."

수비리시의 말에 해구는 그렇게 하겠다고 하였다.

하지만 수비리시가 해구에게 말하지 않은 것이 있었으니 그것은 여신을 죽여 달라 사주한 자가 자신이라는 것이다. 어차피 해수는 죽었다. 수마왕비와 자신이 부정하면 누구도 알 길이 없다. 수비리시는 수마왕비도 제거하는 것이 나을 거라 생각했다.

천체도를 유심히 바라보던 수비리시는 점점 빠르게 창을 두들기는 빗소리에 피어오르던 초를 잘라 껐다. 그리고 신궁을 밝히던 다른 초들을 차례로 끄고 자리에 누웠다.

천둥이 끊이지 않고 두 번이나 연속으로 내리쳤다.

신궁의 천체도가 심하게 흔들렸고 박혀 있던 점들이 전부 사라졌다. 수비리시는 그 사실을 몰랐고 요란한 밤이 가고 다음 날 아침, 천체도의 모습은 어제 수비리시가 본 그대로였다.

해구는 몇 날 며칠 비가 오는 날을 기회로 삼을 작정이었다. 자신과 수비리시에게 따라붙은 자를 협충과 협중부걸이 그들의 손으로 처리하도록 하는 것이 그들을 제 편으로 만들기 훨씬 수월할 것이었다.

비가 멈추지 않고 나흘 내내 오는 동안, 해구는 움직임이 없는 여경과 문주의 눈을 피해 매일 협충과 협중부걸에게 술을 대접했다. 그들은 아무것도 모르고 있었고 해구가 붙인 기녀가 넷이었으니 자신의 일을 잊고 술독에 빠지기 시작했다.

그런데 해구의 모습이 이상해 보였으니 사흘째 되는 날, 그들이 물었다.

"해구 님은 우리와 술을 마시다가 여러 번 잠시 어디를 나갔다 오시는 것 같은데, 어디를 그리 자주 가십니까?"

해충의 물음에 해구는 당황한 기색을 표했다. 물론 그것은 연기였으니 그들은 알 리가 없었다.

"어이쿠! 참 죄송합니다. 그렇지 않아도 진즉에 드려야 할 말씀이었는데…."

"무엇을 말입니까?"

둘은 취해서 몸을 제대로 가누지도 못한 채 떨어지는 빗소리를 노래 삼아 술잔을 올리다 말고 물었다. 해구는 일부러 난처한 기색을 숨기지 않았고 나지막이 이야기했다.

"다름이 아니옵고, 요즘 부쩍 누군가가 우리의 우정을 시기하여 골치가 아픕니다. 아시지요? 어라하께서 바뀌고 나서 무리가 갈라져 진씨들이 자신의 권위를 강하게 만들려는 것을 말입니다."

"진씨들이 말이오?"

"그렇소. 진백과 진후가 이쪽도 저쪽도 아닌 그대들을 호시탐탐 엿보며 제거하려고 하고 있습니다. 무서운 말이지만 제가 국철과 목갑을 가까이 하는 것도 그자들의 손에 제거당하지 않기 위해서입니다. 이대로 가다가는 어라하께서도 그 진백에게 크게 당하실 수도 있습니다."

협중부걸은 놀라 잔을 떨어뜨렸다. 그러자 옆의 기녀들이 그의 옷을 정성껏 닦았다. 그 손길이 부드럽기가 살랑대는 봄바람과도 같으니 머리는 더욱 혼미해졌다.

"진백이… 어떻게 어라하를 해친단 말씀입니까?"

협충이 말을 받아쳤다. 그러자 해구는 몸을 낮추며 의미심장하게 말했다.

"진로가 한성장수로 있지 않습니까? 한성의 군사를 언제든 움직여 반란을 일으킬 수 있는 자입니다. 그가 진백의 장수 아닙니까!"

"그렇다고 해도… 아무런 기미도 보이질 않는데…."

"내 뒤를 잘 보십시오. 나를 따라붙는 이가 분명히 있을 것입니다. 그자의 얼굴을 보고 그자가 진씨들 중 한 명이라면 내 말이 맞을 것입니다. 그렇지 않다면 내 험하고 심한 소리를 하였으니 당장이라도 내 목을 잘라 어라하께 바치십시오. 허나, 내 말대로 당장이라도 그자를 처리해 주시면 내 그대들에게 영원한 우정을 약속하고 기녀 열 명과 내 재물의 절반을 나누어 드리겠습니다. 또한, 그들의 횡포를 막은 공을 높이 사 어라하께 말씀을 드릴 터이니 그대들의 관직은 한 단계 높아질 것이옵니다."

여러 공을 세웠던 해구에게 많은 재화가 있다는 것을 모르는 이는 거의 없었다. 협충과 협중부걸은 해구의 말에 완전히 녹아 빠져들었다.

하지만 해구로서도 모험이나 다름없었다. 만일 자신과 수비리시 그리고 수마왕비를 따라붙는 자가 진씨들 중 하나가 아니라면 목을 걸겠다고 한 것이 아닌가. 하지만 해구는 수비리시의 말을 믿기로 했다. 진개가 맞을 것이다. 수비리시가 그렇다면 거의 열에 아홉은 그랬다.

나흘째 되는 날, 어김없이 술에 취한 협충과 협중부걸에게 해구가 신호를 주었고 해구는 그동안 자신이 해 온 것처럼 수마왕비의 처소 앞과 수비리시의 신궁 앞을 번갈아 바쁜 걸음으로 왔다 갔다 했다. 하지만, 처소에 들어가는 척하며 들어가지는 않았다. 그러자 그 모습을 희한하게 보는 이가 협씨들 말고 한 명이 더 있었으니, 궁 안 한쪽에 작게 자리하고 있는 불상을 모시는 사찰의 처마 밑에서 복경이 승려복을 입은 채 그들의 모습을 보고 있었다.

만일 그날 진개가 해구를 따라붙지 않았다면 그런 일을 당하지 않았을 것이다. 허나 여경의 명을 어길 수 없던 진개는 매일 같이 몰래 숨어 해구를 관찰했고 그날 역시 그러했다. 해구가 신궁 쪽으로 빠른 걸음으로 향하자 진개는 멀찌감치 간격을 두고 쫓았다.
 협충과 협중부걸은 오줌보가 터지려는지 아랫배를 움켜쥐고 뒷간으로 자리를 떴다. 진개는 그것을 보고 바로 해구를 더 쫓기 시작했다.
 허나 그것은 해구와 협씨들의 계략이었다. 해구가 갑자기 어둠을 틈타 사라져 버리자 진개는 어둠 속에서을 눈에 힘을 주고 목을 빼며 더욱 자세히 보려 했는데 뒤에서 인기척이 느껴졌다. 진개는 순간 그것이 빗소리가 땅바닥을 치는 소리와 다름을 알아챘고, 싸늘한 기운이 감도는 것을 느꼈다.
 "진개 장군이 아니오?"
 진개가 뒤를 돌아보니 협충과 협중부걸이 서 있었다. 진개는 당황했지만 아무 일도 아니라는 듯 당당히 허리를 폈다.
 "이 밤중에 여기서 몰래 무엇을 하고 계시오?"
 협충의 물음에는 가시가 돋아 있었다. 그리고 그들의 눈매는 의심으로 가득 차 날카롭기가 그지없었다. 과연 해구의 말이 맞았다.
 "주… 주변에 다른 이상한 점이 없는지 궁 안을 전체적으로 살피고 있었소만, 그대들은 어떻게 여기에…?"
 "과연 해구 님의 말이 맞았군. 반란이라도 일으킬 모양으로 해구 님을 감시하는 모양인데, 어림없소! 게다가 이곳은 신궁 앞 아니오? 신궁의 근처는 얼씬거릴 이유가 없을 것 같소만!"
 "그것이 아니라…."
 "변명은 필요없소!"
 이미 협씨들의 눈과 귀와 정신은 재물과 관직에 쏠렸다. 그리고 진개는 어라하가 시킨 일이라 말을 할 수도 없는 상황이었다. 단 한 번의 얼버무림에 협충의 칼이 위로 번쩍였으며 한 번에 힘을 주어 진개를 내리쳤으니,

진개가 허망하게 그 목을 백제 궁 땅바닥에 떨구었다. 두 동강이 난 몸과 목이 따로 구르니 비유 때부터 명을 받든 자의 처량함이 한 번 소리도 내지 못하고 빗속에 묻혀 사라져 갔다.

핏물이 흐르는 것도 사치인 것인지, 더욱 세차게 내리는 비는 무언의 아우성을 치며 그 흔적을 어라하게 전달하려 하던 붉은 의지를 말끔히 씻어 내렸다.

한참을 비를 맞자 술이 깨고 정신이 돌아온 협충은 자신의 칼을 떨어뜨렸으며, 눈앞에 어느샌가 해구가 서 있었다.

지난 나흘 동안과는 다르게 그들을 바라보는 해구의 표정은 무미건조했다. 물 독사가 마치 물에서 나와 바라보는 것 같았다.

"이보시오, 진개 장군을 베면 어떡하오?"

"뭐… 뭔 소립니까? 처리를 해 달라면서요!"

협충과 협중부걸은 당혹스러움에 비틀거렸다. 그 순간, 해구의 뒤에서 열 명의 자객이 나타나 그들을 베었고, 수비리시가 뒤에 가만히 서서 그 광경을 바라보았다.

해구가 다음 날, 여경에게 고하니 여경의 입장은 난처해졌다.

"저를 따라온 진개를 협충과 협중부걸이 첩자인 줄 알고 죽였습니다. 그들은 술에 취해 있었으며 사리분별을 하지 못해 진개임을 알렸음에도 그의 목을 베었으니, 그것을 발견한 소인이 마땅히 그 둘의 목을 바치옵니다. 하필이면 진개가 왜 그 시각 그 자리에서 저를 따라왔는지 알 수가 없사옵니다만…. 그 이유를 누구에게도 물을 수 없으니, 안타까울 따름입니다."

여경과 문주는 해구의 말에 아무 말도 할 수 없었다. 당황스러우며 심기가 불편한 표정을 숨겨야 했기에 그저 입술만 꽉 깨물었다.

여경은 자신이 시킨 일이라 말할 수가 없었다. 그러면 모든 대신들에게 신임을 잃을 것이다. 수비리시가 해구의 곁에서 증언을 했으니 할 수 있는 것이 없었다.

해구의 목소리에는 예전과 달리 오만함이 묻어 있었고 그 표정과 눈에는 한기가 서려 있었으니 심히 불편했다. 해구를 이대로 놔두어선 안 되었다. 여경은 문주와 상의해 진백과 진후를 조용히 불렀다.

국철이 데리고 들어온 승려는 여경에게 슬픔이 가득 찬 목소리로 눈물을 흘리며 자신을 소개했다.

"어디서 오셨소? 옷이 많이 해지셨는데…."

여경은 승려들을 함부로 대하지 않았다. 승려들을 함부로 대하는 이들은 백제에 있을 수 없었다. 승려들은 백제를 깨우쳐 크게 만들고자 정진하는 무리였고, 그것은 백성을 위하는 일이었다. 부처님의 말씀은 중요하고도 중요했다.

"저는 북쪽에서 이리저리 떠돌다가 오게 되었습니다."

"북쪽이라면…."

"그저 한성의 북쪽입니다. 고구려의 변방 동북쪽에서 왔습니다."

고구려라는 말에 여경은 인상이 절로 찡그려졌다. 복경은 그것을 단번에 눈치를 챘다.

"아니, 스님께서는 고구려에서 어쩐 일로…."

"정확히 말하자면 북위에서 온 것입니다. 고구려에서는 승을 알기를 우

7. 꾐과 꾀임이 난무하니 어지럽기 그지없도다

습게 알기에 그 뜻을 온전히 전파할 수 없었습니다."

"북위에서 오셨소? 아! 먼 곳에서부터 내려오셨구려."

"고구려에게 불법을 전파하고 나라를 이롭게 하며 백성들을 가르쳐 그 뜻을 높이고자 하였는데, 막상 그곳에 있으니 승들을 하찮게 생각하는 것이 아니겠습니까? 오만함이 하늘을 찌르니 지금은 북위에도 전쟁을 선포할 지경입니다. 백성들은 성질이 억세기가 아주 더러워 시주 하나 하질 않으니 그 인심이 한겨울에 눈 덮인 산과 같습니다. 그래서 아마도 고구려에는 그리 험악한 산이 많은가 봅니다. 도저히 그들에겐 가망이 없어 보여 아래로 내려오던 길에 마침 너무도 비옥하고 좋은 땅들과 세상의 이치에 딱 들어맞아 거스름 없이 돌아가는 자연이 풍성하게 보이니 이는 어찌 길하지 않을 수 있단 말입니까. 백성들의 인심이 좋아 배를 곯지 않고 다닐 수 있었으며 노래하는 새들이 많으니 어찌 평화롭지 않을 수 있단 말입니까. 그리하여 간절히 돕고 싶은 마음으로 이곳 백제의 어라하를 알현하고자 미천한 몸을 이끌고 왔습니다. 너무나 미천해 소승을 받아 주실까 싶었지만 이리도 선뜻 만나 주시니 이 어찌 감격하지 않을 수 있겠습니까."

복경은 백제가 승려들을 깍듯이 대한다는 것을 진작에 알고 있었다. 그리하여 고구려를 흉보고 백제를 띄우며 고구려의 대적이 될지도 모르는 대군의 나라 북위에서 왔다고 하니 여경이 그 말에 깜빡 속아 넘어갈 것이라 생각했다.

여경은 복경의 말에 기분 좋은 웃음을 띠며 물었다.

"잘 오셨소이다. 부처님의 말씀과 좋은 가르침을 백성들에게 널리 알리는 데 도움을 줄 수 있다면 그 어찌 기쁘지 않겠소. 게다가 북위에서 오셨다니 참으로 반갑소. 고구려가 껄끄럽기는 사람뿐 아니라 나라도 그러하니 그들은 참으로 세상을 어지럽히고 있지 않겠소. 그나저나 스님의 이름은 무엇이오?"

여경이 기쁨으로 가득 차 환영의 말을 건네니 복경은 웃음으로 화답하고 고개를 숙였다.

"소승 도림이라 하옵니다."

부처님의 가르침을 널리 알리기 위해 북위로부터 내려와 고구려를 거쳐 백제로 내려온 도림. 그는 신라 복호의 아들 복경이다.

여경은 궁 안 한쪽에 자리한 사찰에서 도림을 머무르게 했으며 도림이 편히 부처님의 뜻을 전할 수 있도록 신경 써 주었다.

그런 도림이 간밤에 해구와 진개를 보았고, 협충과 협중부걸을 보았다. 그리고 먼 발치에서 서 있던 수비리시도 보았으니, 과연 예주가 말한 대로 그리고 신라 눌지의 사신이 말한 대로 그야말로 누란지세(몹시 위태로운 형세)였다.

여경은 문주와 진백 그리고 진후를 불러 앉히고는 말없이 그들을 번갈아 보았다. 한참을 말없이 이리저리 눈을 돌리던 여경이 수염을 천천히 쓸면서 생각에 생각을 거듭하였다. 진백과 진후는 그저 가만히 자세를 흐트러뜨리지 않고 있을 뿐이었다.

새도 잠에 빠지니 아무 말도 들을 수 없는 야심한 밤, 초가 그 몸을 녹여 스스로 낮추자 여경이 조용한 소리로 말하였다.

"진로를 시켜 태사평을 한성으로 불러야겠다. 아직 곤지가 소식을 전할 기미가 보이질 않지만 그곳보다 이곳이 더 먼저 어지러울 것 같구나. 해구의 짓을 보니 그 오만함이 도를 넘어서는 것 같으며 그자의 뒤에 있는 대신과 장수들이 이미 여럿임을 눈으로 확인할 수 있었다. 한성에서 한 번에 그들을 모아 쓸어야겠구나."

여경의 말에 문주가 고개를 끄덕였다.

"그러하심이 옳은 줄로 아뢰옵니다."

"진로에게 군사를 많이 딸려 보낸다면 분명히 해구 그놈이 눈치를 챌 것이다. 그러니 그저 군사 스물을 데리고 몰래 왜로 건너가도록 하여라."

진백은 여경의 명에 심각한 표정을 지어 보였다.

"진로가 없다면 저들이 좋아하지 않을 수 없겠사오나… 그리하겠습니다, 어라하."

"네 마음은 알고 있다. 그러니 진후가 진로 대신에 그 자리를 맡아 군사를 정비하고 문주는 상좌평의 명으로써 군사들을 단단히 집결시켜 다른 마음을 먹지 못하도록 함이 옳을 것이다. 진백은 따로 말을 달려 아래 웅진으로 내려가 진남에게 일러 그곳에 군사를 모으도록 하여라. 진남이 관직에서 물러났지만 내가 다시 명을 내리니 우리의 상황을 알리고 명을 받들도록 말하여라."

여경의 명에 진백과 진후가 짧게 답하고 신속히 자리를 떴다. 문주가 역시 자리를 뜨려 하자 여경이 가만히 탁자 밑으로 문주의 소매를 잡아 남도록 하였다.

문주가 멈추어 앉자 여경이 나지막히 물었다.

"북에서 온 도림이란 승이 있질 않느냐? 그 승을 이용하면 고구려의 약점을 알아낼 수 있겠구나."

"그게 가능하겠습니까? 승려는 그들의 군에 관여한 일은 모르지 않을까 싶습니다만…."

도림을 그저 한낱 승려로만 생각했던 문주는 갑작스러운 여경의 말에 의아했다.

"그 승이 그래도 무언갈 알 수도 있으니, 우리를 도울 수도 있지 않겠느냐? 북위에서 왔으니 후에 도림을 통해 북위가 고구려를 견제하도록 이용할 수도 있겠구나…. 그리고 너는 따로 계후와 여례, 대방과 장무를 시켜 제묘자부대를 선별하도록 해라. 아무래도 진후 혼자만으로 한성군사를 이끌게 함이 불안하구나."

"예, 어라하."

문주는 예를 갖춰 형인 여경에게 인사를 하고 얼른 발걸음을 옮겼다.

그해, 신라에서는 눌지가 죽고 자비가 마립간이 되었으니 백제는 신라에게 말과 금, 그리고 비단과 좋은 매를 열 마리 보내 그들을 달래고 새 마립간에게 의견을 같이하길 당부하였다.

자비는 이벌찬 노정과 이찬 김교부에게 섭정무치가 절대 신라로 다시 오지 못하게끔 지시하였으며 복경이 여전히 고구려에서 오기만을 기다리고 있었다.

수비리시와 눌지가 맺은 과거의 일은 자신이 듣지 못한 것으로 여기기로 하며 노정에게 입단속을 시켰으니, 이제는 여신의 죽음을 자신들과는 전혀 상관이 없는 일로 만들 작정이었다.

자비는 늙어 힘이 빠진 노정에게 말하였다.

"그대는 아버지 때부터 활약을 하였는데 이제는 건강이 좋지 않아 보이는구려. 조금 쉬는 것이 어떻겠소?"

자비의 말에 노정은 식은땀이 났다. 그것이 무슨 의미인지 한 번에 알아차릴 수 있었다.

"마립간이시여… 아직 몸을 움직이고 머리를 쓰는 데 부족함이 없으니 건강은 괜찮사옵니다만…."

노정이 간곡히 부탁을 하였다. 하지만 자비 마립간은 그리 듣지 않았으니.

"아파 보이는 것인지, 아플 것인지 그대가 선택하도록 하시오."

노정은 고개를 숙였다. 정신이 아득해지는 것이 정말 아파 쓰러질 것만 같았다. 그는 눈을 감았고 검은 하늘 속에서 눌지의 모습이 떠오르는 듯했다.

"예, 마립간이시여. 소신 충성을 다해 신라를 받들 수 있어서 무한한 영광이었사옵나이다."

그 자리에서 무릎을 꿇고 길게 절을 하는 노정은 한동안 일어나질 못했다. 자비 마립간은 내숙을 불렀다.

노정이 물러가고 내숙이 이벌찬이 되었으니 신라에도 변화의 바람이 불어닥쳤다.

8. 반격은 소리 없이 웅크려
때를 맞추어야 함이 마땅하니

458년, 개로 3년.

배를 다시 만드려면 시간이 필요했다. 대략 반년이 걸릴 것이라 예상했으니 계획한 것보다 야마토국으로 들어가는 것이 쉽지만은 않아 보였다.

곤지는 오이타에 머물며 그들의 성을 보수하였고, 배를 만들도록 하였다. 더 이상 다른 부족들의 것을 탐하지 않도록 기토, 기시하라와 함께 규율을 만들어 기강을 확립하였으니 한동안은 날이 편하였다.

그들의 산에서 나는 열매들로 배를 채우게 했으며, 그들의 들판에 백제의 것과 같은 곡식을 나게 했으니 그들은 예전과는 다르게 땀 흘려 일하는 노동의 대가를 제대로 맛보았다.

"규율을 확립하고 체력을 키우는 것이 국력을 키우는 것의 가장 으뜸이 될 터이니 그리하면 여기 사람들은 더 이상 야마토국에서 오는 병사들을 두려워하거나 겁내하지 않아도 될 것이다."

태사평은 기시하라에게 끊임없이 시간이 날 때마다 그것을 강조했다. 그러하니 기시하라 역시 그간의 자신들이 얼마나 무지하였는지 깨닫게 되는 날이 많아졌다. 그러나 여전히 걱정을 떨쳐 낼 수는 없었는데 그것은 그들이 언제 다시 쳐들어올지 모르기 때문이었다.

"장군님의 말씀 잘 받들겠습니다. 허나… 그들이 다시 언제고 공격을 해 올지 모르는데 늘어나는 식량에 너무 안정되어 우리 부족들이 게을러질까 봐 걱정되옵니다. 우리들의 눈빛이나 행동이 예전만큼 거칠거나 용맹하지 않습니다."

기시하라의 말에 옆에서 듣고 있던 곤지가 가만히 웃으며 다가와 기시하라의 어깨를 두드렸다.

"거친 것이 용맹한 것과는 다름이 분명합니다. 이제 점점 이루고 갖추어 놓은 것이 많은데 이것들을 빼앗기고 있을 수는 없는 것이지 않습니까. 이들은 용맹함을 잃은 것이 아니고 지켜야 할 것을 지킬 준비를 하고 있는 것입니다. 보십시오. 이제 목숨 걸고 지켜야 할 것들이 많아지지 않았습니까? 다시 예전으로 돌아갈 순 없지 않겠습니까?"

곤지가 다시 보수한 그들의 성벽 위에서 빙 둘러쳐져 있는 성곽을 바라보았다. 푸릇이 한 자리씩 차지하고 있는 나무와 풀 그리고 강렬한 녹색의 들판에 사람들이 있었다.

예전의 그들과는 전혀 다른 모습으로 서로 팔을 걷어붙이고 곳곳에서 먹을 것을 구하러 온 사람들과 농사를 짓는 모습이 흥미로웠다.

기시하라도 그 모습에 곤지의 말을 믿어 보지 않을 수 없었다.

"그동안은 그들이 쳐들어와 이곳의 것들을 빼앗았다 하여도 그들과 똑같이 붙어 있는 이웃 부족들에게 같은 행실을 이어 간다면 이것은 서로 파멸을 하는 것과 같지 않습니까? 그들이 걱정된다면 차라리 이렇게 하면 어떻겠습니까?"

"무엇을 말입니까?"

기시하라가 궁금해 물었다.

"오이타, 후쿠오카 그리고 가라쓰 부족들이 연합을 맺는 것이 어떻겠습니까? 오이타에서 약속을 지켜 준다면 그들은 분명 그 약속에 따를 것입니다. 서로의 부족한 점을 보완하도록 우리가 도와주겠습니다. 오이타가 무너지면 다음은 차례로 무너질 것입니다. 또한 이미 우리 백제는 가라쓰와 후쿠오카에 많은 정을 두었으니 오이타에서만 합류를 한다면 하나의 커다란 세력이 되어 그들의 공격을 충분히 막아 낼 수 있지 않겠습니까? 어떻습니까? 우리 백제와 형제가 되는 것이.”

곤지의 제안에 기시하라는 잠시도 고민을 할 수 없었다. 오이타는 노략질을 위해 수십 또는 수백 번 후쿠오카나 가라쓰로 건너갔다. 그들의 지형이나 환경이 자신들에겐 너무도 익숙했기에 적이 아닌 친구가 된다면 장사도 수월할 것이었다. 그리한다면 오이타도 부를 이루고 더 강력해질 것으로 생각하였다.

기시하라가 곤지를 바라보며 수긍을 하려던 차, 곤지가 쐐기를 박는 말을 하였다.

"가라쓰는 백제와 가까우니 언제고 원군을 부를 수 있습니다. 후쿠오카는 넓고 고른 땅이 많고 동쪽으로 짧은 바다를 건너면 드넓은 육지가 있어 터를 잡고 이주해 살기 좋습니다. 그리고 이곳 오이타는 바다와 산이 많아 함부로 공격할 수 없는 요새와도 같으니, 이 셋이 하나가 되면 그 어떠한 고난도 이겨 낼 수 있을 것입니다."

"예, 말씀대로 따르겠습니다."

기시하라는 곤지의 말에 감명받아 그대로 절을 하였고, 곤지는 머금은 미소를 거두지 않고 기시하라를 일으켜 세웠다.

확답을 들은 곤지가 그리 오랜 시간이 지나지 않아서 자신과 그들의 말을 전하기 위해 후쿠오카를 거쳐 가라쓰로 사람을 보내려 했다.

그들이 배를 만들고 성을 계속하여 보수하는 동안 태사평은 금여수에게 무예를 가르쳤고 오이타 병사들의 기강을 더욱 강하게 확립시켰다.

곤지는 금여수에게 우정의 의미로 자신의 원래 성을 붙여 주었으니 금여수는 여금여수가 되었다. 여금여수는 곤지와 자주 시간을 보내며 백제에 대해 알게 되었다. 백제의 이야기들을 많이 들어서인지 아니면 곤지가 좋아서인지 어느 순간부터 그는 백제를 '우리' 백제라 불렀으니 곤지와 태사평도 모두 그를 백제의 사람으로 대했다.

"왜에 백제 사람이 있으니 어찌 기쁘지 않을 수 있단 말입니까? 하하하."

곤지는 여금여수를 아꼈으며 동생처럼 대하였고, 여금여수는 곤지를 자신의 주군이자 형처럼 존경했으니 둘이 하나 같았고 하나가 둘 같았다. 그것은 생김새에서도 확연히 보였다.

건강을 점차 회복한 소아령은 곤지의 모습을 곁에서 지켜보며 알 수 없는 묘한 기분이 들었다.

머리를 풀어 헤치면 소년같이 하얗고 예쁘장한 얼굴이었으며 머리를 질끈 동여매고 말에 올라타 이곳저곳을 누빌 때는 멋진 장수와도 같았으니 곤지의 모습은 해와 달, 육지와 바다 같아 보였다.

상반된 두 모습의 묘함에 끌린 것은 소아령뿐만 아니었다. 곤지는 예전 자신을 구해 주고 사내같이 굴었던 용맹한 소아령의 모습에서 의지하고픈 느낌을 받았다면, 지금은 부족 사람들의 잘못을 용서하고 흙먼지를 뒤집어써 가며 성 안팎에서 그들을 돕는 모습이 선하고 아름다워 보호해 주고픈 여인으로 느껴졌다. 소아령의 몸이 가늘고 연약하다고 느낀 때는, 그녀를 구출해 낸 뒤 한참 동안 몸을 회복하도록 돕기 위해 그녀를 보살폈을 때였다. 처소에 매일 음식을 가져다주고 그저 잘 이겨 내기만을 바라며 어색하게 아무 말도 하지 못한 날들이 많았다. 소아령의 얼굴은 많이 야위었지만 곤지의 지극한 보살핌 덕분에 그녀는 잘 이겨 낼 수 있었다. 그녀가 몸을 움직일 수 있게 되자 곤지는 기뻐했고 그런 곤지의 웃음에 소아령은 왠지 모르게 수줍어졌다. 소아령이 곤지를 다르게 본 것은 기시하라에게 자비를 베풀던 곤지의 모습을 희미하게나마 지켜본 때부터였던 것 같다.

달이 밝은 날, 소아령이 처소로 돌아가기 전 흙투성이의 몸을 이끌고 성 외곽의 언덕 위로 향했다. 가만히 앉아 있으니 잔잔히 흐르는 물소리와 풀벌레 소리가 들렸다. 소아령은 머리 위에 뜬 달을 보며 생각에 잠겼다. 고향 생각이 났다. 어찌하여 이곳까지 흘러 들어왔는지는 모르겠지만 자신이 원해서 온 것이 아니었기에 다시 돌아가고 싶었다. 오늘따라, 할머니가 무척이나 보고 싶었다.

무릎을 굽혀 맞대어 앉은 소아령의 코에 작은 반딧불이가 가만히 앉았고 향긋한 풀내음이 잔잔하게 콧속으로 들어왔다. 반딧불이는 소아령의 오똑 솟은 코가 나뭇가지인 줄 알았나 보다.

소아령은 할머니 생각에 잠기다가 자신의 코에 앉은 반딧불이를 보고는 문득 곤지가 떠올랐다. 아니, 정확히 말하면 자신이 곤지를 살려 줄 때 집어삼킨 옥구슬이 떠올랐다.

"아… 그 구슬은 몸속에 아직 있을까? 말을 해야 하나…."

소아령이 턱을 괴고 풀잎 하나를 떼어 하릴없이 빙글빙글 돌리며 생각에 잠기고 있을 때, 갑자기 어디선가 단발의 외침이 들렸다. 그것은 비명도 아닌 것이 급해 보이진 않았지만 그렇다고 급하지 않아 보이지도 않았다.

"앗, 뜨거!"

무언가 예상과 다르게 흘러갔는지, 얼떨결에 내뱉은 외마디 같았다. 소리를 들은 소아령이 컴컴한 주위를 둘러보았다. 어둠에 눈이 익숙해질 법도 한데 워낙 무릎만큼 자란 풀들이 많기에 그 외침이 어디서 들려오는지 정확히 알 수가 없었다. 그저 귀를 쫑긋 기울이며 어렴풋이 방향만 읽어 낼 뿐이었다.

"어라! 물이 뜨거워!"

재차 들려오는 목소리는 귀에 익었고 그 억양만 들어도 소리의 주인이 누군지 이제 짐작할 수 있었다. 멀리 떨어지지 않은 곳에서 갑자기 튀어나 와 뒷걸음질을 치는 사내가 작은 나뭇가지를 헤집고 모습을 드러냈다.

마침 구름이 걷히고 달이 드러나 빛이 쏟아져 내렸고, 날리는 풀잎 소리 에 놀란 수십 마리의 반딧불이가 후드득 흩어지며 허공을 밝히는 초처럼 아른거렸다. 길게 늘어뜨린 곤지의 머리카락 위를 금관처럼 빙글 둘러싼 반딧불이가 곤지의 얼굴을 어둠으로부터 끄집어내었다.

반딧불이에 둘러싸여 당황한 곤지의 모습은 아름다웠고 여지껏 한 번도 보지 못한 순수한 모습이었다. 그 모습은 소아령을 매혹시키며 혼란스럽 게 만들기에 충분했다. 넋을 잃고 곤지를 바라보던 소아령은 자신도 모르 게 순식간에 근심이 녹는 듯 느껴졌다.

반면, 곤지는 당황했는지 고개를 두리번거리며 주위를 둘러보다 자신을 말똥말똥한 눈으로 쳐다보는 소아령과 눈이 마주쳐 버렸다. 어색한 분위 기에 서로 할 말을 잃은 두 사람은 입을 움직일 생각도 못 한 채 머릿속이 하얘졌.

연기가 피어나는 뜨끈한 물이 그 침묵을 깨어 준 고마운 은인이 되었달까….

"아! 여기서 이상하게 솥에 달군 것 같은 물이 흘러나와서요…."

곤지가 머리를 긁적이며 소아령을 보며 멋쩍게 웃어 보였다. 그제서야 소아령도 정신을 차렸는지 시선을 거두고 새침하게 고개를 살짝 돌렸다.

"말도 안 되는 소리 마세요."

소아령은 괜한 말로 곤지가 어색함을 깼다고 생각했다.

"아닙니다. 정말입니다! 자, 이리 와 보세요."

곤지는 억울하다는 듯 컴컴한 어둠을 물리치고 소아령에게로 성큼성큼 다가가 그녀의 손을 잡아 이끌었다.

"어, 어…."

곤지가 이끄는 힘은 대단하지도 않았으나 곤지의 손에 잡힌 소아령은 몸에 순식간에 힘이 빠졌고, 온몸이 따끔따끔 가려워지며 살갗이 위로 솟아오르는 것이 무언가 자신의 몸을 제어할 수 없는 느낌을 받아 그대로 휘청이며 이끌려 갔다. 전신에 피가 다 빠지는 것 같았다. 그리고 그것은 처음 겪어 본 일이기에 무척이나 당혹스러웠다.

"보세요! 자, 손을 아래로…."

그저 자신이 어리숙하여 거짓을 말한 것이 아니라는 것을 증명하고 싶었던 곤지가 소아령의 손을 잡고 흐르는 물에 살짝 가져다 댄 순간, 묘한 감정에 움직임을 멈춰 버렸고 어떠한 말도 하지 못한 채 얼어 버렸다.

바로 옆 가까이 자신과 붙어 있는 소아령의 모습에 심장이 터져 버릴 것 같은 곤지였다.

"이것이 뭐가 뜨거운… 앗, 뜨거워!"

곤지의 말이 맞았다. 소아령은 풀죽을 만들 때처럼 부글거리며 올라와 흐르는 물과 그 위로 솟아오르는 길고 작은 연기에 놀랐다.

곤지와 소아령은 서로 다른 의미로 화들짝 놀라며 잡은 손을 떨어뜨렸다.

한낮의 빛처럼 샛노란 달빛 아래에서 풀벌레는 구경하러 온 사람들처럼 웅성거렸고 풀잎과 나무는 낮고 따뜻한 바람에 흔들리며 춤을 추었다. 두 사람은 온 세상에 발가벗겨 세워진 듯 어색하고 수줍게 서로를 바라보았다. 운이 좋게도, 때마침 들려오는 부엉이의 울음소리가 그들 사이에 흐르던 정적을 깨트렸다. 용기를 낸 곤지가 처음으로 먼저 다가가 소아령을 가만히 안았다. 소아령도 살포시 곤지의 가슴에 손을 가져다 대며 안겼고, 이 포근한 설렘이 자신의 세상을 송두리째 뒤바꿔 놓을 것이란 예감이 들었다. 소아령은 그렇게 곤지가 이끄는 대로 몸을 맡겼다.

예전에 곤지를 구하려고 바닷속에서 억지로 억세게 움켜 끌어안았던 그 느낌이 아니었다. 둘에게 연달은 부끄러움은 없었고 편안하고 자연스러웠다.

부여씨의 가문 소아령. 백제의 곤지. 끌리는 피와 모이는 마음이 둘을 하나로 만들었으니 하늘과 땅 모두가 어찌 기뻐하지 않을 수가 있단 말인가.

밤은 짧았지만 그 순간은 길었다. 그리고 그 연은 끊길 수 없었으니 곤지는 소아령을 자신의 사람으로 굳게 여겼다.

몇 날을 수줍어 간지런 느낌을 지울 수 없었던 곤지는 그날 이후 사랑으로 소아령을 대하였으니 그 둘은 잠시라도 떨어져 있노라면 사무치게 그리워했다. 갓 싹이 튼 사랑의 새싹은 대나무처럼 급히 솟아 우뚝 자라나기만 했다. 그 소식을 듣기 전까지는 말이다.

오이타 성내를 보수하고 기시하라와 함께 체계를 안정적으로 확립해 가던 중, 며칠째 비가 내리는 날이었다. 그날도 어김없이 부상병들을 치료하는 데 여념이 없는데, 너무도 당혹스러운 일이 아무런 기별도 없이 찾아왔다. 태사평이 성안의 작은 움집에 들어가니 여지껏 맡아 보지 못한 썩은 내가 진동을 하고 있는 것이 아닌가. 산전수전 다 겪었다고 자부했던 태사평은 부상병들이 있는 움집에서 나는 역겨운 냄새에 숨을 쉬기가 힘들었다.

태사평은 팔뚝으로 독한 냄새를 막으며 희미하게 들어오는 달빛에 의존해 끙끙 앓는 신음 소리가 가장 크게 들려온 곳으로 천천히 다가갔다.

"아이고! 살려 주십시오! 혼절하다가 깨어나길 몇 번입니다. 이러다 한 번 더 혼절하면 내 눈앞에 나뭇대 하나 보지 못할 것 같습니다."

"여기… 여기… 숨이 끊겼습니다."

"저리 가! 오지 마!"

여기저기서 흐느껴 우는 소리와 화를 내는 소리 그리고 하소연하는 소리가 섞여 들렸다. 태사평은 그중 가장 난리를 피우는 안쪽으로 발걸음을 옮겼다.

"이게 무슨 일이오? 이것은 또 무슨 냄새입니까?"

참으로 맑고 날이 좋은 밤이었다. 하지만 그것이 움집의 상황과는 전혀 별개의 것임을 태사평은 알아채지 못하였다.

찬바람이 불어와 가뜩이나 한기가 서린 움집 안은 가장 안쪽의 몇몇 사람들의 모습으로 인해 두려움까지 더해져 칼로 허공을 수차례나 가르는 것 같은 기분이었다.

"살려 주십시오…. 몸이, 몸이 움직이질 않습니다."

"불덩이처럼 뜨거운 것이 바람이 스치기만 해도 뼈가 갈리는 것 같습니다."

안쪽에 누워 숨을 쉬지 않는 앳된 청년과 그 옆에서 거의 기다시피 눈물을 흘리는 여인들과 노인들은 그 몰골이 보통의 사람들과 달라 기괴하기 짝이 없었으며 바라보고 있자니 등골이 오싹해진 태사평이었다.

"도대체 어찌 된 일입니까? 저 아이는 숨을 쉬고 있지 않는 것인가요?"

태사평은 점점 심한 악취로 인하여 인상이 절로 구겨졌으나 사태가 심각한 것을 보고는 다른 생각을 할 여유가 없었다.

창백한 얼굴의 청년은 얼굴이 썩어 문드러져 있었고, 그 주변의 사람들도 모두 다리부터 썩어 노랗고 벌건 진물이 흘렀다. 거의 몸의 절반은 사람의 것이라 생각할 수 없을 정도였다.

"모르겠습니다. 처음엔 그저 가려워 긁다 보니 괜찮은 줄 알았는데 하루 자고 또 하루를 자고 나니 점점 심하게 살가죽이 벗겨집니다. 또한 몸에서 불이 타오르는 것 같고 죽조차 삼키지 못하고 게워내고 있으니 가죽이 점점 늘어집니다."

태사평은 흉측하고 기괴한 모습에 놀랐다. 그리고 바로 고갤 돌려 썩어가는 사람들을 피해 다른 곳에 둘러 앉아 있는 이들을 바라보았다. 그들은 고약한 말을 내뱉으며 다가오지 말라는 듯 고함을 쳤다. 태사평은 얼른 상황을 곤지에게 알려야겠다고 생각해 자리에서 일어섰다.

"잠시만 기다리시오! 내 다시 오겠소."

애원하는 소리를 뒤로하고 태사평은 움집 밖으로 나왔다. 그리고 발걸음을 재촉해 곤지가 머무는 작은 방으로 빠르게 건너갔다.

그 시각, 이를 본 것은 태사평뿐만이 아니었다.

금여수가 성벽 위에서 보수작업을 어디까지 진행해야 할지 셈을 하고 있을 때, 저 멀리에서부터 작은 횃불을 들고 성 주변으로 사람들이 다가오고 있었다. 그 모습이 희한하여 가까이 올 때까지 물끄러미 지켜보니 부족인들 여럿이 각자의 등에 한 사람씩 들쳐업고 소리를 내는 것이 아닌가.

"도와주십시오! 사람들이 죽어 나갑니다."

금여수가 그들을 보니 참으로 가관이었다. 아오치군, 구루치군, 백성 할 것 없이 섞여 있었고 들쳐업은 자의 얼굴은 커다랗게 부어 이곳저곳이 자갈밭마냥 울퉁불퉁했으며 업힌 자들은 사지가 축 늘어져 있으니 한눈에 보아도 급한 일이라 생각지 않을 수 없었다. 그 모습은 반란을 꾀는 오이타 사람들의 모습이 아니었다. 살고 싶어 찾아온 모습이었다.

태사평과 금여수는 이를 곤지에게 알렸고 곤지는 기시하라와 기토를 일어나게 해 직접 문을 열고 병마가 있는 자들을 따뜻한 곳으로 들게 하였고 움집을 돌며 사람들의 상태를 살폈다. 시끄러운 와중에 소아령이 자고 있을 리 만무하였으니 곤지의 만류에도 자청하여 사람들을 둘러보았다.
"도대체 이게 무슨 일입니까?"
기시하라의 병사들과 소아령이 아직까지 몸이 성한 자들과 함께 끙끙 앓아 대는 사람들을 살피는 것을 지켜보며 곤지가 걱정스러운 얼굴로 물었다.
곤지의 시선은 자연스레 한곳으로 집중되었고 곤지의 얼굴을 바라보던 태사평과 금여수는 그 시선이 기시하라의 입술에 정확히 꽂혀 있다는 것을 알았다. 기토는 가만히 생각에 잠겼다.
곤지의 물음에 기시하라는 기토의 눈치를 살피며 선뜻 대답을 하지 못하고 우물쭈물하였는데 기토가 그녀의 몸을 잡아당겨 앉혔다. 여기저기 앓는 소리는 곤지의 미간을 더욱 찌푸리게 만들었으나 알지 못하는 걱정거리를 무슨 방도로 단번에 사라지게 할 수 있단 말인가. 바람을 타고 흐르는 냄새가 고약했다.
기토가 기시하라에게 물으니 기시하라는 조심스럽게 죄지은 중마냥 고개를 끄덕였다.

"아직도 병사들이 산속 민가를 헤집고 모집해 다니는 것인가?"

"예… 그렇습니다."

"내 다리가 잘린 것을 보고도 아직도 그렇게…. 참. 나를 이렇게 만들어 놓고도 아직 정신을 차리지 못한 것이야?"

호통은 아니지만 아주 싫은 소리를 낸 기토에게 기시라는 더 이상 말을 하지 못하고 고개만 숙였다.

"무슨 일입니까?"

곤지가 참을 수 없어 묻자 기토는 한숨을 내쉬며 눈을 바닥 아래로 내리깔았다. 기다란 나무 마루가 원망스러워 보였나 보다. 그 눈빛은 애처로움과 원망을 한가득 담아 그저 아랫마루로 뿌려 대고 있었다.

"저도 살이 썩어 갔던 적이 있었습니다. 단순히 축출당해 쫓겨난 것 때문에 이리 잘린 것은 아닙니다."

"그것이 무슨 말입니까?"

기토는 다시 한 번 길게 한숨을 내쉬더니 곤지를 올려다보며 말했다.

"아오치와 구루치들이 오이타 성 내 병사들과는 조금 다르다는 것을 느끼시는지요? 단순히 그 이름에서만 느껴지는 다름은 아닙니다."

아오치와 구루치는 오이타의 산속이나 숲에서 살고 있는 부족원들의 절반 이상으로 이루어진 작은 별동 부대와 같았다. 그들은 서로의 사정을 잘 알았고, 사는 모습이나 먹는 것들도 서로 공유하였다. 기름진 식량을 후쿠오카에서 뺏어오지 않으면 허기진 배가 사나흘은 지속되어 배를 부여잡는 일이 다반사였다. 겨울이 되면 아무리 따뜻하다고 하여도 살이 에일 듯이 춥고, 더군다나 산이나 풀숲이 많아 잎사귀가 몸에 닿기만 해도 얼어 버린 강물 안에 맨몸으로 들어가는 것처럼 차가웠다.

그들은 그렇기에 서로 공존하는 법을 만들어 지내 왔고 배웠다. 그러다 보니 탈이 난 것이다.

비바람이 거세게 몰아치면 돌아다니던 부족들은 수일간 몸을 말리지 못한다. 어떤 때는 한 달이나 말리지 못할 때도 있었다. 그러다 보면 살이 물렁해지고 점점 피부에 힘을 잃어 가기 시작한다. 더군다나 그 상태로 끼니까지 잘 해결하지 못하면 열이 나기 시작한다. 안에서는 열이 나니 움직이지 못하고 바깥으로는 힘이 없어 자꾸만 살가죽이 점점 이상하게 변색이 된다. 그러다가 썩어 버리게 되면 그 몸의 형태와 냄새는 고약해진다. 문제는 그렇게 생긴 병이 자신에게만 국한되지 않는다는 것이다.

아오치와 구루치들은 서로 서로 세력을 넓히고 도와야 했기에 어느 집이나 자원병들을 모집했고 또한 그곳에서 이동을 하며 서로의 집에서 생활을 했다. 심지어는 자원을 하는 이들을 받아 주는 대가로 거처를 자유롭게 사용할 수 있었다. 그런데 개중에 자신이 병에 걸렸음에도 살기 위해 사실을 숨기고 자원을 하거나 돌아다니며 멀쩡한 자원병들의 집에서 한데 뒤섞여 생활하니 아프지 않았던 이들에게도 병이 전염이 된 것이다.

기토의 두 다리가 잘리기 전, 기토는 그 모습을 알았고 혼자 부족 사람들의 집을 찾아 돌아다니며 아오치와 구루치 자원병들뿐만 아니라 모르는 이를 절대 들이거나, 같이 생활하게 하지 못하게 당부를 하였다. 그렇게 돌아다니다 기토 역시 자신의 몸을 돌보지 못해 산에서 병이 났고 성으로 돌아오자 그의 여동생은 그가 괜한 짓으로 사기를 떨어뜨린다고 생각해 그렇지 않아도 흉측해진 몰골의 기토를 내쳐 버린 것이었다.

기토의 말에 기시하라는 울먹이며 다시 한 번 기토에게 고개를 숙였고, 곤지는 실로 커다란 일이라 생각해 놀라지 않을 수 없었다.

"허… 참. 이게 무슨…."

태사평이 고개를 저었다. 그의 수염은 구름처럼 흔들렸다.

"대충 보아 와서 열악한 지역에서는 그런 일이 있는 줄 알고 있었지만, 이리 급격히 퍼지고 위중한 줄 몰랐습니다."

금여수는 기가 찬 듯 간신히 새어 나오는 소리로 중얼거렸다.

다들 어찌 손을 쓸 도리가 없었기에 그저 걱정하고 최대한 보살핌을 주어야 할 수밖에 없었다.

며칠 밤이 지나고, 곤지 역시 잠을 이룰 수 없는 날이 계속하여 이어졌다. 여기저기 터져 나오는 비명 소리가 먼 창고에서 울려 퍼져 들려왔고 곤지는 찰나의 순간 눈이 휘둥그레지며 벌떡 자리에서 일어났다.

"아저씨! 아저씨의 목소리…."

곤지의 귀에 들린 비명 소리 하나가 예전 우치 아저씨와 똑 닮아 있었다. 그러자 바로 예전 계후와 우치 아저씨의 일이 생각이 났다.

곤지는 한참을 걸으며 생각에 잠겼고, 날이 퍼렇게 뜨는 것을 넘어서 하얗게 동이 트자 얼른 문을 열고 밖으로 나갔다. 며칠간 밤새 내렸던 비가 서서히 걷히고 아주 작은 방울들만이 아쉬움을 남긴 채 하늘에서부터 고개를 떨구며 바닥을 적시고 있었다. 구름이 잔뜩 껴 세상은 아직은 흐리지만 정신만은 그 어느 때보다 또렷했다.

소아령이 자는 모습은 거의 보질 못했다. 멀찌감치 바라보니 소아령은 이리저리 바쁘게 움직이며 사람들과 함께 병자들이 있는 집을 들락날락거렸다. 조금씩 수척해져 가는 소아령의 모습에 곤지는 마음이 안쓰러웠다. 그러나 가야 할 길, 그리고 해야 할 일이 먼저였다.

시간을 계속 지체할 수만은 없었다. 백제는 곤지에게 거스를 수 없는 전부임을 어느 누가 설명이라도 해 줘야 하는 것일까. 그럴 의문도 들어서는 안 되었다.

한참을 뚫어지게 소아령을 보던 곤지는 걸음을 옮겨 막 다시 환자의 곁으로 돌아가려는 소아령의 팔을 잡았다.

소아령은 흐르는 땀을 닦아 내다 말고 화들짝 놀라 고갤 돌렸고 거기엔 곤지가 비장한 표정을 지으며 긴장된 얼굴로 서 있었다. 정적이 흐를 시간도 없었고, 전에 그 아이 같던 곤지의 모습도 아니었다.

"무슨 일이세요?"

앵두 같은 입술이 점점 시퍼래진 것이 어지간히 힘에 부치는 모양인 소아령이 덤덤하게 물었다.

"잠시, 잠시만 같이 가 주실 수 있나요?"

"어디를요?"

"그 있잖아요! 저번에 그 뜨거운 물이 나오는 곳, 거기요."

곤지는 조금 힘을 주어 소아령을 끌어당겼고 소아령은 그대로 곤지에게로 이끌려 나갔다.

"거긴 왜요?"

소아령의 물음에도 곤지는 즉답을 하지 않았다. 그저 두 사람은 일전 땅에서부터 솟아오르는 뜨거운 물이 있는 곳으로 향했다.

멀리서 그 모습을 지켜보던 태사평은 의아해 고개를 갸웃거렸다.

"말 그대롭니다. 아직 움직일 수 있는 자들은 이곳에 몸을 담가 씻기고 비가 그치면 그들을 목차에 태워 후쿠오카로 보냅시다. 후쿠사이토쿠 님에게 부탁을 한다면 반드시 도와주실 것입니다."

곤지의 목소리에는 힘이 있었다.

허나, 그 말을 불편해하는 자들은 한둘이 아니었다.

"그쪽에서 받아 주겠습니까?"

"그래도 이 많은 병자들을…. 얼마나 더 나올지도 모르는데…."

기시하라가 그랬고 금여수도 어지간히 걱정이 되는 모양이었다. 또한, 말에 끼어들지는 않았지만 기토는 그저 수염을 쓸며 심각한 표정을 지어 보였다.

"이 방법을 써 보는 것밖에는 생각이 나질 않습니다. 후쿠오카는 볕이 좋고 따뜻하며 기름진 음식들이 많으니 그쪽에서 몸을 쉬게 되면 분명 좋아질 것입니다. 이것은 제가 예전 백제에 있을 때 경험했던 것입니다."

"어떤 경험 말입니까?"

조용히 듣고 있던 기토가 얼른 물었다.

"예전 작은 산마을에서 우리 백제의 백성들이 아픈 것을 빠르게 낫게 하는 일을 한 것을 본 적이 있습니다. 그들 역시 산에서 내려오는 다른 적들과 매번 싸우고 있었습니다. 저는 그들이 싸움이 끝나고 하는 일들을 보았고 도왔습니다."

모두가 곤지의 말에 집중하는 동안 태사평은 눈을 잠깐 감았다. 그러더니 미간에 작은 강을 만들다가 순간 무언가 떠올랐는지 눈을 번쩍 떴다. 태사평은 곤지를 보았다. 곤지가 놀라울 따름이었다. 다만 그것이 정확히 맞는지 아닌지는 몰랐다.

"그들은 낮이 되면 신음하거나 상처가 있는 사람들을 물로 씻기고 약초를 흙과 짓이겨 상처 부위에 발랐습니다. 그리고 볕이 좋은 곳에 커다란 돌을 쌓아 올리고 그 위에 눕혔습니다. 그것을 수시로 바꾸어 쌓으며 병자를 눕히고 또 눕혔습니다. 또한 닭이나 생선을 죽으로 쑤어 먹었고, 마당에 있는 커다란 나무 틀에서 바람을 맞으며 쉬기도 하였습니다. 그 볕과 모습이 이곳보다는 후쿠오카가 더 좋으니 그렇게 하는 것이 나을 듯싶습니다. 약초는 미약하지만 제가 만드는 법을 알고 있으니 깨끗하고 무른 흙이 있는 오이타의 것으로 바르고 한시라도 속히 그곳으로 옮깁시다. 그리고 일전에 제가 기시하라 님께 말한 대로 후쿠오카 쪽에 제안한다면 후쿠사이토쿠 어르신도 제 말을 믿고 받아 주실 것입니다."

수없는 전투를 치러 본 태사평도 고구려와 신라와의 싸움에서 다친 병사들을 돌보는 의원들이 늘 그리하는 것을 보아 왔다. 그러기에 전투는 겨울에 하면 정말 고약한 것이었다.

후쿠오카의 겨울은 백제의 겨울보다 따뜻했으니 봄이나 매한가지였다.

"어떻게 후쿠오카를 믿을 수 있단 말입니까? 우리가… 우리가 그렇게까지 했는데…."

기시하라가 조심스레 물었다.

"오이타가 후쿠오카를 공격했던 이유가 무엇입니까? 아스카에서 쳐들어와 이곳의 것들을 빼앗아 가기 때문에 물자가 부족하여 그런 것이 아닙니까? 아스카가 오이타의 것들을 다 빼앗는다면, 혹은 더 이상 오이타가 아스카의 공격을 막아 낼 수 없는 지경이 된다면 아스카는 바로 후쿠오카로 들어올 것입니다. 그렇다면 후쿠오카 역시 빼앗길 것이 많이 생길 것입니다. 그러니 서로가 연합을 하고 도와 이곳 큐슈를 단단하게 만들면 되질 않습니까?"

"큐슈를 단단히 만든다?"

소아령 역시 처음 들어 보는 말이었다.

"용맹하고 겁이 없는 오이타의 군사들과 함께 이곳을 요새처럼 만들어 그들이 더 이상 할 수 있는 게 없게끔 만드는 것입니다. 그것은 저희 백제가 돕도록 하겠습니다. 백제는 그들이 들어오는 속도보다 더 빠름이 분명하니 뒤를 우리 백제가 받치도록 함은 제가 약속하겠습니다. 그리하면 물자와 넉넉한 땅, 그리고 곡식을 함께 나누어 큐슈 전 부족이 함께 나누어 잘살 수 있으며, 아스카로부터 오는 군들은 이곳 오이타가 막아 주는 것입니다. 그 누구도 쉽게 뚫을 수 없을 것입니다."

곤지의 막힘없는 이야기에 주변의 모든 이들이 어리둥절해하면서도 참으로 그럴듯하게 들려 감탄하지 않을 수 없었다.

"더 이상의 공격을 멈출 것을 그리고 단단한 방비를 약조한다면 후쿠오카에서도 받아들일 것이라 생각합니다. 사신으로는 제 말을 전하러 금여수가 다녀올 것입니다."

가장 닮은 이가 가장 중요한 약조를 전한다.

오이타에 정박하는 무역선들 거의 대부분이 가야에서 들어오는 철기들이었다. 기시하라와 기토에게 그 말을 들은 곤지는 그제서야 왜 아스카에서 그리 공격을 감행하는지 이해할 수 있었다.

곤지는 먼저 금여수를 시켜 후쿠오카로 다녀오라 일렀고, 태사평, 기토 그리고 기시하라와 함께 성을 더욱 견고히 만드는 법을 연구하고 또한 백제의 보수, 증축 등의 방식을 알렸다.

그리하여 오이타는 점점 단단하고 깊고 강인한 요새를 갖추었으며 며칠 뒤에 돌아온 금여수에게서 후쿠사이토쿠의 허락을 받아왔다.

금여수가 말을 꺼내고 나서야 곤지와 무척이나 닮은 사내라는 것을 알게 된 후쿠사이토쿠는 금여수를 맞이하기를 곤지를 맞이하는 것과 같이 기뻐했다. 그것은 기쁜 신호였다.

"참으로 곤지 님께서 돌아오신 줄 알았습니다."

후쿠사이토쿠는 기쁜 웃음을 지어 보였고, 금여수의 전언을 듣고 깊은 고심 끝에 그것이 옳을 것이라 생각하여 병자들을 맞이하기로 하였다.

"태자 저하께서도 기뻐하실 것입니다."

금여수의 미소는 참으로 넉넉하였다.

"보통 일이 아니겠습니다. 철기를 쓸어갔으면… 쉽지 않겠습니다."

태사평이 작은 산 언덕에 올라 옆에 선 곤지에게 말했다.

노을이 지는 것이 붉디붉었다. 특히 산중에서는 노을을 자주 보지 못했지만 그날따라 노을은 그 어느 때보다, 그 어느 곳보다 붉고 선명하게 보였다.

바람이 찼다. 비가 그치니 겨울이 다가왔다. 정신없이 다가온 겨울바람이 한성의 어느 곳보다 차갑게 느껴졌다.

"그래도 피할 수는 없지 않습니까? 백제를 도우며 지지 않게 할 기반은 그곳에 있다는 것을 잘 아시지 않습니까."

곤지가 나부끼는 옷자락을 잡고 멀리 시선을 두었다. 머리를 질끈 동여매어도 흩날리는 머리칼이 어지럽게 하늘을 수놓았다.

말이 없던 둘은 가만히 한곳으로 시선을 두었다. 백제 한성이 있는 곳.

지그시 눈을 뜨고 시선을 노을에서 거두지 않으며 곤지가 문득 무언가 생각이 났는지 나긋한 소리로 물었다.

"저기 저 붉은 해. 꼭 아버님하고 형님들의 눈동자와 비슷해 보이지 않습니까? 노을은 참, 우리 백제 사람들의 옷과도 같아 보이네요."

곤지가 미소를 지었다.

한참을 가만히 듣고 있던 태사평이 고개를 살짝 끄덕였다.

"무엇이 있든 간에 뚫지 못하는 법은 없습니다. 여신 님께서도 그러하셨고 저 또한 그리했습니다. 철기 까짓것…."

둘의 대화는 간결하고 짧았다. 그러나 같은 곳을 향하고 같은 목적을 가지지 않았는가. 또한 지금 이렇게 같은 곳을 바라보니 그 마음이면 충분하였다.

힘들 것은 충분히 예상하였다.

예상은 예상일 따름이다. 실상은 부딪쳐 봐야 아는 법.

459년, 개로 4년.

진로가 여경의 명을 받들어 태사평을 불러들이게 하는 일에는 거침이 없었다.

병사들을 이끌고 배에 오른 진로는 곤지 일행을 찾는 것이 막막할 줄로만 알았으나, 오이타에서 쉬어 가기 위해 정박한 곳이 바로 곤지와 태사평이 머무르며 자리를 잡은 곳의 포구였다. 백제의 기가 펄럭이는 배는 오이타에 있던 곤지와 태사평에게는 실로 반가운 것이었다.

진로가 내리는 곳에 태사평과 곤지가 나와 있었으니 뭍에 발을 딛은 진로가 오히려 더 놀랐다.

"아니, 어찌 된 일이십니까? 이곳에서 이리 뵙게 될 줄은 몰랐습니다."

진로는 곤지의 앞에 얼른 무릎을 꿇고 예를 갖추었으며 곤지 역시 놀란 눈을 거두지 못한 채 반갑게 미소를 지으며 진로를 반겼다.

"저 위에서 보니 여러 척의 낯이 익은 배가 다가오는 게 아니겠습니까."

얼른 내려와 보니 우리 백제의 돛을 단 배지 뭡니까. 백제에서 이리 장군님을 보내시다니 너무 반갑고도 고마울 따름입니다."

"아닙니다, 태자 저하."

곤지는 태사평과 함께 진로를 오이타의 성으로 들였고 금여수와 기토, 기시하라를 소개하였으니 그들은 서로 예를 갖추며 서로를 높이었다.

"태자 저하를 보필하여 주셔서 참으로 감사드립니다."

진로는 그들의 손을 한 번씩 맞잡았다.

"아닙니다. 저희야말로 이렇게 태자 저하의 나라 백제에서 오신 장군님을 뵈어서 영광일 따름입니다."

금여수와 기시하라는 고개 숙여 답하였다.

안부를 길게 물을 수 없는 초조함이 얼굴에 가득 묻어 있던 진로는 처음 곤지와 태사평을 보며 반가워했던 표정과는 다르게 얼른 고개를 숙이며 몸을 돌려 곤지에게 부탁을 하였다.

"태자 저하, 제가 이리 급히 백제에서부터 들어온 것은 다름이 아니오라 어라하의 명을 받들어 전해야 할 말씀이 있기 때문입니다. 하오나 여기에서는 듣는 귀가 많아 여의치 않사옵니다."

진로는 거침없이 곤지에게 밀을 하였고, 그것은 그의 성격과 꼭 같았다.

금여수와 기시하라는 진로의 말에 황급히 눈치를 보며 안절부절못하였다. 금여수가 잠시 주춤거리다 얼른 고개를 숙여 예를 갖추고 자리를 나서려 하였다.

"태자 저하, 저희는 성의 안팎을 살피러 이만 물러나겠습니다."

"그럼 미안하지만 잠시 자리를 비켜 주시면 좋겠습니다."

곤지가 차분히 말하며 달래니 얼음장 같던 공기가 조금이나마 녹아내렸다.

금여수와 기토, 기시하라가 나가고 곤지는 굳은 표정으로 진로에게 물었다.

"사람이 듣는 데서 말을 아끼지 않으면 예에 어긋나는 법입니다. 저들은 이곳에서 줄곧 나를 믿고 있는 자들인데 말입니다."

곤지의 어두운 표정에 진로는 깊이 고개를 숙였다.

"죽을죄를 지었사옵니다, 저하. 허나, 워낙 중요한 사안이라 차마 어라하의 명을 다른 이가 듣는 데서 할 수가 없기에 이리 무례를 범하게 되었습니다."

진로의 표정은 어두웠으나 그의 대답은 막힘없었으며 소리가 똑 부러졌으니 실로 중대한 일이 있음이 틀림없어 보였다.

"말씀을 전달해 주십시오. 백제에서 이리 온 것이 반가웠는데 이제는 걱정이 됩니다."

곤지가 말을 마치고 진로를 일으켜 자리에 앉혔다.

진로는 그제서야 태사평과 곤지를 바라보았지만 굳은 표정은 살짝이라도 풀 수가 없었다.

"우리 백제가 북성을 탈환하니 고구려군들이 화가 잔뜩 나 큰 전투가 벌어질 듯합니다. 안으로는 해구가 여러 무리들과 한바탕 소란을 일으킬 것처럼 어지럽게 하고 있습니다. 그리하여 나라 안팎이 소란스러우니 개로 어라하께서 저를 보내어 태사평님을 데려오라 하셨습니다."

진로의 말이 이상하였다. 개로 어라하라….

"여경 님께서 어라하가 되셨단 말입니까?

곤지가 놀란 눈으로 허리를 당겨 몸을 앞으로 내밀고는 진로에게 물었다.

"예… 비유 어라하께서 붕어하셨습니다…."

진로는 비통한 표정을 감출 수 없었고 고개를 푹 떨구며 그간 백제 안에서 일어난 일들에 대하여 곤지와 태사평에게 알렸으니, 곤지는 어지러움에 휘청거리며 자리에서 쓰러졌고 태사평은 그저 고개를 숙인 채 소리 없이 눈물을 흘렸다.

"어라하께서… 어라하께서 어찌하여… 이 곤지, 아직 어라하께 답을 가져다 드리지 못하였는데…."

금여수와 기토, 기시하라가 자리에 없는 것이 오히려 다행이었다.

작은 회의소 안 셋은 말 한마디 할 수 없었고 오이타 성은 곤지와 태사평의 눈물만으로도 강을 만들어 주변을 메울 지경이었다.

단 한시도 지체할 수 없었던 태사평은 곤지에게 예를 갖춰 먼저 백제로 올라가려 하였지만, 마음에 걸리는 것이 있었으니 비유 어라하와의 약속이었다.

반드시 곤지 태자를 지키라는 명을 어길 수도 없는 상황이었다. 허나, 어르신이, 어라하가 바뀌었다.

백제의 근간이 흔들려서는 아니 되었다.

태사평은 참담하기 이를 데 없어 고심하였으나, 곤지가 침묵을 깨며 말했다.

"어찌 내가 이곳에 가만히 있을 수 있단 말입니까. 나부터 당장 들어가 죄를 뉘우쳐야 하겠습니다."

비틀거리면서도 머뭇거림 없이 군장을 찬 곤지는 태사평과 진로에게 명을 내려 배를 타고 백제로 향하기로 하였다. 오이타의 성은 금여수에게 잠시 맡겨 두었다.

금여수는 다 죽어 가는 곤지의 모습을 보며 심히 걱정하였으나 곤지는 그 힘든 와중에도 꾸역꾸역 슬픔의 미소를 지어 보이며 다시 돌아오겠노라 약속하였다.

　단 하루도 지나지 않아 곤지는 백제의 배에 올랐고, 소아령을 태워 약속대로 그녀를 고향 땅으로 돌려보내려 하였으니 곤지는 소아령의 손을 꼭 움켜쥐며 그리움의 작별을 고해야 했다.

　오이타에서 출발한 배는 물살을 가르며 빠르게 위로 올라갔으나 곤지에게는 파도의 거품이 갑판에 닿는 찰나의 시간마저 하루와도 같이 길고 느리게 느껴졌으니, 그저 마음이 조급하기만 하였다.

　하루하고 고작 반나절밖에 지나지 않았다. 작별의 시간은 속절없이 다가왔지만 백제의 시간은 그보다 더 중요했다. 그것이 슬픔을 더 슬프게 만들었다.

　처음 곤지가 왜에 도착할 때와 같이 각라도의 작은 동굴 앞에 배를 대고 곤지는 소아령과 함께 내렸다.

　"소아령 아가씨, 여기서 그만 작별인사를 드려야겠습니다."

　곤지의 통통 부은 눈을 지그시 바라보던 소아령은 가슴이 먹먹해 아무 말도 할 수 없었다.

　곤지가 왜 울었는지 말을 하지 않아 자세한 내막을 알 수는 없었지만 들어가야 하는 야마토국을 뒤로한 채 다시 물을 거슬러 올라 백제로 향한다는 것에 필시 그 이유가 있음을 알았다.

　소아령은 곤지를 가만히 바라보다가 그의 두 뺨을 어루만지며 오히려 더욱 힘을 내어 소리를 크게 내었으니.

　"울 수 있는 일은 더 이상 만들지 않아야 합니다. 제가 여기 있으니 웃음으로 나를 보러 오실 때를 기다리겠습니다."

"소아령…."

"백제가 태자님을 원하심을 알고 있사오니 당연히 그리하셔야지요. 태자님의 은덕을 입은 것에 그저 감사할 따름입니다. 하늘이 이끄시는 대로 가 해야 할 일을 해내셔야 저희도 그 보답을 드릴 수 있습니다."

"소아령…."

그날 하루, 왜 큐슈에서 뜨는 달은 불과 같이 밝았다.

태사평은 병사들이 지쳤다는 말로 곤지를 달래어 하루를 각라도에 머물자 하였으며, 배의 갑판을 수리하기 위해 병사들과 한참을 배 위에 머물며 끙끙대었다.

곤지는 슬픔을 잠시 뒤로한 채 소아령과 오랜만에 재회한 노모와 함께 그간 이야기를 풀며 하루를 보내려 하였지만, 노모는 음식을 준비한다고 산 윗마을로 올라가 내려오지 않았다.

"그런데 어디가 이상이 있는지 모르겠습니다."

진로와 병사들이 의아해 갑판에 쪼그려 앉아 이리저리 배를 살피며 태사평에게 물었다. 태사평은 아무 표정도 짓지 않은 채 고갤 돌려 조용히 바다를 바라보았다. 해수면이 하얀 옥구슬을 흩뿌려 놓은 것같이 달빛에 반사되어 반짝였다.

"그저 하루 쉬어 가는 것뿐이오. 이상할 것은 없소."

가볍게 일렁이는 파도가 수없이 많은 자갈들과 손뼉을 치는 소리가 자장가처럼 들려왔다.

날이 밝아 오기 전, 잠이 든 소아령을 한참 동안 물끄러미 바라보던 곤지는 그녀의 손을 꼭 잡았다.

그리고 소리가 나지 않게 옷을 갖춰 입고 집을 나와 배로 향했다.

곤지의 손이 자신의 손을 떠난 때부터 날이 밝고도 한참 동안 소아령은 눈을 뜨지 않았다. 곤지가 집을 나서는 발소리만이 귓가에 계속 맴돌았고 알 수 없는 눈물만이 주르륵 흘렀다.

459년, 개로 4년, 스물아홉 해의 곤지.

여경과 문주는 한성으로 들어온 곤지와 태사평을 기뻐하며 반갑게 맞이하였다.

"잘 왔구나! 너까지 부를 줄은 내 미처 생각하지 못했지만, 그래도 먼 길 오느라 고생하였다. 어디 아픈 곳은 없느냐?"

여경은 곤지의 손을 잡으며 기쁘지만 걱정스러운 얼굴로 곤지의 표정을 살폈다.

"어라하께서… 돌아가심을 그동안 알지 못하여 정말 죽을죄를 지었습니다…."

"아니다, 아니다! 그저 멀리 떨어져 있던 네게 알리지 못한 것일 뿐이니 걱정하지 말거라. 내 그리고 피치 못할 사정이 있어서 그러하였으니 우선은 들어가서 이야기하자꾸나."

여경은 곤지를 그의 처소로 돌려보내 쉬게 하였으며 태사평 역시 배불리 먹고 쉴 수 있도록 시간을 주었다. 허나 곤지는 물론이고 태사평 역시 마음이 무거웠다.

태사평은 비유가 건강이 좋지 못한 것을 알고 있었지만 그리 허무하게 큰 소식도 남기지 못하고 세상을 떴을 줄은 상상도 하지 못하였다.

그는 음식을 제대로 삼키지 못했으며 매일 홀로 눈물을 훔치니 그것은 곤지와 똑같았다. 허나 태사평은 사흘 동안 몸과 마음을 추스르고 바로 곤지와 문주 그리고 여경의 처소 전체를 굳세게 지키고 담당하였으니 그의 안타까움과 노여움이 견고함으로 한성 궁 안에 기를 뿜어내었다.

곤지는 청령을 만나 인사를 올리고 그동안의 일을 말하였다. 청령도 기쁘게 곤지의 말을 듣고 슬픔에 차 있는 곤지의 눈을 맞추며 곤지를 달래었다.

"너무 낙심하지 말거라. 네 잘못이 아니다. 나 역시 너무도 놀랐지만 어찌 되었든 하늘의 뜻인 것을…. 그래도 네가 무사히 돌아와서 마음이 놓이는구나."

곤지는 청령의 다독임에 그동안 참았던 눈물이 터져 버렸다.

"제가 어라하의 뜻을 깊이 알지 못해 그 명을 완수하지 못하고 돌아왔으니 어쩌면 좋단 말입니까. 흑흑."

청령은 울음을 터뜨리는 곤지를 가만히 안아 주었다.

"제가… 제가 아무것도 하지 못하고… 흑흑… 어라하의 곁을 지키지 못한 것이 한이 되옵니다… 흑."

청령의 품에서 우는 곤지의 옆에 가만히 앉아 고개를 숙이며 눈물을 훔치던 예서가 그저 자신의 옷자락만 얼굴에 연신 가져다 대었다.

"어라하께서는 떠났지만, 네게 남은 사람들이 있지 않느냐. 그리고 어라하와 네 아버지의 뜻을 네가 아직 품고 있으니 아직 지켜 내야 할 것이 너무 많이 남았다. 네가 약해지면 안 된다."

청령의 눈가에도 어느새 눈물이 맺혔다.

청령도 떠나고 싶었다. 지아비를 잃고 군주를 잃으니 모든 것을 부정하고 싶었으며 다 털어 버리고 아무도 모르는 곳으로 가 홀로 살고 싶은 마음이 간절했다. 마치 예전 그 영암 변두리로 말이다. 허나 곤지마저 왜로 떠나 그 생사를 알지 못했으니 걱정스러운 마음에 남아서 곤지를 기다리는 수밖에는 없었다.

하지만 곤지는 무사히 돌아왔다. 그것으로 충분했다.

예서는 곤지를 반가워했지만 선뜻 말을 걸지 못했다. 그의 슬픔이 한성의 높은 궁 지붕 위까지 닿아 있었기 때문이다.

해구와 수비리시는 곤지와 태사평이 돌아오자 한시가 급했다. 여경이 이제 무슨 일을 해도 전혀 이상할 것이 없었다.

곤지와 태사평이 몸을 추스리고 있을 때, 복경이 그 둘을 유심히 지켜보았다. 곤지와 태사평은 여느 다른 백제의 사람들과는 달라 보였다. 마치 거대한 산이 움직여 압박을 하는 것 같았다. 저 산이 백제를 겹겹이 에워싸 지키려 드는 것처럼 느낀 복경은 알 수 없는 긴장감이 느껴졌다.

그날, 도림은 몸을 씻고 향을 피워 자신의 옷에 배게 하고는 여경을 만나길 청했다. 도림의 방문에 여경은 선뜻 들라 하였으나 둘은 완벽히 다른 목적을 가지고 있었다.

"오랜만이오. 무슨 일이신데 날 보자고 했소?"

여경이 자신의 처소가 아닌 회의소에서 목하치만을 대동한 채 앉아 있었다.

"반겨 주시니 감사드리옵니다. 이곳에서 조용히 수행하며 지내니 새삼 삶의 고마움을 느끼고 있사옵니다."

도림이 고개 숙여 여경에게 답했다.

"삶의 고마움이라니, 무슨 말이오?"

"난리통과 무시 그리고 비난에 시달려 지내 온 지난날들이 정말 허무하게 느껴질 정도로 잘 먹고 잘살고 있는 것이 마치 부처님께서 저를 이곳에 보내려 그리하였나 봅니다. 또한 이리 어진 어라하께로 이끈 것도 전부 다 부처님의 뜻이지 않을까 싶습니다. 그리하여 한 가지 말씀을 드리고자 이렇게 불쑥 찾아왔습니다. 부디 무례함을 용서해 주시옵소서."

도림의 말에 여경은 가볍게 미소를 지어 보였다.

"그래, 하고 싶은 말이 무엇이오? 고개를 들고 말해 보시오."

여경의 말에 그제서야 도림은 천천히 고개를 들어 여경과 그 뒤의 목하치를 보았다. 자세를 가다듬고 손을 합장을 한 채, 잠시 뜸을 들이더니 천천히 흐르는 냇가의 물과 같이 말했다.

"가만히 불경을 공부하고 수행하다 보니 참 다른 점이 많이 보였습니다. 하늘이 좋고 산에 가리워진 구름들이 없으니 이는 하늘이 보살피고 있는 것과 같았고, 성 안팎을 오가는 사람들의 모습이 편안하니 그것은 땅이 비옥함이 틀림없으니 복이 넘쳐나지 않을 수 없습니다. 과연 부처님께서 좋아하실 나라이옵니다. 그에 비해, 제가 쫓겨나온 고구려는 인심이 좋지 못해 사람들이 인상을 쓰고 다니니 복이 절로 달아나 버리며 험준한 산과 차가운 바람이 쉼 없이 몰아쳐 짐승이나 살 법한 장소이지 않나 싶습니다."

"고구려와 무엇이 많이 다르오?"

여경은 호기심 어린 눈으로 도림에게 물었다.

"가장 많이 다른 것은 나라의 마음이지 않나 싶습니다."

"나라의 마음?"

"고구려는 겉으론 강해 보여도 그 속은 아주 차갑습니다. 그러하니 무엇이든 제대로 품을 수 없습니다. 그저 땅이 넓고 험준하니 고구려에 사는 사람들을 강제로 징병해 많은 군사를 거느린 척하며 자신들이 잘 아는 지형지물을 이용해 전쟁을 해 나가는 들짐승이라고 보셔도 무방할 것이옵니다. 또한, 쓸데없이 영토를 확장한 덕에 북쪽 위와의 싸움에 일 년 중 반은 사내들이 나가 있으니 이 어찌 어리석은 일이 않을 수 없겠사옵니까. 그들은 분수도 모르고 그저 영토 욕심에 가득 차 내실을 튼튼히 하지 못하니 그저 머릿수나 채워 가고 있습니다. 더군다나 이리 너그럽고 덕이 많은 백제를 압박하고 있으니 한심할 따름이옵니다. 오만함이 넘쳐 신라를 나라로 생각하지 않으니…. 마치 자신이 아비인 양 생각하고 행동하는 꼴이 가엾습니다."

도림의 말이 끊김없이 흘러나오자 여경은 유심히 도림을 살폈다. 분명 무언갈 보고 외워서 하는 말은 아닌 것 같았으니, 여경이 잠시 동안 그저 물끄러미 도림의 눈을 보았다.

정적이 흐르자 도림이 다시 말을 조심스럽게 이어 나갔다.

"며칠 전, 하늘을 보니 북쪽은 흐렸고 이곳은 맑았습니다. 또한 요새 꿈에 자꾸만 주작이 봉황에게 물리고 시달리는 꿈을 꾸니 이것은 분명 예삿일이 아닐 수 없습니다. 또한, 요 며칠 전, 두 분의 장군께서 한성으로 들어오시는 것을 보았는데 그 기운이 마치 산과도 같았습니다. 대단한 기운이었습니다. 하오나…."

"허나?"

"하오나, 산은 산으로 맞설 것이 아니라 물로 맞서야 하지 않을까 싶습니다."

"그것이 무슨 말이오?"

"이렇게 어라하께 큰 은혜를 입었기에 백제를 조금 더 이롭게 하기 위해 말씀드리고자 하옵니다. 물에서부터 끌고 들어와야 하실 분들이 육지에 있으면 괜한 들짐승 놈들에게 잘못 당할 수도 있지 않을까 싶습니다. 범은 육지에 있어야 함이 마땅하고 커다란 물범은 큰 파도를 몰며 바다에 있어야겠지요. 들짐승을 잡으려다 고래가 잡히지 않을까 싶습니다."

도림이 말을 마치자 여경이 눈을 감고 가만히 생각에 잠겼다. 다시 찾아온 정적에 숨이 멎을 것만 같던 도림과 목하치는 이제 그 한계에 다다랐는지 목이 타기 시작했다.

한참을 눈을 감고 생각에 빠져 있던 여경이 큰 숨을 한 번 들이마시고 길게 내쉰 후 눈을 뜨며 입을 열었다.

"혹시 바둑 좋아하시오?"

별안간 급작스러운 다른 질문에 도림은 당황하였다.

해구가 도림을 만난 것은 수일간, 여경이 자신의 처소와 사찰에 드나들며 도림과 말을 나누었을 때였다.

수비리시가 사찰을 찾아 승려 도림을 맞이했고 예를 갖추었으니 해구도 당연히 그 자리에 있었다. 도림은 깍듯하게 그들을 대했고 백제에서도 제법 높은 위치의 관직을 갖은 해구와 신녀 수비리시를 결코 간과할 수는 없었다.

해가 기울고 붉은 노을이 산등성이에 쭈욱 걸려 마치 산을 전부 태우는 것 같은 어느 날에, 해구가 도림을 먼저 찾았다.

"별일은 없으신지요?"

해구의 갑작스러운 방문에도 도림은 여유가 넘쳤다. 그저 손 모아 합장을 하며 답했다.

"예, 덕분에 잘 지내고 있습니다. 그런데 무슨 일로 이곳까지 오셨는지요?"

해구는 숨기지 않고 바로 본론을 꺼냈다. 고작 승려에게 무슨 볼일이 있을까마는 어라하의 일이라면 달랐다.

"요즘 어라하께서 우리 스님을 자주 만나뵙는 것 같은데 정사를 잘 돌보지 않고 그 회의가 줄어드는 것 같으니 무슨 연유에서 어라하께서 그리하시는지 궁금해서 이렇게 여쭤보고자 찾아왔습니다."

해구의 말에 도림은 고개를 끄덕이다가 차분한 말로 해구를 자신의 방 안으로 안내했다. 그러자 해구가 이리저리 눈치를 보더니 주위에 아무도 없는 것을 확인하고 도림을 따라 들어갔다.

방 안에는 그저 작은 탁자와 여러 불경들 그리고 이불이 전부였다. 겨울도 아닌데 쌀쌀하고 냉기가 도는 것이 영 편하지 않았다.

"앉으시지요."

도림의 권유에 마지못해 앉은 해구는 주위를 이리저리 둘러보았다.

해구가 앉자 도림은 차가운 물을 한 잔 건넸다.

"만일 화가 나시더라도 그 찬물로 속을 달래시기 바랍니다."

해구는 도림의 말에 어리둥절했다. 그러자 도림은 아주 낮은 음성으로 덤덤하게 말하며 다 알고 있다는 표정을 지어 보였다. 그의 눈은 웃고 잇었지만 입은 그렇지 않았고 표정은 뻔뻔하기까지 해 보였다.

"아… 무슨 말인지…."

도림이 몸을 곧게 펴 정좌로 앉아 해구를 보며 입을 열었다.

"해구 님이 일전에 같이 계시던 분이 수비리시 신녀이신데 굉장히 각별

한 사이인 것 같습니다."

도림의 말에 해구는 정색을 하였다.

"그런 것을 물어볼 필요는 없지 않습니까? 신녀는 누구와도 자유롭게 말 상대를 할 수 있지요!"

해구의 가늘게 뻗은 입술이 은근히 신경이 쓰이는 것만이 전부는 아니었다. 도림은 해구의 심기를 불편하게 만들었다고 생각했지만 그에게 자세를 굽히지 않았다. 도림은 해구의 말에 의미심장한 웃음을 내비쳤고 자신이 알고 있는 것을 말하였다.

"일전에 우연히 야심한 밤, 바깥 공기가 쐬고 싶어 밖으로 나와 하늘을 바라보고 땅을 바라보다가 끔찍한 광경을 목격했습니다."

"끔찍한 광경? 그것이 무엇이오?"

"제가 본 것이 확실하다면 어떤 두 장수가 하나의 장수를 베어 죽였고, 그 두 장수를 해구 님께서 베어 죽이시는 것을 보았습니다. 그리고 멀찍감치 그 모습을 지켜보고만 있던 한 여자를 보았습니다. 그분이 수비리시라는 분인 것을 이곳 사람들을 통해 알 수가 있었습니다. 참으로 기괴하고 끔찍한 일이 아닐 수 없었습니다."

도림의 말에 해구는 놀랐다. 너무도 정확하게 자신의 일을 말하는 도림의 말에 해구는 당황하지 않을 수 없었다.

해구가 당황하는 모습을 보이자 도림은 역으로 해구에게 질문을 하였다.

"어라하와의 만남에 무엇이 그리 궁금하신지요?"

"그게… 아, 아무것도 아니오. 그저 어라하께서 자주 드나드시는 것이 궁금하여 여쭤본 것이오…. 그런데 내게 그런 말을 건네는 이유가 무엇이오? 그들은 반란을 꾀하는 자들이었고 나는 어라하와 백제를 지킬 의무가 있기에 그들을 참한 것이오!"

해구의 눈 아래가 파르르 떨리는 것을 본 도림은 웃음을 지어 보이며 고개를 끄덕였다. 그리고 이어서 나온 도림의 말에 해구는 놀라 겁을 집어삼키게 되었다.

"궁 안에서 서로 죽고 죽이는 일이 생기니 그것이 참 어지럽기 그지없군요. 그렇지 않습니까? 제가 먼저 사실을 이야기하면 해구 님께서도 사실을 말해 주실 것이라 믿습니다. 세 명의 장수가 죽임을 당하고도 어라하께서 아무런 반응이 없으니 이는 정세가 매우 위태롭지 않을 수 없습니다만 해구 님께서 무언가를 계획하고 있지 않으십니까? 혹시 필요치 않은 사람들을 제거하여 일을 도모하고 있는 것이 아닌지요?"

도림의 말에 해구는 발끈하였고 자리에서 벌떡 일어나 험상궂은 얼굴로 도림을 꾸짖으려 했다.

"그게 무슨 말도 안 되는…."

하지만 도림은 해구의 말을 막았다.

"사실 나는 고구려에서 온 사람이오. 어라하께서는 북위에서 고구려로 내려와 불법을 전파하려다 고구려의 횡포에 못 이겨 백제로 들어온 것이라 하였습니다만 사실은 그렇지 않습니다. 장수왕께서 보내신 사람이란 말입니다. 백제를 혼란스럽게 만들기 위해 왔지요. 그런데 와서 보니 딱히 내가 할 일이 그리 크지 않더군요. 해구 님께서 그런 일을 하고 계실 줄은 몰랐습니다. 만일 내가 본 것을 사실대로 어라하께 말씀드리면 어라하께서도 화가 많이 나시겠지요. 어라하께서는 고구려의 정보를 제게 물으셨고 그들을 물리칠 방법을 알려 달라 하셨습니다. 그러나 해구 님께서 지금 하고 계신 일을 보고 있으면 굳이 내가 나설 필요도 없어 보입니다만…."

도림이 고구려의 첩자란 말을 들은 해구는 불현듯 고구려 예주와 장수왕에게 했던 수비리시와 해수의 약속이 떠올랐다. 도림은 그 약속을 아직 지키지도, 보고하지도 않은 자신과 수비리시를 감시하러 온 것이 틀림없다고 생각했다. 해구는 갑자기 태도를 바꾸어 무릎을 굽히고 앉아 어쩔 줄 몰라 하며 도림에게 매달렸다.

"아… 죄송합니다. 저희가 약속을 어기려고 한 것은 아니었습니다. 제 아비와 수비리시께서 하신 약속을 지키기 위해 저 또한 노력을 하고 있지만 비유 어라하의 시신을 찾을 수가 없었습니다. 부디 장수왕께서 노여움을 푸시고 조금만 더 지켜봐 주시길 바라는 바이옵니다."

해구의 말에 도림 역시 속으로 당황하였다. 해구가 고구려와 어떠한 조약을 맺었다는 것을 처음 듣게 된 것이었다. 그리고 해구는 자신이 수비리시와 해구를 감시하며 확인을 하기 위해 보낸 고구려의 첩자라고 생각을 한 것이었다.

도림은 이 엄청난 사실에 놀라는 태도를 보여서는 안 된다고 생각했다. 차라리 모른 척 해구의 생각대로 놔두기로 했다. 어쨌든 도림은 백제를 혼란에 빠뜨려 장수왕에게 약속을 지키고 난 후 신라로 도망가야 했다. 만일 아무런 소식 없이 그냥 신라로 들어갔다가 그 사실을 고구려가 안다면 자신을 잡으러 신라로 달려들 것이기 때문이다.

무조건 장수왕과 백제의 싸움을 붙여야 했다. 그들 둘이 싸워 정신이 없을 때를 신라가 노려야 함은 자명했으니 도림은 머리를 굴려 해구의 약점을 잡아 그들을 이용하기로 했다.

도림은 짐짓 모르는 척을 하며 해구를 속여 달래었다.

"아직도 소식이 없는 것에 대왕께서 화가 많이 나 계십니다."

"이런… 죄송합니다. 일이 자꾸 꼬이는 바람에…."

해구는 이제 무릎까지 꿇었다. 도림은 옳다구나 이 틈을 이용해 해구에게 제안을 하였다.

"백제의 왕가가 무너지고 사로잡히게 되면 자연스레 비유 어라하의 시신도 어디에 있는지 알게 되겠죠. 내 아직 대왕께 전하지는 않을 터이니 차라리 나를 돕는 게 어떻겠소?"

"어떻게 말입니까?"

"대왕께 다시 신임을 얻으려면 그만한 신용이 담긴 무언가를 보내야 되지 않겠습니까? 또한 그 신용을 담보로 기일을 더 늘리도록 하겠으니 나와 함께 백제의 국력을 떨어뜨린 후 고구려가 수월하게 백제와 담판을 지을 수 있도록 옆에서 도움을 주시면 어떻겠습니까? 해구 님이 원하는 것이 무엇인지 솔직히 말을 해 보시면 좋겠습니다. 내 그대로 대왕께 전해 그렇게 하시도록 충분히 힘을 써 보겠습니다."

잠시 도림을 관찰하려던 해구는 어느새 도림의 속셈에 빠져들었고 그들의 밀담은 밤새 계속되었다.

해구는 이른 새벽 수비리시를 찾았고 수비리시는 해구의 말을 듣고는 가슴이 철렁 내려앉았다.

수비리시는 눈을 이리저리 굴리며 잠시 생각을 하더니 격양된 목소리로 해구에게 일렀다.

"약속을 지키지 못했으니 고구려가 우리를 만난다면 그 죄를 물을 것이다. 그렇다고 신라에게 뒤집어씌운다면 목숨을 조금 더 부지하는 것에 지나지 않으니 네가 왕권을 차지하는 것은 무리이겠구나. 차라리 도림을 이용해 고구려에게 다시금 신임을 얻고 고구려가 어라하와 그 척들을 잡을 때, 혼란스러움을 틈타 신라에게 원군을 요청하여 막고 네가 백제의 왕이 되는 것이 어떻겠느냐? 도림의 계략을 우리 역시 알게 된다면 고구려군의 정보를 파악할 수 있으니 그것을 이용해 장수왕이 개로 어라하를 무너뜨릴 때까지 기다리다가 그 후 바로 신라와 숨어 협공을 하면 백제를 지키면서도 동시에 백제를 집어삼킬 수 있을 것이다."

해구가 듣고 보니 수비리시의 말에 일리가 있었다. 한꺼번에 오는 고구려를 막을 방법, 그리고 이어서 백제의 새 주인이 되는 것. 일거양득의 수가 단 하나밖에는 보이지 않았다.

이어진 수비리시의 제안은 가히 파격적이라 해구는 잠시 얼어붙었다.

"수마, 수마왕비의 목을 바쳐라. 그것으로 먼저 신임을 얻어야 할 것이다."

수마가 사라지면 이제 장수왕과의 약속은 자신과 해구밖엔 알지 못한다. 백제의 누구도 알지 못하게 반드시 해구를 백제의 새 주인으로 올려야 했다.

460년, 개로 5년.

여경과 바둑을 두면 도림은 항상 졌다. 그러면서 도림은 여경의 바둑 실력에 감탄했고 더불어 고구려의 약점과 백제의 강점을 이해하는 듯한 자세를 취해 보였다.

여경이 흐뭇하게 바둑판을 바로 보니 땀을 흘리며 쩔쩔매던 도림이 뭔가를 깨달은 듯 손뼉을 쳤다.

"아! 그러니까 작은 사변의 귀퉁이의 낮은 곳이라도 단단히 메우고 그것들이 쌓이면 꽤 많은 집을 얻을 수 있던 것이었군요…. 실로 어라하의 실력에 감탄하지 않을 수 없사옵나이다."

바둑판을 유심히 보던 도림의 표정이 신기함으로 가득 찬 모습을 본 여경은 그에 맞장구치며 한술 더 떠 말하였다.

"그렇소! 게다가 위쪽에서부터 아래로 침투하면서 조금씩 단수를 쳐 내려가면 형세가 굉장히 좋지 않아 아무리 막는다 하여도 그리 크게 집을 지키지 못할 것이오. 어떻소? 꼭 중앙이 커야만 이길 수 있는 것이 아니오. 사방 위쪽에서 조금씩 길을 내어 갉아먹으면 작은 단수 하나하나에도 여러 변수가 생기고 급히 그것들을 막느라 정신이 없는 사이, 어느새 있어야 할 집들이 작아지잖소, 하하하."

"과연 어라하이십니다."

도림은 고개를 숙여 예를 갖추며 말하였다. 그러자 여경이 도림에게 한 가지를 물었다.

"그대가 보기엔 이 대국의 형세가 어떻게 보이오?"

여경의 물음에 도림은 유심히 반짝이는 바둑알과 반듯이 깎아 놓은 바둑판 그리고 여경의 얼굴을 번갈아 쳐다보았다.

여경의 얼굴은 정말 자신의 견해를 궁금하여 묻는 표정이 아니었지만 그렇다고 결코 오만하지도 않은 표정이었다. 도림은 선뜻 여경이 묻는 의중을 알아차릴 수 없었으나 자신의 신분이 원래 백제인이 아니었기에 그리 흡족해하며 흥미롭게 묻는 것의 의미가 결코 이 바둑의 재미를 일깨워 주기 위함이 아니란 것을 알아차렸다.

빼곡히 쌓인 바둑알을 자세히 보던 도림은 이윽고 여경의 뜻을 어렴풋이 알아차렸고, 그가 원하는 대답을 해 주어야 할 것으로 보았다. 정말 다행히도 도림이 자신의 의견을 내비치면 여경이 그것을 믿을 것을 확신하는 순간이었다.

"아! 네 변의 단단한 하얀 집이 백제이고 중간에 어지러워 꽉 막히고 뚫려 버린 검은 집이 고구려의 모양새와 같습니다."

"그렇소? 그렇게 보인단 말이오?"

도림은 고개를 끄덕이는 여경을 보며 한술 더 떠 말을 이어갔다.

"어라하! 이제 보니 이 바둑이 전술과 딱 맞다는 것을 알게 되었습니다. 그동안 부처님께서 이곳으로 저를 이끄신 것이 바로 어라하께 도움을 드리고자 함이란 것을 이제야 알았습니다."

"그대의 도움이 무엇이오?"

"사방에서 갉아먹은 것이 위에서 아래를 심히 향하고 있으니 그것이 북위의 기세와 같고, 아래로 네 변이 단단히 성을 지키고 조금씩 올라오니 이는 백제와도 같습니다. 고구려의 압박에서 벗어나는 길이 북위에도 있음을 어찌 눈치채지 못할 수 있단 말입니까? 이것은 좋은 신호로 보입니다."

여경은 도림의 말에 쓴웃음을 지으며 그날의 만남을 뒤로하고 도림을 쉬도록 하였다. 그리고 여경은 자신의 처소로 밤이 늦게야 돌아갔다.

여경이 야심한 밤, 문주와 곤지를 불렀다.

문주를 보던 여경은 가만히 말했다.

"내 그동안 그 도림이라는 승을 떠보았다."

"어떻습니까? 도움이 될 만한 자이옵니까?"

문주가 몸을 기울이며 묻자 곤지는 무슨 말을 하는지 몰라 어리둥절해 했다. 여경이 문주에게 명하기를,

"문주 너는 신라와의 관계를 더욱 견고히 하도록 해라. 믿을 것이 하나도 없으니 당장은 그들이라도 믿어 봐야만 할 것 같구나. 지금 군사를 정비시키고 금성으로 가 신라에게 말과 비단을 선물로 주고 군사를 고구려와의

경계성에 바짝 붙일 수 있도록 하여라. 정양성은 물론이고 북쪽 변경의 실직성까지 대비를 시키도록 요청하여라."

여경은 문주에게 명을 내리고 바로 내보냈다.

문주는 고개를 숙여 예를 갖추며 여경의 뜻을 받들었고, 여경의 명에서 이미 답을 들은 듯 심각한 표정을 지으며 바삐 걸음을 옮겼다.

여경은 곤지에게 그동안 궁 한쪽 사찰에서 도림과 있었던 일을 말하였다. 곤지는 그 말에 의아해 물었다.

"북위에서 온 승이 고구려에서 쫓겨나 백제로 왔다는 것을 어찌 믿을 수 있겠습니까?"

그러자 여경이 고개를 작게 여러 번 끄덕이며 생각에 잠기다가 말을 하였다.

"그자를 믿는 것은 아니었고 그자를 이용해 고구려의 정보를 캐낼 수 있다면 좋은 일이 아닌가 생각을 했었다. 그런데 오늘 보아하니 그는 고구려의 사람이라 생각이 되지는 않는구나. 북위의 사람인지도 잘 모르겠다만 분명한 것은 고구려에게는 정이 없어 보이고 북위에게는 관심이 없어 보이는 모양새다. 다만 승은 확실한 것 같구나. 허나 내가 놓친 것이 있을 수 있으니, 네가 그를 만나 보는 것이 어떻겠느냐? 또한 이제 회의에 참석해 대신들을 둘러보고 살피는 일을 맡도록 하여라."

"예, 어라하."

곤지가 답을 하였다. 그리고 여경은 다시 은밀히 곤지에게 그가 왜로 가 없는 동안의 일을 상세하게 전하였다.

"해구, 신녀 그 누굴 만나든지 내 뒤에서 전부 방어막이 되어 줄 테니 만일 어떠한 의심의 기미가 보인다면 내게 알리도록 하여라."

"예, 어라하. 말씀대로 하겠습니다만… 제가 아직 아무것도 몰라 무슨 재주가 도움이 될지…."

여경이 곤지의 손을 덥석 잡았다. 여경의 손이 차가운 것이 흡사 눈 속에 한 시진은 파묻고 꺼낸 것처럼 느껴졌다.

여경은 곤지의 어깨를 부드럽게 부여잡았다.

"너는 여신 님의 아들이 아니냐. 그리고 자비로우신 청령 님의 아들이다. 아버님이 너를 서자라 여기셨어도 우리는 널 서자라고만 생각하지 않는다. 너와 문주는 내 동생이다. 일전 우리가 널 불러서 특별히 영암과 충주에서의 네 행동들을 듣고자 했던 것은 그저 재미 때문이 아니었다. 지난 날, 영암에서 수없이 많이 듣고 말하던 너의 모습에는 백제의 백성의 습관과 그들의 마음이 고스란히 담겨 있었다. 네가 허물없이 다녔던 것이 부질없는 시간 낭비가 아님을 보여 줄 수 있는 기회다. 아직은 너에 대해 모르는 자들이 많다. 네 출신, 그리고 아비가 여신이라는 것을 알지 못한다. 그저 청령을 거둔 비유 어라하의 뜻을 받들어 서자로 임명한 것밖에는 말이다. 아버님이 널 왜 그리 가만히 놔두었는지 알겠느냐?"

"무슨 말씀이신지…."

"아버님께서 살아생전 그런 말씀을 하셨다. 너는 사람을 보는 눈과 하는 말이 궁내 지위권자들의 그것과는 다르다고, 너를 보면 마치 가장 가깝게 곁에서 백제의 백성 중 한 명을 보는 것과 같다고 하셨다. 그 말씀인 즉, 백성의 눈으로 그리고 백제의 주인을 등에 업고 네 눈으로 내게 알려 주거라. 나에겐 알 수 없는 어지러움 때문에 갈대 같은 판단력만이 남은 것 같구나. 그러니, 네가 나를 아니 우리 백제를 도와주었으면 좋겠구나, 여곤아…."

비유가 곤지를 서자로 삼을 때, 자신의 옛 이름인 곤유의 곤씨를 물려주었다. '곤유'라는 이름은 선대 전지(영)왕께서 붙여 주신 이름이었다. 따라서 '곤곤' 또는 '곤지'로 불리는 것은 왕가와의 특별한 인연이자 의미였다.

곤지는 그런 비유의 아들이자 자신의 형 여경의 요청에 고개를 힘차게 끄덕이며 예를 갖추어 인사를 하였다. 그러자 여경이 나가려던 곤지의 등 뒤에서 한마디를 더 보태었다.

"태사평이 앞으로 쭈욱 널 호위할 것이다. 여신 님의 서자와도 같은 사람이다. 아버님께서 돌아가시기 전 네게 딸려 보낸 의미는 바로 그것이다. 그러니 이제 너희는 나를 도와주고 나 또한 너희를 도와주겠다."

그런 연유였다. 곤지는 그저 자신이 부족한 점이 많기에 태사평이 함께 왜로 가길 바란 줄로만 알았다.

다시 한 번 여경의 말에 뒤돌아서 절을 하며 예를 갖춘 곤지가 조금은 붉어진 눈으로 여경을 마주 보았다. 여경이 웃었다.

"여곤아. 걱정 말아라. 형들이 너를 믿고 있으니, 세상이 평온해지면 그때 또 같이 둘러앉아 네 이야기를 듣자꾸나."

슬픔과 걱정이 가득 찬 여경의 눈을 보니 곤지는 저도 모르게 눈물이 흘렀다.

더 이상 청령을 이 어지러운 궁 안에 놔둘 수는 없었다. 이제는 하나씩 밝히고 제거하고 도모하고 방어하며 여차하면 공격에 맞서 싸워야 했다. 어쩌면 먼저 달려들어야 할 때도 있을 것이다.

그것은 백제의 나라 안팎 어디든 전부 해당되었으니, 비유를 독살한 무리들로부터 속수무책 당하고, 귀족세력의 오만함과 그들의 알 수 없는 술수에 끌려다니며 계속 주저앉아 있을 수는 없었다. 반드시 강력한 왕권을 구축하고 기강을 바로잡아야 했으며 백제의 찬란한 유산과 힘을 널리 퍼트려야 했다.

얼마 후, 해구는 슬슬 회의에 나타나 이곳저곳을 시찰하는 곤지의 모습이 못마땅했다. 그리고 수비리시는 곤지의 태도를 무언가 미심쩍게 살폈다.

도림과 약속한 시간이 다가오고 있었다. 달이 비구름에 가려 뜨지 않던 날 밤, 해구는 처소를 지키던 병사들을 물리치고 도림을 몰래 자신의 처소로 불렀다. 그리고 그를 데리고 신궁으로 몰래 들어갔다.

하늘이 맑고 달이 밝은 날을 선택할 이유는 없었다. 주변의 누군가 또 보는 눈이 없도록 그들은 이리저리 걸음을 빙빙 돌려 몰래 들어갔다.

도착한 해구는 그저 묵묵히 자리에 앉아 있던 도림에게 말했다.

"내 이것을 가져오는 데 아주 애를 먹었습니다. 그러니 성의를 봐주십시오."

수비리시가 도림의 맞은편에 앉아 야릇한 미소를 도림에게 연신 띠었다. 수비리시는 나이가 들었지만 그 모습과 자태가 매혹적이었다. 더군다나 도림을 혹하게 하기 위해 그녀는 살갗이 다 비치는 도포 자락 하나만을 입은 채 가슴을 앞으로 숙이며 흥미롭게 도림을 바라보았다. 그녀의 시선은 한시도 도림의 얼굴에서 떼지 않았으니 도림도 느꼈는지 처음의 부담스러움은 사라지고 홀린 듯이 수비리시를 멍하니 바라보았다.

해구는 그런 도림을 힐끔 보더니 작은 상자를 가져와 탁자 위에 올려놓았다.

"열어 보십시오."

"이것이 무엇입니까?"

해구의 손짓에 도림은 상자의 뚜껑을 열었다. 그리고 화들짝 놀랐지만 가까스로 정신을 부여잡으며 떨리는 손을 최대한 감추려 노력했다.

수비리시가 도림의 등 뒤로 다가와 자신의 몸을 슬쩍 도림의 등에 붙이고는 하얀 손으로 도림의 어깨와 팔을 쓸었다.

"이것으로 답하겠습니다. 기일을 주시고 도림 님을 도와 백제가 어지럽게 만든 후 틈을 타 장수왕께서 공격하시도록 하시옵소서. 남쪽까지 백제를 공격해 망하게 하면 한성의 태수 자리와 그 주변 일정 영토를 제게 맡겨 주심을 부탁드리는 바이옵니다."

상자 안에 담겨 있는 것은 다름 아닌 수마왕비의 목이었다. 끔찍하게 잘린 목 위로 허여멀건하다 못해 파랗게 변한 얼굴이 보였다. 흉측하여 기겁을 할 정도였지만 도림은 그럴 수 없었다. 그보다 수비리시의 유혹에는 견줄 수가 없었다.

그날 밤, 도림은 수비리시의 신궁 밖으로 나가지 못했고 막 동이 트는 새벽이 되서야 허둥지둥 사람들의 눈을 피해 신발을 품에 쥐고 자신의 처소로 돌아갔다.

해구가 수마왕비에게 고구려에서 첩자가 와 비유를 독살한 자가 어디 있는지 추궁을 한다며 자신의 처소로 급히 오라고 하였으니 수마왕비는 겁이 덜컥 나 한걸음에 달려갔으나, 그것은 해구의 계략이었다.

"마음이 좋지 않지만… 나와 백제의 새 주인이라는 명분이 걸린 일이니 부디 용서하시옵소서."

최대한의 예를 갖춘 해구는 가차 없이 수마의 목을 베었다.

해수와 마찬가지로 수비리시의 말에 탐욕이 불어나 자신의 큰어머니까지 죽인 것이다. 허나 해구는 해수보다 나았으니 수비리시의 피를 받은 자라는 점이다. 해구는 이제 수비리시가 새 백제의 주인으로 등에 업을 수 있는 유일한 혈육이다.

여경은 도림과의 시간에 흐뭇한 미소를 지으며 바둑판을 가져오게 시켰다. 목하치가 곁에 없는 것이 이상했지만 도림은 대수롭지 않게 생각했다. 이제는 자신을 믿어 신변의 보호도 필요 없는 것이 아닌가 하고 생각했다. 하지만 그것은 오산이었다.
"좌현장군 곤지는 판을 들고 오도록 하시오."
여경의 말이 끝나자 곤지가 바둑판을 든 채, 그 모습을 드러냈다.
도림은 깜짝 놀라 몸을 움찔거렸다. 저번에 본 그 이상한 기운의 사내가 푸른 옷을 차려입고 서 있는 것이 아닌가.
곤지는 도림을 바로 보았고, 도림은 한동안 눈을 마주치다가 무엇에 신경이 쓰였는지 눈을 피했다.
날이 지날수록, 곤지가 지켜보는 여경과의 바둑이 불편해지기 시작할 무렵 우연히도 도림이 여경을 실력으로 누르고 말았다.
"이린… 내가 이제 그대의 실력을 따라가지 못하니 더 이상 둘 수 있는 것이 없소."
여경의 손은 바둑알을 더 이상 집지 않았다. 그러자 곤지도 옆에서 맞장구를 쳤다.
"스님의 실력이 출중하오니 어라하께서 이제는 반대로 배우셔야겠습니다."
"아닙니다."

도림은 여경과 곤지에게 손을 흔들며 한사코 그들의 말을 믿지 않았다. 그러자 여경이 도림을 향해 의미심장한 말을 남겼다.

"네 변을 모두 단단히 했으나 역시 중앙과 위쪽의 집이 굉장히 단단하고 커서 뚫고 들어갈 묘수가 생각이 나질 않소이다. 내 한 가지 여쭙고 싶은 것이 있는데…."

"무엇이옵니까?"

"정말 이 대국과 같이 본다면 과연 위쪽에서부터 중앙을 뚫고 들어오는 것이 묘수가 됨이 틀림없소이다. 허나 내가 이제 그 묘수가 떠오르지 않으니 도림 그대가 나에게 이 백제에 필요한 묘수를 알려 주시면 어떻겠소? 북위는 정녕 고구려를 뚫을 만큼의 힘과 그 방법을 알고 있소?"

도림은 갑작스러운 여경의 질문에 잠시 말문이 막혔다. 그러나 옆에 있던 곤지 역시 애타는 눈빛으로 도림의 입이 열리기만을 바라보고 있으니, 계속하여 입을 다물 수만은 없었다.

도림은 잠시 뜸을 들이다가 여경에게 말했다.

"북위가 전력을 다해 고구려를 치는 것은 고구려의 입장에서도 부담이 될 것이옵니다. 북쪽 요동성 위로는 그들이 고구려보다 더 많은 것을 훤히 꿰뚫어 보고 있는 것으로 아뢰옵니다. 어찌 보면 백제의 공격보다는 북위의 공격이 훨씬 버거울 수밖에 없습니다. 하오나 절대 백제를 낮게 보아 그런 것은 아닙니다. 산짐승과 산짐승의 대결에서는 그저 힘이 좋은 놈이 이길 가능성이 높습니다. 지형이나 구조 그리고 계절과는 전혀 상관없이 모든 것이 동일하기에 가능한 일이지 않을까 싶습니다."

여경이 가지런히 가슴까지 난 수염을 쓸며 따듯한 차를 천천히 음미하였다. 찻잔이 여경의 입에서 떨어지고 다시 마루에 놓일 때, 여경이 물었다.

"북위에게 우리 백제가 도움을 받을 수 있으면 좋겠소만 어떻게 생각을 하시오?"

"현 상황에서는 북위로 가는 바닷길을 고구려가 꽉 잡고 있는데 어찌 가실 생각이십니까?"

도림은 의아해 물었으나 그 물음에 여경은 걱정이 없다는 듯 호탕하게 웃으며 답을 했다.

"내 여기 좌현장군이 배를 잘 모니 금방 고구려군들을 따돌리고 북위에 금세 도착할 수 있을 것이오. 또한 용맹함이 태산과도 같아서 고구려선 대여섯쯤은 문제없이 격퇴할 수 있소. 백제의 수군은 고구려보다 강하다고 자부하는데 어떻소?"

여경은 고개를 돌려 곤지와 눈을 마주쳤고, 곤지는 그런 여경의 의견에 굳은 결심의 끄덕임으로 응했다. 둘의 언행이 간절하고 대담해 보였으니 도림은 그들에게 더 할 말이 없을 것 같았다.

하지만, 도림은 백제의 이런 자신감을 역으로 이용해 백제의 힘을 빼놓기로 작정을 했으니 뭔가 크게 선심을 쓰듯 자신의 의중을 여경에게 알렸다.

"북위로 가서 그들에게 공물을 바치면 그들은 그 호의를 무시하지 않을 것입니다. 또한 그들은 비단보다는 말과 용맹한 청년들을 좋아라 하니 백제의 병사들과 청년들을 그들에게 보내시어 우호를 다지시는 것이 어떨까 싶습니다. 또한 북위는 아직 백제의 뛰어남을 미처 알지 못하고 무지하니 그들의 사신을 불러들여 백제의 큰 위엄을 보여 주는 것이 어떨까 싶습니다. 그렇다면 그들도 백제의 모습에 감탄을 하여 곧장 올라가 백제의 요청에 바로 응할 것이옵니다."

도림이 말을 하자 곤지가 얼른 자세를 고쳐 잡고 무릎을 꿇은 채 도림의 손을 잡고 물었다.

"어떻게 하면 백제의 위용을 보여 줄 수 있다는 말입니까?"

도림은 자신의 말에 홀딱 넘어갔다고 생각해 얼른 지체 없이 정신을 쏙 빼놓기 위해 답을 했다.

"제가 가만히 보니 고구려의 성들은 모두가 한성과 비슷하게 보입니다. 한낱 짐승들의 성들도 이곳 한성과 비슷한데 국내성이나 평양성은 오죽하겠습니까? 국내성이 산과 같이 높다면 평양성은 그 산을 넘어 구름에 닿을 만큼 크고 웅장합니다. 허나 고구려의 성은 백제와 다르게 그저 삭막하고 뭉툭하며 제대로 금장식 하나 갖추지 못한 그저 딱딱하기만 한 성입니다. 그러니 높이와 넓이를 고구려와 같이 하시되 백제의 화려한 문양과 아름다움으로 성을 증축하고 건설하신다면 북위의 사신들은 반드시 그 모습에 반할 것입니다. 그렇게만 된다면 백제는 고구려, 신라와는 다르게 오색찬란함으로 나라를 가득 덮을 것이고 그 기운이 하늘 높이 뻗어 올라갈 것입니다. 예로부터 선대 어라하께서 남겨 주신 아름다움과 강인함 그리고 누구도 손쉽게 만들 수 없는 손기술을 부디 그냥 놔두어 썩이지 마시고 세상천하에 널리 보여 그 위용을 드높이소서. 압도된다는 것이 무엇인지 모든 이들에게 보여 준다면 북위와 대등한 위치에서 그들과 협력을 할 수 있을 것입니다."

도림이 고개를 숙였다.

"과연 듣고 보니 맞는 말이오! 내 당장 그렇게 하도록 하겠소. 또한 좌현장군을 빠른 시일 내로 보내 그 우호를 단단히 하도록 하겠소. 또한 때가 되면 북위에 사신을 보낼 터이니 그때, 위에서부터 고구려를 압박하도록 요청하겠소."

여경은 흡족하게 웃으며 곤지의 어깨를 두드렸고 도림은 그 모습에 그들이 자신의 꾀에 빠졌다고 생각을 했다. 그리고 지금 분위기라면 도림은 자신의 청을 여경이 흔쾌히 들어줄 것이라 생각했다. 그리하여 도림이 조심스럽게 물었으니.

"그렇다면 제가 북위로 배를 타고 먼저 올라가 현재 북위와 고구려의 정세를 보고 알리도록 하겠습니다. 한 달의 시간을 주시면 바로 소식을 가지고 돌아오겠습니다."

설마 북쪽에서 왔다는 자신을 북위의 승려로 곧이곧대로 믿고 선뜻 보내 줄까 의문스러웠지만, 도림은 마치 바둑에서 피할 수 없는 사수(死手)를 던지듯, 승부수를 띄울 수밖에 없었다. 그것이 신수가 될지 묘수가 될지 아니면 정말 죽음의 수가 될지는 몰랐지만 며칠 전 받은 수마의 목을 고구려에 가져다주고 현재 백제의 상황을 알려야 했다.

그들의 곁을 떠났지만 자유로운 것은 아니었다.

장수왕이 어떤 사람인가. 그의 노여움을 사 신라가 위험해지면 큰일이었다. 그렇다고 백제에 붙어먹을 수는 없었다.

도림은 알고 있었다. 북위는 과거 연나라 소부족의 풍홍을 받아 준 고구려의 잘못을 따지고 들었지만, 고구려는 오히려 풍홍이 자신들의 호의를 배신하고 송으로 도망쳤다고 해명했다. 또한, 도움을 요청한 왕백구로 인해 장수 손수와 고구를 잃었다는 사실을 전하며 오해를 풀고자 했다. 그 대가로 고구려는 여러 차례 선물을 보내며 북위와의 우호 관계를 이미 굳건히 다져 가고 있었다.

요동과 백암에 대한 북위의 위협은 그저 고구려에게 투정 부리는 작은 꾐에 불과했다. 자신들을 얕보지 말라는 무언의 압박 그 이상도 그 이하도 아니었다.

고구려군은 이를 잘 막았으며 더 이상의 문제는 발생하지 않았다. 도림의 입장에선 북위로 가는 척하며 요동으로 들어가 백제의 일을 알려 평양성의 장수왕의 귀에까지 들어가게 함이 가장 나았다.

도림은 가슴이 조마조마하여 숨죽여 여경의 답을 기다렸다. 그리고 여경은 아무렇지도 않게 도림의 요청을 허락했다.

도림은 수일 후, 해구와 수비리시에게 자신이 장수왕에게 여경과 그 왕가들을 처단하는 데 일조할 뜻을 전하겠다고 밝혔다. 그 대가로 한성의 태수 자리와 주변 일부 영토를 내어 줄 것을 요청할 계획이었다. 그리고는 상자에 담긴 수마의 목을 들고 유유히 북쪽을 향해 나아갔다.

해구와 수비리시는 이제 하나의 목표를 위해 더욱 세력을 끌어모았다.

도림을 도와 왕가를 뭉개고 고구려의 뒤통수를 쳐 신라와 힘을 모아 고구려를 양쪽에서 협공해야 했다.

도림이 떠난 후, 하늘에 구멍이 난 것처럼 내리던 비가 그치고 선선한 가을 바람이 불어오기 시작하자 귀뚜라미 소리가 악사의 연주처럼 일정히 그 음을 내어 울리었다. 구슬프다 할 수는 없지만 미련과 그리움을 남기는 그런 울림이었다.

이상하게도 그날은 곤지의 처소에 여경이 들어왔다.

푸른색 도포를 입고 앉은 곤지의 앞으로 자주색 도포를 입은 여경이 앉았다.

"분명 도림은 어라하께서 자신에게 속았다고 믿고 있을 것입니다."

곤지가 여경에게 말하였다. 처음 바둑판을 들고 도림을 만나고부터 모든 것은 곤지와 여경의 계획이었다.

"내가 그에게 조언을 구하는 것이 옳은 속임수였는지 모르겠다."

"그렇지 않았으면 분명 그는 자신이 조언을 해야 할 때를 놓쳤을 것입니다. 어라하께서 낮은 자세로 궁지에 몰린 척하시지 않았다면 말입니다. 그보다 주변의 모든 것들을 둘러보니 해구의 오만함이 점점 늘어만 가고 있습니다. 사람을 시켜 알아보게 하니 그가 도림의 방으로 여러 번 들어가는 것을 보았다고 했습니다. 분명 도림을 믿어서는 안 될 것이옵니다. 해구는 말할 것도 없어 보입니다."

여경은 곤지의 말에 양 관자놀이를 눌렀다. 피곤이 겹겹이 쌓인 듯 보였다.

"내가 보지 못한 것들을 짧은 시간 동안 많이 보았구나."

"가까이서 보면 보이지 않는 법입니다. 멀리서 보았을 때야 비로소 보이는 것이라 생각되옵니다."

"그래, 민심은 어떻더냐?"

여경이 곤지에게 궁금해하며 물었다.

"현재 어라하께서 덕을 많이 베푼 덕에 특별한 것은 없습니다만 왜인지 모르게 조용한 날이 많으니 오히려 불안을 애써 감추려는 듯 보이는 모양새이옵니다. 한 가지 의견을 드리고 싶은 것이 있사옵니다만…."

"그것이 무엇이냐?"

곤지는 가만히 고갤 돌려 잠시 생각을 하다가 결심이 선 듯 말하였다.

"백제에는 뛰어난 사람들이 많습니다. 그것은 제가 지금껏 보아 온 사실입니다. 제가 왜에서 왜인들에게 우리 백제의 기술과 덕을 전해 준 것도 모두 백제의 백성들의 마음과 머리, 그리고 힘에서부터 나온 것입니다. 그러하니 잠시 고요한 때를 틈타, 백제의 사람들을 바다 건너로 보내시는 것이 어떻겠습니까?"

"바다 건너? 그것이 무슨 말이냐?"

곤지는 의아하게 묻는 여경에게 자신의 계획을 밝혔다.

"지금은 잠시 고요하지만 폭풍전야와 같은 것이지 않을까 싶습니다. 그것은 해구와 도림, 그리고 해구를 따르는 자들을 둘러보아도 심상치 않습니다. 게다가 수비리시라는 신녀는 그 얼굴이 날카롭고 행동이 요염하기 그지없어 마치 독을 품은 들꽃이 나무 뿌리를 밟고 올라오는 것 같은 형태이옵니다. 따라서, 만일에 대비하여 우리의 사람들을 바다 건너로 보내 그 곳에서 터를 닦고 군사를 지원하게 할 수만 있다면 제 아무리 고구려나 언제든 화친을 깰지도 모르는 신라도 섣불리 당해 내지 못할 것이옵니다."

"그러면 왜로 말인가?"

곤지는 여경의 물음에 의미심장하게 두 가지의 제안을 내놓았다.

"왜뿐만이 아니라 남송으로도 보내는 것이 어떨까 싶습니다."

남송이라는 말에 여경은 의아함을 가졌다.

"북위와 화친을 맺어 고구려를 압박하는 것이 가장 빠르고 효과적인 길이 아닌가?"

도림 자체를 그다지 신용하지 않았던 여경은 그저 그를 이용해 먹을 심산이었는데, 그의 말대로 고구려와 근접해 있는 북위가 아니고 남송이라는 곤지의 말에 당최 그 속을 알 수가 없었다.

그러나, 곤지는 한 수가 아닌 두 수를 앞서 보고 있었으니, 여경에게 아뢰길.

"도림이 말한 대로 북위가 고구려를 견제함은 마땅히 옳은 말이지만 우리 백제와 가까운 남송에게 손을 빌리지 않을 수 없습니다. 미추홀과 마서량 그 밖의 다른 포구들로부터 가장 물의 흐름이 완만하고 빠른 것은 남송입니다. 저는 일찍이 한성 밖에 있을 때 송으로부터 여러 장사치들이 오가는 것을 보았습니다. 북위에서 온 사람들보다 송에서 온 사람들이 백제에 훨씬 많으니 그들과의 교류를 무시할 수 없습니다. 선대 어라하와 여신 님 역시 송으로부터 많은 교역을 해 왔으며 또한 그들이 있기에 북위를 견제할 수 있었습니다. 아무리 북위가 백제를 넘보는 일이 닥친다 하여도 남송에게 견제를 하도록 요청한다면 그들은 배를 타고 이곳으로 넘어오기가 쉽지 않을 것입니다. 남송과 북위의 경계에 백제의 사람들을 배치하고 세력을 모은다면 북위나 남송 모두에게 차후 백제의 우정을 알리는 좋은 기회가 될 것입니다. 다만 송을 더 집중으로 생각하셔야 될 것이옵니다. 만에 하나, 북위가 들어오려면 고구려를 통하여 들어오는 것이 가장 좋은 길이온데, 고구려가 그들에게 길을 내어 주지는 않을 것입니다. 그러니 바다를 건너려 할 때, 송이 막아 준다면 꼼짝도 못 할 것이옵니다. 또한 중요한 것은 바로 왜이옵니다. 왜는 가깝기가 송보다도 가까우며 그 나라의 형태가 우리 백제와 아주 닮아 있습니다. 또한, 그들은 수가 많으며 아직 온전히 다듬이지지 않았기에 우리 백제가 잘만 다듬고 우호를 다진다면 그들은 완벽히 우리 백제의 형제가 될 것입니다. 그들은 따뜻하고 비옥한 토양을 가지고 있어 성격이 그리 매몰차지 않고 배움에 있어 주저함이 없으며 역시 선대 어라하이신 전지 영 어라하와 여신 님, 그리고 전지 어라하의 여동생이신 지진원 님과 비유 어라하의 여동생이신 고가히메가 척으로 있으니 그 어떤 나라들보다 가장 우리 백제를 반길 것입니다."

　깊은 생각 끝에 한 말이라는 것을 여경은 느낄 수 있었고 곤지의 말을 듣고 보니 정말 일리가 있었다. 여경은 희망이 보이기 시작했다. 어느덧 곤지가 이리 훌륭히 성장을 한 것에 감탄을 금하지 못하였다. 그 예전 호기심 많은 작은 꼬마가 그 호기심을 눈과 귀로 채우니 생각이 깊은 어른이 된 것이다.

여경은 흐뭇하게 곤지를 바라보며 물었다.

"여럿에게 배우고 들은 모양이구나. 네 생각은."

곤지가 멋쩍게 웃으며 여경의 칭찬에 고개 숙여 예를 갖추었다.

"제 주변 모든 분들의 가르침 덕분입니다. 어라하와 문주 형님, 태사평님 뿐만 아니라 제 어머니, 기예 아주머니, 풍량 선생님까지, 그리고… 백제의 백성들과 왜의 그리운 얼굴들 덕분입니다. 또한…."

"보고 싶은 이가 있는 게구나."

여경은 곤지가 말을 하지 않아도 알 것 같다는 듯 엷은 미소를 띠었다.

"예…."

"걱정 마라! 너희는 서로 소중하니 꼭 서로를 지키게 될 것이다."

여경이 곤지의 어깨에 살포시 손을 올리며 토닥였다.

곤지와 여경은 밤이 지나 다음 날까지 꼬박 나가지 않고 서로의 의견을 나누니 예전 그 세 소년의 모습이 어렴풋이 보이는 날이었다. 다만 문주가 자리에 없었을 뿐이었다.

문주의 용맹함은 신라의 자비를 압도하기에 부족함이 없었다. 금성으로 달린 문주는 허리와 가슴을 굽히지 않으며 부릅뜬 눈으로 용맹하고도 예를 갖춰 여경의 말을 전하니 신라의 사신들 역시 그 대담함에 감탄을 금치 못했다.

그리하여 자비는 문주의 요청대로 정양은 물론이요 실직과 하슬라까지 금성으로부터 군사를 크게 움직여 각기 배치하도록 하였다. 신라의 하늘에 백제의 매가 나니 문주는 기쁘지 아니할 수 없었다.

자비 마립간은 예를 갖추고 문주를 돌려보낸 뒤 근심이 쌓였고 그것은 김교부도 마찬가지였다. 정양성 수비대장 김덕지도 문주의 용맹스러운 자태를 한참 전에 보았으니, 그들은 백제와 화친을 맺은 것이 아니라 오히려 신하가 된 것 같은 기분이 들었다.

자비는 이벌찬 내숙에게 물었다.

"화친을 맺었고 좋은 선물도 받았으며 중요한 것은 고구려의 문제가 끼어 있으니 돕지 않을 수가 없지만 우리 신라의 형태가 썩 같은 위치가 아니구나."

내숙의 시원한 답변을 듣기 위함은 아니었지만 일말의 기대를 하던 자비는 말없이 고개만 숙이는 내숙을 보며 깊은 한숨을 쉬었다.

"왜의 잦은 침입에 어찌할 수도 없고…. 백제에게 그저 말려드는 모양새라니…."

겨울이 되자 여경은 곤지와의 계획을 실행에 옮기기 시작했다.

청령이 사천 포구에서 곤지의 손을 부여잡았다. 청령은 남아 있어야 할 곤지에게 눈물을 보이지 않았다.

"내 걱정은 말거라. 송은 우리와 가까우니 내 백제 사람들과 잘 지내고 있을 것이다. 언제든지 네가 오면 내가 반길 것이며, 내가 오면 네가 반길 것이란 것을 안다. 너는 어릴 때부터 총명했으니 항상 사람들에게 덕을 베풀고 화를 화로써 막으려 하지 말거라. 이미 하늘의 뜻이 네 아비의 길로 너를 인도하니 이왕 이렇게 된 것, 여신 님보다 더 큰 봉황이 되었으면 좋겠구나."

곤지는 청령이 맞잡은 손을 꽉 움켜쥐며 슬픔의 눈물이 나오려는 것을 억지로 참고 일부러 밝게 웃어 보였다. 하지만 곤지의 눈에는 슬픔이 가려지지 않았다.

"걱정 마십시오, 어머님. 반드시 찾아뵙겠습니다. 몸 건강히 잘 계시옵소서. 어머님의 덕이면 모든 이들이 저와 같을 것이옵니다."

곤지의 말에 청령은 고개를 끄덕였다.

"예서도 잘 돌보아 주거라. 어라하의 말씀도 잘 따르고…."

"예, 어머님."

그렇게 배는 구름 한 점 없는 하늘 아래 푸르른 망망대해로 흘러 나갔다.

청령이 백제의 사람들과 떠난 것을 해구와 대신들이 알았지만 여경은 그저 청령의 건강이 악화되어 치료를 받으러 간다고만 둘러대었다. 청령이 가는 길에는 소굽도 있었으니 모두 그것을 믿었다.

소굽이 없는 수라간은 소굽의 제자가 맡아 관리를 했으며 목하치가 그 주위를 엄격하게 경비했으니 여경에게는 예전 비유와 같은 일이 일어나기는 힘들었다.

문주가 실직성에 도착하여 군사들을 둘러보고 감사를 표했고 다시 정양으로 가 그 고마움을 정성을 다해 표했으니 신라의 장수들 역시 문주를 정성껏 맞이했다.

461년, 여경(개로) 6년.

그해 봄, 도림이 한성으로 돌아왔고 여경은 그때에 맞춰 도림의 말대로 곤지를 북위로 사신의 자격으로 올려보내었다.

곤지의 곁에는 태사평이 있었고, 여경은 걱정스러운 얼굴을 한 태사평을 안심시켰다.

"어라하! 괜찮으시겠사옵니까?"

여경은 손을 저으며 걱정하지 말라는 듯 고개를 끄덕였다.

"그 녀석이 올 것이니 걱정하지 말거라. 그리고 진후와 진백이 내 곁에 있으니 괜찮다. 상좌평 문주는 또 어떻고! 걱정 말거라."

그렇게 여경의 명을 받는 곤지와 태사평은 배를 타고 다시 망망대해로 떠났고 여경이 보이지 않을 때까지 고개를 숙여 예를 갖추었다. 바람이 살랑이며 느리고 천천히 이는 것이 파도는 보이지 않았다. 날이 좋았다.

"그때처럼 끔찍하지 않았으면 좋겠습니다."

곤지가 태사평에게 어색한 미소를 지어 보였다. 그러자 태사평이 자신의 갑옷을 세게 툭툭 치며 자신 있게 답하였다.

"이번엔 그렇지 않을 것이옵니다. 소신 늙어도 그 경험만은 빠르게 익히는 편이니 만일 그런 일이 닥치더라도 능히 태자 저하를 보필할 수 있사옵니다."

곤지는 어느새 백발이 가득하며 흰 수염이 가슴까지 난 주름진 얼굴의 태사평을 물끄러미 바라보았다. 티 하나 없이 노란 햇살에 비친 태사평의 갑옷은 부드러워 보였으며 그의 흰 털들은 마치 햇살에 반사되어 비친 바다의 반짝임과 같이 빛이 났다.

태사평도 이젠 많이 늙었다. 흐르는 세월을 이기려고 노력하는 태사평의 미소가 참으로 아름답다고 곤지는 생각했다. 그는 벌써 세 번째 어라하를 섬기고 있었다.

곤지와 태사평이 사라지는 모습을 다른 곳에서 숨어 지켜보는 이들이 있었으니 바로 국철 그리고 목갑이었다.

"북위로 올라간다고? 홍! 가면 개죽음을 당할 것이다. 목숨이라도 부지해 잡혀 있으면 다행일 것이다."

국철은 목갑을 향해 무언의 눈빛을 주고받았고 둘은 의미심장하게 고개를 끄덕였다.

도림은 해구와 수비리시에게 장수왕의 뜻을 전했다.

"차일피일 계속 미루는 것은 의미가 없습니다. 이제 곧 결단을 내려야 합니다. 어찌하여 시간을 벌고 약속을 받아내 왔으나 이제 대왕께서도 건강을 회복하고 북위와의 관계를 다시 단단히 했으니 따뜻한 날이 오면 군사를 일으킬 것입니다."

"알겠소! 그럼 정확히 달이 반쪽이 될 때, 그때 진행을 하도록 하겠습니다."

해구는 도림의 방에서 나갔고 도림은 가만히 앉아 열어젖힌 창을 통해 밤하늘을 바라보고 있었다.

"이제 신라로 돌아갈 날도 머지 않았구나…. 꽤 길었지, 길었어."

잔잔한 파도가 치는 배 위에서 곤지와 태사평이 멀어져 가는 백제의 땅을 바라보고 있을 때, 선실에서 힘들게 몸을 일으켜 나오는 여인이 있었으니 그 여인이 튀어나온 불룩한 배를 양손으로 받쳐들고 곤지의 옆에 섰다.

"바닷바람이 몸에 닿으면 안 좋을 텐데, 어찌 나오셨습니까?"

태사평이 곤지의 옆에 선 여인에게 예를 갖춰 말했다. 곤지도 여인의 모습에 얼른 조심스럽게 그녀의 어깨를 감싸며 다시 들어갈 것을 권했다.

"제효비는 서 있지 마시고 얼른 들어가 몸을 좀 누이세요."

곤지와 태사평이 걱정하는 여인은 바로 예서였다.

예서는 청령의 권유로 여경을 지아비로 섬기게 되었으며, 여경도 어릴 적 청령과 곤지와 함께한 예서를 기쁘게 맞이했다. 예서는 그 성품이 착하고 밝았으니 여경에게 언제나 웃음을 보이며 힘을 주었다. 여경이 기쁠 땐 더욱 기뻐했고, 여경이 상심이 클 땐, 그 상심을 나누고자 하였으니 말괄량이였던 예서는 어느새 어엿한 백제의 안주인이 되어 있었다. 그녀는 청령의 가르침 덕에 티 없이 맑고 밝았으며 어떠한 편견과 부정한 생각이 없이 자랐으니 가히 여경의 여인이 될 자격이 있었다.

"괜찮습니다. 조금만 바람을 쐬고 싶습니다."

예전 그리 장난을 치던 예서도 곤지와 태사평에게 깍듯이 예를 갖추는 모습에 곤지는 낯설면서도 대견해했다.

"그래도 조금 후면 파도가 세게 몰아칠 수도 있으니 들어가셔야 합니다. 그래도 그리 멀지 않은 길이니, 그나마 다행입니다만…."

곤지가 걱정스러운 표정을 지으며 제효비에게 신신당부를 하였다. 그리고 태사평을 보며 물었다.

"다시 얼마 만에 가는 곳인지 모르겠습니다. 아무 일 없이 무사히 잘 야마토국으로 들어갈 수 있겠지요?"

"오이타에 가 배가 완성이 되었으면 저희의 계획대로 될 것이니 걱정하지 마시옵소서."

점점 바람이 강하게 불어오기 시작하자 돛을 단 배는 빠르게 앞으로 나아가기 시작했다. 곤지는 갑판 위에 서서 멀리 수평선을 바라보았다. 아무엇도 보이지 않는 곳을 무엇 하러 볼까 싶었지만 지는 해의 붉은 노을이 해수면을 황금으로 물들이고 있는 것이 그리움이 섞인 아름다움과도 같았다.

"소아령은 잘 있을까…."

곤지의 혼잣말은 바람과 파도 소리에 묻혔지만 그 마음은 아마도 넘실대는 파도를 타고 그녀가 있는 곳으로 흘러들어 가고 있을 것이다.

곤지는 북위로 올라가지 않았다. 북으로 올라가는 척하며, 바로 방향을 바꿔 왜로 향하였다. 곤지의 계획. 그것은 여경만이 알고 있었다.

여경은 궁 안의 누구도 믿을 수 없었기에 일전 곤지의 제안에 철저히 모든 것을 비밀로 하였다.

송으로는 청령과 그 뒤에 몰래 여례를 딸려 보냈으며 제묘자부대 삼십과 백제의 도공, 의술인 드리고 농민들 등 백제의 잘 다듬어진 기술자들을 오십이나 딸려 보냈다. 여례를 일찍이 높은 관직에서 물러나게 한 것은 혹시나 비밀리에 해결해야 할 일이 있을 때를 대비한 여경의 계획이었으니, 높은 관직을 떠나 편하게 움직일 수 있는 여례에게 이제야 명을 내릴 일이 생긴 것이었다.

왜로 다시 떠나는 곤지에게 여경은 한 가지 부탁을 하였다.

"이제부터 혹시나 모를 한바탕 싸움에 걱정이 되는 것이 있구나. 내부의 기강을 바로잡는 데 필요하다면 성내의 큰 피바람이 몰아치는 것을 감수해야 할 터이고, 성 바깥으로 언제 다시 들이밀고 내려올지 모르는 고구려에 맞서더라도 가혹한 피바람이 몰아칠 터…. 나의 아이만은 살리고 싶구나. 그 아이가 아직 사내인지는 알 수 없지만, 만일 내게 무슨 일이 생긴다면 하나밖에 없는 그 아이가 백제를 이어야 하지 않겠느냐? 어떻게 하면 아이를 이 어지러운 정세에서 잠시 떨어뜨려 놓을 수 있겠느냐?"

여경의 말에 곤지는 양손을 저으며 말했다.

"무슨 그런 말씀을 하십니까! 어라하께서 일을 당하신다는 생각은 하지 마시옵소서. 어라하와 상좌평님께서 백제의 기강을 바로잡고 고구려를 물리치셔야지요. 그렇기 때문에 저 역시 왜로 가 미약한 힘이나마 도움이 될까 하는 것입니다. 불운한 생각은 거두어 주시옵소서."

곤지의 다급한 말에도 여경은 고개를 가로저었다.

"내 그렇게 할 생각이지만, 하늘의 뜻은 우리 인간이 어찌할 수 없는 것이 아니겠느냐…."

여경이 곤지의 손을 꽉 잡았으나 여경의 얼굴에 불안함은 보이질 않았다. 오히려 침착했으며 당당하고 굳세었다. 그 모습에 곤지는 여경의 나약함과 어두운 면을 볼 수 없었기에 정말로 여경이 자식을 걱정스러워하는 것을 느낄 수 있었다.

맞다. 만에 하나, 혹시라도 상처 입을 일이 생긴다면 당하는 것은 백제의 어른인 여경으로 족하였다. 그리하여 곤지는 여경에게 한 가지 수를 내었으니.

"그럼 임신한 제효비를 모시고 왜에 가 있겠습니다. 그곳은 안전할 것입니다. 또한 저와 태사평님이 있으니 안심하셔도 될 것이옵니다. 더군다나 고가히메 님 그리고 지진원 님께서도 잘 보살펴 주실 것이옵니다."

여경이 듣고 보니 곤지의 말에 안심이 되었으니 무릎을 치며 기뻐하였다.

"만일 이곳 백제가 정리되어 단단해지며 혼란이 없어지면 다시 돌려보내 주도록 했으면 좋겠구나. 또한 네가 왜로 가 기반을 닦고 우호를 굳건히 하며 만반의 준비를 하여 백제의 혼을 끝까지 살리기를 하늘님께 기도

하고 또 기도하도록 하겠다. 왜를 더욱더 온전한 형제로 명명할 수 있기를 부탁하마."

여경이 곤지에게 물었다. 그러니 곤지는 고개 숙여 예를 갖추어 명을 받들었다.

"예, 바로 그렇게 하도록 하겠습니다."

태사평이 곤지와 같이 떠난 것을 본 후, 국철과 목갑은 해구에게 이를 알렸고 수비리시와 해구는 거사를 치르기 위해 야심한 밤마다 주변의 장수들을 불러모아 계략을 세웠다.

동시에, 문주가 신라에서 돌아왔으니 해구와 그 뜻을 같이하기로 한 자들은 커다란 한바탕 폭풍이 휘몰아칠 것을 예감했다. 실행에 옮기는 순간 한성은 피바다가 되고 양쪽의 커다란 피해를 감수하지 않을 수 없었다. 그야말로 일촉즉발의 상황이 아닐 수 없었다.

더불어 도림의 꾀임에 여경은 새로 성을 보수하고 증축하며 백제의 백성들을 시켜 국력과 재물 그리고 곡식들을 낭비하였다. 또한 병사들과 말, 그리고 수없이 많은 매들과 곡식 그리고 비단을 북위에 보낸 것을 도림에게 알렸으니 도림이 속으로 쾌재를 불렀다.

곤지 일행이 떠난 지 정확히 보름 후, 달이 반쪽으로 차오르기 시작하기 전날, 해구는 국철과 목갑에게 자신의 신호가 내려지면 움직이도록 지시하였다.

"대처소에 불이 붙으면 국철은 바로 장수들과 병사들을 이끌고 궁의 초병들과 진백과 진로 그리고 진후를 움직이지 못하도록 사로잡으시오. 또한 목갑은 상좌평 문주의 처소를 급습하고 목하치를 사로잡도록 하시오. 모든 것은 날이 밝기 전에 단 한 번에 이루어져야 합니다."

세월 좋게 하얀 구름이 둥둥 떠오른 푸른 아침부터 해구는 국철과 목갑에게 신신당부를 하며 긴장을 늦추지 말 것을 일렀다.

하지만, 그들이 당황하며 일이 틀어진 것을 알기까지는 그리 오래 걸리지 않았다.

오전 궁 안, 대정전에 모든 대신들을 집결시켜 내정을 볼 준비를 마친 여경이 근엄하게 들어와 어좌에 앉으니 그 분위기가 여느 때와는 달랐다.

상좌평 문주는 보이질 않았고, 목하치가 궁궐 수비대를 대동한 채 회의소 바깥에서 대기하고 있었다. 이를 이상히 여긴 해구가 고개를 갸우뚱거렸으니 국철과 목갑 역시 평소와는 다른 분위기에 기분이 좋지 않은 것을 느꼈다. 하지만 그 무엇이든 어떠랴. 날이 어두워지면 한성의 주인, 백제의 주인이 바뀔 것이다.

해구의 머릿속에는 오직 그것만이 가득했다. 또한 수비리시는 그것을 성공시킬 수 있도록 무수한 기도를 올리고 있을 것이다.

그날따라 수비리시의 신궁에는 향이 더욱 많이 피어올랐다. 그 역겨운 냄새에 주변의 새들도 전부 도망해 날아가 버렸다.

적막한 어전 회의장의 분위기를 깬 것은 대시종이 알리는 시작의 소리가 아니라 여경이었으니, 여경은 대신들을 두루 둘러보다가 말하였다.

"요즘 궁을 증축하는데 번잡하기가 아주 골치 아프오. 하지만 그 모습이 웅장해지니 어찌 기쁘지 않을 수 있겠소만…. 내 어제 남쪽의 사신에게 전보를 받았으니 통탄을 금치 못할 일이 생겼소."

갑작스러운 여경의 말은 모두를 궁금하게 만들었다. 여경은 그들이 놀라는 표정을 알아차렸으며 개의치 않고 팔걸이를 손가락으로 두드리며 말을 이었다.

"남쪽 영암에서 봉기가 일어났으며 모루국, 상다리, 하다리 그리고 사타국에서 우리 백제를 침공한다는 소식을 들었소. 그뿐만이 아니라 상기와 하기문에서까지 백제를 괴롭히고 있으니 이 어찌 괴롭지 않을 수 있단 말이오. 따라서 명을 내리노니 대백제의 위용을 보여 그 힘을 보여 주고 국경을 단단히 하며 다시는 얼씬도 하지 못하도록 그들을 잡아내야 할 것이오."

여경이 진백과 해구를 동시에 보았는데, 해구는 여경의 말에 당황을 했는지 얼른 고개를 숙여 눈을 피했다. 또한 자세히 보니 그의 옆에 자리한 국철과 목갑은 안절부절하지 못하고 있는 것이었다.

여경은 잠시 생각을 하다가 큰 소리로 그들에게 명을 내렸다.

"상좌평은 이곳에서 북으로 고구려를 대비할 것이니 영암으로 가 봉기를 막는 것은 국철이 맡아 해결하고, 모루국, 상다리, 하다리 그리고 사타국은 목갑이 맡아 그들을 쫓아내며 상기와 하기문은 진백과 진로 그리고 진후가 맡아 조용히 시키도록 하시오."

갑작스러운 여경의 명에 국철과 목갑은 매우 당황했으며 어리둥절한 표정으로 해구의 눈치를 살폈다. 허나 해구가 도와줄 수 있는 일은 아무것도 없었다.

"해구는 이곳 한성의 증축을 관리토록 하시오."

서로 각자 다른 임무를 부여받았으니 그들이 뿔뿔이 흩어지게 명을 내린 여경을 거역할 수는 없었다. 바로 날이 지면 실행하려 했던 것들이 모두 물거품이 되는 순간이었다.

가장 먼저 답을 한 것은 진백과 진후였으며 진로 또한, 예를 갖춰 명을 받들었으니 진씨들은 모두가 여경의 명에 한 치의 망설임도 없었다. 그 모습을 해구가 보고 들으니 해구를 포함한 국철과 목갑은 감히 다른 이유를 대어 회피할 수가 없게 되었다.

만일 다른 이유로 미루거나 회피를 하게 된다면 분명 그것은 곧장 반역의 시작이었고 있어서는 안 될 일이었다. 더군다나 진씨들에게 의심을 살 가능성이 매우 높았다.

등골이 오싹해졌고 사지가 축축히 젖은 것은 국철과 목갑이었다. 해구는 겉으론 그렇지 않은 척을 했지만 그 역시 머리가 하얘지고 복잡해졌다.

"예, 어라하…."

"대답이 시원치 않소!"

여경이 조금 큰 소리로 꾸짖듯이 재차 묻자 해구는 입술을 꽉 깨문 채 눈을 질끈 감았다가 마지못해 자세를 고쳐 잡고 답을 하였다. 그러자 옆에 섰던 국철과 목갑도 떨리는 목소리로 답하였다.

"예, 어라하! 명을 받들겠사옵니다."

"나머지 한성의 일에 관하여는 조정좌평 사절이 남아 처리하도록 하시오."

왼쪽 가장 앞줄에 서 있던 사절은 여경의 명에 역시 그렇게 하겠노라 답하였다. 회의전의 공기가 무거워졌다. 갑자기 모든일이 발생해 버렸고 여경은 신속하고 빠르게 그에 대비를 하였으니 누구 하나 여경의 결단에 토를 다는 자가 없었다.

여경은 자신의 수염을 쓸며 가만히 해구와 국철 그리고 목갑을 보았다. 그리고 다시 한 마디 말을 남겼으니 명을 받은 전부는 더욱 생각이 많아졌다.

"만일 남쪽의 문제를 해결한다면 공석인 내법좌평에 진백을 삼을 것이고, 위사좌평에는 진후를, 달솔에는 국철과 목갑을 올리겠소. 그리고 해구는 내두좌평으로서 그 임무를 다하시오."

상좌평이자 내신좌평인 문주를 제외하고는 명을 부여받은 모두가 그 관직을 수여받을 수 있다 하니 그야말로 파격적인 기회가 아닐 수 없었지만 해구는 전혀 마음에 들지 않았다. 허나 국철과 목갑은 생각치도 못한 기회에 혼란스러워하기 시작했다.

계획은 그렇게 틀어져 버렸고 진백과 진후 그리고 진로가 먼저 각기 군사 일천을 이끌고 남으로 향했으며 국철과 목갑 역시 각기 일천의 군사를 받아 남으로 향하려고 하자 해구가 몰래 그들에게 다가와 속삭였다.

"이것이 갑자기 어찌 된 영문인지 모르겠지만 어서 일을 마치고 돌아오면 다시 움직입시다. 지금의 관직으로 만족하시겠소? 상좌평의 자리들을 받으셔야지요. 백제의 땅이 나와 당신들의 손에 전부 들어올 것입니다. 현혹되지 마시오!"

해구는 날카롭게 국철과 목갑을 쏘아보며 표정과는 달리 부드럽고 침착하게 그들을 타이르며 말했다. 그러자 국철과 목갑은 혼란스러움이 가시지 않은 채, 그저 서로를 멍하니 마주 보며 고개를 끄덕였다.

"무슨 일인진 몰라도 어라하의 명을 거역할 순 없으니 일단 다녀와서 보는 것이 좋겠습니다. 이게… 무슨 일인지… 참…."

그렇게 늦은 오후가 되어서야 모든 출병 준비를 마친 국철과 목갑은 먼저 내려간 진씨들을 따라 각기 명을 받은 국경의 성으로 향했다.

그러나, 그것은 전부 여경의 계획이었으니 여경이 대정전을 나와 침전각으로 들어가자마자 문주를 불러 조용히 따로 움직이게 시켰다.

마주 앉은 문주에게 여경은 나지막히 일렀다.

"너는 상좌평으로서 목하치와 함께 내 명을 가지고 반드시 해결하고 오너라. 그리고 내 옆에는 따로 목하치를 대신할 이를 불러 경계를 강화하도록 해야 하겠구나. 곤지가 왜에서 군사를 이끌고 올 때까지는 싹 정리를 해야겠다."

"예, 어라하!"

문주는 긴 검을 움켜쥐고 간결하게 고개를 숙인 후 비장한 모습으로 나와 목하치를 대동하여 칠일 밤낮으로 준비를 하며 내려갈 때를 기다렸다.

국철과 목갑이 각기 자신이 부여받은 지역에 당도하자 이상하게도 주변은 아주 조용했고, 민가의 백성들도 행동하는 모습이 그리 나쁘지 않아 보였다.

영암성에 당도하기 전, 멀리 떨어져 있지 않은 작은 목책성 안으로 들어온 국철은 며칠을 기다리다가 살폈고 도저히 안 되겠는지, 휘하 장수를 시켜 인근 백성에게 물었다.

"이곳에 봉기가 들어났다고 들었다. 우리 백제를 괴롭히는 무리가 있더냐?"

장수의 물음에 수십의 백성들은 일제히 눈을 동그랗게 뜨며 금시초문이라는 듯 고개를 가로저었으니 그 상황이 참으로 요상했다.

그것은 목갑도 마찬가지였다.

무언가 이상함을 감지한 국철은 병사 이백을 이끌고 밖으로 나와 주위를 돌기 시작했다. 비교적 평평한 지형의 마을을 지나 한참 말을 달려 언덕 위영암성에 도착한 국철은 크게 자신의 신분을 이야기해 밝혔다.

"한성에서 온 장수 국철이다! 어라하의 명을 받고 이리 왔으니 어서 성문을 열어라!"

성 아래 곳곳에 겹겹이 높게 쌓여 있는 짚더미가 이상하리만치 신경 쓰였던 국철은 애써 별일이 아닐 것이라 되뇌었다. 말을 달려 성 앞에 당도하기 전까지만 해도 열려 있던 성문이 국철이 도착하자마자 굳게 닫혀 있었다.

성벽 위에서 백제의 병사들이 국철을 내려다보더니 몸을 바삐 움직이기 시작했고 한 병사가 국철의 말에 답을 하였다.

"예! 알겠습니다. 장군님! 잠시만 기다려 주십시오! 금방 문을 열어 드리겠습니다."

답을 마친 병사가 급히 성벽 아래로 사라진 것을 본 국철은 말머리를 돌려 뒤를 돌아보았다. 그의 병사 이백은 지친 기색이 역력했다. 국철은 아무것도 모른 채 그저 자신의 병사들이 한심하게 느껴졌다.

'성주는 누구냐? 어서 빨리 문을 열지 않고….'

잠시의 기다림도 지침에 가까웠다. 새소리가 요란하게 울리자 국철은 하늘을 보았고, 마침 등 뒤에서 굉음을 울리며 나무 문이 삐그덕대는 소리가 들렸다.

국철이 얼른 뒤를 돌았다. 그런데 이어지는 광경에 그는 당황하지 않을 수 없었다.

앞을 보니 열린 성벽에서는 한 무리의 병사들이 창을 들고 뛰어나왔고 맨 앞에서 그들을 거느린 채 긴 창을 움켜쥔 장수 후연이 말 위에서 국철을 노려보았다.

"저는 영암 장수 후연이라고 합니다. 이곳까지 오시느라 고생이 많으셨습니다. 이제 다른 고생은 딱히 하지 않으셔도 될 듯싶습니다."

"다른 고생?"

후연의 말에 무언가 이상함을 느낀 국철이 성벽 위에서 갑자기 불화살을 겨누는 병사 수십을 보았다.

"이게 무슨 일이오? 어라하의 명을 받아 봉기를 진압하러 온 나 국철인데!"

"봉기는 무슨 봉기요?"

후연은 국철의 호통에도 지지 않고 버럭 화를 내며 맞받아쳤다. 상황이 정말이지 난감하기 이를 데 없었다.

국철은 성벽 위와 아래의 후연을 번갈아 쳐다보다가 인상을 찌푸리며 미간의 주름을 있는 대로 접었다.

"오호라! 네놈이 그 주동자로구나! 어찌 이리도 조용한 척했는지 아주 그 속내가 검구나!"

후연은 국철의 호통에 피식 웃더니 움켜쥔 창을 가슴 위로 바짝 들었다.

"국철 장군님이 아직 상황 파악이 되질 않는 모양입니다. 어라하께서 전갈을 보내셔서 당장 사로잡으라 하셨으니 저는 명대로 움직일 뿐입니다. 딱 하나만 묻겠습니다."

"무엇을 말이냐?"

국철의 심장이 철렁 내려앉았다. 어라하의 명이라니…. 명은 자신이 받아서 왔는데 말이다.

"해구 님과 무슨 일을 꾸미셨는지요?"

후연의 물음에 눈앞이 하얗게 변해 버린 국철은 오장육부가 모두 아래로 쏟아져 내리는 것만 같았고 가슴이 아릴 정도로 급히 뛰었다. 이러다 심장이 멎어 버리는 것은 아닌가 싶을 정도였다.

해구의 이름을 남쪽 영암성에서 이름 모를 장수에게 들을 줄은 몰랐다.

국철은 너무 당황한 나머지 잠시 답을 하지 못하고 우물쭈물거렸다. 그러자 후연이 재차 물었다.

"답을 제대로 하셔야 할 것입니다."

후연의 비꼬는 듯한 물음에 화가 치밀어 오른 국철이 호통을 쳤다.

"해구 님과는 어떤 일도 꾸민 적이 없으며 아무런 관계도 아니다! 아주 무례하구나!"

이를 꽉 깨물며 눈에 힘을 줘 후연을 꾸짖는 국철은 자존심이 무척이나 상했다. 이름도 모르는 어린 놈이 한성 장덕직의 장수인 자신에게 비꼬듯 말하며 대드는 것이 어이가 없었다. 그러나 국철의 말이 끝나기가 무섭게 아찔한 순간이 이어졌다.

후연이 힘차게 창을 한 바퀴 휘두르니 성벽 위에 있던 궁수들이 불화살을 일제히 국철에게 쏘기 시작했으며 쌓여 있던 짚더미에도 불이 붙기 시작했다. 국철은 이백의 군사에게 명을 내려 급히 공격을 하게 하였다. 동시에 후연도 부리나케 말을 달려 국철에게로 달려들었다.

아무리 국철이 엄한 목소리로 자신의 병사들에게 명을 내렸다고는 하지만 병사들은 이미 우왕좌왕하며 불길을 피해 달아나기 시작했고 그 사기는 전혀 찾아볼 수도 없었다.

후연의 창이 국철을 향했고 국철은 자신의 검으로 수십 번을 막아 내었다.

불길이 치솟아 연기가 앞을 가렸고 뒤를 보니 병사들이 나자빠져 있는 것이 꼴이 말이 아니었다. 더군다나 젊은 장수 후연의 공격을 더 이상 막아 낼 수 없으니 국철은 다시 목책성으로 후퇴를 지시했다. 그곳에서 재정비 후 다시 싸워야만 했다.

하지만, 그것은 국철의 생각에 지나지 않았다.

국철과 남은 병사 일백여 명이 얼른 후퇴하여 목책성 앞으로 도착했을 때, 어마무시한 광경을 보고야 말았다.

목책성에는 이미 진후가 떡하니 들어서 있었고 자신의 나머지 팔백의 군사들 마저도 잡혀서 그들에게로 붙어 버렸다.

뒤로는 후연이 쫓아오고 앞에는 진씨들이 버티고 있으니 그야말로 오도 가도 못하는 상황이 되었다.

"도대체 무엇이오! 같은 명을 받지 않았소!"

국철은 무엇이 억울한 듯 앞을 향해 외쳤다. 하지만 진후는 그 말을 무시한 채 큰 소리를 내며 자신의 말을 달려 국철에게로 나아갔다.

"국철을 더 이상 따르지 말아라! 그대로 지나쳐 목책성으로 들어오거나 뒤로 돌아 영암성으로 들어간다면 너희들은 여전히 백제의 병사들일 것이다!"

진후의 말에 병사들은 더 이상은 안 되겠는지 자신들이 손에 쥔 창을 모두 버리고 국철을 홀로 남겨 둔 채 앞뒤로 사정없이 달리기 시작했다.

"무… 무엇이냐!"

국철이 어리둥절해하는 사이 달려든 진후가 크게 호통을 쳤다.

"해구에게 붙어서는 안 된다는 것을 몰랐느냐?"

그러자 뒤에서 후연이 어느새 가까이 와 진후에게 알렸다.

"그자가 해구와는 관계가 없다 하였습니다."

후연의 말을 들은 진후는 비장하게 고개를 끄덕이더니 창을 거세게 수십 차례 휘둘렀다. 힘겹게 그 창을 막아 내는 국철은 어깨가 떨어져 나갈 것 같았다.

"어차피 사로잡아 봐야 입도 벌리지 않을 놈이구나! 그냥 조용히 이곳에 묻히거라!"

한 차례 기합을 다시 넣은 진후가 사정없이 창으로 찌르니 국철은 도저히 당해 낼 수가 없어 차라리 뒤에 있는 후연을 뚫고 달아나기로 하였다. 진후보다는 후연이 차라리 더 나았다.

국철은 얼른 말머리를 돌렸다. 그러나, 힘이 빠진 국철은 후연에게도 적수가 되질 않았다. 후연이 예닐곱 번의 창질을 국철에게 퍼붓자 무릎을 찔린 국철이 말에서 떨어졌고 진후가 날쌔게 국철의 목을 찔렀다.

"헉…!"

그리 크지도 않은 비명 소리였다. 아니, 비명이랄 것도 없었다. 그저 큰 마지막 호흡 같은 것이다.

국철의 목이 흐트러져 아무렇게나 박혀 있는 돌덩이처럼 한곳으로 구르다가 땅에 박혔다.

그 시각, 목갑은 더욱 난처해졌다.

모루국, 상다리, 하다리 그리고 사타국에서는 어떤 압박도 없었다. 그들의 공격은커녕 양쪽 낮은 산 아래에 둘러싸인 목갑은 울상이 되어 있었다.

왼쪽에는 진백이 그리고 오른쪽에는 진로가 공격을 해 목갑을 사로잡으니 영락없이 손도 써 보지 못하고 목갑은 줄에 묶여 진백의 진지에 무릎이 꿇려 엉망진창인 꼴을 하고 고개만 숙이고 있었다.

국철은 죽임을 당했지만 목갑은 사로잡혔다.

차이는 하나였다. 후연이 말한 것처럼, 답을 잘해야 했다.

목갑은 해구와 밀접한 관계를 맺었다 하였다. 허나, 일을 꾸민 것까지는 말하지 아니하였으니, 그 문책은 곧 상좌평 문주가 할 것이었다.

9. 도래, 천 년의 기반을 위하여
　 띄운 화살은 왜로 향하고

다행히도 배는 무사히 잔잔한 파도에 이끌려 각라도에 도착을 했다. 곤지와 태사평은 각라도가 아닌 작은 바닷길을 지나 오이타로 바로 들어가려 하였으나, 그 생각이 바뀌었다.

처음 자신들을 맞이해 준 각라도의 사람들과 자신들이 지나온 경로에 어떠한 변화가 있는지 무척이나 보고 싶었다. 그리고 또 하나. 곤지는 소아령이 보고 싶었다.

곤지는 태사평에게 말을 하여 각라도에 잠시 머물다가 바로 다시 떠나는 것이 어떻겠냐는 물음을 건넸고 태사평도 곤지의 그 마음을 잘 아는지라 흔쾌히 고개 숙여 따랐으니 불어오는 바람과 철썩이며 바위와 절벽에 부딪히는 파도소리가 그리도 반가울 수 없었다. 소리를 울리는 각라도는 마치 곤지 일행의 방문을 무한히 환영하는 것과 같았다.

처음 죽을 뻔할 때는 정신이 없어 제대로 보지 못한 그곳이 지금은 한눈에 깊게 들어왔다. 높은 언덕과 수많은 풀들 그리고 산이라고 하긴 뭐하지만 솟아오른 작은 암석 산이 절경이 아닐 수 없었다. 잘 다듬은 검으로 깎아 놓은 듯한 양쪽 절벽은 그 크기가 웅장했으며 원으로 둥글게 파인 곳은 성을 따로 만들 필요도 없을 만큼의 요새처럼 보였다.

곤지는 배에서 내려 한참을 빙 둘러보았다. 갈매기가 나는 것이 참으로 평온하고 자유로워 보였다.

"예전의 그 자갈들은 그대로네요."

곤지가 가만히 무릎을 굽히고 앉아 돌 하나를 집어들었다.

"바다가 그대로인데 무엇이 바뀌지는 않았으리라 생각합니다."

태사평이 크게 숨을 들이마시며 바닷내음을 맡았다. 아련하게 돌 하나를 쳐다보고 있는 곤지에게 미소를 띠어 보인 것을 뒤에서 가만히 내려온 제효비가 보았다.

각라도. 그곳에서의 곤지와 태사평의 모습은 마치 그들만의 비밀 장소처럼 추억이 가득 깃들어 보였다.

세효비가 힘겹게 배에서 내려 걸어오는 것을 본 곤지는 잡고 있던 돌을 얼른 내려놓고 그녀에게 다가갔다.

"땅이 거칠어서… 괜찮으십니까?"

"괜찮아요. 그보다 두 분의 눈에서 하얀 빛이 반짝이는군요."

"아! 그것이… 예전 생각이 나서 그랬습니다."

곤지와 태사평이 잠시 멀리 수평선 너머 자신들이 건너온 백제 쪽을 바라보았다. 그리 긴 항해는 아니었다. 그러나 바다를 건넌다는 것은 왠지 모를 고향의 그리움이 아득하게만 느껴졌다. 마치 영영 돌아가기 힘들어 보이는 그 어떤 감정을 안고서 말이다.

잠시 병사들과 말들을 풀어 내리게 하고는 위로 올라가 며칠을 보내기로 한 곤지 일행은 예전 그들의 환영을 한 몸에 받았다.

"태자 저하가 오셨다!"

"아이고! 태자 저하! 먼 길 오시느라 고생하셨습니다."

"환영하옵니다!"

각라도의 주민들 저마다가 모두 곤지와 태사평을 반겼으니 뒤따르던 제효비와 제묘자부대 오십 그리고 이백의 병사들은 그 모습에 신기해했다. 자신들을 이리 환영해 주는 것이 신기하기도 할뿐더러 그것은 모두 다 곤지의 영향력이 얼마나 큰 것인지를 알게 해 주는 모습들이었다.

곤지와 태사평은 부족민들에게 부탁을 해 작은 집을 얻어 제효비를 쉬게 하였고, 주변에 병사들을 쉬게 하였다. 적당한 바람에 날도 따듯하니 아무 곳에나 벌러덩 누워도 편안함이 이루 말할 수가 없었다.

모두가 몸을 쉬고 있을 때, 곤지는 홀로 걸음을 옮겨 어디론가 향했다.

"계십니까?"

곤지가 허름한 집에 문을 두드리며 소리를 내어 보았지만 아무런 기척이 없었다. 그리하여 두세 번을 더 불러 보았지만 아무런 기척이 없기에 순간 가슴이 철렁거렸다.

소아령과 그의 조모가 잠시 집을 비운 것인가, 아니면 더 이상 살지 않는 것인가.

때마침, 소아령의 집 옆쪽에서 풀을 베고 있던 남자 하나가 곤지를 반갑게 맞이하였다.

"아이고! 태자 저하께서 이곳에는 어쩐 일이십니까? 너무 만나뵙고 싶었는데! 다시 오셨군요."

남자는 검게 그을린 얼굴로 환하게 웃으며 곤지를 반겼다. 곤지는 그의 환영에 살짝 미소를 지으며 고개를 끄덕여 답했다. 그리고 급히 사내에게 물었다.

"여기 소아령 님께서는 어디 가셨는지요?"

곤지의 조심스러운 물음에 사내는 조심스럽게 답을 했다. 그의 표정은 어둡다기보다는 난처해 보였다.

"아… 그게, 그러니까…."

"왜 무슨 일이 있었습니까?"

"다른 것은 아니고 그 할머니가 죽고 나서 소아령 아가씨께서는 육지로 들어가셨습니다. 가라쓰 사람들과 같이 지내고 있을 겁니다. 마사미하코자와 할머니 둘 다 잃었는데 더 이상 이곳에 있을 필요가 없다고 하던데…. 아마, 모르긴 몰라도 그냥 이곳에 있으면 외롭고 슬픈 생각만 나서 그랬을 겁니다. 그나저나 태자 저하께서 이리 다시 찾아오실 줄은 몰랐습니다."

소아령이 육지로 갔다는 말에 곤지는 고개를 끄덕였다.

"할머님께서는… 돌아가셨군요. 하긴, 가장 곁에 있던 둘이나 그리되었으니… 그것은 내 책임도 큽니다."

곤지는 고개를 푹 숙였다. 그러자 사내가 어리둥절해 물었다.

"무슨… 책임 말입니까?"

"아닙니다…."

마사미하코자를 구하지 못한 후회를 다시금 느끼는 시간이었다. 또한 자신의 일로 할머님이 소아령과 떨어져 지냈던 시간을 어찌 보상할 길이 없었다.

곤지는 천천히 소아령의 집 앞 돌바위에 앉아 주위를 빙 둘러보다가 생각에 잠겼다. 그 모습을 본 사내가 우물쭈물하며 공손히 손을 모아 곤지에게 다가왔으며 그는 곤지의 심기를 건드리지 않으려 애를 쓰는 모습이었다. 허나 곤지는 그런 사내의 모습을 보고 미소를 지으며 그를 안심시켰다.

"저기… 소아령 아가씨에 대해 드릴 말씀이 있습니다."

사내의 말에 곤지는 급히 표정을 바꾸며 물었다.

"무슨 말씀입니까?"

"소아령 아가씨께서 아마 지금쯤 산달이 다 되었을 것입니다. 보통 산달이 되면 고향으로 돌아오는 것이 보통이긴 하나… 잘 모르겠습니다. 돌아오실지…."

"산달?"

"예, 아마 곧 아이가 나올 텐데요…. 나왔나?"

"소아령 아가씨가 혼인을 맺었소? 아…!"

곤지는 아차 싶었다. 소아령에게 지아비가 있다면 그녀를 찾는 것은 어쩌면 도리가 아닐 수 있었다. 괜한 희망에 부풀어 있었던 것은 아닐까 싶은 곤지였다. 안타까운 표정을 숨길 수 없었지만 사내에게 그 표정을 들켜서는 안 되었다. 그러나 사내는 뜻밖의 말을 꺼냈다.

"혼인을 맺지는 않았습니다. 그저 혼자 아이를 가졌기에 우리도 신기하게 생각을 했습니다. 물어보기도 좀 뭐하고…. 그냥 그런가 보다 했습니다."

"아! 그렇습니까?"

"예."

곤지는 사내에게 잘 알았다는 듯 인사를 꾸벅하고는 다시 제효비가 머무는 곳으로 발걸음을 옮겼다.

'참… 태자 저하는 항상 저리 우리에게 높여 말하시니 송구스럽기가 너무도 이를 데 없으니 참….'

사내는 머리를 긁적이며 멀어져 가는 곤지의 뒷모습을 바라보았다. 아주 큰형님도 저리는 하지 못할 것이었다.

제효비가 있는 곳으로 돌아온 곤지는 며칠 더 머물러 소아령을 만나거나 육지로 건너가 소아령을 찾아보고 싶었으나, 현 백제의 시국을 봐서는 그럴 여유가 없었다. 한시라도 야마토국으로 들어가 그들에게서 군사를 지원받고 준비를 시켜야만 했다. 백제와 형님인 여경 어라하의 명이 우선이었다.

단 삼 일이었다. 제효비가 몸을 쉬고 추스리는 데 삼 일의 시간만을 보내기로 태사평 그리고 제효비와 상의를 하고 다시 오이타로 떠나기로 했다. 제효비는 오이타에 가 지내면서 아이를 낳아 기른다면 충분히 안전할 것으로 곤지는 생각했다. 기시하라 여장군이 충분히 그녀를 돌보아 줄 것이었다. 혹여나 신라나 고구려에서 왜를 침공하려 들어온다 하여도 아래쪽에 있고 산새가 있는 오이타의 지형이라면 충분히 막아 낼 수 있었기 때문이었다.

또한, 여금여수가 버티고 있으니 참으로 알맞은 곳이 아닐 수 없었다.

다시 배를 타고 출발하기 하루 전, 해가 뉘엿뉘엿 기울기 시작할 때, 태사평과 병사들은 떠날 준비를 하였다.

막 여름이 시작되는 초하루, 붉은 노을이 커다란 구름 사이를 뚫고 자줏빛을 내었다. 하늘이 모습이 그야말로 신비롭기 그지없었다. 곤지가 언덕 아래에서 배가 정박해 있는 곳을 내려다보니 파도가 매섭게 치다 말고 잠잠해지기 시작했다. 그와 동시에 하늘에서 붉지도 노랗지도 않은 자줏빛의 광채가 사방에 퍼지며 하늘과 대지 전체를 비추기 시작했다. 큼지막한 구름들이 여기저기 모여 웅장함을 마치 한성의 그것과 같이 만들어 보였으니 참으로 신기하고 아름다울 수가 없었다.

곤지가 먼저 잠시 아래로 가 배를 살피려고 발걸음을 막 옮기려던 순간 저 반대편 아래에서 두 명의 여자가 아래의 작은 굴이 있는 쪽으로 걸어가는 것이 보였다.

곤지가 자세히 보니 한 명은 배가 아주 많이 튀어나와 있었다. 그리고 그 옆에는 나이가 지긋한 여인이 부축을 하고 천천히 걸음을 옮기는 것이 아닌가.

순간 곤지는 언제 다시 휘몰아칠지 모르는 파도에 휩쓸리기라도 한다면 큰일이라 생각하여 얼른 아래로 내려갔다.

한걸음에 달려 내려가는 곤지를 보던 태사평이 무슨 영문인지 몰라 그저 눈만 꿈뻑였다.

가만히 보니 사방이 막혀 작게 홈이 파여져 있는 절벽 아래 한 여인이 신음 소리를 내고 있었으며 그 옆에 나이가 지긋한 여인이 누워 있는 여인의 손을 잡고 있었다.

곤지는 혹여 그들이 무슨 일이 있는 것은 아닐까 싶어 막 말을 걸려는 순간, 나이가 지긋한 여인이 곤지의 발소리를 들었는지 곤지가 내려온 쪽으로 고개를 돌려 곤지를 바라보았다.

"거기 무슨 일이…."

나이가 있는 여인이 곤지를 보고 손가락으로 입을 가리켰다. 입을 다물라는 그녀의 말에 곤지는 얼어붙어 아무 말도 하지 못했고, 자세히 보니 누워 있는 여인이 아이를 세상 밖으로 꺼내어 놓으려 하고 있는 것이 아닌가.

곤지는 그 모습에 한 발자국도 움직이지 못하고 그저 멍하니 그 광경을 바라보고 있었다. 다시 자리를 뜨자니 혹여나 갑자기 파도라도 들이닥치면 큰 불상사가 아닐 수 없었기에 그 자리에 그냥 서 있을 수밖에는 없었다.

곤지는 멀리서 두 여인과 정박해 놓은 배 사이의 물결을 번갈아 수시로 확인하며 바라보았다.

얼마나 시간이 지났을까, 곤지는 문득 궁금해지기 시작했다. 왜 이런 곳에서 아이를 낳으려 하는지.

보통의 아이를 낳으려는 장소와는 확연히 달랐다. 아무리 평평한 돌들이 반듯이 깔려 있다 하여도 이리 위험한 물가 곁에서 말이다.

그때, 갑자기 커다란 아이의 울음소리가 들렸다.

곤지가 크게 놀라 눈을 뜨며 그 광경을 보고 있을 때, 갑자기 넘실대던 바닷물이 뒤로 쑥 밀려나며 진한 자줏빛 노을이 사방을 비추었다. 그리고 빠른 속도로 구름이 반대편으로 걷히기 시작했다. 그것이 끝이 아니었다. 뒤로 밀린 바닷물 위로 물보라가 치며 땅이 미세하게 흔들리기 시작했다.

태사평은 온몸에 소름이 돋았고, 나머지 사람들은 그 광경에 너무도 놀라 다리에 힘이 풀려 엉덩방아를 찧으며 뒤로 넘어갔다. 이상한 것은 그뿐만이 아니었다.

그 광경을 보고 있던 제효비의 배가 갑자기 심하게 요동치기 시작하며 무언가가 금방이라도 튀어나올 것처럼 배의 모양이 이리저리 변하기 시작했다. 그것을 알아차린 것은 제효비뿐이었다.

찢어질 듯 아픈 배를 부여잡고 소리를 지르며 주저앉는 제효비의 모습에 태사평은 황급히 달려가 제효비를 부축하였다.

한편, 곤지가 아이의 울음소리를 듣고 천천히 조심스럽게 다가서자 아이를 품에 안은 여인의 얼굴이 보였다. 땀에 범벅이 되어 있고 머리카락이 양 볼에 붙어 엉망으로 헝클어져 있었지만 그 미모는 숨길 수 없었다.

여인과 곤지가 눈을 마주하고, 서로의 얼굴을 서로 확인한 순간 여인은 기쁨의 눈물과 미소를 지었고, 곤지는 그저 입을 벌리고 털썩 주저앉고 말았다.

"소아령!"

"곤지 님!"

아이를 안고 있는 여인, 소아령. 부여씨의 후손이자 곤지가 그토록 그리워하고 보고 싶어 했던 여인이다. 그리고 곤지, 백제의 여신의 자이자 비유의 자로서 백제의 아들. 소아령이 그토록 기다리던 남자였다.

"소아령! 어찌 이런 곳에서 아이를 낳는단 말입니까? 육지로 갔다는 말을 들었는데 다시 돌아온 것입니까? 아비는 어디 있소!"

반갑고도 당황스러운 표정을 짓던 곤지의 급한 물음에 소아령은 갑자기 예전 그 말괄량이처럼 인상을 찌푸리더니 곤지를 쏘아 올려보았다.

"아니, 이게 무슨 일입니…."

곤지의 말이 미처 다 끝나기도 전에 소아령이 높이 소리를 쳤다. 어찌나 소리를 높여 질렀는지 곤지의 고막이 찢어질 듯했다. 옆에 있던 나이 든 여인도 귀를 막을 정도였다.

"아비가 어딨긴! 여기 있네! 곤지 님 보라고 여기서 낳은 겁니다! 아주 절묘하게도 나타나셨네! 야!"

소아령의 말에 곤지의 눈은 동그랗게 커졌고 잠시 아무 말도 하지 못하고 소아령의 얼굴을 뚫어지게 보았다. 그러다 갑자기 입이 찢어질 정도로 웃기 시작했다.

"예전에 그 여장부의 모습이 그대로군요! 하하하! 내가… 내가 아비라고요?"

"야! 장난하십니까? 그날 일이 생각이 나질 않으십니까? 그러려고 떠난 것입니까!"

옆에서 안절부절못하던 여인이 소아령의 팔을 꼬집었다.

"태자 저하께 함부로 말씀하시면…."

그러자 소아령이 계속 곤지를 쏘아보다가 너무도 그리웠고 기뻤는지 울먹이며 말했다.

"뭐… 어때요? 내 지아빈데…."

그제서야 곤지는 얼굴이 붉어지며, 일전 백제로 떠나기 전날 밤의 일을 기억할 수 있었다.

보고 싶고 사랑스러운 여인이 그대로 자신을 기다리고 있는데 어찌 기쁘지 않을 수 있단 말인가. 그 여인이 자신의 아이를 가졌다. 말로는 표현할 수 없는 영광이자 기쁨이었다.

"아… 소아령…."

곤지는 소아령의 눈물을 보고는 자신도 절로 눈물이 났다. 그렇게 소아령은 곤지에게 자신이 낳은 아들을 넘겼고 곤지가 아이를 받아들고 얼굴을 마주한 순간. 다시 바다가 잠잠해지고 천천히 아주 천천히 밀려 나갔던 물이 다시 들어왔으며 날이 개어 노을이 노랗게 제 색을 찾기 시작했다.

동시에 제효비의 배도 진정이 되었으며 태사평이 얼른 곤지가 있는 쪽으로 내려왔다.

미세한 땅의 떨림도 멈추었다.

그 시각, 백제에서도 아주 잠깐 커다란 빛이 번쩍였으며 그것을 모든 백제인들이 보았다. 여경과 문주도 그 빛을 보았으며 영암에 있던 풍량은 온몸에 소름이 돋았고 서 있기조차 힘들어 보였다.

문제는, 수비리시도 그 빛과 미세한 떨림을 느꼈다는 것이었다.

그리고 신기하게도 바로 야마토국에서도 느껴졌다. 다이와(오오토모), 모노노베, 헤구리와 함께 야마토국 전체에서도 그 떨림은 느껴졌다.

같은 시각, 모노베에 있던 섭정무치는 술잔의 흔들림에 이상함을 느꼈고, 혈수왕은 가시하라 궁에서, 그의 아들 박뢰는 이소노가미 궁에서 그 흔들림을 느꼈으니 백제는 물론이고 왜국 전체에도 그 영험하고 신비로운 현상에 모두들 같은 순간 같은 느낌을 받았다.

"내가 아버지라니! 제가 아비가 되었습니다!"

뛸 듯이 기뻐하며 제효비에게 아이를 보여 주고 태사평에게 자랑하는 곤지의 얼굴에서는 웃음이 떠나질 않았다. 모든 병사들과 부족민들이 기뻐하였으며 제효비는 곤지에게 며칠을 더 머물며 소아령의 몸을 돌보게 하였다.

그렇게 며칠의 시간이 지난 야심한 밤, 태사평은 홀로 허옇게 색이 변해 버린 수염을 쓸며 멀리 야마토국 쪽을 바라보고 있었다. 날이 밝아 반짝이는 별들이 깊은 숨을 들이마시면 같이 빨려 들어올 것만 같았다.

태사평이 물끄러미 깊은 암흑의 산을 뚫어지게 바라보자 곁에서 곤지가 슬며시 다가와 섰다.

"걱정이 많으시지요? 이제 기쁨은 잠시 거두고 해야 할 일을 해야 할 때입니다. 제 기분에 일을 그르친 것은 아닌가 싶습니다."

곤지가 낮은 소리로 차분히 말했다. 그러자 태사평은 고개를 돌려 곤지에게 답했다.

"그런 말씀 마시옵소서. 걱정이 없는 사람이 어디 있겠느냐마는 이런 기쁨은 걱정을 덜어 주기도 합니다. 너무 괘념치 마시옵소서."

"아이는 이곳에 잠시 맡겨 둘 생각입니다. 인연이 닿으면 다시 만나겠지요."

곤지의 담담한 말에 태사평은 놀라 곤지를 쳐다보았다.

"무슨 말씀입니까? 소아령 아가씨와 아이를 이곳에 남기고 떠나신다는 말씀이십니까?"

"그럼 데리고 다닐 순 없지 않습니까? 그 먼 길을 말입니다. 혹시나 무슨 일이 생긴다면…. 그렇다고 백제로 보내기엔 지금 상황이 좋지 않습니다."

태사평은 안타까움에 눈을 질끈 감았다. 모든 것이 맞는 말이었다. 그래도 이렇게 소아령을 다시 만나고 새로 태어난 아기가 있는데, 또다시 떨어져야 한다는 것에 자신이 할 수 있는 위로는 하나도 없었다.

하지만 곤지는 미소를 지으며 태사평을 바라보았다.

"백제가 없으면 우리 전부는 없는 것입니다. 백제가 우선이지요. 아이도 그리고 소아령도 그것을 알 것입니다. 어라하께서 걱정이 없으셔야지요."

"그럼… 사신을 보내 어라하께 아이의 소식이라도 전하는 게…."

"아닙니다. 그럼 더 난처해지실 것입니다. 저를 어디에 보내시기에도 무척이나 마음을 쓰실 것입니다. 또한 제효비를 부탁하셨는데, 그 아이가 다음의 어라하가 될 왕가의 혈통인데 그분이 먼저입니다. 괜찮습니다. 소아령은 강한 여자라 아이를 잘 키워 줄 것입니다."

태사평은 곤지의 말에 그저 아무 말도 할 수 없었고, 아까처럼 하늘에 떠 있는 별조차 올려다볼 수가 없었다. 그저 무릎을 굽히고 머리를 숙일 뿐이었다.

"흥! 단 하루도 지체하지 말고 당연히 가셔야지요! 백제의 태자 저하가 그리 나약해서 되겠습니까? 저는 그리 나약한 분을 지아비로 둔 적이 없습니다."

"정말 괜찮겠습니까?"

"다시 한 번 물어보면 혼날 줄 아십시오!"

곤지는 쩔쩔매며 소아령의 호통에 머쓱해졌다. 소아령은 아주 결의에 찬 표정으로 곤지에게 단호히 자신의 주장을 내세웠다.

간밤에 태사평에게 아무렇지도 않게 이야기를 했지만, 사실은 곤지도 꽤나 소아령과 아이를 걱정하고 있었던 것이었다.

"그럼… 진짜 하룻밤만 같이 있으면 안 되겠습니까?"

"아이, 참!"

"알겠습니다. 알겠어…."

곤지가 막 뒷걸음을 쳐 나가려는 차에 소아령이 벌떡 일어나 곤지의 뒷덜미를 끌어당겨 입을 맞추었다. 그러자 곤지는 얼떨떨하면서도 온몸이 사르르 녹아 버릴 듯해 그대로 주저앉으려고 하였다. 그러나 소아령은 틈을 주지 않았다. 자신의 무릎과 다리를 곤지의 다리에 딱 붙여 힘을 주어 일으켜 세웠다.

"다음 번에 돌아오면 그때는 항상 같이 있을 테니, 꼭 일을 마치고 돌아오세요! 알았죠?"

아까와는 다른 한없이 부드러운 소아령의 태도에 곤지는 얼이 빠져 입만 벌리고 멍하니 길고 오똑한 소아령의 코와 앵두 같은 입술만을 바라보았다.

"다시 오면… 그때는 원 없이 한평생 지금처럼 보고 싶은 대로 볼 수 있으니 꼭 몸조심하고 돌아오세요. 아이는 저와 마을 사람들이 잘 보살펴 키울 것입니다. 걱정하지 마세요."

곤지는 혼이 나간 사람처럼 어수룩하게 고개만 끄덕였다. 그러자 소아령은 미소를 지으며 곤지의 가슴을 부드럽게 밀어 방에서 내보냈다.

얼이 빠져나온 곤지가 뒤를 돌아보니 모든 병사들이 준비를 마치고 기다리는 중이었다. 그제야 정신이 든 곤지는 헛기침을 하며 아무 일도 없다는 듯 모두에게 명을 내려 배에 올라타게 하였다.

병사들이 모두 배로 향하고 마지막으로 곤지는 아이를 쓰다듬었다.

"아이의 이름은 '사마'라 짓는 게 어떻겠습니까?"

소아령이 웃으며 아이와 곤지를 번갈아 바라보았다.

"사마? 사마라…."

"그렇게 해요. 얼른 출발하세요. 이러다 파도라도 세지면 위험하니까."

"알겠습니다. 사마 좋네요."

그렇게 곤지는 다시 아쉬운 작별을 하며 꼭 다시 돌아오겠다고 다짐을 했다. 곤지가 내려가는 길 옆에서 태사평은 말없이 웃었다. 곤지는 그 모습에 혹시 아까 방 안에서 자신과 소아령의 이야기를 다 들은 것은 아닌지 그래서 놀리려고 웃은 것은 아닌지 민망해졌다.

"왜… 웃으십니까? 혹시 아까… 들으셨는지…요?"

"하하하, 죄송합니다."

"아! 태사평님… 제발, 다른 이에게는 아무 말도 말아 주십시오."

"그럼요, 그럼요! 당연히 명을 받들어야지요."

태사평은 껄껄 웃으며 내려갔고 곤지는 잠시 멈춰 서서 인상을 찌푸리며 머리를 쥐어뜯었다. 이때만큼은 태사평이 얄미웠다.

'사마라… 신비한 이름이구나….'

곤지는 배에 올라서며 한동안 긴 고민에 빠졌다.

소아령은 먼 발치에서 떠나는 곤지의 배를 물끄러미 보았다.

'아이가 손에 옥구슬을 쥐고 나왔어…. 내가 삼킨 그것을… 쥐고 나왔다고. 사마….'

배가 시야에서 사라질 때까지 소아령과 부족민들은 손을 흔들며 기도했다.

461년 6월, 곤지의 자 사마가 출생하였다.

곤지의 배가 밤낮으로 앞을 향해 나아가니 그 물살이 느리지도 거세지도 않았으며 그 방향이 곧았으니 그것은 태사평의 항해술이 매우 뛰어난 것이었다.

오이타의 포구에 도착한 곤지는 이른 아침 안개를 온몸에 끼얹으며 말을 타고 서둘러 오이타 성으로 달렸다.

곤지의 소식을 알리는 사신 하나가 먼저 앞으로 내달렸으며 사신의 전갈을 받고 기시하라 여장수와 여금여수는 성문을 활짝 맞아 곤지 일행을 반겼다.

"어서 오십시오! 다시 이곳까지 와 주셔서 정말 영광이옵니다. 어디 힘드신 일은 없으셨습니까?"

여금여수가 곤지에게 예를 갖춰 고개를 숙였으며 기토와 기시하라도 그 옆에서 정중히 인사를 하였다. 곤지는 그런 그들의 손을 부여잡으며 같이 인사를 나누었다.

"고생들이 많았습니다. 무슨 다른 일들은 없습니까?"

반가운 미소를 띤 곤지가 가장 먼저 오이타의 소식을 물으니 여금여수는 미소를 지으며 말했다.

"예, 괜찮습니다. 다른 것은 아니옵고 멀리서 오오토모와 모노베 쪽에서 한 번의 공격이 있었습니다. 하지만 여기 기토와 기시하라 장군과 잘 막아 내었으니 참으로 다행입니다. 또한 이렇게 곤지 태자님께서 오셨으니 어찌 안심하지 않을 수 있단 말입니까?"

"그들의 공격이 있었다구요?"

"예, 하지만 큰 피해는 없었습니다. 역시나 산새가 험하고 더군다나 예전보다 군사들의 정비가 잘되어 있어 충분히 막을 수 있었습니다."

기토가 옆에서 차분히 곤지가 놀라지 않게 말을 거들었다.

곤지는 고개를 끄덕였고, 태사평은 그 소식에 곤지에게 요청하여 반나절 동안 말을 타고 성 주변과 마을 이곳저곳을 훑으며 피해의 상황을 둘러보고자 했다.

기시하라는 자신의 처소를 곤지에게 내어 주었지만 곤지는 한사코 거절을 했으며 대신 제효비를 머물게 하였다.

백제 어라하의 비라는 이야기에 기시하라는 얼른 모든 것을 제효비에게 맞추기 위해 사람들을 풀어 그녀의 곁에서 비의 수발을 들게 하였다.

곤지는 여금여수의 처소 옆, 작은 처소에서 몸을 쉬며 태사평과 내일을 계획하였다.

먼저 곤지는 여금여수를 불러 선박이 전부 건조되었는지 물었다.

"배는 어떻게 되었습니까? 몇 척이나 준비가 되었습니까?"

여금여수는 곤지의 물음에 바로 답하였다.

"열 척으로 각기 일백의 군사를 충분히 실을 수 있도록 하였습니다."

"아! 잘되었군요. 이틀 후 바로 떠날 수 있으면 좋겠습니다."

"예… 저… 태자 저하."

바로 야마토국으로 들어가려는 곤지에게 여금여수는 잠시 뜸을 들이다가 가만히 말을 전하였다.

"다름이 아니오라, 오오토모와 모노베 쪽에서 공격이 있었을 때 무언가 수상한 점을 발견했습니다."

"그것이 무엇입니까?"

금여수의 의미심장한 말에 태사평과 곤지는 몸을 앞으로 바짝 기대며 심각한 표정을 지어 보였다. 흔들리지 않는 초가 굉장히 강렬하게 방 안을 비추었다. 곤지의 눈이 그리고 태사평의 흰 수염이 그 강렬한 초를 덮어 꺼뜨릴 듯 보였다.

"모노베 쪽에서 공격을 감행했는데 그들이 오오토모족들을 끌어들여 온 것으로 보입니다. 또한 그들의 장수가 심상치 않았습니다. 야마토의 자가 아니며 왜국의 어떤 자들과도 행동이나 말투가 달랐습니다. 기시하라에게 물어 알아보니 위에서 내려온 자인 것 같습니다."

태사평이 눈을 찡그리며 자신이 무엇을 들었는지 의심하였으며, 곤지 역시 의아하게 생각해 고개를 갸웃거렸다.

"위에서 온 자요?"

곤지가 물었다.

"예, 그자는 자신이 백제에서 왔다고 으름장을 놓고는 순순히 항복할 것을 권유했으나, 저희는 그것을 이상히 여겼습니다. 태자 저하께서 분명 저희와 함께하셨는데… 무력을 써 가며 약탈을 일삼으려 하는 것이 이상했습니다. 그자가 정말 백제에서 온 자인지조차 의심스럽습니다. 혹시 알고 있는 것은 없으십니까?"

금여수의 말에 곤지와 태사평은 서로를 쳐다보며 어리둥절해하다가 이내 고개를 절레절레 흔들며 금여수에게 답하였다.

"그런 사실은 전혀 알지 못합니다. 만일 그자가 정말 백제의 사람이라면 내 직접 만나 알아보아야겠습니다. 나는 어떤 사실도 어라하께 듣질 못했으며 여기 계신 태사평님도 전혀 모르는 사실은 있을 수 없는 일입니다. 어떻게 된 것인지 당장 알아야겠습니다."

곤지는 자신의 무릎을 꽉 부여잡고 이상하다는 듯 고개만 연신 흔들었다. 태사평은 그저 미간을 찌푸린 채 흰 수염만을 걱정스럽게 쓰다듬었다.

그래도 배가 무사하다는 것은 좋은 소식이었다.

다음 날, 제효비 앞에서 근심 어린 얼굴을 드러내는 것은 오히려 걱정만 더할 일이라, 곤지와 태사평은 마음속 걱정을 애써 감춘 채 평소처럼 미소를 지으며 담담히 작별 인사를 건넸다.

"제효비님께서는 부디 무사히 아이를 순산하시고 몸을 돌보시길 바랍니다. 제가 야마토국에 들어가 준비를 마치면 다시 돌아와 꼭 만나뵙도록 하겠습니다. 어라하께서 백제를 잘 정리하여 다스리실 터이니 안정과 평화의 소식이 들리면 반드시 다시 백제로 모시고 올라가도록 하겠습니다. 부디 몸 건강하십시오."

곤지와 태사평이 무릎을 꿇고 예를 갖춰 인사를 하니 제효비는 눈시울을 붉혔다.

"그 옛날 오라버님이 이리 큰일을 맡아 하고 계신다는 것이 그저 놀라울 따름이며 존경하여 마지않습니다. 제 걱정은 마시고 부디 꼭 다시 그 예전 봄날의 햇살처럼 다시 돌아와 주시기 바랍니다. 태사평님께서도 기력이 없다 생각치 마시고 예전처럼 곤지 님을 잘 돌보아 주시옵소서. 아직 하셔야 할 일이 산처럼 높이 남아 있습니다."

헤어짐은 언제나 불안했고 아쉬웠다. 그러나 곤지는 자신이 지켜야 할 것들과 지켜야 할 사람을 지켜 내야 했다. 두 번 다시 예전처럼 자신 곁의 단 한 명의 누군가도 잃고 싶지 않았다.

곤지는 제효비의 손을 꼭 부여잡고 약속을 지키겠노라 다짐하고 또 다짐하였다. 그리고 기토와 기시하라에게 제효비를 잘 부탁한다는 말과 함께 여금여수, 태사평과 함께 제묘자 오십과 백제의 병사 이백, 그리고 오이타 군사들 오백을 거느린 채, 오오토모와 모노베가 침략해 들어왔던 포구에서 조금 더 아래쪽의 작은 포구로 향했다.

포구로 달리는 말들의 발이 가벼웠다. 흙보다는 풀이 많아 그 달리는 속도에 힘이 붙었으며 그 산내음 역시 말의 숨을 고르게 해 주었다.

한참을 말을 달려 도착한 포구에서 커다란 배를 보니 과연 금여수와 기시하라의 솜씨가 대단해 보였다. 백제의 선박과는 비교할 수 없었지만 꽤나 강인하고 튼튼해 보였으니 만족스러웠다.

곤지는 한참을 말 위에서 열 척의 배들을 바라보았다. 야마토국으로 가는 걸음을 정말로 떼어야 한다는 것을 실감하는 순간이었다.

"이제 정말 무슨 일이 있어도 가야 합니다. 일단 우리가 들어가는 순간 그들이 반겨 준다면 좋겠지만… 오이타로 먼저 공격을 해 왔던 이상 그럴 가능성은 낮을 것 같습니다."

곤지가 턱을 만지며 바다를 깊게 바라보며 말하자 태사평이 고개를 끄덕였다. 태사평 역시 곤지와 같이 끝도 보이지 않는 바다를 바라보며 잠시 생각에 잠겼다.

곤지와 태사평 그리고 여금여수는 서로 아무 말 없이 묵묵히 바다를 바라보며 생각에 빠졌고, 갈매기와 바람 소리만 들리던 얼마간의 정적을 깨고 태사평이 먼저 조심스럽게 입을 열었다.

"분명 이소노가미 궁의 혈수왕은 모르고 있을 것입니다. 혈수왕이 알았다면 부족들이 독단적으로 행동을 하진 않았을 것이라 생각이 되옵니다. 더군다나… 백제의 사람이라고 칭하는 자를 혈수왕이 모를 리가 없습니다. 제가 하선하는 즉시 바로 홀로 달려 혈수왕을 찾아보고 이야기를 전해 사실을 확인하는 것이 어떨까 싶습니다."

"태사평님께서 홀로 말입니까?"

곤지는 태사평의 말에 일리가 있는 것을 알았지만 홀로 들어간다는 것은 아무래도 위험한 일이 되지 않을 수 없었다. 홀로 보내는 것은 마음에 내키지 않았다.

"혈수왕은 저를 알고 있습니다. 제가 가야지만 그 사실을 물을 수 있습니다. 또한, 미리 군사를 이끌고 마중 나와 곤지 님을 반겨 도울 수 있을 거라 생각되옵니다. 걱정하지 마시옵소서. 저는 그곳까지의 지리에 익숙하니 먼저 가 곤지 님을 마중할 수 있도록 하겠습니다."

태사평을 믿지 못하는 것이 아니었다. 곤지도 그의 말대로 하는 것이 가장 나은 방법이라 생각했지만 혹시나 백제의 사람이라는 그자를 필두로 오오토모와 모노베족들이 태사평을 알아보지 못하고 공격을 한다면 혼자서 어찌 수백, 수천을 당해 낼 수 있겠는가.

곤지는 선뜻 태사평의 요청에 답을 하기 어려워했다. 그러자, 금여수가 옆에서 곤지에게 말했다.

"제가 태사평님과 같이 가겠습니다."

여금여수가 긴 창을 꽉 움켜쥐며 결의에 차 말했다.

"아니오! 곤지 님을 곁에서 지켜 주시오. 여신 님과 수십 번, 아니 수백 번도 더 활보했던 곳입니다. 내가 당해 내지 못할 만일의 무슨 일이 생긴다면 그것은 곤지 저하께도 위험천만한 일이 아닐 수 없습니다. 부디 제 무례함을 용서하시고 저의 간청을 한 번만 들어주신다면 목숨을 걸고 정확히 실행하도록 하겠습니다. 이는 백제의 앞일이 달려 있는 일입니다, 저하!"

태사평이 말에서 급히 내리며 무릎을 꿇고 간절히 곤지에게 재차 요청을 하였으니 곤지는 입술을 꾹 다문 채 그저 태사평의 하얀 머리와 흰 수염이 바닷바람에 날리는 것만을 뚫어지게 응시하였다. 해가 길어졌다고는 하지만 시간을 지체하다간 다시 변화무쌍한 파도가 치는 밤에 출항을 할지도 몰랐다.

노란 나비 한 마리가 갑자기 곤지의 주변을 돌기 시작했다. 두어 바퀴 돌더니 잠시 후 연붉은 나비 두 마리가 그 뒤를 따라 같이 돌기 시작하더니 잠시 후 세 마리의 나비가 서로 다른 방향으로 날아가 버렸다.

바다가 아주 고요하고 잠잠했다. 들이치고 나가는 물결이 너무나 섬세하고 조용했다.

곤지가 말에서 내려 태사평을 일으켜 세웠다. 곤지가 고개를 끄덕였다.

"태사평님의 말씀이 옳습니다. 먼저 가셔서 우리 고모님들을 그리고 혈수왕을 꼭 만난 후 저를 데리러 와 주십시오. 이것은 명령이니 절대로 그렇게 해야 합니다. 몸이 상해서도 안 되고 단 하나의 계획도 말씀하신 대로 틀어져서도 아니 되옵니다. 알겠습니까?"

곤지는 확신에 찬 믿음의 눈을 태사평에게 보이며 미소를 지었다.

"두 번째 여신님이 들어가시는데 감히 누가 길을 막는단 말입니까? 저는 명을 내렸습니다."

곤지가 태사평에게 내린 소리로써의 첫 명이였다.

"두 번째 여신님… 이라니요… 당치도 않습니다."

"아닙니다. 내게는 그렇습니다. 저의 아버님과 평생을 같이하신 분인데, 나에게도 태사평님은 아버님 대신의 그런 분입니다. 내게 아버님은 여신 님께서 사랑하고 아껴 주신 모든 분들입니다. 비유 어라하는 물론이고 태사평님도 아버님과도 같습니다. 부디 명을 내림에 기분 나빠하지 마시고 꼭 지켜 주십시오."

곤지의 미소에 태사평은 몸 둘 바를 몰랐고 그저 고개를 푹 숙였다. 다시는 여신 님과 같은 주군을 모실 수 없을 거라 생각했었고 또다시 비유 어라하 같은 군주를 모실 수 없을 거라 생각했는데, 그 두 분을 합하여 놓은 것 같은 곤지를 보필할 수 있게 되어 영광이 아닐 수 없었다.

태사평은 감격에 겨웠고, 양손을 모아 굳게 다짐을 했다.

"소신 태사평, 무슨 일이 있어도 명을 받들어 지키겠사옵니다."

감격은 태사평만이 느끼는 것은 아니었으니 순간, 옆에 무릎을 꿇고 있던 여금여수가 넙죽 등을 굽히고 흙바닥에 몸을 대어 절을 하였다. 여금여수는 곤지의 모습에 그리고 태사평의 모습에 눈물을 보였다. 곤지는 그 모습에 놀라 물었다.

"왜… 왜 우십니까?"

갑자기 소리내어 엉엉 우는 금여수가 눈물과 콧물이 범벅이 되어 곤지에게 말하기를

"내게 아버지와 어머니가 여태껏 있었다면 두 분과 같았을 것이라 생각이 되옵니다. 태어나 지금껏 이렇게 아낌을 받는 모습을 가까이서 바라본 적이 없었습니다. 너무도 큰 울림을 받아서 이리 울지 않을 수 없었습니다. 죽을죄를 지었습니다. 흑흑."

"아… 아니, 괜찮습니다. 일어나세요. 하하."

곤지는 덩달아 울보인 금여수마저 일으켜 세웠다.

곤지의 힘은 가히 놀라웠다. 사람의 마음을 움직이는 것이 이리도 강력한 것임을 백제만 알고 가지고 있다는 것에 그저 하늘도 감탄할 따름이었다.

곤지는 자신의 계획을 태사평과 금여수에게 전하였다. 한동안 흙바닥에 둘러 앉아 모래에 무언갈 그렸다 지웠다를 반복하다가 한참 만에 자리를 털고 일어난 곤지와 태사평, 그리고 금여수는 서로 손을 꼭 맞잡았다. 그리고 말에 올라탔다.

"제 생각이 맞다고 생각하십니까?"

곤지가 물었다. 그러자 태사평은 주먹을 불끈 쥐어 맞잡고 고개를 숙였으며 금여수 역시 그러하였다.

"그럼, 그곳에서 꼭 만납시다!"

곤지가 씨익 웃으며 말머리를 돌리고는 힘차게 반대편 위로 제묘자 이십과 백제와 오이타 병사들을 섞어 삼백을 거느리고 날듯 달려나갔다.

그와 동시에 나머지 사백의 군사와 제묘자 삼십은 서로 배에 나뉘어 탔고, 태사평과 금여수가 빠르게 출항하기 시작하였다.

좁은 바다라 해도 그 물살이 한곳으로 흐르고 있으니, 어느 곳에서 배를 띄워도 야마토국으로 잘 흘러 들어갔다.

같이 나아가지는 않았지만 같은 곳에 목적지를 두고 있으니 넓고 깊은 바다라 해도 그들의 의지를 꺾어 돌려보낼 수는 없었다.

"도착하면, 시작이다!"

"당도하면 마땅히 그리되리라!"

같은 바다 위, 서로 다른 위치, 서로 다른 시각. 허나, 목표와 목적은 하나.

길게 뻗은 수평선과 넘실대는 잔잔한 파도 위에서 세 사람은 각기 저 앞쪽 야마토국을 보며 외쳤다.

462년, 개로 7년.
세 곳으로 나뉘어 도착한 난파진 일대는 큐슈에 비하면 그야말로 광활했고 웅장했다. 허나 백제와 그 모습이 얼추 비슷했었으니 숨 한 번 들이마시고 잡다한 생각은 지워 버리기로 했다.
배에서 나눈 대화가 머릿속을 맴돌았다.
"혈수왕을 만나야 하는데, 들어가는 길목에서 그들이 쉽게 길을 내어 줄지가 의문입니다. 우리가 백제에 다시 들어간 사이 오이타 공략에 번번이 실패하고 돌아간 그들이 우리의 소식을 알고 있을 텐데 말입니다."
곤지가 바다와 배가 꿀렁이는 와중에도 중심을 잃지 않으며 꼿꼿이 서 물었다.
"세 부족의 세력이 만만치 않게 커지고 있는 것 같습니다. 혈수왕이 모르는 공격을 저들 스스로 감행하여 큐슈로 드나드니 무언가 잘못되고 있지 않나 싶습니다. 혈수왕이 지시를 했다면 우리의 사정을 듣고도 계속 침공을 할 수는 없는 법입니다."
태사평의 수염은 어느새 더 희고 길어졌다. 구름도 그보다 희지 못할 것이었다.
"과연 그럴 것으로 저도 생각합니다. 일단은 계획대로 나누어 감행하고 서로 소식을 최대한 빠르게 주고받아 상황을 파악하는 것이 좋겠습니다."
곤지의 말에 금여수가 고개를 숙였으며 저 뒤에 궁솔은 뱃멀미에 한참을 속을 게워 내고 있었다.

과연 짐작한 대로 어수선했다.

고구려에 맞서 어찌 될지 모르는 싸움의 끝을 보려면 지원군이 필요했다. 그러기에 혈수왕을 만나 그 지원을 부탁해야 했는데, 참으로 어수선했다.

"이럇! 쉬지 않고 그대로 죽을힘을 다해 달려라! 이럇!"

태사평은 제묘자 열 명과 함께 미친 듯이 말을 달리기 시작했다. 가슴까지 내려오는 긴 수염이 맞바람에 휘날려 마치 백제의 흰 매가 깃털을 휘날리며 돌진하는 것과 같아 보였다.

백제의 가장 좋은 말이었고, 백제의 가장 뛰어난 장수였으며, 백제의 가장 훌륭한 병사들이 달리고 또 달렸다. 어찌나 빨랐던지, 네 번의 말발굽이 구름처럼 지나갔음에도 잎사귀에 붙어 있던 풀벌레 하나 움직이지 않을 만큼, 그 속도는 흔들림조차 느껴지지 않을 정도로 순식간이었다.

"뭐! 뭐냐?"

놀라 후퇴하던 오오토모의 장군 다이와쇼우는 정신을 차리지 못했다.

"흥! 고작 이것밖에 되질 않느냐!"

여금여수는 긴 창을 두 개나 양손에 꼬나 쥐고 미친 듯이 돌려 가며 오오토모족의 작은 돌성들을 공략해 가기 시작했다.

영문도 모르던 그들은 그저 어딘가에서 내린 적들이 자신들을 해치려 한다고만 생각하였다. 배에서 내려 며칠간 동태를 살피던 여금여수는 자신들의 신분을 밝히지 않은 채, 그들의 경계에 맞섰고 그들은 자신의 영토를 제 멋대로 침범한 여금여수를 혼내려 속속들이 모여 공격을 했지만 여금여수와 제묘자의 용맹함을 당해 낼 수가 없었다. 더군다나 오이타 병사들 중에는 이미 오오토모족들의 지형에 익숙한 자가 꽤나 있었기에 그들의 얄팍한 계략이 전혀 통하지 않았다.

여금여수는 바다를 등지고 곧장 육지로 들어갔고, 그들은 바다 옆 평평한 이즈미에서부터 점점 동남쪽 산으로 몰리기 시작했다.

산이 사방을 둘러싸여 더 이상 산을 타지 않고는 도망갈 수 없게 된 다이와쇼우와 그의 군사들은 단단한 돌성에서 계속해서 버티고 나오질 못했다.

"저자들은 누구냐? 얼른 석무치 장군께 알려 도움을 요청하도록 해라! 어서!"

명을 받은 부하 장수 한 명이 밤사이 몰래 뒷문으로 빠져나와 뛰고 걷기를 수일, 산을 타고 석무치가 있는 모노노베족에게 달려갔다.

구토를 수십 번이나 할 정도로 탈진한 몸으로 겨우 위로 올라간 사신은 가시와라산(가시와라시) 위에서 바다 쪽에 위치한 사카이 방면을 보고는 그만 절망에 빠져 혼이 나간 채 주저앉고 말았다.

피어오르는 연기가 한두 개가 아니었다. 붉은 노을이 아주 빨갛게 마을과 촌 전체를 불에 태우는 것과 같아 보였다. 아래에는 바다를 등지고 곧장 뻥 뚫린 길을 향해 긴 검을 휘두르며 돌진을 하는 곤지가 있었다.

모노노베의 장수 모노노카타마치는 굳은 표정으로 얼른 말을 달려 퇴각해 히라노까지 들어갔다.

"장군! 장군님!"

숨을 헐떡이며 뛰어온 모노노카타마치가 헐레벌떡 달려나온 석무치를 보고는 다리에 힘이 풀렸는지 울상이 된 얼굴로 풀썩 주저앉았다.

"장군! 백제에서… 백제에서 공격이 들어왔습니다. 장군님의 나라인데 왜… 왜 저희들을 공격하는 것이옵니까?"

석무치는 그의 말에 깜짝 놀라며 뒷걸음질을 쳤다.

"무… 무엇이라고? 백제에서?"

"예, 그렇습니다. 갑자기 공격을 하니 영문도 알 수 없고 백제에서 왔기에 아무런 방비도 하지 않고 있었는데… 이것이 무슨 일이옵니까? 그들이 바로 강 아래 마쓰바라까지 들어왔습니다."

모노노카타마치는 억울한 표정을 지어 보였다.

"여기… 여기를 그들이 아느냐?"

"어디 말씀입니까? 이곳 히라노 성 말씀이십니까?"

"그, 그래! 이곳 말이다!"

"아직은 모를 것이온데… 그래도 강을 건넜으니 바로 위쪽으로 들어오는 데 그리 오래 걸리지 않을 것 같습니다."

석무치는 무척이나 당혹스러웠다. 백제에서 군사를 데리고 왔다니, 꿈에도 몰랐다. 자신이 이끄는 부족 세력들은 자신이 신라인인 것을 전혀 알지 못했다. 그는 백제의 말을 썼으며 백제의 사람이라 그들에게 알리고 더군다나 혈수왕에게 직접 부족들을 지휘할 권한을 받았던 것이었다.

엄밀히 말하면 석무치는 그녀의 오라버니에게로부터 하사받은 모노노 베족들을 다스렸던 것이다. 석무치는 겁이 덜컥 나 발을 동동 굴렸다.

"우리에게 군사가 몇이나 있느냐?"

"한 일천쯤은 됩니다."

"그럼 이곳에서 공격을 막도록 하고, 이백은 따로 모아 삼강을 맞대고 있는 가시와라와 후지이데라로 주둔시켜 옆과 뒤에서 그들을 공격하게 해야겠구나. 얼른 그리하도록 하여라!"

석무치는 현재로서는 그것이 가장 좋은 방법이라 생각했다. 그러자 모노노카타마치가 그러겠다고 하였다. 그러나 한 가지 의문이 생긴 모노노카타마치가 석무치에게 재차 물었다.

"그런데 장군님의 군사들이 왜 이렇게까지 하는 것이옵니까?"

석무치는 모노노카타마치를 노려보았다. 사실을 말할 수는 없었다. 사실은 자신이 오라비와 함께 신라에서부터 들어오게 되었다는 것을 알게 된다면 그들을 속였던 자신들을 가만두지 않을 것이었다.

두려움에 휩싸였지만 석무치는 지금 당장을 모면해야 했다. 지금만 모면하면 바로 다음 행동을 어떻게든 취할 생각이었다. 우물쭈물하던 석무치가 억울하게 자신을 바라보던 모노노카타마치에게 마지못해 거짓으로 답을 하였다.

"아마도… 아마도! 백제에서 반란을 일으킨 자가 이리로 도망 오며 우리를 집어삼키려는것 같다. 너는 두말말고 얼른 군사를 재정비하고 내 명에 따르거라! 나는 혈수왕에게 가서 이 사실을 알리고 군사를 지원받아 오겠다."

석무치의 말을 철썩같이 믿어 버린 모노노카타마치는 고개를 숙이며 군사들을 나누어 가시와라와 후지이데라로 주둔시키고 히라노의 군사들까지 각기 그곳으로 배치시켰다.

'이대로 있으면 저 백제놈들에게 들통이 나겠구나. 얼른 오라비가 있는 곳으로 들어가야 함이 맞을 것이다.'

석무치는 자신의 가신들을 데리고 모노노카타마치가 재정비를 하러 되돌아간 사이 이소노가미로 들어가려 하였다.

하지만, 이소노가미에 있던 혈수왕은 그 아래로 내려와 가시하라 성에서 태사평을 맞이하였으니, 이소노가미 궁 안에는 지진원과 석무치의 오라비이자, 끔찍한 술수를 써 야마토국을 혼란에 빠뜨린 주범인 섭정무치가 있었다.

다행히 무사히 도착한 태사평이 가시하라에서 자신을 알던 이들에게 환영을 받았고, 직접 사신을 보내 혈수왕에게 자신이 백제에서 돌아왔음을 전하였으니 혈수왕은 그 반가움에 군사를 이끌고 친히 태사평을 반겼다. 다만, 태사평을 만나는 날부터 그에게 실수가 있었음을 혈수왕은 까맣게 모르고 있었다.

"오랜만이오! 이것이 얼마 만이오? 여신 님께서는 어찌 잘 계시는지 모르겠소. 전지 어라하께서 하늘로 올라가셨다는 소식은 참으로 안타까운 일이었으나 비유 어라하께서 그 너그러움으로 백제를 잘 돌보고 계심을 참으로 다행으로 여기고 있소."

혈수왕이 서글픈 눈으로 얼른 다가서 태사평의 손을 맞잡으니 그 그리움이 온 궁 안에 퍼졌다. 태사평은 혈수왕에게 인사를 하며 깨끗한 옷으로 갈아입고 그가 이끄는 대로 혈수왕의 처소로 들어섰다.

태사평은 혈수왕의 반김에 화답을 하였지만 그리 기쁘지만은 않은 소식이었다.

"참으로 오랜만에 만나뵙습니다."

태사평이 혈수왕의 맞은편에 앉아 말하였다. 혈수왕은 기쁨을 감추지 못하고 신하들을 불러 거한 연회를 베풀고자 명하였다. 그러나 태사평이 그것을 만류했으며 의아하게 여긴 혈수왕에게 급히 자신의 말을 전하였으니 그야말로 벼락같은 말이 아닐 수 없었다.

"이렇게 옛 형제의 나라를 다시 찾아오니 반갑기가 그지없습니다만 안타깝게도 좋지 않은 소식이 있기에 이리 찾아뵈러 왔습니다."

"그것이 무엇이오? 좋지 않은 소식이라니?"

태사평은 혈수의 물음에 잠시의 틈도 들이지 않고 바로 말을 전했다.

"여신 님께서는 마지막으로 백제로 건너오실 때, 불의의 사고로 돌아가셨습니다. 백 세까지 장수하시리라 기원했던 우리의 염원이 어쩐 일인지 재가 되어 버렸습니다. 또한, 비유 어라하께서도 얼마 지나지 않아 전지 어라하님과 여신 님을 따라 붕어하셨으니 지금 백제는 여경 어라하께서 모든 것을 이끌고 계십니다. 그리고 상좌평 문주 어르신께서 그 곁을 지키고 있지요."

"무엇이라고? 여신 님과 비유 어라하께서…."

놀라고 당혹스러운 기색을 멈출 수 없었던 혈수왕이 큰 충격을 받았는지 온몸을 부르르 떨었다. 힘이 빠지는 듯하여 한 번 휘청거렸으니 태사평이 보기에도 그 모습이 좋지 않아 보였다. 태사평은 다 비워진 혈수왕의 찻잔을 힐끔 보더니 자신의 찻잔을 혈수에게 쓱 들이밀었다.

찻잔을 받아 든 혈수왕의 손이 벌벌 떨렸다. 태사평은 충분히 그 심정을 이해한다는 듯 눈을 지그시 감고 고개를 살짝 끄덕였다.

"앞뒷말이 없이 중요한 사실만을 말하고자 합니다."

태사평은 적막이 흐르는 혈수왕의 처소의 공기를 바꾸는 말을 이어 나갔다.

"현재 백제의 모습이 여느 때와 다르기에 이리 왔습니다. 위로는 고구려 군이 위협을 가하기에 우리 백제는 신라와 어쩔 수 없이 화친을 맺었지만 수십 년간 숙적이었던 신라를 어찌 믿을 수 있겠습니까? 또한, 안으로는 썩어 문드러진 이리 같은 놈들이 작당을 하고 어라하의 권위에 도전을 하고 있으니 마땅히 한 번에 물리쳐 그 기강을 바로잡으려 합니다. 따라서,

일전에 비유 어라하의 명을 받들어 친히 셋째 곤지 저하를 선두로 이곳 왜로 향하였으나 피치 못한 사정으로 서쪽의 부족들과 담판을 짓느라 한 번에 이곳으로 건너오지 못했습니다."

"서쪽의 부족들이라면…."

"그렇습니다. 오이타족들의 횡포에 잠시 길이 막혔습니다. 허나 덕이 높으신 곤지 태자 저하께서 그들을 일깨워 주시고 이롭게 다스렸으니 그들은 모두 백제의 사람들을 믿고 협력하게 되었습니다. 그런데, 오이타에서 듣기로 이곳 야마토국에서 자주 오이타족들을 공격하고 침략해 그들의 배가 모두 부서져 우리가 건너올 수 없었던 것입니다. 그 사실을 알고 있으셨습니까?"

태사평의 덤덤한 말에 혈수왕은 얼굴에 주름을 만들더니 고개를 좌우로 살짝씩 돌리며 깊이 생각을 하였다. 이상하다는 표정의 혈수왕은 한참을 생각하다가 고개를 쑥 위로 올리며 동그란 눈으로 고개를 저었다.

"아니, 전혀 모르고 있었소. 주변의 부족들이 그런 일을 했다는 것은 제대로 된 규합과 군법을 전달하지 못한 내 책임이 있는 것 같구려. 어찌 그런 일이…."

"그렇습니까…. 그것 참, 어지러운 일입니다. 하지만, 다행스럽게도 현재 좌현장군 곤지 저하께서 친히 다시 여경 어라하의 명을 받들어 오이타를 통하여 이곳까지 왔으니 혈수왕께서는 곤지 저하님을 직접 마중하여 반기시는 것이 어떨까 싶습니다."

혈수왕은 태사평의 말에 고개를 끄덕였다.

"그렇지, 그렇소. 백제의 태자가 왔는데 어찌 반기지 않을 수 있단 말이오. 그런데 곤지… 태자는 어떤 분이오? 유감스럽게도 여경 어라하와 문주

님의 소식은 들어서 알고 있소이다만….”

"곤지 저하는 비유 어라하의 말자 태자이십니다. 비유 어라하께서 그리 삼으셨으며, 그 연유는 아주 크지요."

"크다는 것이… 무슨….”

태사평은 숨을 크게 들이마시며 하얀 수염을 가지런히 쓸며 눈을 감았다. 오래전의 기억이 주마등처럼 스쳐 지나가는 듯하였다. 숨죽이며 태사평을 빤히 쳐다보는 혈수왕의 목에 마른 침이 꿀꺽 넘어가는 소리가 천둥처럼 들려왔다.

태사평이 감은 눈을 다시 떴을 때, 시원한 바람이 창을 밀고 들어왔다. 날이 바뀌고 계절이 바뀌는 것도 모르고 달리고 달려왔다. 빨간 나뭇잎 하나가 바람에 날려 혈수왕과 태사평 사이에 놓인 탁자에 살며시 앉았.

혈수왕이 그것을 집어 치우려 했다. 그런데 태사평이 먼저 그 잎을 가만히 가로채 집으며 말했다.

"여신 님이 좋아하시던 색의 잎이군요."

"아, 그렇소."

태사평이 혈수왕을 바로 바라보며 살짝 미소를 지었다. 노장군의 미소는 위엄이 서려 있었다.

"여신 님의 아드님. 그분이 바로 곤지 저하이십니다."

"아이고!"

혈수왕은 그 자리에서 탁자를 치며 탄식을 하였다. 혈수왕은 눈을 질끈 감았다.

"이 잎이 저희 사이에 가만히 들어온 것이 마치 여신 님께서 아드님의 소식을 저와 같이 전하러 오신 모양이십니다."

"모든 것이 나의 불찰이오. 왜를 아껴 주었던 백제의 장군님들을 맞이하지 못한 것이 한이 될 지경이오."

혈수왕은 태사평에게 물어 곤지의 위치를 물었고, 바로 군사를 준비시켜 직접 곤지를 맞이할 준비를 하였다.

혈수왕이 태사평과 곤지를 맞이할 준비를 할 때, 이소노가미에서는 혈수왕의 아들인 박뢰가 머리를 싸매며 화가 단단히 나 있었으니, 그는 듣지 말아야 할 것을 들었다.

불같은 성격을 지닌 박뢰는 그 무예는 출중하였으나 쉽게 남의 말을 잘 믿었으니 그의 곁에는 갖은 아부를 떨어 재물과 관직을 받아 내려는 자들로 득실거렸다.

나이가 많은 혈수왕의 시대도 곧 끝날 거라 생각한 간신들이 박뢰를 다음 왕으로 앉히려는 심산이었으나 생각보다 혈수왕이 정정했던 것이 문제였다. 늦은 나이에 혈수왕의 부인인 지진원이 아이를 가졌다는 소식을 박뢰의 가장 측근인 후지이사토자에게서 들은 것이다.

"왕자님, 이렇게 되면 후계자 자리를 놓치실 수도 있사옵니다."

"그게 무슨 소리냐? 내가 장자이거늘!"

날카로운 눈으로 후지이사토자를 쏘아본 박뢰는 어이가 없다는 듯 코웃음을 쳤다.

"제 목이 달아날 것을 각오하고 드리는 말씀이옵니다만… 이 말씀은 꼭 드려야겠습니다. 왕자님께서 혈수왕님의 첫째 왕비이신 다카다노히메코님의 아드님이라고는 하시나, 둘째 왕비 이케다(지진원) 왕비님께서는 백제의 선대 어라하인 전지 어라하의 누이입니다. 더군다나 동시에 이복동생인 여신 님의 누이이기도 합니다. 끔찍히 백제를 생각하는 혈수왕께서 만일 지진원 님께서 아이를 가졌다는 것을 알면 그 순서가 뒤바뀔 수도 있을 것입니다. 아시지 않습니까… 혈수왕께서 얼마나 그분들을 좋아하셨는지….”

"아무리 그래도… 내가 장자인데….”

후지이사토자는 가늘게 눈을 뜨며 한숨을 쉬고는 고개를 가로저었다.

"지금 백제의 선생이라는 자를 대하는 것만 봐도 알 수 있지 않습니까. 지금 저 궁에서 온갖 권력을 쥘 수 있도록 허락한 것이 혈수왕이십니다. 순서가 바뀌는 것엔 도리와 명분이 있는 것입니다. 그 도리와 명분은 백제 어라하의 핏줄이라는 것만으로 차고 넘칠 것이옵니다.”

박뢰는 그 말에 크게 노하였다. 큼지막한 돌멩이 같은 주먹을 탁자 위로 내리쳤고 탁자는 순식간에 모래성같이 무너져 빠개 바닥으로 나뒹굴었다.

"그 여정무치라는 자 말인가? 그자가 백제의 여씨 집안 사람이라 했던가? 여씨 집안이면 왕가가 아닌가? 백제의 왕가 사람을 내가 어찌할 수 있단 말인가?”

박뢰가 발끈하는 모습을 본 후지이사토자는 옳다구나 몰래 미소를 지으며 박뢰를 꾀기 시작했고 박뢰는 점점 그의 말에 빠져들어 앞을 잘 내다볼 수 없었다. 그러나 기분과 생각만으로는 후지이사토자의 말이 꽤 내키지 않았다. 그리하여 박뢰는 혈수왕이 태사평을 만나러 떠난 날 이후부터 지진원과 백제에서 온 여정무치를 철저히 감시하기 시작하였다.

연못에 비단잉어가 한가로이 여유를 부리며 몸을 살랑살랑 움직이고 있을 때, 지는 잎 하나가 지진원의 어깨를 타고 흘러 연못으로 빠졌다.

"색깔이 참으로 곱구나… 어릴 때 궁에서 보았던 그 잎과 똑같아.”

지진원이 속삭이듯 중얼거리자 곁에 있던 시녀가 무릎을 굽히고 팔을 뻗어 그 잎을 건져 내려 하였다. 그러나 팔이 닿지 않았다.

불어오는 바람에 둥둥 떠 반대편으로 조금씩 떠내려가는 잎을 야속한 듯 바라보는 지진원에게 시녀가 걷어붙인 팔을 어쩌할 줄 모른 채, 조심스레 말하였다.

"왕비님께서 처음 오셨을 때, 심었던 그 나무이옵니다. 팔이 닿지 않아 저것을 건져 낼 수 없으니 새로 하나 좋은 것을 골라 따 드릴까요?"

그러자 지진원이 살짝 주름이 진 이마를 곧게 펴며 슬픈 미소를 지어 보였다.

"아닙니다. 저 물고기들도 예쁜 잎을 보게 놔두세요. 고향의 잎이 아름답다는 것을 알아야지요."

지진원은 가만히 쪼그리고 앉아 턱을 괴고 물끄러미 한참을 연못을 바라보다가 몸이 불편한지 허리를 잡고 일어섰다. 시녀가 부축을 하려 같이 일어나려는 순간, 누군가가 반대편에서 소매를 걷고 긴 팔을 내밀어 조금씩 멀어져 가는 노랗고 붉은 잎을 연못에서 건져 올렸다.

여정무치가 젖은 잎을 탈탈 털며 미소를 지으며 지진원에게 다가가 그 잎을 건넸다.

"예쁜 것은 손에 쥐고 보아야 더 아름다운 법입니다, 하하."

가느다란 입술이 씰룩이며 움직이는 것이 참으로 남자답지 못해 보였으나, 백제 어라하의 궁 안 사람이라는 것에 지진원은 어쩔 수 없었다. 지진원은 그저 감사의 인사를 하며 그 잎을 받아 쥐었다. 그것은 지진원이 받아들고 싶어 받아 든 것이 아니었다. 여정무치가 강제로 그 잎을 지진원의 손에 쥐여 준 것이다.

싫은 내색을 할 수도 있었지만, 얼마 만에 만난 조카의 행동을 어찌 저지

할 수 있었겠는가.

"이리 손을 함부로… 잡으시면 안 됩니다."

지진원이 살짝 손을 뒤로 빼며 불룩히 튀어나온 배를 다른 한 손으로 받쳐 감쌌다.

"이 조카가 무례하게 굴었다면 죄송합니다. 하지만 좋은 것을 보아야 아이도 산모도 모두 건강한 법입니다. 부디 용서해 주시옵소서."

늦게 가진 아이가 행여나 잘못될까 봐 지진원은 평상시에도 행동과 마음을 항상 조심하였다. 많은 시녀들을 대동하여 번잡하고 정신이 산만해질 것을 우려해 가장 가까운 시녀 한 명만을 대동하여 다녔던 지진원은 안타깝게도 아직 아이를 가진 것을 혈수왕에게 알리지 못하였다.

지진원의 배가 어느 순간 조금씩 차오르기 시작할 때, 혈수왕은 고가히메를 만나 태사평을 반기려 가시하라 궁으로 떠났다. 곧 돌아올 날에 지진원은 아이를 가진 모습을 보여 주고 싶어 하였다.

지진원은 묵직한 배를 가리고 여정무치에게 인사를 하며 뒤돌아 자리를 떴다. 늦은 나이라고는 하지만 지진비는 무척이나 아름다웠다. 백옥 같은 피부에 차분한 말투 그리고 무엇보다 백제 왕실의 여인이라는 것이 매혹적으로 다가왔다.

여정무치는 가만히 뒷짐을 지고 사라져 가는 지진원을 물끄러미 바라보았으며 기분 나쁜 미소를 지어 보였다.

'저 여인의 곁에 오래 머물다 보면 자연스레 내가 취할 수 있지 않을까….'

여정무치는 자신의 침소에 들이는 다른 여인들에게는 성이 차지 않았다. 왜국의 여인보다는 그 예전 먼 발치에서나 바라보던 화려하고 고운 백제의 왕실 여인들이 자꾸만 눈앞에 어른거렸으니 말이다.

　유난히도 화려한 장신구와 특별한 화장법이 없어도 빛이 났던 백제 한성 궁의 여인들은 그때는 그저 동경의 대상이었다. 그 여인들과 함부로 접촉을 하지 못한 것이 더욱 갈망하게 만들었는데 이곳에서 백제의 어른 신분으로, 그것도 지진원의 조카라는 신분으로 왕가의 여자를 가까이서 보고 만지고 이야기를 나눌 수 있다는 것이 참으로 기쁘지 않을 수 없었다.

　그것은 당연한 이치였다. 여정무치는 사실 지진원의 조카도 아니었으며 왕가의 사람도 아니었다. 그저 백제의 사정을 잘 알 뿐 한성에서 도망쳐 온 섭정무치. 신라의 약쟁이일 뿐이었다. 신라의 첩자로 고구려로 건너가 신임을 얻어 백제로 들어갔고 그곳에서 신임을 얻은 후 비유를 독살한 결정적인 인물. 그 섭정무치가 신라로부터 배를 타고 건너와 이곳 혈수왕이 있는 곳까지 들어와 있는 것이다.

　눌지가 배를 태워 신라에서 왜로 보낸 것은 잠시 자신을 막아 주리라, 뒤숭숭한 소식이 잠시 잠잠해질 때까지 기다리게 하려는 것이라 생각했던 섭정무치는 그 악랄하고 간사한 마음이 왜국에서 지내며 다시 발동이 걸린 것이었다.

　처음 도착한 야마토국에서 오오토모족들을 만났을 때, 그들은 신라에 대한 적개심을 가지고 있었다. 그리하여 잔꾀가 많은 섭정무치가 가만히 보니 주변의 모든 이들 중 백제인들이 가장 많다는 것을 알아차렸다. 그는 자신의 꾀를 살려 거짓으로 백제인이라 자칭했고, 그 말을 믿은 오오토모족들이 넉넉하고 후하게 대해 주자 욕심이 생겼다. 결국 한성궁에서 보고 들은 것을 바탕으로 자신을 여신의 서자라며 거짓말을 하였으니, 그들은 완벽히 속아 넘어갔으며, 그는 유유히 혈수왕과 지진원을 만날 수 있었다.

그들에게 속셈이 들키지나 않을까 걱정했지만 혈수왕은 물론이고 지진원도 여신의 서자라는 사실에 깜빡 속아 넘어갔으니, 남은 것은 실제로 백제의 왕가에서 왜로 넘어오고자 하는 것만은 막는 것뿐이었다. 자신의 정체가 들통 나면 섭정무치는 화를 면치 못할 것이고 누리고 있던 권력과 재화가 사라질 것은 불 보듯 뻔했으며, 다시 죽기 살기로 도망쳐야 할 것이었다. 여차하면 신라로 다시 넘어가야 했다.

허나, 섭정무치가 간과한 것이 있었으니 그것은 비유의 여동생 고가히메였다. 고가히메는 곤지를 본 적이 있었다. 청령비가 곤지를 출산한 날, 청령비를 영암으로 내려보내는 길을 터 주며 한 번, 군산포에서 왜로 떠날 때 마지막 인사를 나누며 두 번 곤지를 보았다.

섭정무치가 고가히메를 만나지 않은 것은 섭정무치에게는 행운이지 않을 수 없었다. 가시하라 궁에서 헤구리족과 가즈라기의 반란을 정리하고 그 방비를 단단히 하느라 여념이 없었던 탓에 혈수왕이 있는 이소노가미 궁으로 찾아갈 수가 없었던 것이었다.

방에서 조용히 앉아 산새 소리를 듣고 있던 지진원이 시녀에게 가만히 물었다.

"저 사람이 여신 님의 서자라는 것이 왠지 마음 한켠이 이상하게 답답합니다. 혈수왕께서 오시는 대로 다시 사신을 보내 알아봐야겠습니다."

맑은 날이 계속될 줄만 알았는데 날이 저물자 태산만 한 먹구름이 하늘을 점차 덮어 자줏빛의 노을을 볼 수가 없었다.

말을 타고 달린 석무치가 이소노가미 궁에 도착한 것은 아주 늦은 밤이 되어서였다.

급히 섭정무치를 만나기를 청한 석무치는 헐레벌떡 숨도 고르지 못한 채로 섭정무치에게 곤지가 쳐들어왔음을 알렸으니 섭정무치는 백제의 태자가 왔다는 소식에 놀랐고, 왜 그들을 막지 못했는지 꾸짖었다.

"그들이 이곳으로 들어오면 절대 안 된다! 무조건 막아야 한다!"

"오라버니…! 어찌 합니까? 너무도 그 힘이 세고 빠르기에 당해 낼 수가 없습니다."

섭정무치는 안절부절못하고 이리저리 방을 빙글빙글 돌다가 결심한 듯 석무치에게 일렀다.

"직접 군사를 끌고 내가 가서 친히 막아 내야겠다. 혈수왕이 없으니 내가 직접 움직여야겠구나. 내일 따로 병사를 보내 네 부족의 반란을 근거로 진압을 하러 나간다고 알릴 것이다. 너는 얼른 날이 환히 밝기 전 푸른빛이 밝아 오면 나와 함께 이곳의 군사들을 이끌고 삼강을 맞대고 있는 가시와라와 후지이데라로 당장 달려 나가자!"

"박뢰왕이 있는데 군사를 내어 주겠습니까?"

석무치는 걱정스러운 표정으로 물었다. 그러나 선택의 여지는 없었다.

"그들이 들어오면 우리는 다 죽는다! 나는 박뢰에게 스승이나 다름이 없으니 혈수왕을 제외하고는 누구도 쉽게 그 죄를 묻지 못할 것이다. 사신을 보내고 후에 혈수왕과 이야기를 나누면 되니 걱정 말거라. 또한 지진원비께서 역시 우리의 사람이니 내 먼저 지금 찾아뵙고 허락을 받아야겠구나."

섭정무치의 걸음이 빨라졌고 야심한 밤, 급히 소리 나지 않게 뛰어 그는 지진원의 처소로 향했다.

아까 오후부터 그런 섭정무치의 행적을 몰래 뒤에서 살피는 자가 있었으니 박뢰의 가신 후지이사토자였다. 박뢰를 거세게 압박하여 그를 왕으로 앉혀 자신이 그 아랫자리를 차지할 속셈이었던 후지이사토자는 뜻밖의 광경을 몰래 확인하여 보고는 옳다구나 무릎을 쳤다.

"저 백제 왕가의 여정무치라는 자가 지진원비와 정분을 나누지 않고서야 어찌 밤낮으로 서로 얼굴을 맞댈 수 있으랴, 흐흐흐."

후지이사토자는 잠이 든 박뢰가 깨길 기다렸다가 다음 날, 쏟아지는 비에 아침을 맞이한 박뢰에게 얼른 달려가 섭정무치와 지진원이 이상하다는 것을 알렸다.

"틀림없이 혈수왕이 안 계신 사이 둘 사이에 미묘한 정분이 흐르고 있는 것이 분명합니다. 아마 막 들어선 저 배 속의 아이도 분명 혈수왕님의 자식이 아닐 것이옵니다."

"뭐라! 그것이 사실이냐?"

"예, 제 두 눈으로 똑똑히 보았습니다. 날이 좋은 날에는 연못에서 손을 맞잡았으며, 구름이 낀 야심한 밤에는 그자가 지진원의 처소로 들어갔습니다. 이 어찌 보고도 못 본 척을 할 수 있겠사옵니까? 가만히 계시다가는 혈수왕께서도 아무것도 모르고 저 배 속의 아이의 소식을 듣고 행여나 다음의 왕으로 명하시지 않을까 걱정이 되옵니다."

박뢰는 후지이사토자의 말에 화가 머리끝까지 났다. 그는 몸을 부들부들 떨었고, 이제는 완전히 후지이사토자의 말에 동화되었다.

"백제의 손이 왕이 될지도 모르는 판국에 그것도 아닌 부정한 짓으로 우리 야마토국을 농락하다니! 아비를 위해서라도 내 바로잡아야겠다!"

박뢰가 자리에서 일어나자 쏟아지는 비 사이로 번쩍이며 아침부터 천둥이 치기 시작했다. 날이 심히 흐려 그것이 정말 아침인지 밤인지 구분을 할 수 없었으니 지금 돌아가는 형국과 마치 똑같아 보였다.

"그… 그렇게 급한 일이시면… 처리를 하셔야지요. 제가 대왕께서 돌아오시면 말씀을 드릴 터이니 이런 야심한 밤에는 갑자기 찾아오지 않으셨으면 좋겠습니다."

지진원은 당황스러워하며 얼른 시녀를 시켜 섭정무치를 나가게 하였으니, 섭정무치와 석무치는 푸른빛이라곤 찾아볼 수도 없는 시각에 성안의 군사들을 몰래 소집하여 성문을 박차고 가시와라로 달렸다. 그리고 석무치에게는 후지이데라로 가도록 지시했다.

군사 일천이 쏟아지는 비를 맞으며 서쪽으로 달렸다.

"그런데 태사평 장군, 이곳에 먼저 여신 님의 서자가 와 있는데 곤지 저하가 아드님이라면… 두 분은 아시는 사이요?"

혈수왕은 쏟아지는 비를 바라보며 가시하라 성 안에 병사들을 집결시킨 후 번쩍이는 번개를 쳐다보다가 의아해 물었다. 그러자 태사평은 고개를 휙 돌리며 무서운 얼굴을 보였다.

"여신 님의 서자요?"

"그렇소, 한참 전에 여신 님의 서자라는 여정무치가 와 벌써 우리와 자리를 같이한 지가 꽤 시간이 되었소. 지진원도 알고 있는데 말이오."

태사평이 눈을 질끈 감으며 숨을 크게 들이마셨다. 그리고 허탈하다는 듯 고개를 푹 숙여 몇 번을 아래위로 저었다. 가슴이 답답해진 태사평은 무언가 잘못되고 있다는 것을 느꼈다.

"무슨 말입니까? 여지껏 여신 님 곁에 있던 내가 알지 못하는 서자는 없습니다. 단 한 분만이 그분의 아드님이십니다. 곤지 저하요! 곤지 저하! 도대체 무슨 일이 있었던 겁니까?"

"뭣이라…?"

혈수왕은 당혹스러운지 눈동자가 흔들렸고 이제부터 엄청난 대가를 치러야 한다는 듯 별안간 하늘에서 커다란 천둥소리가 연달아 치기 시작했다. 마치 하늘이 쪼개어지는 것 같은 무서운 울림의 소리였다.

"분명… 한성의 모든 것을 알고 있었소. 그 소식도 말이오…."

"백제의 사람입니까?"

태사평이 어리둥절해하는 혈수왕에게 급히 물었다.

"그렇소! 분명 그리 말했소."

"왜… 왜 사신을 보내거나 하여 알리지 않았습니까?"

"그렇지 않소… 두 차례나 보냈는데, 답이 없고 사신들의 소식도 생사도 알길이 없이 전부 사라져 무소식이 되어 버렸소."

태사평은 혈수왕과 눈을 마주치더니 얼굴을 일그러뜨렸다. 그리고 자신의 칼을 힘껏 움켜쥐고 급히 곤지에게로 움직일 것을 요청하였다. 그리고 한 가지 요청을 더 하였으니 그 말에 혈수왕은 고개를 끄덕이며 군더더기 없이 재빨리 준비를 하였다.

"고가히메님은 어디 계십니까?"

"아래 아스카촌에 있을 것이오. 빈번히 출몰하는 도적들을 토벌하고 있을 것이오."

"그분이 곤지 님을 알아볼 수 있을지는 모르겠지만… 그분의 도움이 필요합니다."

태사평이 말 위에 오르며 말하자 혈수왕도 뒤따라 말 위에 올랐다.

"혈수왕님과 제가 직접 곤지 님을 모시러 갈 테니, 고가히메께서 바로 이소노가미 성으로 올라가시어 무슨 일인지 알아볼 수 있도록 해 주십시오. 그 여신 님의 서자라는 자가 누구인지, 백제인인지 고가히메님께서 알아보실 수 있으실 겁니다."

"알겠소! 그러도록 하겠소."

혈수왕은 두 명의 기마병을 얼마 떨어지지 않은 남쪽 아스카 촌으로 보내어 고가히메에게 태사평의 말을 전하라 명하였다. 그리고 혈수왕은 태사평과 함께 성안의 군사의 대다수를 이끌고 직접 말을 달려 곤지를 마쓰바라에서 마중하기로 하였다.

그러나, 태사평과 혈수왕은 이천의 군사로도 어찌 된 영문인지 남북으로 둘러싸인 큰 산 중간, 작은 언덕을 넘을 수 없었으니, 아스카베(하비키노시) 전체에 불이 붙은 것을 언덕 위에서 볼 수가 있었다.

태사평과 혈수왕은 참혹한 광경에 말을 잇지 못하였다.

"이게 어찌 된 일입니까?"

태사평이 허탈한 모습을 하며 혈수왕에게 물었다. 비가 내리는데도 연기가 아직 꺼지지 않고 모락모락 피어오르고 있는 걸 보니, 이는 분명 오래되지 않은 일이라는 증거였다.

"앞이 막혔구려. 다른 산들은 높아 넘을 수가 없으니 조금 위쪽으로 방향을 틀어 올라 강을 따라 후지이데라로 들어가는 것이 어떻겠소?"

혈수왕은 다른 방법이 없다고 생각하여 태사평에게 의견을 내었고 태사평은 언덕에서 혈수왕이 말한 야마토강 쪽을 바라보았다. 비에 흠뻑 젖은 갑옷과 창은 흐르는 빗물에 계속하여 미끈거렸고, 손을 수차례 쓸어 얼굴을 닦아 내야 시야가 확보될 만큼 날이 좋지 않았다.

"누가 저곳에 불을 질렀는지 알 수가 없군요…. 이런 비에도 마을이 폐허가 된 것처럼 보이니 이는 필시 누군가 길을 끊어 놓은 것 같습니다. 오오토모든 모노베든 아니면 헤구리든… 누구도 될 수 있을 것 같군요."

태사평이 한숨을 쉬며 젖어 버린 흰 수염을 잡아 빗물을 거두어 냈다. 태사평의 말에 혈수왕은 안타까운 마음을 금치 못하였고 자신들이 지나온 곳과 앞으로 보이는 바다, 그리고 옆으로 야마토강을 빙 둘러 살폈다.

끝날 줄 모르는 비에 뒤처진 병사들의 모습이 말이 아니었다. 그들은 곤지를 맞이하러 가는 것이 아니라 마치 곤지에게 살려 달라 도망을 가는 꼴과 같아 보였다.

혈수왕은 말없이 한참을 북쪽과 남쪽의 산을 바라보다가 태사평에게 말했다.

"내가 마땅히 알아야 하거늘 어둠에 가려져 제멋대로 나뒹구는 무리들을 미처 살피지 못했으니 그 어리석음에 안타까움을 금치 못하겠소. 능히 이것들을 한 번에 정리해야 마땅하거늘 우선은 곤지 저하를 맞이하고 뒤이어 모든 것을 정리하도록 하겠소."

혈수왕이 복잡한 심경을 내비쳤다. 허나 태사평은 수없이 많은 이러한 광경을 보아 왔다. 어찌 여러 부족들이 제멋대로 서로를 공격했다 붙었다 하는 것을 혈수왕만의 탓으로 돌릴 수 있으랴. 그것은 자신의 고향땅 백제도 마찬가지가 아니던가.

백제, 고구려, 신라는 물론이거니와 북쪽으로는 변방의 오랑캐들과 북위, 남으로는 남송까지 모두가 같은 일을 겪어 왔고 지금도 겪고 있다. 어찌 왜라고 해서 다르지 않단 말인가. 태사평은 혈수왕에게 고개 숙여 그것은 그의 잘못이 아니라며 따뜻한 위로의 말을 건네었다.

그리고 태사평은 가만히 야마토강을 바라보다가 고심을 했고, 한참 만에야 혈수왕에게 제안을 하였다.

"이 날씨에 강을 따라 지나는 것은 위험한 일이지 않을까 싶습니다. 만에 하나, 누군가가 둑을 막아 놓았다가 터트리기라도 한다면 우리는 전부 휩쓸려 물고기 밥이나 될 것입니다. 행여 그런 일이 없다고 하여도 강을 끼고 가는 것은 언제 범람할지 모르기에 조심해야 할 것으로 생각되옵니다. 지금 병사들도 지쳐 있으니… 날이 갤 때까지, 잠시 가까운 성에 들어가 몸을 쉬는 것이 좋겠습니다. 곤지 저하를 모시러 가다가 오히려 짐을 더 안겨 드릴 수도 있는 상황입니다."

혈수왕은 태사평의 말에 동감하였고, 가장 가까운 목책성으로 발길을 돌려 조금 언덕을 내려갔다.

그때, 한 병사가 말을 타고 급히 혈수왕과 태사평의 군사들의 뒤에서부터 달려왔다. 그 병사는 온몸에 핏물을 한 바가지 뒤집어쓴 것처럼 흘리고 있었고, 내리는 비가 아무리 그 붉은 것을 닦아 내려 해도 어딘가에서 계속 흘러내렸다. 병사는 숨을 헐떡이며 말에서 급히 내려 혈수왕에게 보고를 하였다.

"대왕! 가츠라기군이 저희를 지나쳐 헤구리로 올라가고 있습니다. 산 아래를 전부 돌담으로 막아 놓았으니 왔던 길이 막혀 버렸습니다."

병사의 말에 혈수왕은 크게 놀라며 물었다.

"우리가 온 길 뒤가 막혔단 말이냐? 가츠라기군이 막았다고?"

"예…."

혈수왕은 이마를 감싸 쥐었다.

태사평은 이것이 무슨 상황인지 짐작이 가지 않았다. 분명 무언가 잘못되고 어지러운 것은 알겠는데 이것이 부족들 간의 싸움에 휘말려 있는 것인지, 아니면 누군가 자신들을 공격하러 급습을 하려는 것인지를 판단하기가 어려웠다.

마쓰바라에 진을 쳤던 곤지는 그곳에서 사로잡은 작은 장수들과 병사들에게 물었다.

"어째서 오이타를 공격을 했습니까? 백제의 장수가 군사를 이끌고 왔다고 하던데, 그자가 누군지 내가 직접 알아야겠습니다. 또한 우리를 반기지 않고 먼저 공격을 하는 것은 무슨 경우입니까? 우리는 백제에서 왔습니다."

곤지가 묻자 왜소한 체격의 작은 장수 하나가 서둘러 급히 반박을 하였다.

"백제에서 오신 것을 믿을 수 없었습니다. 우리와 같이한 백제의 장군님이 계십니다. 오래전 그분들을 놔두고 어찌 지금 이리 급히 들어온 자들에게서 이와 같은 사실을 들어야 한다는 말입니까?"

모노노베 장수는 눈을 부릅뜨며 곤지를 향해 소리를 쳤고 곤지는 그 말에 의구심을 품었다. 그가 분명 거짓말을 하는 것 같지는 않아 보였다. 그리하여 곤지는 그자의 이름을 물었다.

"그자의 이름이 무엇입니까?"

"여정무치라는 분입니다."

"여정무치?"

처음 들어 본 이름이었다. 곤지는 그자를 확인하고 싶었으니, 왜국의 사신과 자신의 병사 둘을 불러 명하였다.

"지금 당장 백제로 돌아가 상좌평께 이 사실을 알리고 정말 그런 자가 있었는지 확인을 해 주시오."

곤지의 명에 모노노베 병사 하나와 백제의 병사 둘이 서둘러 나갔다. 그들이 백제로 돌아가면 그 소식을 가지고 다시 돌아올 것이다. 그러면 진실을 알 수 있게 됨이 틀림없으리라 생각한 곤지였다.

백제의 상황이 좋지 않다는 것을 알고는 있지만 꼭 확인을 할 필요가 있었다. 만일 이 모노노베 장수의 말이 사실이 아니라면 그것은 이 왜국에도 분명 큰 혼란이 있다는 것이었고, 그렇다면 왜국에서부터 군사와 지원을 백제에게 보내기가 힘들 것이었다. 허나, 그들이 다시 돌아오기까지는 다시 한참의 시간을 기다려야 했으니 곤지는 판단을 내려야 했다.

곤지는 가시하라 성으로 들어가는 길목에 위치한 가장 가까운 성인 아스카베로 들어가 금여수가 돌아오는 것을 기다리기로 하였다.

금여수가 열흘을 밤낮으로 공격하는 사이 모노노베에게 지원을 요청하러 갔던 병사가 모든 기운이 다 빠진 채 허망한 표정으로 뒷문으로 들어와 다이와쇼우에게 이르기를 벌써 사카이와 마쓰바라가 제 상태가 아닌 것을 알렸다. 완벽히 고립된 것을 안 다이와쇼우는 큰 절망에 빠졌다.

"이제 어쩌면 좋단 말인가? 저들은 누구인가?"

다이와쇼우의 장수 중 하나가 혼란에 빠진 주변의 분위기를 감지하고 일른 앞으로 나섰다.

"저자들의 깃발은 하나도 보이지 않고 그저 머리에 하얀 띠를 둘렀으니 그 실체를 알기가 어렵습니다. 아무리 보아도 새로운 반란군인 것으로 생각이 되옵니다만 제가 나가 직접 그들에게 묻고 오겠습니다."

장수가 무릎을 꿇고 용감하게 요청을 하자 쇼우도 다른 방법은 생각이 나질 않았는지 그것을 허락하였다.

"정말 혼자 나가 괜찮겠느냐?"

"만일 무슨 일이 생긴다 하더라도 오오토모의 부흥을 위해 한 목숨을 바칠 수 있다면 참으로 다행이라 생각합니다. 철기병 오십이면 충분합니다."

"그래… 그럼 자네가 꼭 알아내어 돌아오길 바란다."

쇼우는 충실한 장수를 두었지만 정작 그는 그렇지 못했다. 한발 뒤로 물러서는 꼴을 보고 있자니 주변의 장수들과 부족신들이 불안하지 않을 수 없었다. 언제라도 자신들이 다음 차례가 될지도 몰랐다.

장수는 갑옷을 갖춰 입고 긴 철퇴를 들고 말에 올라선 후 입술을 꽉 깨물며 비장한 표정으로 재빨리 성문을 나섰다. 그리고 밖으로 달려 나갔다.

얼마 달리지 않아서 숨도 차지 않을 만큼의 거리에 여금여수의 부대들이 빙 둘러싸 방어와 공격의 태세를 갖추었다.

그러나 고작 오십의 군사를 이끌고 나온 장수를 이상하게 여겼으니 철갑으로 두른 군사들의 모습이 큐슈의 부족들과는 전혀 다른 위압감을 뿜어내고 있었고 그 모습을 금여수도 보았다. 금여수는 병사들에게 창을 거두라는 지시를 내렸고, 홀로 말 위에 훌쩍 올라타 긴 창을 쥐고 장수 가까이 앞으로 달렸다.

역시 기시하라의 말대로 철기병을 처음 본 여금여수는 상당한 압박감에 놀랐지만 그런 모습을 표면적으로 내비칠 수가 없었다. 사기란 것은 그런 것이었다.

어느새 두 사람의 사이는 고작 말이 앞으로 네다섯 번 달리면 마주할 수 있을 만큼 가까운 거리에 대치해 있었다.

먼저 말을 꺼낸 것은 오오토모의 장수였다.

"어디서 온 병사들이오? 무슨 일인데 우리를 이리 공격한다는 말이오?"

장수의 말에 여금여수가 호통을 쳤다.

"먼저 통성명을 하는 것이 좋겠소! 나는 백제의 주군을 섬기는 자로 오이타국에 그 자리를 잡고 있는 여금여수라 하오! 당신의 이름은 무엇이오?"

장수는 금여수가 백제의 주군을 섬긴다는 말에 깜짝 놀랐다.

'백제라….'

무언가 이상했다.

"얼른 말을 하시오!"

여금여수가 재차 물었다.

"나는 오오토모의 장수 히노베오! 백제와 오이타국이 왜 이리로 들어와 공격을 하는 것이오? 우리 역시 백제의 장군님과 같은 편이오!"

히노베의 말에 여금여수 역시 이상하게 생각하였으니, 백제의 장군이라면 누구를 말하는 것인지 몰랐다. 자신이 아는 백제의 사람은 곤지 태자와 태사평밖에는 없었기 때문이다.

"백제의 장군? 도대체 그 사람이 누구란 말이오? 나는 백제 태자 저하의 부름을 받고 같이 난파진으로 들어와 이곳으로 달려온 것인데… 당신들이 오이타국까지 넘어와 저지른 만행들을 백제의 곤지 저하께서 보시고 나와 함께 달려 그 죄를 물으러 오신 것이오! 만일 백제의 장군이 이곳에 있다면 분명 저하께서 오이타를 공격하지는 않았을 터. 이게 무슨 말이오?"

그러나 히노베는 금여수의 호통에도 아랑곳하지 않고 철퇴를 치켜들고 매섭게 돌진하였다. 금여수도 이에 지지 않고 두 창을 꼬나 쥐며 힘껏 말의 배를 차 달려 히노베의 철퇴를 든 손에 집중하였다.

두 장군의 경합은 마치 성난 이리들과 같았다. 정확히 일백 합의 맞부딪힘에도 서로를 쉽게 뚫지 못하였다. 그러다 히노베가 안 되겠는지 잠시 말을 뒤로 물리고는 커다란 휘파람을 불어 저만치 뒤에 있는 자신의 오십 철기병들을 불러 공격하게 하였다.

"그대로 공격하여 저자를 사로잡아라!"

히노베의 말에 금여수도 지지 않았다.

금여수 역시 말을 뒤로 물러 창을 위로 돌리며 크게 외쳤다.

"궁수는 먼저 앞으로! 나머지는 나는 화살을 방패 삼아 아래로 달려 저들을 사로잡아라!"

사로잡으라는 말에는 두 가지 의미가 있었다. 아무리 일개 병사라도 생명을 중시하는 것이 우선이거나, 무언갈 알아내고 자신의 편으로 만들려고 하거나 말이다.

금여수의 명령에 일사불란하게 궁수들이 열을 갖춰 활을 쏘았고, 보병들과 기병들이 섞여 달리기 시작했다. 그러나 히노베의 군사들도 마찬가지였다. 철갑을 두른 고작 오십의 기병들이라도 웬만해서는 나는 화살을 갑옷으로 막거나 창으로 쳐내며 달려들었다.

사로잡으라 했지만, 결코 부상자나 사상자가 나오지 않을 수 없었다. 되려 많은 부상자를 떠안게 된 것은 여금여수 쪽이었다.

그렇게 금여수는 히노베와 수일간에 걸쳐 맞부딪혔지만, 오십의 철기병을 조금이라도 누를 수 없었다. 철기병들은 역시 만만치 않았다.

그러나, 시간이 조금씩 지나자 성 밖 야전으로 나와 작은 진을 치고 있던 히노베에게 먼저 문제가 생겼다. 쇼우가 성문을 닫아 버린 것이었다. 남은 식량이 거의 없었다.

히노베는 어찌 된 영문인지 몰라 병사를 보내 군량을 요청했지만 성문은 굳게 잠겼고, 어떠한 답변도 쇼우에게서 들을 수 없었다.

"성문을 닫았다고? 그게 무슨 말이냐? 그럴 리가…."

히노베는 당황했지만 그저 눈을 질끈 감을 뿐이었다. 크게 내색을 하지 않았다. 그도 그럴 것이 쇼우의 괴팍하고 얄팍한 성격을 모르지 않았기 때문이다. 그의 밑에서 지낸 지가 한두 해가 아니다.

칠 일째 되는 날, 여금여수는 그들이 지쳐 가는 것을 알게 되었다. 첩병을 보내 몰래 히노베의 진영을 살피게 했는데, 뜻밖의 소식을 가져왔다.

"장군님, 저들이 갑옷을 벗고 말 하나를 잡기 시작했습니다."

"말을 잡는다고?"

"예."

말을 잡는다. 여금여수는 그것이 무엇을 뜻하는지 금방 알아차렸다.

여금여수는 방비를 단단히 하고 뾰족하게 나무대를 엮어 기마병들이 쉽게 들어오지 못하게 방어 책선을 구축해 놓았고 그렇게 이틀을 더 버티게 했다.

급습, 기습, 아니 총공격의 신호도 없었다. 히노베를 제외하곤 무거운 철갑을 두를 힘도 떨어진 그들은 마지막 결전이라 생각하고 자신들을 등진 쇼우를 원망하며 사흘째 날이 밝을 때, 금여수의 진영 쪽을 향하여 말을 달렸다.

기병 뒤쪽에서 말도 없이 뛰어오는 두세 명의 병사들을 본 여금여수는 갑자기 창을 쥐고 벌떡 일어나 말에 훌쩍 올라타더니 홀로 그들을 맞으러 나갔다.

"장군님! 혼자 어디로 나가십니까? 저들을 혼자 상대하시려는 겁니까?"

병사들이 걱정스러운 얼굴로 물었지만 여금여수는 뒤돌아 한 번 웃어 보였다.

"걱정 마라. 싸움은 끝났다. 너희까지 움직여 다치게 할 일은 없으니 그저 방비만 단단히 하고 있거라."

짧게 말을 마치고 여금여수는 빠르게 말을 달렸다.

마주 본 여금여수와 히노베는 한동안 말이 없었다.

히노베와 그의 병사들은 여금여수가 혼자 나온 것에 놀랐고, 여금여수는 생각보다 많이 지쳐 있는 히노베의 병사들을 보고 놀랐다. 처음 기세 좋던 그 철기병들이 아니었다. 그들의 눈은 이미 초점을 조금씩 잃어 갔다.

여금여수는 먼저 수를 내기로 하였으니, 표정을 짓지 않고 크고 담담하게 히노베에게 말하였다.

"더 이상 시간을 끌다가는 굶어 죽겠소. 왜 다시 성으로 들어가지 않는 것이오?"

히노베는 여금여수의 물음에 날카로운 눈빛만을 날리고 선뜻 답을 하지 못했다.

"그대는 의지와 무예가 출중한 장수인데, 이제 들판에 나와 덩그러니 오도 가도 못하는 처지가 되었구료."

"닥치시오! 무엇을 알고 말하는 것이오? 무례하게!"

히노베는 들고 있던 철퇴를 번쩍 들었다. 말고삐를 꽉 잡아 손목을 위로 올리자 그 모습을 본 여금여수가 창 하나를 땅에 찔러 꽂았다.

"어차피 우리 둘이 붙어 봐야 끝나지 않는 싸움. 내 더 이상 그대들의 군사들을 괴롭게 하지 않을 생각이오만. 이리로 넘어오시면 식량을 나누어 주겠소. 우리는 윗나라에서 왔소."

히노베 입장에서는 치욕스럽지 않을 수 없었다. 강한 철기병들을 끌고 나왔는데 적장에게 듣는 소리가 구걸하러 온 것 같은 기분이었다.

히노베는 화가 났지만 술렁대는 뒤를 돌아보았다. 초점을 잃었던 병사들의 눈에 생기가 돋아나는 것 같아 보였다.

히노베와 여금여수가 백제에 대한 말을 섞을 때마다 서로가 서로에게 의아함과 이상함을 감출 수 없었으니, 금여수가 먼저 제안을 하였다.
"그 백제 장수를 내가 곤지 저하와 같이 만나 보면 어떻겠소? 상황이 어떻게 돌아가는지 서로가 전혀 알 수가 없으니 확인을 하기 전까지 우리가 공격을 하지 않겠소."
"그분은 위쪽 히라노에 자리를 잡고 사카이까지 관장을 하고 있소! 그리로 가면 볼 수 있을 게요. 하지만 우리의 병사 중 한 명이 위로 올라가 보았는데 그곳 역시 공격을 받았다고 들었소. 어찌 당신들의 말을 믿을 수 있다는 말이오?"
히노베는 의심을 거두지 못하고 여금여수를 떠보았다. 상황이 이상했지만 섣불리 금여수를 믿을 수 없었고, 또 한편으론 그들의 공격을 잠시 늦출 수 있어 시간을 벌 수 있을 거라 생각을 하였다.
잠시 고민을 하던 여금여수가 히노베에게 파격적인 제안을 하였다.
"그럼 이리 하면 어떻겠소. 당신이 나와 군사 단 스물만 데리고 위로 올라가 곤지 저하를 만나서 그 백제의 장수를 확인시켜 주는 것이오. 지금 당신이 말한 그 히라노와 사카이 쪽으로 곤지 님께서 올라가셨으니 말이오. 만일 확실한 백제의 장군이라고 확인된다면 내가 아는 곤지 저하는 분명 모든 공격을 멈추실 것이오. 같은 백제인을 공격하는 일은 있을 수 없소!"
히노베가 들으니 히라노의 장군이 백제인임이 확인만 된다면 모든 것이 수습될 것 같았다. 그런데 서로 말이 길어지니 성벽 위에서 내려다보던 다이와쇼우가 이상한 생각을 하기 시작했다. 그것은 의심이었다.

히노베가 금여수와 서로 무언가 계략을 짜고 있다는 생각이 들었던 것이다. 쇼우는 남을 잘 믿지 못하는 성격에 그 옹졸함으로 온몸이 무장되어 있으니, 다이와족으로서는 그야말로 최악의 장이 아닐 수 없었다.

"저놈들은 뭐 하는 것이냐? 이런 죽일 놈! 내려보냈더니 날이 새도록 이야기만 하고 있는 것이 수상하다. 너희들은 절대 저놈을 들여보내지 말도록 하여라!"

쇼우의 지시에 병사들은 놀라 급히 답을 했고, 그 모습을 정면에서 본 여금여수가 고개를 옆으로 살짝 빗겨 히노베의 뒤를 가르켰다.

"이거 어찌하오. 저 성문이 닫혀서 열리지 않을 것처럼 보이는데. 이제 들어가지 못하게 됐구려."

여금여수의 말에 히노베는 화를 참으며 길게 한숨을 쉬고는 뒤를 돌아보았다. 굳게 잠겨 버린 문에 성벽 위에선 궁수들이 활의 시위를 당기고 수비를 단단히 할 준비를 하고 있었다.

히노베는 졸지에 이러지도 저러지도 못하는 상태를 안타깝게 생각했다. 그러나, 개와 같은 장군과는 다르게 용맹하고 대담한 것이 삵과 같은 히노베는 눈을 지그시 감고 깊게 한숨을 쉰 후 호흡을 가다듬고 여금여수에게 말하였다.

"이제껏 이런 취급을 받아 온 자가 한둘이 아니오. 나도 가차없이 이리 내버려진 것이 새삼스럽지도 않소. 그럼 당신의 말대로 합시다. 내… 혼자서 당신을 따라가겠소. 만일 가다가 나를 죽인다 하여도 나의 운명은 하늘에 맡길 것이오. 허나 당신이 약속을 지키고 위로 올라가 히라노의 백제

장군임을 확인한다면 군사를 물리칠 수 있도록 당신의 주군에게 부탁해 주시오."

대단한 배짱이었다. 여금여수는 히노베의 말에 적잖은 감명을 받았고, 그렇게 하겠노라 약속을 하였다.

애초 스물의 제묘자 병사들을 이끌고 히노베와 올라가려 했던 생각을 바꿔 여금여수는 히노베와 단 둘이 올라가기로 결심을 하였다. 그리하여 둘은 말을 달려 북쪽으로 향했고, 제묘자부대와 백제, 그리고 오이타의 군사들은 여전히 진을 치고 오오토모를 압박했다.

"내 저럴 줄 알았다! 저 쳐 죽일놈!"

쇼우는 역정을 내었지만 주변의 누구도 그의 행동에 동의하지 않고 그저 슬금슬금 눈치만 보고 회피하였으니 오오토모의 운명은 서서히 내려가고 있었다.

석무치가 군사 삼백을 이끌고 후지이데라로 들어갔고, 섭정무치는 히라노 동쪽 삼강을 맞대고 있는 가시와라에 도착을 하여 진을 쳤다. 섭정무치는 혈수왕과 태사평보다 먼저 말을 달려 작은 산을 넘었고, 혹시 모를 백제군의 공격에 강으로 그들을 유인할 수 있도록 아스카베의 전체를 모조리 부수고 태웠다. 비가 내렸지만 그런 것은 개의치 않았다. 비가 온다고 그곳을 폐허로 만들지 않고 그냥 지나친다는 것은 있을 수 없는 일이었다. 그것은 백제군에게 자신의 뒤를 치거나 그대로 가시하라와 이소노미야로 들어갈 길을 열어 주는 것이나 마찬가지였다.

섭정무치는 석무치에게 삼백의 군사로 곤지 일행을 강 가까이로 끌어 들이라 명했고, 섭정무치는 기회를 노려 일부러 둑을 쌓기 시작했다. 만일 곤지가 들어오면 둑을 터트려 모두 전멸시키고자 하였다.

섭정무치의 계략에 본의 아니게 뒤에 오던 혈수왕마저 발이 묶인 상태였다. 비가 잠시 그치기만을 기다리던 혈수왕과 태사평은 근심만 계속 쌓여 갔다. 더군다나 가츠라기가 자신들의 돌아가는 아랫길을 담으로 다 쌓아 놓아 버렸으니 움직일 방법이 많지 않았다. 비가 그치면 산아래로 내려가 정면으로 돌파해 여금여수를 만난 후 오오토모를 거쳐 북으로 올라가 곤지를 맞이하는 것, 그리고 다른 하나는 아스카베로 내려가 재정비와 진을 쳐 곤지를 맞이하는 것 두 가지뿐이었다.

여금여수를 만나 북으로 올라가면 그 체력이 많이 소모될 것이고, 혹시 있을 오오토모와의 혈전도 무시할 수 없었다. 아무리 혈수왕이라도 호족장들의 횡포를 가볍게 여겨 무시할 수 없었다. 또한, 아스카베로 내려가 재정비를 하며 곤지를 맞으러 간다는 것은 시간이 조금 더 지체되는 것이었다.

만일 둑이 터진다면 큰일이 아닐 수 없었다.

그렇게 쏟아지는 비는 그칠 줄을 모르고 매서운 기세로 땅을 적셨고, 이틀째 되는 날 이른 아침이 되어서야 환한 하늘을 다시 볼 수 있었다.

태사평과 혈수왕은 결정을 해야 했다. 혈수왕은 첩자를 보내 가츠라기가 왜 돌담을 쌓고 헤구리로 올라가는지를 알아보게 지시했다.

"둘 다 상관은 없습니다. 이제 결정을 해야겠지요."

태사평이 말을 끌고 가장 높은 곳으로 올라가 혈수왕에게 물었다. 자신이 아무리 수십, 수백 번 왜국을 다녔어도 이곳의 지리와 지형은 혈수왕이 더 잘 알 터였다. 단지 형세의 위험성과 전투의 경험은 태사평이 혈수왕에게 도움을 줄 수 있었다.

"이틀 밤낮을 생각해 보니, 마땅히 아스카로 내려감이 옳다고 생각이 되오. 저리 폐허가 된 채 놔둘 수만은 없으며 둑이 터질 위험이 있지만 아스카베의 지대도 그리 낮은 편이 아니니 급한 대로 토성을 쌓아 막아 볼 수 있을 것이라 생각하오. 더군다나 곤지 저하를 맞이하는 것도 가장 가까울 것이니 고작 반나절이면 충분할 것이오."

태사평은 혈수왕의 확신에 찬 말에 고개를 끄덕였고 말에 올라타며 그리 따르겠다 하였다.

그 시각, 곤지는 군사들을 이끌고 다른 이들의 예상과는 다르게 빠르게 먼저 아스카베에 들어섰는데 사방이 산으로 되어 천혜의 요새가 아닐 수 없었다. 이시강 너머 들어간 아스카베에서 곤지가 맞닥뜨린 것은 황폐해진 촌이었고 그 모습을 본 곤지는 심각한 형세에 말문이 막혔다.

곤지가 낮은 능선을 올라 아래를 바라보니 가관이 아닐 수 없었다.

"지형과 비옥함이 딱 알맞은 조건이지만 이것이 어찌 된 일인가…."

곤지는 자신의 결정이 옳은 일인지 판단하기 어지러웠으나 산을 넘으면 바로 이소노가미로 들어갈 수 있기에 그곳에서 진을 치고 동태를 살피기로 하였다.

곤지가 병사들을 시켜 마을의 썩은 잔해를 없애고 고마가타니 위쪽에 빈 오오타니 성으로 자리를 잡아 결함이 있는 곳을 한창 보수하고 있을 때, 멀리 강 옆에서 성으로 들어오는 입구를 지키고 있던 백제의 병사가 급히 곤지에게 달려왔다.

"저하! 앞쪽에서 강을 등지고 군사들이 몰려옵니다."

병사의 전갈에 곤지는 그를 진정케 하고 침착히 물었다.

"누구의 군사냐? 군사의 수는 얼마나 되느냐?"

"태사평님의 군사는 아닌 것으로 보입니다. 꽂힌 깃발의 색이 푸른 것으로 보아 일전에 저희가 공격을 했던 히라노의 군사들인 것 같습니다. 그 수가 족히 수백은 되어 보입니다."

병사는 다급히 말을 하였고 곤지는 백제에서 확인을 받고 올 사신을 더 이상 기다릴 수가 없다고 판단했다. 한판 치열한 싸움이 일어날 것을 짐작했다.

"이곳을 뚫기란 쉽지 않을 것이오. 모두 성의 방비를 단단히 하고 맞서 싸울 준비를 하시오!"

곤지가 주변의 장수들과 병사들에게 명하니 그들은 곤지의 말이 끝나기를 무섭게 각자 신속히 흩어졌다.

곤지가 제묘자 스물을 거느리고 스스로 성의 왼편, 서쪽으로 직접 매복을 하러 나갔다.

소식을 들은 그날, 밤이 깊어지고 바람이 건조했으니 쉽게 불이 붙을 것 같아 보였다. 곤지가 가만히 생각을 해 보니 차라리 모노노베의 공격을 이쪽 산으로 끌어들인다면 화공으로 쉽게 무찌를 수 있을 것 같았다.

곤지는 스물의 제묘자에게 명을 내려 적의 방향을 틀어 자신이 있는 쪽으로 가까이 오도록 만들게 지시하였다. 그리고 곤지는 말을 타고 홀로 다시 성으로 달렸다.

곤지가 급히 성으로 뛰어들어 일백의 궁수들을 모아 매복지의 남쪽으로 몸을 숨겼다. 그리고 곤지는 다시 제묘자부대가 매복한 곳으로 가 그들에게 말했다.

"모두들 말을 타고 달려 그들을 이곳으로 이끌어 주시오. 그들이 이곳까지 올라오면 그때, 신호를 줄 터이니 전부 남쪽 우리 궁수들이 있는 곳으로 몸을 피하시오. 화공으로 그들을 혼란스럽게 한 뒤 공격을 할 것이니 부디 목숨을 소중히 여겨 무리하지 않고 한 명도 빠짐없이 잘 피하도록 부탁하오."

곤지의 말에 제묘자들은 손을 모아 기백을 담은 소리로 크게 답을 하였다.

달이 한참 떠올라 하늘의 중앙에 우뚝 서니, 곤지가 제묘자들과 산에서 내려와 말을 달렸다. 얼마 오래 달리지 않아 저 앞에서 오오타니 성으로 방향을 바꿔 올라가려는 모노노베 군사들을 보았다. 그 모습을 본 곤지는 갑자기 크게 소리를 내기 시작했다.

"너희들은 어디로 발을 돌리는 것이냐? 나 백제의 곤지가 여기 있으니 나와 담판을 짓자!"

천둥 같은 곤지의 소리에 막 서둘러 발을 옮기던 석무치가 곤지 쪽을 돌아보았다. 석무치가 바라보니 고작 스무 명 남짓한 군사들이었다.

석무치가 코웃음을 쳤다.

"고작… 스무 명으로 우리를 대적하겠다고? 우리가 저런 놈들에게 당했다는 말인가? 사방이 산으로 꽉 막혀 있는 곳에 진을 지고 있다는 것이 가소롭다."

곤지가 아스카베로 들어갔다는 소식을 첩자를 통해 보고받은 석무치는, 섭정무치의 조언대로 곤지 일행을 성 밖으로 유인한 뒤 자신들이 불을 지른 고마가타니의 작은 성을 공격하고, 형세가 불리한 척하며 도망칠 계획이었다. 그런데 그때, 서쪽 산 아래로 내려오는 스무 명 남짓한 곤지 일행의 모습이 눈에 들어오자, 아주 우습게 보였다.

석무치는 휘하 장수들에게 명했다.

"군사 일백으로 저들을 단번에 제압하여라! 그리고 나머지는 그대로 성으로 올라가 그들을 끌어내어라! 지금 이 아스카베에는 아무것도 남아 있질 않으니 그들은 우리의 적은 수와 꽁무니를 빼고 달아나는 것에 흥분을 감추지 못하고 그대로 내려와 우리의 진을 차지하려 할 것이다. 저들이 아스카베에 들어간 것이 잘못된 것이란 걸 뼈져리게 느끼게 해 주어라!"

석무치의 말에 곧장 군사들이 나뉘었다.

하지만, 석무치는 알지 못했다. 곤지가 자신이 백제에서 왔다고 소리 지른 것을 시끄럽게 울어 대는 까마귀 소리에 놓쳐 버린 것이고, 더군다나 절묘한 선택으로 혈수왕과 태사평이 아스카베로 내려 들어오고 있다는 것을 말이다.

일백의 군사들이 곤지를 행해 돌진을 했고, 곤지와 제묘자 스물은 수십 번의 검을 휘두르며 그들과 맞서 싸웠다. 각자 열두 합이 넘게 칼을 휘둘렀을 때, 곤지가 갑자기 휘파람을 불어 신호를 주었으니 힘에 부치는 척 방향을 바꿔 산으로 들어가는 척을 하였다. 일백의 군사들은 여지없이 속아 곤지를 쫓았고, 곤지는 바람과 같이 말을 돌려 남으로 향했다. 그리고 칼을 빼들어 달빛에 반사시키며 소리를 질렀다.

"지금이다. 지금!"

곤지가 탄 말이 땅을 울리며 소리가 강하게 퍼졌고, 달빛에 곤지의 칼이 번쩍이며 빛이 나니 남쪽에 숨어 있던 궁수들이 일제히 활에 불을 붙여 곤지가 가리킨 방향으로 활을 쏘기 시작했다.

그것은 순식간이었다.

불은 빠르게 번지기 시작했고, 여기저기서 비명 소리가 흘러나왔다.

"으악!"

"살려 줘! 안 돼!"

건조한 날씨가 정확히 한몫을 한 것이었다. 불길이 치솟은 곳에서 절반 이상이나 되는 석무치의 군사들이 죽어 나갔고 살아 도망 나온 병사들을 곤지와 매복해 있던 궁수들이 달려나와 공격하기 시작했다. 더욱 무서운 것은 마치 범의 눈처럼 반짝이는 제묘자부대들이 불길을 피해 빠져나오며 가차없이 그들을 공격하기 시작한 것이었다.

그들은 제묘자의 무서움을 전혀 모른다. 전혀 본 적도 없는 몸놀림으로 자신들을 상처 내는 그들의 모습에 놀라 다리에 힘이 빠져 도망칠 생각도 못하고 주저앉기 시작했다.

곤지가 의욕을 상실한 그들을 보며 자신의 병사들에게 손짓하여 공격을 멈추게 하였다.

"만일, 투항할 의사가 있다면 내 기꺼이 받아 주겠소!"

곤지의 말은 부드러웠고 침착했지만 동시에 힘이 있었다. 쓰러진 적병들은 곤지의 얼굴을 보고 얼이 빠져 버렸다. 곤지의 얼굴은 한없이 자애로워 보였다. 아까 전, 그 호랑이 같은 모습은 찾아볼 수가 없었다. 그리하여 석무치의 병사들은 모두 저도 모르게 곤지의 제안에 그러겠다고 하였고 곤지는 그들을 옭아 묶지 않고 선 채로 거두어들였다.

석무치는 이러한 사실도 모른 채 언덕을 타고 올라 오오타니 성을 수차례 공격하는 척하며 곤지의 병사들이 나오기만을 기다렸다. 그러나 어찌된 영문인지 성을 지키는 누구도 나올 생각을 하지 않았으며 더군다나 대장인 장수를 불러도 아무도 나타나지 않았다. 이를 석무치가 이상하게 여겼다.

석무치는 시간이 지날수록 조급해지기 시작했다. 다시 두어 번 더 공격을 하며 뚫지 못하여 힘에 부치는 척을 하던 그 순간, 별안간 커다란 함성과 발소리가 진동을 하였다.

석무치가 무슨 소린가 당황하여 주위를 둘러보다 맞은편 산 아래로 오오타니 성을 끼고 내려오는 한 무리의 군사를 보았다.

"뭐… 뭐냐? 무슨 병사들이냐?"

당황한 석무치가 얼른 자신의 장수에게 물었지만 장수는 오히려 석무치보다 더 겁을 먹었다.

"모르겠습니다… 이게 어찌 된 일인지…."

점점 가까이로 다가오는 병사들의 수가 엄청나게 많아 보이자 석무치의 군사들은 안절부절하지 못하였다.

석무치가 말에 올라 자세히 보니 가장 앞에서 내려오는 자의 수염이 가슴까지 하얗게 나 있었고 긴 창을 매섭게 휘두르며 내려오는 것이었다. 그리고 그 뒤로 낯이 익은 군사들의 갑옷이 보였다.

그렇다. 가장 앞서 흰 수염을 휘날리며 달려온 장수는 태사평이었고, 그 갑옷의 병사들은 혈수왕의 군사들이었던 것이다.

곤지와는 다르게 혈수왕은 가차없이 석무치의 군사들을 초죽음으로 만들어 놓았다. 혼이 빠진 병사들은 저마다 병기를 내팽개치고 여기저기 달아나 흩어졌고, 태사평의 창 솜씨에 석무치는 멍하니 자신의 손을 바라보았다.

석무치의 손에는 더 이상 창이 들려 있지 않았고, 허리춤의 칼집에서 칼을 꺼내기도 전에 그대로 사로잡혀 버렸다.

이백의 군사가 이천의 혈수왕 군사들을 이기기란 하늘에서 별을 따는 것보다 어려웠다.

석무치가 잡히고 얼마 안 있어 곤지가 매복군들과 사로잡은 포로들을 이끌고 오오타니 성으로 올라오니 태사평과 혈수왕이 기쁜 얼굴로 곤지를 반겼다.

"저하!"

"아! 태사평님!"

태사평과 곤지는 말에서 내려 서로 얼싸안았다. 그 모습에 혈수왕은 가히 충격을 받았다. 어찌 태자를 저리 얼싸안을 수 있단 말인가. 또한 백제의 태자도 어찌 저리 허물없이 아이처럼 좋아하며 안길 수 있단 말인가. 혈수왕의 온몸에는 소름이 돋았다.

기쁨을 함께한 짧은 시간 후, 태사평은 혈수왕에게 백제의 태자 곤지를 알렸으니 혈수왕은 예를 갖춰 곤지를 반갑게 맞이하며 인사를 하였다. 그러니 곤지도 예를 다해 혈수왕에게 인사를 하니 그 모습이 보기가 좋았다.

혈수왕은 곤지에게서 여신을 보았다. 밤이라 그 모습이 선명하지 않았지만 다음 날 이른 아침, 곤지가 말과 병사들을 한 명씩 보살피고 위로하는 모습에 심한 충격을 다시금 받았다. 그 옛날 전지 어라하와 여신 님과 한 치의 오차도 없는 똑같은 행동이었다.

"어째, 똑같으시지요?"

옆에서 흐뭇하게 곤지를 바라보던 태사평이 얼굴이 굳어 있던 혈수왕에게 미소를 지으며 물었다.

"영락없구려. 더하고 뺄 것도 없소. 저 태자가 과연 여신 님의 아들임이 틀림없소. 가만 보면 전지 어라하와도 같아 보이오. 허허… 참…."

곤지가 한참을 이리저리 돌며 병사들을 돌보고 잡힌 포로들에게 음식까지 내어 준 후, 태사평과 혈수왕에게 돌아왔다.

"혈수왕께서는 그 용맹하고 덕이 뛰어나니 저희 고모님들도 무사히 잘 계시리라 믿습니다. 그렇지요?"

"아무렴, 그렇지요."

"이렇게 만나뵙고 같이 있을 수 있어서 참으로 기쁩니다. 아마 여경 어라하께서도 이 소식을 들으면 참 좋아하실 것입니다."

"그것 참 듣기 좋은 소리요."

혈수왕이 곤지의 말에 장단을 맞추니 곤지 또한 그에 같이 응답하여 예를 갖추었다.

셋은 성의 회의전으로 들어가 이야기를 나누었다. 곤지는 자신이 이곳으로 온 이유를 설명하였고, 여경 어라하와 백제의 백성을 돕고자 고구려에 대항할 군사와 재정, 물자 등을 요청했다.

"야마토국의 힘으로 우리 백제를 도와 고구려를 물리쳐 낸다면 더없이 기쁠 것입니다."

곤지가 혈수왕을 보며 방긋 미소를 띠었다. 허나 혈수왕은 굉장히 난처해했다.

"당연히 백제를 위해 군사와 모든 것을 내어 동원해 힘이 될 수 있으면 좋겠지만 정말 안타깝게도 지금 정세가 이러하니…. 그야 동원할 수 있는 머릿수는 많지만… 지금 태사평 장군에게서 들은 모양을 보니 이곳이 더 시급한 것 같소. 또한 고구려군을 대적할 정비가 되질 않았으니…."

태사평은 알고 있었다. 백제의 군사와 왜의 군사들의 차이점을. 하지만 곤지와 더불어 태사평은 전혀 개의치 않았다.

"걱정 마십시오. 지금의 난관을 저희가 도와 정리할 수 있게 끔 돕겠습니다. 그리고 우리와 같이 백제에서 들어온 도공들과 철기공 그리고 기술자들이 서쪽 오이타와 가라쓰 등 남큐슈에 자리 잡고 있습니다. 그들은 백제에게 호의적이니 이곳에서 명한다면 당연히 가세를 할 것이라 생각합니다. 또한 여경 어라하께서 계속하여 배로 물자와 함께 병사들과 기술자들을 보내 주고 계시옵고, 군사들은 저희가 가르치면 됩니다. 또한 무기들도 쓸 만한 것들이 많이 있으며 조금만 손을 대면 백제에 버금갈 것이니 너무 염려 마십시오. 곡식 또한 풍성히 하게 하여 백성들의 배를 충분히 채울 수 있도록 도울 터이니 그것을 바탕으로 야마토에서 힘을 보태어 주시면 참으로 만족스럽지 않을 수 없겠습니다."

곤지의 말은 그 표정부터 나오는 말끝 하나까지 사람의 마음을 움직이는 재주가 있었으니 그것은 여신과 꼭 같았다. 더구나 말을 조리 있게 잘하니 그것은 선대 전지 어라하와 꼭 닮아 있었다.

혈수왕은 자꾸 여신과 전지의 모습이 곤지와 겹쳐 보여 눈을 비비고 비볐다. 그러다 그리움에 곤지의 얼굴을 보며 저도 모르게 아련한 미소를 지어 보였다.

"왜… 그러시나요?"

곤지는 당황했으나 태사평은 고개만 끄덕일 뿐 아무 말도 하지 않았고 그저 하늘을 올려다보았다. 곤지가 돌아보니 태사평의 눈가에 눈물이 살짝 맺혔으며 그의 두 눈이 붉어졌고 옅은 미소가 번졌다.

"에…. 아… 이것 참…."

혈수왕과 태사평의 갑작스러운 반응에 곤지는 어찌할 바를 몰랐다. 분위기가 무거워져 버렸다. 허나, 그 무거움은 결코 어두운 무거움은 아니었으니 아련함을 훔쳐 닦던 혈수왕이 기쁜 마음으로 크게 답하였다.

"물론이오. 잘 부탁하오. 곤지 태자."

혈수왕은 예를 갖춰 말하였으며 곤지도 역시 예를 갖춰 감사의 인사를 하였으니, 이제는 가장 시급한 문제를 해결해야 했다.

석무치에게 자비를 베푸는 것은 상상도 할 수 없는 일이었다. 투구를 벗겨 그가 여인이라는 것을 알았을 때는 모두들 할 말을 잃었지만 그녀를 따르는 병사들에겐 전혀 낯설지 않은 것이었다.

곤지는 무릇 다른 장수들이 그러하듯 재촉하거나 엄포를 놓아 다그쳐 그 결과를 얻어 내지 않았으니 꽤나 끈질긴 시간 동안 공을 들여 마음을 동하게 하였다.

먹지도 자지도 않으려는 석무치를 매일 들여다봐 주는 것부터가 시작이었다. 석무치가 입을 열기까지 꽤나 오랜 시간이 걸렸다.

"사정이 있으니 그리하였겠지요. 백제의 사람이라 칭하여 많은 득을 보았다는 것은 백제인으로서 자부심이 느껴지는 일일 수도 있겠네요. 음식은 사람을 위하여 주는 것이지 다른 의도로 주는 일은 절대로 아니니 걱정은 하지 않으셔도 됩니다."

곤지는 열흘이 지나도록 석무치에게 그저 보통의 사람들이 할 법한 이야기만 간단히 마치고는 돌아섰다. 그의 표정은 한 번도 구김이 없었고, 그렇다고 쉬워 보이도록 가볍지도 않은 행동을 취하였다. 그러자 석무치의 태도가 조금씩 변하기 시작했다.

그사이, 섭정무치는 석무치의 소식이 들리지 않으니 그 행방이 궁금하였고 혹여나 변고를 당한 것은 아닌지 덜컥 겁이 났다. 그러나 섣불리 움직일 수도 없는 노릇이었다.

보름이 지나는 날, 추위가 점점 심해지고 겨울이 찾아오기 시작하자, 섭정무치의 인내심과 불안함은 한계에 다다랐으니 그는 자신의 군사들과 석무치가 삼강에 배치해 둔 병사를 나누어 그 절반을 이끌고 석무치가 들어간 아스카베로 움직이기로 생각하였다.

 생각보다 이 싸움이 길어지면 막대한 손해를 보는 것은 섭정무치 자신이 될 것이 뻔했다. 혹여나 혈수왕이 자신을 찾으러 군사를 보내고, 그 군사들이 진정한 백제군들이 난파진을 통해 들어온 것을 알게 된다면 자신의 신분마저 한꺼번에 들통이 날 것이었다.

 군사 팔백. 섭정무치는 군사 팔백을 휘하 장수 히타노히케에게 맡겨 석무치를 찾으라 명을 내렸다.

 히타노히케가 그 명을 받들어 밤낮을 가리지 않고 단 하루하고 반나절 만에 아스카베에 도착하였다. 히타노히케는 여기저기 떨어진 자신들의 병기와 흔적들을 발견하고 그대로 병사들을 끌고 고마가타니의 오오타니 성 앞에 당도하였다.

 도착한 성 앞에서 히타노히케가 유심히 성을 보니 아무런 기척도 없었다. 마치 공허한 귀신의 성처럼 찬바람만 부는 소리가 울리는 것이 으스스하기까지 하였다.

 "이게 무슨 일인가?"

 히타노히케는 부하들을 시켜 성으로 활을 쏘아 올려 보라 지시하였다. 궁수들이 활을 쏘아 수십 발을 성안으로 날려 보냈지만 아무런 반응이 없었다. 그야말로 귀신이 곡할 노릇이었다.

 사라진 석무치, 그리고 텅 빈 성. 곤지와 그의 백제 병사들은 어디로 갔는지….

여금여수가 히노베와 곤지가 있는 마쓰바라로 올라갔지만 그곳의 성에는 아무도 없었다. 여금여수는 히노베에게 가장 가까운 다른 성을 물었고 히노베는 바로 주저없이 후지이데라 쪽을 가리켰다.

"이곳에 곤지 저하가 계시지 않는 것이 당황스럽소만…. 후지이데라 쪽으로 가 다시 한 번 확인을 해 보아야겠소."

"그곳이 가장 가깝기는 하나 만일 백제군이 그곳을 점령했다면 분명 우리들 쪽까지 소식이 전해졌을 것이오. 그곳은 헤구리에서도 들어가는 길목이니 헤구리와 가쓰라기군도 전투의 준비를 마쳐 코앞으로 들어와 진을 칠 터인데, 이리 조용하다는 것은 말이 되지 않소! 당신이 반대로 우리를 속이고 있는 것이 아니오?"

곤지를 만나 확인을 하겠다는 여금여수의 말을 울며 겨자먹기로 따라 동행을 하였는데 텅 빈 마쓰바라 성을 본 히노베는 의심이 더욱 커져만 갔다.

"만일 후지이데라 쪽에도 곤지 님이 보이질 않는다면… 그때는 군사를 내 스스로 물리치겠소. 내가 병사를 물려 곤지 님을 찾아야 할 것이오. 분명 당신의 병사가 사카이와 마쓰바라가 공격을 받아 허물어졌다고 말하였소?"

히노베는 기가 찬다는 듯 헛웃음을 날리며 여금여수를 쏘아보았다.

"그렇소! 그렇지 않으면 우리가 성문을 닫고 가만히 나오지 않을 이유가 없소. 내가 당신을 따라 이곳까지 온 것이 어떤 의미가 있단 말이오? 당신들이 백제의 사람들이라 속이는 것이 정녕 아니오? 만일 그렇다면 우리들과 백제의 관계를 완전히 박살내는 도적으로 간주하겠소."

히노베는 쥐고 있던 철퇴를 여금여수에게 겨누고 단단히 엄포를 놓았다. 허나 여금여수 역시 만만치 않았다.

"백제의 저하가 왔다는데 그런 무례한 말로 후에 어떤 천벌을 받을 줄 알고 그런 말을 함부로 뱉는가? 자! 후지이데라에서 만일 찾지 못한다면 내 순순히 군사를 무르겠소. 그대들이 공격을 하든 하지 않든 나는 있는 힘을 다해 백제의 저하를 찾고 정정당당하게 당신들까지 막아 내겠소!"

둘은 내기를 한 것과 진배없었다. 둘은 다시 경쟁하듯 후지이데라 쪽으로 향해 말을 달렸다.

정확히 반나절, 그것도 해가 막 저물 때 도착한 후지이데라 성의 뒤쪽 야마토강에서 엄청난 광경을 목격하게 될 줄은 여금여수도 히노베도 알지 못하였다.

그곳에서 두 사람은 야마토강의 뒤로 불길이 대낮같이 환하게 피어오르고 그 연기가 허옇던 구름을 한꺼번에 덮어 버리는 광경을 목격했다.

"저것이 무슨 일이오?"

여금여수가 물었다. 그러자 히노베도 심각한 표정으로 고개를 갸웃거리며 인상을 쓰더니 조금 더 앞으로 달려나가 섰다. 잠시 후, 히노베가 뒤를 돌아보며 여금여수에게 큰 소리를 내었다.

"모노노베! 모노노베군이요! 그리고…."

"그리고?"

어느새 여금여수도 히노베의 옆에 말을 끌고 섰다. 거센 불길에 이상한 비명 소리가 강을 건너까지 들려왔다.

"가시하라 성군들이오… 왜…?"

히노베는 놀란 토끼눈으로 멍하니 한바탕 난리가 난 곳을 바라보며 입을 떡하니 벌렸다.

"가시하라 성군?"

"혈수왕… 혈수왕이 직접 움직인 것이오. 그런데… 왜…?"

여금여수는 히노베의 말에 강 바로 코앞까지 말을 끌고 유심히 앞을 보았다. 저 멀리 엉켜붙은 사람들의 모습을 한참이나 뚫어지게 바라보던 여금여수는 갑자기 창을 위로 번쩍 들었다.

여금여수가 뒤를 돌아 히노베를 쳐다보며 비장하게 말하였다.

"내 당장에라도 곤지 저하를 뵙도록 해 주지요! 하하하."

어찌 된 일인지 여금여수의 눈에 비친 것은 뜨거운 불빛 속에서도 확연히 비치고 있는 곤지의 긴 칼이었고, 그 옆에 별처럼 빛나는 희고 긴 수염의 태사평이 이리저리 말을 움직여 한바탕 칼과 창춤을 추고 있는 모습이었다.

여금여수는 곤지를 다시 찾은 것을 뛸 듯이 기뻐하였다.

섭정무치는 곤지 일행의 우회 기습공격에 힘도 한 번 쓰지 못하고 남은 군사 일백을 데리고 북쪽으로 달아났다.

곤지와 혈수의 연합공격은 그야말로 어마무시하였으니 호랑이와 용이 함께 날뛰어 지옥의 불구덩이를 섭정무치에게 구경시켜 준 것과 같았다.

석무치는 죄인마냥 고개를 푹 숙이고 히라노로 병사 한 명 없이 돌아 들어갔다. 태사평은 강 아래에서부터 올라가며 섭정무치의 계략에 당하는 것처럼 보이게 하였고 곤지는 혈수왕의 도움을 받아 반대편인 히라노로 올라가 성을 등지고 매복을 하였다.

이 계획을 실행하는 데 석무치가 도움이 되었으니.

석무치가 잡혀 갇힌 지 열흘째 되는 날, 곤지의 한마디가 석무치의 마음을 움직였다.

그날도 여느 때와 다르지 않았다. 하지만 다른 것이 있다면 곤지의 행동이었다. 곤지는 가만히 석무치의 앞에 앉아 품에서 작은 머리카락을 한 올 꺼냈다.

"이것이 무엇인 줄 아십니까?"

"모릅니다."

석무치는 고개를 돌려 곤지를 보지 않으려 애썼다. 그러나 곤지는 아랑곳하지 않고 음식을 쓱 내밀어 석무치의 앞에 가져다주었다.

생선죽이었다.

"이 머리카락은 내 아들의 것입니다. 내 여인은 이 생선죽을 참으로 좋아했습니다. 아이를 낳느라 피곤한 몸을 이 생선죽으로 달랬지요."

"……"

석무치가 동요하기 시작했음을 곤지는 단번에 알아차렸다. 그녀의 어깨가 움찔거렸다.

"아이를 가져 보니 가족이 얼마나 소중한지 짐작도 못 할 정도입니다. 정말이지 태어난 아이는 너무도 아름다웠습니다. 그리고 그 어머니는 아름다움으로 감싸는 꽃과 같아 보였습니다. 그들은 나에게 없어서는 안 될 힘과 기쁨이 되어 주는 존재가 되었음을 가슴 깊숙이 전달받을 수 있었으며, 나는 그들에게 버팀목이 되어 주어야겠다는 사명감을 가지게 되었습니다. 이것은 인간으로서 느끼는 감정입니다. 나에겐 나라가 있지만, 가족 역시 나라만큼 소중한 것입니다. 당신의 나라가 어디인지는 알지 못하여도 좋습니다만 한 인간으로서, 여자로서 당신의 삶을 응원하고 싶습니다. 안착하여 가정을 꾸리는 것도 하늘의 큰 축복입니다…."

곤지는 감상에 젖어 말을 걸었고, 마치 혼자 그리움을 읊조리듯 하늘을 올려다보며 천천히 말을 날렸다. 마지막 말은 심지어 끝을 흐리기까지 하였다.

석무치는 가만히 듣고 있다가 고개를 숙였다.

"신라의 사람이든 고구려의 사람이든 왜의 사람이든 중요한 것은 자신이 지켜야 할 것과 뿌리를 두어야 할 곳이 있는 것입니다. 모든 것이 평화와 태평성대를 이루고자 함인데, 나라가 다르다고 배척하고 예를 갖추지 못할 법은 어디 있단 말입니까. 석무치 님은 아름다우시니 본인의 행복도 꼭 찾아 능히 이룰 수 있을 것입니다."

곤지는 사마의 작은 머리칼을 석무치의 손에 가만히 쥐여 주었다.

"만져 보세요. 부드럽기가 이세상의 것이 아닌 것 같지요? 하하."

석무치는 아이의 머리칼을 잡고선 갑자기 울음을 터트렸다. 가두고 멈추고 바꿔야만 했던 모든 자신의 마음의 벽이 한꺼번에 허물어졌다.

그날, 석무치는 모든 것을 곤지에게 털어놓았다. 자신이 신라인임을, 그리고 자신의 오라비가 섭정무치이며 자신을 이리로 보내 유인하게 한 것을 전부 털어놓았다.

단, 섭정무치가 이소노가미에 자리를 잡고 앉아 백제 왕가의 측근이라 속인 것은 말하지 않았다. 그녀는 돌아가고 싶다고 하였다. 그것이 신라가 되었든 아니면 자신이 지내던 히라노 성이든 말이다.

석무치는 섭정무치가 가시와라에 삼강을 끼고 진을 치고 있다고 장소를 말하였으며 곤지에게 약속을 받아 내었다. 곤지는 그녀를 말 한 필에 태워 스스로 떠나게끔 놔주었다.

"그냥 저리 놓아주었다가 우리의 일을 다 발설하고 다시 공격해 오면 어쩐단 말인가?"

혈수왕이 석무치의 소식을 듣고 곤지에게 물으니 곤지가 웃으며 말하였다.
"군사들을 전부 잃었는데 다시 공격한다 한들 무슨 기운이 있겠습니까? 또한, 그녀는 이제 더 이상 감추거나 힘든 전장을 누비고 싶어 하지 않을 것입니다. 그냥 어디든 가고 싶은 곳으로 가게 놓아두는 것이 오히려 우리에게 고마움을 느낄 것이라 생각합니다."

혈수왕은 곤지의 비범함과 대담함에 혀를 내둘렀다.

섭정무치가 신라의 사람이라는 것을 듣고는 이제껏 자신을 속여 온 것에 혈수왕은 분노하였다. 또한 그동안의 뻔뻔한 거짓말에 자신이 농락을 당한 것에 신라에 깊은 앙금을 갖게 되었다. 그렇지 않아도 눈엣가시인 신라였다.

섭정무치가 가시와라에 있다는 것과 그가 삼강을 끼고 상류에서 물을 가두어 둑을 쌓고 있다는 것쯤은 야마토국의 수장인 혈수왕이 금방 알아차렸다.

수일 전 쏟아진 비에 불어난 강. 태사평이 강을 끼고 들어가지 말자고 말한 것에 다행이라 생각한 혈수왕은 그놈이 일부러 아스카베를 초토화시켜 우회하게 하려 한 것을 이제서야 깨닫게 되었다. 우회하여 강을 끼고 들어갔다면 미리 진을 치고 있던 섭정무치에게 호되게 당할 뻔하였다.

태사평이 강을 건너 공격하려는 것처럼 행동을 취하였고, 그 사이 혈수왕은 석무치가 나간 후지이데라 성에 들어가 섭정무치를 향해 그 죄를 묻고 공격을 하리라 선전포고를 하였다. 그렇게 혼란스럽게 만든 틈을 타 곤지가 무사히 히라노로 들어갈 수 있게 한 후, 섭정무치가 혈수왕에게 위협을 느꼈는지 자포자기의 심정으로 군사를 풀어 둑을 터뜨렸다. 물길이 거세게 쏟아져 나오자 태사평은 얼른 발을 빼내어 병사들을 바로 옆, 후지이 데라로 도망하게 시켰고, 터진 둑을 방패 삼아 섭정무치가 공격을 감행하러 나올 때, 혈수왕은 성문을 꽁꽁 잠궜다. 동시에 곤지가 옆에서 밀며 뒤를 치니 섭정무치의 병사들은 모두가 기겁을 하고 달아났다.

곤지는 그들을 죽이지 않으려 애를 썼다. 그저 병사들과 자신의 힘으로 최대한 많은 섭정무치의 병사들을 사로잡았고, 여전히 곤지의 방법대로, 투항하는 모든 이를 받아 준다 회유하였으니 대부분의 병사들은 모두 항복하였다.

섭정무치는 그들을 두고 북쪽으로 넘어가 자신의 몸을 의탁할 헤구리 호족들을 찾아 산을 길게 돌아 넘어갔다.

"이런, 젠장! 모든 것이 들통나 버렸어. 석무치는 어떻게 된 것인가? 석무치가 말하지 않았으면 비밀은 아무도 몰랐을 것인데… 어찌 알고 저 백제군을 막으려 할 때 혈수왕이 같이 온 것이지?"

섭정무치는 정신을 차리지 못하고 혼란스러워했다.

혈수왕이 알기 전 미리 백제의 곤지 일행을 치려고 했지만, 섭정무치는 몰랐다. 태사평이 먼저 가시하라 궁에서 혈수왕을 만났던 것을, 곤지 일행이 두 방향으로 나뉘어 금여수가 다이와를 공격해 모노노베와 오오토모의 연락선을 끊은 것을, 그리고 석무치가 꼼짝없이 잡혀 곤지에게 그리고 혈수왕에게 모든 것을 털어놓고 자유를 찾아 떠났다는 것을 말이다.

섭정무치는 쓸쓸하고 찝찝한 기분을 느낄 겨를도 없었다.

곤지는 바로 달아난 섭정무치를 쫓아 일정한 거리를 두고 따라갔다. 혈수왕은 얕아진 강을 끼고 군사를 둘로 쪼개어 가츠라기와 헤구리를 동시에 공격하였다.

후지이데라에 남아 전열을 가다듬는 것은 태사평의 군사뿐이었다. 병사들을 쉬게 하고 태사평이 성벽 위에서 사방을 둘러보니 두 마리의 말에 장수들이 성을 향해 달려왔다. 태사평이 그들을 유심히 쳐다보았다. 그러자 갑자기 성문 아래에서 곤지가 큰 소리로 태사평을 불렀다.

"태사평님! 제가 왔습니다."

태사평은 깜짝 놀랐다.

"아니, 그 신라 놈을 쫓아가시지 않았습니까? 여기는 왜 다시 병사들도 없이 오신 것입니까?"

"아닙니다! 여금여수입니다!"

"아이고!"

밝은 날에 가까이서 보아도 구분이 잘 가지 않는, 모습이 비슷한 여금여수이기에 늦은 오후 어둠이 깔리기 시작한 푸르스름한 때에는 태사평도 깜빡 속을 뻔하였다.

태사평도 이제는 나이가 많아졌다는 것을 스스로 뼈져리게 느끼게 되었다. 예전에는 얼른 알아차렸어도 지금은 그렇지 않았다.

여금여수는 태사평을 만나 히노베를 인사시켰고, 히노베는 백제의 태사평을 알아보았다.

"장군님의 명성은 이미 오래전에 들어 익히 알고 있사옵니다. 정말 죄송하옵니다. 저희가 정신을 차리지 못하여서 분간을 하지 못하고 어르신께 칼을 겨누었습니다. 용서해 주시옵소서."

히노베가 무릎을 꿇자 태사평이 너그럽게 답하였다.

"이게 다 그 악랄한 신라 놈의 짓인데 너희들이 무슨 잘못이 있겠느냐…. 너희의 군들이 야마토국을 어지럽게 하고, 또한 오이타를 공격한 것도 모두 그놈의 속셈인 것을. 그러지 말고 너희는 성문을 열고 친히 들어오실 곤지 저하를 받들기 위해 준비를 하거라."

"예, 어르신!"

히노베는 금여수에게 오해를 하여 죄송하다는 말을 남기고 예를 갖추었다.

태사평의 명에 히노베가 다시 오오토모로 돌아가려 하는데 한 가지 걸리는 것이 있었으니, 바로 성문을 굳게 잠군 쇼우였다. 그자는 분명 자신을 버린 것이 확실하였다.

말을 달려 돌아가는 히노베의 마음은 무겁기 짝이 없었다. 어떻게 성문을 열어야 할지 고민을 하던 히노베는 사실을 쇼우에게 말하면 자신의 말을 믿어 줄지도 의문이라 생각이 들었다.

그러나 오오토모 성에 도착한 히노베는 뜻밖의 상황에 놀랐다. 그가 도착하자 성문이 열렸고, 호족 신들이 친히 나와 그를 맞이해 주었던 것이다.

그들은 쇼우의 광기와 오만함을 견디지 못하고 히노베를 내쳐 버린 순간 힘을 합하여 쇼우를 암살하여 그의 목을 산속 아무 곳에나 버려 버렸다. 히노베의 이야기를 전해 들은 호족신들은 히노베를 선두로 하게 하고 모두들 태사평과 백제의 태자를 맞을 준비를 하였다.

태사평을 만난 여금여수는 곤지가 바로 북으로 올라가 섭정무치를 잡으러 갔다는 소식을 듣고 얼른 곤지를 뒤따르려고 하였으나, 그에겐 오오토모에 진을 치고 기다리는 병사들이 있었으니 태사평이 여금여수에게 한 가지 제안을 하였다.

"그대는 바로 오오토모에서 군사를 이끌고 올라와 가시와라를 넘어 곧장 가시하라 성으로 들어가는 것이 좋겠소. 그곳에서 기다리고 있으면 바로 가츠라기와 헤구리의 상황을 한눈에 알 수 있을 것이오. 가츠라기가 무슨 일인지 우리가 이곳으로 넘어올 때, 담을 쌓아 뒤로 무르는 길을 막았으며 헤구리 쪽으로 올라갔다고 들었소. 속히 가시하라로 가 만일의 상황에 대비를 하고 만반의 준비를 해 방비를 단단히 하시오!"

태사평 자신은 곧 뒤따라 곧장 혈수왕을 도우러 헤구리 위로 올라갈 것이라 하였다.

여금여수는 태사평의 말대로 곧장 말을 달려 오오토모로 내려갔고, 그곳에서 히노베를 다시 만났다. 히노베는 여금여수를 반기며 그들의 군사와 더불어 가시하라로 내달렸으니, 가시하라 성안에 진을 치고 문을 굳게 잠궜다.

한편, 혈수왕은 도망친 섭정무치가 몸을 의탁한 헤구리를 공격하려 부단히도 애를 썼지만 워낙 요새와 같은 헤구리족을 단번에 제압할 수 없었다. 그것은 산을 돌아 위에서 아래로 공격을 감행하던 곤지 역시 마찬가지였다.

헤구리의 니시노미야로 가는 길은 매우 좁았고 양옆으로 커다란 산이 길게 나 있는 것이 성을 함락하기란 쉽지 않아 보였다.

섭정무치는 헤구리 부족의 장군 고리하타니시에게 일러 자신을 잡으러 반란군이 왔으니 그들을 막아 내 달라 말하였다. 섭정무치는 끝까지 거짓을 말하였으니 목숨을 조금 더 부지하고자 하는 발버둥에 지나지 않았다.

혈수왕이 헤구리로 바짝 올라와 헤구리의 군사들이 그 모습을 본다면 금방 자신의 죄가 탄로 날 것이 뻔함에도 섭정무치는 선택의 여지가 없었다.

혈수왕이 단번에 곧장 성을 치기 위해 산을 넘어 언덕을 올라가려 할 때, 이소노가미에서 사신이 급히 도착해 혈수왕을 애타게 찾았다.

"대왕! 큰일 났습니다."

사신이 헐레벌떡 혈수왕의 막사로 뛰어 들어왔다. 그의 몸에서는 열기가 빠르게 퍼져 가며 눈에 확연히 보일 정도의 연기가 모락모락 피어올랐다. 어찌나 다급해 보이던지 사신의 숨은 곧 넘어갈 듯 헐떡거렸다.

혈수왕은 무언가 기쁜 소식이 아니라는 것을 눈치챘다.

"무슨 일인데 이리 죽을 것처럼 달려오느냐?"

"지금… 큰일 났습니다. 이소노가미 궁에서…."

사신은 숨을 크게 들이마시며 흥분된 자신을 진정시키려 애를 썼다.

"궁에서?"

"궁에서 난리가 났습니다. 고가히메님께서 대왕의 서신을 받고 성에 도착했습니다만 전혀 들어올 수 없도록 박뢰왕이 성문을 단단히 걸어 잠궜습니다. 게다가 왕비님… 둘째 왕비님을 화형에 처해 그 시신이 재가 되었습니다. 이를 어쩌면 좋습니까?"

혈수왕은 사신의 말에 의자에서 하마터면 넘어질 뻔하였다. 너무도 충격적인 소식이 아닐 수 없었다.

"뭐라? 무엇 때문에 그런 일이 생긴 것이냐? 지진원이… 지진원이 왜 불에 타 죽은 것이냐!"

혈수왕의 눈에는 실핏줄이 전부 터져 붉게 피를 흘리는 듯하였고, 분노에 못 이겨 주먹을 꽉 쥔 채 온몸을 부들부들 떨기 시작했다.

"모르겠습니다. 박뢰왕이 성을 잠그고 그 안에서 명을 내려 궁 바깥에서 왕비님을 태워 죽였습니다. 대왕의 충신들은 모두 목이 베어 죽어 나갔으며 저는 간신히 도망하여 사방천지를 헤매다 대왕님의 군사들이 이곳에 있다는 것을 듣고는 바로 이렇게 왔습니다."

"박뢰가 도대체 어째서… 이런 죽일 놈을 보았나! 내 당장 군사를 돌려 들어갈 터이니 너는 고가히메에게 알려 박뢰에게 순순히 문을 열고 그 죄를 상세하게 말하며 용서를 구할 준비를 하라 일러라!"

"예, 대왕!"

혈수왕은 갑작스러운 박뢰의 행동과 지진원의 죽음에 알 수 없는 의구심과 더불어 화가 머리끝까지 났다.

때마침, 태사평이 혈수왕의 뒤로 도착을 하니 혈수왕이 태사평에게 자초지종을 이야기하였다.

헤구리가 문제가 아니었다. 수도가 어지러워지기 시작한 것이다.

"내가 바로 가서 무슨 일인지 알아야겠소. 지진원이… 죽임을 당했소."

"뭐라고요? 아니, 갑자기 그게 무슨 말입니까?"

"박뢰 놈이 문을 걸어 잠그고 비를 태워 죽였단 말이오. 아내이자 백제의 여인을… 어찌 그럴 수 있단 말인가? 백제의 태자와 함께 궁으로 들어서기가 미안하기 짝이 없소. 내가 얼른 달려 상황을 알아야겠소."

태사평 역시 큰 충격을 받았다. 세월이 많이 흘러서 참으로 보고 싶었던 얼굴이었다. 그분을 다시 만날 수 있다는 것 역시 야마토에서의 큰 기쁨이 아닐 수 없었다. 하지만 그런 지진원이 죽었다니 믿기질 않았다.

태사평은 다급히 혈수왕에게 말했다.

"이곳은 제가 맡을 터이니, 어서 이소노가미로 돌아가십시오."

혈수왕은 그렇게 군사를 뒤로 돌려 미친 듯이 달려 이소노가미로 향했다. 혈수왕이 떠나자 태사평은 이 사태를 해결하기 위해 한시라도 급히 헤구리를 제압하고 섭정무치를 잡아야 했다. 고심을 거듭한 끝에 태사평은 지금쯤 도착했을지도 모르는 여금여수에게 병사를 보내 혈수왕을 도우러 이소노가미로 출진하라고 전하라 하였다.

아직 상황을 모르는 곤지가 니시노미야를 어떻게 공략할지 며칠 동안 주변 지형을 관찰하기 시작했다.

"반대편에는 분명 혈수왕이 공격을 준비하고 있을 것인데… 지형이 양쪽으로 너무 좁아 저들이 성에서 한번 들어가 문을 닫으면 올라가 뚫을 길이 막막하구나."

곤지가 제묘자부대의 상급병사를 근심 어린 눈으로 보며 답답함을 토로하였다. 그러다가 제묘자부대의 한 상급병사를 가만히 보더니 무언가 생각이 났는지 병사에게 작은 소리로 말을 하였다.

"내가 이런 말을 하는 것이 이상하게 들릴 것을 알지만, 하나의 수가 있으니 그것을 실행해 보는 것이 어떨까 합니다."

그러자 상급병사는 얼른 자세를 바로 일으켜 세웠다.

"전장에서는 저하의 명이 곧 법입니다. 저하께서 목표를 실현시키려는 입장에서 하시지 못할 말이 무엇이 있겠습니까. 말씀을 편하게 해 주십시오."

곤지는 자신의 말을 경청하려는 병사의 행동에 대견해하며 다시 말을 이어 갔다.

"우리가 아니라 그들을 먼저 나오게 하는 것이 어떨까 싶습니다."

"그들을 밖으로 나오도록? 어떻게 말입니까?"

"저 섭정무치라는 자는 신라인이니, 신라 본국에 대한 두려움과 귀환의 의지가 남아 있을 것이오. 우리가 둘로 나뉘어 연극을 해 보는 것이 어떻겠소?"

"연극이라면 어떤 것을…."

"신라의 군이 이곳 야마토로 온 것처럼 위장하여 우리를 공격하는 것처럼 꾸민 후, 우리가 밀려 밖으로 달아나는 것처럼 길을 잠시 터 준다면 성 위에서도 이 상황을 지켜볼 것입니다. 신라의 병사들이 왔다는 것을 알면 섭정무치도 아마 그리로 가 도움을 받으려 하지 않겠소. 성문을 열고 나올 때, 매복해 있다가 옆에서 그를 잡고 작은 기회를 틈타 열린 성문을 비집고 당신과 제묘자가 들어가 앞뒤의 문을 활짝 열면 어떻겠습니까? 또한 반대편의 혈수왕께도 신호를 보내어 들어올 수 있게 알리면, 그러면 양쪽으로 공격하기에 편할 것입니다."

제묘자 상급병사가 듣고 보니 좋은 계략이었다. 다만 신라의 군임을 어떻게 속이느냐는 것이 관건이었으니.

"저하의 생각은 정말 좋습니다. 그런데 신라의 병사처럼 어찌 위장을 한다는 말입니까?"

"간단하오. 신라의 깃발을 만들어 세우고 그들과 비슷하게 갑옷을 조금만 변형시키면 될 것 같소만. 어깨를 조금 높이고 투구의 윗부분을 전부 잘라 평평하게 만들어 버리면 어떻겠습니까? 멀리서 보이는 것은 눈에 확연히 띌 깃발이니 여러 깃발을 날리게 하고 말입니다."

병사는 그 말에 저도 모르게 무릎을 탁 쳤다. 그러자 곤지는 상급병사의 어깨를 두드리며 의미심장하며 부드러운 미소를 지어 보였다.

"좋은 생각입니다, 저하."

"그렇게 해 봅시다."

그리하여 곤지는 곧바로 상급병사에게 그리하라 명을 내렸고, 상급병사의 이름을 물었다.

"굳세어 보이기가 마치 단단한 돌덩이 같은데 당신의 이름은 무엇입니까?"

그러자 제묘자의 상급병사가 손을 모아 고개를 숙이며 답하였다.

"백가라 하옵니다."

정말 곤지의 말대로 섭정무치는 깜빡 속았다. 그는 야심한 밤을 틈타 고리하타니시도 모르게 신라군의 도움을 받아 귀향하고자 몰래 성문을 열러 빠져나갔다.

"이 밤에 어디를 나가십니까? 백제의 장군님을 돕기 위해 이리 고생을 하며 성을 굳게 틀어막고 있는데, 왜 신라군들이 있는 곳으로 나간단 말입니까? 위험합니다."

고리하타니시의 부하 장수가 섭정무치를 말렸으나 섭정무치는 아무 말도 없이 그대로 말을 타고 달려 나갔다. 지금 신라군에게 의지하지 않으면 언제 죽어도 이상하지 않을 목숨이었다.

헤구리의 장수는 그를 이상히 여겨 고리하타니시에게 알렸고, 고리하타니시는 무언가 의심쩍어 성문을 열어 저 앞에 백제군이 퇴각하여 보이지 않는 틈을 타 섭정무치를 따라 쫓았다.

일거양득이었다.

섭정무치와 고리하타니시가 전부 나왔다.

곤지는 숨어 양쪽 산 아래에 매복을 하고 있다가 달리는 말 소리를 듣고는 신호를 보냈다.

"이얏! 잡아라!"

곤지의 신호에 백가와 병사들은 양쪽으로 그들을 에워쌌고, 열 명 남짓의 제묘자 병사들이 얼른 열린 성으로 들어가 재빨리 소리 없이 어둠 속에서 초병들을 공격해 가차 없이 기절시키거나 죽였다. 그리고 모든 성문을 다 열고 반대로 내려가 혈수왕이 있는 곳 가까이에서 신호를 보내려 하였다. 그러나 혈수왕은 없고 태사평의 군사들이 보이는 것이 아닌가.

　제묘자 병사들이 태사평에게 성문이 열린 것을 알리니 곤지와 태사평은 서로 검과 창을 휘두르며 달빛이 밝은 밤, 니시노미야를 단번에 함락했다.

　허나, 허망하게도 신라군으로 분한 백제군들에게 사로잡힌 것은 섭정무치가 아니라 뒤따라 나온 고리하타니시였다. 백제의 병사들이 섭정무치를 잡으려 했을 때, 약삭빠른 섭정무치는 그들이 신라의 군이 아님을 눈치챘고 얼른 말을 한쪽으로 달려 보내며 혼자 반대쪽으로 몸을 피해 달렸다.

　섭정무치는 심장이 떨어질 듯 놀랐고 하마터면 사로잡힐 뻔한 위기의 상황에서 말을 혼자 달리게 한 것을 천운이라 생각하였다.

　고리하타니시를 사로잡아 끌고 니시노미야로 올라온 백가와 백제의 병사들은 곤지와 태사평에게 그를 무릎 꿇려 바쳤다.

　곤지와 태사평은 고리하타니시에게 섭정무치가 백제의 사람이 아닌 신라의 사람이라 알렸고, 자신들이 백제에서 온 장군들이라 말하였다. 그제서야 고리하타니시는 섭정무치가 왜 몰래 신라군이라 생각한 이들에게 달려 나갔는지 이해할 수 있었다.

　"섭정무치를 놓쳤습니다!"

　뒤늦게 올라온 병사들이 다급히 곤지에게 사실을 알렸다. 벌을 받을 것을 두려워하였던 병사들이 모두 무릎을 꿇자 곤지는 고개를 저으며 웃었다.

　"우리 백제군들이 멀쩡한데 무슨 소리입니까. 그런 하찮고 비겁한 마음을 가진 자는 홀로 떠나 봐야 아무것도 할 수 없을 것입니다."

　곤지의 포용력은 태산보다 높고 하늘과도 같이 넓었으니 백제의 병사들은 곤지의 곁에서 떠나고 싶지 않아 하였다.

곤지를 마주한 태사평은 즉시 혈수왕의 문제를 말하였다. 그리하여 서둘러 이소노가미로 들어가기를 요청하였고, 곤지도 혈수왕의 위급함을 못 본 체할 수 없었기에 얼른 군사를 이끌고 태사평과 이소노가미로 향했다.

태사평은 곤지에게 아직 지진원의 죽음을 알리지 않았다. 이소노가미에 들어서기 전에 걱정과 슬픔 그리고 불안의 감정을 주고 싶지 않았다. 아무리 곤지라 하더라도 충격을 크게 받으면 감정적으로 많이 지치고 판단을 정확히 내릴 수 없다고 생각해서였다.

466년, 개로 11년. 곤지가 야마토에 도착한 지 어느덧 네 해째가 되어 가는 날이었다. 이소노가미 성 앞에서 백제와 혈수왕의 군사들이 모두 모이니, 그 군사가 오천이나 되었고 그 위용은 실로 어마어마하였다.

10. 장엄한 마무리는 위대한 시작을 위한 초석일 뿐

진후는 국철의 목을 베고 얼른 충주성으로 올라갔으며 후연이 영암성을 단단히 지키게 하였다. 목갑과 국철의 소식이 한참을 지나도 들리지 않으니 해구는 신경이 쓰이기 시작했다.

구름이 낀 밤, 달빛이 아주 희미하여 궁 안에는 횃불 말고는 아무것도 분간할 수 없이 어두웠으니 수비리시의 처소에 들어선 해구가 걱정을 토로했다.

"어라하의 명을 받고 내려간 국철과 목갑이 수십 일째 소식이 없습니다. 무슨 일이 있는 것이 분명합니다. 도림에게 약속을 했지만 계속 그 거사를 치를 날이 미뤄지고 있으니 이를 어쩐단 말입니까?"

해구의 조급함에 수비리시는 침착함을 유지하려 애를 써 봤지만 해구의 말에는 틀림이 없었다. 하나의 수를 빨리 내지 않으면 꼬리가 길어져 여경이나 고구려 둘 중에 하나에게 변을 당할 것이 자명했다.

"상황이 이리 변할 줄은 몰랐습니다. 이러지도 저러지도 못할 바에는 차라리 신라에게 그 죄를 지금 뒤집어씌우는 것이 나을 듯싶습니다. 해구 님은 어떻게든 당장 신라로 가 마지막 담판을 짓고 오셔야겠습니다."

"담판을 지으라니요? 신라와 우리는 동맹을 맺은 상황인데 무엇으로 죄를 뒤집어 씌우고 담판을 짓는단 말입니까?"

수비리시는 더 이상 감출 수가 없었다. 자신뿐만 아니라 해구의 목숨을 보전하기 위해서라도 신라와의 비밀을 털어놓아야 했다.

"일전 아버님이신 해수 어르신께서 신라와 몰래 담합을 하여 상좌평 여신이 신라의 손에 죽었습니다. 해수 님은 그 보답으로 신라와 화친을 맺기로 약조한 것입니다. 해수 님은 지금 해구 님과 같이 백제의 현 왕가를 내몰고 새 백제의 주인이 되고자 했지요. 그래서 해구 님이 사신으로 신라와 화친을 맺기 위하여 다녀왔던 것입니다."

"그것을 왜 지금 이야기하십니까?"

"어르신의 아녀자로서 차마 지아비의 흠을 누구에게도 알릴 수 없었습니다."

"이런…."

해구는 수비리시의 말에 정신이 어지러웠다.

"여신 님이 있는 한, 백제의 왕가는 굳건할 것이 뻔했습니다. 그러니, 이번에는 신라에 여신의 일을 빌미로 군사를 한 번 더 얻어 내 남쪽에 있는 진씨들을 한 번에 제거하시고 그대로 치고 올라와 한성에서 거사를 치르는 것이 어떻겠습니까? 그들에게 백제의 아래 가야 땅을 전부 장악하여 내어 준다고 거래를 하면 어떨까 싶습니다. 어차피 어라하께서도 진씨들과 국철 그리고 목갑을 아래로 보낸 연유가 그들을 조용히 시키고자 함이 아니었습니까? 그러니 남으로 내려가 그들의 상황을 확인한 뒤 신라로 들어가 그들에게 거래를 제안하십시오. 만약 들어주지 않는다면 어라하께 사실을 말하고 신라와의 화친을 깹시다. 장수왕이 밀고 들어오고 신라와 혈전을 벌인다면 백제는 순식간에 사라질 것입니다. 저희는 그 틈에 왜로 내려가 숨어드는 수밖에 없습니다."

"왜로 내려가면… 백제가 없으면 이 짓이 무슨 소용입니까? 새 백제의 주인이 되고자 했던 일이 아닙니까?"

해구가 물었다. 수비리시의 방에서 피어오르는 초의 냄새가 여간 거슬리는 것이 아니었다.

"왜에 내려가 새로운 백제를 만들어야지요. 물론 무척 힘든 일이겠지만 백제의 척인 왜는 백제의 왕가와 백제의 모든 사람들이 사라지는 것을 안타깝게 여기어 우리가 들어가는 것을 반길 것입니다. 그곳에서부터 다시 시작해야지요. 그러니, 먼 길을 떠나지 않기 위해서는 신라를 잘 구슬려야 합니다. 신라를 구슬려 새백제를 열어 대륙을 다시 찾을 것인지, 아니면 왜로 내려가 다시 백제의 기틀을 마련할 것인지 잘 판단하셔야 합니다. 후자는 저도 그 기간을 장담하지 못합니다."

수비리시는 해구에게 선택지를 주었지만 그 선택지에 답은 하나밖에 없다는 것을 은연중에 내비쳤다.

해구는 신라로 향하기로 하였다.

먼저, 수일간 잠시 한성의 상황을 살피다가 도림에게 은밀히 말을 하였다.

"나는 신라에 잠시 다녀올 것이오. 그들에게 요청할 것이 있으니 돌아오는 대로 도림 님은 장수왕에게 연락을 취하셔서 바로 밀고 들어오시는 것이 좋겠습니다."

신라로 간다는 해구의 말에 도림은 속으로 화들짝 놀랐다. 정작 신라에 하루빨리 가고 싶은 것은 자신인데 무엇을 요청하려고 하기에 신라로 간다는 말인지 의아했다.

"신라로 가신다니요?"

"잠시면 됩니다. 반드시 다시 돌아올 테니 장수왕께 죄송스럽지만 꼭 약조한 것을 지킬 터이니 저희의 부탁을 거절치 않게 하여 주십시오."

해구는 그리 말하고 자리를 떴다. 도림은 영문을 몰랐지만 해구의 부탁은 꼭 완수해야 한다는 것을 본능적으로 알았다.

수일이 걸려 진백과 진로가 목갑을 묶은 채 한성으로 올라오고 있을 때, 상좌평 문주와 목하치가 충주성에 들어와 자리를 잡았다.

국무혈은 문주에게 예를 갖춰 충주성을 문주에게 내어 주었고, 문주는 군사를 정비하며 때를 기다렸다.

472년, 개로 17년.

계속하여 여경은 도림의 말을 따라 수 해 동안 궁을 증축하는 데 힘을 썼고, 정사에 관심을 두지 않는 모습을 보이기 시작했다.

여전히 도림과 뜰을 돌며 볕이 좋은 곳에서 바둑을 두던 여경에게 해구가 조심스레 다가갔다.

"어라하, 아직 국철과 목갑 그리고 진씨들의 소식이 없으니 무슨 일이 생긴 것이 아닌지 궁금하옵니다. 혹시나 잘못된 것은 아닌지 제가 직접 살피고 오는 것은 어떨지요? 만일 안 좋은 일이 생겼다면 우리 백제의 국력은 큰 타격을 입을 것이며 언제 들어올지 모르는 북쪽의 고구려에게 목을 내어 주는 것과 마찬가지입니다."

그러자 여경은 해구를 쳐다보지도 않은 채, 그저 덤덤하게 바둑판에만 정신을 쏟으며 답을 하였다.

"내두좌평이 그러하시다면 그렇게 하시오."

"예, 어라하."

도림은 판의 형세만 뚫어지게 관찰하는 여경과 그 옆에 서 예를 갖추는 해구를 번갈아 보았다. 도림이 보기에 여경은 모든 것에 관심이 없고 무기력해 보였다.

해구가 군사를 이끌고 한성을 나간 날 저녁, 여경은 도림을 불러 가만히 이야기를 했다.

"이번에 성을 좀 더 화려하게 증축하고 주변의 다른 성들과 고구려를 방어하는 성들의 보수를 더욱 신경 쓰려 하니, 내 다시 물자를 보내어 남송과 왜에서 사람들과 철기들을 더 가지고 와야겠소. 또한 금이 더 필요하니 조금 더 사람을 보내어 그들에게 싣고 오도록 하겠소."

여경의 말에 도림은 점점 국력이 낭비되고 있는 것을 느낄 수 있었고, 자신의 계략이 거의 완벽에 가깝도록 행해지고 있는 것에 흔쾌히 맞장구를 쳤다. 하지만 여경이 남송과 왜로 사람을 보낸다는 계획 역시 일전 곤지의 지략에서 나온 것이니 여경은 곤지의 말을 염두해 두었고 다른 핑곗거리로 곤지의 뜻을 도운 것이다.

"어라하의 말씀이 백번 지당하다 생각되옵니다. 부처님께서는 이 공을 절대 외면하지 않을 것이옵니다."

곤지가 떠난 이후, 여경은 점점 속도를 가해 속속들이 물자와 병사들, 그리고 기술공들을 왜와 송으로 나누어 보내니 실상 발전하는 것은 남송의 청령이 있는 본거지요, 곤지가 지나온 남큐슈였다. 도림은 그것을 전혀 눈치채고 있지 못하였다.

하지만, 여경도 신경이 쓰이는 것은 어쩔 수 없었다. 자꾸 국력이 바깥으로 빠지는 것에 불안감을 느끼며 이것이 맞는지 의문이었다.

허나, 여경은 곤지와 태사평 그리고 청령과 남송을 믿어 보기로 하였다.

지금까지 보아온 그들은 비범했고 누구보다 백제를 위해 헌신하는 자들이었다.

백제의 정세가 위태롭다는 것을 여경도 느끼고 있었다. 허나 신라와의 화친이 고구려를 섣불리 들어오지 못하게 하고 있으며 백제에서 둘째가라면 서러울 장수를 곁에 두었으니 여경은 어느 달 밝은 야심한 밤에 수많은 별들을 물끄러미 바라보았다.

"별들이 예전 영암에서처럼 많이 수놓여 있지 않은 것 같구나."

뒷짐을 지고 하늘을 계속 응시하며 심란한 소리로 말하는 여경에게 곁에 있던 장수가 얼른 답을 하였다.

"그래도 이곳에서는 가장 큰 별이 보입니다, 어라하."

"우리가 이렇게 같은 별을 보는 것이 얼마 만인지 모르겠구나, 계후야."

여계후. 곤지의 친형제나 다름없는 친구이자 동료인 여계후가 문주와 목하치가 떠난 한성의 빈자리를 가득 채웠다. 여경이 명을 내려 모두를 떠나게 하고 불러들인 계후는 이제는 어엿한 한성의 장군이 되었다.

"일이 잘 풀려 가고 있다면 곧 소식이 들려오겠지?"

"분명 그러할 것입니다, 어라하."

여경은 여계후의 어깨를 따뜻하게 두드렸다. 여경이 처소로 들어간 후, 계후는 비유의 방 앞을 지키던 태사평이나 목하치가 그랬던 것처럼 예를 갖추어 여경의 방 앞을 지켰다.

장수왕은 얼마나 더 참아야 할지 알지 못했으니, 도림의 소식을 듣고도 한참 동안 섣불리 움직이지 못했다. 장수왕은 예주에게 물었다.

"얼마나 더 기다려야 하느냐? 그냥 바로 군사를 준비하여 달이 한 번 더 차오르기 전에 밀고 들어가는 것이 좋을 듯싶다! 하염없이 기다리며 애를 태우게 만드는 것이 아주 몹쓸 짓 같구나."

장수왕이 연신 기침을 해 대며 화를 내었다. 그러나 예주는 어느 때보다 침착하게 장수왕을 달래었다.

"조금 더 기다리시는 것이 어떻겠습니까? 도림도 백제에서 제 몫을 해내고 있는 것 같으니 말입니다. 물론 수비리시와 해구의 약속이 늦어진다 하지만, 그들에게 관용을 베풀어 시간을 두고 좀 더 지켜봄이 좋을 듯싶습니다. 그들도 그리 쉽게 계획대로만 흘러가지 않음을 절실히 느끼고 있을 것입니다. 재촉을 한다면 갑자기 돌아설 수도 있는 것이니, 완벽히 백제가 힘을 잃고 좋은 소식이 올 때, 그때 한 번에 큰 공격으로 우리 군의 피해가 없도록 짓누름이 어떨까 싶습니다. 그래야 바로 다음 신라를 치기에 용이할 것입니다."

"어허… 참….”

예주는 신중에 신중을 기하는 성격이었고, 호탕하기로 유명한 장수왕이지만 그도 그 이면엔 굉장히 섬세하고 조심스러운 면이 있었으니 아주 인내심이 많은 범과도 같았다.

해구가 군사 일천을 끌고 국철이 있는 영암으로 내려가려 하는데, 무슨 일인지 갑자기 뒤에서 자신을 뒤따라오는 병사들을 보았다. 그들의 선봉에서는 낯이 익은 자가 열심히 자신의 군사들을 쫓아 소리 없이 달려오고 있으니 해구는 방향을 틀어 군사들을 멈추게 하였다.

점점 다가오는 군사들 앞으로 얼굴을 검으로 살짝 가린 장수 하나가 해구와 정면으로 마주하였다.

해구가 말 위에서 마주한 장수를 향해 물었다.

"누구시오? 누군데 우리를 몰래 따라오는 것이오?"

해구가 의심쩍은 눈초리로 크게 외치니 검으로 얼굴을 가렸던 장수가 그 검을 내려 치웠다.

"어디를 그리 가십니까?"

해구가 그의 얼굴을 알아보니 그는 다름 아닌 예전에 아래로 떠난 진남이었다.

"당신이 무슨 군사를 이끌고 이리 온단 말이오? 관직에서 물러난 것이 아니었소?"

해구는 당황하여 물었다.

"상좌평 어르신께서 직접 명을 하셨으니 이는 어라하의 명이 틀림없소. 당신이 아래로 내려올 줄을 예상하셨소! 어디를 그리 가는 것이오?"

해구는 진남의 물음에 이상한 기분이 들었다. 무언가 일이 점점 꼬이고 있는 것 같았다. 자신이 남으로 내려가 국철과 목갑을 찾으려 할 것을 어라하와 상좌평이 어찌 알았단 말인가.

해구는 당혹스러웠지만 그렇지 않은 척을 했다.

"어라하께서 보내신 국철과 목갑이 가야의 부족들을 진압하러 갔으나 그 소식이 없어 확인차 내려가는 것이오. 또한 진씨들도 아무런 소식이 없으니 알아보기 위해 직접 어라하의 명을 받들어 내려가는 것인데 얼토당토 않게 내 뒤를 따라와 이리 앞을 가로막으니 이게 무슨 경우요?"

"그렇소? 그렇다면 이미 늦었소. 당신을 따랐던 국철은 이미 이 세상 사람이 아니며 목갑은 진백과 진로의 손에 끌려 충주성으로 올라가고 있는 중이오. 문주 상좌평께서 그들을 충주성에서 만나 직접 한성으로 끌고 올라갈 것이오!"

"그것이 무슨 말이오? 당치도 않은 소리!"

해구는 진남이 절대 알 리가 없다고 여겼다. 목갑이 잡혀 문주가 있는 충주성으로 향하고 있다는 말에 등에서 식은땀이 나기 시작했다. 그가 문책을 이기지 못해 모든 것을 말하게 된다면 해구는 절대 살아남지 못할 것이었다.

해구는 눈을 번쩍이더니 차라리 진남을 해치기로 마음을 먹었다. 자신의 길을 가로막고 어라하의 명을 받들지 못하게 한 죄를 물어 명분을 만들면 되었다.

해구는 창을 두어 번 돌려 병사들에게 공격의 신호를 보내며 말을 타고 쏜살같이 달려 진남을 찔러 떨어뜨리려 하였다. 진남도 이제서야 본색을 드러낸 해구에게 그럴 줄 알았다는 비웃음을 지으며 해구를 향해 돌진했다.

해구와 진남은 서로 수십 번 창을 부딪히고 피했다.

"뜻대로 되지는 않을 것이오!"

"뜻은 무슨 뜻!"

해구가 몸을 틀어 진남이 깊숙히 찌르는 창을 옆구리에 단단히 끼우고는 자신의 창으로 진남의 손목을 끊어 버렸다.

"악!"

진남의 손이 바닥으로 떨어지자 해구는 단 한 번의 외침을 끝으로 진남의 목을 깊숙히 찔렀다.

"어라하의 명을 받든 나를 욕보이지 말아라!"

진남이 쓰러지고 그의 군사들도 덩달아 사기를 잃고 하나둘씩 쓰러지기 시작하였다.

그런데 때마침 저쪽 뒤에서 상좌평 문주와 목하치가 군사를 이끌고 무서운 말발굽 소리를 내며 해구에게 달려들었다.

해구는 화들짝 놀랐다.

"네 이놈! 네가 그럴 줄 알았다. 내가 보낸 장수 진남을 찔러 죽이다니. 순순히 창을 버리고 무릎을 꿇어라!"

목하치가 번개같이 달려들어 해구의 창을 쳐 떨어뜨리려 하였다. 하지만 해구는 만만치 않은 상대였다. 순간 살짝 비켜서더니 목하치의 창을 다시 위에서 아래로 쳐 떨어뜨렸다.

"무슨 말씀이십니까, 상좌평님! 저는 어라하의 명을 받들고 내려가 토벌을 하는 장수들을 확인하러 온 것입니다!"

문주가 달려들자 해구가 다급히 외치며 급히 몸을 피해 뒤로 물러섰고, 갑자기 자신의 창을 바닥으로 내던졌다. 해구의 병사들 역시 문주의 모습을 보고 얼어붙어 전혀 몸을 움직이지 못했다. 문주에게 창을 들이대는 것은 그 시점부터 반란군이 되는 것이었다.

진순이 진남에게 관직을 버리고 남으로 가라고 한 것. 그것은 해씨를 믿지 못한 진순의 혜안이었다. 그리고 진순은 비유에게 그 사실을 알리고 비유는 여경과 문주에게만 몰래 알렸으니, 한성 바깥을 단단히 하는 데 아주 절묘하였다.

문주는 해구를 잡아 충주성으로 올라갔다. 해구는 영암으로 도착하기도 전에 중간에서 뜻밖에 잡혀 버린 것이었다.

문주는 해구와 목갑을 꿇여 앉혀 대질을 시켰다.

"어서 말을 하거라! 해구와 무슨 일로 그리 한성에서 몰래 만나며 밀담을 나누었느냐?"

문주의 다그침에 목갑은 겁을 먹은 채, 우물쭈물하였다. 해구가 목갑을 노려보았다.

"분명 목갑이 해구 네놈과 밀접한 관계를 가졌다고 말하였다."

문주의 이어지는 호통에 해구는 정색을 하였다.

"아니옵니다. 그저 어찌하면 한성의 군사들을 더욱 다독여 압박해 오는 고구려를 막을 수 있을까 의논을 한 것입니다. 저와는 전혀 밀접한 관계를 가질 일이 없습니다."

해구의 당당함에 문주는 기가 찼다. 가만히 둘을 번갈아 보던 문주가 잠시 생각을 하더니 목하치에게 작은 단도를 가져오게 시켰다. 그리고 문주는 단도를 해구와 목갑의 앞에 떨구고는 말하였다.

"네 말이 사실이라면 목갑의 가슴을 찔러라. 네가 맞다면 그자는 내게 거짓을 말한 것이다."

해구는 칼을 보고 목갑을 보았다.

목갑은 울상을 지으며 겁을 먹은 표정으로 해구를 보다가 안 되겠는지 입술을 떼어 해구와의 밀담을 말하려 하였다. 그러자, 재빨리 눈치를 챈 해구가 얼른 칼을 집어 가차없이 목갑의 가슴과 목을 찔렀으니 목갑은 비명도 지르지 못하고 입을 벌린 채 쓰러졌다.

"전혀 관련이 없습니다. 누가 이런 모함을 하는지 모르겠습니다."

그 모습을 보며 말없이 수염을 쓸던 문주는 씩씩거리는 해구를 가만히 보더니 목하치를 대동한 채 바로 자리를 떴다. 해구의 모습을 곁에서 지켜본 진백과 진로, 그리고 합류한 진후가 의심의 눈초리와 엄한 표정으로 해구를 노려보았다.

문주가 처소로 들어가며 목하치에게 말했다.

"이제 남은 것은 해구 하나다. 허나, 저놈의 기백과 무예 실력이 출중하니 잠시 써먹을 데가 있겠구나."

목하치의 창을 쳐 떨궈 냈다는 것은 대단한 일이었다.

"쌍현성을 공격할 때 저자를 선봉에 세울 것이다. 저놈이 죄가 있는지 없는지, 쌍현성을 탈환하는 데 어떤 역할을 하는지 보아야겠다."

문주는 해구를 데리고 다시 한성으로 올라갔으니, 해구는 신라로 들어가지도 못하고 난감하게 되었다. 도림을 통해 장수왕과의 약속한 시간이 속절없이 흘렀고, 도림은 철저한 감시에 갇힌 해구를 보며 차디찬 한숨을 쉬었다.

문주가 한성으로 올라와 해구를 가두어 놓은 것처럼 철저히 감시를 하니, 해구는 답답할 노릇이었다.

날이 지나고 계절이 바뀌며 점점 한성의 궁이 예전보다 웅장해졌다. 하지만 과도한 노역에 나라가 혼란스러워진 것을 눈치챈 도림이 때가 왔음을 직감했다.

생각보다 오래 참았던 장수왕은 인내심에 한계가 왔는지 예주의 말을 더 이상 듣지 않았다.

"전군 공격을 감행한다! 수년을 기다렸는데 돌이켜 생각해 보니 이놈들이 나를 가지고 논 것이 아닌가 싶구나."

장수왕은 날이 밝는 대로 군사를 이끌고 백제의 한성까지 쳐들어갈 준비를 하였다. 고구려의 장수들이 쌍현성에 전부 모여들었다.

쨍쨍한 햇볕에 생명이 살아나 움직이는 소리가 삼국의 땅에서 들리기 시작했다.

날이 밝자 장수왕은 군사를 거느리고 평양성에서 나왔다. 그리고 재빠르게 말을 잘 타는 병사를 시켜 쌍현성의 장수들에게 백제를 공격할 것임을 알리게 하였다. 그와 동시에 장수왕은 혹여나 백제를 도우러 올지도 모르는 신라를 견제하기 위해 우치루건의 말갈, 물길 일만 병을 시켜 북쪽 변경의 신라 실직성을 습격하게 하였다. 발을 묶어 두려는 작전이었다.

전갈을 받은 쌍현성의 장수들은 모두 성에서 나와 백제의 북성을 향해 달렸다. 백제의 북성의 병사가 그 소식을 듣고 얼른 한성으로 달려 여경과 문주에게 알렸다. 여경이 문주에게 명하여 북성을 지키도록 하였으니 문주에게는 해구를 시험할 좋은 기회였다.

고구려군이 오랫동안 참은 것을 충분히 납득한 여경은 이제 결전의 날이 왔음을 짐작했다. 그들은 북성을 다시 빼앗고 한성까지 밀고 들어올 것이다. 그러나 백제도 호락호락하지 않다는 것을 보여 줄 때가 된 것이다.

문주는 해구를 불러 명하였다.

"지금 고구려군이 밀고 들어오고 있으니, 바로 가서 네가 백제의 장수이자 관직의 품격에 맞는 자라는 것을 백제의 백성과 고구려군에게 보여 주어라! 그렇다면 너에 대한 의심은 지울 것이다."

해구는 고구려군이 들어오고 있다는 소식에 할 말을 잃었다. 이제는 영락없이 장수왕을 배신하고 맞서 싸워야 했다. 저 멀리 도림의 표정을 보았지만 이상하게도 도림은 아무런 눈길을 주지 않았다.

출전 전날 어둠이 깔린 저녁, 해구는 비통한 심정으로 수비리시를 찾았다.

"아직 신라에게 원군을 받아 나라 안을 어지럽게 하지 못하고 왕권을 빼앗지 못하였으니, 더 이상 다른 방법이 없습니다. 내일이면 고구려와의 일전을 벌여야 합니다. 장수왕과 칼을 맞대야 한다는 것입니다. 아시겠습니까?"

해구는 길게 한숨을 내쉬었다. 수비리시는 가만히 눈을 감고 생각에 잠겼다. 한참을 말없이 초가 다 탈 때까지 곧은 자세로 서서 천문도가 세겨진 벽만 보고 있었다.

"더 이상 제게 어떠한 말도 하지 마십시오. 이제부턴 제가 알아서 하겠습니다."

해구가 역정을 내며 돌아섰고 그의 눈빛이 날카롭게 빛났다. 해구의 행동에 수비리시는 아무런 말도 못 하고 그저 눈만 계속 감고 있었다.

'아… 모든 것이 계획대로 되어 가지 않는 것이 참으로 이상하구나…. 분명 여신이 죽었을 때, 새로운 용이 한성으로 향했으니 하나가 지고 하나가 뜨는 형세였는데… 그것은 정녕 해구가 아니었던 것인가…. 누가 방해를 하는 것이냐.'

수비리시는 한참을 멍하니 서 있다가 의자에 털썩 주저앉고 창을 열어 달을 바라보았다. 그녀의 얼굴에도 어느새 깊은 주름이 화장으로도 막을 수 없을 정도로 늘어나고 있었다.

"왜로 가면… 희망이 있지 않을까…."

수비리시는 눈을 감고 기도를 하기 시작하였다.

그 옛날, 풍량은 수비리시의 행동을 보고는 알아차렸다. 좋은 마음을 먹으면 백제의 훌륭한 신녀가 될 수 있겠지만, 그렇지 않으면 백제를 어지럽게 할 아이였다.

그녀가 꽃을 꺾을 때, 그녀가 물욕에 처음 사로잡힐 때, 그리고 그녀가 그 모든 아름다움과 욕심을 한 번에 알게 해 준 해수를 처음 만났을 때. 풍량은 수비리시에게 자신의 중요한 기도법을 알려 주지 않기로 마음먹었다.

"기도는 마음으로 하면 되는 것이다."

"예, 스승님."

"절대로 어라하 쪽을 보며 기도하지 말거라. 남쪽을 보고 기도를 해서도 안 된다. 그러면 네 기도는 효력이 없을 것이다."

풍량은 수비리시를 신녀로 만들지 않았다. 대대로 백제의 전통이었지만 선대 신녀와는 달랐다. 수비리시는 풍량이 보기에 신녀가 되면 안 되는 인물이었다. 철저히 그녀의 비범함을 평범함으로 감추어야 했다.

수비리시의 처소의 창은 언제나 북쪽이었고 그녀의 제단은 서쪽이었으며 어라하가 머무는 곳이나 남쪽으로는 고개도 두지 않았다.

어라하와 여신 님을 그리고 왜 쪽은 얼씬도 못 하게 만든 풍량이었다. 그러니 계획대로 될 리가 없었다.

문주는 따로 여계후와 목하치를 불렀다.

"목하치는 미리 왼편으로 돌아 숨어 있고, 계후는 오른쪽으로 돌아 숨어 있으라. 나는 그들이 후퇴하여 청목령에 들어가지 못하게 뒤를 쳐 빼앗아 목책을 설치할 것이다. 그리고 북한산성에 군사 오백을 더 배치하여 단단히 문을 걸어 잠그게 할 것이다. 해구가 공격을 할 때, 동시에 움직이도록 하자."

"예, 상좌평 어르신."

문주와 계후 그리고 목하치는 서둘러 고구려를 맞을 준비를 하였다. 그리고 진후와 진백, 그리고 진로는 여경을 지키고 한성을 수비하도록 하였다.

여경과 문주가 보니 진남을 해구에게서 잃은 진씨들의 분노가 사그라들지 않아 이성을 잃고 자칫 전투를 망칠 수도 있을 것 같았다.

따라서, 여경이 명하길, 만일 해구가 제대로 싸우지 않고 도망 오거나 패한다면 그때 진씨들이 해구를 꾸짖어 진남의 일에 대한 죄를 물어도 좋다 하였다. 그것은 분명 꿍꿍이가 있는 것임에 틀림없었다.

여경과 문주는 해구를 내칠 명분이 필요했다. 마침 고구려군의 공격이 그 시험대가 된 것이다.

매섭게 돌진해 오는 고구려군들의 기세가 하늘을 찌를 듯했다. 하지만 해구도 지지 않고 군사들을 동원해 서로 엉켜 맞붙으니 막상막하였다. 그러나 시간이 지날수록 해구가 밀리기 시작하였다.

그와 동시에 목하치와 계후가 양옆에서 군사 각기 오백씩을 거느리고 고구려군을 공격해 왔으니 을수주가 그 모습을 보고 놀라 오천의 군사를 끌고 성밖으로 달려나왔다. 성안에는 아직도 일천의 군사가 남아 지키고 있었다.

한편, 고구려의 말갈족은 일만의 군사로 실직주성을 아주 악랄하게 공격하였다. 벽을 타고 올라 불을 지르고 생전 보지도 못한 끔찍한 행동을 퍼부으니 신라는 하슬라로 후퇴하였다.

자비는 고구려군이 급습하였다는 소식을 듣고 하슬라를 보수하게 하였고, 모로성을 쌓아 대비하게 하였다.

신라는 고구려의 공격에 백제에게 도움을 요청하려 하였지만 백제 역시 정신없이 고구려와 맞서 싸우고 있으니 자비의 근심은 커져만 갔다.

그러나, 신라에게는 불행 중 다행으로 백제의 거센 공격에 위기감을 느낀 장수왕이 신라에서 말갈 군사들의 절반을 빼도록 했다. 그리하여 신라는 백제에게 도움을 받은 셈이나 마찬가지였다.

"백제가 고구려를 쳤다고? 어허… 그것 참… 덕분에 우리가 시간을 벌었구나."

자비는 백제에 대한 고마움을 에둘러 표현했다. 하지만 그렇다고 백제가 마냥 좋아 보일 수는 없었다. 백제가 고구려를 격파할 힘이 있다면 분명 후일 신라에도 큰 화로 다가올 것이었다.

해구가 잠시 뒤로 빠지려 할 때, 목하치와 계후가 양쪽에서 고구려군을 공격하여 쓰러뜨리니 그들이 뒤로 달아나기 시작하였다. 그러나 을수주가 바로 뒤에서 칼을 휘두르며 오천의 군사로 백제의 세 사람을 쓰러뜨리려 하였다.

싸움은 하루하고 반나절이나 계속되었다. 을수주는 자신만만하였는데 예상치 못한 전보를 듣게 되었다.

"장군님! 지금 쌍현성이 함락되었습니다."

"뭐라고! 그게 무슨 말이냐?"

"백제의 장군이 뒤로 치고 들어와 무시무시한 자들과 함께 성을 타고 오르며 바윗덩이를 투석하여 꼼짝없이 문이 열리고 대패하였습니다."

을수주는 그 말에 놀라 군사를 둘로 나누어 자신은 쌍현성으로 돌아가고 휘하 장수들은 나머지 병사들을 이끌고 해구, 목하치 그리고 계후를 막게 하였다.

허나 을수주의 행동을 간파한 계후는 목하치와 해구에게 말해 필사적으로 을수주를 쫓으니 을수주는 앞뒤에서 백제의 네 장군의 손에 힘도 써 보지 못하고 목이 베어져 나갔다.

 을수주의 목을 가장 먼저 벤 것은 해구였다. 문주에게 보란듯이 자신의 용맹함을 표시하였고, 문주는 탐탁치 않았지만 해구에게 다른 이유를 더 이상 묻지 않기로 하였다.

 고구려군이 대패하였다는 소식에 장수왕은 어느 때보다 크게 노하였고, 그 선봉에 해구가 있었음을 알았다.
 "이런 쳐 죽일 놈! 내가 오랜 세월 봐주었더니, 완벽히 나를 가지고 놀았구나! 내 당장 저 백제 놈들을 싸그리 잡아 죽이고 바다 끝으로 몰아내 전부 죽여 버리리라!"
 신라에서 말갈 오천을 다시 불러들이고 평양성에 다시 들어온 장수왕은 몰래 첩자를 시켜 도림에게 자신이 공격할 것이라는 것을 알렸다.
 여경은 백제의 승리를 자축하면서도 한편으론 불안한 마음이 들었다. 장수왕이 다시 들어온다면 그때는 어마어마한 공격에 맞서 목숨을 걸고 담판을 지을 각오를 해야 했다.
 그리고 돌아온 해구를 보며 그의 공로를 인정하지 않을 수 없었다. 그 역시 마음이 불쾌하며 찝찝하였다.
 도림은 먼저 첩자의 이야기를 듣고 사태의 심각성을 알아차렸다. 그들이 공격을 감행하여 한성이 무너지기 전, 신라로 달아나야 했다. 지금 섣불리 바로 달아났나간 오히려 저 대군이 신라로 먼저 향할 수도 있을 것이었다.
 도림은 한 가지 꾀를 내었다. 어느 날, 도림은 수비리시를 찾아가 가만히

10. 장엄한 마무리는 위대한 시작을 위한 초석일 뿐 635

엄포를 놓았다.

"고구려와의 싸움에서 승리를 하셨다니… 그것도 선봉에 해구 님이… 물론 승리는 축하하옵니다만, 감당하실 수 있겠습니까?"

수비리시는 쓴웃음만을 지어 보이며 초조함을 숨기려 하였다. 해구는 제 마음대로 하겠다고 나가 버리고선 수비리시를 다시는 만나러 오지 않았다. 그가 무슨 생각을 하는지 알 수가 없었지만 도림의 협박에 수비리시는 자신의 목숨부터 부지해야 했다.

"하늘의 뜻인 것을 어찌하겠습니까… 장수왕께 약조한 것을 지키지 못하였으니 운명에 맡겨야겠지요. 허나…."

수비리시가 갑자기 날카롭게 도림을 노려보았다.

"절대 혼자 죽지 않을 것입니다. 내 당장 어라하께 가 도림 님의 정체를 알리겠습니다. 감당하실 수 있으시겠습니까?"

도림은 수비리시의 협박에 매우 당황하였다. 잃을 것이 없는 이가 마지막 발악을 하는 것처럼 보였다.

바깥과는 다른 공기가 수비리시의 처소에 맴돌았다. 긴장감으로 숨도 쉬지 못할 것 같은 시간이 흐르고 도림이 먼저 입을 열었다. 그는 수비리시의 마음을 이해한다는 듯 고개를 살며시 끄덕였다.

"허허, 이것 참, 우리 둘 다 죽게 생겼군요. 그럼 내 말을 들어 보시고 그리하는 게 어떻겠습니까?"

"말씀해 보시지요."

"수비리시께서 직접 좋은 말로 여경 어라하를 설득하여 북위에 친서를 보내는 것이 어떻겠습니까? 장수왕의 대군이 들어오지 못하도록 위에게 압박을 요청하는 것입니다. 그러면 시간을 조금 더 벌 수 있을 것입니다.

시간을 벌면 그때는 지체 없이 왕가를 쓰러뜨리고 장수왕께 약속을 지키십시오. 북위에게 요청한 것은 모두가 여경 어라하의 책임일 터이니 장수왕께서 만일 북위를 막고 백제를 다시 공격하더라도 그사이 해구 님이 여경 어라하의 목을 취한다면 수비리시와 해구 님만은 살려 두실 것입니다."

도림의 말을 듣던 수비리시는 깊이 생각하였다.

"이것은 지금 당장 어라하께도 도움이 되는 일입니다. 그렇지 않으면 나와 수비리시 님 그리고 백제, 전부가 사라질 것입니다."

도림은 수비리시의 걱정을 덜어 주려 했다.

수비리시는 고개를 끄덕였고, 여경에게 찾아가 도림의 말대로 북위를 통해 장수왕의 군사를 남으로 내려오지 못하게 견제를 하는 것이 어떨지 요청하였다. 물론 그 일은 자신과 도림을 위해서였으며, 여경이 걸려들기만을 기다렸다.

만일 여경이 허락한다면 시간을 더 벌 수 있었다. 그리고 반드시 그 시간 안에 해구와 함께 왕가를 쓸어야 했다. 고구려에게 왕가의 목을 바치고 안심시킨 후, 새 백제의 주인으로 들어섬과 동시에 고구려에게 신라를 치게 해야 했다. 그러면 바로 뒤에서 군사를 이끌고 양쪽을 공격하여 둘을 동시에 다시는 살아남아 움직일 수 없도록 만들어 놓아 강국의 백제를 만들 수 있을 것이었다.

그러나, 수비리시의 요청은 예상과는 달리 완전히 묵살되었다.

"북위에게 그렇게 요청할 수는 없소. 그곳으로 가는 길에는 해상에서 분명 고구려가 길목을 가로막고 있을 것이고 그 사실을 안다면 장수왕은 더욱 미쳐 날뛸 것이오. 또한 북위는 고구려와 오해를 푼 것으로 알고 있소! 괜한 이간질로 우리 백제의 상황만 더 악화시키지 마시오. 나는 허락할 수 없소."

여경이 북위와 고구려와의 관계를 정확히 알고 있는 것에 수비리시는 물론이고 이야기를 전달받은 도림 역시 놀랐다.

"어찌 여경 어라하가 북위의 사정까지 알고 계신단 말입니까? 고구려가 북위와 다시 오해를 풀고 좋은 관계를 유지하려고 한다는 것을 말입니다."

도림이 물었다.

"전혀 모르겠습니다. 무슨 일인지… 정사에 요새 관심이 없으신 줄 알았는데…."

이러다간 수비리시와 도림 둘 다 큰일이었다. 이제는 서로의 눈치만 봐야 했다. 장수왕이 수비리시를 찾아내면 그녀는 죽임을 당할 것이다. 장수왕이 들어오는 소식을 알면 수비리시는 여경에게 도림의 정체를 말할 것이다. 그저 누가 더 빨리 죽음을 맞이하느냐의 시합밖에는 되질 않았다.

수일간, 머리를 싸매던 도림이 야심한 밤, 다시 그녀를 찾아갔다.

수비리시의 처소에서는 더 이상 초가 타지 않았으니 꽤나 낯설었다. 수척해진 모습의 수비리시는 머리가 점점 허옇게 셌다.

도림이 의자에 앉아 의미심장한 표정으로 수비리시의 얼굴을 뚫어지게 바라보며 말했다.

"이러면 어떻겠습니까? 수비리시 님께서 직접 글을 써 그것을 가지고 북위로 올라가 사정을 해 보는 것이 어떻는지요? 만일 북위가 감명을 받아 행한다면 고구려군에게서 시간을 벌 수 있으며 돌아와 해구 님과 함께 일을 도모하시지요. 만일 북위에서 거절을 한다면 수비리시께서는 북위에 요청하여 그곳에 머물도록 하십시오. 아니면 백제와 꽤나 가까운 남송으로 내려가 여생을 보내시지요."

수비리시는 걱정이 되었다.

"해구 님은! 해구 님은 어쩐단 말이오?"

"둘 중에 하나를 선택하십시오. 북위로 건너가 목숨을 부지하시든지, 아니면 이곳에서 서로 같이 죽음을 마주하든지…. 해구 님은 고구려의 공격에서 몰래 빼내어 바다 건너 왜로 보낼 수 있을 것입니다. 왜에서는 백제의 사람들을 잘 맞이하니, 언젠가 새로운 백제를 건국하여 후일 수비리시 님과 만날 수 있을 것입니다. 때가 되면 수비리시 님께서 왜로 건너가셔도 좋을 것입니다. 그때는 이미 백제가 사라져 있을 테니까요."

수비리시는 도림의 말에 며칠간 생각하겠다 하였고, 장수왕이 삼만의 대군을 이끌고 만반의 준비를 한다는 소식이 한성 내에 퍼지기 시작하자 결국에는 도림의 말을 따르기로 하였다.

수비리시는 시녀와 병사 여덟을 데리고 아주 곱고 예스럽게 쓴 장문의 서신을 챙겨 미추홀의 포구에서 배를 타고 북위로 떠났다. 이는 결국 제 한목숨 부지하고자 내린 결정이었다. 기고 나는 것이 하나도 보이지 않을 만큼의 추위에도 수비리시의 집념은 대단했다.

하지만 거짓 표문에도 북위의 현조는 꾸물거리기만 할 뿐, 도무지 답을 줄 생각을 하지 않았으니 일이 잘못되는 것은 아닌지 근심이 이만저만이 아니었다. 할 수 있는 것이라곤 그저 섣불리 돌아갈 수 없는 백제의 상황과 현조의 눈치를 보는 것뿐이었다.

그러나 수비리시는 알지 못했다. 현조는 수비리시의 표문을 고구려의 사신에게 먼저 알렸고, 마침 북위에 머물던 백제의 병과 사신 하나가 그 소문을 잽싸게 얻어듣고는 뒤도 돌아보지 않고 가장 가까운 포구로 가 상인의 배를 빌려 타고 한성으로 들어갔다.

그 시각, 장수왕은 흥분을 가라앉히지 못하고 북위에서 온 사신의 편지를 들고 몸을 부들부들 떨었다.

"하루도 더 기다리지 못하겠다. 내일 당장 전군 출격을 명하니 백제의 끝바다까지 단번에 쉬지 않고 몰아치도록 하여라! 여경 이놈을 가만둘 수가 없겠구나! 그놈의 윗대부터 우리를 희롱하고 농락하니 내 본때를 보여 주어야겠다."

장수왕의 결정에 막사의 장수들이 모두 굳세게 손을 맞잡으며 답하였다. 모두들 비장한 각오로 눈을 번뜩이니 여러 마리의 범들이 이빨과 발톱을 드러내기 시작했다.

장수왕은 칼집으로 탁자를 강하게 내리치고는 조건을 내걸었다.

"백제의 왕가 전부를, 그리고 그 관련된 모두와 일가친척까지 모조리 씨를 말릴 것이다. 누구든 여경의 목을 베는 자에게 한성의 지휘권을 주겠다! 누가 하겠느냐?"

장수왕의 파격적인 제안에 가장 먼저 손을 든 사람이 있었으니, 고구려의 별동장수 사천여였다.

사천여는 일찍이 문주의 압박에 고구려를 공격하려다 말고 투항을 해 버렸다. 그는 자신이 고구려에 잡혀 죽임을 당하도록 내버려둘 작정이었던 문주와 백제가 달갑지 않았다. 사천여는 천성이 영악하니 자신의 살길을 찾아 더 큰 나라로 들어가길 원했던 것이다.

사천여가 장수왕의 앞에 나서 예를 갖추고 말을 하였다.

"비유에게 내침을 당하여 복수심이 불타는 제 두 장수 재증걸루와 고이만년을 선두로 하여 여경의 일가족을 몰살시키겠습니다. 저와 그들은 한성을 잘 꿰고 있으니, 어렵지 않게 여경을 사로잡을 것입니다."

그러자 재증걸루와 고이만년이 그의 뒤로 나와 예를 갖춰 무릎을 꿇었다.
"저희는 악랄하기 그지없고 자비 없는 비유에게 버림을 받았습니다. 백제와는 원수이니 그 원수를 갚을 기회를 주시옵소서."
장수왕은 사천여를 선봉에 세우고 고이만년과 재증걸루를 뒤따르게 하여 한성을 공격하도록 명했다.
날이 밝자, 장수왕의 삼만 군사가 천지를 울리며 빠른 속도로 돌진하였다.

여경은 이를 꿈에도 생각하지 못했으니, 해구만을 살펴보며 도림에게 의지하는 척 군사를 집결시켰다.
달이 한 번 기울고, 결국 선전포고를 한 장수왕은 삼만의 군사를 몰고 평양성에서부터 맹렬히 공격을 해 남으로 들어왔다. 그 군사들이 너무도 강하였으니 선봉장 연소중을 내세워 모든 성을 수많은 머릿수로 해치워 버렸다.
한성에서 결전을 준비하던 여경에게 백제의 병사 하나가 상처투성이의 몸을 이끌고 달려왔다. 모든 대신들이 집결한 한성의 대정전에 무릎을 굽히고 죽을힘을 다해 울먹이며 급히 말을 전하였으니, 북위에게 고구려를 공격해 달라 요청한 것을 북위가 거절했으며 지금 서쪽 바다 전체가 고구려군에게 겹겹이 막혀 있다는 소식이었다.
여경은 병사의 말에 어지러움과 귀에 극심한 통증을 느꼈다. 화가 머리 끝까지 난 여경이 물었다.
"누가! 도대체 누가 그런 서신을 보내었느냐?"
궁 안의 모든 장수와 대신들이 웅성대기 시작하였다.

10. 장엄한 마무리는 위대한 시작을 위한 초석일 뿐   641

"모르겠사옵니다. 다만 사신이 일반적인 백제의 병사나 장수는 아닌 것으로 알고 있습니다."

병사의 말에 여경은 눈을 부릅뜨고 주위를 살피다가 해구를 보았다. 해구 역시 어리둥절하기는 마찬가지였다.

갑자기 여경은 한 가지 사실이 머릿속에서 스쳤다.

"수비리시… 그년이 일전에 내게 요청했는데… 여봐라! 지금 수비리시가 궁 안에 있는지 확인하여라! 금단의 구역은 없다. 신궁을 뒤져서라도 수비리시를 데려오너라!"

그 말에 목하치가 병사 스물을 끌고 수비리시의 처소와 신궁을 이 잡듯이 뒤졌다.

그곳에는 시녀 두어 명을 제외하고는 아무것도, 그야말로 아무도 없었다.

여경은 수비리시가 배를 타고 직접 북위로 올라간 것을 알아차렸고, 이것이 그녀의 계략임을 깨달았다.

"그 정신 나간 무례한 자가, 신녀라는 권위를 이용해 나라 꼴을 엉망으로 만들어 놓았다. 해구, 너는 이 사실을 몰랐느냐? 네가 가장 가깝게 있던 자가 아니더냐?"

해구는 수비리시가 북위로 홀로 도망친 것을 처음 듣는 것이었다. 수비리시에게 실망하여 만나지 않은 것이 이미 꽤 여러 날이었다.

"전혀 모르는 일이옵니다. 신녀를 만나지 않은 지 오래되었다는 건, 여기 계신 문주 님과 저를 지켜보던 모든 장수들도 잘 알고 있을 것입니다."

해구는 진씨들을 향해 손을 뻗어 가리켰다. 그러니 진씨들도 반박을 할 수 없었다. 실로 해구는 그리하였다.

해구는 수비리시를 더 이상 믿지 않았고, 자신의 방식대로 움직이려 했다. 분명 수비리시와는 방법과 생각이 달랐으나, 여전히 해구의 머릿속에는 그 목적이 사라지지 않았으니 그것은 오직 해구만이 알고 있었다.

해구는 고구려와의 일전에서 이미 장수왕에 맞서기로 결심하였다. 먼저 모반의 행위가 발각되어 백제에서 허무하게 죽을 수만은 없었다.

장수왕의 군대를 도저히 이길 수가 없었다. 계략도 계략이지만 삼만이 넘는 군사는 어찌할 방도가 없었다.

여경은 한성에서 머리를 싸매며 근심에 차 있었다. 동과 서쪽의 성벽에서는 올라오는 고구려군을 가까스로 막고는 있지만 언제라도 한쪽이 뚫린다면 한 시진도 되지 않아 한성이 파괴될 것 같았다.

여경은 곤지가 보고 싶었다.

"아… 곤지가 왜에서 군사를 끌고 돌아와 준다면 더 바랄 것이 없을 텐데…. 사신을 보내어 배를 태워 보낸 지 여러 날이 지났지만 소식이 없구나…."

문주가 여경의 근심을 옆에서 지켜보았다.

"어라하, 성문까지 굳게 잠그고 이리 방비를 단단히 하고 있으니 며칠은 방어를 할 수 있을 것입니다. 하지만 수십 번의 전투를 치렀음에도 아직 병력 차이가 너무 큽니다. 제가 몰래 뒷문으로 빠져나가 신라에게 구원병을 요청하겠습니다."

"그래… 사방이 꽉 막혔는데… 그것이 가능하겠느냐?"

여경이 슬픈 눈으로 문주를 올려다보았다.

"걱정 마십시오. 계후만 붙여 주신다면 제묘자 오십과 함께 야심한 밤을 틈타, 빛과 같이 달려가겠습니다. 그러니, 한 가지 부탁을 드리고자 하옵니다."

"무엇이냐?"

"몇백의 군사를 남문으로 몰래 내보내 활을 쏘아 기습공격을 하게 해 주시면 그사이 북문으로 빠져나가도록 하겠습니다. 저희가 빠져나가면 북문을 다시 굳게 닫고, 남문 밖의 백제 병사들을 들여와 다시 성문을 굳게 잠그십시오. 반드시 가장 빠른 시일 안에 신라의 원군을 데리고 와 뒤를 치도록 하겠습니다. 그러면 어라하께서 앞으로 거세게 일격을 하시면 그들의 피해를 늘릴 수 있을 것입니다."

문주가 자신의 갑옷과 투구를 힘껏 치며 믿어 달라는 의지를 내비쳤다.

여경이 묵묵히 그리고 아련하게 문주의 눈을 바라보았다. 그리고 가만히 문주의 손을 잡았다.

여경의 손은 차가웠다. 여경은 인자한 미소를 지으며 고개를 끄덕였고, 자리에서 일어서 문주를 살포시 안으며 등을 두드려 주었다. 잘 떼지지 않는 입술을 힘겹게 연 여경이 문주에게 말했다.

"그래, 네가 가야지…. 네가 아니면 이 일을 맡길 사람이 없다. 한 명을 보내니 또 한 명을 보내야 하는구나. 그러나, 너희들을 보내지 않을 수 없다. 너희는 나와 같고 나는 너희와 같으니 우리는 계속 살아 있는 것이다."

"무슨 말씀이십니까… 형님…."

문주가 어라하라는 호칭 대신 형님이라는 말을 내뱉었다. 그것이 운명의 갈림길이었을까.

"아니다. 반드시 원군을 데리고 돌아오너라. 내 끝까지 이곳에 있을 것이다."

"예… 걱정 마십시오. 백제는 절대 죽지 않습니다."

그날 밤 문주는 자신의 창과 검을 찬 채로 만반의 준비와 함께 계후를 앞세워 북문을 빠져나갔다. 문주와 계후 그리고 제묘자 오십은 재빠른 백제의 매와 같이 날듯 달렸다.

여경은 어지럽게 불타오르는 밤, 가만히 매와 말들의 곳간을 그립게 바라보았다. 눈물이 떨어졌다.

마구간에는 말이 하나도 없었다. 하지만 매들이 있는 곳간에는 희고 검은 매들이 꽉 들어차 있었다.

"곤지가 있으면 너희들이 자유롭게 날아 떠날 수 있지 않겠느냐…. 아니면 너희들이 곤지를 불러다 주었으면 좋겠구나."

눈물을 흘리며 가만히 매들을 보던 여경이 갑자기 걸음을 옮겨 수십 마리의 매들을 하나씩 하나씩 풀어 놓아 날려 주었다. 그러자 매들이 일제히 하늘로 빠르게 날더니 여경이 있는 한성위를 몇 바퀴 돌았다. 그리고는 전부 어디론가 날아갔다. 자세히는 모르지만 여경이 보기에 곤지가 있는 남쪽으로 날아가는 것 같았다.

"재촉하는 것도 미안한 일이지만… 곤지야, 네가 왜에서 돌아와 내 곁에서 힘이 되어 주었으면 좋겠구나…."

여경의 혼잣말은 하늘에 닿지도 땅에 묻히지도 않고 미묘하게 공허함만이 가득한 한성에 울렸다.

신라로 향하던 문주는 병사 하나를 군산포로 보내, 그곳 성주가 왜에 있는 곤지에게 백제의 위급함을 알리고 군사를 요청하도록 했다. 문주 역시 곤지가 왜에서 원군을 끌고 들어와 주기를 바랐다.

"제발… 제발 네가 올 때까지 한성이 잘 버티길 바랄 뿐이다…."

그러나 문주가 떠난 뒤, 한성은 사천여를 앞세운 만년과 걸루의 공격에 북쪽이 뚫리고 말았다. 견고하던 한성이 고구려의 기세에 눌려 단 칠 일 만에 화염에 휩싸여 역사를 잃어 갔다.

재중걸루와 고이만년은 한성의 지리를 잘 알기에 곧장 병사 수십을 끌고 직접 여경의 처소와 궁을 샅샅이 뒤졌다. 그런데, 여경이 보이지 않았다.

혼란한 틈을 타 동쪽의 작은 쪽문으로 나간 도림은 승려복을 그대로 입은 채 뒤도 돌아보지 않고 곧장 말에 올라타 신라로 향했다. 백제 땅에서 멀어질수록 그의 이름도 멀어져야 했다. 도림, 아니 복경. 어쩔 수 없이 고구려에서 나고 자란 신라의 핏줄이 돌아가야 할 곳으로 돌아간다.

복경은 그간 고구려에서 아비로부터 겪은 울분이 한 겹 벗겨지는 듯한 느낌과, 처음으로 자신의 뿌리인 신라로 향한다는 희열에 깊이 젖어 온몸이 아릴 지경이었다.

나고 자란 곳은 고구려이지만 복경은 자신의 대를 그곳에 남겨 잇게 하지 않았으니, 그는 아비와 같이 행동하지 않았다.

어린 시절부터 아비인 복호는 술만 마시면 작은 산에 올라 먼 동남쪽을 바라보며 신세를 한탄하곤 했었다. 복호는 아들 복경을 고구려 땅에서 낳은 것을 항상 후회하며 미안해했고, 그 모습을 지켜보며 자란 복경은 자신은 절대 남의 땅에서 대를 잇게 하지 않으리라 다짐했다.

뇌리에 박힌다는 것은 실로 무서운 것이었다. 수많은 유혹과 고구려의 문무대신들의 권유에도 복경은 그의 몸과 마음을 자란 곳에 두지 않았으니 미련도 두지 않고 홀가분하게 떠날 수 있었다.

'아버지는 어쩔 수 없이 고구려와의 화친 때문에 인질로 잡혀 들어간 것이지만 나는 내 힘으로 나왔다. 이제 고구려 놈도 백제 놈도 싸우다 지쳐

쇠퇴할 것이 자명하니 내 아무것도 상관할 바가 없다.'

복경의 눈은 반짝이고 있었다. 아주 복잡하고도 미묘한 감정이 안면에 부딪치는 바람을 타고 위장 속에서 소용돌이치는 것 같았다.

꼬박 한나절을 달려 신라로 들어가는 길이 멀지 않았음을 알아차린 순간 그는 생각했다.

못살게 구는 놈과 마음에 맞지 않는 놈 둘의 싸움에 신라의 힘을 비축함이 참으로 올바르니, 복경은 아비 복호보다 자신이 낫다는 자신감에 충만해지기 시작했다.

처음으로 들어가는 신라의 길이었으니, 감회가 새롭기도 하거니와 저 멀리 불타 쓰러지는 백제의 모습에 한편으로는 왠지 모를 허탈감이 느껴졌다. 정이라는 감정이 생기면 안 되지만 그간 자신과 담화를 나누며 바둑을 두었던 여경의 얼굴이 문득 떠올랐다.

백제와 여경. 한 나라가 무너지며 허망함 속에 허무하게 기억될 두 모습이었다.

만년과 걸루가 여경을 찾아낸 것은 금방이었다. 속속들이 알고 있다 하여도 그 의미가 무색할 정도로 여경은 참으로 이상한 곳에 서 있었다. 그것도 홀로 말이다.

걸루가 찾아낸 여경은 쓰러져 가는 한성에도 불구하고 가슴을 편 채 뒷짐을 지고 여전히 어라하의 위용을 뽐내고 있었다. 매를 날려보내 텅 빈 곳간과 말이 전부 사라져 버린 마구간. 그 앞에 쏟아질 듯 강렬히 반짝이는 별 하늘 아래 서 있었다.

그 모습에 만년과 걸루는 잠시 할 말을 잃었고 온몸에 소름이 돋았다. 그들의 눈에는 그 옛날, 비유의 모습이 여경에게서 겹쳐 보였다.
"해치와 해하열이 아닌가? 다시 만나니 참으로 반갑네."
여경의 웃음에 만년과 걸루는 자신들도 모르게 무언가에 홀린 듯 칼을 내리고 고개를 숙였다. 본능적으로 나온 행동이었다.
아무리 백제에 앙심을 품었다고는 하나… 여경과 한성의 모습은 따듯한 고향에 다시 온 것과도 같았다. 그러나 시간이 많지 않았으니 사천여가 두리번거리며 만년과 걸루를 찾으러 이곳저곳을 헤집고 다녔다.
"어라하… 그간 안녕하셨는지요…."
걸루가 예를 갖추었다. 참으로 요상한 분위기가 아닐 수 없었다. 목을 베어야 할 자를 앞에 두고 예를 갖춘다는 것이. 복잡 미묘한 감정이 만년과 걸루의 온 머리와 가슴을 요동치게 했다.
"안녕하니 이리 다시 만난 것이 아닌가. 그대들의 예전 잘못을 어라하께서 벌하셨다 하여도, 어디 그런 이가 한둘일까. 그대들도 그런 자들 중 하나일 뿐, 백제를 너무 원망하지 마시게나."
걸루와 만년은 아무 말도 못 하고 고개만 숙였다. 그들의 칼이 파르르 떨리기 시작하였다. 그때, 저만치 뒤에서 사천여가 셋을 발견하고는 얼른 달리기 시작했다.
"여경이 저기 있다! 여경이다!"
사천여의 외침에 주변 고구려군들이 벼락같이 여경을 향해 달리기 시작하였다. 그러자 만년과 걸루가 무릎을 꿇고 크게 절을 두 번 하였다. 그리고는 눈가에 눈물을 훔치고 말하였다.
"어라하, 죄송합니다. 저들의 손에 어라하께서 가시는 것보다 차라리 천벌을 받을지언정… 저희가 모시겠습니다."

여경은 미동도 없이 뒷짐을 진 채, 그들을 보며 미소를 지었다.

"백제는 절대 사라지지 않을 것이네. 내… 적들에게 죽임을 당하는 것이라 생각치 않고 내 옛 백제의 동료들에게 죽임을 당하는 것이라 생각하겠네."

"절대 저희를 용서치 말아 주시옵소서, 어라하…."

걸루가 눈물을 흘리며 여경에게로 다가가 그의 가슴을 찔렀다. 그리고 만년은 자신의 도포를 벗어 쓰러진 여경을 덮고 줄로 싸매었다.

그들의 눈물이 여경의 얼굴을 적셨다. 나라를 바꾸었으나, 가슴의 나라를 지울 수는 없으니 그리움이 한성백제의 하늘과 땅에 깊이 사무쳤다. 그리움은 안타까움으로, 안타까움은 미련으로, 미련은 원망으로 변한다.

475년 9월, 여경이 전사하였다.

걸루와 만년은 사천여에게 여경의 시신을 아차산성 아래에 묻을 수 있도록 애원했고, 여경은 아차산성 밑에 매장되었다. 만년과 걸루는 다시 한 번 예를 갖춰 절을 하고 작은 나무를 하나 심었다. 그것이 그들의 마지막 예우였다.

더 이상 백제를 돌아보지 않으리라 다짐했다.

여경이 죽은 날, 하늘에 먹구름이 드리워지며 그 사이로 커다란 용처럼 보이는 것이 한강으로 깊숙이 떨어져 소리 없이 빨려 들어갔다. 그리고 바로 비가 내리기 시작하더니 사흘 밤낮 내내 이어졌다.

신라에서 원군 일만을 데리고 한성에 도달하기 직전, 문주는 저 멀리 보이는 한성이 이미 함락된 것을 알게 되었다.

"형님! 어라하! 어라하를 찾아 구출해야 한다!"

문주가 반쯤 미쳐 있을 때, 주변 장수가 안쓰러운 모습으로 문주를 말렸다. 그리고 갑자기 말에서 쓰러져 혼절한 문주를 가까운 야전 진지로 옮기고 첩자를 보내 여경의 행방을 알게 했다.

안타까운 일이 아닐 수 없었다. 신라의 첩자에게서 여경의 죽음을 듣고 한성이 완전히 함락되었다는 소식에 문주는 삼 일 밤낮을 울며 혼절하기를 거듭하였으니, 문주를 따르는 신라의 원군 병사들은 어찌할 바를 몰랐다.

진백이 마지막까지 한성을 지키다 참수를 당하였고, 진후와 진로가 극적으로 살아남아 신라에 도움을 청하러 돌아가는 길에 문주를 만나게 되었다. 패잔병이 된 진로와 진후 그리고 목하치는 여경 어라하를 지키지 못한 죄책감에 비통해하였고, 신라의 군사들과 함께 문주를 웅진으로 모시고 나갔다.

백제의 가장 큰 어른이 하늘로 올라갔다.

백성들은 한성의 어지러움을 뒤로한 채 마음을 굳게 먹으며 남쪽으로 향했고, 마침내 웅진에 도착했다.

여경과 한성이 무너짐에 백성들은 여경을 그리워하며 통곡해 마지 않았으니, 그 울음이 메아리쳐 바람을 타고 하늘까지 닿았다.

모든 이가 웅진에 다시 터를 잡았을 때, 이상하게 한참이나 늦게 해구가 웅진성에 들어왔다.

해구가 살아남은 것을 본 자들이 아무도 없었으니 참으로 수상했다.

이소노가미 성을 둘러싸고 박뢰를 꾸짖던 혈수왕은 절대 문을 열지 않고 있는 박뢰를 어르고 달랬다.

"네가 무슨 짓을 했는지 알고 있느냐? 만일 지금 성문을 열고 우리를 맞이한다면 큰 벌은 내리지 않을 것이다!"

성벽 위의 박뢰는 어마어마한 군사들에 둘러싸인 것을 보고는 후지이사토자에게 물었다.

"이게 대체 무슨 일이오! 이제 어떻게 한단 말이오?"

박뢰왕은 겁이 덜컥 났다. 그러나 후지이사토자는 아랑곳하지 않고 박뢰를 꾀었으니,

"저들은 절대 단단한 우리 성을 열지 못할 것이옵니다. 또한 혈수왕께 제대로 된 말로 아뢰십시오. 만일 그것을 듣고도 혈수왕께서 믿지 못하고 노여워하신다면 이는 우리 야마토국의 규율이 엉망이 되는 것이나 다름이 없습니다."

그 말을 들은 박뢰는 성벽 위에서 후지이사토자의 말대로 자신의 정당성을 알리고자 크게 말하였다.

"지진원이 백제의 왕가 장군인 여신 님의 서자와 서로 정을 통하여 아이를 가졌으니 이는 아버님을 농락한 것이옵니다. 그리하여 제가 벌을 하였는데, 아버님은 그것을 모르고 계셨으니 어찌 안타깝지 않을 수 있단 말입니까? 그런데 왜 제게 칼과 창을 들이대고 이리 겁을 주시는지 소자는 알지 못하겠사옵니다."

그러자 태사평과 곤지, 그리고 혈수왕은 기가 차서 그저 멍하니 어리석은 박뢰를 올려다보았다.

그와는 반대로 고가히메가 성의 북에서 진을 치고 여차하면 진격해 올라타 안으로 들어가려 기회를 엿보고 있었다. 곤지는 혈수왕에게 말하여

자신이 고가히메가 있는 북쪽으로 가 군사를 함께 움직이겠다고 하였다. 그리하여 남쪽으로는 혈수왕과 금여수 그리고 히노베가, 북으로는 곤지와 태사평 그리고 고가히메가 둘러쌌다.

 곤지를 처음 마주한 고가히메가 훌쩍 커 버린 곤지를 알아보지 못하고 그저 백제에서 온 장군이라 생각을 했으나, 태사평을 보고는 반가워했고 곧 곤지의 존재를 알게 되었다.

 "백제의 태자 저하입니다."

 "영광이옵니다. 비유 어라하의 동생인 고가히메입니다. 그런데… 태자 저하시라면 문주 저하이십니까? 문주 저하께서 오신다는 이야기는 듣지 못하였는데요…."

 태사평이 고가히메의 말에 웃으며 미소로 답하였다.

 "여신 님의 아드님이시자, 비유 어라하의 서자이신 셋째 곤지 태자이십니다."

 고가히메는 놀란 토끼눈으로 곤지를 찬찬히 살폈고, 곤지는 예를 갖춰 인사를 올렸다.

 "여곤입니다. 곤지라 부릅니다. 너무도 만나뵙고 싶었습니다."

 "이분이… 여신 님의 아드님! 그 여곤… 아니, 곤지 님이십니까?"

 고가히메가 손을 입으로 막으며 놀랬다.

 곤지가 고개를 숙여 인사를 하자 고가히메는 곤지보다 더욱 자세를 낮춰 무릎을 꿇고 인사를 올렸다.

 "예전에 뵌 적이 있으시지요?"

 태사평이 말했다.

 "예! 예! 있고말고요! 그 작은 손에 쥐여진 여신 님의 금장식. 그것이 선명히 기억이 납니다."

고가히메의 말에 곤지는 순간 자신의 가슴을 더듬었다. 한동안 잊고 있던 그 반쪽의 금장식. 곤지는 그것을 얼른 꺼내어 보였다. 그러자 고가히메가 뛸 듯이 기뻐하며 곤지의 손을 덥썩 잡았다.

"너무도 영광이옵니다. 여러 해가 지나 머나먼 이곳에서 이리 만나다니… 너무도 영광이옵니다."

곤지도 이제서야 비유 어라하의 동생을 만나게 되어 무척이나 반가웠다. 곤지도 고가히메의 손을 잡고 놓지 않았으니, 백제의 왕가 사람들이 머나먼 왜국에서 그것도 야마토에서 이리 뒤늦게 만난 것에 감격스러울 따름이었다.

허나, 하늘이 장난을 치는 것인지, 짓궂게도 기쁜 만남과 교차하여 슬픔과 허망함을 선사하였으니 지진원을 만나지 못한 것에 한탄스러울 뿐이었다.

박뢰는 성문을 열 생각이 없었고 후지이사토자가 박뢰에게 그릇된 용기를 계속하여 심어 주었다.

"지금 대군이 둘러싸고 있지만, 장군님의 힘을 능히 이길 자는 왜 전체에서는 아무도 없습니다. 군사를 일으켜 몰래 그들이 잠이 든 틈을 타 한번 거세게 공격을 하시는 것이 어떨까 싶습니다. 제가 병사의 절반을 이끌고 뒷문으로 나가 역시 고가히메의 일당들을 한 번에 쓸고 돌아오겠습니다. 이리 몇 날 며칠을 반복하면 그들도 지칠 것입니다."

"아무리 그래도 어찌 아버님을 칠 수 있겠느냐…?"

박뢰가 우물쭈물하고 결단을 내리지 못하자 후지이사토자가 의미심장한 표정으로 술잔을 박뢰에게 건네곤 술을 따르며 말하였다.

"혈수왕께서는 절대 용서하지 않으실 것입니다. 그분은 지금 저 부족들과 알 수 없는 무리들에 둘러싸여 제대로 앞을 보지 못하고 계십니다. 너무 늙어 버린 것이지요. 어지러움을 바로잡고 규율을 강화시켜 대국을 만드시려고 부정한 자들을 처리하신 것이 아니옵니까? 차라리 이 기회에 박뢰왕께서 야마토국의 최고 왕이 되시는 것이 좋겠습니다. 부디 젊은 덕으로 널리 왜를 이롭게 해 주시옵소서."

후지이사토자는 박뢰의 머릿속까지 조종하였다. 박뢰는 듣기 좋은 말에 기분이 좋아졌다.

도무지 나올 생각이 없는 박뢰는 성안에서 시간을 끌어 곤지와 혈수왕을 지치게 만들 셈이었다. 자연스레 시간이 지나도 공략을 하지 못한다면 쌓아 둔 군량은 이소노가미 쪽이 유리할 것이었다.

하지만 성을 나오지 않는다고 해도 결국에 지치는 것은 박뢰 쪽도 마찬가지임을 박뢰가 모를 리 없었다.

높은 성루의 처마 위에서 북쪽을 보니 커다란 진을 치고 있는 거대한 무리의 군사들이 목책을 쌓고 있었고, 남쪽을 바라보니 역시 거대한 무리의 군사들이 토성을 쌓고 있었다. 그 토성은 순식간에 만들어졌고, 혈수왕이 항복시킨 가츠라기 병사들의 빼어난 솜씨 덕분이었다. 가츠라기 군들의 손재주는 가히 날쌘 바람과도 같았으니 커다란 도움이 되었다. 일전 괜히 혈수왕의 뒤를 그리 빨리 담과 벽으로 막아 낸 것이 아니었다. 군사들이라면 모자라지 않을 만큼 있지만 양쪽에서 혈수왕과 곤지의 군사들이 어지러이 움직이는 것이 결코 안심할 수 없어 복잡한 심경이었다.

어느덧 따뜻한 바람과 선선한 바람이 밤낮으로 교차하여 불어오니 산새들은 속도 모르고 그저 제 밥벌이에 정신이 팔려 있는 날이 하루도 거르지 않고 이어졌다.

아직 박뢰가 한숨을 내쉴 만큼 자신의 결단을 후회하지 않았다. 그것을 아는 후지이사토자는 박뢰에게로 조심스레 다가가 그의 마음을 굳히게 할 생각이었다.

"아래서 저렇게 움직인들 신의 복을 받고 계시는 박뢰대왕께 어찌 저들이 승패를 고심할 수 있겠습니까? 이 성은 단단하기가 그 어느 곳보다 뛰어나고 뒤로는 높은 봉우리의 산이 받쳐 주니 정기가 매우 뛰어납니다."

후지이사토자의 말은 박뢰의 눈을 조금씩 더 멀게 만들려 하고 있었다. 그러나 박뢰도 고민이 있었던지 한 가지 의문점을 내세웠다.

"성안의 병사들은 그 수가 충분하고 내 장수들이 뛰어나니 다른 것은 상관이 없으나, 우리가 이리 한데 뭉쳐 그저 지키고만 있으면 이 싸움이 언제 끝날 것인가? 저들이 둘러싸 계속 시간을 끌면 나갈 수 없는 우리는 그저 땅만 바라보고 생활해야 하는데… 물자는 아직 충분하다 하여도 그것을 지속시킬 수 있을지 의문이오."

박뢰의 눈이 매서웠다. 실수를 인정하거나 용납하는 순간 누구든 목을 날려 버릴 기세였다. 그러나 후지이사토자는 당황하지 않았다. 그의 웃음은 수염을 양옆으로 더 길게 만들었고, 그것은 음흉하기 짝이 없었다.

"걱정하지 마시옵소서. 뒤로는 나가타키초에 부족들에게 공물과 지원을 받을 수 있으니 더 부족함이 없을 것입니다. 천리의 강이 그들에게 있으니 강을 낀 그들에게 자원은 아직 풍부하지요. 더군다나 산 부족들이라 여의치 않을 시 군사를 지원받아 공격하면 그 강인함을 누구도 견딜 수 없을 것입니다. 저들이 진을 다 세우기 전에 먼저 공격을 감행하여 한곳만 뚫게 되다면 다른 한쪽은 작은 벌레를 밟는 것만큼 쉬울 것입니다."

"어디를 먼저 쳐야 할 것인가?"

박뢰가 물었다.

"제 생각으로는 혈수왕이 있는 남쪽을 먼저 치는 것이 좋을 듯싶습니다. 남쪽을 먼저 치고 그 기세를 꺾으면 북쪽의 군사들은 쉽게 잡을 수 있을 것입니다. 머리를 쳐야 살아남지 못합니다. 꼬리는 힘이 없어 달려들어도 그서 사뿐히 즈려밟으면 될 뿐입니다."

후지이사토자의 말에는 일리가 있었다. 중심이 되는 혈수왕을 항복시키는 것이 전체적으로 가장 빠르고 효과가 좋았다. 그러나 박뢰는 의미심장하게 눈을 흘기며 후지이사토자를 비웃었다.

"그럼 북을 먼저 치겠소. 북에 누가 선봉장인지 당장 오늘 밤에 알아내시오."

"예? 북을 말입니까?"

"그렇소."

박뢰는 자신의 긴 옷자락을 펄럭이며 뒷짐을 지고 휙 돌아 성안으로 들어가려 하였다. 무언가에 크게 얻어맞은 것 같은 후지이사토자는 잠시 생각을 하더니 인상을 찌푸리고 박뢰의 발소리가 사라질 때까지 잠자코 서있었다. 그날 밤, 후지이사토자는 박뢰의 명에 따라 첩자를 보내 북쪽으로가 곤지 일행의 동태를 살피게 하였다.

한편, 곤지의 북쪽 진영에서는 밤낮없이 목책을 쌓느라 병사들은 온 힘을 다했다. 막사 안의 곤지는 태사평과 고가히메와 함께 박뢰를 끌어낼 계획을 논의했다. 논의는 불이 두 번이나 타들어 갈 때까지 계속되었다.

"혈수왕께 도움을 받아 우리 백제의 고구려군에 대한 군사적, 자원적 지원을 받으려 하는데 상황이 이렇게 되니 참으로 난감할 따름입니다. 같이 힘을 모아 고구려를 위로 쫓아내야 하는 어라하의 명을 받들어 왔는데, 이곳 역시 무척이나 어지러울 줄 누가 알았겠습니까?"

곤지가 자리에 앉지도 않은 채 꼿꼿이 서서 뒷짐을 지고 고심을 하자 태사평이 조심스레 낮은 음성으로 입을 열었다.

"제가 직접 군사를 끌고 성문을 부수거나 성벽을 타고 올라가 문을 단번에 열어 버리는 것이 어떨까 싶습니다."

태사평의 말에 곤지는 화들짝 놀랐다.

"무슨 말씀입니까? 그러다 큰일이라도 나면 어찌하시려구요? 충분히 갖추고 저와 고가히메님과 함께 가셔야지요."

"음…."

곤지가 놀라자 태사평은 잠시 침묵을 지켰다. 덩달아 옆에서는 고가히메가 걱정스런 얼굴로 태사평과 곤지를 번갈아 보았다. 그러다가 바람에 불이 한 번 흔들리자 고가히메가 말했다.

"제가 잘 알지만 이소노가미는 성벽이 높고 성문이 단단하여 쉽게 오르거나 뚫을 수 없을 것으로 생각이 됩니다. 잘못하다가는 크게 화를 입으실 수 있사옵니다."

고가히메의 말을 가만히 듣던 태사평이 자신의 검을 왼손으로 한참을 만지작거리다가 흰 수염을 가지런히 몇 번 쓸었다.

"저는 이미 늙어 더 보답해 드릴 힘이 없으니 이것으로 결사전을 치러 백제의 귀신으로 남는 것이…."

"불길한 소리 하지 마세요!"

처음으로 곤지가 화를 내었다. 정말 처음이었다. 태사평은 곤지의 고함에 깜짝 놀랐으며 고가히메는 저도 모르게 몸을 휘청이며 반 보 뒤로 물러났다. 실로 대단히 엄했으니 곤지의 기는 더 이상 소년의, 아니 청년의 기라 볼 수 없을 지경이었다.

"죄송합니다, 태사평님…."

"아… 아닙니다."

분위기가 험악해진 것을 알아차린 곤지가 얼른 재빨리 사과했다.

막사의 분위기가 왠지 횅해질 때, 장막 밖으로 누군가의 소리가 들렸다.

"저하, 제묘자 백가입니다."

백가가 장막 밖에서 낮은 소리로 방해하지 않을 만큼의 기척을 내었으니 모두들 문 쪽을 바라보았다.

"아! 들어오세요."

"예, 저하."

잠시 후 장막이 걷히고 들어온 백가의 손에는 줄에 묶인 사내 하나가 딸려 들어왔다.

백가는 그 사내의 무릎을 발로 차 꿇렸다.

"저하, 주변을 살피던 우리 병사들이 막사 주위에 바스락거리는 소리가 나서 살펴보니 이자가 숨어 있지 않겠습니까. 차림이나 말투가 우리와 다르니 잡아 물어보니… 박뢰로부터 온 첩자였습니다."

잡힌 자는 무릎을 꿇고 울면서 사정하고 빌기 시작했다. 백가는 그런 놈의 엉덩이를 걷어차고 싶었지만 감히 장군들의 앞에서 그러할 수가 없어 그저 화를 삭이기만 하였다.

"첩자요?"

곤지가 얼른 재빨리 사내에게 다가갔고 그의 모습을 보았다. 곤지는 그의 멱살을 잡고 바로 장막을 걷고 밖으로 데리고 나갔다. 다른 이들이 보기에 곤지가 무척이나 화가 나 보였으니 어찌 된 일인지 어리둥절했다. 평소의 곤지의 행동과는 달랐다. 그러나 이는 태사평이 대노할 것이 분명했기에 곤지가 먼저 얼른 선수를 친 것이었다.

깜깜한 밤에 청명한 귀뚜라미 소리가 일정하게 울리는 것도 오늘이 마지막일 것 같았다. 그 옆에 지지 않고 목청 높여 울어 대는 밤 벌레는 새가 없는 자유를 만끽하며 여유롭게 어둠을 즐기고 있었다. 단지 곤지에게 멱살을 잡혀 끌려나온 사내가 그들의 주변으로 오기 전까지 말이다.

살려 달라는 첩자의 애원이 모든 소리를 짓누르고 허공 높이 튀어오르려 할 때, 곤지가 그의 입을 조용히 시켰다.

"이소노가미에서 왔다고?"

"죽을죄를 지었습니다. 목숨만을… 제발 목숨만은 살려 주십시오."

첩자는 눈물을 흘리고 있었고, 곤지는 그 모습을 가만히 지켜보다가 사람 좋은 목소리로 박뢰의 첩자에게 물었다.

"이곳에 무엇을 알기 위해 왔는지 말을 하면 내 너를 조용히 보내 주겠다."

곤지의 말에 사내는 얼씨구나 기회다 싶었다. 그리하여 후지이사토자가 시킨 임무를 알렸다. 묵묵히 듣고만 있던 곤지가 주위를 살피더니 다른 이들이 나오는지 확인한 후에 사내에게 대뜸 말했다.

"너는 지금 바로 가서 이곳의 선봉장은 혜구리의 고리하타니시와 신라의 병사들이라 말하라. 말을 전하고 다시 내게로 온다면 네게 혜구리의 땅 하나를 맡기도록 하겠다. 그리고 비단 두 필을 내리도록 할 것이니 실수하지 않게 잘 다녀오거라."

곤지는 사내를 입조심시킨 후, 막사로 들어가 백가에게 이르기를 첩자를 잠시만 붙잡아 두고 고리하타니시를 불러오게 했다.

백가가 명을 받들어 얼마 지나지 않아 고리하타니시를 데리고 왔다. 고리하타니시는 혈수왕에게 그 죄를 용서받았고, 곤지와 함께 병력을 움직일 것을 요청받았다. 그는 섭정무치에게 농락을 당한 것을 생각하며 자신의 우둔함을 자책하고 오명을 씻고자 곤지의 부탁으로 혈수왕의 뜻에 따라 북쪽 진영으로 자신의 군사들을 이끌고 올라온 것이다.

곤지가 고리하타니시를 보고 얼른 반기며 그에게 다가갔다.

"고리하타니시여, 내 긴히 드릴 말씀이 있습니다."

자신을 반기는 곤지를 본 고리하타니시는 고개를 숙여 예를 갖췄다.

"예, 태자님."

곤지는 첩자에게 자신이 한 말을 그대로 고리하타니시를 포함한 태사평과 고가히메에게 전했다.

"아니, 왜 그런 말씀을 하신 겁니까? 그자를 그대로 놔두면 이곳의 상황을 전부 보고할 것인데…."

"믿을 자가 되지 못합니다. 또한 고리하타니시가 이곳의 선봉장이라니요? 신라군이라 전하신 것은… 야마토의 모든 부족들이 신라라면 눈이 돌아가 버릴 지경이라는 것을 모르시진 않으실 텐데…."

태사평과 고가히메는 곤지의 말에 놀라면서도 걱정이 태산처럼 쌓였다. 그러나 둘은 곤지의 비상한 머리를 아직 정확히 간파하지 못했으니 곤지의 작은 미소만이 당장의 걱정을 안심시키고 있었을 뿐이다.

"괜찮습니다. 그자가 그것을 어떻게 전하더라도 전투는 일어날 것입니다. 고리하타니시께서는 이만 들어가 쉬시지요."

곤지는 고리하타니시를 다시 내보내었고, 그가 멀찌감치 가 발소리가 들리지 않을 때쯤 태사평과 고가히메에게 말했다.

"지금 계속 시간을 끌어 봐야 계속 어지러운 상태로 이러지도 저러지도 못하며 시간만 죽일 뿐입니다. 지금까지 보아 오니 야마토국의 부족국과 사람들은 모두들 빠짐없이 대단한 사람들입니다. 그들은 각기 자신들의 지역에 맞는 용맹하고도 지혜로운 경험과 능력의 수준을 갖추었습니다. 잘만 연합이 된다면 그 어디보다 강력한 정권을 갖게 될 것임이 틀림없습니다. 그렇다면 우리 백제와의 연으로 크게 서로에게 도움이 될 거라 확신합니다. 그리고 지금 이렇게 혈수왕의 수도와 박뢰의 군사를 제외하고는 모두가 뭉치지 않았습니까? 그런데 저들이 계속 버틴다면 서로에게 피해가 막심하며 언제 다시 분열이 생길지 모릅니다. 그러니 최대한 빨리 끝내 버리는 것이 옳을 듯싶습니다."

"최대한 빨리 말입니까?"

태사평이 되묻자 곤지는 그의 계획을 고가히메와 태사평에게 빠짐없이 말했고 날이 새도록 끝나지 않았다.

해가 뜨고 새소리가 울리자 밤 벌레 소리가 사라졌다. 곤지의 말이 끝나자 태사평은 자리에서 일어서지 못하고 수염만 쓸며 감탄을 하였고, 고가히메는 놀란 눈으로 고개를 연신 끄덕였다.

"그럼 속히 저자를 다시 보내야겠군요."

"그, 그러시지요."

고가히메가 얼떨결에 답했다.

곤지가 막사를 나가자 고가히메와 태사평은 서로 눈을 마주 보았고 고가히메는 손짓으로 막 나간 곤지를 가리키며 어깨를 올렸다.

"정말, 정말 곤지가, 아니 곤지 저하께서 홀로 생각하신 겁니까?"

10. 장엄한 마무리는 위대한 시작을 위한 초석일 뿐

고가히메의 얼굴에는 놀라움이 가득했다. 그러자 태사평이 스르륵 눈을 감으며 고개를 끄덕이다가 웃으며 답했다.
"나도 처음 듣는데 누가 알겠습니까. 헛, 참."

"이놈을 그냥 보내면 분명 탈이 날 것입니다. 소인, 죄를 무릅쓰고 말씀 드립니다. 저자를 보내면 안 됩니다, 저하."
"어! 쉿!"
백가의 불안한 눈빛에도 곤지는 뜻을 굽히지 않았고, 대신 저하라는 말을 조심하게 하였다.
"저이가 듣지 않게 저하라는 말은 삼가고 그냥 보내 주세요."
백가는 신경이 쓰이고 거부감이 들었지만 곤지의 말을 거역할 수 없었다. 그리하여 백가는 첩자를 풀어 주었다.
곤지가 멀찌감치 뒤에서 그 모습을 보다가 고개를 갸웃거렸으니.
"저 사람이 결단력이 있고 머리가 좋으나 용맹함과 반대로 거절을 잘하니… 겁이 많은 것인가…."
백가는 씩씩거렸다. 그러나 그러고만 있을 수는 없기에 달아나는 사내를 뒤로한 채 자신의 자리로 돌아갔다.

태사평이 궁솔에게 일러 쉬지 말고 바삐 달려 혈수왕에게로 가 서신을 전하게 했다. 궁솔은 고작 하루도 꼬박 걸리지 않아 혈수왕에게로 도착하였다.
혈수왕은 곤지의 서신을 받아 보고는 눈을 크게 떴다. 곤지의 서신에는 간밤에 북쪽 진영에서 나누었던 이야기가 그대로 적혀 있었다.

"무슨 일이십니까, 혈수왕님."

금여수가 옆에서 혈수왕이 내민 곤지의 서신을 뚫어지게 바라보다가 갑자기 고개를 끄덕이며 맞장구를 쳤다. 한참을 읽어 내려가던 혈수왕도 몸을 이리저리 살짝씩 흔들더니 크게 소리내어 웃으며 무릎을 쳤다. 꽤나 만족스러운 웃음이었다.

"대단하네! 대단해! 이것이 잘 맞물려 들어간다면 천지 어디에서도 없을 완벽한 전술이네!"

혈수왕은 서신의 마무리에 적힌 곤지의 말에 다시 한 번 그 깊은 뜻을 알고 감탄했다.

'마음으로 빌어 온 자는 너그러이 대하고, 사사로이 잡은 자는 후에 그 공을 쳐 너그러이 대하면 모두가 다른 마음을 먹지 않을 것이니 부탁드립니다.'

혈수왕은 가만히 생각에 잠겨 토성의 성루 위로 올라 뒷짐을 지고 북쪽의 곤지가 있는 곳을 바라보았다.

"남다른 친구일세. 참으로 대단해."

그의 작은 중얼거림이 부디 크게 곤지에게 전달되기를 바라는 것은 하늘도 마찬가지였다. 구름이 시원하게 북쪽의 곤지에게로 흐르고 있었다.

긴 머리의 여인에게는 하얀 머리칼이 절묘하게 대칭이 되어 아름답게 나 있었다. 가지런히 빗어 늘어뜨린 머리는 비단같이 고왔고 분칠을 한 얼굴은 어느 처녀 못지않게 아름다웠다. 균형 잡힌 몸은 전장에서 단련된 몸이라 그런지 탄탄하고 군살이 하나도 없었다. 그렇기에 더욱더 매력적이었다. 여인이 평범하지만 깨끗하고 단아한 옷차림으로 진지를 돌고 돌아 곤지가 있는 막사 쪽으로 가니 병사들은 일제히 눈을 동그랗게 뜨고 웅성대었다.

"누구야?"

"몰라? 우리 군에 여자가 있었어?"

"저런 여자가 있었으면 우리가 여태 왜 몰랐겠어? 참!"

병사들의 시선을 한몸에 받는 것이 부담스러웠는지 여인은 빠르게 막사로 가 장막을 걷고 들어갔다.

"고가히메!"

"하하, 어째 갑옷보다는 그 옷이 더 잘 어울리네요."

태사평과 곤지는 몰라보게 달라진 그녀의 모습에 깜짝 놀랐다.

"그만하시지요…."

고가히메는 어색한지 자꾸 치마를 올렸다 내렸다 하였다.

"바지가 아니니 섭섭하시겠지만… 부디 부탁드립니다."

곤지가 고개를 숙여 예를 갖췄다. 그러자 고가히메는 당황하여 더욱 고개를 숙여 예를 갖추었다.

"예, 저하. 빠르게 들어가겠습니다."

가슴에 짧은 단도 하나만을 품은 채, 고가히메는 말을 달려 이소노가미의 뒤쪽 산으로 달렸다.

한편, 살아 돌아온 첩자는 곤지의 말을 믿지 않았다. 의심이 많은 자라 곤지의 말을 그대로 전했을 리가 만무하였다.

"고리하타니시가 선봉장? 신라군이라고?"

후지이사토자는 눈을 찡그리며 불쾌한 표정으로 사내를 노려봤다. 그러자 사내가 멈칫거리더니 이내 말을 옮겼다.

"허나, 제가 찰나의 순간에 봤습니다만 여장군의 모습을 보았습니다."

"여장군의 모습?"

"예! 그러면 하나밖에 없지 않겠습니까?"

"오호라… 그년이었군."

후지이사토자가 자신의 수염을 쓸다가 간사한 미소를 흘리니 그 모습을 본 사내는 칭찬이라도 받으려는 듯 입을 헤헤 벌리며 웃음소리를 내었다. 후지이사토자가 정색을 하며 사내에게 멈추라는 눈짓을 보냈고, 고개를 살짝 기울이더니 의심스런 눈초리로 사내를 뚫어지게 보았다.

"네놈은 뭔가 속이는 것은 없는 것이지? 그렇지 않고 어떻게 잡혔는데 살아 돌아왔단 말이냐?"

후지이사토자의 물음에 사내는 심장이 철렁 내려앉았다. 그러나 당황스런 모습을 보이지 않았다. 그럴 수 없었다. 사내는 당당했고 조금의 거짓을 보태더라도 충신임을 드러내야 했다.

"어떤 장수가 재물로 회유를 했지만 뿌리치고 멀찌감치 묶여 있다가 모두가 잠이 든 틈을 타 죽기 살기로 도망쳐 왔습니다. 그러니 이리 여장군을 보았다고 말씀드리는 겁니다. 여장군은….'

"알았다. 안다. 여장군. 누군지….'

후지이사토자는 사내를 물리쳤다.

'고리하타니시가 선봉장일 리가 없지. 여장군… 아무렴 혈수왕의 군사라면 당연히 고가히메겠지. 그런데 신라군은…? 신라가 고리하타니시와? 말도 안 되는 소리. 고가히메가 선봉이다. 고리하타니시와 신라군은 거짓정보였다. 홍! 저놈들은 누구를 바보로 아는 것인가?'

자신의 생각이 틀림없다고 믿은 후지이사토자는 걸음을 옮겨 박뢰에게 사실을 알리러 갔다.

박뢰는 북쪽을 치는 것을 고려해 달라는 후지이사토자의 말을 다시 한 번 단칼에 거절하려 하였다. 허나 신라라는 말에 매우 화가 났고, 박뢰는 정말 야마토의 부족국이 신라 놈들과 붙어먹었는지 알고 싶었다. 그리하여 북쪽을 먼저 떠보려 하였으니 박뢰의 아래 장수 고가와를 불러 군사 일백을 끌고 성을 나가 북쪽을 공격하게 하였다. 또한 북쪽과 남쪽의 군사들이 무엇을 하는지 알아내기 위해 아래 장수 오니를 불러 군사 오십과 가와하라조로 숨어 들어가게 했다.

굳게 닫혔던 성문이 열흘 만에 열렸다. 막 해가 하늘의 정중앙에 섰을 때, 이소노가미의 성에서 고가와가 말을 달려 튀어나왔고 그와 동시에 오니가 고가와와 같이 말을 달리다가 중간 길로 빠져 곧장 달려 가와하라조로 들어갔으니 박뢰는 만족스러워했다.

고가와가 일백의 군사를 이끌고 오는 것이 병사들의 눈에 띄었다. 그러자 곤지가 얼른 고리하타니시를 불렀다.

"용맹하기 그지없는 제묘자부대 삼십이 뒤를 받쳐 줄 것입니다. 부탁드립니다."

통솔권자가, 선봉장이 예를 갖추는 것은 거의 있을 수 없는 일이었다. 고리하타니시는 어쩔 줄 몰라 하며 예를 갖춰 명을 따랐다.

고리하타니시는 단단한 체격에 험악한 인상이 사람을 압도하는 데 제격이었다. 커다란 도끼를 들고 말에 올라탄 고리하타니시는 준비된 제묘자부대와 고가와를 맞을 준비를 하는데, 그가 보니 제묘자의 군복이 전에 자신을 잡았던 제묘자가 입었던 그 신라군의 복장이었다.

"이게, 뭡니까?"

"쓸데없는 데 신경 쓰지 말고 갑시다."

백가가 고리하타니시에게 눈을 흘기며 무뚝뚝하게 말했다. 고리하타니시는 선봉장으로 신라군과 함께 싸우게 되리라는 것은 알았지만, 그 신라군이 신라군 복장을 한 백제군일 것이라고는 예상치 못하였다.

고가와는 고리하타니시와 신라군을 마주하고 깜짝 놀랐다.

"시… 신라. 정말 신라군이 아니냐!"

고가와는 어리둥절했다.

"한참 만에 나온 놈이 머리에 피도 안 마른 애송이 같구나! 이름이 무엇이냐?"

고리하타니시가 자신보다 어려 보이는 고가와를 가르치려는 듯 거만하게 물었다. 그러자 고가와도 지지 않고 당차게 답했다.

"어째, 그 큰 도끼를 들 힘은 있느냐? 나는 왕궁장수 고가와다!"

"허! 도끼에 팔다리가 잘려 봐야 정신을 차리겠느냐? 자신 있으면 나와 내 목을 가져가 보아라!"

고리하타니시가 말을 달려 도끼를 휘두르며 앞으로 나섰다. 그러자 고가와도 지지 않고 거침없이 달려 창을 쥐고 달렸다.

두 사람이 서로 창과 도끼를 휘둘러 수십 합을 겨루었는데, 어찌 된 영문인지 경험 많은 고리하타니시가 조금씩 밀리는 듯 보였다. 고가와는 그 틈을 놓치지 않고 서둘러 고리하타니시를 잡으려고 얼른 뒤로 신호를 보내 일백의 군사들에게 고리하타니시를 잡도록 명령을 내렸다. 그러자 맞은편 백가가 삼십의 군사를 이끌고 부리나케 달려 그들을 막으러 출동하였다. 그러나 수적으로 힘에 부치는지 몇 시진 경합도 하지 못하고 백가는 고리하타니시를 큰 소리로 설득해 후퇴하자 하였다.

제묘자 삼십과 후퇴한 고리하타니시와 백가는 씩씩거리며 불만을 터트렸고, 고가와는 그들을 끝까지 쫓지 않았다. 당장은 이겼다고 하나 끝까지 밀고 들어가면 일백의 군사로는 부족하다는 것을 모르지 않았다.

고가와는 의기양양하게 박뢰에게로 돌아갔다. 그리하여 선수를 잡은 고가와가 박뢰에게 아뢰니 박뢰가 크게 기뻐하였다.

"하! 별것 아니구나. 헛헛."

박뢰의 얼굴에는 기쁨이 가득했다. 그러자 옆에 있던 후지이사토자가 슬쩍 고가와에게 물었으니 고가와는 자신이 본 대로 사실만을 이야기했다.

"선봉장이 누군가?"

"고리하타니시입니다. 그 곁에는 고작 삼십밖에 되지 않는 신라군들이 있었습니다."

고가와의 말에 후지이사토자가 놀랐다. 정말로 자신이 보낸 첩자의 말이 사실이었던 것이었다.

'정말? 정말이란 말인가…'

안색이 급격히 어두워진 후지이사토자가 얼른 고개를 돌려 박뢰의 눈치를 살폈다. 박뢰는 미간을 찌푸리며 고개를 쑥 내밀더니 고가와의 말에 믿을 수 없다는 표정을 지어 보였다. 그러자 후지이사토자가 얼른 말을 가로채었다.

"분명 고가히메일 것입니다. 고리하타니시일 리가 없습니다. 혈수왕이 가장 믿을 수 있는 자는 북쪽엔 고가히메 말고는 없을 것으로 아룁니다. 또한 제가 보낸 첩자가 분명 여장군을 보았다고 했습니다. 여장군이라면 고가히메밖에 없을 것입니다."

"뭣이라! 고가히메?"

박뢰는 도무지 누구의 말이 맞는지 알 수 없었기에 다시 확인을 하려 했다. 그리하여 고가와에게 다시 한 번 날이 밝으면 이번엔 조금 더 많은 군사로 북쪽의 진영을 공격하게 하였다. 또한 후지이사토자의 말에 정확히 믿음이 가질 않아 이번엔 원래 자신의 생각대로 남쪽의 혈수왕의 세력의 간을 보기로 하였으니 그의 용맹한 장수 스이코토에게 일천의 군사를 내어 준 후 날이 밝으면 혈수왕을 도발하라 하였다.

"만일 내일 고리하타니시가 다시 나온다면 무슨 수를 써서라도 그들이 도망치기 전에 사로잡도록 하여라. 그들이 도망을 간다면 추격하여라. 나발을 불어 신호를 울린다면 내가 친히 나가 이천의 군사로 뒤를 받쳐 모조리 쓸어버리겠다."

박뢰가 자신의 갑옷을 거칠게 쓰다듬으며 매서운 눈빛으로 각 장수들에게 명했다. 그리고 후지이사토자를 보았다.

"그대의 말이 맞는지는 내일 보면 알게 되겠지."

의미심장한 말과 거친 표정에 후지이사토자는 잠시 아찔했지만, 곧 정신을 차렸다. 박뢰보다 자신이 머리로는 한 수 위라는 것을 여전히 믿고 있었기에 그는 아무렇지도 않은 척 덤덤하게 고개를 숙여 답을 하였다.

같은 시간, 고가히메는 쉬지 않고 말을 달려 밤이 늦어서야 나가타키초의 마을로 들어섰다. 그리고 곧장 말을 버리고 어디론가 빠르게 걸어 들어갔다.

날이 밝자, 고가와는 이백의 군사를 이끌고 다시 성문을 열고 나와 북쪽의 곤지의 진영으로 달렸다. 역시 스이코토가 일천의 대군사를 끌고 남쪽의 혈수왕이 있는 곳으로 향했다. 그들이 양쪽의 성문으로 빠져나가는 광경이 실로 어마어마했으며 그 끝이 보이지 않을 정도였다.

"혈수왕을 맞이하려면 저 정도 군사는 보내야 하지 않겠소."

박뢰의 수염이 꿈틀거렸고 후지이사토자는 그저 입술을 꾹 닫은 채 할 말이 있어도 참는 눈치였다.

고가와가 말을 달려 어제보다 많은 수의 군사를 이끌고 오는 것을 본 곤지의 병사들 중 한 명이 백가에게 그 사실을 전했고, 백가는 얼른 뛰어 막사로 가 사실을 전했다.

"지금 박뢰의 장수가 들어오고 있습니다."

태사평은 얼른 자리에서 일어나 그 수를 물었으며 백가는 대략 어제보다 많은 것 같다 하였다. 그러나 다급한 상황에서도 곤지는 가만히 앉아 골똘히 생각에 잠겨 있었으니, 옆에서 보다 못한 고리하타니시가 먼저 곤지에게 물었다.

"저하, 저들이 들어오니 우리도 맞서야겠습니다. 제가 말을 달려 한 번에 베어 오겠습니다."

고리하타니시가 자신의 도끼를 막 집어들려는 순간, 곤지가 눈을 번쩍 뜨며 급히 말렸다.

"아닙니다! 고리하타니시께서는 나서실 필요가 없습니다. 이번에는 태사평님께서 직접 나가서서 겁을 주고 돌아오는 게 어떻겠습니까? 싸움을 걸면 받아 주되 다시 한 번 후퇴를 반복하시길 바랍니다."

"예, 저하."

태사평은 자신의 장창을 손에 쥐어 들고 투구를 썼다. 태사평의 투구 밖으로 나온 하얀 머리카락과 흰 수염은 마치 오래된 신선이 죄된 땅을 벌주러 가는 것 같아 보였다.

태사평이 말에 훌쩍 올라탔다. 노장임에도 움직임이 결코 젊은 장수들 못지 않았다.

태사평은 말을 달려 백가와 제묘자 오십, 그리고 백제와 혈수왕의 군사 도합 일백을 데리고 힘차게 나가 고가와를 맞이하였다.

남쪽으로 나간 스이코토는 긴 장검을 휘두르며 무서운 기세로 혈수왕의 진지로 들어갔는데, 바로 앞에는 번쩍이는 철갑옷을 두른 장수가 철퇴를 손에 쥐고 있었으며 뒤로는 일백의 철기병들과 이백의 군사들을 대동한 채 길을 막고 서 있었다.

히노베의 철기병. 실로 번쩍이는 그들의 갑옷은 적에게 위압감을 주었고, 그 위용은 대단했다. 히노베는 철퇴를 크게 한 번 땅에 내리치더니 그대로 말을 달리며 철기병들에게 돌격할 것을 명했다.

"나는 오오토모의 장수 히노베다! 어디 네 실력을 보자꾸나!"

"스이코토의 이름을 들어 보지 못했는가? 하하, 아직 세상물정 모르는 애송이구나!"

스이코토와 히노베는 크게 한 번 붙었다 떨어지기를 수차례 반복하였다. 그러나 수적으로 불리한 탓인지 히노베가 뒤로 물러 퇴각하기 시작했다. 그러자 스이코토가 크게 비웃었다.

"고작 그 병사들로 가능하겠느냐?"

히노베는 아무 말 없이 그저 그냥 말을 돌려 퇴각을 하였으나, 실상 부상자와 사상자는 거의 없었다. 오히려 스이코토의 병사들이 더 많이 다쳤다는 것을 스이코토만 모를 뿐이었다.

일천의 병사를 다 돌볼 수 없으니 그런 것이었다. 고작 퇴각하는 히노베를 보고 멀리 내다보지 못한 스이코토는 승전보를 울리며 이소노가미로 들어가 박뢰에게 사실을 알렸다.

　박뢰는 스이코토에게 말을 전해 듣고는 자신감이 가득 차 올라 있었다. 그런데 헐레벌떡 뛰어온 고가와가 찬물을 끼얹었으니….

　"태… 그게, 태…."

　얼마나 놀랐는지 눈이 빠질 듯해서 말도 재대로 못하는 고가와를 후지이사토자가 진정시켰다.

　"무슨 말인지 진정을 하고 천천히 말해 보시오."

　"태사평, 태사평이 있습니다!"

　태사평이라는 말에 박뢰는 순간 얼굴을 일그려뜨렸고 후지이사토자는 길게 한숨을 내쉬며 하늘을 올려다보았다.

　"그것 보십시오. 분명 고리하타니시는 아닙니다."

　후지이사토자의 불평스런 목소리에 박뢰는 신경질적으로 언성을 높였다.

　"고가히메는 없잖소! 지금 장난하는 게요? 신라는 무슨 신라? 그럼 백제와 신라가 같이 왔단 말이오? 이런 말도 안 되는…."

　박뢰의 말에 순간 후지이사토자는 첩자의 목을 비틀어 죽여 버리고 싶었다. 그놈이 분명 봤다고 했었다. 그런데 태사평이라니. 고리하타니시는 생각도 나지 않을 정도였다.

　"태사평이면 백제 장군이 아닌가! 백제군이 들어온 것이야? 가뜩이나 왕가 놈이 마음에 들지 않았는데, 지진원까지 죽여 버려서… 이렇게 된 이상, 전부 쓸어버려야겠구나. 이런…."

　성큼성큼 커다란 발을 들어올려 움직이며 안절부절못하던 박뢰가 자신의 장검 두 자루를 허리춤에 매었다. 박뢰는 장수들에게 한데 모일 것을 명했고 자신 역시 빠르게 움직였다.

후지이사토자는 물을 것도 없이 첩자를 불러 추궁을 했으니, 첩자는 꾸짖는 후지이사토자를 원망하며 다른 마음을 품었다.

"고가히메? 정말 봤느냐? 고리하타니시? 홍! 태사평이다, 태사평!"

"예? 태사평이 누구… 아! 그 예전 백제의 장군 아닙니까? 에? 백제의 장군이 신라군과… 아니, 고가히메가… 분명 봤습니다. 여장군을 말입니다."

"이 미친놈아! 여장군은 전부 고가히메란 말이냐? 네가 잘못 본 것이 아니냐?"

"그게…."

후지이사토자는 첩자를 엄하게 꾸짖었고, 다음 날 자신을 농락한 그 죄를 모두의 앞에서 엄히 물어 옥에 가두려 하였으나, 쫓겨내려간 첩자는 불만을 잔뜩 안은 채 다음 날 동이 트기 전에 잽싸게 곤지의 진영으로 도망갔다. 차라리 곤지의 제안이 사실이라면 땅이라도, 아니 작은 재물이라도 얻을 수 있어 보였다.

"아! 어떻게 다시 왔구나. 그래도 안 올까 봐 걱정했는데. 제안에 관심이 없을 줄 알았는데 그것이 아니었구나."

"그놈들은 정말 고약하기 그지없는 놈들입니다. 전혀 믿질 않는단 말입니다."

날이 밝고 동이 트자 곤지의 앞에 기다렸다는 듯 이소노가미의 첩자가 무릎을 꿇고 곤지에게 상세히 모든 것을 알렸다. 첩자는 자신이 힘들게 얻어 온 정보를 그대로 박뢰와 후지이사토자에게 알렸건만, 후지이사토자는 오히려 자신을 거짓말쟁이로 몰아세웠고 명성에 흠집을 냈다는 이유로 함께 일해 온 자신을 매몰차게 죽이려 했다며 이를 바득바득 갈았다. 그리하여 곤지가 그를 토닥이며 관용을 베풀어 그에게 땅을 내어 주겠다고 말하자 사내의 눈이 번쩍였다.

신임을 얻으면 곤지에게서 더 많은 것을 받을 수 있다고 생각했던 사내는 곤지의 물음에 하나씩 답을 하기 시작했다.

"장수가 도대체 몇 명이나 있길래 단 한 명도 당신을 믿어 주는 이가 없단 말인가?"

"흥! 많이 있으면 뭐 합니까? 많이 있지도 않습니다. 고작 네다섯뿐입니다. 다들 저들만 생각하니 저 같은 놈을 누가 거들떠나 보겠습니까? 이렇게 부려먹고 마음에 안 들면 버리는 것이죠."

"이런, 의리 있는 자가 없구나. 그럼 진짜 재물을 받으러 온 것이냐? 그들은 우리가 주는 작은 땅보다 그리 큰 성에서 살면서 힘든 일을 하는 네게 넉넉히 보상을 해 줄 터인데. 그러면 그것이 더 낫지 않느냐?"

"아이고! 무슨 말씀을. 한참을 모르십니다. 뭐 먹는 거야 아직은 풍족하지만 어디 땅만큼이나 되겠습니까? 식량이 다 떨어지면 궁 뒤에 나가타키 초 부족들에게 얻어 와야 합니다. 물론 우리 같은 사람들이 가서 운반을 해야 하죠. 워낙 산세도 깊고 험해서… 힘듭니다. 아이고! 그 짓을 또 하라구요? 안 합니다."

"가는 길이 험하다고? 내가 보기엔 별로 산이 높아 보이지 않는데… 엄살이 아니냐?"

"어허? 참 나! 얼마나 험한지 두 번 다녀오면 한 해는 누워 있어야 할 것입니다."

"못 믿겠는데… 딱 봐도 몇 번 달리면 금방 산 하나쯤은 넘겠는데…."

"아, 그럼 저랑 같이 가 보시는 게 어떻겠습니까? 참 나! 보여 드리겠습니다."

곤지는 눈썹을 위로 당기며 달가운 미소를 지었다. 믿음을 갈구하는 자에게 믿음으로 답해 주면, 그보다 큰 자부심을 느끼게 되는 일도 없을 것이다. 곤지가 태사평을 보았고 눈을 살짝 감았다 떠 보였다. 태사평은 살짝 고개를 끄덕였다.

노을이 지기 시작하자 곤지는 첩자인 사내를 앞세워 말을 달렸다.

"안 걷습니까?"

"거기까지 간 후, 다시 돌아오는 길에 걸어 봐야 진짠지 아닌지 알 수 있을 것 아니냐."

"예, 예."

곤지는 첩자를 태우고 그렇게 생판 모르는 길을 돌아 돌아 이소노가미궁의 뒤편 나카타키초로 향했다. 고가히메가 먼저 도착한 그곳으로 말이다.

곤지는 두 검을 말의 옆구리에 붙여 놓았고, 첩자는 이를 눈치채지 못하였다. 그리고 곤지의 뒤를 바짝 쫓아 따르는 무리들이 있었으니, 헤구리 고리하타니시와 그의 군사들이었다.

헤구리.

그들을 보면 고구려의 험한 옛 부족 장수들과 같았다. 양쪽에 커다란 산을 끼고 워낙 험한 산새를 들락거리며 요새와 같은 곳에서 생활하고 전투를 치르다 보니 그들의 성격은 그리 유하지 못했다. 강인하고 억세며 겁이 없으니 작은 상처쯤은 산을 타는 동안에는 아무것도 아니었다. 그들은 빠르기도 빨랐다. 어쩌면 들판에서보다 산에서 더 빠르고 날렵했다.

곤지의 뒤를 받쳐 줄 헤구리 병사들의 속도는 어마무시했다. 일정 거리를 두고 뒤따라 전혀 뒤처지지 않았으니 범도 혀를 내두를 정도일 것이었다.

스이코토의 군사 일천은 두어 번 더 혈수왕의 진영으로 나가 공격을 감행했고 히노베는 번번히 힘이 모자라 퇴각함을 반복했으니 박뢰는 슬슬 끝을 보기로 결심을 했다. 박뢰는 몰래 중간에 진을 치고 숨어 있던 오니에게 명을 내려, 고가와 함께 태사평의 진영을 기습해 며칠간 전투를 벌이며 시간을 끌도록 했다. 이는 태사평과 백제 연합군의 발을 묶어 두기 위함이었고, 그사이 자신은 직접 스이코토와 대군을 이끌고 단번에 혈수왕을 치려는 것이었다.

병력을 단단히 준비시키던 박뢰는 그 병사의 수에 걸맞게 자신의 군사들에게 아낌없이 물자를 배급하고 곳간을 털어 식량을 풍족히 주어 그 사기를 올리기에 열을 올렸다. 그러자 그 모습을 가만히 수일간 살피던 후지이사토자가 근심스런 표정으로 고개를 홀로 절레절레 저었다.

깊은 밤이 되면 고민이 깊어지고, 붉은 낮이 되면 얼굴이 붉어질 만큼 상기되어 걱정이 가득하니 그것은 단 일 합에 사로잡지 않으면 안 되는 것일지도 몰랐다.

찬바람이 몰아치는 밤, 후지이사토자는 가만히 박뢰를 찾아갔다. 박뢰는 모든 준비가 끝났다고 생각했는지 자신의 긴 검을 굳은살이 박힌 손가락으로 가볍고도 진중히 쓸었다.

"박뢰왕이시여, 혈수대왕을 잡는 것에 무어라 말씀을 드릴 수는 없으나 다만 한 번의 공격으로 전부 물리치거나 사로잡지 않으면 성안에서 더 이상 버틸 물자가 부족합니다."

후지이사토자는 박뢰가 진심으로 야마토의 왕이 되길 바랐다. 그렇지 않으면 그의 목이 떨어져 나갈 것이 분명했기 때문이다. 허나, 점점 독단적으로 자신과의 상의 없이 곳간을 비게 해 버린 것을 원망하지 않을 수 없었다.

"지금까지 싸운 것을 보지 않았소? 이번에 사기를 단단히 올렸으니 단 한 번의 공격으로도 능히 해치울 수 있을 터. 너무 걱정하지 마시오."

박뢰가 여유 있는 미소를 지으며 후지이사토자의 어깨를 두드렸다.

'이… 이놈이 아직 정신을 차리지 못했구나. 네가 지면 나도 죽는다….'

깊은 한숨이 나올 지경이었지만 박뢰를 먼저 꾄 것은 결국 자신이었다. 후지이사토자는 가만히 생각을 하다가 고개를 숙여 예를 갖추고 말을 하였다.

"그럼 뒤에서 물자를 조금 더 가지고 들어오라 명을 내려 주시옵소서. 많으면 많을수록 좋은 것이 아닐까 합니다. 명을 내려 주시면 바로 나가타키초에서 싣고 들어올 수 있도록 하겠습니다."

후지이사토자의 말에 박뢰는 눈썹을 올렸다 내리며 흡족하게 아무 일도 아니라는 듯 그리하라 하였다. 허나, 후지이사토자의 간언에는 속셈이 있었으니 실로 간사하기 그지없었다.

박뢰의 처소를 나간 후지이사토자가 나가타키초로부터 식량과 사람들을 징발하여 궁성으로 끌고 들어오라 명했으니 한 장수가 그 길로 곧장 뒷문으로 빠져나가 쉼 없이 말을 달렸다.

구름이 달을 가려 그 빛이 거의 보이지 않을 때, 후지이사토자는 뒷짐을 지고 가만히 서 하늘을 올려다보았다.

"네가 나가서 지고 돌아오는 날엔 내… 꼭 성문을 닫아 주마. 넌 아직 내 말을 들어야 할 때임을 왜 모르느냐… 쯧."

반역의 반역. 실로 어지러움이 극에 달한 상황이 계속하여 날을 더하여 깊어만 가니 하늘도 누구 하나 도와줄 수 없을 지경이었다.

다만, 가장 바른길을 찾는 이에게 하늘은 도움을 줄 것이니, 곤지가 고가히메를 만난 것은 정말 금방이었다. 첩자의 말이 틀리지 않았다.

사내는 길을 잘 알고 있었고, 덕분에 몰래 산을 타고 뒤로 돌아 나가타키초에 도착한 곤지는 사내에게 고맙다는 말을 전하고는 그를 돌려보내며 자신의 진영으로 도착하면 태사평이 그 공을 알고 재물을 내릴 것이라고 말했다. 사내는 철석같이 믿고 그길로 다시 태사평이 있는 곤지의 진영으로 들어가려 했지만 그럴 수 없었다. 뒤쫓아오던 헤구리의 병사들이 그를 알아보았고, 단번에 그의 목을 베었으니 그 역시 곤지의 계략이었다.

"그는 입이 가볍고 신용을 할 수 없으니 두어 번 더 써먹었다간 혼란스러워 서로 뭉개어질 것입니다. 그러니 그를 그냥 돌아가게 하지는 마시지요."

의미심장한 곤지의 말에 고리하타니시는 그러하겠다고 하였고 돌아오는 그를 자신의 생각대로 가차없이 처리해 버렸다.

고가히메가 먼저 떠나며 만나기로 한 장소에서 곤지와 고가히메 그리고 고리하타니시를 포함한 그의 장수 일백이 조우했다.

곤지가 먼저 옷을 벗어던지고 고가히메가 준 상인의 의복으로 갈아입자 고가히메와 곤지는 영락없는 나가타키초의 그저 그런 부족민의 일부와도 같아 보였다.

"몰래 들어가 성문을 여는 것과 동시에 지금부터 이곳의 보급을 끊을 것입니다. 이소노가미의 첩자에게 듣기로 물자가 부족하면 이곳에서 지원을 받는다고 들었습니다. 그러니 저와 고가히메님께서 이곳 상인들과 함께 첫 번째 물자와 식량을 가지고 이소노가미로 들어가면 고리하타니시께서는 병사들과 함께 더 이상의 왕래가 없도록 이곳을 철저히 막아 주시면 좋겠습니다. 또한 성안에서 신호가 보이면 뒷문을 공격하여 우리와 함께하시길 부탁드립니다."

고리하타니시는 곤지의 말에 예를 갖춰 그러하겠다 하며 산으로 숨어들었고, 곤지는 고가히메와 말 두 필을 장에 나가 팔았다.

"제값보다 훨씬 많은 돈을 받았으니 이것으로 군량미와 가축을 사들이는 것이 좋겠습니다."

곤지의 말에 고가히메는 고개를 끄덕였다. 거사를 앞둔 이라고 보이지 않을 정도로 담대한 곤지의 모습에 고가히메는 감탄을 하였고, 물끄러미 곤지를 바라보고 있자니 비유와 여신, 그리고 백제의 모습이 떠올랐다. 이런 인물이 백제, 그것도 왕가에 있었다니 놀라울 따름이었다. 참으로 비범하지 않을 수 없었다.

고가히메가 먼저 도착해 포섭한 장사치들의 정보에 따르면 이소노가미로 대규모 물자를 싣고 들어갈 것이었다. 따라서, 곤지와 고가히메가 그 장사치들의 틈에 끼어 대량의 물자들을 사들이고 서둘러 이소노가미로 출발하였다.

짐을 매고 포섭한 장사치들과 함께 이소노가미로 쉼없이 올라가던 때, 궁에서 나온 장수가 나가타키초의 부족민들과 장사치들을 닦달하였다. 거기에는 곤지와 고가히메도 있었다.

"빨리 움직여라! 오늘 밤중으로는 도착해야 될 것이다."

험준한 산 아래로 길게 늘어선 사람들은 그들의 위력에 압도되어 불평 한 마디 없이 속속들이 성안으로 들어가기 시작했다.

곤지는 고가히메와 눈을 맞추었고, 고가히메는 비장한 표정으로 곤지에게 말하였다.

"장수들이 있는 곳으로 먼저 가축과 식량을 넣어 두도록 하겠습니다."

"부탁드립니다. 고가히메 님께서 그렇게만 해 주신다면 신호를 울리는 데 아무런 탈이 없을 것입니다. 이곳 첩자의 말이 사실이라면 대여섯의 장수밖에는 남아 있지 않을 것이고, 고가히메 님께서 그들이 있는 장소를 알고 계시리라 생각합니다."

곤지는 이소노가미에 들어서기 하루 전날 밤 숨겨 놓았던 그리 길지 않은 검을 등허리 옷 속에 꽂아 놓고 허리띠를 질끈 동여매었다.

"예, 저하."

나가타키초의 부족들은 남녀 할 것 없이 모두가 상인이고 그 물자를 옮기는 데 동원되지 않는 사람이 없었다.

날이 밝자 고가히메는 곤지보다 먼저 앞 진으로 빠르게 걸음을 옮겨 가축을 실은 수레로 가 미리 포섭한 장사치들과 함께 수레를 끌었다.

"어허… 아주머니께서 힘들게 수레는 뭐 하려구. 저희가 돈을 받았으니 저희가 옮기겠습니다."

수염이 덥수룩하게 난 사내 둘이 고가히메를 보며 손짓을 하였으나 고개히메는 사람 좋은 웃음으로 답하였다.

"어찌 그렇다고 저만 편하게 뒤로 빠져 바구니 하나만 들고 여유를 부릴 수 있겠습니까. 저도 이곳에 장사를 하러 온 사람인데 이리 중요한 일이 있다면 솔선수범하여 나서야지요."

고가히메의 말에 모두들 감동하여 대단함을 칭송하지 않을 수 없었다.

그 시각, 박뢰는 스이코토에게 명하니 먼저 일천의 군사를 이끌고 이번에는 도망가는 히노베를 끝까지 잡으라 시켰다. 그리고 일정한 간격을 두고 박뢰 자신이 나가 혈수왕까지 모조리 잡을 계획을 세웠으니, 총 이천의 군사를 대동하니 그 합이 삼천이나 되었다.

혈수왕을 먼저 잡아야 북쪽의 항복을 쉽게 받아낼 수 있어 보였다.

"너는 끝까지 가서 히노베를 잡아라. 거기서 그치지 말고 계속 전진하여 싸우라! 내가 바로 뒤에서 나갈 터이니 물러섬이 없도록 하여라."

박뢰가 자신의 투구를 집어들고 스이코토의 어깨를 단단히 두들겼다.

"예, 명을 받들겠습니다."

스이코토는 긴 창을 들어 말에 훌쩍 올라타더니 그대로 군사를 이끌고 혈수왕이 있는 남쪽으로 향해 달렸다.

그런데 이상하게도 평소와 다르게 얼마 달리지 않아 앞서 나온 히노베의 군사 일백과 맞닥뜨렸다.

"하하, 오늘은 무슨 자신감으로 이리 마중을 나와 있는 것이냐? 생을 빨리 끝내고 싶은 모양이구나."

스이코토가 가소롭다는 듯 껄껄 웃으며 히노베를 노려보았다. 그러자 히노베가 철퇴를 묵직히 한 번 휘두르더니 반격을 했다.

"일백의 철갑부대가 그동안 힘을 많이 아껴 왔으니 이 철갑이 어느 정도 위용인지 네게 여실히 보여 주겠노라!"

히노베가 먼저 말을 달리며 신호를 주었고, 뒤이어 철기병 일백이 매섭게 돌진하였다. 스이코토 역시 그동안의 연승에 취해 무지막지한 기세로 내달렸다.

서로의 군사들이 뒤엉켜 싸우기를 수십, 수백 합째. 히노베가 갑자기 퇴각 명령을 내리며 병사들에게 갑옷을 벗게 하였다. 그러자 일제히 병사들은 갑옷을 벗고 뒤로 후퇴하기 시작했다. 스이코토는 박뢰의 명에 따라 그들을 뒤쫓으려 했고 와중에 히노베의 군사들이 버린 철갑옷을 탐내기 시작했다.

사실상 철갑옷의 병사들은 그 갑옷의 위력 덕분에 죽거나 중상을 입은 자가 없었으니 그것이 탐나는 스이코토는 그것을 주워 자신의 병사들에게 입혔다. 그리고 히노베가 버린 그의 갑옷을 스이코토 역시 주워 흔들어 보다가 자신이 착용하였다.

"이런 좋은 갑옷을 버리고 달아날 정도로 우리에게 겁을 먹은 것이냐? 하하, 이제 네놈들이 가진 철기들을 우리의 것으로 취할 때가 된 것 같구나. 얼른 무기를 버리고 순순히 투항하면 목숨만은 살려 줄 것이다."

스이코토는 히노베의 철갑옷을 두른 채 의기양양하게 큰소리를 내며 혈수왕의 본거지로 돌진했다. 그 모습을 성 위에서 보던 박뢰가 이제 되었다 싶었는지 문을 박차고 이천의 군사를 이끌고 길을 달려 나왔다.

"스이코토가 들어가는구나! 이번으로 끝을 내 주겠다. 야마토국의 주인은 어떤 이가 되어야 하는지 힘과 용맹함으로 보여 주겠노라!"

박뢰의 말이 매섭게 달렸고 그의 긴 검이 하늘에서 춤을 추듯 바람을 가르며 휘날렸다.

그런데 그 순간, 혈수왕이 말을 타고 달려 나왔고 그의 뒤로 불화살을 겨눈 궁수 일백이 일제히 혈수왕의 신호에 맞춰 활시위를 당겼다.

날아간 불화살은 철갑을 주워 입은 스이코토의 병사들의 갑옷에 박혔고 아쉽게도 그 철갑옷을 뚫지는 못했다. 그런데 이게 웬일인가. 그야말로 순식간에 장관 아닌 장관이 펼쳐졌다.

히노베가 말고삐를 당겨 다시 돌아섰고 언제 나왔는지 금여수가 철갑병 일백과 제묘자부대 삼십을 대동하여 히노베와 그의 군사들 곁으로 달려왔다.

불화살은 계속하여 쏘아졌고, 철갑 위에 박힌 불화살은 순식간에 갑옷에 번져 스이코토의 병사들의 몸을 태우기 시작했다. 그 모습을 본 스이코토는 무언가 심상치 않은 냄새에 자신의 몸을 아래위 좌우로 훑어보더니 손가락으로 쓰윽 갑옷을 만져 보았다.

"이것이 무엇이냐? 기름… 기름을 왜 바른 것이야? 모두들 걸친 갑옷을 벗어라!"

스이코토의 당황스런 외침에도 이미 때는 늦어 버렸다. 타 죽은 병사들이 점점 늘어나고 우왕좌왕하는 사이에 히노베와 금여수가 부리나케 달려 스이코토의 목을 서로 노려 치니 스이코토는 눈만 터질 듯이 동그랗게 뜬 채로 목이 단번에 날아가 버렸다.

뒤에서 달려오던 박뢰는 아직 스이코토의 모습을 보지 못했지만, 불길이 치솟는 것을 보고는 무언가 잘못됨을 감지했다.

그러나 때는 늦었다.

혈수왕이 남은 군사 이천을 끌고 내달려 박뢰를 잡으려 하였고 박뢰는 히노베, 금여수와 마주하고 수백 번의 경합에 힘겨워하였다. 그런데 엎친데 덮친 격으로 어느 순간 제 뒤의 땅이 푹 꺼지는 것이 아닌가.

"으악!"

여기저기서 비명 소리가 들리고 박뢰는 정신이 없는 와중에도 뒤를 돌아보니 거의 절반에 가까운 자신의 병사들이 땅 아래로 꺼져 피투성이가 되거나 압사당하고 있는 게 아닌가.

"지금 한눈팔 때가 아닌 것 같소만."

금여수가 긴 창 두 개를 휘두르며 박뢰의 몸통을 공격하자 히노베가 철퇴로 박뢰의 다리와 말의 몸통 쪽을 공격하였다.

"이… 이놈들이!"

무수한 공격에서도 박뢰는 대단하였다. 위아래로 들어오는 공격을 완력으로 쥔 두 검을 이용해 가까스로 막아 내며 수십 합을 겨루다가 말을 돌려 남은 병사들을 이끌고 후퇴하기 시작했다.

같은 시각, 태사평은 백가를 선봉으로 제묘자부대와 백제의 병사들 그리고 고가히메의 군사들과 함께 고가와와 오니의 공격을 막아 내고 있었다. 엄밀히 말하면 그들을 거의 파멸에 가까운 수준으로 이끌고 있었다.

백가의 날카로운 창이 겨우 열 번도 움직이지 않았지만 오니의 목은 떨어졌고, 태사평의 무예는 말할 것도 없었다. 고가와가 대여섯 번 버텨 봤지만 막는 것조차 힘들었다. 태사평의 창이 한 번 부딪힐 때마다 고가와의 어깨가 심하게 흔들렸고, 힘에 부쳐 손이 올라가지 않자 고가와는 꽁무니를 빼고 달아났다.

그러나 달아나는 것도 잠시 세상의 공기를 조금 더 맡았을 뿐, 태사평이 창을 일직선으로 바로 쥔 후, 그대로 힘껏 던져 날려 버리자 고가와의 등을 그대로 관통하여 그대로 아래로 박혀 버렸다. 땅에 박힌 창에 꽂혀 관통당한 몸. 축 늘어져 있는 고가와는 더 이상 나오지도 않을 만큼의 어마어마한 피를 계속해서 뿜어내고 있었다.

까마귀가 어지럽게 울던 그때, 후지이사토자는 그 광경을 전부 성 위에서 지켜보았다.

"큰일이구나, 큰일이야! 여봐라! 아무도 없느냐?"

다급히 누군가를 찾는 후지이사토자의 목소리에 한 사람이 달려왔다.

"예, 어르신!"

"너는 지금 빨리 성문을 굳게 닫아라!"

"예, 어르신!"

후지이사토자가 뒤를 돌아 자리를 뜨려는 순간 놀라운 광경이 성안에 펼쳐지고 있었다. 그것은 박뢰가 후퇴하여 돌아오는 모습보다 더 무서웠고 기괴하였으니, 성안의 곳곳에 검은 연기가 나고 있었고 하늘 위에 희고 검은 매의 무리들이 별이 쏟아지듯 아래로 몸을 내리꽂고 있는 것이 아닌가.

기괴한 광경에 섬뜩해진 후지이사토자는 갑자기 식은땀이 마구 흐르더니 알 수 없는 묘한 분위기를 감지하고 슬며시 돌아보았다. 후지이사토자가 고개를 돌리자 한 사내가 가차없이 후지이사토자의 목에 검을 겨누었다.

"나라를 어지럽게 하고 반역을 한 죄를 물을 것이다. 그리고 백성들을 가엾게 여기지 않은 죄를 물을 것이다. 마지막으로 백제의 여인을 죽이고 백제와의 관계를 등한시하려는 죄를 물을 것이다."

얼굴에 때는 묻었지만 하얀 얼굴의 사내. 굳게 다문 입술은 강단이 있었고 동그란 눈에는 푸른빛마저 감도는 것같이 영롱했으며 그의 몸짓은 흔들림이 없었다.

"누… 누구냐?"

후지이사토자가 주춤거렸다. 다른 곳으로 시선을 돌릴 틈도 없었다. 목에 겨누어진 검의 끝이 섬뜩하게 차가웠다.

"대백제의 태자 곤지가 어라하의 명을 받들어 이곳까지 왔는데, 그간 야마토국과의 친분을 어찌 이렇게 내치려고 하는 것인가? 반역을 꾀하는 자에겐 더 내어 줄 자비는 없다."

곤지의 말이 위에서 아래로 무겁게 들려왔다. 그 압박감은 이루 말할 수 없는 것이었다.

곤지가 한 걸음 앞으로 다가섰을 때, 후지이사토자는 그대로 눈을 질끈 감았고 죽기 아니면 살기로 운명을 하늘에 맡긴 채, 그대로 성벽 아래로 뛰었으니 곤지가 그 모습에 놀라 얼른 그가 떨어진 곳을 내려다보았다.

"태자 저하!"

급히 곤지가 있는 곳으로 뛰어 올라온 고가히메의 손에는 나가타키초에서부터 부족들을 닦달해 끌고 왔던 장수의 목과 창이 들려 있었다.

그들이 공물에 기뻐하며 한눈을 판 사이, 뒤따라 들어온 곤지와 고가히메가 마른 나무 위에 물자로 가져온 기름을 칠해 불을 붙였고, 그것이 신호가 되었던 것이다. 동시에 고가히메와 곤지가 동시에 매가 있는 곳을 재빨리 파악해 그 문을 열었고 그렇게 매들을 풀어 장수들의 위치를 하늘 위에서부터 고리하타니시와 헤구리의 병사들에게 알린 것이다.

이소노가미의 궁에 피어오른 연기는 그칠 줄 몰랐고, 그 신호에 맞추어 성의 뒷문을 타고 올라선 헤구리의 병사들이 어느새 문을 열고 들어와 얼마 남지 않은 박뢰의 장수와 군사들을 베어 버리기 시작했다.

그사이 곤지와 고가히메는 가까이서 후퇴하여 들어오는 박뢰와 그의 남은 병사들을 보았다.

"저자가 박뢰입니다!"

고가히메의 말에 곤지는 얼른 아래로 내려갔다.

"성문을 열어라! 어서 성문을 열어라!"

박뢰가 고래고래 소리를 지르며 말을 달려 부리나케 성안으로 들어가려는데 순간 온몸이 뒤틀려 부러진 채 마지막 숨을 헐떡이던 후지이사토자를 발견하고 놀라 말을 멈추었다.

당황한 박뢰가 후지이사토자를 보며 그 연유를 들을 새도 없이 성의 문이 열렸다. 말도 타지 않은 곤지가 홀로 양손에 검을 들고 서 있었는데, 당연히 갖추어야 할 갑옷과 투구조차도 없었다. 고가히메는 그 모습을 보고 놀라 기겁을 하며 재빨리 달려 내려갔다.

곤지와 박뢰가 마주하는 순간이었다.

"너는 누구냐? 우두커니 서 있는 것이… 저것은 또 무엇이냐? 왜 안 여기저기서 연기가 나는 것이냐?"

뽀얀 흙먼지가 바람을 타고 안개처럼 곤지와 박뢰의 주변을 어지럽게 했고 하늘에서는 봄에 피는 하얀 꽃보다 더 하얀 눈이 솔솔 내리기 시작했다.

박뢰의 눈에 빠르게 별처럼 움직이는 매들의 모습이 보였고 그와 동시에 곤지가 한 발짝 앞으로 나섰다.

"백제의 좌현장군 곤지, 어라하의 명을 받들어 야마토에 와 그 친분을 두텁게 하며 우리 백제를 돕기 위해 한달음에 달려와 서로의 터를 단단히 하려 했건만, 네가 어찌 한 나라의 왕이자 아비를 그리 대할 수 있느냐! 사람이라면 모름지기 그 죄에 대한 용서를 구하고 머리를 숙여야 함이 당연하거늘, 어찌 바쁘게 성문을 열고 도망하려 하느냐!"

곤지의 호통에 박뢰는 인상이 잔뜩 구겨졌다.

그와 동시에 곤지의 뒤로는 고리하타니시와 헤구리의 병사들이 몰려들었고, 박뢰를 뒤쫓아 남쪽에서는 히노베와 금여수를 선두로 혈수왕이 대군을 이끌고 달려오고 있었다. 북쪽에서는 백가를 선봉으로 제묘자부대, 고가히메의 군사들, 그리고 태사평이 이끄는 백제군까지 진격해 들어오고 있었다.

진퇴양난에 빠진 박뢰는 제 앞에 있는 곤지의 호통에 기세를 잃고 잠시 주춤하다가 사방을 경계하더니 시간을 끌어 봐야 안 되겠다고 생각했는지 눈썹을 치켜뜨며 곤지에게로 달려들었다.

"좌현장군? 홍! 야마토를 제대로 규합하여 널리 다스리려 함에 내가 친히 발 벗고 나섰겠만 어찌 이리 한심한 소리를. 백제의 왕가 척이라 불리우는 놈이 이곳을 어지럽게 하고 쑥대밭을 만드는 꼴을 어찌 내가 눈을 뜨고 지켜만 볼 수 있겠느냐!"

말을 달려 돌진하는 박뢰의 모습에 혈수왕과 금여수 그리고 태사평은 무척이나 놀랐고 한발 늦었다고 생각을 했다. 그래도 박뢰가 미쳐 날뛰는 것을 그대로 지켜볼 수만은 없었기에 조금이라도 지체없이 모두가 곤지에게로 달렸다.

박뢰의 양 검이 날카롭게 빛을 내며 막 곤지의 몸을 향해 들어가려 할 때, 곤지가 박뢰의 칼 사이로 뛰어 들어갔다. 박뢰의 칼이 좌우로 한 번 크게 춤을 추자 곤지는 몸을 낮춰 땅바닥에 몸을 붙이고 미끄러지듯 들어가 손 하나 차이로 그것을 피해 말의 옆구리를 정확히 자신의 검의 뒷부분으로 세게 쳤다. 그러자 말이 긴 울음소리를 내더니 그 자리에서 쓰러져 기절하였다. 말을 다루는 재주가 어렸을 때부터 남달랐던 곤지는 말의 혈을 잘 알고 있었다.

곤지는 자신의 머리카락 반절을 박뢰에게 주고 그를 쓰러뜨려 버린 것이다.

"저하!"

태사평과 고가히메가 곤지를 향해 소리쳤고, 얼른 일어난 박뢰가 아픈 가슴을 부여잡고 피를 흘린 채 다시 한 번 검을 휘날렸다.

박뢰의 검술이 금여수와 히노베는 당할 수 있어도, 태사평이나 계후에게는 어림없는 실력임을 방금 전 찰나의 순간에 곤지가 모르지 않게 되었다. 그 자세가 바르지 않고 힘으로만 휘두르니 백제의 최고 장수들과는 그 결이 달랐다. 반면 곤지의 칼춤은 마지막 겨울산에서 피어난 붉은 꽃을 흔들어 깨우는 백설과도 같았다.

수십 합의 칼 부딪히는 소리가 악기와 같이 울렸으며 소리가 점점 낮아지는 쪽은 박뢰의 검이었다.

박뢰가 검 하나를 들어 곤지에게로 던졌고, 곤지가 재빨리 그 검을 피하자 다른 검으로 곤지의 목을 노리고자 뛰었다. 그러자 그때, 곤지가 자신의 양 검을 공중으로 던져 박뢰의 시선을 어지럽게 했고 박뢰가 인상을 찡그리며 곤지가 던진 두 검을 걷어 내자 눈앞에 곤지의 얼굴이 떡하니 보였다. 바로 마주 본 얼굴에서 곤지는 근엄하고도 강렬한 눈빛을 쏘아 보였고 박뢰는 그 표정에서 두려움을 느껴 온몸의 털이 곤두섰다.

순간 곤지의 품 안에서 날카롭게 빛을 내는 무언가가 나왔고, 곤지는 그것을 박뢰의 목에 대었다. 상처가 난 박뢰의 목에서는 피가 흘렀고, 그 피는 곤지가 품에서 꺼내어 쥔 날카로운 것에 묻어 흐르기 시작했다. 박뢰는 몸을 움직일 수가 없었다.

아비 여신이 남긴 쪼개어진 금장식. 그 금장식이 박뢰를 제압하였다.

박뢰는 그만 털썩 주저앉았고, 곤지는 혈수왕과 태사평 그리고 모든 일행이 올 때까지 그것을 박뢰의 목에서 거두지 않았으니 금장식이 곤지의 손에서 붉게 떨리며 울음소리를 내었다.

혈수왕이 바닥에 뒹굴고 있는 박뢰를 보고는 크게 꾸짖었는데, 그 소리에 박뢰는 놀라 몸을 움직이지 못하고 머리가 하얘졌다.

"이 어리석은 녀석아! 여신의 진짜 아들은 뒤에 있는 곤지 태자다! 태사평과 함께 왔으며 내가 곤지를 마중한 것이다! 네가 말한 여신의 서자라는 자는 백제인이 아니며, 신라인이 거짓으로 꾸며낸 일이다!"

박뢰는 혈수왕의 눈에서 진심으로 화를 느꼈고 슬픔이 그렁그렁 맺힌 것을 멍하니 바라보았다.

"너와 내가… 너무도 어리석었구나…."

혈수왕은 넘어져 주저앉은 박뢰의 어깨를 가만히 감쌌다.

"네가 몰라서… 또 내가 몰라서 그런 것이니… 아비에게 창을 겨누지 말거라. 다른 뜻을 품지 말거라. 만일 백제의 손이라 하여도 내 어찌 너를 배척할 수 있겠느냐. 흑흑흑…."

그래도 자식은 자식이었다.

박뢰는 혼란에 빠졌다.

날이 밝고, 곤지를 포함한 모든 이가 이소노가미 궁 안으로 들어서니 곤지가 박뢰의 죄를 가볍게 여기지 않으면서도 너그러운 말을 보냈다.

"백제의 사람이라 해서 모든 행실이 용서되는 것은 아닙니다. 따라서 만일 부정한 일을 저질러 우리 척의 나라를 혼란스럽게 했다면 마땅히 왜의 왕께서 관장하시어 벌을 내려야 함이 마땅하나, 그 사실관계를 정확히 확인도 하지 않았으며 무고한 백제 어라하의 사람을 죽였으니 그 죄가 너무 무겁습니다. 허나, 깨우치지 못하고 판단이 느려서 그런 것이며, 간사한 자의 계략에 어지러움 속으로 빠진 것이니… 슬프지만 앞으로 다시는 이런 일이 있어서는 안 되겠습니다."

박뢰는 무릎을 꿇고 곤지에게 용서를 빌었고 고가히메는 지진원의 그을린 뼛조각을 어루만지며 하염없이 슬퍼하였다. 그 모습에 곤지 역시 눈물을 훔치지 않을 수 없었다.

태사평 역시 사람들을 시켜 그 관을 정성껏 만들게 하였으니, 혈수왕은 입이 열 개라도 할 말이 없어 박뢰의 옆에서 그저 비통한 표정으로 고개를 떨구었다.
　"지진원 님의 장사를 성대하게 치러 주십시오. 박뢰왕께서는 혈수대왕 님을 보필하여 야마토의 내실을 튼튼히 다지시길 바랍니다. 그리하여 백제와의 우호를 굳건히 보여 주시기를 바랍니다. 이 모든 것에 나는 부탁만 드릴 것이 아니라 직접 같이 발벗고 돕겠습니다."
　곤지가 위엄 있게 말을 하자 박뢰는 후지이사토자의 꾐에 빠진 자신을 자책하며 여러 번 사죄를 하고는 그렇게 하겠노라 약속을 하였다.

　468년, 개로 13년.
　곤지는 수 번의 전쟁으로 폐허가 되어 버린 마을들을 그날 이후부터 하나씩 재건하기 시작하였고, 오이타, 후쿠오카, 가라쓰에서 백제인들과 여러 부족의 사람들을 불러 모아, 난파진에서 궁 안팎에 이르기까지 나라를 재정비하고 보수해 나갔다. 그는 농작물과 기술을 전수하고 백성들을 돌보았으며, 수많은 백제의 문물 또한 널리 퍼뜨렸다. 곤지의 명성은 하늘을 찔렀고, 그에 비례해 혈수왕 역시 존경받는 인물로 자리매김하게 되었다.
　더불어 곤지가 하나의 요청을 하였으니, 박뢰에게 도망친 섭정무치에 대해 고가히메와 같이 알아보도록 하였다.

　474년, 개로 19년.
　군사들이 배불리 쉬고 재정비를 하며 날로 그들의 솜씨가 늘어 가니 곤지가 흐뭇하게 보았다. 하지만 정작 자신은 쉬지 않고 전장과 왜국 곳곳을 누볐으니 고향 백제가 그리웠다.

　이소노가미 성 위에 올라 깊은 밤, 하늘을 가만히 쳐다보다가 가볍게 부는 바람에 그 내음을 맡으며 멀리 백제가 있는 곳을 지그시 바라보았다.

　한참 전에 백제로 보낸 병사신의 소식이 들려오지 않으니 걱정이 되었다. 신라인인 섭정무치가 정녕 백제에서 들어온 자인 것을 확인해야 했는데… 아무런 소식이 없으니 답답할 따름이었다. 어찌 그자가 그런 위험하고 무모한 짓을 이곳에서 벌일 수 있었는지 꼭 알아야 했다.

　태사평이 조용히 곤지가 있는 곳으로 올라와 옆에 섰다.

　"참으로 길었습니다. 그래도 이리 안정을 되찾은 것을 보니 너무도 감격스럽습니다."

　태사평의 수염은 달빛에 비쳐 더욱 환하게 빛이 났다.

　"태사평님은 이제 그만 백제로 돌아가고 싶지 않으십니까?"

　곤지가 뜬금없이 갑자기 아련한 소리로 물었다.

　"곤지 님의 곁이 백제입니다. 어디에 있든 저는 백제에 있음이 분명합니다."

　태사평의 말에 곤지는 한참을 백제의 하늘을 계속 바라보았다. 잠시 긴 침묵이 흘렀고, 태사평은 고민이 많아 보이는 곤지를 보며 그 침묵을 깨지 않으려 했다.

　한참을 뒷짐을 진 채 백제 쪽의 하늘을 바라보다가 곤지가 입을 열었다.

　"아무래도 다시 사신을 보내 백제의 상황을 알아봐야겠습니다. 또한 어라하의 소식도 궁금합니다. 분명 어라하께서 사신을 보내어 부르신다고 하였는데, 아무 소식이 없으니 저희가 먼저 보내어 잘 준비가 되고 있다고 말씀을 올려야 될 것 같습니다."

　"예, 맞는 말씀이십니다. 저하."

좌현장군 곤지. 그는 혈수왕을 도와 야마토 정권을 강화하고 확립하는 데 큰 도움을 주었으며 백성들을 돌보는 데 그 힘을 아끼지 않았으니 혈수왕이 곤지를 추대하여 좌현왕으로 명명했다.

달이 한 번 지나가고, 차츰 안정이 된 야마토에서 곤지가 제묘자부대의 상급자인 백가를 불렀다.

"그대가 바다를 타고 거슬러 올라 백제에 가서 어라하께 이곳의 소식을 전하고 기반이 이제 잘 갖추어졌으니 무엇이 필요하신지 받들어 오도록 하였으면 좋겠습니다."

곤지의 명에 백가는 예를 갖추어 답을 하고 명을 받들어 배를 타고 백제로 향하였다.

475년 10월.

웅진으로 수도를 옮긴 문주는 예전의 기백이 모두 사라진 듯 보였다. 고구려의 압박과 형인 여경을 잃은 슬픔에 빠져 있을 때, 백가가 수일이 걸려 문주가 있는 웅진으로 들어섰다. 백가 역시 한성으로 향하려다 완전히 바뀌어 버린 백제의 형국에 당황하지 않을 수 없었다. 그리하여 다시 수일이 걸려 웅진으로 들어왔으니….

문주 앞에 선 백가의 얼굴에는 비통함이 서렸고, 문주는 백가에게 곤지의 소식을 들었다. 슬픔에 차 있는 문주의 얼굴이 잠시나마 바뀌는 순간이었다.

"곤지가 터를 잘 잡았으니 기쁘기 그지없구나. 알다시피 한성을 고구려에게 빼앗겼다. 내정을 돌보아야 하는데… 어찌할 바를 모르겠구나."

"죽을죄를 지었사옵니다, 상좌평 어르신."

문주가 힘 없는 목소리로 백가에게 말하였다.
"내가 다시 정신을 차려 백제를 살리고 나아가 어라하의 복수를 할 수 있도록 주위에 도움을 받아야 할 것인데…. 너무나 어지러워 누굴 믿고 의지해야 할지 모르겠구나. 네가 가서 곤지를 데려오거라. 그 아이가 내 곁에서 나를 그리고 백제를 살피고 재건해 주었으면 좋겠구나. 왜로 가 그렇게 훌륭한 일을 해냈다면 반드시 곤지는 여기서 다시 한 번 그 재능을 발휘할 것이다."
백가는 기력 없는 문주의 명에 고개를 숙이며 암울하고 답답한 전보를 가지고 곧장 왜로 돌아갔다.

백가가 야마토로 다시 들어오기 전, 곤지는 멀리 있는 소아령과 자신의 아들 사마를 이소노가미 궁으로 불러들였고, 오이타에서 막 동성이 태어나 잘 커 가고 있다는 소식을 들었다. 곤지는 기뻐하였고 소아령과 사마에게 땅을 내주어 아스카베를 다스리게 하였으니 혈수왕도 기쁘게 받아들였다.
히노베와 금여수가 소아령을 보필하며 사마에게 무예를 가르쳤으며 고가히메가 가끔 들러 사마에게 학문을 가르쳤으니, 곤지는 바르고 건강히 자라는 사마를 보고 뿌듯해하였다.
태사평과 곤지는 점점 탄탄해지는 야마토국의 모습을 보며 자신들 역시 아스카로 넘어가 소아령과 사마와 함께 백제에서 올 백가의 소식을 기다린다고 하였고, 이에 이소노가미의 혈수왕은 많은 물자를 보내 아스카에 지원을 아끼지 않았다.
"왜 이곳에 더 머물지 않고 아스카베로 들어가려 하오?"

떠나는 곤지에게 혈수왕이 서운한 듯 물었다. 그러자 곤지가 빙긋 웃으며 답하였다.

"그곳이 백제와 참으로 같아 보입니다. 내가 살던 영암도 그랬습니다. 더군다나 이곳은 혈수왕께서 원래 계시던 곳인데 자리를 비켜 주어야지 주인 행세를 계속해서는 안 될 말입니다."

혈수왕은 곤지의 겸손함에 고개를 끄덕였고, 나이는 어리지만 그를 마치 벗으로 삼아 종종 담소를 주고받으니 태평성대가 끊임없이 지속될 줄 알았다.

날이 몹시도 흐린 날, 사마가 책을 읽다 졸자 태사평이 그의 무릎을 내어 사마를 곤히 재웠다. 소아령은 곤지와 함께 밭에서 마을 백성들을 도와 여러 가지 일을 하고 있었는데 멀리서 백가가 말을 달려 곤지의 앞에 내리고는 울상으로 문주의 말을 전했다.

"저하! 한성이 함락되고 여경 어라하께서 운명을 달리하셨습니다. 문주 상좌평께서 가장 큰 백제의 어른으로 웅진에 자리를 잡고 계시며 옥체가 무척이나 좋지 않아 보이셨습니다. 상좌평께서 말씀하시길 저하가 돌아오셨으면 좋겠다 하십니다. 다시 한 번 백제를 끌어 나갈 수 있도록 급히 들어오시라 하십니다."

곤지는 백가의 말에 정신이 어지러워 그 자리에서 쓰러지고 말았다.

"어라하… 여경 어라하께서…. 한성이 어째서…."

정신을 잃은 곤지를 들쳐업고 사람들이 그를 방에 눕혔다.

이틀을 꼬박 깨어나지 못한 곤지는 그 시간 동안 어둠 속에서 한 사람을 보았다. 길고 흰 수염과 당당한 모습으로 큰 검을 쥐고 있던 노인. 노인의 모습은 얼핏 태사평과 비슷해 보였다.

곤지가 그에게 다가가니 노장군이 웃으며 곤지의 머리를 쓰다듬었다. 그리고 부드러운 음성으로 곤지에게 말하였다.

'네가 나와 같이 보이니 참으로 대견스럽구나. 아직 할 일이 많으니 내가 못다 이룬 것을 꼭 되찾아 이룰 수 있도록 하거라. 백제는 다시 일어날 것이니 의심치 말거라.'

'누구십니까? 누구신지요?'

곤지가 묻자 노장군은 그저 미소를 지으며 뒤를 돌아 사라졌다. 그 순간, 곤지가 깨었다.

곤지는 그 노장군의 모습이 너무도 생생하여 꿈인지 현실인지 구분을 하지 못할 정도였다.

의미심장한 노장군의 말. 백제는 다시 일어날 것이다.

곤지는 벌떡 일어나 태사평을 찾았다.

"백제로 돌아가야겠습니다."

태사평은 묵묵히 고개를 끄덕였다. 마음 같아서는 곤지의 건강이 걱정되어 몸을 조금 더 살피라고 하고 싶었지만 태사평 역시 백가의 말을 전해 들었다.

476년, 문주 2년.

곤지는 백제의 쪽으로 고개를 숙여 크게 절을 하여 여경의 넋을 달랬고, 가까이 있지 못하는 안타까운 마음을 담아 긴 머리를 양쪽으로 나누어 붉은 실로 묶어 기도를 올리며 제를 지냈다. 그리하여 곤지 아래의 모든 이들이 긴 머리를 양쪽으로 나누어 붉은 실로 묶기를 사흘 밤낮으로 하였으니,

그 모습이 슬프고도 이상해 보였다. 더불어 깔끔히 차려입은 도포를 뒤집어 입으며 한껏 자세를 낮추어 감히 백제를 정면으로 마주하지 않았다.

후에 그것은 백제를 위한 예의 모습으로 바뀌어 계속하여 왜에 이어질지 당시는 아무도 몰랐다.

혈수왕은 무슨 일이 생기는 즉시 군사를 이끌고 백제로 향하겠다 굳게 약속을 하였고, 금여수를 남겨 놓은 채 배를 타고 태사평, 그리고 백가와 함께 백제로 향했다. 이십여 척의 배에 각기 군사 일백씩을 태워 총 이천의 군사를 끌고 길고 긴 바다를 건너 오이타에 도착했다.

곤지는 오랜만에 재회한 제효비에게 여경의 소식을 알리지 않았다. 아니, 알리지 못했다. 그저 백제로 들어갈 일이 있으니 여경에게 안부를 전하겠다는 말만 전하며 다시 돌아올 것을 약속하였다. 그리고 곤지는 여경의 아들 동성을 내어 줄 것을 요청하였다.

"어라하께서 보고 싶어 하실 것입니다. 다음 어라하가 되실 분이니 제가 모시고 가게 해 주십시오. 훗날 제효비를 모시고 다시 백제로 올라가도록 하겠습니다. 백제의 어라하는 이제 백제에 게셔야지요."

제효비는 곤지를 믿고 있기에 그렇게 하겠노라 답하였고, 곤지는 깊숙이 절을 올린 채 어린 동성을 배에 태워 백제로 올라갔다.

곤지는 군산포에 내려 동성을 영암에 가 있게끔 하였다. 백가를 딸려 동성을 보필하게 하였으니 어린 동성은 아무것도 모른 채, 백가와 함께 영암으로 들어갔다.

코를 흘리던 모대(동성). 아이는 제효비의 시녀들과 함께 영암에 터를 잡았다. 그 터는 예전 자신이 청령비와 예서, 제효비가 살았던 그 집이었다.

　이젠 마흔 번째 해를 훌쩍 넘겨 버린 곤지가 웅진으로 들어서자 문주는 반가움에 눈물을 흘렸고, 그동안의 일을 곤지에게 전부 이야기하였다. 여경의 죽음에 너무도 상심이 큰 문주는 하소연을 하듯 곤지를 잡고 매일같이 울어 댔다.
　예전의 세 소년 중 이제는 큰 소년이 없었으니, 둘째 소년과 막내 소년만이 말을 주고받았다. 항상 셋이 재잘대며 웃던 그날은 더 이상 찾아오지 않았다. 참으로 슬픈 일이 아닐 수 없었다.
　백제의 형세를 보니 곤지는 가만히 있을 수가 없었다. 그리하여 곤지가 모든 실권을 장악할 수 있도록 문주에게 요청을 하였으니 문주는 아직 어린 태자를 대신하여 곤지를 상좌평에 임명하였다. 그리고 곤지를 따라 왜에서 온 상급병사들에게 재화와 거처를 나누어 주었다.
　곤지를 다시 웅진에서 보게 된 해구는 무표정한 얼굴로 그의 감정을 드러내지 않고 숨기고 있었다. 해구는 현재 복잡미묘한 심경이었다.
　곤지는 예전부터 이상하게 의구심을 일으키는 해구가 못마땅했다. 그 속을 알 수 없는 날이 끊이지 않았으니, 한 가지 꾀를 내어 문주에게 부탁을 하였다.
　"해구가 아직도 자리를 하고 있는 것이 어찌 된 일입니까?"
　문주가 이마를 짚으며 곤지에게 답했다.
　"해구가 모반을 한다고 생각했었다. 그리고 분명 그것이 맞을 것이었다. 그러나 역시 다른 일은 일어나지 않았고 오히려 고구려에 맞서 공을 세웠으니… 어찌 명분과 증거가 없이 그를 내칠 수 있겠느냐. 내 아직도 유심히 지켜보는 중인데….”

"그자의 곁에 있던 수비리시는 어디에 있습니까?"

"모르겠다. 고구려와의 일전을 앞두고 사라졌다. 여경 어라하의 말에 따르면 북위로 올라간 것 같구나. 무슨 짓을 했는지 모르지만 그 신녀가 떠난 후 고구려가 성을 잔뜩 내며 수만의 군사를 이끌고 들어왔다. 참으로 이상한 일이었다….”

곤지는 해구와 수비리시가 떨어져 있는 것에 고개를 끄덕이며 문주를 안심시켰다.

"해구에게 병관좌평의 관직을 내리시는 것이 어떨까 싶습니다."

"병관좌평? 그게 무슨 말이냐? 지금보다 더 중요한 일을 맡기라니?"

"그자가 높은 관직에 올라야 어떤 행동을 하는지 멀리서 잘 지켜볼 수 있을 것이옵니다. 저를 상좌평이라 하지 마시옵고 그와 같이 자리하게 하시면 옆에서 제가 그의 행동을 잘 살피도록 하겠습니다."

문주가 곤지의 말을 듣고 감탄하였다.

곤지가 백제로 들어온 지 열흘이 넘어갔다. 곤지의 뜻에 따라 웅진의 성을 단단히 보수하며 각기 성의 보수를 꼼꼼히 실시하고 여러 목책성을 산의 길목과 중턱마다 세웠다. 또한, 문주에게 도움을 준 신라와의 관계를 소홀히 하지 않으려 그들의 사신들에게 백제에서 살 권리를 주었으며 은솔의 벼슬을 내어 주었으니 그들이 감사히 여기었다.

달이 바뀌고 곤지와 문주에 의해 웅진이 단단해지기 시작할 때쯤, 문주는 소정전에 대신들을 불러 모았다. 그리고 그동안의 공과 앞으로의 백제를 위해 노력할 것을 당부하며 해구에게 병관좌평의 관직을 내렸다. 해구는 이를 받들었다.

이듬해 여름, 궁궐이 중수되자 문주는 그 공을 인정하여 곤지를 내신좌평으로 임명하였다. 그리고 문주는 그의 아들 임걸을 태자로 삼았다. 그리하여 대외적으론 상좌평의 자리는 공석이 되었다.

해구가 보기에 곤지와 저는 위치가 대등해 보였고, 임걸(삼근)이 아주 어렸으니 다시 한 번 기회가 왔다고 생각하였다.

그 시각, 기다림의 세월이 얼마나 흘렀을까, 삐걱거리는 의자에 기대어 앉아 창밖 하늘을 내다보던 수비리시의 눈에 범상치 않은 구름이 마치 수십만 개의 커다란 물방울처럼 줄지어서 그 하늘을 유유히 흐르고 있는 것이 보였다. 그것이 이상하여 수비리시가 한참을 바라보고 있었는데 갑자기 거친 바람이 한 번 세게 불더니 날이 흐려지기 시작했다.

"이것이 무슨 일인가… 저런 하늘의 운(구름)은 여지껏 본 적이 없었는데…."

중얼거리던 수비리시가 눈을 감고 손가락을 구부리며 무언가를 세기 시작했다. 한참 동안 손가락을 접었다 펴던 수비리시가 갑자기 눈을 뜨며 무언가 생각이 났다는 듯 자리에서 벌떡 일어났다. 그때, 갑자기 수비리시의 방문 앞에서 누군가 그녀를 급히 불렀다.

"백제에서 온 소식을 전하러 왔습니다."

"백제에서? 어서 들어오세요."

문을 열고 들어선 사내는 백제의 옷을 입고 있었고 예를 갖춰 고개를 숙였다. 수비리시는 잠시의 침묵에도 눈과 목이 타 들어가는 것 같았다.

"무슨 소식입니까?"

수비리시는 마른침을 삼켰다.

사신은 천천히 고개를 들어 수비리시를 바로 보고는 말을 하였다.

"여경 어라하께서 붕어하셨습니다. 그리고 문주 어라하께서 해구 님을 병관좌평으로 앉혔으며 웅진으로 천도를 하였습니다."

사신의 말에 수비리시는 놀라움을 금치 못했다.

"한성은? 한성은 어찌 되었습니까?"

"고구려에 함락되었습니다."

사신의 말에 수비리시는 뭔가 잘못되었음을 알았다. 그리고 본능적으로 자신의 죄를 감추고 싶어 얼른 질문을 하였으니.

"도림은? 도림이라는 스님은 어떻게 되셨습니까?"

"모르겠습니다. 보이질 않습니다."

사신은 고개를 갸웃거리며 모르겠다는 표정을 지어 보였다. 사신의 말에 수비리시는 잠시 움직임을 멈추고 눈을 천천히 감았다가 떴다. 그리고 고개를 돌려 한참을 말없이 요상한 구름을 바라보았다.

"상좌평의 자리에는 누가 오르신 것입니까?"

수비리시의 다음 말만 기다리고 있던 사신은 그녀의 질문 하나에 눈을 급히 내리깔며 답하였다.

"아직 공석이옵니다."

사신의 말에 수비리시의 눈이 순간 갑자기 예전 그 독사의 눈처럼 빛이 났다. 수비리시는 고갤 숙인 사신의 정수리와 바깥 마당에 떨어지는 빗방울을 번갈아 바라보았다.

'상좌평의 자리가 비었다. 지금 가장 높은 곳은 병관좌평 해구… 내 아들이구나.'

수비리시는 사신에게 명하여 배를 준비하라 시켰고, 즉시 백제로 넘어

가겠다 하였으니 사신은 얼른 예를 갖춰 답을 하고는 방에서 나갔다.

'여경 어라하와 도림이 없다. 병관좌평 해구라니… 문주 정도야 가볍지, 가벼워. 이제 백제는 나 수비리시와 내 아들 해구에 의해 다시 만들어질 것이다.'

늙은 수비리시의 입가에는 여전히 시퍼런 독 미소가 번졌다.

그로부터 정확히 둘째 날을 지나 보내고 수비리시는 자신의 시녀들과 소수의 병사를 대동한 채 배를 타고 백제로 향했다.

바다는 조금씩 요동쳤고, 안개가 자욱히 낀 것이 흐린 하늘과 그 경계선을 구분할 수 없었다. 조금씩 내리는 빗방울도 보이지 않았다.

비릿한 바닷내음을 맡으며 갑판에 홀로 서서 가만히 백제의 땅이 있는 곳을 그윽히 바라보던 사신은 주위에 아무도 없는 것을 확인하고는 나지막히 중얼거렸다.

"내신좌평 곤지 님. 백가, 명 받들어 수비리시를 끌고 가고 있습니다."

해구에게 관직을 준 것은 곤지의 지략이었으니, 백가를 시켜 북위에 있는 수비리시를 찾게 하고 그녀에게 상좌평의 자리를 공석이라 알리라고 당부한 것도 그 의미가 있었다. 수비리시는 그 사실을 까맣게 모르고 있었다.

수비리시가 웅진에 들어가 문주에게 예를 갖춰 인사를 했으니, 문주는 예전 수비리시의 거짓 표문에 대해 짐짓 알면서도 모른 체를 하고 그저 고개만 끄덕였고 거처를 내주었다.

하늘에 구름이 심하게 끼기 시작한 것은 수비리시가 도착한 바로 그날 밤이었다. 수비리시가 성으로 돌아왔다는 소식에 해구는 얼른 한걸음에 달려 그녀를 맞이했다.

"다시 돌아오셨다니… 소식도 없이 갑자기 어쩐 일이십니까?"

해구는 놀라 말을 하였지만 그녀가 돌아온 것이 그리 달갑지만은 않았다. 그것은 수비리시 역시 모르지 않으니 모든 계획을 수포로 만들고 홀로 꾀를 낸답시고 북위로 떠난 어미가 탐탁치 않았음을 어찌 모르겠는가. 허나 수비리시의 머리와 가슴에는 오직 백제를 손에 쥐어야겠다는 욕망만이 가득 차 있었다. 그리고 그 중심에는 자신의 자인 해구만이 있어야 했다.

"병관좌평이 되었다고…. 아마 이제는 그 기회가 가까워졌을지도 모른다."

"무슨 말씀을 하시는 겁니까?"

"이번이 마지막이다. 네가 공석인 상좌평에만 오른다면 아랫사람들을 꾀는 것은 내가 반드시 도와줄 것이다. 그러니 이번에야말로 이 어미의 뜻을 따라 다시 한 번 일을 진행해 보는 것이 어떠하겠느냐?"

수비리시의 매서운 눈빛과 입술은 그 어느 때보다 강렬했고 진지했으니 해구는 그 기세를 믿을 수밖에 없었다. 안절부절못하던 예전과는 완전히 다른 모습에 해구는 그녀를 의심하지 않기로 하였다.

"상좌평에 오른다면 참으로 아랫사람들을 다루기 쉽겠지만, 임걸 태자가 어리니 아마 곤지가 그 자리를 차지하지 않겠습니까? 더군다나 진씨 세력들 역시 곤지를 미워하지 않으니 어디 쉽게 이룰 수 있겠습니까?"

해구의 말에 수비리시는 놀라 눈을 휘둥그레 뜨고 사실을 따져 물었다.

비가 거세지니 바람이 좋게 불어오지 않았다. 비바람은 피할 순 있어도 막을 수는 없는 법이었다.

"곤지! 곤지라고 했느냐? 곤지가 이곳에 있단 말이냐?"

"한성을 뺏기고 이곳 웅진으로 내려왔는데 그 소식을 몰랐겠습니까?"

곤지가 이곳 웅진에 있다는 말에 수비리시는 놀랐지만 이내 정신을 가

다듬었다. 이미 눈이 뒤집혀 버린 수비리시에겐 상좌평의 자리와 나아가 어라하의 자리만이 머릿속에 가득할 뿐이었다.

수비리시는 한참을 생각에 잠기더니 더욱 거세게 몰아치는 비바람을 뚫어지게 바라보았다. 그러다가 해구의 어깨를 꽉 잡았다.

"차라리 잘되었다. 이참에 곤지를 제거하고 상좌평에 오름과 동시에 왜마저 우리의 편으로 만드는 것이 좋겠구나."

수비리시의 말에 해구는 다시 한 번 놀랐다.

"어떻게 말입니까?"

사방이 어지러우면 광인도 한몫을 차지할 수 있다던가. 광기 어린 눈의 수비리시는 고개를 천천히 끄덕이며 가느다란 팔과 나뭇가지 같은 손가락으로 비바람을 가리켰다.

"내 위에서부터 이곳으로 올 때 보니 한 차례 심한 비바람이 몰아칠 것이다. 내 병사 여덟과 네 사람들을 모아 날이 개기 전, 아무것도 준비가 되지 않아 어수선할 때가 가장 좋을 때다. 소리를 내어도 그 소리가 묻히기 좋은 날에 단번에 없애 버리는 것이 좋겠구나. 그의 시신은 잘게 조각내어 찾을 수 없는 곳에 흘려 버리면 좋을 것이다. 곤지가 사라지면 필시 문주 어라하께서 뒷사람인 널 불러들여 실권을 주며 찾게 할 것이다. 그럼 네 위는 없는 것이다. 그리하면 그 권력으로 군사를 소집하여 대동한 후 단번에 어라하의 궁전으로 들어가 장악하여라."

어마무시한 말이었지만 해구가 듣기에 이보다 좋은 기회와 신속함이 없어 보였다. 길어야 단 두세 날이 지나면 끝날 일이었다.

"그날이 언제입니까?"

해구는 그 가느다란 입술을 잘근 씹었고, 푸른빛이 돌 정도의 차가운 눈빛으로 수비리시를 보며 물었다.

"내일 밤이면 가장 심한 비바람이 몰아칠 것이다. 미리 곤지의 거처 주변에 사람을 잠복시키고 숨어 기다리거라. 내가 먼저 그의 거처 앞에 들어서서 목소리를 내면 일시에 소리 없이 죽여 버리거라."

"먼저 들어가신단 말입니까?"

"네가 들어가는 것이 더 이상하지 않느냐? 병관좌평이 내신좌평의 처소에 무슨 볼 일이 있느냐 말이냐. 내 인사를 올린다는 핑계로 들어가는 것이 더 자연스럽고 시선을 나에게로 쏠리게 할 수 있으니 그것이 나을 것이다."

밤이 깊어 갈수록 하늘엔 회색빛이 짙어져 갔고, 비바람은 점점 더 거세어져 그 소리 외엔 아무것도 삼사 보 밖에서도 들리지 아니하니 그날은 참으로 음산하기 짝이 없었다.

그 옛날 여신이 미추홀 앞바다에 도착하여 급습을 당하던 때와 같은 날씨였다. 그날은 태사평이 앞서 있었지만, 이날은 여계후가 뒤에 있었으니…. 계후는 한참을 비를 맞으며 그들의 담화를 창문 밖 담장에 붙어 서서 모조리 귀에 담았다.

다음 날 밤, 어둠이 깔리자 수비리시는 얼른 곤지를 찾았다.

"곤지 님을 봐야겠다. 너희는 얼른 곤지 님이 있는 곳으로 날 안내하거라."

수비리시의 문 앞을 지키던 두 명의 병사가 그녀의 말에 앞장서 마당으로 나가 길을 안내했다. 구불한 길을 얼마나 걸었을까, 갑자기 번쩍이며 커다란 천둥이 치기 시작했다. 그리고는 눈 깜빡일 사이에 엄청난 양의 비가 쏟아져 수비리시의 옷이 순식간에 흠뻑 젖어 버렸다.

"어딘가? 다 왔는가?"

수비리시에게 웅진은 낯선 곳이었다. 한성이라면 금방 알아차렸을 길이지만 이곳 웅진에서는 곤지가 어디에 거처하는지 알지 못했다.

열 보를 더 걸은 병사 둘이 멈춰 섰고 고개를 살짝 숙임도 없이 앞에 보이는 커다란 가옥에 대고 크게 말을 하였다.

"수비리시께서 곤지 님을 보러 오셨습니다."

병사들이 말 마침과 동시에 문이 열렸다.

손을 뻗어 들어오라는 신호를 보낸 장수 한 명이 수비리시가 마당에 발을 들여놓자마자 그녀의 등을 툭 밀어 넘어뜨렸다.

"억! 무엇… 무엇이냐?"

비에 흠뻑 젖은 수비리시가 흘러내린 머리를 걷고 고갤 돌려 노려보았다.

"오랜만입니다."

굵고 낮은 음성. 수비리시는 그 장수의 얼굴을 보더니 기겁을 하였다.

"어… 어째서 여기에?"

비에 젖은 허연 수염이 길게 찰랑거리며 움직였고, 그보다 더 허연 눈썹은 매섭게 수비리시를 노려보고 있었다.

"태사…평…."

긴 검을 빼든 태사평과 그 뒤에 방금 전까지 자신을 안내했던 두 병사가 역시 길고 날카로운 검을 빼어 들었다.

"무… 무엇이냐? 전부 여기에 왜… 너… 너는 그 사신이 아니냐?"

날이 바짝 선 칼을 움켜쥔 손등이 핏줄로 퍼렇게 덮힌 여계후가 무섭게 수비리시를 노려보았고, 옆에는 백가가 입을 꾹 다물고 눈을 부라리고 있었다. 그리고 그 순간, 방에서 문이 열리고 푸른 도포를 길게 흩날리며 곤지가 모습을 드러냈다.

"안녕하셨는지요? 멀리 돌고 돌아 결국엔 이리 제 발로 찾아올 것을 왜 그러셨습니까?"

아주 부드러운 음성이지만 그 음성은 커다란 돌풍과 비바람을 뚫고 또렷이 수비리시의 귓가에 들려왔다.

"무… 무슨 말입니까? 그저 몸이 아파 조용한 곳에서 쉬던 중 나라가 위기에 빠져 얼른 채비를 갖추고 돌아와 인사를 드리려 한 것입니다."

수비리시는 모른 체를 하려 애를 썼지만 온몸으로 두려움을 표출하고 있었다. 그것을 모를 리 없는 곤지가 표정을 싹 바꿔 근엄한 표정으로 꾸짖었다.

"북위에 거짓 표문을 올린 것을 일찍이 여경 어라하께서도 알고 계셨으며 이제는 문주 어라하께서도 알고 계시니 그 죄를 숨길 수 없을 것이오. 또한, 그것도 모자라 그 죄를 덮고 나를 죽여 상좌평의 자리를 탐하려고 병관좌평 해구와 담합을 하니 그 죄는 더 이상 자비로 살려 둘 수 없는 지경이 되었구려."

"아… 아닙니다."

곤지는 수비리시에게 변명의 기회를 주지 않았다.

"이미 그대는 거짓 표문으로 백제의 존망을 쥐고 흔든 죄를 지었으니 그것만으로도 살아남지 못할 것이오. 또한 그로 인해 고구려의 무자비한 습격으로 우리 백제의 어라하와 수많은 백성들이 피를 흘려야 했으니 그 죄는 귀신이 되어서도 씻을 수 없을 것이오. 그리고 백제 왕가의 사람을 죽이려 한 것은 엄청난 반란이므로 동조한 자를 잡아 죽음으로써 막을 내리게 해야겠소."

"절대 아닙니다. 동조한 자는 없…."

"저기 있는 내 사람 백가가 북위에서 당신이 한 짓을 알고 있고, 또한 저기 있는 내 사람 여계후가 어젯밤 일을 다 들었으니 어찌 거짓을 말한단 말이오! 만약 정말 그런 일이 없었다면 지금 당장 크게 소리를 내어 신호를 울리시오. 만일 해구가 그의 수하 군사와 나타난다면 둘 다 죽음을 면치 못할 것이고, 신호를 울려도 나타나지 않는다면 내 잘못 들은 것으로 알고 표문의 죄로 나라를 어지럽고 곤경에 빠뜨린 죄만 물어 처리할 것이오."

곤지의 호통에 수비리시는 정신이 아득해졌고 머리가 핑 돌았다. 쓰러진 몸을 어찌 움직여 가눌 힘도 없었다.

세찬 비바람은 수비리시의 머리칼을 뽑아 다 날려 버릴 기세였다.

곤지의 명을 어길 순 없었다. 입을 다물어도 죽고 입을 열어도 죽는다.

하지만 영악하고 교활한 수비리시는 죽음을 앞에 두고서도 끝까지 악랄했다. 수비리시는 자신의 신호에 해구가 나타나 군사들과 함께 여기 이 모든 주변 놈들과 곤지를 쳐 없애 주기만을 바랐다. 이제는 그저 해구의 힘이 더 뛰어나길 바랄 뿐이었다.

곤지가 가만히 지켜보다가 수비리시의 입이 움직이지 않자 손을 들었다. 곤지의 들어올린 손이 아래로 떨어지면 자신의 목은 달아날 것이었다.

수비리시는 눈을 질끈 감으며 크게 외쳤다.

"내신좌평 곤지 님께 인사 올립니다!"

그것이 신호였다.

갑자기 하늘에서 두어 번 천둥이 치더니 번쩍이며 벼락이 내리고 그 밝음이 백제의 하늘 전체를 뒤집는 것 같았다. 거센 비바람에 수비리시의 몸이 휘청거리는 순간 여계후가 그녀의 목을 가로로 세차게 쳤다. 그리고 백가가 계후와는 반대 방향에서 양손으로 힘을 주어 검을 힘차게 가로로 날려 수비리시의 몸뚱아리를 베었다.

　수비리시의 뛰는 심장마저도 용납할 수 없었다.

　477년, 문주 2년. 신녀 수비리시. 비유부터 여경, 아니 문주까지 한평생 자신의 나라를 만들려던 그 지독하고 질긴 신녀의 욕망의 꽃이 백제의 충절한 매의 발톱에 꺾여 떨어지고 말았다.

　해구는 몰래 올라탄 가옥 지붕에서 뛰어내릴 수 없었다. 그저 눈을 질끈 감고 참는 수밖에는 달리 방법이 없었다.

　번쩍이던 벼락 사이로 숨어 있던 자신의 병사들을 바라보다가 순간 집 주위로 문주의 정예 병사들이 깔린 것을 보게 되었다. 절대 이길 수 없었다. 본능적으로 알았다. 수비리시의 신호에 내려갔다간 역적으로 개죽음을 당할 것이 뻔했다.

　해수를 잃을 때 두 눈으로 똑바로 보았었다. 이제 어미인 수비리시의 죽음을 두 눈으로 똑바로 보게 되었다. 복수심은 더 이상 불꽃처럼 타오르지 않았다. 대신에 기괴하게 머리와 가슴으로 은은하게 스며들기 시작했다.

　고개를 숙인 해구.

　백가가 누구인가…. 여계후를 이길 수 있을까… 태사평은 만만치 않을 것인데….

　저들의 주인 곤지의 주변엔 온 백제와 왜가 있다. 불 보듯 뻔한 결과에 할 수 있는 것이 아무것도 없었다. 하늘도 그렇게 생각할 것이었다.

　사실 곤지는 수비리시가 웅진으로 돌아오는 즉시 여계후에게 일러 은밀히 감시하도록 하였고, 해구와 수비리시의 비밀 담화에도 해구를 살려 둘

생각이었다. 문주가 이를 이상히 여겨 물었으니,

"해구를 잡아 놓아야 그의 잔당이 누구인지, 그와 계략을 함께한 이들이 누구인지 알아낼 수 있을 것이옵니다."

비유의 죽음, 그리고 여경 몰래 표서를 북위에 바친 수비리시가 결코 독단적으로 그렇게 했을 리가 없다고 곤지는 생각하였다. 그리고 그 중심에는 해구가 반드시 연관되어 있음이 분명하였다.

간신히 빠져나온 니시노미야 성을 뒤로한 채, 뒤도 돌아보지 않고 꽁무니를 빼 달아나던 섭정무치는 죽기 살기로 밤낮을 걸었다. 그에겐 목숨보다 소중한 것은 없었기에 가는 길목마다 이곳저곳의 부족 마을에 들러 야심한 밤을 틈타 음식을 몰래 훔쳐 먹으며 연명했다.

길은 잘 알지 못해도 우연히 들은 바로는 그대로 위로 올라가면 바다가 있다고 하였으니 섭정무치는 도망가는 와중에도 누가 뒤따라올까 습관적으로 뒤를 쳐다보곤 했다.

수십 일을 걷자 그는 이제 백제군 단 한 명에게 잡혀도 간단히 죽어 버릴 만큼 성치 않고 야윈 몸이 되었다. 며칠간 먹지 못하고 마시지도 못한 탓에 잠시 풀숲에 누워 의식을 잃어 가던 중에 희미하게나마 바다 내음이 코끝을 살그머니 찔러대 왔다. 그 내음이 얼마 만에 맡아 보는 것인지 정신이 몽롱해지면서도 그 내음을 담아 두고 싶어 한 섭정무치는 그렇게 한동안 미동도 없이 코만 벌렁거렸다.

"정신이 드시나?"

"흔들어서 깨워 봐? 아니면 그냥 때려 보지 그래?"

여러 명의 말소리가 들리고 몸이 흔들리자 섭정무치는 눈을 살며시 떴다. 날씨가 흐려서 그런지 눈동자 정면으로 빛을 보지 않을 수 있어서 괜찮았다. 허나 강하게 부는 바람에는 음습한 기운이 서려 있어 자신도 모르게 벌떡 일어나 주변을 살폈다.

흐린 날의 낮은 저물어 가는 해와 모습이 별반 다를 것은 없어도 그 온기가 달랐다. 싸늘했다.

"정신이 듭니까?"

붉은색의 이상한 머리띠를 한 사내 서너 명이 섭정무치를 둘러싸고 있었고 그들은 신기한 듯 섭정무치를 요리조리 바라보았다.

섭정무치는 벌떡 일어나 사방을 살피고 사내들을 경계하며 보았다. 그러나 사내들은 오히려 머쓱한 미소로 답했으며 그저 섭정무치를 바라만 볼 뿐이었다.

"여기가 어디요?"

섭정무치가 자신의 다 헤지고 뜯어진 옷자락을 움켜쥐고 칼바람을 막으려 애쓰며 물었다.

"여기요? 다카하마조요."

"근처에 바다가 있습니까?"

"바다요? 있지요?"

섭정무치는 바다가 있다는 말을 듣고 잘되었다 싶었다.

"바다로… 배를 타고 가야 하는데… 배를 내어 줄 수 있소? 내 그 금액은 톡톡히 지불하도록 하겠소."

사내들은 갑자기 배를 타야 한다는 섭정무치의 말에 당황스러워했고,

기도 차지 않아 보였다.

"당신 거의 죽을 것 같은데 배는 무슨 배요? 지금은 바람이 세게 불어 띄우고 싶어도 띄울 수 없소. 보아하니 돈도 없게 생겼는데…쯧."

사내들이 코웃음을 치자 섭정무치는 다시 한 번 거짓 속셈을 알렸다. 그는 이제 돌이킬 수 없는 거짓말을 너무도 많이 하였다. 하지만 신라로 들어가야만 하기에 무슨 짓을 해서라도 이곳에서 탈출을 해야 했다.

"나는 백제의 대신이요. 아래쪽에 좋지 못한 일이 있어 다시 올라가야 하는데 부디 도와주신다면 그 은혜는 내 나중에 꼭 갚겠소. 그리고…."

섭정무치는 자신의 몸을 뒤지더니 아무것도 없는 것을 알고는 어쩔 수 없이 자신의 너덜해진 옷을 벗어 던져 그들에게 전했다.

"이 옷. 이 옷이 보통의 옷이 아니란 것은 알지 않소? 이 옷을 잠시만 맡기는 것으로 합시다. 배를 타고 백제로 올라가면 반드시 보답을 하러 내려오겠소."

사내들은 섭정무치의 옷을 받아들고 고개를 갸우뚱하다가 조심스럽게 입을 열었다.

"그… 뭐, 우리네들 것과는 다르게 보입니다만…. 백제인이라면 도와야지요. 그런데 지금은 파도가 세고 당신 몸이 성치 않으니 며칠 쉬면서 날이 개면 떠납시다. 마침 우리도 중간에 태워 올 사람들이 있는데 그렇게 합시다."

그리하여 섭정무치를 까맣게 모르는 이들은 섭정무치가 몸을 회복하는 것을 도와주었다. 그들은 유쾌한 편이라 큰 경계심 없이 자신들의 부족에 대해 자랑스럽게 이야기했고, 성주에 대해서도 태산처럼 높이 칭송하며 존경을 드러냈다.

섭정무치가 가만히 듣다 보니 이 땅은 곡식과 자원이 가득하고 바다와 강이 있어 살기 편리하지 않을 수가 없었다. 또한 요새 역할을 할 험준한 산세도 적절히 있고, 자신이 있던 헤구리와는 비교도 되지 않을 큰 산과 들판을 가지고 있는 것 같았다.

날이 지날수록 섭정무치의 몸이 점점 나아지고 그 혈색을 되찾자, 그의 머리에서도 검붉은 피가 다시 도는 것 같았다. 섭정무치는 이곳에서 자신의 세력을 펼쳐 보는 것도 좋지 않을까 생각이 들었다. 지난날, 자신을 잡으려 했던 이들에 대한 복수심도 스멀스멀 가슴 깊숙한 곳에서 올라오고 있었다.

그러나 배가 준비되는 것을 알게 되자, 섭정무치는 길게 땅이 꺼져라 한숨을 쉬고는 신라로 들어가기로 마음을 먹었다. 어찌 됐건 신라로 들어가는 것이 가장 나았다.

하지만 준비된 배는 신라로 가지 않을 것이었다. 그들이 도중에 태워야 할 사람들이 있다고 했고, 신라와는 끔찍할지도 모르는 적대 관계인데 모르긴 몰라도 백제로 감이 당연할 것이다. 그리하여 섭정무치는 일단 백제로 들어가 산을 넘어 신라로 들어가기로 계획하였다.

하루가 지나 배에서는 바다의 신께 제를 올렸고 섭정무치는 멀뚱히 배 위에 올라 앉았다. 제가 끝나자 선원들이 갑판에 올라섰고 나무 돛을 올려 힘차게 폈다.

그렇게 아무런 사고 없이 무사히 배가 흘러가나 싶었다. 바닷바람이 엄청나게 차가운 것 말고는 울렁거리는 속도 잘 참을 수 있었다.

하루, 이틀이 지나고 사흘째가 되어 가는 날 밤, 섭정무치가 홀로 갑판에 올라 선원들이 준 따뜻한 짐승 가죽 털옷을 덧입고 낮게 떠 있는 달을 보며 중얼거렸다.

"이 한 몸 잘 살아 보고자 신라에 모든 것을 바쳤는데… 돌아가기가 왜 이리도 어렵단 말이냐. 옳든 옳지 않든 나는 살아남았고 살기 위해, 그것도 내 나라 신라에서 살기 위해 발버둥쳐 왔다. 하늘이 당연히 알아야만 하지 않겠나…."

껌껌한 바다 주위에 부는 바람이 섭정무치의 귀를 창으로 찌르는 것 같았다. 섭정무치는 길게 한숨을 연거푸 쉬다가 문득 달빛이 검은 수면에 비치는 것을 보았다.

그날 그곳에서 섭정무치는 하늘을 원망하지 말았어야 했다. 갑자기 날씨가 바뀌어 풍랑이 거세어지기 시작했다. 그러자 갑자기 무슨 일인가 선원들이 모두 나왔고 요동치는 배와 집채만 한 파도가 배의 절반을 수차례나 덮어 버리자 모두들 불안에 떨기 시작했다.

그러나 그런 걱정도 잠시의 사치일 뿐이었다. 하나의 커다란 파도가 배를 거의 수면 위로 높이 띄워 올리더니 그대로 바다로 내동댕이치며 배의 아랫부분과 옆부분을 부러뜨렸다. 어떤 튼튼한 목재도 감당하지 못할 어마어마한 물살을 지닌 파도였다.

배가 거의 반 뒤집히다시피하여 섭정무치를 포함한 모든 이들을 두려움에 떨게 만들었고, 다시 몰아쳐 오는 거센 파도에 큰 충격을 받은 사람들은 바다에 빠지거나 갑판 위를 뒹굴며 하나둘씩 기절했다. 섭정무치라고 예외는 아니었다.

그날 밤 파도는 아침이 올 때까지 배를 만신창이로 만들었다.

죽어서 수십 년은 지난 것 같았다.

희미하게 눈앞에 보이는 아이가 이승의 아이가 아닌 것 같았다. 그 아이는 크고 맑은 눈을 가지고 있었고 세상 환한 미소를 머금고 있었다.

신은 아이였나 보다. 섭정무치의 생각이 여기까지 미치자 그는 눈을 지그시 감았다. 그런데 그때 자신의 가슴팍에 무언갈 찍어 누르는 고통이 너무도 커 비명을 지르고 몸을 벌떡 일으켰다.

섭정무치는 일어나자마자 목에서 구역질을 하기 시작했다. 숨이 확 트이는 것이 눈앞이 아까보다 선명하게 들어왔다. 귀에 들리는 바람 소리가 그리고 간간히 들리는 새소리가 귀를 따갑게 만들 지경이었다.

얼른 자신의 몸을 만져 본 후, 살았다는 것을 알아챈 섭정무치는 곧장 자신의 곁에 있던 소년을 보았다. 그리고 다시 얼른 주변을 둘러보았다.

"이제 깨어났는가 봅니다! 우리도 죽는 줄 알았소."

다 부숴진 배의 갑판 틀을 잡고 떠돌다가 이곳으로 흘러들어 온 것을 알게 된 섭정무치는 그들을 살려 준 부족민들에게 감사의 인사를 올렸다.

"감사하네! 아직 어린 소년인데 자네가 사람들을 구한 것인가? 아무튼 고맙네."

아직 완벽히 숨을 고르지 못한 섭정무치를 빤히 바라보던 소년이 고개를 절레절레 흔들었다.

"제가 살려 드린 것은 아닌데요."

"응? 그럼 누가 우리를 이곳까지 데려왔고 살린 것이냐? 여기는 대체 어디냐?"

섭정무치는 고개를 돌려 주위를 계속 둘러보았다. 아까는 낮게 보이던 것이 이제는 숨을 돌릴 만하니 높은 것들이 보였다.

사방이 절벽으로 둘러싸여 파도가 부드럽게 바위와 자갈들에 부딪히는 소리가 들리는 작은 해안가였다.

"여기는 각라도예요."

소년이 긴 막대기를 들고 자신의 어깨를 툭툭 치며 제법 위엄 있게 섭정무치의 주변을 천천히 빙 돌았다.

"저기 저 배 보입니까? 저 뱃사람들이 아저씨하고 다른 사람들을 구해준 거예요."

소년이 가리킨 곳을 보자 커다란 무역선 한 척과 수십 명의 사람들 그리고 여러 물건들이 쌓여 있었다.

섭정무치는 길게 안도의 한숨을 쉬며 두 손을 맞잡았다.

'나는 끝까지 살 수밖에 없는 운명이다. 걱정하지 말자. 무엇도 내 길을 막긴 어려울 것이다, 하하.'

"아저씨! 그런데 어디에서 왔어요?"

별안간 대뜸 큰 소리로 또랑또랑하게 묻는 아이의 얼굴을 보자 섭정무치는 당황하였다. 섭정무치는 가까이 다가온 아이를 밀치더니 엉거주춤 일어나 무역선이 있는 곳으로 힘겹게 발을 이끌었다. 그러자 뒤에서 아이가 크게 다시 말하였다.

"아저씨, 다카하마초에서 온 사람 아니죠? 다 알아요. 야마토국 사람도 아닐 테구… 내가 거기 있어 봤는데, 거기 사람들은 힘들게 여러 산을 넘어 다카하마초까지 가서 배를 타지 않아요. 저 다른 아저씨들이 그러는데 자기들은 거기서 아저씨 태우고 왔다는데…"

"어허! 어린 것이 참 말이 많구나. 시끄럽게 방해하지 말거라!"

소년의 당돌한 질문과 말에 섭정무치는 당황하였다. 정확히 집어내는 통찰력이 참으로 대단해 속으로 혀를 내둘렀다. 그러나 아이와 농이나 나누며 사사로운 이야기로 시간을 지체하고 싶지 않았다.

섭정무치가 소년을 무시한 채, 다시 무역선 쪽으로 발걸음을 옮기려 하자 소년이 크게 외쳤다.

"저 배는 백제에서 온 배에요. 마침 아저씨가 타고 온 부서진 배의 선원 아저씨들이 찾아 만나려 했던 배에요. 아! 그리고 거기 장군님이 계시니까 그분께 찾아가 행선지를 말씀하세요."

소년은 말을 마치고는 폴짝폴짝 뛰어 작은 고양이와 함께 절벽으로 이어진 낮은 능선을 따라 올라갔다.

섭정무치는 아이의 말에 정신이 번쩍 들었다. 다시 왜의 어딘가로 넘어 내려간다면 그것은 크나큰 어려움이 있을 것이었다. 만일 난파진으로 다시 돌아가리라도 한다면 큰일이었다. 하지만 백제의 배라면….

그는 아픈 다리를 절뚝이며 옷에 물기를 짜낸 후, 최대한 정중히 옷을 가지런히 하고 백제의 장수를 찾았다. 하지만 장수는 없고 몸집이 소만 한 커다란 덩치에 험상궂게 생긴 선장만이 있었다.

"백제의 장수요? 일반 무역선에는 없습니다. 뭐… 원래는 있어야 하지만. 뭐, 흠… 헛. 그런 일이 있소이다. 그런데 누구십니까?"

섭정무치는 소년에게 속았다는 사실에 헛웃음이 나왔다.

"그럼 이 배는 어디로 가는 겁니까? 백제로 다시 올라가는 겁니까?"

"당신들이 타고 온 배가 타 부러져 없어져 버렸으니, 어디 중간에서 물건을 전달해 줄 길도 없고… 쯧. 우리는 그대로 아스카로 들어갈 것인데 왜요?"

섭정무치는 순간 아찔해졌다. 그 불안한 예감은 틀리지 않았다. 어쩔 줄 몰라 하며 막 머리를 굴리던 그때, 섭정무치는 자신이 잠시 머물며 도움을 받았던 부서진 저 배들의 출발지였던 다카하마초를 떠올렸다.

섭정무치가 선원에게 무릎을 꿇고 사정했다.

"백제의 작은 대신으로서 내 어라하의 명을 받들어 다카하마초에서부터 물건을 가지고 다시 들어가는 길에 마침 이리 큰일을 당했으니, 어찌하면 좋단 말입니까. 명을 어겨서는 절대 안 될 일입니다. 그러니 저는 다시 다카하마초로 가 물건을 재차 가지고 와야 하오. 나를 먼저 다카하마초로 다시 보내 주시면 감사하겠습니다."

섭정무치가 울면서 애원을 하니 그 말을 들은 선장을 포함한 주변의 선원들이 그를 딱하게 여겼다.

"어라하의 명을 받들고 오시는 분인데… 그럼 그렇게 도와야지요. 내일 날이 밝으면 출발을 할 것이니 저 안에 들어가 몸을 좀 녹이시는 것이 어떻겠습니까?"

선장이 배 안의 선실을 손으로 가리켰다. 섭정무치는 연신 고개를 숙이며 얼른 자신의 해지고 더러운 비단 포를 입고 선실로 들어갔다.

"어디를 그렇게 뛰어다니는 것이니? 곧 기토와 기시하라 님께서 오실 터인데. 책은 다 외우고 읽었는지 원…."

"어머니! 저 밖에 저 아저씨는 백제인이 아니에요."

"뭐? 무슨 아저씨?"

소아령의 긴 머리는 비단처럼 아름다웠다.

오똑한 콧날을 위로 번쩍 치켜든 소년이 자신의 어깨까지 내려오는 머리를 쓸며 의기양양하게 답했다.

"백제의 장수들은 배가 정박하면 가장 먼저 나와 있잖아요. 그런데 내가 반대로 이야기했더니, 그만 바보처럼 쫄래쫄래 걸어서 배 안으로 인사를 하러 들어가더라니깐요, 하하하."

선실에 들어가 몸을 녹이려 구부정한 자세로 웅크리고 볏짚을 덮으려던 섭정무치는 볏집의 거의 대부분을 차지하고 뒤돌아 웅크리고 있는 그들을 불만 가득한 표정으로 쏘아보았다.
"거 좀, 같이 덮읍시다."
섭정무치의 말에도 아무 반응이 없던 네 명의 사내. 그들의 민머리가 하얗게 반짝였다.
"다카하마초까지 가려면 밤바다의 찬 기운을 오래 견뎌야 할 것 같소. 그러니 같이 조금 양보하여 나눠 주시구려."
섭정무치가 불쾌한 듯 툭 말을 내뱉고는 볏집을 힘껏 잡아당겨 몸을 말아 웅크려 넣었다.
한참 동안 아무 말이 없이 시간이 지나고 밤이 찾아오자, 민머리의 네 명 중 하나가 살며시 일어나 고개를 갸우뚱거리며 중얼거렸다.
"다카하마초…. 우리가 그곳에서 왔는데…."
잔잔한 파도 소리와 봄바람 소리에 사내의 중얼거림은 수면 아래로 묻혔고, 대기 중으로 날아가 버렸다. 그리고 그 말의 잔부스러기들은 밤안개가 싹 다 걷어 갔으니, 그것이야말로 꿈에도 모르는 일이 되어 버린 것이다.

곤지가 관직을 받은 지 한 달 뒤, 여름인데도 으스스한 날에 붉은 노을이 지기 시작했다. 성벽에 올라 이곳저곳을 살펴보던 곤지가 갑자기 사라진 노을에 하늘을 올려다보았다. 그러자 바람이 불기 시작하며 순식간에 먹구름이 웅진의 하늘 위를 덮었다.

곤지는 이를 이상히 여겨 주변의 초병들에게 횃불을 달라 요청하였다. 횃불을 받아든 곤지가 손을 올려 하늘 여기저기를 비추었다. 그러자 주위의 초병들이 그런 곤지를 이상하게 쳐다보았다.

한참을 하늘을 올려다보던 곤지가 사라진 용을 확인하고 초병에게 불을 건네자 초병 하나가 조심스레 물었다.

"저… 내신좌평 나으리… 하늘에 무언가가 있습니까?"

그러자 곤지가 의아하다는 눈으로 고개를 갸웃거리며 되물었다.

"보이지 않소? 커다란 먹구름이 몰려드는 것이?"

"네? 송구하오나… 전혀 보이지 않습니다만…."

"그럴 리가…."

곤지는 성벽과 성 문을 지키고 있던 자들에게 연달아 물었으나 누구도 그 구름을 본 이가 없었다. 곤지는 이를 이상하게 여겼는데, 그날 밤, 급히 왜에서 사신이 도착하여 곤지를 뵙기를 청했다.

해가 지나서 본 왜의 사신들이 반가웠던 곤지는 얼른 그들을 처소로 들게 하였다.

"왜에서 어쩐 일로 이리 급하게 왔소? 모두들 잘 있소?"

곤지가 물었다. 그러자 왜의 사신들 중 한 명이 죽을 것 같은 표정으로 곤지에게 이야기하였다.

"지금 야마토국이 이루 말할 수 없이 혼란스럽습니다. 중신(나카토미)족들과 와니군들이 갑자기 세력을 키워 사방에서 공격을 하니 어지럽기 그지없습니다. 또한 혈수왕이 건강이 좋지 않아 쓰러졌으며 박뢰왕도 현재 어디로 갔는지 행방이 묘연합니다."

사신의 말에 곤지는 사태가 심각함을 느꼈다.

"금여수는? 금여수와 소아령, 그리고 사마와 고가히메님은 어떻게 되었느냐?"

"금여수 님과 고가히메님께서 어떻게든 진압을 하려 애를 쓰고 있지만… 여의치 않습니다."

"어허…."

곤지는 사신들의 말에 가슴이 덜컥 내려앉았다. 어떻게 일구어 놓은 곳인데 다시 혼란에 빠진다면 백제의 든든한 지원군의 모습을 갖출 수 없을 것이었다. 앞으로 또 언제 있을지 모를 고구려군과의 혈전에 왜는 반드시 필요한 존재였다.

날이 밝자 곤지는 문주를 찾아갔고, 간 밤의 왜의 사신들의 이야기를 전했다.

"제가 다시 가서 단단히 결속시키고 혼란을 잠재운 뒤 돌아오겠습니다. 저 상태로 놔두었다간 전혀 백제를 도울 수 없을 것입니다. 우리의 지원군을 이리 흐트려 놓아서는 안 될 것입니다."

"그러나… 곤지 네가 가면, 누가 나를 도와 안정을 시키고 왕권을 든든히 할 수 있단 말이냐? 걱정이 되는구나…."

문주는 어느새 많은 것을 곤지에게 의지를 하며 심신이 약해져 있었다. 곤지도 그 모습이 안타까웠다. 하지만 백제를 위해서 어쩔 수 없는 선택을 해야만 했다.

깊이 고민하던 곤지는 순간 무릎을 탁 쳤다.

"걱정 마시옵소서. 수일 내로 다시 돌아오겠습니다."

"수일 내로?"

"예, 또한 한 가지 말씀을 드릴 것이 있사옵니다."

"그것이 무엇이냐?"

문주는 곤지의 말에 귀를 기울이려 몸을 앞으로 쭉 빼었다.

"여경 어라하의 아드님이신 모대가 영암에 있습니다. 예전 저희가 있던 그곳입니다. 백가라는 장수에게 시켜 모대를 잘 돌보라 하였으니, 혹시라도 제가 돌아오기 전까지 그리로 내려가지 마시고 그저 믿을 만한 사람을 시켜 그 모습을 지켜보시옵소서. 반드시 제가 돌아올 때까지 모대를 보러 가셔서는 아니 되옵니다. 아직 어려 어떠한 정사에도 관여하기 힘들며, 혹여 예전처럼 흑심을 품고 있는 자가 백제의 관직을 꿰차고 있다면 모대의 위치를 아는 순간 큰일을 행할지도 모르옵니다. 특히나 해구가 이를 알고 있다면… 그자의 마음을 모르니 무슨 일이 생길지 두렵습니다."

곤지가 간청을 하니 문주가 그렇게 하겠다고 하였다.

476년, 안개가 가득한 날, 곤지가 몰래 태사평과 마서량현으로 말을 달려 배를 타고 왜로 향했다. 그 사실을 아는 자는 문주밖에 없었다. 허나, 곤지가 왜로 가는 길에 몰래 그의 모습을 풀숲에서 숨어 보는 이가 있었으니, 음흉한 미소를 오랜만에 띤 해구였다.

문주가 목하치만을 대동한 채, 포구에서 곤지와 태사평을 떠나보냈다.

"달이 완전히 차는 날, 이 포구로 다시 들어오겠습니다."

곤지가 예를 갖춰 인사를 올리고 배를 타고 남쪽으로 떠났다. 그리고 문주는 하염없이 서서 곤지를 바라보았다.

"다시 가는구나…. 허나, 곤지는 반드시 돌아올 것이다… 그런다고 했으니."

문주가 아련하게 멀어져 가는 배를 바라보고 서 중얼거렸다.

날이 지나 달이 꽉 차오른 날, 바로 곤지가 돌아오겠다고 약속한 때. 해구는 그날 이른 오전부터 자신의 심복 장수를 시켜 마서량현에 매복하도록 하였다.

"곤지가 배에서 내리면 바로 베어 죽여라!"

해구는 곤지를 암살하려 하였다. 물안개가 차오르는 밤, 그 계획을 꿈에도 모르는 곤지가 마서량현에 도착한 배에서 내려 말을 탔다. 그의 곁에는 히노베가 같이 있었다.

곤지가 하늘을 쳐다보았다.

달이 꽉 찼다.

달빛에 비친 곤지의 얼굴을 확인한 해구의 심복이 천천히 말을 달리는 곤지의 앞을 가로막고 섰다.

곤지가 본 구름이 이 불길한 징조였을까….

해구의 병사들의 기습 공격에 곤지와 히노베는 얼마 창을 휘두르지도 못하고 가슴에 무수한 화살이 박혀 쓰러졌다.

"뭐… 뭐냐, 이것들은…!"

곤지가 쓰러진 것을 보고 해구의 장수가 나와 예를 갖추어 인사를 올렸다.

"죄송합니다, 내신좌평 어르신. 그만 백제의 새 주인을 위해 자리를 내어주시지요."

장수는 정중히 곤지에게 말을 하고는 가차없이 곤지의 목을 베었다. 그 모습을 본 히노베가 얼른 일어나 검을 빼어들고 곤지에게 정신이 팔린 군사들을 피해 수풀 속으로 달아났다.

477년 가을 7월. 곤지가 사망하였다.

병관좌평 해구는 밝은 달을 바라보며 야릇한 미소를 지었다. 해구가 창을 닫고 타오르는 초를 끄고는 자리에 누웠다.

해구가 창을 조금 더 늦게 닫았더라면 알아차렸을지도 모른다. 밝게 떠오른 달 주위에 큰 별이 번쩍 하며 빛이 났다.

수십 척의 거대한 배들이 줄지어서 군산포 바다의 빠른 물살을 가르며 백제를 향해 다가왔다. 갑판 위에 서 있는 남자는 정면을 응시하며 입술을 굳게 다물었고 배는 빠른 속도로 백제로 날듯 향했다.

같은 시간, 크고 흰 매가 영암의 산 절벽 위에서 한참을 돌다가 날아가 버렸고, 그 매는 곧장 웅진으로 향했다.

나무검을 휘두르던 모대가 이상한 기운에 하늘을 올려다보니 흰 매가 자신의 위를 맴돌다가 사라졌다.

"저것이 무엇이지…?"

번쩍이던 별을 본 소년이 그것을 신기해하며 배 위 갑판 앞에 서 있던 남자에게 달려가 물었다.

"아버님! 저 별은 엄청나게 크고 멋있습니다. 저런 별을 백제에서 많이 보고 싶습니다."

아이의 말에 남자는 고개를 돌려 아이에게 웃어 보였다. 그 미소에 파도가 그 모습을 감추니 갑자기 잔잔해진 바다에 배는 소리 없이 앞으로 나아가고 또 나아갔다.

"사마 도련님! 위험한데 나와 계시지 마시고 이리 들어오세요."

"괜찮습니다. 이 아이도 앞으로 수십 번의 파도를 경험하고 맞서야 할 터인데, 제가 잘 지켜볼 테니 걱정 마십시오. 태사평님."

어느새 많이 늙어 버린 태사평이 주름진 얼굴로 고개를 가만히 끄덕였다.

"예, 곤지왕이시여."

죽었던 곤지가 살아서 다시 왜에서 백제로 돌아온다….

백제가 모대를 품었고 사마가 백제를 향해 솟아올라온다.

곤지가… 곤지가 두 별을 백제의 품에 안기려 한다.

곤지왕

ⓒ 진현석·(주)코탑미디어, 2025

초판 1쇄 발행 2025년 8월 1일

지은이	진현석·(주)코탑미디어
곤지 자료 원안 제공	곤 키누코(昆·絹子)

펴낸이	이기봉
편집	좋은땅 편집팀
펴낸곳	도서출판 좋은땅
주소	서울특별시 마포구 양화로12길 26 지월드빌딩 (서교동 395-7)
전화	02)374-8616~7
팩스	02)374-8614
이메일	gworldbook@naver.com
홈페이지	www.g-world.co.kr

ISBN 979-11-388-4543-4 (03810)

- 가격은 뒤표지에 있습니다.
- 이 책은 저작권법에 의하여 보호를 받는 저작물이므로 무단 전재와 복제를 금합니다.
- 파본은 구입하신 서점에서 교환해 드립니다.